산대도감극

한국
고전
문학
전집

034

산대도감극

사진실·최원오 옮김

문학동네

머리말

이 책은 산대도감극山臺都監劇 계열의 탈춤과 인형극 대본 중 다섯 작품의 현대역본과 원문주석본을 수록한 것이다. 〈산대도감극 각본〉(1930)〈동래야류 대사: 말뚝이 재담의 장〉(1934) 〈가면무용 봉산탈 각본〉(1936)〈진주오광대: 탈노름〉(1928) 〈꼭두각시극 각본〉(1933)이 그것이다. 이제까지 여러 대본이 조사 정리되어 학계에 소개됐는데, 그중 가장 초기에 조사 정리된 대본을 위주로 수록하였다. 대본의 완성도로 볼 때, 더 선본善本이라 평가할 만한 것이 분명히 있으나, 가장 초기의 대본은 이후 대본들의 주요 특징이나 극적 구성과 내용 변화 등을 파악하는 데 중요한 기준점이 될 수 있어 그 의의가 심중하다.

인형극을 포함하여 탈춤 등 민간에서 공연된 연희 대본을 모아 주석본을 낸 사례는 많지 않다. 학문적으로 의의를 부여할 만한 주석본으로 이두현의 『한국가면극선』(교문사, 1997)이나 전경욱의 『민속극』(고려대학교 민족문화연구소, 1993) 등의 작업이 있긴 했으나 초기 대본이 아니라 여러 대본 중 선본을 위주로 '민속극' 또는 '가면극'이라는 명칭을 내세웠다. 이에 비해 『산대도감극』은 초기 대본을 위주로 선정하였다는 점, '산대도감극'을 책 제목으로 내세운 주석본이라는 점 등에서 확연히 구분된다. 특히 '산대도감극'이라는 책명은, 전문가가 아닌 일반인에게는 낯선 듯하여 과연 책명으로 내세워야 할지 고민하였다. 그러나 관련 학계에서는 일반적으로 민간연희 중 탈춤을 크게 별신굿 계열과 산대도감극 계열로 구분하는 만큼, 그간의 학술적 성과를 반영한다는 의미에서 이를 전면에 내세우기로 결정하였다.

탈춤이나 인형극처럼 구비문학 작품들은 그 언어 텍스트만 보아서는 이해되지 않는 부분이 많다. 그래서 실제 연행이 벌어지는 '판'이나, 특정 언어 텍스트가 생산되는 배경이 된 전통지식TK. tradition knowledge 등 소위 맥락context에 대한 구체적인 이해가 필요하다. 예를 들어 서울 및 경기 지역에서는 산대놀이, 별산대놀이 등으로 불리는 탈춤이 공연된다는 것은 주지의 사실이다. 그렇다면 이들 지역에서는 왜 탈춤을 산대놀이라 지칭하게 된 것일까? 본격적으로 작품을 읽기 앞서서 이 부분부터 짧게 짚고자 한다.

'산대도감극'을 통시적으로 이해하기 위해서, 그리고 이를 바탕으로 각 지역에서 전승되고 있는 탈춤을 총체적으로 파악하기 위해서는 산대놀이와 탈춤의 관련성을, 소위 서울 및 경기 지역에서의 탈춤 전승의 맥락을 자세히 살펴볼 필요가 있다. 이제까지 밝혀진 연구 결과에 따르면, 탈춤은 조선시대 국가의 공식적인 궁중연희의 장에서 공연되었다. 구체적으로는 산대山臺라 지칭되는 무대를 배경으로 그 주위에서 줄타기, 물구나무서기 등 각종 잡희雜戲와 함께 공연되었다. 그러나 1784년에 산대 설행이 완전히 폐지되면서, 국가의 공식적인 연희의 장에서 더이상 탈춤은 공연되지 못하였다. 이에 탈춤을 공연하던 이들은 궁중 밖에서 길을 찾았고 사직골, 노량진, 애오개[아현], 녹번[구파발] 등 서울의 상업적 요충지에서 산대놀이가 성행하게 되었다. 경기도 양주 지역에서는 '별산대놀이'라 하여 원래의 성격과는 다소 다른 듯하지만, 결과적으로는 서울의 산대놀이를 학습하여 완성한 탈춤을 공연하기 시작했고 국가무형문화재 제2호로 지정되어 현재까지 전승되고 있다.

이처럼 서울 지역에서 시작된 민간의 산대놀이는 그 이름에서 알 수 있듯이, 산대를 내세운 놀이를 강조한다. 이는 강이천이 남대문에서 인형극과 산대놀이를 보고 지은 장편 한시 「남성관희자南城觀戲子」(1789)에 구체적으로 드러난다. 그러나 궁중연희의 장에서 민간연희의 장으로 넘어오면서 비용상의 이유 등으로 산대놀이에 전과 같은 규모의 산대는 더이상 무대로 등장하지는 않았다. 그저 산대도감극에 연원이 있다는, 말하자면 거기에 계통이 있다는 정도로만 남았다. 산대도감극은 그렇게 원래보다 무대는 작아졌지만 춤과 대사, 익살이 어우러진 형태로 양반 사회의 도덕적 모순을 풍자하여 민중의 사랑을 받으며 살아남았다.

한편 서울 지역의 산대놀이는 노장과장, 양반과장, 영감·할미과장 등을 핵심 내용으로 다루는데, 〈봉산탈춤〉과 같은 해서 지역의 탈춤, 〈진주오광대〉와 같은 경남 지역의 야류와 오광대뿐 아니라, 유랑예인이 전승하는 덜미(꼭두각시극 또는 꼭두각시놀음)에서도 이들 내용이 공통적으로 등장한다. 서울 지역 이외의 탈춤이나 인형극들이 어떻게 이들 내용을 공유하게 되었는지를 두고 학자 간 논란이 있지만, 중요한 것은 핵심 내용을 공유하며 그것이 사회 풍자 정신을 강력하게 드러내는 주요 기제로 작동되었다는 점이다. '네밀할' '육시랄' 등의 욕설은 그 풍자 언어와 정신을 직설적으로 표현한 일단一端이다.

짧게 설명한 것처럼 산대도감극 계통의 탈춤과 인형극은 조선시대 공식적 궁중연희의 장에서 산대라는 무대를 만들어 공연하였던 전통과 잇닿아 있다. 처음에는 궁중에서, 이후 서울 지역의 산대놀이로, 그리고 경기도 양주 지역의 별산대놀이, 해서 지역의 탈춤이나 경남 지역의 야류 및 오광대, 유랑예인의 덜미로 이어져왔다. 산대놀이라는 이름으로,

또는 주요 내용을 공유하는 식으로, 이들은 산대도감극 계통의 민간연희로 묶인다. 이들 민간연희 간에 겹치는 내용이 존재한다는 점은 일찍부터 지적되어왔지만 '산대놀이'라는 관점에서 이들 민간연희를 바라본 것은 아주 오래되지는 않았다.

이렇게 지역을 넘어서 산대라는 무대가 가지는 우리의 고유한 공연 문화적 특징에 집중해 살피는 작업은 전통문화 연구에 있어서 의미가 남다르다. 중국과 일본과 다른 우리만의 고유한 '산대놀이'에 주목해 생을 마감할 때까지 천착한 학자가 고故 사진실 교수이다. 이 책을 출간하게 된 것도 9할은 사진실 교수의 몫이다. 2017년 사진실 교수의 유작을 모아 '전통연희시리즈'(전 9권)를 출간한 게 엊그제 일인 듯한데, 내년이면 벌써 사진실 교수가 선향仙鄕을 찾아간 지 10주기이다. 천성이 게을러 그가 남긴 미완의 작업을 이제야 끝을 맺는다. 옛 가약을 잊지 않고 이 책이 나올 수 있도록 힘써 추진해준 문학동네에 감사의 뜻을 전한다. 선향에서 광대들과 유쾌하게 재담 잔치를 펴고 있을 고 사진실 교수께 이 책을 바친다.

2024년 7월
최원오

【 일러두기 】

1. 〈산대도감극 각본山臺都監劇脚本〉 텍스트는 1930년에 경성제국대학 조선어문연구실
   의 주관으로 조종순의 구술을 김지연이 필사한 대본이다. 〈동래야류東萊野遊 대사: 말
   뚝이 재담才談의 장〉 텍스트는『조선민속』 제2호(1934.5)에 수록된 대본으로, 민속
   학자 송석하가 박길문을 통해 입수한 국문필사본을 정리한 것이다. 〈가면무용 봉산
   탈 각본〉은『최정여 박사 회갑논문집』(계명대출판부, 1983)에 수록된 대본으로
   1936년 9월 1일 사리원에서 김경석, 나운선, 이윤화, 임덕준, 한상건의 구술을 송석
   하, 임석재, 오청 등이 채록하였는데, 이 책에서는 오청이 채록한 대본을 텍스트로
   하였다. 〈진주오광대: 탈노름〉 텍스트는『조선민속』 1(조선민속학회, 1933.1)에 수
   록된 대본으로, 1928년 8월 14일 정인섭이 진주유치원에서 강석진의 구술을 채록한
   것이다. 〈꼭두각시극 각본〉 텍스트는『조선연극사』(청진서관, 1933)에 수록된 대본
   으로, 김재철이 전광식, 박영하의 구술을 채록한 것이다.
2. 현대어역본에서는 원문의 뜻을 해치지 않는 범위 내에서 현대 독자들이 쉽게 읽을
   수 있도록 몇몇 표현을 현대국어 맞춤법에 맞게 고쳤다. 다만 맞춤법 표기에 맞지
   않더라도 극의 내용상 중요한 표현이라고 판단되는 경우에는 구어의 생동감을 드러
   내기 위해 그대로 두고 주석을 통해 그 의미를 풀이하였다.
3. 작품이 다른 경우에는 주석 내용이 겹치더라도 반복하여 수록하였고 한 작품 안에
   서 반복되는 주석만 생략하였다.
4. 원문의 본문 표기는 저본의 표기에 따르되 한자가 노출된 경우 괄호 안에 넣었으며
   현대어에 맞게 띄어쓰기를 하고 문장부호를 사용하였다. 저본에 표기되지 않은 한
   자는 필요한 경우 주석의 표제어에 병기하였다. 저본에서 ( ) 안에 표기한 설명은 〔 〕
   표기를 두어 괄호의 중복을 피하였다.
5. 대사가 진행되는 동안에 이루어지는 동작 지문은 〔 〕 안에 넣어 대사와 같은 문단에
   표기하였으며 대사와 상관없이 상황을 제시하는 지문은 〔 〕 표기 없이 별도의 문단
   으로 표기하였다.
6. 원문에서 주석의 표제어는 원문의 현대어 표기를 원칙으로 하되 어휘의 변천을 보
   여주는 말은 그대로 살렸으며 한자어는 한자를 병기하였다. 저본의 오류는 표제어
   의 설명에서 '→'를 사용하여 바로잡되 부분의 오류는 〔 〕 안에 넣어 표시하였다.

제 1 부 ⊙

산대도감극 각본

산대도감극의 유래

사천 년 전 옛날, 폭군의 대명사인 은나라의 주왕紂王이 여와女媧(중국 천지 창조 신화 속 여신)의 사당에 봄가을로 두 번 거동을 했다. 여와는 천하일색의 미인이라 그 얼굴을 보고 주왕이 흠모하여 마음속으로 '내 평생에 이런 여인을 얻어 짝을 맺고 살았으면' 한다. 이에 화가 난 여와가 그의 망상을 응징하고자 구미호에게 "소가蘇哥의 딸 달기가 일색이라는데 저치가 반드시 그녀에게 구혼할 것이니 네가 달기를 잡아먹고 그 몸을 뒤집어써서 혼인한 후 내 명령에 따라 갖은 재난을 일으키라" 명하였다.

주왕과 혼인한 달기는 왕에게 청하여 온갖 악행을 일삼도록 이끌었는데 구리 기둥을 달구고 끌어안게 하는 등으로 충신을 죽였다. 주왕의 숙부이자 충신 비간이 왕에게 간하다 죽은 것도 이때였다. 원통하게 죽은 혼령들이 요귀妖鬼가 되어 혼란이 극심하니 강태공이 이를 제어하기 위하여 천살성天殺星(하늘의 살기를 지닌 신성한 존재)과 지살성地殺星(땅의 살기를 지닌 신성한 존재)을 만들어 요귀를 물리치는 놀이를 하였다. 이것이 산대도감극의 오랜 근본이다.

고려 말년에 승려 신돈이 도승道僧이 되려 할 때 일 벌이기 좋아하는 사람들이 "이 무슨 도승인가? 여색으로 시험하여 그 도를 파계시키리라" 하며 그를 비방하고 소무당小巫党으로 하여금 유혹하게 하니 열 번 찍어 안 넘어가는 나무가 없다는 격이었다. 신돈의 방탕은 끝이 없었는데, 소무당 등이 "도승과 첩 등이 어떤 행동을 해도 다른 사람에게는 보이지 않으니 무엇이든 마음이 즐거운 바를 따라 못할 것이 없습니다"라며 그를 유혹하였다. 때로는 여러 사람이 회합하는 장소에서 추태를 일삼았으며 때로는 더러운 냇가로 이끌고 가서 '이곳은 맑은 명승지입니다' 하여 산수간을 돌아다니며 놀았다. 소무당은 달기의 행세를 하고 도승은 주왕의 행세를 한 것이다.

우리나라 조선이 병자호란 때 중국에 예속되어 임금의 혼인이나 즉위, 왕세자 및 왕세손을 책봉하는 가례嘉禮를 행할 때 반드시 청나라 사신이 내왕하였는데 금강산을 보고 싶어하곤 하였다. 식견 있는 재상들이 서로 상의하여 산대도감유희를 생각해내어 금강산 유람을 대신하니 폐단을 줄이려는 정신이었다. 청나라 사신이 오면 산대도감극의 놀이꾼 산대역인山臺役人 등이 무학재에서 일행을 맞이해 앞서서 입성하니 이 것이 조선에 늘 있었던 산대도감유희의 근본이다. 청나라 사신 중에 이를 보기 싫다 고 하는 자가 있어 돈으로 산대를 대신하는 사례도 있었다.

계방契房의 유래

산대역인 등의 생활비로 충당하기 위하여 생긴 일종의 증명서. 도, 군, 면, 동, 가 게, 포구, 사찰 등에 뱃삯 추렴같이 나라에서 금품이나 곡물을 거두게 해주는 허가받 은 증명서다. 봄에는 선인蟬印(매미 문양의 도장), 가을에는 호인虎印(호랑이 문양의 도 장)을 찍어 가지고 가면 어린아이에게라도 추렴할 수 있었다. 액수는 당시 해당 군수 가 정하였다.

부록

1. 산대를 놀던 시기: 봄, 여름 녹음이 우거질 때, 가을 국화꽃 필 때.
2. 장소: 경성, 양주.
3. 놀이꾼의 계통: 양주의 아전배로, 꼭두각시패나 사당패 등에 견줄 수 있다.
4. 놀이꾼의 거처: 남대문 큰 고개 또는 고양군 은평면 녹번이다.

서막. 고사

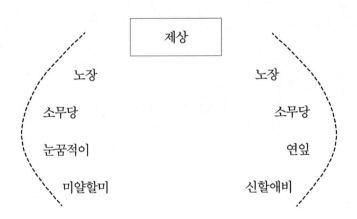

세 종류의 과일, 소머리, 돼지 다리 등을 올리고 술상을 차림. 연잎과 눈꿈적이가 중요한 배역이므로 그 탈을 가운데 둔다. 누구든지 나와서 고사하는 어구는 아래와 같다.

"각인각성各人各姓 열에 열 명이 다니시더라도 뉘도 탈도 보지 마시고 적적寂寂히 흠향하시고 도와주소서."

제1과장. 상좌춤

　어린 중인 상좌가 나와서 하늘을 향해 절을 하고 타령 장단에 맞춰 춤을 춘다.

춤의 종류

돌단　도는 춤.

곱사위　장구 앞에서 뒤로 물러나면서 추는 춤.

화장　삼현三絃(피리 둘, 대금, 해금, 장구, 북 등으로 이루어진 악대인 삼현육각) 앞에서 양손을 번갈아 돌려 어깨에 대며 추는 춤.

여닫이　삼현 앞에서 곱사위를 해서 나오다가 양손을 번갈아 둘러서 사타구니에 대고, 앞쪽으로 손을 한꺼번에 들었다가 팔을 좌우로 벌리면서 장구 있는 쪽으로 들어감.

멍석마리　장구를 향하여 멍석을 말듯 하면서 앞으로 나아감.

제2과장. 옴 등장

옴　여러 해포 만에 나왔더니 정신이 띵하다. 옛날 하던 짓거리나 한번 해볼까. 〔두 손에 든 막대기를 딱딱 치면 상좌가 뺏어간다.〕

옴　사람이 흰 차일遮日. 햇볕을 가리는 장막 치듯 한데 도적의 소굴에 들어왔군. 막대기를 뺏어갈 때는 쇠끝이라도 내놓으면 큰일나겠군!

　〔놋쇠로 만든 타악기인 제금을 치며 상좌 앞으로 돈다. 상좌가 와서 제금을 빼앗아 옴의 가슴과 배에 대고 치는 흉내를 낸다.〕

옴	적반하장도 분수가 있지. 남의 물건을 뺏어가고 사람까지 쳐! 너 요 녀석들 하던 지랄이나 다 했나?

[상좌가 박수를 치며 장구를 치라는 신호를 보낸 뒤 옴을 마주보며 춤을 춘다. 옴이 상좌를 쳐다보면 상좌가 엉덩이를 흔든다.]

옴	[상좌를 한 번 때리고] 요 녀석 어른보다 차포 오졸1)을 더 두르느냐? [좌중을 돌아보며 인사차] 대방2)에 휘몰아 예소! 절수 절수 지화자 저리 절수! [타령춤을 춘다.]

제3과장. 옴과 묵승

묵승3)	어이 어이.
옴	[들고 있던 홰기이삭 달린 벼, 갈대 등의 줄기로 묵승의 얼굴을 치며] 네 밀할 놈, 대방 놀음판에 나와서 무얼 어이 어이 하니?
묵승	남 채 나오지도 않아서. [앉는다.]
옴	[우, 하고 구부리고 앉으며] 우! 나오지 않은 놈이 저렇게 커!
묵승	너 무슨 말이냐, 나오기는 한 육십 년 되었지만 놀음판에를 인제 나왔단 말이야. [옴을 쫓아다니다가, 옴을 벙거지째 잡고서] 예끼놈, 이 녀석을 인제 만났구나. 아나야!
옴	아나와!
묵승	너 쓴 게 무엇이냐?
옴	내가 너한테 쓰기는 무엇을 써.

---

1) 차포 오졸: 장기에 비유하여 꼼짝 못하게 덤비는 공세를 표현한 말.
2) 대방(大方): 관객을 모신 큰 놀이판.
3) 묵승(墨僧): 얼굴이 검은 중. 산대도감극에서 여덟 묵승의 탈은 모두 검은색이다. '먹중'이나 '목중'이라고도 표기한다.

묵승	저놈이 평생 가난한 것은 알아볼게야. 남의 일수日收나 월수月收만 써 버릇해서 말대답도 그렇게 하느냐? 너 머리에 쓴 것 말이다.
옴	옳다, 내 머리에 쓰신 것 말이지. 이것은 의관인데 이름이 여러 가지다. 저기 선 백목전무명 파는 가게에서 깔고 앉은 초방석풀방석도 같고, 대국천자大國天子가 보내준 노벙거지노끈으로 만든 벙거지라고도 하고, 저 동대문 밖 썩 나서서 청량리 지나서 떡전거리쯤 가면, 한 팔십 먹은 마나님이 녹두 반 되 드르르 갈고 미나리 한 십 전어치 사서 숭덩숭덩 썰어서 부친 덜 굳은 빈대떡이라고도 한다.
묵승	야, 그 두 가지는 그만두고, 나중 말한 것이 무어야?
옴	응, 빈대떡.
묵승	내 밥맛 본 지 한 사나흘 된다. 좀 먹어야겠다.
옴	예끼, 들에 아들놈, 의관도 먹더냐?
묵승	이놈아, 네가 빈대떡이라기에 먹겠댔지, 의관이라고 하는데 먹을 리가 있느냐? 어라, 이놈, 네 얼굴에 노릇노릇하고 발긋발긋하고 우툴두툴한 것은 무엇이냐?
옴	내 얼굴이 우툴두툴하고 발긋발긋하기는 다름이 아니라, 강남서 나오신 호구별성천연두를 퍼뜨리는 여신이 잠깐 전좌옮아 앉다해 계시다.
묵승	야~ 호구별성이 그렇게 앉으실 데도 없더냐? 네 누추한 상판대기에 전좌하시더냐?
옴	호구별성이 집집마다 인물 찾아다니실 때 위아래를 막론하고 전좌하는데, 내 얼굴이라 전좌 안 하시겠느냐?
묵승	야, 호구별성이라니 다시 좀 보자. 〔손으로 옴의 얼굴을 만진다.〕
옴	야, 마마 어이진다.

묵승	이놈이 어서 진옴을 잔뜩 올려가지고, 마마니 역신疫神이니 그래? 아이고, 가려워. 〔물러선다.〕 너하고 말도 하고 싶지도 않다.
옴	이놈이 뭘 올려?
묵승	이놈이 옴을 올려. 〔세 번 정도 반복하는 사이에 옴이 묵승 앞에 왔다.〕 이놈, 네 얼굴이 대패질한 것보다 더 빤빤하다.
옴	아이고, 무르기는 한량없는 놈이로구나.
묵승	너 하던 지랄이나 다 했니?
	〔서로 맞춤을 추다가〕 이놈이 어른보다 차포 오졸을 더 두는구나.
	〔옴이 물러나 삼현 앞에 앉으면〕 대방에 휘몰아 예소! 〔노랫조로〕 절수 절수 지화자 절수! 〔춤춘다.〕

제4과장. 연잎과 눈꿈적이

 연잎4)과 눈꿈적이5) 등장. 연잎은 앞에서 부채로 얼굴을 가리고, 눈꿈적이는 그 뒤에서 장삼으로 얼굴을 가린다. 상좌가 곱사위춤을 추고, 연잎 앞에 가서 엿볼 때 연잎이 부채를 떼면, 상좌가 놀라서 들어간다. 다음 상좌도 같은 모양.

---

4) 연잎: 천살성(天殺星)의 화신. 머리에 푸른 연잎을 쓴 모습. 그의 눈살을 맞으면 생물체가 죽어 얼굴을 가리고 등장한다. 강태공이 원귀를 쫓기 위하여 이 탈을 만들어 놓았다고 한다.
5) 눈꿈적이: 지살성(地殺星)의 화신. 탈 안쪽에 장치를 하여 눈을 꿈적이게 만들었다. 천살성과 마찬가지로 그의 눈살을 맞으면 생물체가 죽어 얼굴을 가리고 등장한다. 이 역시 강태공이 만들었다고 한다.

옴	〔나오면서〕 앗다, 요 어린 녀석들이 뭘 보고 그렇게 방정맞게 그러느냐?
묵승	〔노랫조로〕 소상반죽[6] 열두 마디, 후려쳐 덤석 타! 〔곱사위춤으로 들어가다가, 상좌를 보고 돌아서면서〕 어이쿠, 이게 뭐야. 〔제자리에 돌아간다.〕
옴	앗다, 그 자식들 무엇을 가 보고, 그렇게 기절초풍을 하느냐?
묵승	오냐 나가봐라. 너밖에 죽을 놈 없다.

옴이 춤추며 나가서 눈꿈적이 얼굴 가린 것을 확 벗기자, 눈꿈적이가
눈을 꿈적꿈적하며 옴을 쫓아간다. 연잎이 삼현 앞에 가서 부채를 한 번
들면 염불타령을 친다. 눈꿈적이가 돌단으로 세 번 돌고 나면, 연잎은
삼현 앞에 가서 부채를 앞에 대고 세 번 몸을 잰다. 눈꿈적이가 세 번 돌
면 연잎이 삼현을 등뒤로 하고 부채로 잔등이를 치면 타령을 친다. 연
잎이 곱사위와 멍석말이를 추고 들어간다. 눈꿈적이도 여닫이를 추고
퇴장.

제5과장. 팔목중[7]

팔목중이 나와서 모두 삼현 앞에 앉는다. 상좌가 일어나서 박수치고
타령 장단에 춤추며 한편에 서고, 그 다음 상좌도 이와 같이 한다.

옴	〔노랫조로〕 소상반죽 열두 마디, 후려쳐, 덥석 타. 〔나온다.〕

---

6) 소상반죽(瀟湘斑竹): 중국의 동정호 남쪽 소수와 상강 지역에서 나는 얼룩무늬 대나무.
7) 팔목중: 여덟 명의 묵승(墨僧). 목중은 묵중, 먹중, 묵승과 동일한 지칭이다.

중 1　〔노랫조로〕 금강산이 좋단 말은 바람결에 언뜻 듣고, 장안사^금_{강산에 있는 절} 썩 들어가니, 난데없는 검은 중이. 〔춤추며 나가 선다.〕

중 2　〔노랫조로〕 녹수청산緣水靑山 깊은 골에 청룡靑龍, 황룡黃龍이 굼틀어졌다. 〔춤추며 나가 선다.〕

중 3　〔노랫조로〕 양양소아제박수襄陽小兒齊拍手하니 난가쟁창백동제攔街爭唱白銅鞮라.[8] 〔나가 선다.〕

중 4　〔노랫조로〕 달아 달아 밝은 달아, 이태백이 놀던 달아, 태백이 비상천후[9]에 나와 살잤더니. 〔나가 선다.〕

　이런 방식으로 모두 나와 일렬로 서고 완보^{여덟} _{묵승 중 우두머리}만 남아 있다.

완보　〔앉아서〕 이놈의 집안이 어찌되어, 벌겋게 앉았더니, 모두 어디로 갔나? 집안 개새끼가 나가도 찾는다는데, 나가 찾아봐야겠군. 〔'금강산……' 등 노래를 부르고 갈 때, 돌단으로 춤추고 중들이 서 있는 곳을 빙 돌다가, 다시 삼현 있는 데로 왔다가 화장을 춤추며 중들을 향해 간다.〕 너희들 명색이 무어냐?

중　우리가 중이다

완보　중이면 절간에 있지, 여염가에 왜 왔느냐?

중　××(공연 장소)에서 산대도감극을 한다기에 구경 왔다.

---

8) 양양소아제박수(襄陽小兒齊拍手)하니 난가쟁창백동제(攔街爭唱白銅鞮)라: 이백이 지은 「양양가襄陽歌」의 한 구절로, 중국 양양 지방 아이들이 손뼉을 치면서 앞다투어 〈백동제白銅鞮〉를 부른다는 뜻이다. 〈백동제〉는 양무제가 양주 지방을 평정한 기념으로 지은 노래라고 한다.

9) 비상천후(飛上天後): 하늘로 날아 올라간 후. 전설에 따르면 달 밝은 밤 채석강에서 노닐던 이태백은 포도주를 실컷 마시고 취해서 달을 잡겠다며 동정호에 뛰어들었다가 고래를 타고 하늘로 올라갔다.

완보	얘, 그렇지 않다. 암만 구경은 왔다 해도, 우리가 중 행세를 해야 할 테니까, 우리 염불이나 한마디 해보자. 〔모두 인도印度 소리를 하고, 관 쓴 사람 하나가 열외에 서 있다.〕 나무아미타불. 〔여러 중이 따라 한다.〕
관 쓴 사람	나무할미도 타불, 나무에미도 타불, 나무애비도 타불.

완보가 가서, 관 쓴 중〔이하, 관중으로 표기〕을 물끄러미 들여다보다가 꽹과리 채로 관중의 얼굴을 친다.

완보	이 잡놈아. 이게, 무슨 짓이냐?
관중	이놈아. 몹쓸 놈아. 남에게 이렇게 적악나쁜 짓을 많이 함을 하느냐? 내가 거의 도통道通이 됐는데, 남의 도를 이렇게 깨뜨려주는 수도 있느냐?
완보	너 이놈, 무얼로 도통이 다 됐다는 것이냐?
관중	너는 나무아미타불만 불렀지, 나는 그보다도 몇 가지 더 불렀는데.
완보	네가 몇 가지를 더 불렀어?
관중	몇 가지를 더 부른 말을 들어라. 나무할미도 타불, 나무할애비도 타불, 나무애비도 타불.
완보	옳겠다. 다른 사람보다 세 가지 네 가지 더 불렀으니까 그렇겠다.
중	〔나와서 완보를 보고〕 여, 우리가 겉으로 중이지, 속도 중일 리가 있느냐? 염불인지 무엇인지, 다 그만 내버려두고 우리 가사歌詞나 한번 하여보자.
중 2	얘, 그거 좋은 말이다.

완보, 관중과 모든 중이 일렬로 서고, 완보가 꽹과리를 치면 장구도 장단을 맞춘다.

전부	〔노랫조로〕매화야 너 있던 곳에10)……〔완보 옆에 선 관중이 상좌를 침으로 찌르면 상좌가 춤추고 삼현 앞에 가서 앉는다.〕봄철이 돌아를 온다. 〔관중이 옴을 침주면 옴은 춤추고 상좌 같이 한다.〕
완보	마라, 마라.
옴	남은 신나는데 그래.
중 3	〔나오면서〕애, 그놈의 자식들은 딴놈의 자식이로구나. 그놈들 다 나갔으니 빼고 우리끼리나 잘 놀아보자.
완보	애, 그거 좋은 말이다.
전부	〔노랫조로〕그물을 매세, 그물을 매세. 〔중 하나가 또 침을 맞고서 앞 사람처럼 나간다.〕
중	그놈은 딴놈의 자식이니 무어니 하더니, 저놈은 왜 미쳐 나가느냐!
완보	우리는 다시 잘 놀아보세.
전부	〔노랫조로〕오색당사五色唐絲로 그물을 매세. 〔한 중이 또 나간다.〕
중	그놈도 잡놈이로구나.
완보	애, 이번에 우리 꼼짝 말고 잘 놀자.
전부	〔노랫조로〕치세 치세 그물을 치세. 〔또 하나 나간다.〕
	〔노랫조로〕부벽루 하에 그물을 치세. 〔또 하나 나간다. 완보와

10) 매화야 너 있던 곳에: 이어지는 노래는 십이가사 중 〈매화가〉로 평양 기생 매화가 연인을 빼앗기고 부른 것으로 알려져 있다. '부벽루 하에 그물을 치세'나 '북경 사신 역관들아' 등의 가사로 미루어 매화의 연인은 북경으로 가다가 평양을 거쳐간 사신이나 역관인 듯하다.

침쟁이만 남았다.〕

완보   애, 그 잡자식들은 멀쩡한 미친 녀석들이니 우리 둘이 잘 놀
아보자.

중 1   〔삼현 앞에 앉았다가 두 사람 앞으로 나오면서〕 네 말이 우리는
다 미친 놈이라고 했으니, 너희 두 놈은 장승처럼 서서 죽어
라. 만일 나오면 개자식이다. 〔다시 가서 앉는다.〕

완보   저놈이 와서, 우리를 꼼짝도 못하게 하니, 이것을 어떻게 하
면 좋으냐?

관중   우리야 점잖은 사람이 그럴 도리야 있느냐! 우리 잘 놀아보
자.

완보 · 관중   〔노랫조로〕 북경 사신 역관들아! 〔관중이 마저 노래하며 춤추고
삼현 앞에 나간다.〕

완보   원, 그 녀석도 그 녀석이로구나. 뭘, 점잖으니 어쩌니 하더
니, 마저 미쳐 나갔으니, 이것을 어떻게 해야 하나. 나는 춤
을 한번 추어야겠다. 〔노래를 부르고 춤추면서 삼현 앞으로 간
다.〕

염불놀이 끝.

중이 상좌, 옴, 목중 세 명을 삼현 앞에 세운다.

중   사고무친[11]한 데 나와서, 이런 옹색한 꼴을 당하니 어떻게
하나! 혹시 이 사람이나 여기 왔을까? 〔완보 앞에 가서〕 아나
야이.

---

11) 사고무친(四顧無親): 사방을 둘러보아도 의지할 사람이 전혀 없는 처지.

완보	어이쿠, 아와이. 〔일어선다.〕 자네, 요새 드문드문하이그려.
중	드문드문, 옌장할 건둥건둥하이그려.
완보	족통足痛이나 아니 났느냐.
중	아이고, 그런 효자孝子야.
완보	소재효자의 방언라는 게 오줌 앉힌 재?
중	그것은 요회尿灰, 오줌 재로 볕에 말려서 거름으로 쓰지! 효자란 말이다. 얘, 그러나저러나 안된 일이 있어서 너를 찾았다. 자식 손자 어린것들이 여기서 산두산대놀이를 논다니까 산두 구경을 왔더니, 무얼 먹고 관격급체이 되어서 다 죽게 되었으니, 이걸 어찌하면 좋으냐?
완보	내가 의사가 아니고 나 역시 너와 마찬가지가 아니냐.
중	너는 나보다 지식이 있고 하니까, 이 일을 해야지 어떻게 한단 말이냐.
완보	야, 그것 봐하니, 뭐 음식 먹고 관격된 것 같지 않고, 내 마음에는 신명神明에 체한 것 같다. 널더러 안 할 말이다마는, 너희 집에 혹시 신명의 붙이로 부리조상의 혼령이나 집안 대대로 모시는 신가 있느냐?
중	옳것다, 우리집에 그런 일이 있다. 무당의 부리 말이냐, 우리집에 한 삼대째 증조모, 조모, 모, 모두 무당이다.
완보	옳다, 인제 고쳤다. 〔세 명 앞에 가서 백구사12)를 한다.〕 〔노랫조로〕 백구야 펄펄 날지 마라. 너를 잡을 내 아닌데 성상聖上이 버리시니 너를 좇아 여기 왔다. 오류춘광경13) 좋은데 백마금편백마 타고 금 채찍을 휘두름 화류기생집 가자……

---

12) 백구사(白鷗詞): 십이가사 중 하나로 갈매기를 벗삼아 봄날의 정취를 표현한 노래.
13) 오류춘광경(五柳春光景): 다섯 그루의 버드나무가 있는 봄 풍경.

중	화류? 에미, 먹감나무[14]는 아니구? 〔춤춘다.〕
완보	마라 마라. 이놈아, 사람을 셋씩이나 죽여놓고, 뭐가 좋아 뛰노느냐?
	〔노랫조로〕 삼청동 화개동에 도화동 옥류동에 동소문 밖 썩 내달아 안암동도 동이로다. 충청도 나려가서 경상도 돌아오니 안동도 동이로다. 모시 닷 동, 베 닷 동, 무명 닷 동, 명주 닷 동, 사오 이십 스무 동을 동동그러니 말아 메고 문경새재를 넘어가니 난데없는 도적놈……
중	난데없는 도적놈…… 〔춤춘다.〕
완보	애, 마라 마라. 이놈아, 큰일났어. 아까는 애들이 꼼짝꼼짝하더니, 영 아주 죽었다. 나는 모른다. 네가 매장꾼을 들여서 갖다 묻던지, 불에다 사르던지, 생각대로 해라. 나는 모른다.
중	애애, 그렇지 않다 〔쫓아가 붙든다.〕
완보	〔붙잡혀 오면서〕 네가 이렇게 애걸을 하니, 내가 이왕에 들으니까 먼지골 살다가 잿골로 간 신주부라는 의원이 있으니, 가서 그를 청해 오너라.
중	가라?
완보	가려무나.
중	그 사람이 집에 있을까?
완보	그건 가봐야 알지.
중	아, 정말 갈까?
완보	이놈아, 사람을 셋이나 죽이고, 뭘 이렇게 지체하느냐? 어서 빨리 불러 오너라.
중	〔가다가 다시 와서〕 나는 그 녀석들이 죄 죽어도 못 가겠다. 잿

---

14) 먹감나무: 자단의 목재인 화류(樺榴)와 기생집인 화류(花柳)가 발음이 같음을 이용한 재담.

골 병문골목 어귀의 길가에를 가서, 열댓 살 먹은 아이 하나 있기에 '먼지골 살다가 잿골로 온 신주부 댁이 어디냐?' 물은즉 '요 아래 가 물어보아라' 어린 녀석이 그렇게 말하니, 내 그 녀석들이 죄 죽어도 못 가겠네.

완보 애, 그 아이가 몇 살이나 돼 보이더냐?

중 열댓 살 되더라.

완보 머리 깎았더냐?

중 머리 깎았더라.

완보 머리 깎았으면, 보통학교 졸업은 마쳤을 테고, 중학생은 될 테야.

〔손으로 중의 머리를 만져보니 맨머리다.〕 네가 이 모양을 하고 병문에 가 물은즉 평생 남의 집 하인이지 무어냐? 의관 쓴 내가 물어볼게 보아라.

〔나가면서〕 애, 먼지골서 살다가 잿골로 오신 신주부 댁이 어디냐?

_____15) 요 아래 가 물어보십시오.

완보 이것 봐라. 〔중을 본다.〕 의관 쓴 양반이 물어보니까! 네 귓구멍 없느냐?

중 〔신주부 집에 간 모양.〕 여, 신주부.

신주부 누, 네미할 놈이 신주부야.

중 어찌 듣는 말씀이요. 성이 신씨라 신주부가 아니라, 새로 났으니까 신주부야.

신주부 그러면 와야.

완보 〔왈칵 달려들며〕 의사인 줄 알았더니 수왈치매사냥꾼 새끼로구

---

15) 이 부분은 완보가 구경중인 관중에게 묻는 상황이라 이름 자리는 비워두었다.

나.

중   〔신주부를 데리고 오면서〕 신주부 청함은 다름이 아니라, 내가
      아들, 손자, 증손 이렇게 데리고 산대 구경을 왔더니 어린것
      들이 무얼 먹고 관격이 되었는지, 죽게 되어서 왔소.

신주부 너 아래로 몇 대^代냐?

중   나 아래로 사대^{四代}요.

신주부 그럼 난 오대조^{五代祖}다.

완보   〔덤비면서〕 나는 육대조^{六代祖}다.

신주부를 데리고 온 모양.

신주부 그 녀석들이 어디 있느냐?

중   저 빈소 방에 있소.

신주부 빈소 방이라니? 다 죽었단 말이냐?

중   죽을 줄 알고, 미리 빈소 방으로 정했소!

신주부가 옴의 손을 쥐고, 새끼손가락을 집는다.

완보   〔쫓아가서 손을 잡아떼고〕 이건 의사냐? 맥 보는 법이 삼리절
      곡침을 놓는 자리의 하나, 방광혈이라든지 새끼손가락 맥 보는 것
      은 금시초견이다.

신주부 이 무식한 놈아, 이전에는 삼리절곡, 방광혈이라든지, 그렇게
      맥을 보았지마는, 지금은 신식으로 맥을 치걷어보는 게다.

완보   얘, 그럼, 맹문사리를 분간할 줄 모르는 사람은 아니로구나.

신주부 〔다시 옴의 손을 쥐고 완보를 향하여〕 어딜 주랴?

완보   이런 녀석의 의원이 어디 있나? 그럼 내가 주게? 그럼, 그 녀

석을 아주 줄띠목숨줄를 끊어버려라.

신주부 〔완보를 보고〕본즉 애들이 경망한 듯하니 붙잡아라. 〔세 명에게 침을 준다.〕

옴 등이 소생하여 노래하고 춤춘다.

완보 야, 의사 없어도 못 살 게로구나.

침놀이 끝.

제6과장. 애사당놀이

중이 일렬로 서서 제금을 치면서 애사당을 청하면, 왜장녀가 장삼 두 개를 걸머지고, 애사당을 데리고 나와 섰다.

왜장녀 〔막대기로 중의 얼굴을 때리며〕 애, 애.
묵승 이년이, 얘가 누구냐?
왜장녀 여보, 여보. 〔애사당을 가리키며〕 얘, 내 딸이다.
중 너의 집에 또 있느냐?
왜장녀 우리집에 또 있다.
중 네 집에 저런 게 또 있으면, 집안 망하긴 똑 알맞겠다.

왜장녀가 가진 장삼을 관 쓴 목중이 뺏어 삼현 앞에 가서 풀고, 그중 작은 장삼 하나를 꺼내어 목중이 입는다. 장구 등을 치며 사당을 놀릴 때, 왜장녀와 애사당이 춤춘다.

관중	사당, 돈이야. 〔왜장녀가 돈을 받으러 간다.〕 이년아 저리 가거
	라. 〔왜장녀가 다시 간다.〕 이 육시[16]할 년아, 저리 가! 〔관중이
	왜장녀의 손을 잡아챈다.〕
중	〔노랫조로〕 등장 가세[17], 등장 가세, 하느님한테로 등장 가세.
	무슨 연유로 등장을 가나.
	늙으신 노인은 죽이지 말고, 젊으신 청년은 늙지 말게.
	하느님한테로 등장 가세.
	얼씨구절씨구, 기장 자로 찧는다.
	아무리 찧어도 헛방아만 찧는다.
관중	〔두 손가락을 동그랗게 만들어서 돈이라는 표시를 하고, 두 번 팔을
	벌려 두 쾌라는 것을 보인다.〕
왜장녀	〔애사당의 뺨을 만지며〕 저, 저 양반이 두 쾌만 주마고 그러니
	가자.

애사당이 왜장녀의 뺨을 친다. 왜장녀가 분이 나서 관 쓴 중 앞에 가
서 그의 뺨을 치고 발로 배를 친다. 관중이 다시 왜장녀 등을 툭툭 두드
린다.

관중	돈 한 쾌만 더해서 세 쾌를 줄게, 이 편지를 가져다 애사당을
	주어라.
왜장녀	〔편지를 가져가 애사당에게 주고 얼굴을 어루만지며〕 돈 한 쾌를
	더 주마고 그러고, 편지를 주니 보아라.

---

16) 육시(戮屍): 이미 죽은 사람의 목을 베는 형벌.
17) 하느님에게 탄원한다는 설정으로 인간의 늙음과 죽음을 탄식하는 〈등장가〉가 이어진다.

애사당이 편지를 보고 미소를 짓고, 왜장녀를 따라간다.

관중　〔애사당과 함께 앉는다.〕 애, 주안상 한 상 차려 오너라.

왜장녀가 북에다 꽹과리를 얹어 머리에 이고 와서, 관중과 애사당 앞
에 놓으면 중들이 죽 둘러선다.

중들　이년아, 어서 술을 드려라. 〔왜장녀가 꽹과리 안에 손을 넣어 두
　　　　른다.〕 이년아, 너 먼저 먹을라. 〔왜장녀가 먹는다.〕 이년아, 네
　　　　가 먹는단 말이냐. 〔왜장녀가 다시 드린다.〕
완보　〔아무 중이나 가리키며〕 저 양반 먼저 드려라.

왜장녀가 술[꽹과리]을 관중에게 준다. 완보가 술상[북]을 발로 차 엎지
른다.

중들　자아.
관중　〔애사당을 업고 한 손을 흔들며〕 자아.

여러 중들이 물러서서 삼현 앞에 앉는다. 애사당은 소장삼小長衫, 왜장
녀는 대장삼大長衫을 입고 마주서서 타령 장단에 맞추어 대무對舞를 춘다.
세 번 나아가고 세 번 물러선 후에 애사당이 삼현 앞에 앉으면, 왜장녀
가 돌단, 멍석말이, 곱사위를 추고 퇴장한다. 애사당이 일어나 여닫이와
화장을 추고 멈춘다. 목중 두 명이 북을 들고 서면, 굿거리장단에 맞추
어 애사당이 벅구作은 북를 친다. 한창 재미있게 노는 중에 목중이 덤벼
들어 벅구를 뺏는다.

묵승   요년, 요, 요망 방정스런 년아, 남의 크나큰 놀음에 나와서
        계집아이 년이 무엇을 콩콩 쾡쾡 하느냐?

　애사당은 가서 앉고, 묵승이 벅구를 들고 친다. 완보가 북 위에 가서
슬그머니 북을 잡아당기자, 묵승은 헛손질한다.

완보   앗다, 그놈은 남을 타박을 치더니, 밥을 굶었는지 헛손질을
        잘하고 섰다.
묵승   남 재미있게 노는 데 이거 무슨 짓이냐?
완보   너는 왜, 남 잘 치는데 타박을 왜 주려더냐?
묵승   얘, 그렇지 않다. 좀 잘 들어라, 우리 좀 잘 놀아보자.
완보   그래라. 〔북을 머리에 인다.〕
묵승   그것을 어떻게 치란 말이냐?
완보   이놈아, 물구나무서서 못 치느냐?
묵승   그렇지 않다. 잘 들어라. 〔완보가 머리 위로 북을 높이 든다.〕 이
        놈아, 높아서 어떻게 치느냐?
완보   이놈아, 사닥다리 놓고 못 치느냐.
묵승   얘, 너무 높으니, 조곰 조곰 조곰 조곰 조곰 조곰, 〔완보가 북
        을 차츰 차츰 내려 든다.〕 고만! 〔완보가 북을 땅에 놓는다.〕 너에
        게 땅에 놓으라더냐?
완보   이놈아, 조곰 조곰 하다가 땅에 닿기에 놨지.
묵승   얘, 안되겠다. 〔북에 멜빵을 해서 완보에게 지운다.〕
완보   이런 대처에 나왔으니 좋은 물건이나 팔아볼까.
        〔노랫조로〕 헌 가마솥 봉 받치올까, 으트트……
        사람은 흰 차일 치듯 한데 흥정은 오 리五厘. 1전의 절반치도 없구
        나.

묵승	게가 구멍을 찾지, 구멍이 게를 찾더냐?
완보	옳겄다, 게가 구멍을 찾지 구멍은 게를 안 찾는 법이라. 〔노랫조로〕 헌 무쇠 가마솥 봉 받치려! 〔묵승이 일어나 북을 꽝 친다.〕 어이쿠 나와 계시우.
묵승	자네 요새 드문드문해그려.
완보	드문드문, 네미 겅둥겅둥 아니고? 족통이나 안 났느냐?
묵승	아이고, 그런 효자야.
완보	소재라는 게 오줌 앉힌 재?
묵승	어찌 듣는 말이냐? 효자란 말이다. 자네, 요새 들으니까 영업이 대단히 크다네 그려.
완보	내 요새 영업이 대단히 크이. 영업차로 서양 각국이든지 일본이든지 많이 다녔네.
묵승	그 무슨 물건이란 말인가?
완보	물건은 한 가지로되 이름은 여러 가질세.
묵승	그 무슨 물건 이름이 여러 가지란 말인가?
완보	그 이름 알면 끔찍끔찍하다. 고동지라고도 하고 북이라고도 하고 벅구라고도 한다.
묵승	벅구면 치기도 허겄구나.
완보	치면 천지가 진동하고, 도무지 기가 막힌다.
묵승	우리 한번 치고 놀아보면 어떻겠느냐.
완보	글랑은 그래라. 〔묵승이 벅구를 치는데, 돌아다보며〕 좋지?
묵승	애, 그 딴은 좋다. 〔다시 친다.〕
완보	쩌르르⋯⋯〔남쪽으로 나가니, 묵승이 헛손질을 한다.〕 왜 이놈아, 헛게 들렸느냐, 왜 헛손질을 하느냐?
묵승	애, 애.
완보	왜 그러느냐.

묵승	너, 이번에 남쪽으로 갔으니, 남쪽으로 가면 네 어미를 나를 주느니라.
완보	남쪽으로 아니 가면, 그 욕은 네가 먹느니라.
묵승	너만 그래. 〔묵승이 북을 또 친다. 완보가 북쪽으로 가면 묵승이 못 치고 헛손질을 한다.〕 너 이게 무슨 짓이냐?
완보	남쪽으로 가는 맹세했으니까, 북쪽으로 가지 않았니.
묵승	너, 북쪽이나 남쪽으로 가면 그렇다. 〔중이 벅구를 치면, 완보는 동쪽으로 간다.〕
완보	앗다, 그놈 잘 친다.
묵승	너, 이게 무슨 짓이냐?
완보	너, 북이나 남쪽 가는 맹세했지, 동쪽으로 가는 맹세는 아니했으니까, 동쪽으로 갔다.
묵승	너, 남쪽이나 북쪽이나 동쪽이나 가면, 그 욕은 네가 먹느니라.
완보	그러면 남쪽이나 북쪽이나 동쪽이나 아니 가면 괜찮지. 〔묵승이 벅구를 치면, 서쪽으로 간다.〕
묵승	이게 무슨 짓이냐?
완보	남쪽이나 북쪽이나 동쪽이나 맹세했지, 서쪽 가는 맹세는 아니했으니까, 서쪽으로 갔다.
묵승	이런 녀석과 말해볼 수 있나. 너 이리 오너라. 〔완보를 세워 두 발을 모아놓고, 그 주위에 원을 긋는다.〕 너 만일 이 금 밖에만 나오면, 네 어멈을 날 주느니라.
완보	아무튼지 이 금 밖에만 나가면 그렇지.
묵승	영락없지.
완보	여러분이 다 보십시오. 금 밖에 나가면 그렇다고 맹세했으니, 금 밖에 이놈이 먼저 나갔습니다. 〔묵승이 북을 칠 때 북을

벗어버린다.〕

묵승 너 이게 무슨 짓이냐?

완보 금 밖에 나가면 그렇게 맹세했으니까, 북을 벗어놓으면 그만
아니냐?

북놀이 끝.

제7과장. 노장과장

　노장이 상좌를 앞세우고, 놀이판 병문에 들어섰다. 상좌가 손을 치면
타령 장단을 치고, 깨끼리춤^{곱사위, 멍석말이}을 추며, 노장을 보고 깜짝 놀라
돌아선다.

옴 요 녀석아, 어린 녀석이 무얼 보고 놀래느냐? 〔노랫조로〕 소
상반죽 열두 마디 후려쳐 덥석 타─〔노장을 보고 깜짝 놀라 돌
아선다.〕

묵승 앗다, 그 녀석은 남 나무라더니 너는 더 놀래는구나? 〔〈양양
가〉 등을 부르고 나오다가 노장을 보고 깜짝 놀라 돌아선다.〕

중 1 아따, 그 녀석들 남 나무라더니 뭘 보고 기절들 하느냐? 〔〈달
아 달아〉 등을 부르고 나가서, 노장을 엿본 후 깜짝 놀라 돌아선
다.〕

중 2 뭘, 이 녀석들아, 야단을 하느냐? 〔〈금강산〉 등을 부르고 나오다
가, 노장을 보고 놀라 돌아선다.〕

관중 이 자식들아, 무얼 보고 그리 야단이냐? 어른이 나가실 게 보
아라. 〔노랫조로〕 녹수청산 깊은 골에 청룡, 황룡이 굼틀어졌

다. 〔나가 보고, 놀라 돌아선다.〕

완보 이 제웅의 아들 녀석들아, 무얼 보고 그렇게 지랄들을 하느냐? 군자는 사불범정[18]이라, 어른이 나가시건 보아라. 〔노래하고 나가서, 노장을 보고〕 어이쿠, 이게 뭐냐?

중들 그 뭐란 말이냐?

완보 얘, 뒷절에 여러 천년 묵은 스님이 내려오셨구나. 점잖으신 스님이 무얼 하러 여각旅閣에 내려오셨수? 스님이 절간에 계시면, 송죽이 세 그릇이요, 담배가 세 매요, 상좌 비역남색이 세 번인데, 뭘 하러 내려와 계시우?

중 〔노장의 송낙을 붙잡고〕 어, 이건 무얼 썼어? 터주 주저리[19]를 썼나?

중 2 새 새끼도 치겠네, 위여 위여.

노장이 부채로 완보 얼굴을 치고, 옴을 가리킨다.

완보 얘, 이것 봐라. 잇짚에도 뱁이 있다고[20], 그중에 얼굴 검붉고 노벙거지노끈 벙거지 쓴 놈 잡아들이라네. 순령수명령을 전달하는 군사―

중들 여이 여이.

완보 〔명령적으로〕 그중에 얼굴 붉고 노벙거지 쓴 놈 잡아들여라.

중들 우- 어-

18) 사불범정(邪不犯正): 바르지 못한 것이 바른 것을 범하지 못함
19) 터주 주저리: 집을 지키는 터주신을 섬기기 위해 짚으로 엮은 오쟁이 안에 베나 짚신 등을 넣어 달아두는 물건.
20) 잇짚에도 뱁이 있다고: 완보가 송낙을 건드리자 노장이 부채로 맞대응한 행동을 비꼬는 말. 잇짚은 메벼의 짚. '짚에도 뱁이 있고 깨묵에도 씨가 있다'는 속담의 일부 구절로, 모든 물건에는 다 속마음이 있으니 사람을 함부로 여기거나 허술히 대하지 말라는 뜻이다.

중 1   〔옴을 붙들고〕 잡아들였소.

노장이 부채로 완보 얼굴을 친다.

완보   네, 그놈을 덮어놓고 까요! 네, 대매^{단 한 번 매를 때림에} 물고를
         올려요! 〔명령적으로〕 집장 노자^{매를 치는 하인,} 헐장^{안 아프게 가볍게}
         ^{매를 치기} 말고, 당처^{當處, 바로 이곳}를 각별히 쳐라. 매우 쳐라!
집장한 사람   저 앗더- 〔노랫조로〕 소상반죽 열두 마디 후려쳐 덥석 타.
         〔춤추며 나간다.〕
완보   애, 말아 말아 말아. 스님이 사람 하나 죽이고도 꼼짝을 안
         하고, 요지부동이라. 이 철없는 자식아, 뛰기만 하면 제일이
         냐. 〔노장이 또 부채로 완보 얼굴을 친다.〕 네, 스님이 신명이 과
         해서 내려오셨어요! 〈백구타령白鷗打鈴〉 한마디를 드르르 말아
         다가, 두 귀에 콱 박아드릴까? 〔노랫조로〕 백구야 펄펄 날지
         마라…… 화류 가자.
옴중   화류? 예-미- 먹감나무? 〔춤추며 나간다.〕
완보   애, 말아 말아. 이 자식들아 뛰기만 하면 그만이냐?
옴중   남, 신이 날 만하면, 왜 이래! 〔들어온다.〕
완보   〔노랫조로〕 삼청동 화개동에 도화동도 동이로다.
중   난데없는 도적놈이. 〔나간다.〕
완보   애, 말아 말아. 이 자식들아, 뭐가 좋아 이렇게 뛰느냐? 스님이
         〈백구타령〉 한 판을 해드려도, 땅띔도 안 하고 서 계시다. 모
         셔드려야 안 하느냐?
중들   그 일을 말이냐!
완보   〔노랫조로〕 오이여, 으으으 산이여 하하. 〔닷 감는 소리.〕
중들   〔노랫조로〕 오이여, 으으으 에헤여 아.

완보   〔노랫조로〕연평 바다로 조기잡이 가세. 아기냐, 소냐, 방애 홍애로다.

중들   〔노랫조로〕아기냐, 소냐, 방애 홍애로다. 야할 야할. 〔노장을 업어놓는다.〕

완보   아이고, 애, 한밥 먹을 것 생겼구나. 하느님께서 여러 중생이 수고했다고, 천사탕하늘이 내린 탕약이다. 〔완보가 노장의 등을 집고 흔든다.〕 야, 이것 농바윗덩이장롱처럼 생긴 바위 같구나. 그냥은 먹을 수 없으니까, 토막을 쳐야 할 터인데, 여러 토막 내야겠는걸. 〔완보가 노장의 머리를 짚으면서〕 이건 누가 먹으려느냐? 〔상좌가 가서, 노장의 머리를 집는다.〕 요 안달할 녀석아, 이런 녀석이 어두봉미어두육미란 말은 들어서, 어른 앞에서 먼저 맡는단 말이냐? 〔토막을 내서 먹는 모양.〕

여러 중들이 하얀 무명을 가지고 노장을 둘러싸고, 삼현은 타령 장단을 친다.

중들   비애라. 〔구부려 엎드린다.〕 비애라, 비애라, 비애라, 비애라, 비애라.

노장 하나만 남겨두고, 모두 개복청놀이꾼들이 탈이나 옷을 갈아입는 공간으로 들어간다.

노장 혼자 거드름춤을 추고 타령 장단. 노장이 세 번 일어났다 엎드리고, 일어서서 지팡이를 이마에 대고 기대어 서며 염불·타령 장단을 친다.

노장이 세 번 나아가고 세 번 들어온 후에 돌단으로 세 번 돌고, 장단을 타령으로 돌려가지고, 멍석말이, 곱사위, 화장으로 한참 춤을 춘다.

소무당은 좌우에 서서 무대 위쪽을 향하여 두 번 절한 후에, 중령산中
靈山 장단에 맞추어 마주서서 춤춘다. 노장은 갈지자로 왔다갔다하면서,
소무의 입도 떼어 먹고, 겨드랑이도 떼어 먹고, 견대띠를 끌러 소무 한
명을 동여가지고, 연도 날려보고, 갖가지로 흉내를 낸다. 노장이 염주로
소무의 목을 걸어 이리저리 왔다갔다하다가, 삼현 앞에 가서 앉는다.

노장과장 끝.

제8과장. 말뚝이과장

말뚝이가 원숭이를 지고 나온다.

말뚝　사람이 흰 차일 치듯 모였는데, 이왕 나왔으니, 물건이나 한
　　　번 외워볼까. 〔외운다.〕 서피무소가죽 발막부잣집 노인이 신던 마른신이
　　　나, 여운혜여자들이 신는 구름 장식의 가죽신들 사려! 사람은 산들에
　　　가득해도 흥정은 오 리치도 없네. 〔외운다.〕 서피 발막에 여당
　　　혜여자들이 신는 덩굴무늬 들어간 가죽신들 사려!
　　　〔노장이 앉았다가, 말뚝이 앞에 가서 부채를 확 편다.〕 네, 내달아
　　　계시우. 네, 물건을 사셔요! 〔원숭이를 내려놓는다.〕 아이고,
　　　무거워 죽겠네. 〔노장 앞에서 채찍으로 땅을 치면서〕 어째 불러
　　　계시우. 네, 신을 사요. 몇 켤레나 쓰시려우. 〔노장이 두 손가
　　　락을 붙였다 뗐다 한다.〕 네, 두 켤레요. 그건, 누구를 신기시려
　　　우?
　　　〔노장이 부채로 소무 두 명을 가리킨다.〕 네, 한 켤레는 당신 할
　　　머니를 드리고, 한 켤레는 당신 대부인을 드려요. 몇 치나 쓰

시려우? 〔노장이 부채에다 손을 대고 두 손가락으로 두 번 뻗어본
다.〕 이건, 자벌레가 중패를 질렀소?[21] 값은 언제 내시려우?
원, 이런 어처구니없는 놈 보게. 물건값이라 하는 건 현금 없
으면, 한 파수닷새마다 매매한 물건값을 치름라고 하든지, 넉넉 두 파
수지. '윤동짓달 스무 초하룻날[22] 내마'네. 예끼 도둑의 아들
놈! 열 치가 한 자가 되기로, 내가 물건값이야 못 받겠느냐?
〔채찍으로 원숭이를 친다.〕 요 녀석 일어나거라. 〔원숭이는 일어
서서 들까분다.〕 요 안달을 작작 해라. 널로 해서 세상이 망하
겠다. 요 모양에 무슨 신명은 아마 있으렸다. 〔타령 장단.〕
〔노랫조로〕 봉지 봉지 봉지야, 깨소금 봉지도 봉지요. 후추 봉
지도 봉지요, 고춧가루 봉지도 봉지요. 짝짝콩 짝짝콩 쥐얌
쥐얌 쥐쥐얌 돌이 돌이 돌돌이. 계수나무 요분틀여성의 성기를 은
유함 자기 녹비끈사슴가죽끈. 남성의 성기를 은유함을 꿰어 어슥비슥 차
는고나, 네 에밀 붙고, 발겨간다.
요 녀석아 네 에미를 붙는데도 조렇게 두르느냐? 얘, 그건 다
희언戲言이다. 물건을 가지고 나왔다가 웬 못된 직장님을 만
나서, 물건값은 받을 수가 없는데, 그놈의 집 후정뒷마당을 본
즉, 처첩妻妾인 듯 싶더라. 그중에 얌전한 걸로 하나를 빼오면
너도 홀애비요 나도 홀애비인데, 밥도 하여 먹고 옷도 하여
입으면서, 네 동생도 하룻저녁에 여남은씩 낳을 테니, 가서
한 넌만 빼오너라. 쳐라! 〔타령 장단을 친다.〕

---

21) 자벌레가 중패를 질렀소: 자벌레 따위가 몸을 연거푸 움츠렸다 폈다 함을 '중패질하다'고
표현한다. 남녀 성행위를 자벌레의 몸짓에 빗댄 표현이다.
22) 윤동짓달 스무 초하룻날: 동짓달은 음력 11월인데, 음력 11월에 윤달이 드는 경우는 없다.
따라서 여기서는 영원히 신발값을 안 낼 것이냐고 따지는 표현으로 이해할 수 있다.

원숭이가 소무 앞으로 곱사위로 들어가서, 소무 앞에서 좌우 손으로 소무의 어깨를 짚고, 아래를 대고 돌아온다. 다시 멍석말이로 말뚝이 앞에 와서 말뚝이 얼굴을 친다.

말뚝   오, 너 잘 다녀왔느냐? 간 일은 어떻게 되었단 말이냐? 〔원숭이가 왼손 둘째손가락으로 동그라미를 만들고, 오른손가락 하나를 그 속에 넣어 성교를 의미한다.〕 요런, 안갑^{근친상간}을 할 녀석 봤을까? 요 체면에 무슨 생각이 있어서, 요 녀석아, 숫국^{숫처녀}을 거르고 와? 솔개미, 꾸미국^{이나 찌개에 넣는 고기} 가게 보낸 모양이시, 나는 어떻게 하란 말이냐? 네 비역이라도 할 수밖에 없다. 요 녀석, 들어가자. 쳐라! 〔타령 장단.〕

말뚝이가 깨끼리춤을 추고 퇴장.

제9과장. 취발이과장

취발^{醉發}   〔나뭇가지를 들고 나오면서〕 에라 에라 에라, 이 안갑을 할 녀석들 다들 물러서라. 〔나와서〕 애, 여러 해포 만에 나왔더니 정신이 띵 하구나. 왜 난데없는 향내가 코를 쿡쿡 찌르느냐? 향내도 되잖은 인조 사향내일세. 옛날에 하던 지저귀^짓나 한번 하여볼까. 애, 일어— 어이키여. 〔재채기한다.〕 한번 다시 또 불러볼까? 애, 일어—

노장이 앉았다가 벌떡 일어나서 취발이 앞에 가 부채를 확 편다.

취발 어이구머니, 이게 뭐냐? 내 오늘 친구 덕에 술잔이나 얼척지근하게열큰하게 먹었더니, 이 ×××[공연 장소] 벌판에 주린 솔개미가 내 얼굴이 벌거니까, 꾸미 좌판으로 알고 덤비네. 까딱하면 얼굴 불한당 맞기 쉽겠군. 솔개미 좀 쫓아야지. 훨훨 훨훨훨. [타령 장단.] 솔개미를 쫓았으니, 다시 한번 불러볼까, 일워―

노장이 나와서 또 부채를 확 편다.

취발 애 이건 솔개미인 줄 알았더니, 솔개미도 아니로구나. 무슨 내용이 있는 모양이로군. [취발이가 솔가지를 제 이마에 대고, 터부룩한 머리를 거스르고, 소무를 건너다보고, 두 손으로 땅바닥을 탁 치면서 껄껄 웃는다.] 나는 뭐이 그러나 했더니, 저 녀석이 그랬네. 그래 이놈아, 아무리 세월이 말세가 되었기로, 중놈이 여려旅閭에 내려와서, 계집이 하나도 어려운데, 둘씩 데리고 농탕을 쳐? 저런 육시할 놈을 어떻게 하면 저년을 다 빼앗나! 우선 급한 대로 시장에 갖다 팔더라도, 둘에 백 원은 받겠지. 이놈아, 너고 나고는 소용없다. 만첩청산萬疊靑山, 겹겹이 둘러싸인 푸른 산 깊은 골에 쑥 들어가서, 눈이 부옇게 멀도록 생똥구멍남색이나 하자. 아이고, 저런 육시할 놈, 그건 싫다네. 저놈을 뭘로 놀려낼고. 〈금강산〉으로 놀려낼까!
[노랫조로] 금강산을 좋단 말은 바람결에 넌짓 듣고 장안사 썩 들어가니, 난데없는 검은 중놈 팔대 장삼을 떨쳐입고, 흐늘거려서 노닌다.

노장과 취발이가 마주서서 춤추다가 돌단을 추고, 노장이 장삼 소매로 취발이를 때린다.

취발 애, 그 중놈, 딴딴하구나. 속인俗人, 승려가 아닌 일반인 치기를 낭중
취물주머니 속 물건하듯 하네.

노장이 삼현 앞에 가서 장삼을 벗고, 우뚝 서면 취발이가 물끄러미 본
다.

취발 아, 이놈 보게. 나를 아주 잡으려나, 옷을 벗고 덤비네. [취발
이도 벗는다.] 이놈아, 너 벗었는데, 나는 못 벗으랴? 여, 여러
분이 몸조심을 하는 이는 다 가십시오. 오늘 여기서 살인납
니다. [노랫조로] 양양소아이백의 〈양양가〉 구절……

둘이 마주서서 춤을 추다가 노장이 취발이 앞으로 돌아서 화장을 하
며, 다시 취발이 앞으로 간다. 취발이가 노장의 등을 치면 노장이 놀라
나가서 소무당 다리를 벌리고 들어가 엎드린다.

취발 중놈이란 할 수가 없어. 뒤가 무르기가 한량이 없지. 나는 그
놈한테 한번 얻어맞고 능히 배겼는데, 이놈은 아주 열두 끗
을 하였네. 이놈이 들어갔으니, 한번 놀아나봐야겠다. [옷을
주워 입고.]
[노랫조로] 녹수청산 깊은 골에 청룡, 황룡이 굼틀어졌다.
[돌단으로 춤을 추며 소무 앞으로 간다. 노장이 별안간 쑥 나오면,
취발이가 깜짝 놀라 돌아서면서] 어이구머니, 이게 뭐야! 옳다,
뭔고 하였더니 인왕산 속에서 여러 천년 묵은 이무기가 나왔
네그려. 애, 그저 연일 날이 흐리더라. 점잖은 짐승이 인간

눈 더러운 데 왜 내려왔어? 어서 들어가! 어! 짐승도 점잖으니까 말귀를 알아듣네. 들어가라니까 슬슬 들어가는데.

노장이 뒷걸음으로 들어가다가 쑥 나온다. 취발이가 놀라 물러선다.

취발 아이고, 이게 나하고 놀자네. 어서 들어가! 이 녀석아, 쑥 들어가거라. 〔솔가지로 땅바닥을 치니, 노장이 소무 하나를 데리고 개복청으로 퇴장.〕 저년은 그래도 못 미더워, 중서방을 해가네. 〔나머지 소무 한 명의 옆에 가서〕 중놈이 밤낮 천수천안관세음보살^{천 개의 손바닥마다 눈이 있어 무한한 자비를 베푸는 보살}이나 불렀지, 이런 오입쟁이 놀음이야, 한번 해봤을 수가 있나. 자라춤이나 한번 추어볼까!

〔취발이가 춤추며 들어가서, 소무를 가운데 놓고 돌단으로 추다가, 곱사위춤으로 들어가서, 소무 앞에 앉으며 다리 하나를 소무 치마 속에 넣고 책상다리로 앉는다.〕 제가 나무아미타불이나 했지, 이런 가사나 한번 불러봤을 수가 있나?

〔노랫조로〕 공산^{空山}이 적막한데, 슬피 우는 두견새야, 촉국흥망²³⁾이 어제오늘 아니어든, 지금에 피나게 울어 남의 애를. 이 계집애, 가사마다 시다^맛이 식초 같다 절절. 〔타령 장단, 다시 한 바퀴 돌아 소무 앞에 앉는다.〕 원, 이런 녀석에 일이 있나? 내가 계집을 데리고 논다고, 머리를 풀고 있었으니, 남이 알면 상당한 줄 알겠지. 상투나 좀 짜야겠다. 〔상투를 짠다.〕 밤낮 짜다 봐도 한 벌, 〔몇 번 감다가〕 또 한 벌, 〔세 번이나 이렇게 하고 앉는다.〕 이 계집애, 상투 외투마다 시다 절절. 〔한 바퀴 돌아

---

23) 촉국흥망(蜀國興亡): 촉나라 임금 두우(杜宇)가 억울하게 죽어 두견새가 되었다는 고사.

뒤에 가서 소무의 사타구니에 머리를 넣고 엎드려 방아 찧는다.]
〔노랫조로〕 얼씨구절씨구 경庚 귀 자로 찧는다. 아무리 찧어도
헛방아만 찧는다.

취발이가 고개를 돌려 소무를 보니, 소무가 살그머니 비켜선다.

취발   내, 그저 싱겁더라니! 요년, 중놈만 못하지? 이 계집애, 방아
마다 시다. 〔일어나서 돌단을 추고, 소무 뒤로 앉아서 치마 속에
머리를 넣는다.〕 애, 딴은 좋다. 평생 살아도, 후정이라고는 처
음 들어와봤는데, 잔솔이 담상 담상 난 게 참 좋다. 〔일어나
서, 소무의 치마를 붙잡고 서로 등지고 선다.〕 뒷집 흰 개 흘레交尾
허—

소무가 서서 배를 만진다.

취발   공석어멈, 공석어멈!

왜장녀가 수건을 머리에 쓰고, 한 바퀴를 돌면서, 드러누운 소무 옆으
로 간다.

취발   머리를 짚어드려라, 허리를 좀 눌러드려라.

공석어멈은 해산分娩을 구완하는 형용을 하고 퇴장. 마당에 아이만 있
고 소무는 나가서 삼현 앞에 앉았다.

취발	〔낭성 걸음[24]으로 뛰어다니다가 아이를 보고〕 어이구머니, 이게

취발　〔낭성 걸음[24]으로 뛰어다니다가 아이를 보고〕 어이구머니, 이게 뭐여. 지금 난 게 요렇게 큰가! 몹시 숙성한데. 아! 육시할 년 보게, 삼태아를 싼 막과 태반도 안 가르고 들어갔네, 내가 가를 수밖에. 〔탯줄은 뺨가웃을 뺌어서[25] 돌돌 말아 배에 붙이고〕 삼신제왕아이를 점지하고 해산을 돕는 세 신령이 내가 넉넉지 못한 줄 알고, 한 번 일습옷 한 벌을 하여 입혀 보냈네. 굴레어린아이에게 씌우는 수놓은 모자까지 저고리까지 바지까지 버선, 행전, 토시까지, 꽃미투리를 낙꾹지[26]로 들메끈으로 신을 발에 동여맴까지 하였네.

이하 나오는 아이의 말은 취발이가 자문자답한다.

아이　여보 아버지, 날 좀 업어주.

취발　몰라 그렇지, 아이 업는 방법이 있는 걸. 여간 사람이 이걸 알 수가 있나? 아이라는 것은 거꾸로 업어야 체증막힘이 없는 법이다. 〔거꾸로 업는다.〕 어이구머니, 덜미를 이렇게 둘러? 원 어떻게 어린 녀석이 양기陽氣 덩어리로 생겼는지. 〔어린애를 들고 본다.〕 아따, 어린 녀석 자지라고, 어른 좆보다 더 빳빳하구나.

아이　여보 아버지, 글을 좀 배워야겠소.

취발　그, 이를 말이냐.

아이　황해도하고, 평안도하고 배우겠소.

---

24) 낭성 걸음: 다른 자료에는 '까치 걸음'으로 되어 있다.
25) 뺨가웃을 뺌어서: 가웃은 앞말이 가리키는 단위의 절반 정도를 더 보탠다는 의미라 뺨가웃은 한 뼘 반 정도다. '한 뼘 반 정도를 재어서'라는 뜻.
26) 낙꾹지: 낙폭지(落幅紙). 과거에서 낙방한 사람의 시험지. 이를 옷이나 모자 등의 형태를 빳빳하게 유지하는 데 사용하였다.

취발 옳것다. 양서[27]를 배워?

〔노랫조로〕 하늘 천 따 지 검을 현 누루 황, 하늘이 있을 제 땅이랴 없으랴! 가마솥이 있을 제 눌은밥이 없으랴!

아이 북북 긁어서 선생님은 한 그릇 나는 두 그릇 먹겠소.

취발 이놈아, 네가 두 그릇을 먹어? 선생님을 두 그릇 드려야지.

〔노랫조로〕 기역 니은 디귿 리을 기역자로 집을 짓고 디귿디귿이 살쟀더니 가이없는^{불쌍한} 이내 몸이, 거주살^곳 없이 되었소. 〔아이가 운다.〕

〔노랫조로〕 아가 아가 우지 마라 제발 덕분 우지 마라. 네 어머니가 굿 보러 가서 떡 받아다 주마 했으니 제발 덕분 우지 마라.

아이 여보 아버지, 내, 젖을 좀 먹어야겠소.

취발 오냐 그래라. 이걸 이름을 지어야 할 텐데, 뭐라고 지어야 할까! 옳것다, 마당에서 났으니 마당이라고 지어야겠군. 〔아이를 안고 소무에게 간다.〕 여, 마당 어머니, 얘 배고프다고 젖을 좀 달라니 젖을 좀 먹이우. 〔소무가 아이를 툭 친다.〕 아, 이게 무슨 짓이요. 어린 게 젖을 달라니 좀 먹일 게지. 아수^{서운하게}게 그러지 마우. 〔다시 아이를 내미니 소무는 또 그렇게 한다.〕 이게, 무슨 못된 짓일까. 이건 나만 좋아 만들었니? 어린 게 우니까 젖 좀 주라니까 뺑그러뜨리고^{쌩그러뜨리고} 그럴 게 뭐야. 예끼 망덕^{亡德. 패가망신할 짓을} 할 년 같으니. 〔아이를 소무 앞에 던지고, 소무 옆에 가 앉는다.〕

27) 양서: 서쪽의 두 지역이라는 양서(兩西)와 국문과 한문이라는 양서(兩書)를 연결한 재담.

제10과장. 샌님과장

　말뚝이가 샌님, 서방님, 도령님을 데리고 나온다. 이때 취발이는 의막
사령임시 거처를 마련하는 일꾼 노릇을 한다.

말뚝이	의막사령, 의막사령아.
쇠뚝이	누 네미할 놈이, 남 내근실내에서 하는 일. 여기서는 부부관계하는데 의막사령, 의막사령 그래?
말뚝이	내근하기는, 사람이 흰 차일 치듯 한데 내근을 해?
쇠뚝이	어찌 듣는 말이냐? 아무리 사람이 흰 차일 치듯 해도, 우리 내외 앉았으니까 내근하지.
말뚝이	옳것다, 내외 앉았으니 내근한단 말이었다.
쇠뚝이	자네 드문드문하이그려.
말뚝이	드문드문, 넨장할, 건둥건둥하이.
쇠뚝이	족통이나 안 났느냐?
말뚝이	아이, 그런 효자야.
쇠뚝이	소재라니? 오줌 앉힌 재?
말뚝이	어찌 듣는 말이냐? 그건 요희지, 이건 효자란 말이여. 애, 그러나저러나 안된 일이 있다.
쇠뚝이	무슨 일이란 말이냐?
말뚝이	우리 댁 샌님, 서방님, 도령님이 장중 출입을 하시느라고 해가 저물어서, 하룻밤 숙박을 해야 할 텐데, 나는 여기 아는 사람이 없고, 친구란 자네뿐이니 의논하는 말일세.

　쇠뚝이가 샌님을 기웃이 보고, 샌님 부채 대고 있는 것을 잡아뗀다.

샌님	으어 으어 으흠. [기침을 한다.]
말뚝이	다 자란 송아지 코 찌르나?
쇠뚝이	애, 의막 치였다. 애, 보아하니까, 그 젊은 청년도 있고 담배도 먹을 듯하니, 방 하나 가지고 쓸 수 없으니까, 안팎 사랑 있는 집을 치였다. 바깥사랑은 똥그랗게 돼지우리같이 말장나무 말뚝 박고, 안은 똥그랗게 담 쌓고 문은 하늘로 냈다.
말뚝이	그럼 돼지우리로구나.
쇠뚝이	영락없지. [쇠뚝이는 앞서고 말뚝이는 뒤에 섰다.] 고이 고이 고이 고이.
말뚝이	[채찍을 들고] 두우 두우 두우. [돼지를 쫓는 모양.] 애, 우리 댁 샌님께서 '이 의막을 누가 잡았느냐? 네가 얻었느냐, 누가 다른 사람이 얻었느냐?' 말씀하시기에 '예, 이 동네 아는 친구 쇠뚝이가 얻었습니다.' '그럼, 걔, 좀 보는 게 어떠냐?' 하시니 들어가서 한번 뵈는 게 좋겠다.
쇠뚝이	샌님, 쇠뚝이 문안 들어가우. 잘 받아야지, 잘못 받으면 송사리 뼈라는 게 안 남는다. 샌님 소인—
말뚝이	애, 샌님께는 인사를 드려도 씹구녕 같고 아니 드려도 우스꽝스러우나, 서방님께 문안을 단단히 드려야지, 만일 잘못 드리면, 죽고 남지 못하리라.
쇠뚝이	서방님, 쇠뚝이 문안 들어가우. 잘 받아야지 잘못 받으면, 생육시하리라. 서방님, 소인—
말뚝이	애, 샌님과 서방님께서는 인사를 드려도 씹구녕 같고, 아니 드려도 우스꽝스러우니 해남 관머리께 선 종갓집 도령님[28]

---

28) 해남 관머리께 선 종갓집 도령님: 멀리 서 있는 종갓집 도령님께. 전남 해남이 우리나라 육지의 최남단 땅끝이므로 이렇게 거리감을 표현하였다.

께 인사를 드려야지, 인사를 잘못 드리면, 네가 죽고 남지 못
하리라.

쇠뚝이 도령님, 쇠뚝이 문안 들어가우. 도령님, 도령님, 소인!

도령님 좋이 있더냐?

쇠뚝이 하, 이런 놈의 일 보게. 양반의 새끼라 다르다. 상놈 같으면,
네미나 잘 붙었느냐? 그럴 텐데 고런 어린 호래들^{호래아들} 녀
석이 어디 있어? 늙은 사람에게 의젓이 좋이 있더냐 그러네!

말뚝이 얘, 그리하기에 우리나라 호박은 커도 심심하고 대국 후추는
작아도 맵단 말²⁹⁾을 못 들었느냐?

쇠뚝이 말뚝아, 샌님께 문안 좀 다시 드려다우. 쇠뚝이가 술 한 잔
안 먹은 날은 샌님, 서방님, 도령님 세 댁으로 다니면서, 안
팎에 비질을 말갛게 하고요, 술이나 한 잔 먹고 두 잔 먹고
석 잔 먹어서, 한 반쯤 취하면 세 댁으로 다니면서 조개라는
조개, 작은 조개, 큰 조개, 묵은 조개, 햇조개, 여부없이^{의심할}
^{여지 없이} 잘 까먹는 영해^{寧海} 영덕^{盈德} 소라, 고등어 아들놈 문안
드리오!³⁰⁾ 이렇게 하여다오.

샌님 어으아, 남의 종 쇠뚝이 잡아들여라. 쿵.

말뚝이 쇠뚝이 잡아들였소. 〔쇠뚝이를 거꾸로 잡아들였다.〕

샌님 그놈의 대가리는 정주 난리³¹⁾를 갔다 왔느냐?

말뚝이 그놈의 대갱이^{대가리}가 하도 험상스러워서. 샌님이 보고서 경
풍^{驚風, 경기}을 하실까봐 거꾸로 잡아들였소.

---

29) 대국 후추는 작아도 맵단 말: '대국 고추는 작아도 맵다'는 속담. 몸집이 작은 사람이 몸집
큰 사람보다 재주가 뛰어나고 야무지다는 말.
30) 조개라는 조개~고등어 아들놈 문안드리오: 조개는 여성의 성기를, 이를 잘 까먹는 소라나
고등어는 남성을 은유한다. 쇠뚝이가 샌님, 서방님, 도령님 세 집의 여자와 성행위를 했다는 뜻.
31) 정주 난리: 1812년 평안북도 정주에서 일어난 홍경래의 난을 지칭한다.

쇠뚝이가 손가락으로 꼴뚜기^{욕할 때 하는} 손짓를 만들어 꼼짝꼼짝한다.

샌님   그놈의 뒤에서 무엇이 꼼짝꼼짝하느냐?

말뚝이   그놈더러 물어보시구려.

샌님   여봐라, 이놈!

쇠뚝이   누 네밀할 놈이 날 보고 여봐라 이놈, 그래? 내 이름이 있는
        데.

샌님   네 이름이 뭐란 말이냐?

쇠뚝이   내 이름은 샌님한테 아주 적당하오.

샌님   그것 뭐란 말이냐? 이름이.

쇠뚝이   아당 아 자, 번 개 자요.

샌님   애 이놈의 이름이 이상스럽다.

쇠뚝이   샌님께는 그 이름이 꼭 맞지요.

샌님   아 자, 번 자.

쇠뚝이   붙여 부를 줄 몰우? 하늘 천 따 지만 알지. 천지현황天地玄黃은
        모르우?

샌님   아아.

쇠뚝이   이건 누가 잘갭이³²⁾를 놓소?

샌님   아 자, 번 자.

쇠뚝이   붙여 불러요!

샌님   아번이.

쇠뚝이   왜!

샌님   으으아! 남의 종 쇠뚝이 죄는 허許하고 사赦하고 내 종 말뚝이
        잡아들여라.

---

32) 잘갭이: 자리개미. 조선시대에 포도청에서 죄인의 목을 졸라 죽이던 일.

쇠뚝이	그러면 그렇지, 양반집에는 이래 다니는 게야. 이놈이 그 댁 청지기니 하인이니 하면서 세도가 아망위外투나 비옷 따위에 달린 모자같이 쓰더니, 세무십년세도는 십 년을 못 감이요, 화무십일홍꽃은 열흘을 붉지 못함이라더니. 〔말뚝이의 패랭이를 벗겨 쓰고, 채찍을 뺏어 들면서.〕
샌님	엎어놓고 그놈을 까라. 집장 노자, 그놈을 한번 매에 물고를 올리고 헐장을 해라.
쇠뚝이	저아―〔때리려고 한다.〕
	〔말뚝이가 일어나 쇠뚝이를 보고, 스무 냥을 준다는 의미로 두 손을 합하여 두 번 편다.〕 걱정 말아, 이놈 넙죽 엎드렸거라. 저아―
샌님	〔부채를 확 펴고〕 여봐라 이놈, 네밀 논어 하자고[33] 공론을 했느냐.
쇠뚝이	아니올시다. 저놈이 매를 맞으면 죽겠으니까, 헐장하여 달라고 했습니다.
샌님	아니다.
쇠뚝이	저놈의 눈깔이 뜨였으니까, 어떻게 할 수가 있나? 〔쇠뚝이가 채찍으로 샌님 코를 찌르며〕 이것 주마 합디다.
샌님	빙신〔돈〕? 얼마?
쇠뚝이	아, 이게 매듭까지 지라네. 그놈이 형세가 없으니까 열댓 냥 주맙디다.
샌님	열아홉 냥 아홉 돈 구 푼은 댁으로 봉송奉送하고, 한 푼 가지고 청량리 나가서, 막걸리 한 푼어치를 사 가지고 냉수 한 동이에 타 먹고, 급살이나 맞아 죽어라.
쇠뚝이	예끼, 도적의 아들놈.

---

33) 네밀 논어 하자고: 너희 두 놈이 어미를 나눠 상간하자고.

말뚝이, 쇠뚝이, 서방님, 도령님 퇴장. 샌님이 소무를 내세우고 사방으로 다니다가 춤추다가 〔타령 장단〕 소무 곁에 와서 돌단 한 번 추고, 소무를 안는다.

샌님   두 내외 재미있게 노는데 어느 놈이 회를 지어?[34]

포도부장이 개복청에서 왈칵 나와서, 샌님을 떼어 내고 소무의 손목을 잡고 마주 춤추며 나간다.

샌님   〔소무 뒤를 쫓으면서〕 일어서 일어서 어디를 갔나.

소무가 돌아서면 샌님이 마주서서 춤추는데, 포도부장이 춤추며 가운데 와서 막아선다.

샌님   〔포도부장을 떠밀면서〕 이놈아 저리 물러서거라.

소무와 샌님이 마주 춤을 추는데 포도부장이 다시 들어와 중간을 막아선다.

샌님   〔포도부장의 등을 때리며〕 이놈아, 이 육시할 놈아, 저리 가거라. 〔소무를 옆에 끼고〕 저놈은 얼굴은 빤빤해도 속에는 장구벌레가 들썩들썩하네. 나는 코밑은 조금 째졌어도 못 먹는 돌배일세. 저놈을 한번 보고 와야겠지, 쳐라! 〔세마치 타령 장

---

34) 어느 놈이 회를 지어?: 다른 자료에는 '부랑 청년이 있어서 내게 대해 설랑 오쟁이나 안 지을까?'로 나온다. 오쟁이는 자기 아내가 다른 남자와 사통한다는 뜻이니 문맥상 '어느 놈이 내 아내와 사통을 해?'라는 뜻으로 이해할 수 있다.

단.〕고이 고이. 〔가다가 중간에 소무를 돌아보고〕소무를 두고 가려니까 걸음이 뒤로 걸리네. 그래도 저놈을 가보고 와야겠지. 〔부채로 포도부장 얼굴을 탁 치면서〕이놈, 이 주리를 틀 놈아. 처가살이 갔다가 장모랑 붙고 쫓겨올 놈, 어디 계집이 없어서, 늙은이가 소첩 하나 둔 것을 깍쟁이 태 차가듯[35] 차가느냐? 다시 오면 네미를 붙느니라, 쳐라! 〔춤추며 돌아간다.〕

포도부장이 다시 소무 손목을 잡고 마주하며 춤추며 나간다.

샌님　〔샌님이 소무 뒤를 쫓으면서〕어이거 어이거 일어서 일어서. 〔다시 소무를 안고〕너, 어디 갔드냐? 〔소무가 손가락으로 하늘을 가리키니〕[36] 하늘에 별 따러? 아닌 밤중쯤 되면 내 연장 망태기를 네 것 주무르듯 맘대로 노는 내 사랑이지?

　소무가 삥그러뜨리며 샌님의 뺨을 치고 멱살을 잡고서 포도부장을 손짓으로 부르니, 포도부장이 초립을 제껴 쓰고 두 소매를 걷으면서 옷자락을 뒤로 젖히고 벼락같이 달려들어서 샌님의 멱살을 들고 발길로 복장을 질러 내쫓고서, 소무와 같이 서 있다.

샌님　〔하릴없어〕늙으면 죽어, 젊은 놈의 세상이다. 〔소무 곁에 가서〕장부일언丈夫一言이 중천금重千金인데 말을 냈다고 그만두랴? 손 내밀어라. 〔포도부장이 손을 내미니, 소무의 손인 줄 알고서 붙잡

---

35) 깍쟁이 태(胎) 차가듯: 매우 약삭빠르게 차간다는 뜻. 깍쟁이는 조선시대 포도청에서 심부름을 하며 도둑 잡는 걸 돕던 어린아이인 깍정이를 지칭한다.
36) 소무가 손가락으로 하늘을 가리키니: 소무가 손가락으로 하늘을 가리킨 것은, 아무 일이 없었다는 의미로 하는 행동이다.

고] 참말 이러나, 어이거 어이거 정말인가? 이놈이 이 육시할 놈아, 널더러 손 내밀랬어? 〔손을 홱 뿌리치고 다시 소무를 향해〕 손 내밀게. 〔소무가 손을 내민다〕 어이거 어이거 정말 이러나? 할 수 없다, 퉤. 〔침 뱉는다.〕 쳐라! 〔샌님이 춤추고 개복청으로 들어간다.〕

제11과장. 신할애비과장

신할애비가 미얄할미를 데리고 나와서 사설한다. 말뚝이가 도끼가 되고 왜장녀는 도끼 누이가 되어 판 가운데 나와 앉았다.

신할애비   웬 사람이 이렇게 흰 차일 치듯 하였노? 예전에 하던 지저귀나 하여볼까?

〔노랫조로〕 아이들아 산대굿산대놀이을 다 보았느냐?

탈 쓴 팔십 노인 나도 보자.

나도 엊그제 청춘일러니 홍안백발紅顏白髮이 되었구나.

치어다보니 만학천봉수많은 골짜기와 봉우리 굽어보니 백사지하얀 모래밭로다.

운침은 벽계요 화홍은 유록한데,[37]

적막강산이 여기로구나.

그 무엇이 앞에서 곰실곰실하였노 했더니 청개구리 밑에 실뱀 쫓아다니듯[38] 뭘 하러 늙은 것이 쫓아왔노? 모양 대단히

---

37) 운침(雲沈)은 벽계(碧溪)요 화홍(花紅)은 유록(柳綠)한데: '구름은 푸른 시내에 잠기고 꽃은 붉어 버들은 푸른데.' 팔목과정에서 완보가 부르는 〈백구사〉에 이어지는 부분이다.
38) 청개구리 밑에 실뱀 쫓아다니듯: '개구리 밑구멍에 실뱀 따라다니듯'이라는 속담의 변형

56

창피하구나. 먹동구리, 항동아리, 부정귀이상 살림살이 도구는 다 어찌하고 나왔나? 본시 똑똑하니까 건넛마을 김동지에게 맡겼어! 송아지와 개새끼는 어쨌나? 오! 구장區長에게 맡겼어? 사람의 근본이 낙제는 없으니까, 튼튼하게는 하였지? 예전 말이지 지금은 소용이 없어. 자네도 늙고 나도 늙었으니 우리 이별이나 한번 하여볼까? 아, 이것 보게 마단 말 아니하고, 그리하자고 그러네. 할 수 없다.

〔노랫조로〕 죽어라 죽어라 제발 덕분에 죽어라.

너 죽으면 나 못 살고, 나 죽은들 너 못 살랴!

제발 덕분에 죽어라.

옥단춘39)이가 죽었으랴? 제발 덕분에 죽어라.

두 손뼉을 척척 치며 노란 머리를 박박 뜯고서,

제발 덕분에 죽어라.

미얄할미가 장중場中에서 죽는다.

신할애비   이거 성미는 가랑잎에 불붙기였다.40) 그리하였더니 이거 정 말 죽었나?

〔노랫조로〕 마누라 마누라 마누라 마누라.

어이구머니, 이게 무슨 짓이여? 이러면 내가 속을 줄 알고 이러나, 어이구머니, 코에서 찬김이 나오네. 정말 죽었구나. 이를 어떻게 한단 말인가? 〔우는 모양으로〕

〔노랫조로〕 어이어이 어어이 어어이.

이다. 데리고 다니려는 게 아닌데도 늘 졸졸 따라다님을 이르는 말.

39) 옥단춘(玉丹春): 고전 소설 『옥단춘전』의 주인공인 평양 기생.

40) 이거 성미는 가랑잎에 불붙기였다: 성미가 급하고 아량이 적어 걸핏하면 발끈 성을 냄.

이거 내가 울음을 우나, 시조時調를 하나? 이거 인제는 파묻기
나 할 수밖에 없는데. 난봉의 자식이 하나 있었는데 이름이
무슨 연장 이름인데! 이 때갈붙들려갈 녀석이 이런 데 나왔을
까? 어디 찾아나봐야지.

〔노랫조로〕 예! 도끼야 도끼야,

이런 녀석이 이런 데 나왔을까?

〔노랫조로〕 예! 도끼야 도끼야.

도끼	〔나와서 채찍으로 신할애비 얼굴을 치며〕 압세[41], 네.
신할애비	네가 누구냐?
도끼	네, 내가 도끼요, 아버지 평안히 지냈소?
신할애비	애비더러 평안히 지냈수가 뭐냐?
도끼	아버지 하는 채신 봐서는 그것도 넘치지요.
신할애비	너, 그새 어디 갔더냐?
도끼	똥 누러요.
신할애비	똥은 이 녀석아, 화수분 설사찾은 설사에 붙잡혔더냐? 그러나저러나, 저 건너 김동지집 월숫돈 두 돈 칠 푼 전하랬더니, 어찌하였느냐?
도끼	가지고 촉동 밖에를 나가니 다섯이 앉아서 오동댕이동전을 가지고 하는 노름를 합디다. 왼 목도 못 놔보고 부탁하여 잃고서[42] 집에 들어오면 아버지한테 경칠까봐서 그냥 달아났소.
신할애비	애, 네 어머니가 세빙고를 쳤단다.[43]

---

41) 압세: 정확한 뜻은 알 수 없다. 문맥상 '압시(壓視)'로 추정된다. '압시'는 남을 멸시하거나 만만하게 넘보다는 뜻이다.
42) 왼 목도 못 놔보고 부탁하여 잃고서: 원래의 몫도 못 놔보고 남에게 부탁하였다가 잃고서.
43) 세빙고를 쳤단다: →새평이 쳤다. 죽었다는 뜻. 지금의 강남구 신사동 근방인 사평리에 공동묘지가 자리해서 생긴 말.

도끼	아버지 약주 잡수셨소그려.
신할애비	술이 다 뭐냐? 정말이다.
도끼	어머니가 정말 새평이를 쳤어요? 빈소 방이 어디요?

신할애비 부자가 미얄할미 누운 데 와서 곡을 한다.

도끼	어이 어이 어이.
신할애비	애, 앉아서 울기만 하면 어떻게 하느냐? 너나 내나 현순백결[44]인데. 애, 너의 누이 하나 있는데 먼지골서 살다가 잿골로 갔느니라. 네가 빨리 가 데리고 오너라.
도끼	누누가, 제밀할[45] 놈이 상제 보고 통부_{사람의 죽음을 알림} 가지고 가라는 데 어디 있습디까? 아버지가 갔다 오시우.
신할애비	네 말인즉 옳은 말이다마는 늙은 놈 내가 갈 수가 있느냐? 젊은 놈 네가 속히 가 데리고 오너라.
도끼	〔왜장녀 즉 누이한테 가서〕 여보 누님.
왜장녀	거, 누구냐?
도끼	내가 도끼요.
왜장녀	까뀌_{한 손으로 나무를 찍어 깎는 연장}여?
도끼	내가 도끼여요.
왜장녀	대패?
도끼	이거 뭐, 어기대는데, 무엇 생기우? 내가 도끼여요.
왜장녀	이새_{요새} 너 도무지 안 오더니 왜 왔니?
도끼	어머니가 숟가락을 놨다우.

---

44) 현순백결(懸鶉百結): 옷이 너덜너덜해져서 수없이 꿰맴. 가족이 뿔뿔이 흩어진 상황.
45) 제밀할: 아주 마땅찮을 때 욕으로 하는 말.

왜장녀   너 내가 전처럼 뭐 있는 줄 알고 이러니? 네 매부가 나간 지
        가 갓 마흔두 해다. 겨울 풀장사와 물레질 품을 팔아서 구명
        도생救命導生해간다. 뭐, 전 같은 줄 알고 이따위 소리를 또 하
        느냐? 가끔 뜯어가더니, 죽지 않은 어머니 죽었다고, 또 와서
        거짓말을 하느냐?

도끼   어느 제밀할 놈이 죽지 않은 어머니 죽었다고 한단 말이요?
        참말이요.

왜장녀   정말이면 가자.〔도끼와 함께 온다.〕아버지 뵈입니다.

신할애비 오! 너 왔느냐? 네 어미가 죽었다.

왜장녀   아버지가 약주 잡숫고 무어라고 했나보우, 양잿물 잔치를 했
        나보우.

신할애비 애, 이번에는 아무 말도 안 했다. 정말 죽었단다.

    세 사람이 곡을 한다.

왜장녀   아이고 어머니 정말 돌아가셨소? 어쩌잔 말이요? 전에는 어
        머니 얼굴이 분옥粉玉을 따고는 듯하더니 흑임자 다식茶食이 다
        됐소그려.46) 약이나 좀 써봤소?

신할애비 약도 쓸 새가 없어서 못 썼다.

왜장녀   그럼 약이나 좀 써보지요.

    약 같은 것을 미얄할미 입에 넣으니까 미얄할미가 일어나서 딸을 데
리고 들어간다. 단, 회생回生한 것이 아니다. 죽어서 묻었다는 설정.

----

46) 얼굴이 분옥(粉玉)을~흑임자 다식(茶食)이 다 됐소그려: '얼굴이 희고 아름다움을 띠는 듯
하더니 고생해서 얼굴이 시커멓게 변했다'는 뜻.

신할애비	애, 도끼야.
도끼	네.
신할애비	야, 네 어미가 죽을 적에 넋이나 하여 달라고 하였으니, 넋이나 적적히 풀어주자. 〔장구를 끼고 앉아서 가망청배⁴⁷⁾〕

〔노랫조로〕 바람이 월궁^{月宮}의 달월이성이요. 일광제석마누라⁴⁸⁾ 바라명실수명장수를 기원하는 실로 나리오. 〔삼잽이가 노랫가락 장단을 친다.〕

이 터전 이 가중^{家中}에 각인각성^{各人各性} 열에 열 명이 다니시더라도 뉘도 탈도⁴⁹⁾ 보지 아니하시던 영부정가망⁵⁰⁾에, 산^山 간 데 그늘이요, 용^龍 계신 데 소^沼이로다.

소이라 깊소컨만 모래 위에 해소로다. 마누라 영검소이_{영험의} _{깊은 늪}를 깊이 몰라.

국이야 국이었마는 저 마당에 전이로다. 시절은 시절이오나 양전^{兩殿} 마마님 시절이로다. 세상이 오독립^{吾獨立}하니 하마온들.

넋이야 넋이로다. 노양신선의 초넋이야. 넋일랑 넋반에 담고, 신의 신체는 관에 모셔, 세상에 나오신 망제님 놀고 갈까.

어이히히 웃자. 초^初가망 이^二가망 삼^三가망이 아니시냐?

좋다, 전물^{奠物}, _{신불에게 올리는 음식이나 제물}도 가망이요, 말게^{襪偈}라

---

47) 가망청배: 서울 지역 재수굿의 하나. 가망은 신격을 이르는데, 가망청배는 진설한 재물을 받고 감응해달라는 뜻이다.

48) 일광제석(日光帝釋)마누라: 해처럼 빛나는 제석신. 제석신은 사람들의 수명과 농작물의 결실 등을 돌본다고 여겨지는 신. 불교의 제석천(帝釋天)이 민간신앙과 결합되어 형성되었다. '마누라'는 신이라는 뜻이다.

49) 뉘도 탈도: '뉘'는 정신적, 물질적으로 해를 입고 받는 괴로움. '탈'은 사고나 병.

50) 영부정가망: 서울굿의 부정청배 첫머리에 '영정가망, 부정가망'으로 불리는데, 여기서는 한꺼번에 영부정가망으로 불렸다.

오신 가망[51], 설계說偈, 무가 사설 받아 오신 가망, 각인각성 열에 열 명 다니시더라도 뉘도 탈도 보지 아니시든 영부정가망이 적적히 놀고 갑시사.

굿거리장단에 소무, 도끼 마주하여 춤추고 퇴장.

---

51) 말계(襪偈)라 오신 가망: 무당이 굿을 하여 춤을 출 때 그 발끝을 따라 들어오시는 가망.

제2부 ⊙

동래야류 대사: 말뚝이 재담의 장

본고本稿는 수년 전, 문학사文學士 박길문씨의 알선으로 입수한 순언문純諺文 사본 중에서 채록한 것인데, 방언으로 의미가 통하지 않은 것은, 대강 고쳤으나 될 수 있는 대로는 본문대로 두었다. 다만 현재 사용하지 않는 'ㄷ' 'ㄴ' 및 그와 동론同論할 예는 모두 '다' '나' 등으로 고쳤으며, 이후 대사臺詞(각지 가면극 및 인형극)를 집취상재集聚上梓, 모아서 인쇄할 때에는 완전을 기약하고자 한다. 본 대사를 인용 또는 상연할 때에는 먼저 필자나 본회本會로 알려주면 큰 다행이라고 생각하는 바라.

양반   소년 당상堂上 애기 도령道令, 전후좌우 벌여 서서 말 잡아 장구
매고 소 잡아 북 매고 안성맞춤 꽹과리 치고 운봉雲峰 내기 징
치고 술 빚고 떡 거르고 차일 깔고 덕석 치고 홍문연1) 높은 잔
치 항장사 칼춤 출 제,2) 이 몸이 한가하여 초당草堂에 비껴 앉
아 고금사古今事를 생각하니 이 어떤 제 어미를 붙고 금각頃刻, 눈
깜짝할 사이 담양을 갈3) 이 양반들이 밤이 맞도록마치도록 웅박캥
캥 하는 소리, 양반이 잠을 이루지 못하여 이미 나온지라. 이
사람 사촌!

각양반各兩班   어, 그래서.

---

1) 홍문연(鴻門宴): 항우와 유방이 홍문에서 만나 베푼 잔치.
2) 항장사(項壯士) 칼춤 출 제: 홍문연 잔치 도중 항장이 칼춤을 추다가 유방을 살해하려 하였
는데 이를 눈치챈 항우의 숙부 항백이 맞서 칼춤을 추면서 유방을 보호하였다. 유방은 가까스
로 위기를 모면하고 본진이 위치한 함곡관으로 돌아갈 수 있었다.
3) 담양을 갈: 전남 담양의 아홉 바위에서 근친상간한 자를 처형했다는 데서 비롯된 욕설.

원양반元兩班 우리 좋은 목청으로 예 부르던 말뚝이나 한번 불러보세.

각양반 네, 그리합시다.

각양반 〔각기 순서대로〕 이놈 말뚝아.

원양반 이놈 말뚝이가 본래 거만한 고로 한 번 불러 눈도 깜짝 안 할 터이니 이 사람 사촌, 우리 좋은 목청으로 한 번 더 불러보세.

각양반 〔각기 순서대로〕 이놈 말뚝아.

말뚝이 쉬ー, 엿다 이 제 에미를 붙고 금각 담양을 우둥우둥바쁘게 갈 이 양반들아. 오늘이 따따무리하니뜨뜻무레하니 온갖 짐승 다 모았다. 손골목골목의 방언에 도야지 새끼 모은 듯, 옹달샘에 실배암이 모은 듯, 논두렁 밑에 줄남생이줄지어 앉은 남생이 모은 듯, 삼도충청·전라·경상 네거리 히뚝새휙파람새 모은 듯, 떨어진 중의남자의 여름 홑바지 가랭이 좆대강이 나온 듯, 모두 모두 모아가주 말뚝인지 개뚝인지 부르는 소리 귀에 쟁쟁.

원양반 이 사람 사촌, 이놈 말뚝이 소리가 저 은하수 다리 밑에 모기 뒷다리만큼 들리니 우리 좋은 목청으로 한 번 더 불러보세.

각양반 이놈 이놈 말뚝아!

말뚝이 쉬ー, 엿다 이 제 에미를 붙고 금각 담양을 갈 이 양반들아, 이제야 다시 보니 동정호중국 호남성의 넓은 호수는 광활하고 천봉만학千峰萬壑, 수많은 산봉우리와 골짜기은 그림처럼 둘러 있고 수상부안水上浮雁, 물위에 뜬 기러기은 연못에 둥둥 버들가지 실타래는 춘풍春風을 붙잡노라 자랑할 제, 꽃 찾는 벌나비 너울너울 춘흥春興을 못 이겨서 하늘하늘 넘노난다. 장부공성신퇴후[4]에 임천

---

[4] 장부공성신퇴후(丈夫功成身退後): 장부가 공을 이루고 나서 물러남. 노자의 『도덕경道德經』 제9장에 나오는 '공을 이루어 이름을 떨쳤으면 물러나는 것이 하늘의 도다(功成, 名遂, 身退, 天之道也)'라는 말에서 나온 말.

林泉에 초당草堂 짓고 만권시서萬卷詩書 쌓아두고 천금준마千金駿馬 솔질하며 보라매 길들이고 노속奴屬 불러 밭 갈아라 절대가인 絶代佳人 곁에 두고 금 술잔에 술을 넣어 옥쟁반에 안쳐두고 벽오동碧梧桐 거문고 줄 골라 걸어두고 남풍시5)를 화답할 제, 강구연월6)에 반쯤 취해 누웠더니 이 어떤 제 어미를 붙고 금각 담양 갈 이 양반들아, 말뚝인지 개뚝인지 제 의붓아비 부르듯이 마음대로 불렀으니 말뚝이 새로 문안 아뢰오.

원양반   이놈 말뚝아, 이놈 말뚝아. 선타선조 탓, 복타복의 많고 적음 탓, 후타뒷일 탓, 대면타, 이타이 탓 저 탓, 타를 마라. 금쟁반 선 수박은 홀로이 뺑 뺑이오,7) 추풍강상秋風江上 살얼음은 눈 위에 잠간이오, 큰 주먹 평토제8)는 경각頃刻에 하박9)이라.10) 너 같은 개똥 쌍놈 내 같은 넙적한 소똥 양반이 너 한 놈 죽이면 죽는 줄 알며 살면 사는 줄 알까보냐.

말뚝이   엿다 이 양반아 아무리 양반이라고 쌍놈 죽이면 아무 일도 없단 말이오.

원양반   이놈, 죽이면 귀양밖에 더 간단 말이냐.

---

5) 남풍시(南風詩): 중국 순임금이 남훈전에서 오현금(五絃琴)을 타며 읊은 시. 『공자가어변악해孔子家語·辨樂解』에 시 내용이 전한다. '남풍이 훈훈하니 우리 백성의 노여움을 풀어주겠네. 남풍이 때맞춰 부니 우리 백성의 재물이 늘어나겠네(南風之薰兮, 可以解吾民之慍兮. 南風之時兮, 可以阜吾民之財兮).'

6) 강구연월(康衢煙月): 편안하고 번화한 거리에 연기 사이로 은은하게 비치는 달빛. 태평성대를 누리는 민간의 모습을 나타낸 말로 『열자』에 의하면 요임금이 몰래 민간을 살피러 나왔을 때 백성들이 임금의 덕을 칭송하는 〈강구요康衢謠〉를 부르는 걸 들었다고 한다.

7) 금쟁반 선 수박은 홀로이 뺑 뺑이오: '금쟁반 위의 설익은 수박은 홀로 뺑뺑 돌고.' 뒤에 이어지는 비유로 보건대 대단한 것에 대한 하찮은 것의 대비를 보여준다고 여겨진다.

8) 평토제(平土祭): 장례 때 관을 묻고 땅을 평평히 한 후 봉분을 만들기 전 지내는 제사.

9) 하박(下薄): 비석이나 탑 따위의 맨 아래에 까는 넓적하고 얇은 돌.

10) 큰 주먹 평토제(平土祭)는 경각(頃刻)에 하박(下薄)이라: 큰 주먹으로 때려 죽여 평토제를 지내고 당장 하박석까지 놓는다는 말. 대단한 위세를 가진 원양반이 자신보다 힘없는 하인 말뚝이의 처지를 강조하며 으름장을 놓는 말이다.

말뚝이 귀양을 가면 어디어디 간단 말이오.

원양반 길주, 명천, 회령, 종성, 진보, 청송, 이원, 단천, 고사리 망풍
밖에 더 가겠느냐.

말뚝이 길주, 명천, 길주, 명천. 〔양반들이 춤을 춘다.〕

말뚝이 엿다, 이 제 에미를 붙고 금각 담양을 갈 이 양반들아, 아무
리 쌍놈이라고 이놈 저놈 할지라도 말뚝이 근본이나 천천히
들어보오.

원양반 그래서.

말뚝이 우리 육대, 칠대, 팔대, 구대, 십대조는 이미 다 멀거니와 우
리 오대조 할아버지 나이 16세에 이음양순사시[11]하고 승정
원에 책문^{정치적 계책을 담은 글} 지어 팔도 선배 불러올려 제조^{提調}
로 입직할 제, 백의^{白衣}로 생원^{生員} 진사^{進士}하고 참봉^{參奉}으로 감
역^{監役}하여 좌찬성^{左贊成}, 우찬성^{右贊成}, 참의^{參議}, 참판^{參判} 지냈으
니 그 근본 어떠하며, 우리 사대조 할아버지 치국평천하지술
[12]을 가져 삼강오륜 추언^{芻言, 자신의 말이나 견해} 달아 대사헌^{大司憲},
대사성^{大司成}, 홍문관^{弘文館} 대제학^{大提學}을 지냈으니 그 근본 어
떠하며, 우리 삼대조 할아버지 15세에 등과^{登科}하여 정언^{正言,}
^{사간원의 정6품}으로 대교^{待敎, 예문관의 정8품}하고 양사^{사헌부와 사간원} 옥
당^{홍문관}에 규장각^{奎章閣} 천거하고 팔도감사^{八道監司} 지낸 후에 육
조에 천거되어 초헌^{軺軒軺, 어깨에 매어 끄는 외바퀴 달린 가마} 높이 타
고 파초선^{芭蕉扇, 파초잎 모양 부채} 앞세우고 장안 종로로 안안이 다
녔으니 그 품이 어떠하며, 우리 할아버지 오십에 반무^{反武, 문과}
로 옮겼다가 무과로 되돌아감하여 흑각궁^{검은 물소 뿔로 만든 활}, 양각궁^{양 뿔}

---

11) 이음양순사시(理陰陽順四時): 음양을 다스려서 사계절에 순응하다.
12) 치국평천하지술(治國平天下之術): 나라를 다스리고 온 세상을 평안하게 할 계책.

로 만든 활 둘러매고 모화관 마당에 땅재주[13] 하고 삼시간三矢間, 무과시험에서 화살 세 대를 쏘아 성적을 매기던 일에 큰 활 쏘아 우등으로 출신하여 선전관宣傳官 처음 하고 좌수사左右영 우두머리, 우수사우수영 우두머리, 남병사함경남도의 남병영 우두머리, 북병사함경북도의 북병영 우두머리, 오군문도대장오군영 우두머리을 지냈으니 그 근본 어떠하며, 우리 아버지는 얼굴은 관옥이요 말은 소진중국 전국시대 합종책을 주장한 유세객 장의중국 전국시대 연횡책을 주장한 유세객라 옛적의 한신중국 전한시대 무장이요 오늘의 영웅이라. 옛글에 하였으되 '요지자堯之子도 불초부모의 업적을 잇지 못함하고 순지자舜之子도 불초로다'. 나 하나 남은 것이 주색酒色에 호탕豪蕩하여 그리그리 다닐망정 저 건너 평평한 길 청기와집에 난간 다리 놓고 중문 활짝 여니 흥문거족興門巨族, 흥하고 번성한 집안에 소승상蘇丞相의 아들과 조카요.

원양반   이놈, 소 자蘇字는?

말뚝이   기화요초琪花瑤草 초두艸頭 밑에 삼강수三江水 치친 점에 오백 미五百米 쌀 미米 밑에 낙양洛陽 소진蘇秦이 남각 북각 전田이라 하오.[14]

원양반   이놈 그 글자는 번蕃 자어든.

말뚝이   게는?

---

13) 모화관(慕華館) 마당에 땅재주: 모화관에 중국 사신이 머물 때는 광대놀음을 공연하였고, 평상시에는 임금이 거둥하여 무신들의 재주를 시험하였다. 땅재주는 광대들이 땅에서 펼쳐 보이는 온갖 재주를 이르지만 여기서는 무사들의 여러 재주를 가리킨다. 큰 활을 쏘아 우등했다는 다음 구절로 미루어 여기서는 광대놀음이 아니라고 할 수 있다.
14) 기화요초(琪花瑤草) 초두(艸頭) 밑에~남각 북각 전(田)이라 하오: 말뚝이가 자신의 성씨를 파자(破字)로 설명하는 내용이다. 파자를 합치면 '소(蘇)'가 되어야 하는데 '번(藩)' 자를 만들어 원양반이 이 실수를 지적한다. '전(田)'은 낙양 출신 소진이 합종책으로 출세한 뒤 고향 땅을 지날 때 '나에게 낙양성 주변에 밭이 두 이랑만 있었던들 어찌 여섯 나라 재상의 인수(印綬)를 찰 수 있었을까!' 하고 한탄했다는 고사를 활용하였다.

원양반 월중덜중 단계목^{丹桂木}이란 목木 자 밑에 만승천자^{만 개의 수레를 거}느린 임금란 자子 자로다.¹⁵⁾

말뚝이 엿다, 이 양반아, 그 글자는 우리나라 임금님의 성씨로다. 게 내 성자^{姓字}를 찬찬히 들어보오. 바라 목탁이란 목木 밑에 후루개자식이란 자子 자를 쓰오.¹⁶⁾

말뚝이 게는?

사대부 좌 삼삼 우 삼삼 좌 홍두깨 우 홍두깨 등 터지고 배 터지고 춘래무처불수의^{봄이 오니 어디서나 옷에 수를 놓음}란 의衣 자로 쓰오.¹⁷⁾

원양반 이전에는 대들보 양^樑 자를 쓰더니마는 나무가 전간목^{전봇대}에다 들어가고 '맹자견양혜왕^{孟子見梁惠王}' 양梁을 쓰오.¹⁸⁾ 게는?

양반들이 각각 곁말로 답한다.

원양반 쉬— 이때가 어느 때고. 때마침 삼춘^{三春}이라 꽃은 피어 만발하고 잎은 피어 절을 짓고 노고지리 높이 날고 강마^{강가}에 매어 둔 말 슬피 울고 초당^{草堂}에 앉은 양반 공연히 큰 소리로 처를 불러 가산을 단속하고 훈장^{訓長} 불러 아들 조카 단속하고 모모^{某某} 친구 기별하여 일호주^{一壺酒} 담화차^{談話次}로 술집을 내려

---

15) 월중덜중 단계목(丹桂木)이란 목 자(木字) 밑에 만승천자(萬乘天子)란 자 자(子字)로다: 파자로 '이(李)'를 설명하는 내용.

16) 바라 목탁이란 목(木) 밑에 후루개자식이란 자(子) 자를 쓰오: 원양반이 만승천자를 운운하며 '이(李)'를 설명하자 말뚝이가 핀잔하며 낮추어 설명하는 내용.

17) 좌(左) 삼삼 우(右) 삼삼~춘래무처불수의란 의(衣)자로 쓰오: 파자로 자신의 성씨인 '배(裵)'를 설명하는 내용.

18) 이전에는 대들보 양(樑) 자를 쓰더니마는~'맹자견양혜왕(孟子見梁惠王)' 양(梁)을 쓰오: 목변(木邊)이 덧붙은 대들보 양(樑) 자를 쓰다가 나무가 전봇대 만드는 데 다 들어가 없어지니 나무 목변이 빠진 양(梁) 자를 쓴다는 설명. 1887년(고종 24) 3월 전기를 사용한 이래 곳곳에 전봇대를 세운 사회 분위기를 전한다.

가니, 주인은 뉘시던고, 난양공주, 영양공주, 진채봉, 계섬
월, 백능파, 심요연, 적경홍, 가춘운[19] 모두 모두 모여 있네.
주인은 양반 보고 체면으로 인사하되 나는 그 가운데 뜻이
달라 월태화용月態花容, 달 같은 자태와 꽃다운 얼굴 눈만 들어 잠깐 보
니 그 마음 어떨쏘냐.

제양반諸兩班 꼬라지, 꼬라지, 얽어도 장에 가고 굶어도 떡 해 먹고 성
밑 집에 오구굿죽은 이의 넋을 달래는 굿하고 통시 개구리 보지 문다
[20] 하더니, 꼬라지.

원양반 쉬— 이놈 말뚝아, 말뚝아, 과것날은 임박한데 너는 너대로
다니고 나는 나대로 다녀야 옳단 말이냐.

말뚝이 엿다, 이 양반아, 생원님 찾으려고 아니 간 데 없사이다.

원양반 어디어디 갔단 말이냐.

말뚝이 서울이라 칫치달아 안 남산 밖 남산 먹적골, 주자골, 안동 밖
골, 장안골, 등고재, 만리재, 일금정, 이목골, 삼청동, 사직
골, 오부五部, 육조 앞 칠간七間 안, 팔각정, 구리개, 십자가十字街
로 뚜렷이 다 다녀도[21] 생원님은커녕 내 아들도 없습디다.

제양반 이놈 내 아들이라니!

원양반 〔각 양반을 흩치며〕 이놈 내 아들이라니!

말뚝이 엇다 이 양반아, 내일까지 찾는단 말이요.

원양반 고 자식 생색 있다. 이놈 게만 갔단 말이냐.

---

19) 난양공주~가춘운: 김만중의 소설 『구운몽』에 나오는 팔선녀의 이름. 남악 형산에서 성진
을 만나 서로 수작한 죄로 벌을 받아 인간 세상에 태어나 역시 인간 양소유로 태어난 성진과
재회해 두 부인과 여섯 첩의 인연을 맺는다.
20) 통시 개구리 보지 문다: 뒷간에서 개구리가 여자의 성기를 문다. 하찮은 개구리마저도 여
자를 밝힌다는 의미.
21) 서울이라 칫치달아~뚜렷이 다 다녀: 말뚝이가 서울에 치달아 명소를 다니며 열심히 생
원을 찾았다고 변명하는 내용. 특히 일금정에서 십자가까지 부분은 숫자 1에서 10까지 음을
지명과 엮어 재미를 더하는데 민속극에 두루 쓰이는 공식구적 표현이다.

말뚝이	행여 생원님이 도방에나 계시는지 도방을 썩 들어서서 일원 산一元山, 이강경二江景, 삼포주三抱州, 사마산四馬山, 오삼랑五三浪, 육 물금六勿禁, 칠남창七南倉, 팔부산八釜山을 뚜렷이 다 다녀도[22] 게 도 아니 계시기로 행여 색주가色酒家나 계시는지 색주가로 썩 들어서서 차문주가하처재요 목동이 요지행화 집[23]과 일락서 산황혼 되고 월출동령 명월이 집[24]과 오동부판梧桐付板 거문고 에 타고 나니 탄금彈琴이 집과 주홍당사 벌매듭에 차고 나니 금낭이 집[25]과 지재차산 운심이[26] 사군불견 반월이 집[27]을 뚜렷이 다 다녀도 게도 아니 계시기로 행여 본댁에나 계시는 지 본댁을 썩 들어가니 예전 보던 노생원이 계십디다.
제양반	이놈 노생원이라니.
말뚝이	이 양반아, 청靑노새란 말이요.
원양반	그러면 그렇지. 내가 이전 중국 사신 들어가서 당오전當五錢 칠

---

22) 일원산(一元山)~팔부산(八釜山)을 뚜렷이 다 다녀도: 한양에서 못 찾자 전국 각지로 찾아 다녔다는 내용. 숫자 1에서 8까지 붙여 이름난 지방 도시를 열거하였다.

23) 차문주가하처재(借問酒家何處在)요 목동(牧童)이 요지행화(遙指杏花) 집: 술집이 어딘가 물으니 목동이 가르쳐준 기생 행화의 집. 당나라 두목의 시 「청명淸明」의 '청명 시절 비는 부슬부슬, 길 위의 나그네 애간장을 끊는 듯. 술집이 어딘가 물으니 목동은 살구꽃 핀 마을을 가리키네(淸明時節雨紛紛, 路上行人欲斷魂. 借問酒家何處有, 牧童遙指杏花村)'라는 구절을 활용하여 기생 행화의 이름을 풀었다.

24) 일락서산황혼(日落西山黃昏) 되고 월출동령(月出東嶺) 명월(明月)이 집: '해는 서산에 져서 황혼이 되고 밝은 달이 동령에 뜬다'는 내용으로 기생 명월의 이름을 풀었다.

25) 주홍당사(朱紅唐絲) 벌매듭에 차고 나니 금낭(錦囊)이 집: '주홍색 비단실로 매듭을 지어 만든 주머니를 찬다'는 내용으로 기생 금낭의 이름을 풀었다.

26) 지재차산(只在此山) 운심(雲深)이: 당나라 시인 가도의 「은자를 찾았으나 만나지 못하다尋隱者不遇」의 구절인 '소나무 아래 동자에게 물으니 스승님은 약을 캐러 갔다고 하네. 다만 이 산중에 계시지만 구름이 깊으니 어딘지 알 수 없구나(松下問童子, 言師採藥去. 只在此山中, 雲深不知處)'로 기생 운심의 이름을 풀었다.

27) 사군불견(思君不見) 반월(半月)이 집: 당나라 시인 이백의 「아미산의 달峨嵋山月歌」의 구절인 '아미산에 걸린 가을 하늘의 반달, 그림자가 평강 강물에 드리워 흐르네. 밤에 청계를 떠나 삼협으로 향하니, 그대를 그리면서도 보지 못하고 유주로 내려가네(峨嵋山月半輪秋, 影入平羌江水流, 夜發淸溪向三峽, 思君不見下渝州)'를 활용하여 기생 반월의 이름을 풀었다.

푼 주고 청노새 한 마리 샀더니 안장을 열두 낱 차리고도 발이 땅에 졸졸 끌렸느니라.

말뚝이 청노새, 청노새.

제양반 청노새, 청노새.

원양반 그만 찾고 말았단 말이냐.

말뚝이 집안을 썩 들어가니 칠패 팔패[28] 장에 가고 종년 서답천生理帶 빨래 가고 도령님 학당 가고 집안이 비었는데 후원 별당 들어가니 온갖 꽃이 다 피었다. 기암괴석 늙은 장송 쌍학雙鶴이 깃들이고 도화桃花 담수淡水 맑은 물에 금붕어 꼬리 치고 군왕부귀君王富貴 모란꽃은 봄 내내 피어 있고 만고충신萬古忠臣 해바라기 정절을 지켜 있고 한사방불寒士彷佛 동백꽃은 정치 뜻을 품었으며 홍도紅桃 벽도碧桃 삼색도三色桃는 풍류로 놀아나고 청춘 소년 패랭이꽃 호걸로 놀아나고 절대가인 해당화는 일색 태도 자랑하고 왜철쭉 진달래꽃 봄빛도 찬란하다. 또 한 곳 바라보니 꽃 본 나비 날아든다. 약수弱水, 깃털도 가라앉는다는 전설 속의 강 삼천리三千里 요지연[29]에 소식 전하던 청조새서왕모의 전령 같은 파랑새며 부용당芙蓉堂 운무雲霧벽에 다섯 빛깔 영롱하니 그림 중에 공작새며 귀촉도 불여귀 제혈 삼경 두견새[30] 칠월 칠석 은하수 다리 놓는 오작이며 황금 갑옷 떨쳐입고 세류영細柳營 넘어갈 때 친구 부르는 꾀꼬리며 맹자 성인 글귀 중에 말 전

---

28) 칠패(七牌) 팔패(八牌): 현재 서울 중구 봉래동 1가 부근에 있던 어물시장. 종루, 이현과 함께 조선시대 한양의 주요 난전이었다.

29) 요지연(瑤池宴): 곤륜산 요지에서 서왕모가 베푼 잔치. 곤륜산의 서왕모는 사람의 수명 장수를 주관하는 여신. 주나라 목왕과 여러 신선을 초대하여 요지에서 잔치를 베풀고 신령스러운 복숭아를 대접했다는 고사는 많은 그림과 문학 작품에서 재창조되었다.

30) 귀촉도(歸蜀道) 불여귀(不如歸) 제혈(啼血) 삼경(三更) 두견새: 촉나라 가는 길에 돌아갈 수 없다고 피를 토하며 한밤중에 우는 두견새. 중국 촉나라의 임금 두우가 나라를 부흥시키지 못하고 억울하게 죽어 두견새가 되어 피를 토하듯 운다는 고사가 전한다.

하는 앵무새며 북강남 먼먼 길에 글 전하던 기러기며 범범중류泛泛中流 저 오리는 쌍거쌍래雙去雙來 하는구나. 이때 대부인 마누라가 아래 난간에 비껴 앉아 녹의홍상에 칠보를 단장하고 보지가 재 빨게 하옵디다.[31]

제양반　이놈 재 빨개라니!

말뚝이　옛다, 이 양반아, 보기가 다 모두 빨갛단 말이요.

원양반　허면 그렇지. 내가 전에 중국 사신으로 들어갈 제 홍당목紅唐木 아흔아홉 자 샀더니 홍당목 저고리, 홍당목 치마, 홍당목 단속곳, 모두 홍당목이라, 보기가 모두 빨갛단 말이여. 이놈 그래서.

말뚝이　대부인 마누라가 말뚝이를 보더니 구부렁 굽신합디다.

제양반　구부렁 굽신이라니?

말뚝이　눈이 구부렁 굽신했단 말이요.

원양반　내가 이전 평양감영 갔을 때에 대부인 마누라가 감홍주를 어떻게 많이 먹었던지 너만 못한 개를 보아도 눈을 구부렁 굽신한단 말이여. 이놈 그래서.

말뚝이　대부인 마누라가 말뚝이를 오르랍디다.

제양반　이놈, 오르다니!

원양반　이놈 말뚝아, 오르다니!

말뚝이　마루 위로 오르란 말이요.

원양반　그러면 그렇지. 그래서.

말뚝이　마루에 떠억 올라가니 좃자리를 두루 폅디다.

제양반　이놈 좃자리라니!

---

31) 대부인 마누라가~보지가 재 빨게 하옵디다: 양반의 마누라가 아름답게 차려입은 채 아래 난간에 비껴 앉았는데 말뚝이를 보고 성적으로 흥분했다는 내용.

말뚝이 엇다, 이 양반아, 돗자리를 두루 폈단 말이요.

원양반 우리집이 원래 인심 있는 집인 고로 너 같은 쌍놈 오면 덕석
        도 가하고 멍석도 가하지만은 너만한 놈을 돗자리를 펴주니
        그리 알라. 그래서.

말뚝이 두 손목 더위잡고 방안을 썩 들어가니 각장 장판 소란 반자소
        란을 장식한 천장 장유지두꺼운 기름종이 굽도리방안 벽 아랫부분을 돌린 띠며
        푸른 마름꽃 벽지로 도배하고 노란 마름꽃 띠를 두르고 왕희
        지 필법으로 전각篆刻 여덟 글씨체를 새겨내어 이 벽 저 벽 붙
        였는데 호협도영웅호걸을 그린 그림 소상팔경도소수와 상강에서 보이는 아
        름다운 여덟 경관을 그린 그림 이 벽 저 벽 붙어 있고 한 벽을 바라보니
        부춘산 엄자릉32)은 간의대부諫議大夫 마다하고 동강에 홀로 앉
        아 양가죽 옷 떨쳐 입고 물고기 낚시하는 모양 역력히 그려
        있고 또 한 벽을 바라보니 상산사호33) 네 노인은 바둑판 앞에
        놓고 한 노인은 흑돌을 들고 한 노인은 흰 돌을 들고 세상 돌
        아봄 없이 승부를 결단할 때 그중에 한 노인은 훈수하다가
        무안당하고 돌아서며 그중에 한 노인은 송엽주松葉酒 반 잔 술
        에 반쯤 취해 누운 모양 역력히 그려 있고 또 한 벽을 바라보
        니 현덕『삼국지』의 유비이 관공관우 장비 거느리고 와룡 선생제갈공
        명 찾으려고 적로마조운이 유비에게 바친 천리마 높이 타고 지척지척
        와룡강제갈공명이 살던 마을 앞에 있던 언덕 너머 사립문에 다다르
        니 동자 나와 여쭈되 선생은 초당에 돌베개 높이 베고 낮잠

32) 부춘산 엄자릉(嚴子陵): 후한 광무제 때 엄광. 어린 시절 함께 공부하던 광무제가 그를 간
의대부에 임명하나 사양하고 부춘산에 은거하며 밭을 갈고 동강 칠리탄에서 낚시하며 생애를
마쳤다고 한다.
33) 상산사호(商山四皓): 중국 진나라 말엽에 난리를 피해 상산에 숨어 살던 동원공, 하황공,
녹리선생, 기리계. 눈썹과 수염이 모두 희어 사호(四皓)라고 불렸다.

깊어 계시다 하는 모양 역력히 그려 있고 또 한 벽 바라보니 진나라 처사 도연명중국 동진 때의 시인은 오두록五斗祿, 다섯 말의 녹봉 마다하고 전원에 돌아와서 종국동리種菊東籬, 동쪽 울타리에 국화를 심어놓음하여 두고 무고송이반환撫孤松而盤桓, 외로운 소나무를 어루만지며 어정거림할 때 요금서이소우樂琴書以消憂, 거문고와 책을 즐기며 근심을 잊음함 역력히 그려 있고, 삼층 이층 거리 자개함농자개로 장식된 큰 함처럼 된 농 반닫이며 청동화로靑銅火爐, 놋쇠 촛대, 타구침을 뱉는 그릇 서랍, 재떨이며 동래부죽동래 부산에서 만든 담뱃대 은수복은으로 새긴 '수복' 글자에 김해간죽김해에서 생산되던, 물부리와 담배통 사이에 끼우는 가느다란 대통 별간죽특별히 잘 만든 간죽에 삼동초담배의 일종 섭적힘들이지 않고 가볍게 넣어 두 손으로 받친 후에 이 벽장 저 벽장 미닫이 빼닫이서랍 열어놓고, 술상 치장 볼작시면 낄낄 우는 꿩의 탕湯과, 꾀꾀 우는 연계탕연한 닭고기 탕과 펄떡 뛰는 숭어탕과 울산 전복 큰 전복과 동래 전복 작은 전복 맹상군34) 눈썹처럼 어석어석 빚어놓고 술병 치장 볼작시면 목 짧다 자라병과 목 길다 황새병과 둥굴둥굴 수박병과 앙그자침 가재병과 을근을근 유리병에 이태백의 포도주며 도연명의 국화주며 산중처사 송엽주며 소주 약주 탁주로다. 그중에 골라내어 한 잔 먹고 두 잔 먹고 삼석 잔 걸어 먹고 취흥醉興이 도도하여 보기 좋은 화초병화초 병풍과 경치 좋은 산수병산수 병풍을 좌우로 둘러놓고 원앙침원앙을 새긴 베개 돋워 베고 비취금비취색 비단 이불 무릅쓰고 대부인 마누라도 청춘이오 말뚝이도 청춘이라 청춘홍몽靑春興夢, 젊은 혈기에 일어나는 욕망이 겨워 두 몸이 한몸 되어 온갖 수작 놀았으니 그 농락 어떠하리.

---

34) 맹상군(孟嘗君): 중국 제나라 때 많은 식객을 거둔 것으로 유명한 귀족.

제양반	망했네 망했네 양반의 집도 망했네. 〔춤.〕
원양반	쉬—잇, 〔모양반을 불러〕 구름이 둘러 있고 안개 자욱한 무자리 논 일흔두 마지기 모양반에게 내어줄 것이다.[35]
모양반	흥했네 흥했네. 〔반주와 춤.〕

---

[35] 양반 마누라와 말뚝이의 간통 사건으로 집안이 망신당할 위기에 처한 원양반이 소문을 막고자 모양반에게 논마지기를 준다는 내용이다.

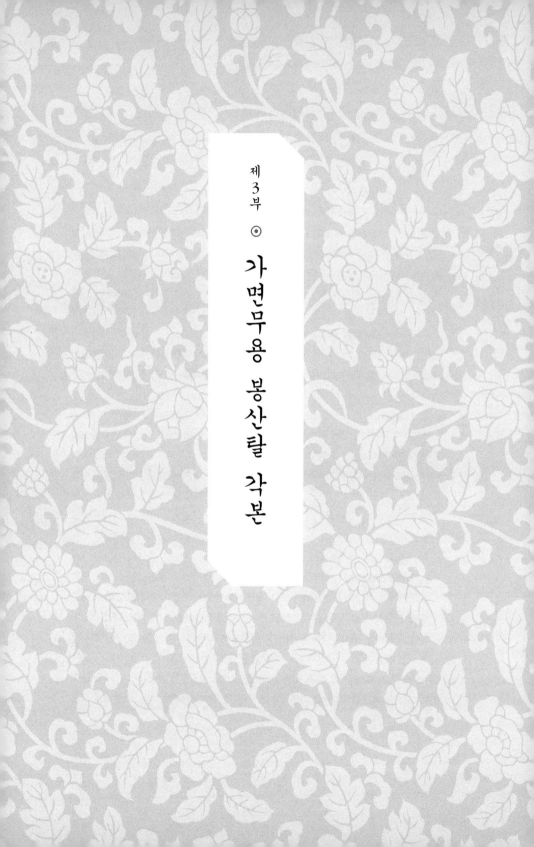

제 3 부 ◉

가면무용 봉산탈 각본

개설

봉산탈은 옛적부터 황해도 봉산 읍내에서 단옷날 밤놀이로 행하여오던 것으로 실로 그 유서가 매우 오래고 향토정서가 충분한 대규모 가면극이다. 경의선 철도가 개통됨에 따라서 봉산군청이 사리원으로 이전된 후 구읍은 나날이 피폐해져 일개 한촌寒村으로 되고 말았으므로 유서 깊은 이 가면극도 이제는 사리원에서 행하게 되었다. 이는 그 지방에 있어서 일반적으로 비상히 애호되는 최고의 오락이다.

지금도 이 탈놀이를 행할 때에는 인근 각지로부터 남녀노소 구별 없이 수만의 군중이 모여들어서 대잡답大雜踏, 사람이 많이 모여 북적북적함의 성황을 이룬다. 봉산 부근의 각읍에도 이와 유사한 탈놀이가 있으나 사리원의 그것처럼 규모가 있고 굉장한 것은 아니다.

이 탈놀이의 유래에 대해 그 지방에 전하여오는 바에 의하면, "고려조 말엽 때 어느 절(만복사라고 한다)에 만석萬石이라는 늙은 도승이 있었는데, 그는 세상 사람으로부터 생불生佛이라는 말을 듣고 또 많은 존경을 받고 있었다. 그의 지기知己 중에 취발醉發이라고 하는 방탕한 처사處士 한 사람이 있어 여러 가지의 술책으로써 그 도승을 타락시키려고 하였으나 그 도승의 마음은 좀처럼 움직이지 않았다. 그래서 취발은 최후의 계책으로써 괴상한 미녀를 시켜 그의 마음을 움직여보기로 하였던바, 과연 생불이라는 말을 듣던 도승도 그 미녀의 마수魔手에 걸려 마침내 파계되고 말았다.

이 도승의 추태가 탄로되자 그 당시 파계 승려에 대한 세인의 증오와 반감이 매우 격화되었으므로, 이는 영향력 있는 선비가 불교의 전도顚倒를 우려하여 승려의 파계와 일반 민풍의 퇴폐됨을 예방하려고 이 탈놀이를 생각해낸 것이다"라고 한다.

이는 순전히 전설로써 아직 이에 관한 문헌이 보이지 않으므로 뭐라고 단언하기 어렵다. 그러나 이 탈놀이 자체의 내용을 살펴보면 경성 부근에서 행하던 산대도감극과 동일한 계통의 것이 아닌가 하는 생각이 든다. 그리고 미얄의 대사로 미루어보면, 산대극보다 후에 생긴 것 같다. 오직 흥미 있는 점은 사자무獅子舞 일 막이 더 있는 것인데, 사자무 일 막의 대사로 미루어보면, 조선에 있는 사자무는 인도로부터 중국을 거쳐 조선으로 들어온 것임을 엿볼 수 있다.

이 탈놀이는 옛적부터 연 1회 단옷날 밤에 행하기로 되어 있는데, 군수 부임시 또는 중국 사신 통과시 등 관청에 경사가 있을 때에는 특별 흥행으로써 행하였던 것이다. 그 비용은 원래 각방各坊, 面에 분배하여 일반 군민으로부터 징수하던 것인데, 지금은 사리원 시내에 있는 상인, 기타 일반 유지의 기부로써 충용充用하기로 되어 있다. 그리고 탈은 종이탈인데, 매년 새로 만들어서 사용 후에는 불에 태워버리기로 되어 있다. 본래 나무탈이던 것을 지금으로부터 약 이백 년 전 봉산 이속吏屬 중 안초목安草木이란 사람이 전남 어느 섬으로 유배를 갔다가 돌아와서 종이탈로 개혁하였다고 하며, 안초목은 탈을 개혁하였을뿐더러 이 탈놀이 조종자로서 유명하였던 사람이므로, 그 영靈을 위로하는 의미에서 이 탈놀이를 할 때에 서막序幕으로써 출연자 전원이 모여서 함께 화려한 무용을 하는 일도 있다고 한다.

봉산탈은 원래 봉산 이속들이 자자손손 세습적으로 출연해오던 것으로써, 그중 취발, 노승老僧, 초목初目 등의 역할은 이속 중에서도 가장 중요한 인물이 하고, 상좌上佐, 소무少巫 등은 통인通引 등의 연소자로써 충당했는데, 지금 이 탈놀이를 주재하는 이동벽씨 같은 이는 그의 20대 선조 적부터 거의 세습적으로 초목 역할을 담당해왔다고 한다. 그들은 매년 단오 전 1개월 간, 즉 4월 5일부터 5월 4일까지 구읍에서 약 10리 되는 곳에 위치한 백운암이란 절에 가서 기타 제기구의 제작 및 무용 연습을 하여 가지고, 단옷날 밤 구읍 경수대 앞 광장에서 장작불을 피우고, 황혼에 시작하여 그 다음날 아침 해가 뜰 때까지 하룻밤 동안 연출하였다. 장소는 사리원으로 변경되었으나 아직도 그 후예 중 연로한 이들이 주재해 매년 단오에 행하고 있다. 그러나 이 탈놀이가 앞으로 영구히 유지되는지, 이는 의문이다.

이 탈놀이의 실황을 구경하려고 금년 단오에 사리원으로 갔더니 어떤 사정으로 인하여 금년은 중지하였다고 하므로, 이 탈놀이를 주재하고 있는 이동벽씨와 봉산군 당국자를 만나 유서 깊은 이러한 향토예술은 어떡하든지 유지하여야 한다는 필요를 역설하였던 바, 마침내 이동벽씨의 많은 노력으로써 본년 8월 31일, 즉 음력 7월 15일의 백중날 사리원읍 주최하에 임시 거행하기로 되었다.

이날의 실황은 조선총독부 문서과에서 활동사진으로 촬영하고 경성 중앙방송국에서는 전국 중계방송을 하였다. 이때 경성 체류중이던 스웨덴 국립박물관원 베르그만씨도 참관하여 열심히 촬영하였으므로, 그의 영화에 의하여 유서 깊은 이 탈놀이가 멀리 구주歐洲에까지 소개되었다. 그리고 특히 이 분야에 조예 깊은 무라야마 지준, 송

석하, 임석재 등 제씨도 많은 관심을 가지고 이날의 실황을 일부러 참관하였으므로,
이들 제씨의 연구에 기대할 바가 적지 않을 것이다.(쇼와 11년 10월 19일.)

배역

배역(역자의 성명은 쇼와 11년 8월 31일 임시 거행시 출연자들이다.)

감독	이동벽

출연자

노승	김경석
취발(노승의 지기인 처사)	이윤화
상좌(노승의 제자)	이명화
	김난심
	정월선
	나운선
묵승(노승의 제자): 초목	이윤화
이목(二目)	임덕준
삼목(三目)	김수정
사목(四目)	한상건
오목(五目)	김진옥
육목(六目)	김태혁
칠목(七目)	양석현
팔목(八目)	나운선
거사	임덕준
	김태혁
	김수정
	김진옥

(환부)　　　　　　　　　　나운선
사당　　　　　　　　　　　한상건
소무　　　　　　　　　　　양석현
　　　　　　　　　　　　　송연홍
　　　　　　　　　　　　　김채선
혜상　　　　　　　　　　　정영산홍
원공　　　　　　　　　　　한상건
양반　　　　　　　　　　　김금선
　　(그의 차제)　　　　　　김경석
　　(그의 말제)　　　　　　나운선
말뚝이　　　　　　　　　　한상건
사자(전)　　　　　　　　　이윤화
　　(후)　　　　　　　　　이윤화
미얄　　　　　　　　　　　김진옥
미얄 부　　　　　　　　　 이윤화
용산 삼개 덜머리집　　　　임덕준
남강노인　　　　　　　　　한상건
악공　　　　　　　　　　　김경석
　　　　　　　　　　　　　김춘학
　　　　　　　　　　　　　김학원
　　　　　　　　　　　　　김성진
　　　　　　　　　　　　　방영환
　　　　　　　　　　　　　연덕붕
　　　　　　　　　　　　　김명환

제1장. 사상좌춤

이 장면은 악마가 수도를 방해하는 서막으로써 취발술^術에 취한 듯 붉은 얼굴이 특징^{特徵}이라고 하는 방탕한 처사 한 사람이 생불과 같은 노승의 마음을 움직이게 하려고, 그의 상좌 네 명을 꾀어내 노승이 『금강경』[1]을 읽는 법당 앞에서 가장 화려한 춤을 추게 하는 것이다.

장내의 한편에는 푸른빛 혹은 노란빛 옷을 입은 악공 여섯이 고^鼓, 장고^{杖鼓}, 해금^{奚琴}, 필률^{觱篥}, 적^笛의 순서로 늘어앉아 있다.

사상좌 등장. 상좌 네 명은 모두 흰 장삼을 입고 붉은 가사를 어깨에 걸고 고깔을 썼다. 팔목중 중 한 사람에게 업혀 타령곡 반주에 맞추어 춤을 추면서 한 사람씩 등장한다. 목중은 상좌를 업고 춤을 추며 달려 들어와서 장내를 한 바퀴 돌아다니며 춤을 추다가 상좌를 내려놓고 퇴장한다. 목중은 이렇게 상좌 네 명을 한 사람씩 등장시킨다.

---

1) 『금강경^{金剛經}』: 석가모니의 공(空) 사상을 다룬 대승불교의 대표 경전.

사상좌. 처음 일렬로 서서 긴 영상곡[2] 반주에 맞춰 상좌춤을 추기 시작하여 두 사람씩 동서로 갈라서서 서로 엇바꾸어가며 긴 영상곡 전체가 끝나도록 화려하게 춤을 춘다. 상좌춤이 거의 끝날 즈음에 첫목^{처음 입}^{장하는 목중}이 달려나와 등장하면 사상좌 모두 퇴장한다. 음악 반주는 타령곡으로 전환한다.

제2장. 팔묵승춤

이 장면은 승려들의 파계과정을 표현하는 것으로 취발이가 절에 있는 팔묵승, 곧 목중 여덟 명을 타락시켜 노승의 마음을 움직여보는 것이다. 팔묵승은 모두 청색 또는 홍색의 황홀한 긴 저고리를 입고, 울퉁불퉁하고 기괴한 가면을 쓰고 한 사람씩 등장하여 타령곡 반주에 맞춰 장내를 뛰어 돌아다니면서 기괴하고도 쾌활한 춤을 추며 여러 가지 방탕한 노래를 부른다.

첫목   〔붉은 빛깔의 웃옷을 입고 허리에는 푸른 버드나무 가지를 꼽고 큰
방울 하나를 차고 달음질하여 등장한다. 머리를 앞으로 푹 수그리
고 술 취한 사람 모양으로 비틀거리며, 저고리의 두 소매로 얼굴을
가리고 타령곡의 반주에 맞추어 춤을 추면서, 장내를 빙빙 돌아다
니다가 땅에 넘어져서는 넘어진 그대로 누워 얼굴을 가리고 팔과
몸과 다리를 움직이며 타령곡의 반주에 맞추어 춤을 춘다. 이는 엄

---

2) 영상곡(靈上曲): 영산회상곡(靈山會上曲). 석가모니가 설법하던 영산회에서 '영산회상불보살(靈山會相佛菩薩)'의 일곱 자를 노래하던 불교음악. 세속화되어 현재 영산회상의 〈상영산上靈山〉이 되었다. 기악곡(器樂曲)으로 전승되면서 조선 말기에 이르면 도드리[還入曲], 염불, 타령, 군악 등을 포함한 아홉 곡의 모음곡으로 남는다.

숙한 노승 앞에서 두려움과 위축됨을 느낀 까닭이다.[3] 한참 동안 그대로 춤을 추면서 일어나려고 하다가 엎어지기를 세 번이나 거듭한다. 네 번 만에 겨우 일어나서 매우 쾌활한 춤을 추기 시작하며 조금도 거리낌없이 한참 추고 있을 때에 둘째목이 달음질하여 등장한다.]

둘째목 [달음질하여 들어와서 첫목의 얼굴을 한 번 탁 쳐서 퇴장시키고, 타령곡 반주에 맞추어 장내를 한 바퀴 돌아다니며 쾌활하게 춤을 추다가, 악공의 앞으로 와서 좌우를 돌아보면서] 쉬― [음악의 반주와 춤은 그친다.]

[노래] 산중에 달력이 없어 계절 가는 줄 몰랐더니

꽃 피어 봄철이오 잎 돋아 여름이라.

오동잎 떨어져 가을이오 저 건너 푸른 소나무 가지에

흰 눈이 펄펄 휘날리니 이 아니 겨울인가.

나도 본시 오입장이호탕하며 주색을 밝혀 기생집에 자주 드나드는 풍류랑로

산간에 묻혔더니

풍류 소리 반겨 듣고 염불에 뜻이 없어

이런 풍류정風流亭. 사람들이 모여 유흥을 즐기는 정자을 찾아왔던!

[노래가 끝나자 삼현육각은 타령곡을 반주하고, 둘째목은 이에 맞추어 한참 춤을 추다가 다시] 쉬― [음악과 춤은 그친다.] 봉제사연후에 접빈객하고[4] 수인사연후에 대천명이라고[5] 하였으니, 수인사 한마디 들어가오. [타령곡의 반주에 맞추어 춤을 추면서 노

---

3) 임석재 채록본은 이 부분을 성적인 표현으로 이해했다. 본색이 한량인 중이 절에서 수도를 닦다가 성적 욕망과 갈등을 느낀 걸 표현했다고 할 수 있다.
4) 봉제사연후(奉祭祀然後)에 접빈객(接賓客)하고: '제사를 받들어 모신 뒤에 손님을 접대하고.' 봉제사 접빈객은 조선시대 양반이 안주인에게 가장 중요한 책무였다.
5) 수인사연후(修人事然後)에 대천명(待天命)이라고: '사람으로서 할 수 있는 한 최선을 다하고 나서 그 결과는 하늘에 맡긴다'고.

래.〕 심불로 심불로 백수한산에 심불로.[6]

둘째목이 한참 쾌활하게 춤을 출 때에 셋째목이 등장한다.

셋째목 〔달음질하여 들어와서 둘째목의 얼굴을 한 번 탁 쳐서 퇴장시키고 타령곡 반주에 맞추어 장내를 한 바퀴 돌아다니며 쾌활하게 춤을 추다가 악공의 앞으로 와서 좌우를 돌아보면서〕 쉬―〔음악의 반주와 춤은 그친다.〕

〔노래〕 이곳을 당도하여 사면을 돌아보니

담박청정淡泊淸正, 욕심이 없고 깨끗하며 평안하고 고요함 네 글자 분명히 붙여 있고

동편을 바라보니 만고성군 주문왕이 태공망을 찾으려고 위수양 가는 장면 역력히 그려 있고[7]

남편을 바라보니 춘추시대 진목공이 건숙을 찾으려고 농명촌 가는 장면 역력히 그려 있고[8]

서편을 바라보니 전국시대 오자서가 손무자 찾으려고 나부산 가는 장면을 역력히 그려 있고[9]

---

6) 백수한산(白首寒山)에 심불로(心不老): '머리털은 희어졌으나 마음만은 늙지 않았다'는 뜻. 여기서는 타령곡을 청하는 불림이다.
7) 만고성군(萬古聖君) 주문왕(周文王)이 태공망(太公望)을 찾으려고 위수양(渭水陽) 가는 장면 역력히 그려 있고: 중국 주나라 문왕은 인정(仁政)을 베풀고 천하의 현사(賢士)를 모아 나라를 강대하게 만들었는데 그중 하나가 태공망이었다. 태공망은 주나라 초기 정치가로 흔히 강태공으로 불린다. 문왕은 위수에서 낚시로 소일하던 강태공을 만나 스승으로 삼았다. 강태공은 문왕의 아들 무왕을 도와 은을 멸망시키고 천하를 평정하였고 그 공으로 제나라 왕에 봉해졌다. 강태공이 위수에서 낚시를 하는 장면을 그린 옛 그림이 많이 전한다.
8) 춘추시대 진목공(秦穆公)이 건숙(蹇叔)을 찾으려고 농명촌(農明村) 가는 장면 역력히 그려 있고: 중국 춘추시대 진목공은 백리해, 건숙과 같은 현신(賢臣)을 등용하여 선정을 베풀었다. 목공이 정나라를 쳐들어가기 전에 자문을 구하자 건숙이 불가하다고 간하나 이를 듣지 않고 쳐들어갔다가 패했다.
9) 전국시대 오자서(伍子胥)가 손무자(孫武子) 찾으려고 나부산(邪夫山) 가는 장면 역력히 그려

북편을 바라보니 초한이 요란할 때 천하장사 항적이가 범아
부 찾으려고

기고산 가는 장면 역력히 그려 있고[10]

중앙을 살펴보니 여러 동무들이 풍류를 잡히고 희락喜樂하며
노니

나도 한번 놀고 가려든.[11]

[타령곡의 반주에 맞추어 한참 춤을 추다가 다시] 쉬— [음악과 춤
은 그친다.] 봉제사연후에 접빈객하고 수인사연후에 대천명
이라고 하였으니, 수인사 한마디 들어가오. [타령곡의 반주에
맞추어 춤을 추면서 노래.] 이 두견 저 두견 만첩청산에······

셋째목이 한참 쾌활하게 춤을 출 때에 넷째목이 등장한다.

넷째목   [달음질하여 들어와서 셋째목의 얼굴을 한 번 탁 쳐서 퇴장시키고
타령곡의 반주에 맞추어 장내를 한 바퀴 돌아다니며 춤을 추다가
악공의 앞으로 와서 좌우를 돌아보면서] 쉬— [음악의 반주와 춤은
그친다.]

[노래] 멱라수 맑은 물은 굴삼려의 충혼이오[12]

있고: 중국 춘추시대 초나라 사람인 오자서는 억울하게 피살된 아버지와 형의 원수를 갚고자
적국인 오나라에 가서 재상이 된다. 이후 손무와 함께 오나라 왕 합려를 도와 초나라를 쳐서
승리했다. 손무는 절제되고 규율을 갖춘 군대를 조직하여 패권을 장악했고 『손자병법』을 저
술하였다.

10) 초한(楚漢)이 요란할 때 천하장사 항적(項籍)이가 범아부(范亞父) 찾으려고 기고산(祁高山)
가는 장면 역력히 그려 있고: 진나라 말기 항적은 모사인 범아부의 도움으로 초나라 패왕이
되었다. 항적은 항우로 더 유명한데 한나라의 고조 유방과 대립하다 해하 전투에서 패하고 애
첩인 우미인과 함께 오강에서 자결하였다.

11) 이상은 풍류정의 정면 현판과 사면에 그려진 장식화를 묘사하는 말이다. 그 한가운데에서
풍류가 벌어진다고 공연 공간을 설명한다.

12) 멱라수(汨羅水) 맑은 물은 굴삼려(屈三閭)의 충혼(忠魂)이오: 초나라의 정치가이며 시인인

삼강수 얼크러진 비는 오자서 정령이요[13]

채미하던 백이 숙제 구추명절 일렀건만 수양산 아사하고[14]

말 잘하는 소진 장의[15] 열국 제왕列國諸王 다 달래도 염라대왕 못 달래어

춘풍세우두견성에 슬픈 혼백 되었으니[16]

하물며 초로草露 같은 우리 인생이랴.

이러한 풍악 소리 듣고 아니 놀 수 없거든.

〔타령곡의 반주에 맞추어 한참 춤을 추다가 다시〕쉬ㅡ〔음악의 반주와 춤은 그친다.〕봉제사연후에 접빈객하고 수인사연후에 대천명이라고 하였으니, 수인사 한마디 들어가오. 〔타령곡의 반주에 맞추어 춤을 추면서, 노래.〕절개는 여산이요 지상선은

굴원은 삼려대부(三閭大夫)가 되었다가 모함을 당해 뜻을 못 펴고 멱라수에 빠져 죽었다.

13) 삼강수(三江水) 얼크러진 비는 오자서(吳子胥) 정령(精靈)이요: 오자서는 오왕 합려를 도와 초나라를 쳐서 아버지와 형의 원수를 갚는다. 하지만 왕위에 오른 부차에게 월의 화친 요구를 거절하고 제에 대한 공격을 중지하라고 간언했다가 왕의 분노를 사 나중에 강제로 자결한다. 오자서는 자신이 죽어도 두 눈은 살아서 오나라가 망하는 모습을 보리라고 저주하였는데 죽은 지 9년 만에 오나라는 월나라에게 멸망당한다. '오자서 정령'은 죽어서도 눈감을 수 없었던 오자서의 원혼을 말한다.

14) 채미(採薇)하던 백이(伯夷) 숙제(叔齊) 구추명절(九秋名節) 일렀건만 수양산(首陽山) 아사하고: 백이와 숙제는 본래는 은나라 고죽국의 왕자였는데, 아버지가 죽은 뒤 서로 후계자가 되기를 사양하다가 두 사람 모두 나라를 떠났다. 그 무렵 주나라 무왕이 은나라의 주왕을 멸망시키자 무왕의 행위가 인의에 위배된다며 주나라 곡식을 먹기를 거부하고 수양산에 들어가 몸을 숨기고 고사리를 캐어 먹고 지내다가 굶어죽었다.

15) 소진(蘇秦) 장의(張儀): 중국 전국시대의 정치가이자 유세가. 소진은 6국(연·제·초·한·위·조)을 종적으로 연합하여 강대한 진나라와 대결할 동맹을 맺는 합종책을, 장의는 진나라가 6국과 개별적으로 횡적 동맹을 맺는 연횡책을 제안하였다. 진나라는 합종을 타파한 뒤 6국을 차례로 멸망시켜 중국을 통일하였다.

16) 춘풍세우두견성(春風細雨杜鵑聲)에 슬픈 혼백 되었으니: '봄바람 불고 이슬비 내리는 가운데 들리는 두견새 소리에 슬픈 혼백이 되었다.' 이 표현은 중국 촉나라 망제의 이야기와 연결된다. 망제는 물에 떠내려온 별령(鱉靈)을 구해주었다가 그에게 배신당하고 나라를 빼앗겨 타국으로 쫓겨났다. 그는 촉나라로 돌아가지 못하는 자기 신세를 한탄하며 온종일 울다가 지쳐 죽었는데, 그의 원혼은 두견새가 되어 밤마다 목에서 피가 나도록 울었다고 한다. 그런 까닭에 두견새는 '촉혼(蜀魂)' '불여귀(不如歸)' '귀촉도(歸蜀道)' 등으로 불린다.

17) ……

넷째목이 한참 춤을 출 때에 다섯째목이 등장한다.

다섯째목 〔달음질하여 들어와서 넷째목의 얼굴을 한 번 탁 쳐서 퇴장시키고
타령곡의 반주에 맞추어 춤을 추며 장내를 한 바퀴 돌아 악공의 앞
으로 와서 좌우를 돌아보면서〕 쉬ㅡ〔음악의 반주와 춤은 그친다.〕
〔노래〕 오호중국 고대의 다섯 호수로 돌아드니 범려는 간 곳 없고[18]
백빈주흰 마름꽃이 핀 물가 갈매기는 홍요안붉은 여뀌꽃이 우거진 언덕으
로 날아들고
삼호三湖의 떼기러기 부용당연꽃을 감상하게끔 연못가에 만든 정자으로
날아들 때
심양강 돌아드니 백낙천 가고 난 후 비파성이 끊어지고[19]
적벽강[20] 돌아드니 소동파 놀던 풍월 예같이 있다마는
조맹덕조조 일세효웅일대의 사납고 날랜 영웅 이금안재재오.[21]

17) 절개는 여산(驪山)이요 지상선(地上仙)은: 여산은 중국 장안의 북동쪽 섬서성 임동현에 위
치한 산으로 진시황의 무덤이 있다. 판소리 〈수궁가〉나 〈변강쇠가〉 등에서도 인생무상을 말
할 때 진시황의 여산 무덤과 한무제 무릉 무덤을 자주 언급한다. 두 사람은 삼신산과 곤륜산
등에 있다는 불사약을 찾아 지상의 신선이 되고자 애쓴 것으로 유명하다.
18) 오호(五湖)로 돌아드니 범려(范蠡)는 간 곳 없고: 범려는 춘추시대 초나라 사람으로 월왕
구천을 도와 오나라를 멸망시켰다. 구천을 믿을 수 없다고 여겨 서시와 함께 배를 타고 서호로
떠나 세상을 피해 살았다. 서시는 오나라를 멸망시키기 위한 범려의 계책에 따라 월왕 구천이
오왕 부차에게 바친 미인이다.
19) 심양강(潯陽江) 돌아드니 백낙천(白樂天) 가고 난 후 비파성(琵琶聲)이 끊어지고: 백낙천은
당나라 시인 백거이. 강주의 외직으로 좌천될 때 백낙천은 심양강의 배 위에서 애절한 비파 소
리를 듣는다. 늙은 장사꾼의 아내로 젊은 시절 장안의 기녀로 화려한 나날을 보낸 여인의 연주
였다. 백낙천은 그 비파 연주와 살아온 내력에서 느낀 비감을 담아 「비파행琵琶行」을 지었다.
20) 적벽강(赤壁江): 중국 황강현 성밖에 있던 강. 주유가 제갈량의 전술을 빌어 조조의 백만대
군과 싸운 적벽과는 다른 곳이다.
21) 적벽강 돌아드니 소동파 놀던 풍월(風月) 예같이 있다마는 조맹덕 일세효웅(一世梟雄) 이금
안재재(而今安在哉)오: 소동파는 북송 때 시인으로 당송 팔대가 중 하나. 그는 1142년 7월 16일

월락오제 깊은 밤에 고소성중국 오나라 수도 밖 배를 대니

한산사소주 교외의 절 쇠북 소리 객선에 둥둥 울리고[22]

잠깐 새 대변일륜홍大辨一輪紅, 수평선이나 지평선에서 붉게 떠오르는 둥근 해

은 부상동해에 있다는 상상의 나무에 둥실 높았는데

풍류정 당도하여 사면을 바라보니

만학천봉운심처萬壑千峰雲深處, 수많은 골짜기와 산봉우리 너머 구름 깊은 곳에

학선학을 탄 신선이 노니는 듯

맑디맑은 풍류 소리 그저 지날 수 없거든.

〔타령곡의 반주에 맞추어 한참 춤을 추다가 다시〕 쉬―〔음악의 반

주와 춤은 그친다.〕 봉제사연후에 접빈객하고 수인사연후에

대천명이라고 하였으니, 수인사 한마디 들어가오. 〔타령곡의

반주에 맞추어 춤을 추면서, 노래.〕 상산사호[23] 옛 늙은이 날 찾

는다……

다섯째목이 한참 춤을 출 때에 여섯째목이 등장한다.

여섯째목 〔달음질하여 들어와서 다섯째목의 얼굴을 한 번 탁 쳐서 퇴장시키

고, 타령곡의 반주에 맞추어 춤을 추면서 장내를 한 바퀴 돌아 악공

에 적벽강에서 뱃놀이를 하며 「적벽부赤壁賦」를 지었다. 조조의 백만대군이 화공에 당한 적벽
대전을 떠올리며 '진실로 일세의 영웅이라, 지금은 어디에 있는가(固一世之雄也, 而今安在哉)'라
며 조조에 대한 동정과 인생무상을 노래하였다.

22) 월락오제(月落烏啼) 깊은 밤에 고소성(姑蘇城) 밖 배를 대니 한산사(寒山寺) 쇠북 소리 객선
에 둥둥 울리고: 중국 당나라 시인 장계가 지은 시 「풍교야박楓橋夜泊」의 시상을 풀어 표현하
였다. '달 지고 까마귀 울 제 찬 서리 하늘에 가득한데, 강가 단풍과 고깃배 불빛 마주하여 시
름겨운 잠을 청하네. 고소성 밖 한산사에서는 한밤중 종소리가 객선까지 들려오네(月落烏啼霜
滿天, 江楓漁火對愁眠. 姑蘇城外寒山寺, 夜半鐘聲到客船).'

23) 상산사호(商山四皓): 중국 진나라 말엽에 난리를 피해 상산에 숨어 살던 동원공, 하황공,
녹리선생, 기리계. 눈썹과 수염이 모두 희어 사호(四皓)라고 불렀다. 한가로이 바둑을 두는 네
노인의 모습이 옛 그림이나 시에 자주 등장한다.

의 앞으로 와서 좌우를 돌아보면서〕 쉬—〔음악의 반주와 춤은 그친
다.〕

〔노래〕 산불고이수려山不高而秀麗, 산은 높지 않으나 빼어나게 아름다움하고
수불심이청징水不深而淸澄, 물은 깊지 않으나 맑음이라.

지불광이평탄地不廣而平坦, 땅은 넓지 않으나 평탄함하고 임부다이무성林
不多而茂盛, 숲은 많지 않으나 무성함이라.

월학月鶴, 달빛 아래 노니는 학은 쌍쌍이 날고 송죽松竹은 푸르구나.

기산영수별건곤에 소부 허유 놀아 있고[24]

채석강명월야에 이적선 놀아 있고[25]

적벽강추야월에 소동파 놀아 있다[26]

이러한 풍류정에 한번 놀고 가려든.

〔타령곡의 반주에 맞추어 한참 춤을 추다가 다시〕 쉬—〔음악의 반
주와 춤은 그친다.〕 봉제사연후에 접빈객하고 수인사연후에
대천명이라고 하였으니, 수인사 한마디 들어가오. 〔타령곡의
반주에 맞추어 춤을 추면서, 노래.〕 세이인간불문洗耳人間不聞, 귀를 씻
어 인간사를 듣지 않음 한가롭다……

여섯째목이 한참 춤을 추고 있을 때에 일곱째목이 등장한다.

---

24) 기산영수별건곤(箕山潁水別乾坤)에 소부 허유 놀아 있고: 기산과 영수는 하남성 등봉현에
있는 산과 강의 이름으로 요임금 때 소부와 허유가 이름을 떨치는 일을 피하여 여기에 은거했
다. 허유는 요임금이 왕위를 물려주려 하자 기산에 숨어 살았는데 다시 구주의 우두머리를 삼
으려 한다는 말을 듣고 영수에 귀를 씻었다. 마침 소에게 물을 먹이려고 영수에 나온 소부가
그 이야기를 듣고는 소에게 그런 더러운 물을 먹일 수 없다며 소를 상류로 끌고 갔다는 이야기
가 전한다.
25) 채석강명월야(采石江明月夜)에 이적선 놀아 있고: 이적선은 당나라의 시인 이백. 전설에 따
르면 달 밝은 밤 채석강에서 노닐던 이백이 포도주를 실컷 마시고 취해서 달을 잡으러 강에 뛰
어들었다가 고래를 타고 하늘로 올라갔다고 한다.
26) 적벽강추야월(赤壁江秋夜月)에 소동파 놀아 있다: 가을밤 적벽강에서 뱃놀이하던 소동파
의 일화.

일곱째목 〔달음질하여 들어와서 여섯째목의 얼굴을 한 번 탁 쳐서 퇴장시키고, 타령곡의 반주에 맞추어 춤을 추면서 장내를 한 바퀴 돌아 악공 앞으로 와서 좌우를 돌아보면서〕 쉬ー〔음악의 반주와 춤은 그친다.〕

〔노래〕 하늘과 땅 열린 후에 만물이 번성이라

산山 절로 수水 절로 하니 산수간에 나도 절로

때마침 봄철이라 산천 경치 구경코자

죽장망혜대지팡이와 짚신 단표자도시락과 표주박로 이 강산에 들어오니

온 산의 홍록붉은 꽃과 초록 새순들은 해해마다 다시 피어

봄빛을 자랑하여 색색이 붉었는데

창송취죽蒼松翠竹, 푸른 소나무와 대나무은 울창하고 기화요초난만중奇花瑤草爛漫中, 신기한 화초가 흐드러진 가운데에

꽃 속에 자던 나비 자취 없이 날아든다.

유상앵비柳上鶯飛, 버드나무 위를 나는 앵무새는 편편금片片金, 흩날리는 황금이요 화간접무花間蝶舞, 꽃 사이 춤추는 나비는 분분설紛紛雪, 흩날리는 눈발이라

삼춘가절석 달 동안의 아름다운 봄이 좋을시고

도화만발점점홍桃花滿發點點紅, 복사꽃이 만발하여 점점이 붉음하니 무릉도원27)이 예 아니냐.

양류세지사사록楊柳細枝絲絲綠, 버들가지가 실처럼 늘어져 푸르름하니 황산곡리당춘절에 연명오류가 예 아니냐.28)

---

27) 무릉도원(武陵桃源): 복숭아꽃이 핀 별천지.
28) 황산곡리당춘절(黃山谷裏當春節)에 연명오류(淵明五柳)가 예 아니냐: '황산곡에 봄철이 오니 도연명이 심은 다섯 그루 버드나무 있는 곳이 여기 아닌가.' 황산곡은 지명이지만 중의적으로 송나라 문인인 황정견을 가리킨다고 볼 수 있다. 황산곡과 도연명의 이름이 함께 언급된 시

층암절벽상層巖絶壁上에 폭포수가 꽐꽐 흘러 수정렴수정으로 만든 발 드리운 듯

병풍석병풍처럼 두른 바위에 마주쳐서 은옥銀玉같이 흩어지니

소부 허유 문답하던 기산영수 예 아니냐.

주각제금은 천고절29)이오 적다정조는 일년풍30)이라

경개무궁 좋을시구31)

장중場中을 굽어보니 호걸들이 많이 모여

해금 피리 저 북 장구 늘어놓고

이리 뛰며 저리 뛰니 이 아니 풍류정인가

나도 흥겨워 한번 놀고 가려든.

〔타령곡의 반주에 맞추어 한참 쾌활하게 춤을 추다가 다시〕 쉬―

〔음악의 반주와 춤은 그친다.〕 봉제사연후에 접빈객하고 수인사연후에 대천명이라고 하였으니, 수인사 한마디 들어가오.

〔타령곡의 반주에 맞추어 춤을 추면서, 노래.〕 옥동도화만수춘玉洞桃花萬樹春, 옥동에 복사꽃 피니 나무마다 봄빛이 가득함 가지가지……

일곱째목이 한참 춤을 출 때에 여덟째목이 등장한다.

여덟째목 〔달음질하여 들어와서 일곱째목의 얼굴을 탁 쳐서 퇴장시키고, 타 령곡의 반주에 맞추어 춤을 추면서 장내를 한 바퀴 돌아 악공의 앞

조가 전한다. '황산곡 돌아들어 이백화(李白花)를 꺾어쥐고/도연명 찾으려고 오류촌(五柳邨) 들어가니/갈건(葛巾)에 술덧난 소리 세우성(細雨聲)인가 하노라.'

29) 주각제금(住刻啼禽)은 천고절(千古節): '주각 하고 우는 두견새 소리는 천고에 빛나는 굳은 절개요.' 주각은 '주곡(奏穀)'으로도 표기되며 주걱새, 즉 두견새의 울음소리를 표기한 말.

30) 적다정조(積多鼎鳥)는 일년풍(一年豊): '적다 하고 우는 소쩍새 소리에 올해도 풍년이네.' '적다정조'는 '풍년이 드니 쌀이 넘쳐 솥이 적다'는 뜻을 담은 '소쩍새'를 한자로 표기한 말.

31) 산천 경치 구경코자~경개무궁(景槪無窮) 좋을시구: 12잡가 중 〈유산가遊山歌〉 내용과 거의 같다.

94

으로 와서 좌우를 돌아보면서〕 쉬―〔음악의 반주와 춤은 그친다.〕

〔노래〕 죽장 집고 망혜 신어 천리 강산 들어가니

폭포도 장히 좋다마는 여산廬山이 여기로다.

비류직하삼천척은 옛말로 들었더니

의시은하낙구천32)은 과연 허언이 아니로다.

은하석경銀河石徑, 은하수 사이의 돌길 좁은 길로 인도한 곳 내려가니

사호 선생 바둑 두고

소부는 무슨 일로 소고삐를 거스르고

허유는 어이하여 팔은 걷고 앉아 있고33)

소리 좇아 내려가니 풍류정이 분명키로

한번 놀고 가려든.

〔타령곡의 반주에 맞추어 한참 춤을 추다가〕 쉬―〔음악의 반주와
춤은 그친다.〕 봉제사연후에 접빈객하고 수인사연후에 대천명
이라고 하였으니, 수인사 한마디 들어가오. 〔타령곡의 반주에
맞추어 춤을 추면서, 노래.〕 만사무심일조간萬事無心一釣竿, 세상만사
상관 않고 낚싯대만 던져둠 가소롭다……

　　여덟째목이 한참 춤을 출 때에 퇴장하였던 목중 일곱이 일제히 등장
한다. 목중 여덟이 한데 엉키어 각자의 장기 춤을 자유롭게 춘다. 삼현
육각은 타령곡과 굿거리곡을 섞어서 반주한다. 목중 여덟은 한참 동안

---

32) 비류직하삼천척(飛流直下三千尺)~의시은하낙구천(疑是銀河落九天): 이백의 「망여산폭포望
廬山瀑布」에서 가져온 구절. '향로봉에 해 비치자 붉은 안개 피는데, 저멀리 폭포가 앞 시내에
걸려 있네. 삼천 척을 날아내려서 곧바로 떨어지니 은하수가 구천 하늘에서 쏟아지는 듯하네
(日照香爐生紫煙, 遙看瀑布掛前川, 飛流直下三千尺, 疑是銀河落九天).'
33) 소부는 무슨 일로 소고삐를 거스르고 허유는 어이하여 팔은 걷고 앉아 있고: 이상 팔목중
의 노래는 단가 〈죽장망혜〉와 유사하다. '소부는 무슨 일로 소고삐를 거스르고'는 '소부는 무
슨 일로 소고삐를 잡고 상류로 거슬러올라가고'를 압축하여 표현한 말이다.

뭇동춤집단춤을 추고 모두 퇴장한다.

제3장. 사당무

이 장면은 그 절 부근의 마을에 왔던 사당거사패[34]로 하여금 노승의 마음을 움직여보는 것이다.

홀아비거사 하나가 시래기 짐을 지고 타령곡의 반주에 맞추어 춤을 추면서 등장하여 뭇동춤이라는 춤을 되는대로 함부로 춘다. 이때 거사 여섯이 어여쁜 사당 하나를 데리고 등장한다. 거사 하나는 사당을 업고 거사 다섯은 그 뒤에 따라 장내의 중앙으로 들어와서 사당을 땅에 내려놓고 거사 여섯이 모두 사당의 곁으로 모여 선다.

홀아비거사는 사당거사패가 등장하는 것을 보고 어찌할 바를 몰라서 이리저리 왔다갔다한다.

거사 갑　　순령수-〔음악 반주는 그친다.〕
거사 을병정무기　〔다섯이 일제히〕 예-잇.
거사 갑　　홀아비거사를 잡아들여라.
거사 을병정무기　예-잇. 〔소고, 장구, 징, 꽹과리 등의 악기를 각각 울리며 엉덩이춤을 추면서 홀아비거사를 붙잡으려고 장내를 쫓아다닌다.〕

홀아비거사는 한참 쫓겨 다니다가 장외로 도망한다. 사당과 여섯 거사는 한데 엉키어 놀량가[35]를 합창하면서 악기를 울리며 난무한다. 이

---

34) 사당거사패: 노래와 춤으로 걸립을 하는 전문 예능인 집단. 여성 예능인 사당과 남성 예능인 거사가 짝지어 다녔다.
35) 놀량가: 사당거사패의 대표적 공연 종목인 선소리 〈산타령〉에서 맨처음 부르는 노래. 선소

노래가 전부 끝나면 모두 퇴장한다.

제4장. 노승무

이 장면은 소무, 팔목중, 노승, 취발, 신장수 등이 등장하여 노승의 파계를 표현하는 것이다.

소무 둘이 화관花冠 몽두리조선시대 기생이나 무당이 입던 겉옷로 찬란하게 차리고 각각 가마를 탄 채 목중 여덟에게 떠받들려 등장한 후 타령곡의 반주에 맞추어 목중들과 같이 화려한 춤을 춘다. 이러는 사이 노승이 송낙을 쓰고 검은 장삼長衫 위에 붉은 가사袈裟를 걸치고 백팔염주를 목에 걸고 남모르게 슬쩍 등장하여 한편 구석에서 사선선四仙扇, 네 신선을 그린 부채으로 얼굴을 가리고 육환장六環杖, 고리가 여섯 개 달린 승려가 짚는 지팡이을 짚고 가만히 선다.

목중들은 소무 둘과 같이 한참 춤을 추다가 그중 하나가 노승이 서 있는 쪽을 바라보고 깜짝 놀란다. 이때 음악의 반주와 춤은 그친다.

첫목   아나야—

목중들   그래 와이.

첫목   〔노승을 가리키면서〕 저 동편을 바라보니 비가 오시려는지 날이 흐렸구나.

둘째목   내가 한번 가서 보고 올거나. 〔춤을 추며 가까이 가서 노승을 보고 돌아와서〕 아나야—

목중들   그래 와이.

리 〈산타령〉은 거사가 소고를 치고 사당이 노래와 발림을 하는 형식으로 공연이 이루어졌다.

둘째목	내가 이제 가보니 날이 흐린 것이 아니라 옹기장이가 옹기짐을 받쳐놨더라.
셋째목	아나야—
목중들	그래 와이.
셋째목	내가 한번 가서 자세히 보고 올라. 〔노승 있는 곳으로 가까이 가서 노승을 바라보고 돌아와서〕 아나야—
목중들	그래 와이.
셋째목	내가 이제 가서 자세히 본즉 숯장사가 숯짐을 받쳐놨더라.
넷째목	아나야—
목중들	그래 와이
넷째목	내가 한번 가서 더 자세히 보고 올라. 〔노승에게 가까이 가서 보고 돌아와서〕 아나야—
목중들	그래 와이.
넷째목	내가 이제 가서 자세히 본즉 날이 흐려서 대망큰 구렁이이가 나왔더라.
목중들	대망이야? 〔큰 소리로 말하며 깜짝 놀란다.〕
다섯째목	아나야—
목중들	그래 와이.
다섯째목	내가 다시 보고 올라. 〔엉덩이춤을 추면서 무서운 모양으로 엉기적거리며 노승 있는 곳으로 가까이 가서 이리저리 살펴보고 깜짝 놀라 땅에 구르며 돌아온다.〕
목중들	〔다섯째목이 땅에 구르며 돌아오는 모양을 보고 일제히〕 야 이놈 지랄 벋는구나, 지랄 벋는구나, 지랄 벋는구나.
다섯째목	〔땅에서 일어나면서〕 아나야—
목중들	그래 와이.
다섯째목	사실이야. 대망이 분명하더라.

여섯째목	아나야—
목중들	그래 와이.
여섯째목	사람이 이렇게 많이 모였는데 대망이란 말이 웬말이냐. 내가 한번 가서 자세히 보고 올라. 〔용맹스럽게 춤을 추며 노승 앞으로 가서 슬금슬금 머리로 노승을 부딪혀본다.〕
노승	〔얼굴을 가린 부채를 흔들흔들한다.〕
여섯째목	〔놀라며 돌아와서〕 아나야—
목중들	그래 와이.
여섯째목	대망이니 옹기짐이니 숯짐이니 뭐니 뭐니 하더니 그런 것이 아니고 뒷절 노스님이 분명하더라.
일곱째목	아나야—
목중들	그래 와이.
일곱째목	그럴 리가 있나. 내가 한번 가서 자세히 알아보고 올라. 〔태연히 타령곡의 반주에 맞추어 춤을 추며 노승 앞으로 가서〕 노스님!
노승	〔부채를 흔들며 고개를 끄덕끄덕한다.〕
일곱째목	〔달음질하여 돌아와서〕 아나야—
목중들	그래 와이.
일곱째목	노스님이 분명하더라. 우리 노스님이 평생 좋아하시던 것이 백구타령십이가사 중 〈백구사〉이 아니더냐. 우리 모두 백구타령이나 한번 하여보자.
목중들	그것 좋은 일이야.
여덟째목	그러면 내가 노스님께 가서 여쭈어보고 올라. 〔의기양양하게 엉덩이춤을 추며 노승 앞으로 가서〕 노스님!
노승	〔고개를 끄덕끄덕한다.〕
여덟째목	백구타령을 돌돌 말아서 귀에다 소르르……
노승	〔고개를 끄덕끄덕한다.〕

여덟째목　〔돌아와서〕아나야―

목중　그래 와이.

여덟째목　내가 지금 가서 노스님께다 백구타령을 돌돌 말아서 귀에다
　　　　　소르르 하니까 대강이를 굶주린 개가 주인 보고 대강이 흔들
　　　　　듯이 *끄덕끄덕*하더라.

첫목·둘째목　〔어깨를 겨누고 노승에게 가면서 타령곡의 반주에 맞추어 춤을
　　　　　추며 백구타령을 함께 부른다.〕
　　　　　〔노래〕 백구야 훨훨 날지 마라.
　　　　　너 잡을 내 아니로다.
　　　　　성상임금이 버리시매
　　　　　너를 좇아 여기 왔다.
　　　　　오류춘광경五柳春光景 좋은데
　　　　　백마白馬 금편金鞭 화류花柳 가자.

　　셋째목이 첫목, 둘째목의 뒤로 따라가다가 두 사람의 어깨를 한 번 탁
친다. 두 사람은 깜짝 놀라며 뒤를 힐끔 돌아본다.

셋째목　백구야 껑충 날지 마라. 너 잡을 내 아니다. 〔노래하면서 첫목,
　　　　　둘째목과 어깨를 겨누고 춤을 추며 돌아온다.〕

넷째목　아나야―〔음악의 반주는 그친다.〕

목중들　그래 와이.

넷째목　내가 지금 노스님께 가서 오도독이 타령³⁶⁾을 돌돌 말아서 귀
　　　　　에다가 소르르 하니까 대강이를 용두질자위행위치다가 내버린
　　　　　좃대가리 흔들 듯하더라.

---

36) 오도독이 타령: 제주도 민요인 〈오돌또기〉가 경기도 및 서도 지역에 전해져 변형된 노래.

100

목중 여덟은 이렇게 서로 각각 번갈아가면서 무슨 타령이니 무슨 노래이니 하면서 노승에게 물어보고 그를 모욕한다.

첫목	아나야—
목중들	그래 와이.
첫목	스님을 저렇게 불붙은 집에 좆기둥같이 세워두는 것은 우리 상좌의 도리가 아니니 스님을 우리가 모셔야 하지 않겠나.
목중들	그래 네 말이 옳다.

여덟 명의 목중이 모두 노승에게 간다. 첫목과 둘째목은 노승 앞에서 그의 지팡이 끝을 잡고 다른 목중들은 뒤에서 노승을 에워싸고 '나무대성인로왕보살南無大聖引路王菩薩'이라고 염불을 하면서 노승을 장내 중앙으로 인도한다. 노승은 목중들에게 떠받들려 입장하다가 중도에서 넘어진다. 이때 뒤따라오던 목중 하나가 노승의 지팡이를 쥐고 노승처럼 첫목과 둘째목의 뒤를 따라온다. 첫목이 뒤를 돌아보고 깜짝 놀란다.

첫목	우리 노스님은 어디로 가시고 이게 웬놈들이란 말이냐.
둘째목	그럴 리가 있나. 상좌인 우리의 정성이 부족하여 그런 것이지. 우리가 다시 한번 노스님을 찾아보자꾸나. 〔타령 장단에 맞추어 여덟 목중들이 난무하며 노승을 찾으러 간다. 선두에서 가던 첫목이 노승이 넘어져 있는 것을 보고 깜짝 놀라 뒤로 돌아선다.〕
첫목	쉬—〔음악의 반주와 춤은 그친다.〕 이것 큰일났다.
여덟째목	무슨 일이야.
첫목	이제 내가 저쪽을 가보니 노스님이 길바닥에 거꾸러져 있겠지. 아마 죽은 모양이더라.

둘째목　아나야.

목중들　그래 와이.

둘째목　과연 그런지 내가 자세히 가보고 올라. 〔달음질하여 노승이 넘어져 있는 곳으로 가서 멀찍이 바라보고 돌아와서〕 이거 참 야단났다.

여섯째목　무슨 야단이란 말이냐.

둘째목　노스님이 유유정정화화柳柳井井花花했더라.

여섯째목　야 이놈 빽 센 말도리에 안 맞는 말 한마디하는구나. 유유정정화화, 유유정정화화? 그것 유유정정화화라니 버들버들 우물우물 꼿꼿이 죽었단 말이로구나.[37]

셋째목　아나야.

목중들　그래 와이.

셋째목　우리 노스님이 그렇게 쉽사리 죽을 리가 있나. 내가 다시 한 번 가서 자세히 보고 올라. 〔달음질하여 노승에게 가서 이리저리 자세히 살펴보고 돌아와서〕 야 죽은 것이 분명하더라. 육칠월에 개 썩는 냄새가 나더라.

　이렇게 목중 여덟이 번갈아가면서 노승이 넘어져 있는 것을 보고 와서는 여러 가지 욕설을 한다.

첫목　아나야.

목중들　그래 와이.

첫목　중은 중의 행세를 해야 하고 속인은 속인의 행세를 해야 하

---

37) 유유정정화화의 한자인 버들 유, 우물 정, 꽃 화 같은 한자의 훈을 동음이의어인 우리말로 푼 농담.

는 것이니, 우리가 스님의 상좌가 아니냐. 스님이 돌아가셨
는데 천변수륙千邊水陸, 물과 육지의 잡귀에게 올리는 불사에 만변야락굿萬
邊野落-, 잡귀에게 재를 올리며 축문을 읽는 일을 하여보자꾸나.

목중들   그것 좋은 말이다. 〔목중 여덟이 각각 꽹과리 등 악기를 울리며
노승이 엎어져 있는 곳으로 가서 노승 주위로 돌아다니며 염불을
하며 재를 올린다.〕

〔염불〕 원아임욕명종시願我臨欲命終時
진제일체제장애盡際一切諸障碍
면견피불아미타面見彼佛阿彌陀
즉득왕생안락찰即得往生安樂刹 .[38]

넷째목   아나야.

목중들   그래 와이.

넷째목   이것이 약은 진짜 약이다. 스님이 다시 살아나시는구나. 우
리 스님이 평생 좋아하시는 것이 염불이었으니 염불을 한바
탕 실컷 하자.

목중 여덟은 한데 엉키어 염불곡으로 악기를 울리며 난무하다가 일
제히 퇴장한다. 목중들이 모두 퇴장하자 소무 둘은 장내의 중앙에서 염
불장단의 반주에 맞추어 화려한 춤을 추기 시작한다.

노승   〔땅에 엎어진 채로 염불장단의 반주에 맞추어 춤을 춘다. 차츰차츰
일어나려고 한다. 한참 동안 주저하다가 겨우 육환장을 짚고 일어
나서 부채로 얼굴을 가리고 주위에 사람이 있는지 없는지를 알기

---

38) 원아임욕명종시(願我臨欲命終時)~즉득왕생안락찰(即得往生安樂刹): 아미타불을 향한 염불
의 하나. '원하옵건대 제 목숨이 다하는 날 모든 장애가 소멸되어 아미타불을 뵙고 극락세계에
태어나게 하여지이다.'

위하여 부채살 사이로 가만히 사방을 살피다가 소무가 춤추는 태도를 보고 깜짝 놀라 땅에 엎어진다. 다시 일어나서 사방을 살피며 은근히 소무를 바라본다.〕

이로부터 노승의 가슴을 울렁거리게 하는 것은 소무의 춤이다. 처음에는 사람인지 선녀인지를 잘 분별할 수 없었다. 깊은 산중에 칩거하였던 노승으로서는 실로 꿈과 같은 일이었다. 그러나 아무리 보아도 선녀가 아니고 사람이었다. '인간 세상에도 저런 것이 있는가' 하고 생각할 때 자기의 과거는 실로 무의미하고 적막하였던 것임을 통감하게 되었다. 노승은 인간 세상이란 것이 어떠한 것인지를 비로소 알았다는 듯이 그리고 이 세상의 흥미를 깨달았다는 듯이 고개를 끄덕끄덕하더니 부채로 얼굴을 가리고 지팡이를 짚고 염불곡 반주에 맞추어 춤을 추며 장내를 일주한 다음 소무의 주위를 멀찌감치 한참 돌아다니며 춤을 춘다. '남아로서 이런 곳에서 놀지 않고 무엇하리' 하는 표정을 하고 지팡이를 어깨에 메고 춤을 추며 소무 가까운 주위로 돌아다니면서 혹은 소무의 배후에 가서 등으로 슬쩍 부딪혀보기도 하고 혹은 소무의 정면에 가서 마주서보기도 한다.

소무	〔태연히 춤을 추며 싫다는 듯이 살짝살짝 노승을 피하여 돌아선다.〕
노승	〔낙심한 듯이 휘둥휘둥하다가 다시 소무 앞으로 가서 정면으로 선다.〕
소무	〔살짝 돌아서서 춤을 춘다.〕
노승	〔노한 듯이 소무의 정면에 바짝 다가선다.〕
소무	〔점점 교태를 부리며 살짝 돌아서서 춤을 춘다.〕
노승	〔처음 보는 사람이라 부끄러워 그런 것이라 생각하고 고개를 끄덕

끄덕하더니 두 손으로 지팡이를 수평으로 들고 소무에게 가서 춤을 추며 여러 가지 동작으로 얼러본다. 지팡이를 소무 사타구니 밑으로 넣었다가 내어들고 소무를 한참 바라보며 지팡이를 코에 대고 냄새를 맡더니 뒤로 물러나와서 두 손으로 지팡이를 무릎에 대고 꺾어버리면서 펄쩍 뛴다.〕

　　이때 음악의 반주는 타령곡으로 바뀐다.

노승　　〔타령곡 반주에 맞추어 춤을 추며 소무 앞으로 가서 염주를 벗어 목에 걸어준다.〕

소무　　〔태연히 춤을 추면서 목에 걸어준 염주를 벗겨서 땅에 던져버린다.〕

노승　　〔염주 버리는 것을 보고 놀라며 염주를 주워 들고 소무 앞으로 가서 정면으로 선다.〕

소무　　〔살짝 돌아선다.〕

노승　　〔춤을 추면서 소무 곁으로 다니다가 염주를 다시 소무 목에 걸어준다.〕

소무　　〔모르는 체하고 그대로 태연히 춤을 춘다.〕

노승　　〔이에 만족하여 그 염주의 한끝을 자기 목에 걸고 소무와 마주서서 비로소 만족한 표정으로 춤을 춘다.〕

　　노승은 또다른 소무도 이와 같이 농락한다. 살아 있는 부처라던 도승이 두 소무의 술책에 빠져 무아몽중無我夢中, 꿈속인 듯 자기 자신을 잊음으로 있을 때 신장수가 원숭이를 업고 등장한다.

신장수　　야, 장 잘 섰다. 장재미시장에서 물건을 팔아 이문을 남기는 재미가 좋다기에 불원천리하고 왔더니 과연 거짓말이 아니로구나. 인물이 병풍처럼 둘러쳤으니 태평시장太平市場이 아닌가. 태평장이거나 무슨 장이거나 속담에 이른 말이 싸움은 말리고 흥정은 붙이랬으니 장사가 되어서는 물건을 잘 팔아야겠다. 식이위천食而爲天, 먹는 것을 하늘로 여김이라 하였으니 먹을 것부터 팔아보자. [사방을 바라보며 큰 목소리로] 군밤을 사오, 삶은 밤을 사오. [하나도 팔리지 않는다.] 그러면 신이나 팔아볼까. [큰 목소리로] 세코짚신 육날미투리, 고운 아씨의 신을 사오.

노승   [신장수 뒤에 가서 부채로 어깨를 탁 친다.]

신장수   [깜짝 놀라며] 이게 무엇이냐. 네 놈의 차림차림을 보니 송낙을 눌러쓰고 백팔염주를 목에 걸고 검은 장삼에 붉은 가사를 걸쳤으니 중놈일시 분명한대 승려와 속인이 다르거든 양반을 보고 '소승 문안이요'라는 인사는 없고 사람을 치다니 이것 웬일이란 말이냐.

노승   [소무의 발을 가리키며 신을 사겠다는 동작을 하고 부채로 소무의 신발 치수를 알려준다.]

  신장수가 그 치수에 맞는 신을 꺼내려고 등에 짊어진 짐을 내려놓고 보퉁이를 끄르니 뜻밖에 원숭이 한 마리가 뛰어나와 신장수 앞에 앉는다.

신장수   [깜짝 놀라며 원숭이를 보고] 네가 뭣이냐. 물짐승이냐.

원숭이   [머리를 좌우로 살랑살랑 흔들어 부정한다.]

신장수   그러면 물고기냐.

원숭이   [머리를 좌우로 흔든다.]

신장수   농어냐.

원숭이	〔머리를 좌우로 흔든다.〕
신장수	뱀장어냐.
원숭이	〔머리를 좌우로 흔든다.〕
신장수	그럼 네가 발을 네 개 가졌으니 산짐승이냐.
원숭이	〔머리를 전후로 끄덕끄덕하여 긍정한다.〕
신장수	그럼 범이냐.
원숭이	〔머리를 좌우로 흔든다.〕
신장수	그럼 노루냐.
원숭이	〔머리를 좌우로 흔든다.〕
신장수	사슴이냐.
원숭이	〔머리를 좌우로 흔든다.〕
신장수	오, 이제야 알겠다. 옛날 어른들 말씀을 들은즉 원숭이가 사람 흉내를 잘 낸다더니 네가 흉내를 잘 내는구나. 원숭이냐.
원숭이	〔머리를 끄덕끄덕하여 긍정한다.〕
신장수	오, 그러면 우리 선친께서 중국 사신으로 다닐 적에 중국 다니던 기념도 되고, 이놈이 힘있고 날랜 고로 집안에 갖다두면 가정에 보호가 될 만하다 하고 사다두신 것을 이때껏 기르고 있었더니, 내가 신발 짐을 지고 나온다는 것이 원숭이 짐을 지고 나왔구나. 원숭아! 너는 매우 영리하고 날랜 놈이니깐 내가 저 뒷절 중놈한테 신을 팔고 신값을 못 받은 것이 있으니 네가 가서 받아오너라.
원숭이	〔신값을 받으러 가서 거기 있는 소무의 등에 붙어 음탕한 동작을 한다.〕
신장수	여보오, 구경하는 이들! 내 노리개 장난감 어디로 가는 것 못 봤소. 〔사방으로 원숭이를 찾아다니다가 소무에게 가 있는 것을 보고〕 야 요런 놈, 신값 받아오랬더니 돈을 받아가지고 거

기다가 모두 소비해버리는구나. 〔원숭이를 끌고 돌아와서〕 너는 소무를 했으니 나도 네 놈의 비역사내끼리 성관계이나 한번 해보겠다.

신장수가 원숭이를 엎어놓고 음탕한 동작을 하면 원숭이가 뛰어 일어나서 신장수 뒤에 붙어 음탕한 동작을 한다. 신장수와 원숭이가 이렇게 한참 동안 서로서로 음탕한 동작을 하다가 일어나 앉는다.

신장수 신값은 분명히 받아왔느냐. 〔신값을 계산하느라고 땅에 숫자를 쓴다. 원숭이는 쫓아다니면서 숫자를 지워버린다.〕

원숭이 〔신장수가 신값을 계산하느라 애쓰고 있을 때 또다시 소무에게 가서 음탕한 동작을 거듭한다.〕

노승 〔원숭이가 소무에게 음탕한 동작을 하는 것을 보고 부채 자루로 원숭이를 때린다.〕

신장수가 원숭이 맞는 것을 보고 노승에게 쫓아가서 원숭이를 뺏어가지고 치료하러 간다고 하면서 퇴장한다. 이때 취발이가 울퉁불퉁한 탈을 쓰고 허리에 푸른 버들가지를 꽂고 큰 방울을 차고 술 취한 것처럼 비틀거리며 들어오다가 타령곡의 반주에 맞추어 춤을 추며 달음질하여 등장한다.

취발 에크, 아 그 제 에미를 할 놈의 집안은 고뿔인지 햇불인지 해해년년이 다달이 나날이 시시때때로 풀돌아들고 감돌아드는구나.[39] 〔타령곡의 반주에 맞추어 춤을 한바탕 춘다.〕 쉬 〔음악의

---

39) 풀돌아들고 감돌아드는구나: '풀돌다'는 어떤 둘레를 돌던 방향과 반대로 빙빙 돈다는 뜻

반주와 춤은 그친다.〕

〔노래〕 산불고이수려山不高而秀麗하고 수불심이징청水不深而澄清이라

지불광이평탄地不廣而平坦하고 임부다이무성林不多而茂盛이라40)

월학은 쌍반하고41) 송죽은 교취交翠로다

기산영수별건곤箕山潁水別乾坤에 소부 허유가 놀고

채석강명월야采石江明月夜에 이적선이 놀고

적벽강추야월赤壁江秋夜月에 소동파 놀았으니

나도 본시 강산 오입장이로

금강산 좋단 말을 풍편風便에 넌짓 듣고

녹림간綠林間 수풀 속에서 친구 벗을 찾았더니

친구 벗은 하나도 없고 승려인가 하거든

중이 되어 절간에서 불도는 힘 안 쓰고

이쁜 아씨를 데려다놓고 놀고 나면 꿍덕꿍.

〔타령곡 반주에 맞추어 춤을 추며 노승 앞으로 슬금슬금 걸어간다.〕

노승　〔부채로 취발의 얼굴을 탁 친다. 음악과 춤은 그친다.〕

취발　아이쿠, 아 이것이 뭣이란 말이고. 아 대체 매란 것은 맞아본 적이 없는데 뭐가 빡 하고 때리니 아 원 이것 뭐야? 오 알겠다. 내가 인간사에 관심 없고 산간에 뜻이 없어 명승처 찾아가니 천하명승 오악 중에 묘향산이 높았구나. 서산대사42) 출

이고, '감돌다'는 어떤 둘레를 여러 번 빙빙 돈다는 뜻이다.

40) 산불고이수려(山不高而秀麗)하고~임부다이무성(林不多而茂盛)이라: 산이 높지 않으나 수려하고, 강물은 깊지 않으나 맑으며, 땅은 넓지 않으나 평탄하고, 수풀은 많지 않으나 무성하다는 뜻이다. 〈적벽가〉의 '와룡강 경개 풀이'이다.

41) 월학(月鶴)은 쌍반(雙伴)하고: 원학쌍반(猿鶴雙伴)의 착오. '원숭이와 학이 함께 노닐고'라는 뜻. 매우 깊은 산중임을 표현한 것이다.

42) 서산대사(西山大師): 임진왜란 때 승병을 일으켜 왜적을 물리친 승려 휴정.

입 후에 상좌 중 능통자能通者, 신통력을 지닌 사람가 용궁에 출입다
가 석교상石橋上 봄바람에 팔선녀와 놀던 죄로 적하인간謫下人間,
귀양 가서 살았던 인간 세상 하직하고 태사당43) 돌아들 때 요조숙녀
는 좌우로 벌려 있고 난양공주, 진채봉이며 세운細雲 같은 계
섬월과 심요연, 백능파로 이 세상 싫도록 놀다가 집으로 돌
아오던 차에44) 마침 이곳에 당도하고 보니 산천은 험준하고
수목은 빽빽한데 이곳에 금수오작禽獸烏鵲이 아마도 나를 희롱
하는가보다. 내가 다시 들어가서 자세히 알고 나와야겠다.
〔노래〕 적막한 막막중천漠漠中天에 구름은 뭉게뭉게 솟았네. 〔타
령곡의 반주에 맞추어 춤을 추며 노승에게 간다.〕

노승   〔부채로 또 취발의 얼굴을 탁 친다. 음악의 반주와 춤은 그친다.〕

취발   아, 잘 맞는다, 이게 뭐람. 나도 한창 소년 시절에는 맞아본
일이 없는데, 아 또 맞았구나. 〔노승을 바라보며〕 아 원 저게
뭐람. 오 이제야 알겠군. 저− 거뭇거뭇한 것도 보이고 또 번
득번득한 것도 보이고 희뜩희뜩한 것도 보이고 저− 번들번
들한 것을 본즉 아마도 금인가보다. 아니 금이란 말이 당치
않다. 육출기계 진평이가 황금 삼만 냥을 초나라 진영에 흩
었으니45) 거− 금이란 말이 당치 않다. 그러면 옥인가. 〔노승
앞으로 가서〕 네가 옥이거든 옥의 내력을 들어봐라. 홍문연46)

---

43) 태사당(太師堂): 절의 높은 스님이 계시는 집. 여기서는 인간 세상의 부귀공명을 경험하고
돌아온 『구운몽』 이야기를 하니 육관대사의 절집을 이른다.
44) 천하명승 오악(五岳) 중에~집으로 돌아오던 차에: 김만중의 『구운몽』 내용을 간략히 요약
하여 취발이가 자신이 성진인 듯이 표현한다.
45) 육출기계(六出奇計) 진평이가 황금 삼만 냥을 초나라 진영에 흩었으니: 진평은 한고조 유
방의 모사로 여섯 가지 기묘한 계책을 내어 공을 세웠다. 그중 하나가, 황금 삼만 냥으로 초나
라 진영의 장수들을 매수하여 초패왕 항우의 모사 범증이 한나라와 내통중이라고 거짓 풍문
을 유포하여 의심을 사게 하여 범증을 쫓아낸 계책이다.
46) 홍문연(鴻門宴): 항우와 유방이 홍문에서 만나 베푼 잔치. 진나라 말기 항우와 유방이 천하

110

높은 잔치 범증이가 깨친 옥[47])이 옥석의 구분이라. 옥과 돌이 달랐거든 옥이란 말도 당치 않다. 그러면 귀신이냐. 귀신이거든 귀신의 내력을 들어봐라. 백주청명 밝은 날에 귀신이란 말도 당치 않다. 그러면 네가 대망이냐.

노승　　〔고개를 좌우로 흔들어 부정하며 앞으로 두어 걸음 나온다.〕

취발　　아― 이것 야단났구나. 오― 이제야 알겠다. 자세히 보니까 네 몸에다 칠포장삼漆布長杉. 옷으로 검게 물들인 장삼을 떨쳐 입었으며 백팔염주를 목에 걸고 사선선四仙扇을 손에 들고 송낙을 눌러 썼을 때에는 중놈일시 분명하구나. 중이면 절간에서 불도나 섬길 것이지, 중의 행세로 속가에 나와서 이쁜 아씨를 하나도 뭣한데 둘씩 셋씩 데려다놓고 낑꼬랑 깽꼬랑. 〔타령곡의 반주에 맞추어 한참 동안 춤을 추다가〕 쉬. 〔음악과 춤은 그친다.〕 이놈 중놈아! 말 들어라. 너는 이쁜 아씨를 둘씩이나 데려다놓고 그와 같이 노니 네 놈의 행동도 잘되었다. 그러나 너하고 나하고 내기나 하여보자. 네 이전에 땜질을 잘했다 하니, 너는 풍구불을 피울 때 쓰는 풀무가 되고 나는 불 테니, 네가 못 견디면 저년을 날 주고, 내가 못 견디면 내 엉덩이밖에 없다. 그러면 솥을 땔까, 가마를 땔까. 〔타령곡의 반주에 맞추어 춤을 춘다.〕 쉬. 〔음악과 춤은 그친다.〕 아― 이것도 못 견디겠군. 그러면 이번에는 너하고 나하고 같이 춤을 춰서, 네가 못 견디면 그렇게 하고, 내가 못 견디면 그렇게 하자꾸나.

를 차지하려고 겨루다가 유방은 함곡관, 항우는 홍문에 진출하여 대치했을 때 항우의 숙부인 항백과 유방의 모사인 장량의 중재로 잔치가 이루어졌다.

47) 범증이가 깨친 옥: 홍문연 잔치에서 몰래 빠져나온 유방은 장량에게 명하여 갑자기 떠난 실례에 대한 인사치레로 항우와 범증에게 각각 옥구슬과 옥술잔을 바치게 하였는데, 범증은 옥술잔을 칼로 깨뜨리며 한탄하였다.

노승　　　〔고개를 끄덕끄덕한다.〕

　　노승과 취발이가 마주서서 타령곡의 반주에 맞추어 춤을 춘다. 소무
두 사람도 같이 춤을 춘다.

취발　　　〔춤을 추다가〕 백수한산에 심불로[48] ······〔음악과 춤은 그친다.〕
　　　　　아 이것도 못 견디겠군. 자ー 이것 야단났구나. 그저 도깨비
　　　　　는 방망이로 휜다더니[49], 이것 들어가서 막 두들겨봐야겠군.
　　　　　〔타령곡의 반주에 맞추어 춤을 추면서〕 강동에 범이 나니[50] 질나
　　　　　래비허수아비 훨훨. 〔노래하며 슬금슬금 소무에게 걸어간다. 소무는
　　　　　태연히 춤을 추고 있다.〕
노승　　　〔부채 자루로 취발의 얼굴을 탁 친다. 음악과 춤은 그친다.〕
취발　　　아이쿠, 이게 웬 말이냐. 이놈이 때리긴 바로 때렸구나. 아
　　　　　이놈이 때리긴 바로 때렸구나. 아ー 피가 솟구쳐올라서 코피
　　　　　가 나는군. 아ー 이것을 어떻게 하면 좋단 말인가. 그저 코 터
　　　　　진 건 틀어막는 것이 제일이라더라. 자ー 그런즉 코를 찾을
　　　　　수가 있어야지. 그러나 지재차산중[51]이겠지. 내 상판 가운데
　　　　　있겠지. 그런즉 이걸 찾으려면 끝에서부터 찾아들어와야지.

---

48) 백수한산(白首寒山)에 심불로(心不老): '머리는 하얗게 희었으나 마음은 늙지 않았다.'
49) 도깨비는 방망이로 휜다더니: '귀신은 경으로 떼고 도깨비는 방망이로 뗀다'는 속담의 한
구절. 말을 듣지 아니하거나 미쳐 날뛰는 놈은 강제적인 힘으로 다스려야 함을 비유적으로 이
르는 말이다.
50) 강동(江東)에 범이 나니: 강동은 양자강의 동쪽. 초나라 항우가 군대를 일으킨 곳으로 범은
항우를 의미한다.
51) 지재차산중(只在此山中): '다만 이 산중에 있겠지.' 당나라 시인 가도의 「은자를 찾았으나
만나지 못하다」의 한 구절. '소나무 아래 동자에게 물으니 스승님은 약을 캐러 갔다고 하네. 다
만 이 산중에 계시지만 구름이 깊어 있는 곳을 알 수 없구나(松下問童子, 言師採藥去, 只在此山中,
雲深不知處).'

〔손으로 머리 위에서부터 차츰차츰 더듬어 내려온다.〕 아 여기에 코가 있는데 그렇게 찾았군. 아— 이 코에다 틀어막아도 피가 자꾸 나는구나. 옛날 의원 말에, 코 터진 데는 문지르는 것이 제일이랬으니 손으로 문질러볼까. 이렇게 잘 낫는 것을 공연히 그렇게 애를 썼다. 이제는 다시 들어가서 찬물을 먹고 이를 갈며, 이놈을 때려 쫓아버리고, 저년을 데리고 놀 수밖에 없구나. 〔노래〕 소상반죽 열두 마디……〔타령곡의 반주에 맞추어 춤을 추면서 노승에 가서 노승을 때린다. 노승은 취발에게 쫓겨 퇴장한다.〕

취발 〔노래〕 때렸네 때렸네 뒷절 중놈을 때렸네. 영낙 아니면 송낙이지[52]. 〔타령곡 반주에 맞추어 춤을 추다가 소무 두 사람을 보고〕 자— 이년아! 어떠냐, 뒷절 중놈만 좋아하고 사자 어금니 같은 나는 싫어? 이년아 돈 받아라.

소무 〔돈 달라고 손을 벌린다.〕

취발 아 시러베아들년 다 보겠다. 대통 그림자 보고 따라다니겠군.[53] 이년아 돈 받아라. 〔돈을 소무 앞에 던진다.〕

소무 〔돈을 주우러 온다.〕

취발 〔큰 목소리로 '아' 하며 소무보다 먼저 쫓아가서 돈을 도로 줍는다.〕

소무 〔부끄러운 듯이 두어 걸음 뒤로 물러선다.〕

취발 아 그년 쇠줄쇠로 만든 줄 받는 것 보니 문고리 쥐고 엿장수 부

---

52) 영낙 아니면 송낙: '영낙'은 '영낙없지'로 표현되며, 조금도 틀리지 아니하고 내 뜻대로 되다는 뜻이다. '송낙'은 중이 쓰는 모자다. 여기서는 '영낙'과 '송낙'이 유사음 이의어에 의한 언어유희의 형태로 제시되었다.

53) 대통 그림자 보고 따라다니겠군: '돈맛을 보면 대통 그림자를 따라간다'는 속담의 일부 구절로, 돈이라면 오금을 못 쓰고 행동하는 사람을 비유적으로 이르는 말. '대통'은 담뱃대의 담배를 담는 쇠로 된 부분인데 대통이 엽전처럼 생겼기에 이런 속담이 만들어졌다.

르겠군. 그러나 너 내 말 들어보아라. 주사청루酒肆靑樓, 술집과 색주가에 절대가인절영絶代佳人絶影, 빼어난 미인의 그림자조차 끊김하여 청산 동무로 세월을 보냈더니마는, 오늘날 너를 보니 세상 인물 아니로다. 탁문군의 거문고[54]로 월노승월하노인이 남녀 간 인연을 맺어줄 때 쓰는 붉은 끈 다시 매자, 나하고 백 세를 무양병이나 탈 없이 지냄하는 게 어떠냐.

소무 〔싫다는 듯이 살짝 돌아선다.〕

취발 아 그래도 나를 마다해? 그러면 그것은 다 농담이지만 참으로 너 같은 미색을 보고 주려던 돈을 다시 내가 거두어 가진다는 것은 당치않은 일이니, 아나 돈 받아라. 〔소무에게 돈을 던져준다.〕

소무 〔그 돈을 줍는다.〕

취발 〔타령곡의 반주에 맞추어 춤을 추면서 노래한다.〕 낙양동촌 이화정[55]…… 〔소무에게 와서 서로 어우러져 춤을 추며 한참 동안 희롱한다.〕

소무 〔배 아픈 시늉을 하더니 잠시 후에 아이를 출산한다.〕

취발 〔춤을 추며 소무에게 와서 아이를 안고 어린애 목소리로〕 애애 애애. 〔어른 목소리로〕 애게게 이것이 웬일이냐.

이때 소무 두 사람은 같이 퇴장한다.

취발 아 동네 양반들 말씀 들어보오. 연만칠십年晩七十, 칠십 세 늦은 나이

---

54) 탁문군의 거문고: 탁문군은 한나라 때 촉군의 부호 탁왕손의 딸이자 시인. 과부가 되어 집에 돌아와 있다가 손님으로 온 사마상여가 거문고로 연주하는 〈봉구황곡鳳求凰曲〉을 듣고 반하여 밤에 몰래 집을 도망쳐 사마상여의 아내가 되었다고 한다.
55) 낙양동촌 이화정(洛陽東村梨花亭): 낙양의 동쪽에 위치한 배꽃 핀 정자.

에 아들 낳았소. 우리집에 오지도 마시오. 우리 아기 이름을 지어야겠군. 둘째라고 할까. 아 첫째가 있어야 둘째라 하지. 에라 마당에서 났으니 마당이라고 지을 수밖에 없군. 마당 어머니 우리 아기 젖 좀 주소.

〔아이를 안고 엉덩이춤을 추면서〕

〔노래〕 어허 둥둥 내 사랑 어딜 갔다 이제 오나.

기산영수별건곤에 소부 허유와 놀다 왔나.

채석강명월야에 이적선과 놀다 왔나.

수양산백이숙제와 채미採薇하다 이제 왔나.

어허둥둥 내 사랑 아가 아가 둥둥 내 사랑.

아이	여보시오 아버지, 날 데리고 이렇게 둥둥 타령만 하지 말고, 나도 남의 집 자식들과 같이 글공부나 시켜주시오.
취발	야 이거 좋은 말이로구나.
아이	그러면 아버지 나를 양서로 배워주시요.
취발	양서라니, 평안도하고 황해도란 말이냐.[56]
아이	아니 그것 아니라오. 언문하고 한문하고.
취발	오냐 그래라. 내가 읽는 대로 받아 일러.
아이	예.
취발	하늘 천.
아이	따 지.
취발	야 이놈 봐라. 나는 '하늘 천' 하는데, 너는 '따 지' 하는구나.
아이	아버지 하늘 천 따 지로 배워주시지 말고, 천자千字뒤풀이『천자문』의 뜻을 풀어 운율에 맞추어 해석한 타령로 배워주시오.

56) 양서라니 평안도(平安道)하고 황해도(黃海道)란 말이냐: 언문과 한문의 두 가지 글인 '양서(兩書)'를 해서(황해도)와 관서(평안도)의 '양서(兩西)'로 알아들은 듯이 되묻는 재담이다.

취발 오냐, 그것참 좋은 말이다. 〔엉덩이춤을 추면서 큰 목소리로〕

〔노래〕 자시밤 11시~새벽 1시에 생천하늘이 생겨남하니 불언행사시不言行四時, 말없이 사계절이 행해짐로다 유유피창悠悠彼蒼, 아득히 멀고 푸름 하늘 천天.

축시새벽 1시~3시에 생지生地, 땅이 생겨남하니 만물창성萬物昌盛, 온갖 것이 번성함 따 지地.

유현미묘 흑정색幽玄微妙黑正色, 그윽하고 미묘한 검은색 북방현무북쪽을 지키는 거북과 뱀 형상을 한 신 검을 현玄.

궁상각치우동양 음악의 다섯 계이름 동서사방중앙토색東西四方中央土色, 네 방위의 중앙에 있는 흙색 누를 황黃.

천지사방天地四方 몇만 리냐 거루큰 누각 광활 우宇.

역대 국도나라의 수도 흥망성쇠 그 누구 집 주宙.

우치홍수57) 기자추연58) 홍범구주59) 넓은 홍洪.

전원장무 불호귀 삼경취황60) 거칠 황荒.

요순성덕堯舜聖德 장하시다 취지여일就之如日, 해처럼 밝게 나아감 날 일日.

억조창생億兆蒼生 격양가61) 강구연월62) 달 월月.

---

57) 우치홍수(禹治洪水): 우는 중국 고대 전설상의 인물로 하나라의 시조다. 요임금 때 9년에 걸쳐 홍수가 졌는데 이때 치수에 공을 세웠다.
58) 기자추연(箕子推衍): 기자는 은나라의 태사로 폭군인 주왕을 바로잡고자 하였으나 듣지 않으므로 주나라로 도망가서 무왕에게 '홍범구주'를 손질해 바쳤다고 한다.
59) 홍범구주(洪範九疇): 요임금 때 우가 홍수를 다스릴 때 낙수에서 얻은 '낙서(洛書)'를 바탕으로 만든, 천하를 다스리는 아홉 가지의 법.
60) 전원장무(田園將蕪) 불호귀(不好歸) 삼경취황(三經就荒): 도연명의 「귀거래사」에 나오는 구절이다. '고향의 전원이 장차 황폐해지려 하는데 어찌 돌아가지 않으랴.' '세 갈래 길엔 잡초가 우거졌어도, 소나무와 국화는 있던 대로 남아 있네(三經就荒, 松菊猶存).'
61) 격양가(擊壤歌): 요임금 때 태평한 세월을 즐기며 늙은 농부가 땅을 두드리면서 불렀다는 노래. '해가 뜨면 일하고, 해가 지면 쉬고, 우물 파서 물 마시고, 밭을 갈아 밥 먹으니, 임금의 덕이 내게 무슨 소용이 있으랴(日出而作, 日入而息, 鑿井而飮, 耕田而食, 帝力于我何有哉).'
62) 강구연월(康衢煙月): '편안하고 번화한 거리에 연기 사이로 은은하게 비치는 달빛.' 태평성대를 누리는 민간의 모습을 나타낸 말.

오거시서五車詩書, 많은 장서 백가서여러 학자의 저서 적안영상積案盈床, 책

상에 쌓여 넘침 찰 영盈.

밤이 어느 때냐 월중지척63) 기울 측昃.

이십팔수64) 하도낙서65) 중성공지衆星拱之, 뭇별이 북극성을 옹위하여 에

워쌈 별 진辰.

투계소년닭싸움을 붙이며 노는 젊은이들 아이들아 창가금침66) 잘 숙宿.

절대가인 좋은 풍류 만반진수滿盤珍羞, 상에 가득히 차린 귀하고 맛있는 음

식 벌 열列.

야반삼경한밤중 심창리창문 안쪽 깊숙한 곳에 갖은 정담情談 베풀 장

張.

아이　　아버지 그건 그만두고 언문을 배워주시오.

취발　　그러면 이제는 언문을 배우자. 가갸 거겨 고교 구규.

아이　　아버지 그것도 그렇게 배워주시지 말고, 언문뒤풀이한글의 자모

음을 합쳐 푸는 노래로 배워주시오.

취발　　그것 그래라.

　　　　〔노래〕 가나다라마사아 아자차 잊었구나 기억.

　　　　기역 니은 디귿 하니 기역자로 집을 짓고

　　　　니은같이 사잤더니 디귿같이 이별된다.

　　　　가갸거겨 가이없는 이내 몸이 거의 없이 되었구나.

---

63) 월중지척(月中咫尺): 달빛 속 아주 가까운 거리. 달이 차면 기운다는 '월만즉측(月滿則昃)'
의 와전으로 보인다.
64) 이십팔수(二十八宿): 해와 달 및 행성의 소재를 밝히기 위해 황도를 중심으로 나눈 천구의
스물여덟 자리.
65) 하도낙서(河圖洛書): 하도는 중국 고대 전설상의 제왕인 복희씨 때 황하에서 나온 용마(龍
馬)의 등에 나타났다는 55개의 점. 『주역』 팔괘의 근본이 되었다고 한다. 낙서는 중국 하나라
우왕이 홍수를 다스릴 때 낙수에서 나온 거북 등에 있었다는 아홉 개의 무늬. 홍범구주의 바탕
이 되었다고 한다.
66) 창가금침(娼家衾枕): 창부 집에 있는 이불과 베개. 창부의 집에서 잠을 잔다는 뜻이다.

고고구규 고생하던 요내 몸이 구구하기 짝이 없네.

나냐너녀 나귀 등에 솔질하여 순금 안장 지어 타고

사해四海 강산 너른 천지 주유천하세상을 두루 돌아다님를 하쟀구
나.

노뇨누뉴 노자 노자 앵무배앵무새 부리처럼 생긴 자개 술잔에 잔 가득
히 술 부어라.

이별낭군離別郞君 배송拜送할까.

다댜더뎌 다닥다닥 붙었던 정이 덧이 없이 떨어를 진다.

도됴두듀 도창刀槍에 늙은 몸을 두고 떠나가기가 망연하다.

라랴러려 날아가는 앵무새는 너와 나와 짝이로다.

로료루류 노류장화 인개가절[67] 나를 위해 풀어를 내네.

〔언문뒤풀이를 낭랑하게 창한 다음 타령 장단에 맞추어 춤을 추며
아이를 안고 퇴장한다.〕

제5장. 사자무

이 장면은 생불과 같은 노승을 유인하여 타락시킨 불량배를 징계하
려고 부처님의 사자使者로서 사자獅子가 출현하는 것이다. 목중 하나가 돌
연 출현한 사자에게 그 유래를 묻다가 사자를 때리면 사자는 그 목중을
잡아먹는다. 이어서 다른 목중들은 사자가 온 뜻을 알고 크게 두려워하
여 잘못을 뉘우치고 고치겠다 맹세하고 사자와 함께 마지막 춤을 춘다.

목중 여덟이 먼저 살짝 등장하여 한편 구석에 모여 있을 때 백사자

---

67) 노류장화 인개가절(路柳墻花人皆可折): '길가의 버들과 담 밑의 꽃은 누구나 다 꺾을 수 있
다.' 창녀나 기생을 비유적으로 이르는 말.

한 필이 설렁설렁 들어온다. 이 사자는 두 사람이 앞뒤에 서서 사자탈을 덮어쓴 것인데, 흙으로 사자 얼굴의 모형을 만들고 백지를 물에 적셔 그 위에 붙였다가 백지가 마른 후에 흙을 빼버리고 남은 종이 모형을 사자의 얼굴로 사용한다. 무명이나 광목으로 사자의 가죽처럼 만들어 종이 모형에 대고 실로 꿰맨 다음 백지를 털처럼 가늘게 오려서 그 위에 붙인다. 얼굴에는 붉은 칠을 하고 금박 등의 그림 도구로 눈썹과 수염을 그리며 머리부터 꼬리까지 등의 중앙에 푸른 줄을 그린 한 마리의 거대한 백사자이다.

목중 갑 〔맨 처음 사자의 출현을 보고〕 짐승 났소.

목중들 짐승이라니 이것이 무슨 짐승이냐. 노루 사슴도 아니오 범도 아니로구나.

목중 갑 어디 내가 한번 물어보자. 〔사자 앞으로 가서〕 네가 무슨 짐승이냐. 우리 조상 적부터 보지 못한 짐승이로구나. 그런데 노루냐.

사자 〔머리를 좌우로 설렁설렁 흔들어 부정한다.〕

목중 갑 사슴이냐.

사자 〔머리를 좌우로 설렁설렁.〕

목중 갑 그러면 범이냐.

사자 〔머리를 좌우로 설렁설렁.〕

목중 갑 옳다 알겠다. 예로부터 성현이 나면 기린麒麟, 상상 속 동물이 나고, 군자가 나면 봉鳳, 상상 속 상서로운 새이 난다더니, 우리 스님이 나셨으니 네가 분명히 기린이로구나.

사자 〔머리를 좌우로 설렁설렁.〕

목중 갑 이것 야단났구나.

목중들 이것 참 야단났다. 〔목중 여덟이 모두 대소동을 일으킨다.〕

목중 갑　옳지 알겠다. 제나라 때 장군 전단[68]이가 소를 사람으로 꾸
　　　　며 수만의 적군을 물리쳤다더니, 그러면 우리가 이렇게 떠드
　　　　니까 전장으로 알고 뛰어들어온 소냐.

사자　　〔머리를 좌우로 설렁설렁.〕

목중 갑　이것참 야단났구나. 하하 그러면 이제야 알겠다. 당나라 때
　　　　오계국이 가물어서 온 백성이 떠들 때 국왕의 초빙으로 신통
　　　　한 조화 다 부려서 단비를 내려주고, 오계국 왕의 은총 입어
　　　　궁중에 지내면서 갖은 영화 다 보다가 궁중 후원 우물에 국
　　　　왕을 생매장하고 삼 년 동안이나 국왕으로 변장하여 부귀영
　　　　화 누리다가, 서천서역국으로 불경을 구하러 가던 삼장법사
　　　　『서유기』속 승려가 보림사에 유숙할 때 생매장된 오계국 왕의 현
　　　　몽꿈에 나타남으로, 삼장법사의 수제자로 도솔천[69]에서 행패부
　　　　리던 제천대성齊天大聖 손행자손오공에게 본색이 탄로나 구사일
　　　　생 달아나서 문수보살지혜를 담당하는 보살의 구호를 받아 근근이
　　　　생명을 보존해 문수보살이 타고 다니던 사자냐.[70]

사자　　〔머리를 끄덕끄덕하여 긍정한다.〕

목중 갑　그러면 네가 무슨 일로 인간 세상에 나왔느냐. 우리 스님 수
　　　　도하여 온 세상이 이르기를 생불이라 하니, 석가여래 부처님
　　　　의 명령 듣고 우리 스님 모시려고 여기 왔나.

---

68) 전단(田單): 전단은 전국시대 제나라의 장군이다. 연나라와 전쟁에서 위기에 처했을 때 성
안의 소 천여 마리를 모아 칼과 창을 뿔에 묶어 매고 꼬리에 불을 붙여 적진으로 돌진시켰다고
한다.
69) 도솔천(兜率天): 불교에서 욕계 육천(欲界六天) 가운데 넷째 하늘. 수미산 꼭대기에서 12만
유순(由旬) 되는 곳에 있으며 미륵보살이 산다고 한다.
70) 당나라 때 오계국(烏鷄國)이 가물어서~문수보살이 타고 다니던 사자냐:『서유기』에 삼장
법사 일행이 오계국을 지나며 보림사에서 묵어갈 때 삼장법사의 꿈에 오계국 왕이 나타난다.
그 사연을 듣고 왕으로 행세하던 요괴인 사자를 징치한다. 이 이야기를 끌어들여 탈판에 나타
난 사자의 정체를 확인하는 내용이다.

사자	〔머리를 좌우로 설렁설렁.〕
목중 갑	그러면 네가 오계국에 있을 때에 눈과 귀로 좋은 것만 찾아 마음껏 즐기고 인간의 갖은 행락 마음대로 다 하다가, 손행자에게 쫓겨서 천상으로 올라간 후 문수보살 엄시(嚴侍)하에 근근이 지내다가, 우리가 이렇게 질탕히 노는 마당 청아한 풍악 소리 천상에서 반겨 듣고, 우리와 같이 한바탕 놀아보려고 내려왔나.
사자	〔머리를 좌우로 설렁설렁.〕
목중 갑	그러면 네가 가짜 왕 노릇 삼 년 동안 산해진미 다 먹다가 인간 음식 취미 붙여 다시 한번 맛보려고 왔느냐.
사자	〔머리를 좌우로 설렁설렁.〕
목중 갑	〔화가 나서〕 그러면 네 어미 아비를 잡아먹으려 왔느냐. 〔막대기로 사자의 머리를 때린다. 사자는 화가 나서 장내로 뛰어다니며 목중 갑을 잡아먹으려고 한다. 목중 갑은 쫓겨 다니다가 마침내 사자에게 잡아먹힌다.〕

　사자의 뱃속으로 들어갔던 목중 갑은 한참 있다가 사자의 꼬리 밑으로 살짝 나와서 사자의 뱃속에서 본 것을 재담으로 푸는 일도 있고 이를 생략하는 때도 있는데, 이번에는 후자의 예에 따랐다.

목중 을	〔사자를 가리키고 크게 두려워하며 다른 목중들을 보고〕 저놈이 우리 중을 잡아먹을 적에는 우리가 아마도 스님을 꾀었다고 다 잡아먹으려는 모양이다.

　여러 목중들이 모두 두려워하며 대소동을 벌인다.

목중 병	그러니 다시 한번 물어봐서 그렇다고 하면, 우리들이 마음과 행실을 고쳐야 할 것이 아니냐.
목중들	그래그래, 네 말이 옳다.
목중 병	그러면 내가 한번 자세히 물어보고 올라. 〔사자 앞으로 가서〕 여봐라 사자야, 내 말 들어봐라. 우리 스님 수도하여 온 세상이 생불이라 이르더니 우리가 음탕한 길로 꾀어내 파계가 되셨다고 석가여래 부처님이 우리들을 징계키로 이 세상에 너를 보내시더냐.
사자	〔머리를 끄덕끄덕한다.〕
목중 병	그러면 너는 우리들을 한 사람도 남기지 않고 다 잡아먹으려느냐.
사자	〔머리를 끄덕끄덕한다.〕

여러 목중들이 한데 모여서 벌벌 떨며 떠든다.

목중 정	우리들이야 무슨 죄가 있느냐. 실상은 취발이가 우리 스님을 속여 그렇게 만든 것이 아니냐. 그러면 우리들은 이왕 잘못한 것을 씻어버리고, 곧 회개하자꾸나.
목중들	그렇다. 네 말이 옳다. 어서 회개하자. 〔여러 목중이 서로 회개하기로 맹세한다.〕
목중 병	〔사자 앞으로 다시 가서〕 사자야 네가 온 뜻을 잘 알았다. 우리는 회개하여 이제부터 부처님을 잘 섬길 테니, 우리들이 이왕 잘못한 것을 용서해다오. 그리고 마지막으로 너도 우리와 함께 춤이나 한번 추고 헤어지자꾸나.
사자	〔머리를 끄덕끄덕한다.〕

이로부터 사자는 여러 목중들과 함께 타령곡 장단에 맞추어 쾌활한 춤을 한참 춘 다음 각각 동시에 퇴장한다.

제6장. 양반무

이 장면은 양반의 하인 말뚝이가 주역이 되어 시골 양반의 생활상을 재미있게 풍자로 표현한다. 마지막에 양반의 위엄으로 방탕 무뢰한 취발이를 체포하는데 앞에 나온 5장과는 별개의 내용인 듯하다.

말뚝이는 붉은 빛깔의 짧은 웃옷을 입고 울룩불룩한 검붉은 탈을 쓰고 머리에는 흑색 말뚝벙거지를 썼다. 오른손에는 채찍을 쥐고, 굿거리 장단에 맞추어 우스운 춤을 추며 양반 삼 형제를 인도하여 등장한다.

양반 삼 형제는 모두 점잖은 체하며 발자국을 드문드문 띄며 갈지자 걸음으로 말뚝이 뒤를 따라 등장한다. 양반 맏형과 둘째 형은 소매가 넓은 흰 창의^{흰 바탕에 검은 띠를 두른 선비의 옷}를 입고 정자관^{양반들이 평상시 쓰던 관}을 쓰고 긴 담뱃대를 입에 물었다. 형은 흰 수염이 가슴 아래까지 늘어진 흰색의 노인탈을 쓰고, 둘째는 두서너 치 되는 검은 수염이 달리고 붉은 빛이 약간 도는 장년의 탈을 썼으며, 막내는 남색 쾌자^{긴 조끼처럼 생긴 겉옷}를 입고 복숭아처럼 불그레한 빛깔의 소년탈을 쓰고 그 위에 복건^{유생들이 쓰던 건}을 썼다.

말뚝이　〔채찍을 좌우로 휘두르며〕 쉬― 〔음악의 반주와 춤은 그친다.〕 양반 나오신다. 양반 나오신다. 양반이라니 장원급제하여 옥당^{경서와 사적 관리와 임금의 자문을 맡던 홍문관}, 승지^{承旨}, 삼제학^{예문관. 집현전, 규장각의 종2품 벼슬} 다 지내고 이조, 호조, 병조, 예조, 형조, 공조, 육판서^{六判書}를 다 지내고 좌우영상^{左右領相} 삼정승^{三政丞} 다

지내고 퇴로재상늙어서 벼슬에서 물러난 재상으로 계신 노론, 소론
양반이라고 생각 마오. 개잘량개가죽 방석이란 양 자에 개다리
소반이란 반 자 쓰는 양반 나온다.

양반 맏형·둘째   야 이놈 뭐야.

  양반 맏형과 둘째는 노기등등하였으나 막내는 아무 말도 하지 않고
형들이 떠드는 모습만 보고 가만히 섰다.

말뚝이   아― 이 양반 어찌 듣는지 모르겠소. 옥당, 승지, 삼제학, 육
판서, 삼정승을 다 지내시고, 퇴로재상으로 계신 노론, 소론,
양반 이생원님네 삼 형제 분이 나오신다고 그랬소.

양반 맏형·둘째   노론 소론 양반 이생원이라네. 〔굿거리장단에 맞추어 춤
을 춘다. 이때 막내인 도령은 돌아다니며 형들의 면상을 톡톡 친
다.〕

말뚝이   쉬― 〔음악과 춤은 그친다.〕 여보오 구경하는 양반들! 말씀 들
으시오. 짧다란 꼬부랑 담뱃대로 잡숫지 말고, 저 연죽전담뱃
대 가게으로 가서 돈이 없으면, 내게 기별해서라도, 양칠 간죽
알록달록 칠한 담뱃대, 자문죽무늬가 아롱진 대나무 담뱃대을 한 발가웃씩한
발하고도 남는 길이 되는 것을 사다가 육모깍지 희자죽여섯 모가 난 깍
지처럼 만들어 '희喜'자를 새긴 담뱃대, 오동수복 영변죽영변에서 나는 대나무
로 만든, 검은색 구리로 '수壽'나 '복福'자를 새긴 담뱃대을 사다 이리저리 맞
춰가지고, 저― 황해도 재령 나무리에서 게 잡는 낚시 걸 듯
죽― 걸어놓고 잡수시오.

양반 맏형·둘째   〔화가 나서 큰 목소리로〕 이놈 뭐야.

말뚝이   아― 이 양반 어찌 듣소. 양반이 나오시는데 담배 피우지 말
고 떠들지 말라고 그랬소.

양반 맏형 담배 피우지 말고 떠들지 말라고 하였다네. 〔굿거리장단에 맞추어 둘째와 같이 춤을 춘다.〕

말뚝이 쉬 — 〔음악과 춤은 그친다.〕 여보오 악공들! 삼현육각 다 버리고 저 — 버드나무 호드기^{버들피리} 뽑아다 불고 바지장단 좀 쳐 주소.

양반 맏형 · 둘째 야 이놈 뭐야.

말뚝이 아 — 이 양반 어찌 듣소. 용두 해금^{용머리 장식 달린 해금}, 북, 장구, 피리, 젓대 한 가락도 빼지 말고 건건드러지게 치라고 그랬소.

양반 맏형 · 둘째 저놈이 건건드러지게 치라고 하였다네.

양반 삼 형제가 같이 굿거리장단에 맞추어 춤을 춘다.

양반 맏형 말뚝아 — 〔음악과 춤은 그친다.〕

말뚝이 예 — 이.

양반 맏형 이놈 너는 양반을 모시지 않고 어디로 그리 다니느냐.

말뚝이 예 — 양반을 찾으려고 찬밥 국 말아 일찍이 먹고, 마구간에 들어가서 노새님을 끌어내다 등에 솔질 솰솰 하여 말뚝이님 내가 타고⁷¹⁾ 팔도강산 다 돌아, 무른 메주 밟듯⁷²⁾ 하였는데, 동쪽은 여울이오 서쪽은 구월산^{황해도에 위치한 산}이라. 동여울 서구월 넘어들어 북한산 아래 방방곡곡이 바위 틈틈이 모래 짬짬이 참나무 결결이 다 찾아다녀도 샌님 비슷한 놈도 없기로, 낙향사부^{시골로 이사한 사대부}라 서울 본댁을 찾아가니 샌님도 안 계시고 둘째 샌님도 안 계시고 종갓집 도령님도 안 계시고 마

---

71) 노새님을 끌어내다~말뚝이님 내가 타고: 수나귀와 암말 사이에서 난 잡종인 노새에 '님'을 붙여 '노생원님'과 유사한 발음을 내고 말뚝이 자신이 타고 다닌다며 양반을 골리는 내용.
72) 메주 밟듯: 여러 곳을 빠짐없이 골고루 돌아다님을 비유적으로 이르는 말.

나님 혼자 계시기로, 이 벙거지 쓴 채로 이 채찍 찬 채로 이 감발발감개 한 채로 두 무릎 꿇고, 하고 하고 두 번 했습니다.

양반 맏형 이놈 뭐야.

말뚝이 하— 이 양반 어찌 듣고. 문안을 들이고 들이고 두 번 하니까 마나님이 술상을 차리는데, 벽장 열고 목이 길다 황새병, 목이 짧다 자라병에 홍국주붉은 누룩으로 만든 술, 이강주소주에 배즙.생강즙을 넣은 숙성주를 내어놓고, 앵무잔을 마님이 친히 들어 잔 가득 술을 부어 한 잔 두 잔 일이삼 배 마신 후에 안주를 내어놓는데, 대양푼에 갈비찜 소양푼에 돼지고기, 초고추 절인 김치 문어 전복 다 버리고, 작년 팔월에 샌님 댁에서 등산 갔다 남겨 온 좆대갱이조기 대가리. 남자의 성기를 연상시키는 말 하나 줍디다.

양반 맏형 이놈 뭐야.

말뚝이 아— 이 양반 어찌 듣소. 등산 갔다 남겨 온 어두일미라고 하면서, 조기 대갱이 하나 주시더라고 그랬는데.

양반 맏형 어두가 일미라네. 〔하며 굿거리장단에 맞추어 춤을 춘다.〕

양반 맏형 이놈 말뚝아—

말뚝이 예— 아이 제 에미를 붙을 양반인지 좆반인지 허리 꺾어 절반인지 개대가리소반인지 꾸러미전간단한 음식을 파는 가게에 백반白礬. 음식물에 꼬이는 개미 등을 쫓는 약물인지, 말뚝아 꼴뚝아 밭 가운데 최뚝밭두둑아 오뉴월 말뚝아 잔대둑잔대라는 풀이 난 두둑에 메뚝아 부러진 다리 절뚝아 호두엿 장사 오니 할아비 찾듯 왜 이리 찾소.

양반 맏형 너 이놈, 양반을 모시고 다니면 새처길 가다가 묵는 집를 정하는 것이 아니고 어디로 그리 다니느냐

말뚝이 〔채찍으로 돼지우리를 가리키며〕 이마만큼 터를 잡아 참나무 울타리목을 드문드문 꽂고 깃털을 푸근푸근히 두고 문은 하늘

로 낸 집으로 벌써 잡아놓았습니다.	

양반 맏형 이놈 뭐야.

말뚝이 아 이 양반 어찌 듣소. 자좌오향북쪽에 앉아서 남쪽을 향하는 자리에 터를 잡고 난간 팔작팔작지붕 오량각五樑閣, 들보를 다섯 줄로 놓아 두 간 되게 지은 집에 입구ㅁ 자로 집을 짓되, 호박琥珀 주춧돌에 산호 기 둥에 비취 서까래에 금빛 도리 기둥과 기둥 위에 돌려 얹히 는 나무를 걸어 입구 자로 풀어 짓고, 치어다보니 천반자천장 요 내려다보니 장판방장판을 바른 방이라. 화문석꽃무늬를 놓아 짠 돗자 리 쳤다 펴고 부벽서벽에 붙이는 글를 바라보니 동쪽에 붙은 것이 '청백명정淸白明正. 청렴하고 깨끗하여 올바른 것을 드러냄' 네 글자가 완연 하고, 서쪽을 바라보니 '백인당중유태화百忍堂中有泰和. 모든 어려움 을 참는 집안에 여유와 화목이 있음'가 완연히 붙어 있고, 남쪽을 바라 보니 '인의예지仁義禮智'가 분명하고, 북쪽을 바라보니 '효제충 의孝悌忠義'가 뚜렷이 붙었으니 양반의 새처방이 될 만하고, 문 방제구 볼작시면, 용장용을 그려넣은 장, 봉장봉황을 그려넣은 장, 궤櫃, 뒤주, 자개 함롱, 반닫이, 샛별 같은 놋요강을 놋대야 받쳐 요기조기 늘어놓고 양칠간죽 자문죽을 이리저리 맞춰놓고 씹털여성의 성기에 난 털 같은 칼담배칼로 잘게 썬 담배를 저— 평양 동 포루東浦樓 선창의 돼지 똥물에다 축축이 축여놨습니다.

양반 맏형 이놈 뭐야.

말뚝이 아 이 양반 어찌 듣소. 쇠털 같은 칼담배를 꿀물에다 축여놨 다고 그리했습니다.

양반 맏형 꿀물에다 축였다네. 〔아우들과 함께 굿거리장단에 맞추어 한참 춤을 춘다.〕

음악과 춤이 그치자 양반 삼 형제가 새처를 정한다.

양반 맏형 여보게 동생! 우리가 본시 양반이라. 갑갑도 한데 글이나 한
       수씩 지어보세.

양반 둘째 형님 그것도 좋은 말씀이오. 형님이 먼저 지으시오.

양반 맏형 그러면 동생이 운자韻字를 하나 부르게.

양반 둘째 그리하오리다. '산' 자, '영' 자외다.

양반 맏형 아— 그것 어렵다. 여보게 동생, 되고 안 되고 내가 부를 것이
       니 들어보게.
       〔읊는다.〕 울룩줄룩 작대산하니 황천 풍산에 동선령이라.73)

양반 둘째 거 형님 잘 지었소. 〔형제가 같이 웃는다.〕

양반 맏형 이번엔 동생이 한 구 지어보게.

양반 둘째 형님이 운자를 부르시오.

양반 맏형 '총' 자, '못' 자일세.

양반 둘째 아 그 운자 벽자_{잘 안 쓰는 낯선 글자}로군. 〔조금 생각하다가〕 형님
       들어보시오.
       〔읊는다.〕 짚세기 앞총은 헝겊총이요. 나막신 뒤축에 거멀못
       이라.74)

말뚝이 샌님 저도 한 수 지을 테니 운자를 하나 불러주시오.

양반 맏형 서당개 삼 년에 풍월을 읊는다더니, 네가 양반 댁에서 몇 해
       를 있더니 기특한 말이다. 〔고개를 끄덕끄덕하며〕 그래라. 우리
       는 두 글자씩 불렀지만 너는 한 글자를 불러줄게 한 자씩이
       나 달고 지어보아라. 운자는 '강' 자다.

말뚝이 아 그 운자 어렵습니다. 〔조금 생각하다가 엉덩이춤을 추면서〕

---

73) 울룩줄룩 작대산(作大山)하니 황천(黃川) 풍산(豊山)에 동선령(洞仙嶺)이라: '울퉁불퉁 큰
산을 만드니 황천 풍산의 동선령이 생겼구나.'
74) 짚세기 앞총은 헝겊총이요. 나막신 뒤축에 거멀못이라: '짚신의 앞쪽은 헝겊으로 대었고
나막신 뒤축에는 거멀못을 박았네.'

〔노래〕썩정 바자 구멍에 개 대강이요 헌 바지 구멍에 좆대가
리라.[75]

양반 맏형 아- 그놈 문장이로구나. 잘- 지었다 잘- 지었어. 〔담뱃대를
입에 물고 고개를 *끄덕끄덕*하며 둘째를 바라본다.〕

양반 둘째 아 과연 그놈이 큰 문장이올시다.

양반 맏형 〔둘째를 보고〕 그러면 이번에는 파자^{한자의 자획을 나누어} 를 하나
하여보자꾸나.

양반 둘째 그도 좋은 말씀이올시다.

양반 맏형 주둥이는 하얗고 몸뚱이는 알록달록한 자가 무슨 자일까.

양반 둘째 예 그것참 벽자인데요. 거 운고옥편^{한자의 4성을 분류한 사전}에도 없
는 자인데요. 〔조금 생각하다가〕 그것 피마자[76]란 자가 아닙니
까.

양반 맏형 아- 거 동생이 용세.

양반 둘째 형님 제가 한 자 부를라우.

양반 맏형 그것 그리하게.

양반 둘째 논두렁에 살피^{땅 사이 경계를 나타낸 표} 짚고 섰는 자가 무슨 자요.

양반 맏형 〔한참 생각하다가〕 아 그것은 논임자란 자가 아닌가.

양반 둘째 아 형님 참 용하올시다.

이때 취발이가 살짝이 입장하여 장내에 한편 구석에 선다.

양반 맏형 이놈 말뚝아-

말뚝이 예-

---

75) 썩정 바자 구멍에 개 대강이요 헌 바지 구멍에 좆대가리라: '썩은 울타리 구멍에 삐죽 내
민 것은 개 대가리요 헌 바지 구멍에 삐죽 내민 것은 좆대가리로구나.'
76) 피마자(萆麻子): 아주까리. 파자가 아니라 파자를 표방하여 헛갈리게 한 수수께끼이다.

양반 맏형   나랏돈 노랑돈 칠 푼 잘라먹은 놈의 상통얼굴이 무르익은 대
          춧빛 같고 울룩줄룩 배미 잔등뱀의 잔등이 같은 놈이니 그놈을
          잡아들여라.

말뚝이   그놈 힘이 무량無量이오, 날램이 비호飛虎 같은데 샌님의 전령
          이나 있으면 잡아올런지 그저는 잡아올 수가 없습니다.

양반 맏형   오— 그리하여라. 〔종잇조각에 체포장을 써서 말뚝이에게 준다.〕

말뚝이   〔양반이 주는 체포장을 받아가지고 취발에게 가서〕 당신 잡혔소.

취발   어디 전령 있나보자.

말뚝이   전령 없이 올 리가 있소. 자 이것 봐. 〔체포장을 꺼내 취발에게
          준다.〕

취발은 체포장을 받아본 다음 말뚝이에게 잡혀온다. 말뚝이는 취발
이를 체포하여 데리고 와서 취발의 엉덩이를 양반의 면전에다 내민다.

양반 맏형   아 이놈 이것이 무슨 냄새냐. 〔고개를 설렁설렁 흔들며 얼굴을
          찌푸린다.〕

말뚝이   이놈이 피신을 하여 다니기 때문에 양치질을 못해서 그렇게
          냄새가 나는 모양이외다.

양반 맏형   그러면 이놈의 모가지를 뽑아 밑구녕에 갖다 박아라.

말뚝이   아 이놈의 목쟁이를 뽑다 밑구녕에다 꽂는 수가 있다면,
          내 좆으로 샌님의 입술을 때려드리겠습니다.

양반 맏형   〔노하여 담뱃대를 내저으며 큰 목소리로〕 이놈 뭐야?

이때 취발은 고개를 푹 숙이고 가만히 엎드려 있다.

말뚝이   샌님! 그렇게 노여워 마시고 말씀 들으시오. 금전이면 그만

인데 하필 이놈을 잡아다 죽이면 무엇하오. 돈이나 몇백 냥 내라고 하여 우리끼리 나눠 쓰도록 합시다. 그러면 샌님도 좋고 나도 돈 냥이나 얻어 쓰지 않겠소. 그러니 샌님은 못 본 체하고 가만히 계시면 내가 다 처리하고 갈 것이니 그리 알고 계시오.

양반 삼 형제와 말뚝이와 취발이가 일제히 퇴장한다.

제7장. 미얄무

　미얄은 무녀. 그의 남편은 절구장이로 오래간만에 부부가 반갑게 만나 그동안 서로 그리워하던 정회를 주고받다가 질투와 싸움으로 마침내 영영 이별을 하고 마는 것인데, 이 장면은 앞에 기록한 각 장면과는 연결이 안 되는 개별의 것으로서 일종의 여흥이다. 혹은 미얄 부부는 주막 주인으로 취발, 노승, 목중 등에게 술과 음식을 제공하여 그들을 방탕한 길로 빠지게 하였기 때문에 마침내 하늘의 벌을 받게 된 것이라는 설도 있으나, 이는 앞의 장면들과 연결시키려는 억설^{臆說}인 듯하다.
　미얄은 검은 빛깔의 얽은 탈을 쓰고 오른손에는 부채를 들고 왼손에는 방울 한 쌍을 들고 굿거리장단에 맞추어 춤을 추면서 등장한다.

미얄	〔악공 앞에 와서 울면서〕 에 에 에 에 에 에 〔악공 중 한 사람이 미얄에게 말을 붙인다.〕
악공	웬 할멈입나.
미얄	나도 웬 할멈이더니 덩더꿍하기에 굿인 줄 알고 한 거리 놀고 갈라고 들어온 할멈이올세.

악공 그럼 한 거리 놀고 갑세.

미얄 노든지 마든지 허름한 영감을 잃고 영감을 찾아다니는 할멈이니 영감을 찾고야 아니 놀갔습나.

악공 할멈 난 고향은 어디메와.

미얄 난 고향은 전라도 제주 망막골이올세.

악공 그러면 영감은 어째 잃었습나.

미얄 우리 고향에 난리가 나서 목숨을 구하려고 서로 도망하였더니 그후로 아직까지 종적을 알 길이 없습네.

악공 그러면 영감의 모색^{모습}을 한번 댑소.

미얄 우리 영감의 모색은 마모색일세.

악공 그러면 말새끼란 말인가.

미얄 아니 소모색일세.

악공 그러면 소새끼란 말인가.

미얄 아니 마모색도 아니고 소모색도 아니올세. 우리 영감의 모색은 알아서 무엇해. 아무리 바로 댄들 여기서 무슨 소용 있습나.

악공 모색을 자세히 대면, 혹 찾을 수 있을지도 모르지.

미얄 〔엉덩이춤을 추면서〕 우리 영감의 모색을 대, 모색을 대, 모색을 대, 모색을 꼭 바로 대면 조금 흉한데. 난간이마에 주개턱^{주걱턱}, 웅케눈^{우묵한 눈}에 개발코, 상통얼굴은 갓어른 남자가 머리에 쓰던 의관 바른 과녁 같고, 수염은 다 모지라진 귀얄^{풀칠할 때 쓰는 솔} 같고, 상투는 다 갈아먹은 망쭉^{맷돌을 연결하는 쇠 돌기} 같고, 키는 석 자 세 치 되는 영감이올세.

악공 옳지. 고 영감 마루 너머 등 너머로 망 쪼으러⁷⁷⁾ 갑데.

---

77) 망 쪼으러: 멧돌이나 매통의 닳은 이를 쪼아서 날카롭게 만드는 것.

미얄	에— 그놈에 영감! 고리장이^{버들로 고리짝을 만드는 사람}가 죽어도 버들가지를 물고 죽는다더니 상게^{아직} 망을 쪼으러 다녀! 〔한숨을 쉰다.〕
악공	영감을 한번 불러봅소.
미얄	여기 없는 영감을 불러본들 무엇하나.
악공	그래도 한번 불러봐—
미얄	영감!
악공	너무 짧아 못 쓰겠습네.
미얄	영—감— 영—감— 영—감—
악공	너무 길어서 못 쓰겠습네.
미얄	그러면 어떻게 부르란 말입나.
악공	전라도 제주 망막골 산다니 시나위청으로 한번 불러봅소.
미얄	〔엉덩이춤을 추며 오른손에 든 부채를 폈다 접었다 하면서 시나위청으로〕

〔노래〕 절절절절 절시구 저저리 절절시구

지화자 자 절시구

어디를 갔나 어디를 갔나.

우리 영감 어디를 갔나.

기산영수별건곤에 소부 허유 따라 갔나.

채석강명월야에 이적선 따라 갔나.

적벽강추야월에 소동파 따라 갔나.

우리 영감을 찾으려고

일원산^{一元山}서 하루 자고

이강경^{二江景}서 이틀 자고

삼부여^{三扶餘}서 사흘 자고

사법성^{四法聖}서 나흘 자고⁷⁸⁾

삼국 적 유현덕유비이 제갈공명 찾으려고 삼고초려하던 정성
만고성군萬古聖君 주문왕이 태공망을 찾으려고 위수양 가던 정
성
초한 적 항적이가 범아부를 찾으려고 기고산 가던 정성
이 정성 저 정성 다 부려서 강산 천리를 다 다녀도
우리 영감은 못 찾겠네.
우리 영감 만나면은 귀도 대고 코도 대고 눈도 대고 입도 대
고
춘향이 이도령 만나 놀듯이 업어도 주고 안아도 보며
건건드러지게 놀겠구만
어디를 가고 내 찾는 줄 왜 모르나.
엉— 엉— 엉— 엉—
〔울다가 장내의 중앙으로 가서 굿거리장단에 맞추어 춤을 춘다.〕

　이때 미얄의 영감이 용산 삼개 덜머리집79)을 데리고 등장하여 악공
들의 앞으로 어슬렁어슬렁 걸어온다. 덜머리집은 영감을 따라 입장하여
한편 구석에 가만히 선다. 영감은 엷은 먹색의 웃옷을 입고 험상스러운
늙은이의 탈을 쓰고 이상스러운 관을 썼으며, 그의 첩인 덜머리집은 얼
굴색이 조금 흰 젊은 여자의 탈을 썼다.

영감　　〔악공 앞으로 와서 울며〕 에— 에에 에— 에에.
악공　　웬 영감이와? 〔음악과 춤은 그친다.〕

---

78) 일원산(一元山)서~사법성(四法聖)서 나흘 자고: 지명에 숫자를 붙여 미얄이 영감을 찾아다
닌 여정을 열거한다. 〈동래야류〉와 〈진주오광대〉에도 비슷한 묘사가 나온다.
79) 용산 삼개[麻浦] 덜머리집: 용산 마포 근방 덜머리에 있던 주막집 여자. 덜머리는 돌모루
또는 돌마리[石隅]로 지금의 용산구 원효로 입구이다.

영감	나도 웬 영감이더니 덩덩덩 하기에 굿만 여기고 한 거리 놀 라고 들어온 영감이올세.
악공	〔놀라며〕 놀고 갑게.
영감	노든지 마든지 허름한 할멈을 잃었으니 할멈을 찾고야 아니 놀겠습나.
악공	난 고향은 어디메와.
영감	전라도 제주 망막골이올세.
악공	그러면 할멈은 어째 잃었습나.
영감	우리 고향에 난리가 나서 따로 헤어져 도망하였다 잃고 말았 습네.
악공	그러면 할멈의 모색을 한번 댑게.
영감	우리 할멈의 모색은 하도 흉해서 댈 수 업습네.
악공	그래도 한번 대봅게.
영감	여기서 모색을 댄들 무엇하겠습나.
악공	세상일이란 그런 것이 아니야. 모색을 대면 찾을는지도 알 수 없지.
영감	그럼 바로 대지. 난간이마에 우먹눈움푹 들어간 눈, 개발코에 주 개턱, 머리칼은 모지라진 비 같고, 상통은 먹 푸는 바가지 같 고, 한쪽 손엔 부채 들고, 한쪽 손엔 방울 들고, 키는 석 자 세 치 되는 할멈이올세.
악공	옳지, 그 할멈이로군. 마루 너머 등 너머로 굿하러 갑데.
영감	에— 고놈의 할멈, 항상 굿하러만 다녀.
악공	할멈을 한번 불러봅소.
영감	없는 할멈을 불러보면 무엇하나.
악공	허 그럴 것이 아니야. 어쨌든 한번 불러봅게.
영감	무슨 영문인지 알 수 없으나 하라는 대로 해보지. 할멈!

악공	너무 짧아 못 쓰겠습네.
영감	할─ 맘─
악공	그것은 너무 길어서 못 쓰겠습네.
영감	그러면 어떻게 부르란 말입나.
악공	전라도 제주 망막골 산다니 시나위청으로 불러봅소.
영감	〔시나위청으로〕
	〔노래〕 절절절 절시구 저저리 절절시구
	얼시구절시구 지화자 절시구
	어디를 갔나 어디를 갔나
	우리 할멈 어디를 갔나.
	기산영수별건곤에 소부 허유 따라 갔나
	채석강명월야에 이적선 따라 갔나
	적벽강추야월에 소동파 따라 갔나
	우리 할멈 찾으려고
	일원산 이강경 삼부여 사법성
	강산 천리를 다 다녀도
	우리 할멈은 못 찾겠네.
	〔굿거리장단에 맞추어 춤을 추며 미얄이 서 있는 곳으로 간다.〕
미얄	〔춤을 추며 슬금슬금 악공 앞으로 걸어오면서 시나위청으로〕
	〔노래〕 절절절 절시구 지화자 절시구
	보고지고 보고지고 우리 영감 보고지고
	칠년대한七年大旱 왕王가물은나라 탕왕 때 7년이나 계속된 큰 가뭄에 빗발
	같이 보고지고
	구년홍수九年洪水 대홍수요임금 때 9년이나 계속된 큰 홍수에 햇발같이
	보고지고
	우리 영감 만나면은

눈도 대고 코도 대고 입도 대고 뺨도 대고

연적硯滴 같은 귀를 쥐고 신짝 같은 혀를 물고

건드러지게 놀겠구만

우리 영감 어디 가고 나 찾는 줄 모르는가.

〔굿거리장단에 맞추어 춤을 춘다.〕

영감　〔미얄 있는 곳으로 슬금슬금 뒷걸음질하여 오면서 시나위청으로〕

〔노래〕절절 저저리 절절시구, 얼시구절시구 지화자 절시구

보고지고 보고지고 우리 할멈 보고지고

칠년대한 왕가물에 빗발같이 보고지고

구년홍수 대홍수에 햇발같이 보고지고

우리 할멈 만나면은

눈도 대고 코도 대고 입도 대고

대접 같은 젖을 쥐고 신짝 같은 혀를 빨며

건드러지게 놀겠구만

우리 할멈 어디 가고 내 찾는 줄 모르는가.

〔굿거리장단에 맞추어 춤을 춘다.〕

미얄　〔시나위청으로〕

〔노래〕절절절 저저리 절절시구 얼시구절시구 지화자 절시
구.

그 누가가 날 찾나, 그 누가가 날 찾나.

날 찾을 사람 없건마는 그 누구가 날 찾나.

술 잘 먹는 이태백이 술 먹자고 날 찾나.

상산사호 네 노인이 바둑 두자고 날 찾나.

춤 잘 추는 학 두루미 춤을 추자고 날 찾나.

수양산 백이 숙제 채미하자고 날 찾나.

〔굿거리장단에 맞추어 춤을 추면서 영감 앞으로 슬금슬금 나온다.〕

영감   〔시나위청으로〕
〔노래〕 절절절 저저리 절절시구 얼시구절시구 지화자 절시구
할멈 찾을 이 누가 있나, 할멈— 할멈—! 내야 내야.
〔굿거리장단에 맞추어 춤을 추면서 미얄의 앞으로 나온다.〕

미얄   〔영감을 바라보더니 깜짝 놀라며〕 이게 누구야, 영감이 아닌가.
아무리 보아도 영감일시 분명쿠나. 지성이면 감천이라더니
이제야 우리 영감을 찾았구나.
〔노래〕 반갑도다 반갑도다 우리 영감이 반갑도다.
좋을시고 좋을시고 지화자 좋을시고.
〔춤을 추면서 영감에게 매달린다.〕

영감   여보게 할멈! 우리가 오랜간만에 천우신조로 이렇게 반갑게
만났으니 얼싸안고 춤이나 한번 추어봅세.
〔노래〕 반갑구 반갑구나, 얼러보세 얼러보세.

　　미얄 부부가 서로 끌어안고 굿거리장단에 맞추어 춤을 춘다. 이렇게
한참 춤을 추다가 정신에 혼몽한 듯 영감이 땅에 넘어지면, 미얄은 영감
의 머리 위로부터 기어 넘어간다.

미얄   〔일어서며〕 아이고 허리야 아이고 허리야, 연만칠십에 생남자
[80] 하였으니 이런 경사가 어디 있나.
〔노래〕 좋을시고 좋을시고, 아들 보니 좋을시고.
〔창하면서 춤을 춘다.〕

영감   〔누운 채로〕 야아 좋기는 정 좋구나. 그놈의 곳이 험하기도 험

---

80) 연만칠십에 생남자(生男子): 칠십의 늦은 나이에 아들을 낳다. 영감의 머리 위에서부터 기
어 넘어가다보니 영감이 미얄의 다리 아래로 나와 미얄이 아들을 낳았다며 농담한다.

하다. 소나무숲 좌우로 우거지고 산 높고 골짜기 깊은데 물 맑은 호수 가운데 굽이굽이 섬둑이요 갈피갈피 유자로다.[81] 자— 여기서 우리 고향을 가려면 육로로는 삼천 리요 수로로 는 이천 리니, 에라 배를 타고 수로로 갈 거나. 배를 타고 오 다가 풍랑을 만나 이곳에 와서 딱 붙었으니 어떻게 떼여야 일어날 것인가. 이것 떼는 문서가 있어야지. 옳다 이제야 알 았다. 내가 한창 소년 적에 점치는 법을 배웠으니, 어디 일어 날 수 있을는지 점이나 한 괘 풀어볼까.

〔주머니에서 점통을 꺼내어 절렁 흔들며 눈을 감고 큰 목소리로〕 축왈祝曰 천하언재시며 지하언재리오마는 고지즉응 하시나니 감이순통 하소서.[82] 미련한 백성이 배를 타고 오다가 이곳에 딱 붙어놓았으니, 엎드려 비옵건대 이순풍[83] 곽박 선생[84] 제 갈공명 선생 정명도·이천 선생[85] 소강절 선생[86] 여러 신명 神明은 일시 동참하시와 상괘上卦로 물비소시[87]. 〔낭랑하게 읊은 다음 점괘를 빼어본다.〕 하— 이 괘상卦相 고약하다. 독성지괘犢聲

---

81) 야아 좋기는 정 좋구나~갈피갈피 유자로다: 미얄의 아래쪽에 누워 성기를 묘사한 내용. '갈피갈피 유자로다'는 '갈피갈피마다 유자 껍질 같구나'라는 말이다.

82) 천하언재(天何言哉)시며 지하언재(地何言哉)리오만은 고지즉응(告之卽應) 하시나니 감이순 통(感而順通) 하소서: '하늘이 어찌 말을 하며 땅이 어찌 말을 하겠는가마는 아뢴즉 응답하시 나니 감응하여 순조로이 통하게 하옵소서.'

83) 이순풍: 당나라 때 방술가로 천문과 역법, 산법에 밝았고, 길흉을 잘 점쳤다.

84) 곽박 선생: 동진 때 학자로 경학, 시문, 역수에 뛰어났으며 『산해경』『수경』 등에 대한 주 석서가 유명하다.

85) 정명도·이천 선생: 북송 때 유학자 형제인 정호와 정이. 둘다 송학의 시조인 주렴계의 문 인이다. 정명도는 성리학의 시조로 불리며 우주의 요소를 이(理)와 기(氣)로 나누어 이기철학 을 제창하였으며 유교도덕의 철학적 기초를 세웠다. 정이천은 『주역』을 깊이 연구하였다.

86) 소강절 선생: 송나라 때 유학자인 소옹. 도가에서 익힌 상수(象數)의 원리와 주역을 토대로 신비적 우주관과 자연철학을 제창하였다.

87) 물비소시(勿祕昭示): '숨기지 말고 밝혀 보여달라'는 뜻으로, 점쟁이가 주문을 욀 때 맨 끝 에 부르는 말.

之하라. 송아지가 소리치고 일어나는 괘로구나. 음— 매—〔일어나 미얄을 물끄러미 바라보더니〕어허 이년! 나를 첫아들로 망신주었지. 이런 천하에 고약한 년이 있나. 이년의 씹중방여성의 성기를 이르는 욕설을 꺾어놓겠다. 웃중방은 우툴두툴하니 본대 머리대머리의 황해도 사투리에 풍잠風簪, 망건 앞쪽을 고정하는 장식품 파주고, 아랫중방은 미끌미끌하니 골패장판골패할 때 까는 장판 만들밖에 없구나.〔미얄을 때린다.〕

미얄   여보 영감! 설혹 내가 조금 잘못하였기로 오래간만에 만나서 이렇게도 사람을 함부로 친단 말이요.

영감   야 이년 듣기 싫어. 무슨 잔말이야.〔미얄을 때린다.〕

미얄   자아 자아 때려 죽여라, 때려 죽여라.〔울면서 영감에게 매달려 악을 쓰며 쥐어뜯는다.〕

영감   야 이것 봐라. 이년이 도리어 나를 물어뜯는구나.

미얄   〔부드러운 목소리로〕이봅소 영감! 우리가 이렇게 맨날 싸움만 한다고 이 동네 사람들이 우리를 내쫓겠답데.

영감   흥 우리를 내쫓겠데? 우리를 내쫓겠데? 그 역시 좋은 말이로구나. 나가라면 나가지. 떠나려는 배에 순풍이로군. 하늘이 들장지 같고, 길이 낙지발 같고[88] 막비왕토이며 막비왕신이라.[89] 어디를 간들 못 살겠나. 내쫓기 전에 우리가 먼저 가겠구나. 그러나저러나 너하고 나하고 이 동네를 떠나면 이 동네엔 인물 동티건드려서는 안 될 것을 공연히 건드려서 해를 입는 일난다. 너는 저 윗목에 서고 내가 아랫목에 서면 이 동네의 잡귀가 범

88) 하늘이 들장지 같고, 길이 낙지발 같고: 하늘이 들어올리는 장지문처럼 드리워 있고 길이 낙지발처럼 여러 갈래 뚫려 있으니 어디인들 못 가겠느냐는 말.
89) 막비왕토(莫非王土)이며 막비왕신(莫非王臣)이라: '임금의 땅이 아닌 곳이 없고, 임금의 신하가 아닌 사람이 없다.' 『시경』「소아·북산」에 나오는 구절.

치 못하는 줄 모르더냐.[90]

미얄   그건 그렇지만 영감 나하구 이별한 후에 어디어디를 다니며 어떻게 지냈습나.

영감   그 험한 난리에 할멈하고 이별한 후로 나는 여기저기 다니면서 온갖 고생 다 하였네.

미얄   그러고저러고 영감 머리에 쓴 것은 무엇입나.

영감   내 머리에 쓴 것의 근본을 알고 싶단 말나.

미얄   그럼 알고 싶고 말고.

영감   내 머리에 쓴 것의 내력을 좀 들어보아라. 아랫녘을 당도하여 이곳저곳 다녀도 어디 해먹을 것이 있어야지. 땜장이 통을 사서 걸머지고 다니다가 하루는 산대도감^{산대도감극을 하는 민간 놀이패}을 만났더니 산대도감의 말이 인왕산 모르는 호랑이[91]가 어디 있으며, 산대도감 모르는 땜장이가 어디 있더냐. 너도 세금[92] 내라 하길래, 세금이 얼마냐고 물으니, 하루에 한 돈 팔 푼이라 하기에, 하— 이 세금 뻐근하구나, 벌기는 하루에 팔 푼 버는데 세금은 하루에 한 돈 팔 푼이라면 한 돈을 보태야겠구나. 그런 세금 나는 못 내겠다 했더니, 산대도감이 달려들어 싸움을 하여 의관이 찢겨져버리고 어디 머리에 쓸 것이 있더냐, 마침 내 땜통 속을 보니 개털 가죽이 있더구나. 이놈으로 떡 관을 지어 쓰니 내가 동지^{同知} 벼슬이다.

미얄   동지 동지 곰동지, 임자가 무슨 벼슬을 했나. 에— 에에 〔울다

90) 너는 저 윗목에 서고 내가 아랫목에 서면 이 동내의 잡귀가 범치 못하는 줄 모르더냐: 미얄과 영감이 마을에 터를 잡은 무당 부부임을 알려준다.
91) 인왕산 모르는 호랑이: 조선 안에 사는 호랑이는 모두 한 번씩 인왕산을 돌아간다는 옛이야기에 빗대 자기를 모르는 사람이 존재할 수 없다는 말.
92) 세금: 여기서의 세금은 산대도감패가 세금 명목으로 걷는 돈이나 물품을 가리킨다.

가)

〔노래〕 절절 저저리 절절시구. 저놈의 영감의 꼴을 보게

일백 열두 도리 통영갓^{통영산 최고급 갓} 대모풍잠^{玳瑁風簪, 바다거북 껍}
질로 만든 풍잠은 어디 두고

당^唐공단 뒤막이^{두루마기} 인모 망건⁹³⁾ 어디 갔다 내버리고

개가죽 관^冠이란 말이 웬 말인가.

그러나 영감 입은 것은 무엇입나.

영감   내 입은 것 근본 들어보아라. 산대도감을 뚝 떠나서 평안도
영변 묘향산을 들어갔다 중을 만났네. 노장 스님께 인사하고
하룻밤 자던 차에, 어떠한 이쁜 여중이 있기로 객지에서 옹
색도 하고 하기에 한번 덮쳤더니, 중들이 벌떼같이 달려들어
수없이 욕보이며 때리길래, 갑자기 도망쳐 나오면서 가지고
나온 것이 이 중의 칠베 장삼일다.

미얄   에ー에에. 〔울다가〕

〔노래〕 절절절절 절시구

해가 떴다 일광단^{日光緞, 해나 햇빛 무늬를 수놓은 비단}

달이 떴다 월광단^{月光緞, 달이나 달빛 무늬를 수놓은 비단}

여름이면 하절 의복 겨울이면 동절 의복

철철이 입혔더니

어디 갔다 내버리고 중의 장삼이란 웬 말이냐

그건 그렇고 영감!

예전에 나와 살 적에는

---

93) 인모 망건: 사람의 머리털로 앞을 뜬 망건. 다른 자료에는 '인모 망건'이 '인모 압산'으로
나오는데, '압산'은 '앞살'로 '망건 앞'을 가리킨다. '당 공단'으로 만든 '뒤막이'와 '인모'로 만든
'앞살'을 뒤와 앞의 위치에 따라 호응시킨 것이다.

얼굴이 명주 자루[94] 메밀가루 같더니

왜 이렇게 얼굴이 뻐석뻐석하나.

영감 왜, 내 얼굴이 어떻단 말이냐. 도토리하고 감자를 먹어서 참
나무 살이 쪘다. 너 오래간만에 만났으니 아이들 말이나 좀
물어보자. 처음 난 문열이 그놈 어떻게 자라나나.

미얄 아— 그놈 말 맙소. 〔한숨을 쉰다.〕

영감 웨 한숨은 쉽나. 어떻게 되었어. 어서 말하게.

미얄 아— 영감! 하도 빈곤하여 산으로 나무하러 갔다가 불쌍하게
도 호환에 갔다오.

영감 〔깜짝 놀라며〕 에 뭐야? 이제는 자식도 죽이고 아무것도 볼 것
이 없으니, 너하고 나하고는 영영 헤어지고 말자.

미얄 여보 영감! 오래간만에 만나서 어째 그런 말을 합나.

영감 듣기 싫다. 자식도 없는데 너와 나와 살 재미 조금도 없지 않
나.

미얄 헤어질라면 헤어집세.

영감 헤어지는 판에야 더 볼 것 무엇 있나. 네년의 행적을 덮어둘
것 조금도 없다. 〔좌우를 돌아보면서〕 여봅소 여러분! 내 말 들
으시오. 이년의 소행 말 좀 들어보시오. 이년이 영감 공경을
어떻게 잘 하는지. 하루는 앞집 덜풍네 며느리가 나들이를
왔다고 떡을 가지고 오는데, 그 떡을 가지고 영감 앞에 와서,
'이것 하나 잡수오' 하면, 내가 먹고 싶어도 저를 먹일 것인
데, 이년이 그 떡 그릇을 손에다 쥐고 하는 말이, '영감! 앞집
덜풍네 나들이 떡 가져온 것 먹겠습나 안 먹겠습나. 안 먹겠
스면 그만두지' 하고 저 혼자 먹으니, 내 대답할 사이 어디

94) 명주 자루: 옷차림이나 겉치장이 좋은 것을 비유하는 표현이다.

있습나. 그뿐이면 차라리 괜찮지. 동지섣달 설한풍雪寒風에 방은 찬데 발길로 이불을 툭 차고, 배때기를 버적버적 긁으면서, 우리 요강은 파리 한 놈만 들어가도 소리가 윙윙 하는 것인데, 벌통 같은 보지를 벌리고 오줌을 솰솰 누며 방구를 탕탕 뀌니, 앞집 덜풍이가 보洑 둑이 터진다고 괭이하고 가래를 가지고 왔으니 이런 망신이 어디 있습나.

미얄   〔한편 구석에 가만히 서 있는 용산 삼개 덜머리집을 가리키며〕 이놈의 영감! 저렇게 고운 년을 얻어두었으니까 나를 미워라고 흠만 보지. 이별하면 같이 이별하고 미워하면 같이 미워하지, 어느 년의 보지는 금테두리 했나. 〔덜머리집이 서 있는 곳으로 쫓아가서 와락 달려들며〕 이년 이년, 너하고 나하고 무슨 원수가 있길래 저놈의 영감을 환장을 시켰나. 네년 죽이고 내 죽으면 그만일다. 〔덜머리집을 때린다.〕

덜머리집   아이고, 사람 살리우, 사람 살리우, 사람 살리우. 〔운다.〕

영감   〔미얄을 때리며〕 너 이년 용산 삼개 덜머리집이 무슨 죄가 있다고 때리느냐. 야 이 더러운 년, 구린내 난다.

미얄   너는 젊은 년에게 빠져서 이같이 나를 괄시하니 이제는 나도 너 같은 놈하고 살기 싫다. 너하고 나하고 같이 번 세간이니, 세간이나 똑같이 나눠 가지고 헤어지자. 어서 나눠 내라, 나눠 내라, 나눠 내라. 어어- 어 어어- 어. 〔운다.〕

영감   자 그래라. 나누려면 나누자. 물이 충충 수답水畓이며 사래 찬 밭95)은 나 가지고, 앵무새 같은 여종이며 날쌘 매 같은 남종일랑 새끼 껴서 나 가지고, 황소 암소 암수 껴서 새끼까지 나

---

95) 사래 찬 밭: '사래'는 이랑의 길이를 이르는 방언이다. '이랑이 곧고 길어 농사짓기에 좋은 밭'이라는 뜻이다.

가지고, 곡식 안 되는 놀이마당_{농사짓기에 좋지 않은 땅} 모래 밭뙈기 너 가지고, 숫쥐 암쥐 새끼 껴서 새앙쥐까지 너 가지고, 네년의 새끼 너 다 가져라.

미얄 〔노래〕 아이고 설움이야 아이고 설움이야.

나무라도 짝이 있고

나는 새와 기는 짐승 모두 다 짝이 있건만

우리 부부 어이하여 헤어진단 웬 말이냐.

헤어지려면 헤어지자.

〔춤을 추며〕 얼시구절시구 지화자 절시구.

물이 충충 수답이며 사래 찬 밭도 너 가지고, 앵무새 같은 여종과 날쌘 매 같은 남종도 새끼 껴서 너 가지고, 황소 암소 자웅 껴서 새끼까지 너 가지고, 곡식 안 되는 놀이마당 모래 밭뙈기 나를 주고, 숫쥐 암쥐 새끼 껴서 새앙쥐까지 나를 주고, 네년의 새끼 너 가지라니, 이 늙은 할멈 혼자도 벌어먹기 어려운데 새끼까지 나를 주니, 어찌하여 산단 말고. 어어— 어 어어— 어. 〔운다.〕

영감 그럼 조금 더 갈라 주마.

미얄 영감! 그럼 내가 처음 시집올 때 우리 부부 화합하여 수명장수 하라고 백^百 집을 들러 돌아 깨진 그릇 모아다가 불리고 또 불려서 온갖 정력 다 들여 만들어준 놋요강은 나를 줍소, 나를 줍소.

영감 아따, 그년 욕심 많네. 그래라. 평안도 박천 뒤주 돈 삼만 냥 황금 세 개 나 가지고, 옹장 봉장 궤 뒤주 자개 함롱 반닫이 샛별 같은 놋요강 대야 받쳐 나 가지고, 죽장망혜 헌 망석, 만경^{萬頃} 청풍^{淸風} 삿부채_{갈대 따위를 쪼개어 결어 만든 부채}, 입살 빠진 고리짝, 굴뚝 덮은 헌 삿갓 모두 다 너를 주고, 도끼날은 나

가지고, 도낏자루 너 가져라.

미얄 〔춤을 추면서〕

〔노래〕 이놈의 영감 욕심 보게. 이놈의 영감 욕심 보게.

박천 뒤주 돈 삼만 냥 황금 세 개 너 가지고

옹장 봉장 궤 뒤주 자개 함롱 반닫이

샛별 같은 놋요강 대야 받쳐 너 가지고

죽장망혜 헌 망석 만경 청풍 삿부채

입살 빠진 고리짝 굴뚝 덮은 헌 삿갓

도낏자룬 나를 주고 도끼날은 너 갖으니

날 없는 도낏자루 가진들 무엇하리.

아마도 동지섣달 설한풍에 얼어죽는 수밖에 없구나.

영감! 이렇게 여러 새끼를 데리고

나 혼자 몸뚱이로 어찌 살랑 말입나. 좀더 줍소.

영감 너 그것 가지고 나가면 똑 굶어죽기 좋을라.

미얄 이봅소. 영감! 어찌 그런 야속한 말을 합나. 어서 더 갈라 줍소.

영감 야 이년 욕심 보게. 똑같이 갈러 줍소, 좀더 줍소, 어서 더 갈라 줍소. 예 이년아 뒤숭숭스러우니 다— 짓몰고마구 몰아쳐 부서뜨림 말겠다. 땅땅 짓몰아라 짓몰아라. 〔굿거리장단에 맞추어 짓모는 춤을 춘다.〕

미얄 이보소 영감! 영감! 여느 건 다 짓몰아도 사당일랑 짓몰지 마소. 사당 동티나면 어찌하오.

영감 흥, 사당 동티? 동티나면 나라지. 〔여전히 짓몰다가 갑자기 자빠진다. 죽은듯이 가만히 누워 있다. 이는 사당을 부수다가 신의 벌을 받아 기절하는 것이다.〕

미얄 〔손뼉 치고 춤을 추면서〕

[노래] 잘되었다 잘되었다. 이놈의 영감 잘되었다

사당 짓몰지 말라 해도 내 말 안 듣고 짓몰더니

사당 동티로 너 죽었구나

동네방네 키 크고 코 큰 총각!

우리 영감 내다 묻고 나하고 둘이 살아봅세.

[영감의 눈을 어루만지며] 이놈의 영감 벌써 눈깔을 까마귀가

파 먹었구나.

영감　[큰 목소리로] 아야!

미얄　죽은 놈의 영감도 말하나.

영감　거짓 죽었으니 말하지. [벌떡 일어나서 미얄을 때리며] 너 이년
뭣이 어째? 키 크고 코 큰 총각 나하고 삽세?

미얄　[울면서] 이놈의 영감 나 싫다더니 왜 날 때리나. 아이고 사람
죽는다.

영감　야 이년! 무슨 잔말이야. [미얄을 때린다. 미얄은 매를 맞다가 기
절하여 죽는다. 죽은 미얄을 한참 들여다보더니] 야 이년! 정말
죽지 않았나. 성깔도 급하기도 하다.

[노래] 아이고 아이고 불쌍하고 가련해라.

이렇게도 갑자기 죽단 말이 웬 말이냐.

신농씨 상백초[96]하여 모든 병을 고치려고

원기부족증에는 육미[97] 팔미[98] 십전대보탕[99]

---

96) 신농씨(神農氏) 상백초(嘗百草): 신농씨는 중국 고대의 전설적인 삼황(三皇)의 한 사람. 몸
은 사람이고 머리는 소와 같았다고 하는데, 사람들에게 농사짓는 법을 가르치고 백 가지 풀을
맛보아 처음으로 의약을 만들었다고 한다.
97) 육미(六味): 숙지황, 산약, 산수유, 백복령, 모란피, 택사 등 여섯 가지 약재를 쓴 육미탕.
98) 팔미(八味): 보혈하는 사물탕(四物湯)과 사군자탕(四君子湯)을 합한 탕약.
99) 십전대보탕: 기와 혈이 허할 때 원기를 돕는 약.

비위허약엔 삼구탕[100] 주체에는 대금음자[101]

담증엔 도씨도담탕[102] 황달고창엔 온백원[103]

대취난성엔 석갈탕[104] 학질에는 불이음[105]

회충에는 건리탕[106] 소변불통엔 우공산[107]

대변불통엔 육신환[108] 임질에는 오림산[109]

설사에는 위령탕[110] 두통에는 이진탕[111]

구토에는 복령반하탕[112] 감기에는 패독산[113]

관격에는 소체환[114] 구감에는 감언탕[115]

단독에는 서각소독음[116] 방사 후엔 쌍화탕[117]

---

100) 비위허약(脾胃虛弱)엔 삼구탕(蔘求湯): 비장과 위가 허약할 때는 인삼을 달인 탕.
101) 주체(酒滯)에는 대금음자(對金飮子): 술 마시고 체했을 때는 진피, 후박, 창출, 감초, 칡을 달인 대금음자.
102) 담증엔 도씨도담탕(陶氏導痰湯): 몸의 분비액이 큰 열을 만나서 생기는 병에는 반하, 적복령, 천남성, 인삼, 생강, 대추 등을 달인 도씨도담탕.
103) 황달고창(黃疸鼓脹)엔 온백원(溫白元): 황달은 간이 나빠져 담즙의 색소가 혈액으로 들어가 생기는 병. 고창은 소화액 이상으로 뱃속에 가스가 몰리어 붓는 병. 처방에는 천오포, 오수유, 길경, 석창포, 자완 등으로 만든 환을 생강과 함께 달여 먹는 온백원.
104) 대취난성(大醉難醒)에는 석갈탕(石葛湯): 만취하여 술이 안 깰 때는 칡을 달인 석갈탕.
105) 학질에는 불이음(不二飮): 학질은 말라리아 모기가 매개하는 전염성 열병. 이때는 빈랑, 상산, 지모, 패모 등을 같은 양으로 넣고 달인 불이음을 처방한다.
106) 회충에는 건리탕(建理湯): 뱃속에 회충이 있으면 인삼, 건강포, 계지, 백출, 백작약 등을 달인 건리탕.
107) 소변불통엔 우공산(寓功散): 소변이 잘 안 나오면 진피, 반하, 적복령, 저령, 택사 등을 달여 먹는 우공산.
108) 대변불통엔 육신환: 변비에는 황련, 목향, 지각, 적복령, 신국 등으로 만든 환약 육신환.
109) 임질에는 오림산(五淋散): 임질에는 적작약, 산치, 당귀 등을 달인 오림산.
110) 설사에는 위령탕(胃苓湯): 설사에는 창출, 후박, 진피, 택사, 백작약 등을 달인 위령탕.
111) 두통에는 이진탕(二陳湯): 두통에는 진피, 반하, 감초 등을 달인 이진탕.
112) 구토에는 복령반하탕(茯苓半夏湯): 구토할 때는 반하, 적복령, 진피, 창출 등을 달인 복령반하탕.
113) 감기에는 패독산(敗毒散): 감기에는 시호, 독활, 길경, 천궁 등을 달인 패독산.
114) 관격(關格)에는 소체환(消滯丸): 위급한 급체에는 흑축, 향부자, 오령지 등이 들어간 소체환.
115) 구감(口疳)에는 감언탕(甘言湯): 입안이 헐고 터지는 병에는 단맛 나는 감언탕.
116) 단독(丹毒)에는 서각소독음(犀角消毒飮): 피부에 균이 들어가 붉게 붓고 아플 때는 우방

곽란에는 향유산[118] 이러한 영약이 세상 가득하건만

약 한 첩 못 써보고 갑자기 죽었으니

이런 기막힐 때가 어디 또 있단 말가.

한편 구석에 서 있던 용산 삼개 덜머리집은 살짝 장외로 나가려고 한다. 영감이 달려가서 덜머리집을 끌어안고 희롱하며 퇴장한다. 이때에 남강노인사람의 수명을 맡아보는 별이 등장한다. 남강노인은 미얄의 시아버지로서 백발이 흩날리는 홍안백발紅顔白髮의 탈을 쓰고 장구를 메고 천천히 들어와서 죽은 미얄을 보며 장구를 땅에 놓는다.

남강노인 이것들이 짜ー 하더니 쌈이 난 게로구나. 〔미얄을 한참 바라보고〕 아ー 이것이 죽지 않았나. 불쌍하고도 가련하구나. 제 영감 이별 몇 해에 외롭게 지내다가 아ー 매를 맞아 죽어? 하도 불쌍하니 넋이나 풀어줄밖에 없다. 〔범벅궁조로 장구 치며 고개를 좌우로 내두르면서〕

〔노래〕 명산대천후산신령名山大川後山神靈!

불쌍한 이 인생을 극락세계 가게 하소.

넋은 넋반에 담고, 혼은 혼반에 담아

연화봉蓮花峰, 극락세계으로 가옵소서.

〔춤을 춘다. 무녀가 성대한 굿을 하는 일도 있다.〕 아이들아 일어나거라. 동창 남창 다 밝았다. 〔큰 목소리로 노래하고 퇴장한

자, 형개, 감초 등을 달인 서각소독음.

117) 방사(房事) 후에는 쌍화탕(雙和湯): 남녀가 잠자리를 함께한 후에는 백작약, 숙지황 따위를 넣어 정력을 보하고 기혈을 다스리는 쌍화탕.

118) 곽란(癨亂)에는 향유산(香薷散): 심하게 토하는 급성위장염에는 향유, 후박, 백편두로 만드는 향유산.

다.]

미얄도 일어나서 살짝 퇴장한다.

이상으로써 극은 전부 끝을 맺는다. 그러고 즉석에서 탈, 의상 등 여러 도구를 불살라버리는데, 그것이 다 탈 때까지 출연자 일동이 장작불 앞에 모여 서서 하늘로 솟구치는 불빛을 향하여 수없이 절을 한다.

제 4 부

진주오광대: 탈노름

제1경 ……(오방신장 마당)

　음악이 들린다. 〔피리, 젓대, 장구, 해금, 대북 등으로 합주하는 조선시대 전통 음악.〕 구경꾼 속에서 오방五方신장이 중치막소매가 넓고 긴 선비옷을 입고 나온다. 서로 인사를 하고, 중앙황제장군오방신장 가운데 중앙을 맡은 장군에게, 동서남북 사제장군오방신장 가운데 네 방위를 맡은 장군들이 절한다.

　중앙황제장군은 옷소매가 다리 길이까지 닿는데 손에 한삼을 들고 춤을 춘다. 동방청제장군은 동쪽에 서고, 서방백제장군은 서쪽에 서고, 남방적제장군은 남쪽에 서고, 북방흑제장군은 북쪽에 서서, 다 같이 진 춤을 춘다. 그리고 음악은 굿거리장단.

- 이상 1시간 -

제2경

문둥광대 〔백색, 청색, 흑색, 황색, 적색의 탈을 쓴 다섯 명으로, 아무데나 있다가, 돌연히 나타난다. 두루마기 없이 중대님을 매고, 아주 경첩하게 날쌔게 꾸며서, 보기에 무섭기도 한데, 몸짓은 팽이처럼 활발하여, 자빠지기도 하고, 누워서 구르기도 한다.〕

양반광대 〔구경하고 있다가 문둥광대가 야단법석을 치는 바람에 겁이 나서, 이리저리 쫓겨 다니다가, 결국은 나간다. 그리고 문둥광대만 남는다. 이때 음악은 세마치장단으로 변하는데, 악기는 징, 꽹과리, 장구…… 유쾌하고 민속적인 맛이 있다.〕

- 이상 1시간 -

제3경

어딩이 〔키가 크고, 짚으로 만든 패랭이 같은 유두박을 머리에 쓰고, 반신불수같이 걸으며, 등에 일고여덟 살 되어 보이는 남자아이를 업고 쩔룩쩔룩 절면서 들어온다.〕

　아이는 머리에 고깔을 쓰고, 얼굴은 천연두에 걸려 몹시도 흉하게, 청흑색으로 된 탈을 쓰고 있다. 그리고 손에는 '강남서신사령江南西神使令'이란 글을 쓴 손님기손님이라 불리는 천연두를 상징하는 깃발를 들고 있다. 어딩이는 이 아이의 아버지인데, 아이를 등에서 내려놓고, 부자가 함께 춤을 춘다. 음악은 세마치장단.

제4경

문둥광대 〔다섯이 서로 모여 무엇을 협의하는 듯하다가, 큰 목소리로〕 날씨
도 좋고 5인이 모인 김에 진주 고을, 단성 고을, 마산 고을,
통영 고을…… 각인^{各人} 고해서, 땅땅구리^{骨牌} 도박하자. 〔한
장소에 같이 앉는다.〕 ……공산주의 하자…… 〔여러 말을 연속
해서, 웃기는 겸 도박하는 모습을 보인다.〕 끝수가 많다. 이겼다.
〔서로 승부를 다투어 싸움도 하고 웃기도 하고 뛰기도 하여, 야단
난리가 난 것 같다.〕

어덩이 〔구경하고 있다가, 갑자기 돈에 욕심이 난 듯이〕 애해! 〔도박장의
돈을 가지고 달아나는 흉내를 낸다.〕

달아나는 것을 문둥광대가 잡으려 하니, 어덩이는 에워싼 구경꾼 속
으로 이리저리 쫓겨 다닌다. 문둥광대는 어덩이를 부르며 잡는 체하면
서도 빨리 잡지는 않고 한참 달음질하다가, 대답 없는 데 화를 내며 나
중에는 잡는다.

문둥광대 〔어덩이에게〕 너 돈 어쨌나?
어덩이 아들 손님^{天然痘} 구하는 데 썼다. 나는 반신불수.
문둥광대 1 우리 한 사람을 살리자.
문둥광대 2 안 된다.
문둥광대 3 다 줘버리자!

제5경

말뚝이 〔보통 조선옷. 보기 좋게 패랭이를 쓰고, 울긋불긋 두르고, 날래 보인다. 큰 목소리로〕 제멋대로 나와서, 점잖게 나섰던데. 〔말채를 목 뒤에 걸고 제쭉제쭉[1] 한다.〕

문둥광대 〔보고도 못 본 체하고 있다가 말뚝이가 체로 건들면, 그만 달아난다.〕

말뚝이 〔혼자 남아서 양반광대를 세 번 부른다.〕 여보, 샌님! 샌님! 샌님! 〔상전의 대답이 없다.〕 이런 제 에밀 붙고, 금각 담양[2]을 우줄우줄 갈 이놈들이, 요사이 음풍잔야陰風殘夜, 흐린 날씨에 바람이 음산하게 부는 새벽녘에 귀신 난 듯 모여 와서, 말 잡아 장구 매고, 소 잡아 북 매고, 개 잡아 소구 매고, 안성맞춤 꽹쇠 치고, 홍문연[3] 잔치처럼, 양반의 철륭[4] 뒤에, 밤낮없이 둥둥쾡쾡. 〔혼자 춤춘다. 이때 장구도 둥둥.〕

제6경

양반광대, 옹생원, 차생원 〔이상 3인이 같이 나와, 말뚝이와 함께 춤춘다.〕

---

1) 제쭉제쭉: 어떤 뜻인지 알 수 없다. 다른 자료에는 '껑충껑충'으로 나오는 것으로 미루어볼 때, 힘차게 나오는 모습으로 추정된다.
2) 금각(今刻) 담양(潭陽): 전남 담양에 가서 처벌을 받는다는 뜻. 담양의 아홉 바위에서 근친상간한 자를 처형했다는 데서 비롯된 말이다.
3) 홍문연(鴻門宴): 항우와 유방이 홍문에서 만나 베푼 잔치. 진나라 말기 항우와 유방이 천하를 차지하려고 겨루다가 유방은 함곡관, 항우는 홍문에 진출하여 대치했을 때 항우의 숙부인 항백과 유방의 모사인 장량의 중재로 만남이 이루어졌다.
4) 철륭: 집 뒤꼍의 대추나무 밑에 묻어 철륭대감으로 모시는 단지. 대단히 무섭고 영험하다고 함.

말뚝이 새앤님!

양반광대 웨야! 오냐!

말뚝이 여보 샌님! 그간 춘곤이 자심한데, 문안이 어떠시오?

양반광대 나는 그간 무사하다마는, 너는 잘 있었느냐?

말뚝이 샌님을 이별한 지, 어언간 8년이라. 상하는 다를망정, 정이야 다르릿가? 샌님을 찾으려고 상탕上湯에 목욕하고 중탕中湯에 손발 씻고, 칠일 재계7)일 동안 마음과 몸을 깨끗이 하며 부정한 일을 멀리함하고, 불전佛前에 발원發願하여 정성을 드린 후에, 일원산, 이강경, 삼포주, 사남해, 오강해 두루 다녀도 샌님이 없습디다.

양반광대 네가 정녕 나를 찾으려고, 상탕에 목욕하고, 중탕에 손발 씻고, 칠일 재계하고, 불전에 발원하여 정성을 드린 후에, 일원산, 이강경, 삼포주, 사남해, 오강해, 두루 다 다녔단 말이냐? 그랬단 말이냐?

말뚝이 옳소이다. 그곳을 뒤로하고 한곳을 당도하니, 이는 곧 평양일래라. 연광정練光亭 섭적가볍게 올라 사방을 살펴보니, 글 한 귀 붙었으되, 장성일면용용수요 대해동두점점산5)이라. 서정강상월이요 동각설중매6)라. 세사는 금삼척이요 생애는 주일배7)라. 적성에 영조일이요 유수에 요춘풍8)을. 응천상지삼광

---

5) 장성일면용용수(長城一面溶溶水)요 대야동두점점산(大野東頭點點山): '긴 성의 한쪽으로 강물이 넘쳐흐르고 큰 들판 동쪽 머리엔 점점이 산이로구나.' 고려 때 김황원이 평양 부벽루에 올라 지은 시구.

6) 서정강상월(西亭江上月)이요 동각설중매(東閣雪中梅): '서쪽 정자엔 강 위에 뜬 달이요 동쪽 누각엔 눈 속에 핀 매화로구나.'

7) 세사(世事)는 금삼척(琴三尺)이요 생애(生涯)는 주일배(酒一盃): '세상일은 세 척 거문고에 실어 보내고 한평생은 한잔 술에 풀어버리네.'

8) 적성(赤星)에 영조일(映朝日)이요 유수(流水)에 요춘풍(搖春風): '붉은 별이 아침 햇살에 빛나고 흐르는 물은 봄바람에 일렁이네.'

이요 비인간지오복[9]이라. 역력히 구경 후에 경기도 올라서, 남태령 얼른 지나 영추문 무악재 섭적 올라, 장안 풍경 바라보니, 인왕 삼각은 호거용반지세[10]로 북극을 괴어 있고, 한수종남여천무궁[11]이라. 좌룡左龍은 낙산, 우호右虎는 인왕이라. 서색은 반공 상궐에 이르고,[12] 숙기는 종영하여 인걸을 빚었다.[13] 미재美哉라, 동방산하지고東方山河之固여! 성대태평 의관문물이 만만세지금탕[14]이라. 동각 동쪽 누각의 한매화겨울 매화는 미인 태도 띠어 있고, 서란서쪽 난간의 도리화복숭아꽃과 자두꽃는 창부색娼婦色을 가져 있다. 금당金塘의 부용화연꽃는 정절행貞節行을 지켜 있고, 남산의 푸른 솔은 장부절을 가져 있다. 안상에 수가유야랑 삼오답청래[15]요 자백동풍가무녀는 요지홍루시첩가[16]라. 샌님 자치신[17]도 왔습기로, 이내 말뚝이 모주 한 잔 사서 먹고, 둥둥 쾌쾌.

9) 응천상지삼광(應天上之三光)이요 비인간지오복(備人間之五福): '하늘의 세 빛인 해, 달, 별에 응하고 인간의 다섯 가지 복을 갖추다.' 대들보를 올리는 상량식 때 많이 쓰는 글귀이다.

10) 호거용반지세(虎踞龍蟠之勢): 호랑이가 웅크리고 용이 엎드린 듯한 위세.

11) 한수종남여천무궁(漢水從南如天無窮): '한강은 남쪽을 좇아 흘러 하늘처럼 끝이 없다.'

12) 서색(瑞色)은 반공(蟠空) 상궐(象闕)에 이르고: '상서로운 빛이 허공에 서려 궁궐에 이르고.' '진국명산'으로 시작되는 단가나 사설시조에는 '서색은 반공응상궐(蟠空凝象闕)'로 나온다.

13) 숙기(淑氣)는 종영(鍾英)하여 인걸(人傑)을 빚었다: '맑은 기운의 정수를 모아 인걸을 배출하였다.' 단가나 사설시조에는 '숙기는 종영출인걸(鍾英出人傑)'로 나온다.

14) 성대태평(聖代太平) 의관문물(衣冠文物)이 만만세지금탕(萬萬歲之金湯): '태평성대의 문명과 문물이 영원토록 견고하게 지켜지리라.' 금탕은 금성탕지(金城湯池)의 줄임말로 쇠와 같이 견고한 성곽과 끓는 물로 채워진 해자로 방어가 견고함을 뜻한다.

15) 안상(岸上)에 수가유야랑(誰家遊冶郎) 삼오답청래(三五踏青來): '언덕 위엔 뉘 집 풍류객인지 삼삼오오 답청을 왔다.' 이백의 「채련곡」 중 '언덕 위엔 뉘 집 풍류객인지 삼삼오오 수양버들 사이로 어른거리네岸上誰家遊冶郎 三三五五映垂楊' 부분을 차용하여 변형하였다.

16) 자백동풍가무녀(紫柏東風歌舞女)는 요지홍루시첩가(遙指紅樓是妾家): '봄 풍경 속에서 춤추는 여인은 멀리 붉은 누각을 가리키며 자기 집이라고 하네.' 뒷구절은 이백의 「맥상증미인陌上贈美人」의 마지막 구절.

17) 자치신: 자친(慈親). 남에게 자기 어머니를 높여 일컫는 말.

양반광대 가만히 듣고 있다가 간간히 응답만 한다.

제7경

단진장^{장단의 하나인} 듯에 맞추어 팔선녀¹⁸⁾가 들어서 춤을 춘다. 그리고
또 한쪽에서는 육관대사 성진¹⁹⁾이 중옷을 입고 상좌 한 사람을 데리고
나와, 팔선녀들과는 같이 놀지 못하고, 다른 곳에서 춤을 추고 있다. 양
반광대와 옹생원 차생원은 팔선녀들과 함께 어울려 춤을 춘다.

말뚝이   쉬! 쉬 샌님 각시 나온다.
할미광대 〔허리가 길고, 허리를 드러낸 채로, 입에는 담뱃대를 물고 춤추며
            나온다.〕

말뚝이   쉬! 쉬! 여보 샌님, 내 말 들으소. 샌님을 찾으려고 안동 밖
            골, 주작골, 장동, 미나리골, 안동으로, 박동으로, ……회동
            으로, 두루 다 다녀도 샌님이 없었기로, 한곳을 당도하니, 전
            후좌우에 황금 대자로 뚜렷이 새겼으되, '만병회춘^{萬病回春}'이
            라 하였습니다. 이내 말뚝이가 터덕 들어가 자세히 살펴보
            니, 약장이 놓였으되, 계피, 감초, 진피, 반하…… 〔약 이름을
            무수히 불러간다.〕
            한곳을 당도하니, 신약이 놓였으되, 청심보명단, 재생구급
            수…… 〔신약 이름을 무수히 이어간다.〕 그곳을 뒤로하고 종로
            에 썩 나서니, 조그마한 아이 녀석 물통전을 받쳐들고, '저리

<hr />

18) 팔선녀: 『구운몽』에 나오는 여덟 선녀.
19) 육관대사 성진: 『구운몽』 속 스승과 제자인 육관대사와 성진이 동일인으로 와전되었다.

가는 저 양반아, 이것 사라, 저것 사라. 청당지靑唐紙, 홍당지紅唐紙, 뚝 떨어졌다 낙곡지, 갈미지, 빗접지, 지도 아니 사려오'. 그곳을 뒤로하고, 남대문 밖 썩 나서, 동작리 얼른 지나, 남태령 얼른 넘어, 충청도 들어서서 공주 금강 구경하고, 전라도로 들어서서 백운산 구경하고, 경남도 들어서서, 태백산 구경 후에, 진주 풍경 바라보니, 상상구 높은 집은, 공부자孔夫子의 집이로다. 일륙수1과 6이 지닌 물의 성격가 북문이요, 이칠화2와 7이 지닌 불의 성격가 남문이요, 삼팔목3과 8이 지닌 나무의 성격이 서문이요, 사구금4와 9가 지닌 쇠의 성격이 동문이라. 예행문물은 좌우에 벌여 있고, 광풍제월비 갠 뒤 맑게 부는 바람과 밝은 달은 전후에 비겼는데, 장하도다, 대성부자공자의 도덕이 관천만물을 꿰뚫음이라. 수정봉 붉은 안개, 조양강 둘러 있고, 만경대 굽어 드니, 학선鶴仙이 앉아 춤을 추고, 촉석루 올라서니, 침조산와20) 임진란에 충신절사 누구더냐? 천지보군삼장사 강상유객일고루.21) 바위 아래 내려다보니, 만고정절萬古貞節 의기암논개가 왜장과 자결한 바위은 열녀충렬 장하도다. 사지진주성 북쪽의 연못 둘러보니, 연잎은 우거지고 살진 가물치 연당에 뛰고, 멸치 꽁치는 바다에 놀고, 어여쁜 큰 애기 이내 품에 잠들 적에, 운우남녀 간의 육체적 사랑 정리情理 어찌 다 말하리까? 남사정 썩 나서서 강변을 바라보니, 일엽편주一葉片舟 저 어부는 사풍세우불수귀22)

---

20) 침조산와(沈竈産蛙): '부엌에 물이 차고 개구리가 들끓는다.' 춘추시대 진(晉)의 지백이 조양자의 성을 수공했을 때, 성안이 물바다가 된 상황을 가리키는 고사성어. 여기서는 임진왜란 당시 일본의 침공을 받은 우리나라의 상황을 나타낸다.

21) 천지보군삼장사(天地報君三壯士) 강상유객일고루(江山留客一高樓): '천지간에는 임금의 은혜를 갚은 세 명의 장사요 강산에는 나그네가 머무는 높은 누각이로다.' 조선후기 문신 신유한의 시 「촉석루矗石樓」의 구절로 촉석루 현판에 새겨져 있다. 여기서 세 명의 장사는 임진왜란 때 진주성을 지키다 전사한 황진, 김천일, 최경회를 이른다.

22) 사풍세우불수귀(斜風細雨不須歸): '비껴 부는 바람에 가랑비 내려도 돌아갈 줄 모르네.' 당

라. 위아래 밤나무 밭에 녹음은 우거지고 꾀꼬리 벗 부르니, 백빈주 갈매기는 오락가락 넘놀 적에,[23] 배반杯盤, 술과 음식이 낭자하여 풍악 소리 들리는구나.

이러는 가운데 중은 팔선녀와 수작을 하다가, 남모르게 살짝 그 여자들을 꾀어 데리고 도망간다. 말뚝이가 길게 말하는 동안 옹생원, 차생원은 양반광대를 따라서 가끔 응수한다.

이내 말뚝이가 터벅터벅 들어가 자세히 살펴보니, 일등미색一等美色가 득한 가운데, 상좌는 누군고 하니 법몽대사 성진이라. 일등미색 앉았으되, 난양공주, 영양공주, 진채봉, 계섬월, 백능파, 적경홍, 가춘운, 심요연까지 모였는데, 동자야, 잔 잡아 술 부어라. 한번 취코 놀고 갈까보다. 둥둥 꽹꽹! 춤추며 한참 논다.

미완(이어짐).

나라 시인 장지화의 「어부사漁父詞」에 나오는 구절.
23) 백빈주(白濱洲) 갈매기는 오락가락 넘놀 적에: 흰 마름꽃이 핀 물가에 갈매기가 넘노는 모습을 묘사했는데 단가나 민요에 나오는 '백빈주(白蘋洲) 갈매기는 홍요안(紅蓼岸)으로 날아들고'가 변형된 표현인 듯하다.

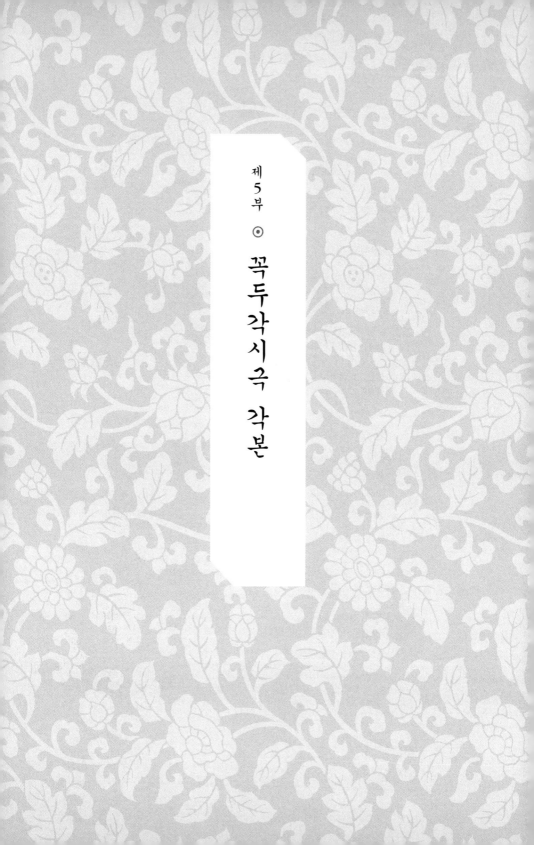

제 5 부

⊙

꼭두각시극 각본

등장인물

박첨지	구장
홍동지	그의 조카
소박첨지	그의 아우
소무당	그의 질녀
최영노	그의 사돈
표생원	해남양반
꼭두각시	그의 처
돌모리집	그의 첩
상좌	
잡탈중	
동방삭	
평양감사	
관속	
강계포수	
촌사람(새면의 악사)	

기타 이심이, 개, 꿩, 매 등이 있다.

새면(삼현육각) 소리 요란한데 잡탈이 와서 춤을 추고 다음에 관 쓴 광대가 나와서
'세사는 금삼척이요, 생애는 주일배'[1] 등의 노래를 한참 동안 부른다.

---

1) 세사(世事)는 금삼척(琴三尺)이요, 생애(生涯)는 주일배(酒一盃): '세상일은 세 척 거문고에
실어 보내고, 생애는 한잔의 술에 풀어버리네.'

제1막. 곡예 마당

박첨지   떼루 떼루 떼루 떼루.

[새면에서 꽹과리를 꽹 치자 놀라서] 이게 무슨 소리냐.

새면에 있는 마을 사람   여보 영감.

박첨지   어―

새면에 있는 마을 사람   웬 영감이 아닌 밤중에 요란이 구느냐.

박첨지   날더러 웬 영감이랬느냐.

새면에 있는 마을 사람   그랬소.

박첨지   나는 살기는 윗녘 산다.

새면에 있는 마을 사람   윗녘 살면 윗녘이 어디란 말이요.

박첨지   살면 살고 말면 말았지, 이렇다는 양반으로서.

새면에 있는 마을 사람   그래서.

박첨지   서울 아니고야 살 데 있느냐.

새면에 있는 마을 사람   서울이면 장안이 다 영감의 집이란 말이요.

박첨지   내 사는 곳을 저저이 이를 터이니 들어보아라.

새면에 있는 마을 사람　자세히 일러보시오.

박첨지　서울로 일러도 일간동, 이골목, 삼청동, 사직골, 오궁터, 육조 앞, 칠간안, 팔각정, 구리개, 십자가,[1] 광명주리, 만리재, 아래 벽동, 윗 벽동, 다 젖혀놓고 가운데 벽동 사시는 박사과 司果, 조선시대 정6품 군직라면 세상이 다 알고 장안 안에서는 뜨르르하시다.

새면에 있는 마을 사람　그래 무엇하러 나왔어.

박첨지　날더러 왜 나왔느냐고.

새면에 있는 마을 사람　그래서.

박첨지　내가 나오기는, 있던 형세 패가하고 연로다빈年老多貧하여, 집에 들어앉았을 길이 없어서 강산 유람차로 나왔다가 날이 저물어 주막을 찾아 주인에게 저녁 한 상 시켜 먹고 긴 담뱃대 물고 개리침 곤두리고[2] 가만히 누웠노라니 어디서 별안간 뚱뚱뚱뚱 하길래 밖에를 나와보니 어른은 두런두런 어린아이는 도란도란 지껄 덤벙하기로 '너희들 무엇을 이리 지껄대느냐'고 물으니 '이 동리에 남녀사당[3]이 놀음 놀기로 구경하려고 합니다' 어린애들은 이렇게 대답을 하나 젊은 사람들은 '심한 잡 늙은이, 길 가다 잠이나 일찍 잘 것이지 닷 홉에도 참견, 서 홉에도 참견[4]이 무엇인가' 하기로 나도 현순백결懸鶉百結, 옷이 해져서 백 군데나 기움에 늙었으나 노염이 더럭 나서

---

1) 일간동~십자가: 숫자 1에서 10까지에 지명을 붙여 재미를 더한다. 민속극에 두루 쓰이는 공식구적 표현이다.
2) 개리침 곤두리고: '가래침을 이리저리 움직이며.' 다른 자료에는 '목침을 돋베우고 가래침을 곤돌리고'로 나온다.
3) 남녀사당: 사당거사패. 노래와 춤을 전문으로 하는 여성인 사당과 점술과 기도를 해주고 걸립을 하는 남성인 거사로 이루어진 유랑예인 집단.
4) 닷 홉에도 참견, 서 홉에도 참견: '서 홉인데도 많다 하고 다섯 홉인데도 이러쿵저러쿵한다'는 뜻. 부질없이 아무 일에나 참견함을 비유적으로 이르는 속담.

'이놈들 신로심불로身老心不老, 몸은 늙었으나 마음은 늙지 않음라 하였거든 늙은이는 눈과 귀가 없느냐'고 호령 반호령바람 꾸짖었더니 다 물러나 가더라.

새면에 있는 마을 사람 욕을 했으면 무엇이라고 훈계를 했습나.

박첨지 양반이 지식 있게 꾸짖었겠지 상없이 말했겠느냐.

새면에 있는 마을 사람 그래서.

박첨지 네 에미 궁둥이와 네 애비 궁둥이와 마주대면 양 장구 똥구멍이 될 놈아, 이렇게 꾸짖었네.

새면에 있는 마을 사람 예끼, 심한 잡늙은이, 그리고 어떻게 했어.

박첨지 꾸짖고 보니 새면 소리는 신명을 돋우기로 차차 찾아오니 이곳을 당도했네. 많이 모인 사람 중에 넘성 기웃 넘어다보니 어여쁜 미동美童과 미색美色이 긴 장단 군복에 남전대돈이나 물건을 몸에 지니기 편하도록 만든 자루 띠를 띠고 오락가락 춤추는 양을 보니, 내가 길 가던 늙은이일망정 어깨가 으쓱하기로 늙은 체모에 말 못할 말이나 주머니 귀퉁이를 들여다보니 쓰던 돈이 조금 남았기로.

새면에 있는 마을 사람 그래서.

박첨지 〔아무 말 없이 눈을 감는다. 밑에서 치는 꽹과리 소리에 놀라〕 어—

새면에 있는 마을 사람 애 박첨지, 그사이 이야기하다가 잠을 자나 꿈을 꾸나.

박첨지 어— 이것 보게 늙으면 죽어야 마땅해. 놀음판에 나왔다가 뒷심이 없어서 자연 실수되었네.

새면에 있는 마을 사람 그러나저러나 주머닛돈은 얼마를 가지고 나왔나.

박첨지 얼마 얼마 얼마 얼마, 〔타령조〕 날더러 얼마를 가지고 나왔느냐고.

새면에 있는 마을 사람 그래서.

박첨지　　잔뜩 칠 푼이더라.

새면에 있는 마을 사람　칠 푼을 가지고 어디어디 썼단 말이요.

박첨지　　비록 늙었을망정 체면 없이 썼겠느냐, 돈 쓴 데를 말할 터이
니 자세히 들어보아라. 사당 아이는 손목 잡아 돌리고 주기
와 어여쁜 미색은 좋고 좋은 상평통보조선 숙종 때 화폐를 입에 물
고 지기친구와 거사 불러 거사전居士錢 주고 모개비사당거사패의 우
두머리 불러 행하놀이가 끝나고 주는 보수 해주고 나서 한쪽이 묵지근
하기로 주머니 구석을 들여다보니 칠 푼 가지고 행하 해준
본전이 삼칠은 이십일에 두 냥 한 돈이 남았더라.

새면에 있는 마을 사람　예끼 심한 잡늙은이, 본전은 칠 푼인데 행하 해주
고도 두 냥 한 돈이 남았다니 행하 주러 나온 게 아니라 여러
손님 주머니를 떨지 않았는가.

박첨지　　애 이놈아, 네 그게 무슨 소리냐. 늙은이를 말 시키고 술은
대접 못할망정 예로부터 지금까지 법이 있고 이곳도 번화한
곳이라 관리가 있거든 늙은 박가를 포도청에다가 넣고 싶어
서 죄 없는 사람한테 그게 무슨 말이냐.

새면에 있는 마을 사람　그러면 어째서 칠 푼 가지고 실컷 썼는데 두 냥
한 돈이 남았단 말이요.

박첨지　　네가 늘고 주는 몫을 모르는구나.

새면에 있는 마을 사람　늘고 줄다니요.

박첨지　　세상만물이 번성할 때, 나는 짐승은 알을 낳고 기는 짐승은
새끼를 치는 줄을 모르느냐. 이 잡놈들아 내 돈도 그렇게 번
성했다는 말이다.

새면에 있는 마을 사람　내가 잡것이 아니라 박노인이 늙은 심한 잡것이
오. 그러나저러나 무엇을 하려고 나와 우뚝 섰소.

박첨지　　나더러 말이냐.

새면에 있는 마을 사람   그래서.

박첨지   몸은 늙었을망정 마음에 신명이 나서 어깨가 으쓱으쓱하니
          춤 한번 추자고 나오셨다.

새면에 있는 마을 사람   그러면 한 식 추어보시우.

박첨지   장단을 때려라. 떵떵떵떵. 〔새면의 장단에 맞추어 춤을 춘다.〕
          어으 어으 여보게.

새면에 있는 마을 사람   왜 그러나.

박첨지   나는 이렇게 한 식 추었으나 뒷절에 소무당녀^{보조 역할을 하는 젊은}
          무당들이 쌍쌍이 짝을 지어 나물을 캐다가 이 장단 소리를 듣
          고 춤추러 나온다네.

새면에 있는 마을 사람   나오라고 하게.

박첨지   그러면 나는 육모초⁵⁾ 들어가네.

제2막. 뒷절

　　상좌 두 사람이 나와서 바위 위에 앉았는데 산 위에는 박첨지의 조카
딸인 소무당녀들이 나물을 캐고 있다. 상좌들이 그것을 보고 반하여 두
어 수작한 뒤에 네 명 모두 풍악 소리에 맞추어 신명이 나서 춤을 춘다.
그때 박첨지가 미색들이 논다는 말을 듣고 나왔다가 상좌들이 소무당
녀를 데리고 춤추는 것을 보고 크게 놀라 상좌를 꾸짖는다.

박첨지   이 중놈아, 네가 분명히 중이면 산간에서 불도^{佛道}나 할 것이

---

5) 육모초: 익모초. 더위를 이기기 위하여 달여 먹는 매우 쓴 약초. 어떤 뜻인지 파악하기 어려
우나, 다른 자료를 참조하면 '잠깐 들어갔다가 오겠다'는 의사를 표현한 것이다.

지 속가에 내려와 미색을 데리고 노류장화[6]가 될 말이냐. 아마도 내가 생각하니 네가 중이라고 칭하였으나 미색 데리고 춤추는 걸 보니 거리노중길거리를 다니는 중만 못하다. 이놈 저리 가거라.

[춤을 한참 추다가] 어으 어으 여봐라 어쩌만 싶으냐. [웃으며] 나도 늙은 것이 잡것이로군. 늙은 나는 들어가네. [다시 소무당을 자세히 보니 자기의 조카딸인 까닭에 기가 막혀서] 늙은 놈이 주책없이 조카딸 있는 데서 춤을 추었구나. 그러나 이왕같이 춤춘 바에 어찌할 수 없다. 이 괘씸한 중놈을 처치해야 할 터인데 늙은 내가 기운이 있어야지. 아마도 생질 조카 홍동지를 내보내야겠다.

[이때 상좌들이 소무당녀 때문에 싸움 반 춤 반으로 야단법석하니 박은 노염이 나서 딘둥이 홍동지를 부른다.] 여봐라 딘둥아.

홍동지 등장, 박첨지 퇴장.

박첨지　[안에서] 여봐라, 내가 밖에를 나가니 상좌 중놈이 내 조카딸을 데리고 춤을 추는데 늙은 나는 기운이 없어서 그대로 왔으니 네가 나가서 모두 주릿대주리를 트는 데 쓰는 긴 막대기 형을 안겨라.

상좌들이 각각 소무당 하나씩을 데리고 양쪽에 갈라섰고 홍동지는 그 중간에서 왔다갔다한다.

---

6) 노류장화(路柳墻花): '아무나 쉽게 꺾을 수 있는 길가의 버들과 담 밑의 꽃'이라는 뜻으로, 창녀나 기생을 비유적으로 이르는 말.

홍동지　어디요.

박첨지　저 켠으로.

홍동지　〔그리 가며〕 이리요?

박첨지　그래.

홍동지는 급히 가서 보느라고 상좌 머리와 자기 머리를 부딪쳤다.

홍동지　여봐라, 듣거라. 보니 거리노중이냐, 보리망종이냐, 칠월백중이냐, 네가 무슨 중이냐. 염불엔 마음이 없고 잿밥에 마음이 있어 미색만 데리고 춤만 추는구나. 나도 한 식 놀아보자. 〔다섯 명이 함께 춤춘다.〕 장단을 빠르게 쳐라.

장단이 빨라짐에 따라 홍동지는 춤을 빨리 추다가 머리로 상좌와 소무당녀를 때려서 쫓아 보내고 이어서 퇴장.

제3막. 최영노의 집

영노는 자기 집 마당에 나락을 널었다. 식구는 많으나 마침 일이 많은 때라.

최영노　위여―〔새를 날린다.〕 박노인―

박첨지　어― 왜 찾나.

최영노　심한 잡늙은이. 집에서 어린애나 업고 오조일찍 익는 조 밭에 나가 새나 날리면 오뉴월에 솜바지 저고리를 벗길 텐가? 동지 선달에 삼베중이를 안 해주겠나?[7] 잔칫집이라면 우루루, 개

흘레개가 교미하는 것 한다는 데라면 우루루, 초상집에도 오루루,
늙은 심한 잡것 어찌하여 그렇게 심하단 말인가. 오조밭에
새를 날리러 일꾼을 보낸즉 하나도 돌아오지 않으니 어쩐 일
인가, 나가보게.

이때 마침 용강龍岡 이심이는 주림을 견디지 못하여 사람이나 짐승이
나 함부로 다 잡아먹고 있었다. 박노인이 영노의 분부를 듣고 나와보니
아무것도 없다. 그때 새 보러 왔던 잡탈중 하나가 이심이에게 쫓겨가며
박에게 말한다.

잡탈중　　용강 이심이한테 다 잡혀 먹고 나만 겨우 도망하니 박노인도
　　　　갈 테면 마음을 단단히 먹고 아랫도리를 벗고 건너가시우.
박첨지　　내가 정신을 아니 차린들 그까짓 놈을 겁낼쏘냐. 그러나 물
　　　　이 깊다고 하니 의복이나 벗고 헤엄이나 쳐서 건너가볼 수밖
　　　　에 없다.
　　　　〔물속으로 들어가는 동작.〕
　　　　어허 깊다, 차차 깊어이 〔비스름 자빠지며〕
　　　　엇차 휘여 〔헤엄치다가 다시 일어난다.〕
　　　　어디냐?
잡탈중　　〔안에서〕 조금만 더 가우.
박첨지　　〔그곳을 들여다보다가 별안간 소리를 지르며〕 이것이 무엇이냐,
　　　　허허 기막힌다. 필연코 이놈들이 이것을 보고 놀랬구나. 내
　　　　가 혼자는 당할 수 없으니 딘둥이더러 말해 잡아다가 장에

---

7) 오뉴월에 솜바지~안 해주겠나?: 밭에서 새를 날리면 오뉴월에 솜바지를 입히고 동지섣달
에 삼베 홑바지를 해주겠다는 말. 최영노는 박첨지를 나무라며 일을 시키나 막상 일에 대한 보
상으로 계절을 역행하고 사리에 맞지 않는 것을 제시해 웃음을 자아낸다.

	팔라고 명령을 해야겠다. 이애 딘둥아.
홍동지	네―〔나온다.〕 왜 그래요?
박첨지	네 작은삼촌 불러라.
홍동지	아저씨.
작은 박첨지	왜 부르느냐.
홍동지	내가 듣고 보니 용강 이심이가 장난이 심하기로 잡을 터이니 옷 벗고 나올 동안에 기다리시오. 〔퇴장.〕
박첨지	여보게 동생, 내가 가서 용강 이심이를 잡아 딘둥이 보는 데 큰소리를 할 것이니 자네도 뒤로 쫓아와서 힘을 쓰게.

작은 박첨지는 영문도 모르고 따라간다.

박첨지	애이놈 애이놈, 여기 있느냐.
작은 박첨지	여보 형님 아무 말 마우, 아무 말 마우. 〔두어 걸음 뒤로 간다.〕
박첨지	아무 말도 말어? 〔박첨지가 아무 말 없이 이심이 앞에 다가갔다가 시력이 떨어져 이심이 입에 물렸다. 작은 박첨지가 그것을 보고 쫓아가고 홍동지가 나온다.〕 여봐라 딘둥아.
홍동지	왜 그래쌌소.
박첨지	날 좀 살려다오.
홍동지	〔가까이 가서 박첨지의 얼굴이 이심이 입에 들어가고 몸만 남은 것을 보고〕 이 심한 잡것 그래 싸지. 〔박첨지 앞에 가서 자기 머리로 부딪쳐보니 바가지 치는 소리가 난다.〕 다 빨아먹고 곯았구나.

박첨지   아직은 살았다.

홍동지   아저씨인지 잡것인지 늙은 것이 신로심불로라, 조카 하는 대
　　　　　로 하지! 쪼르르 건너와서 잘—되었네. 〔새면 아래를 내려다보
　　　　　고〕 여보게 사정이 불쌍하니 살려놓고 볼 말이지, 장단 치게.
　　　　　〔장단을 빨리 친다.〕
　　　　　위여—

　홍동지가 머리로 이심이 머리를 치면서 날뛰니 이심이가 겁을 내어
박첨지를 놓고 발광한다.

박첨지   에크 살았다. 〔춤추면서 퇴장.〕

　홍동지는 이심이를 잡아서 껍질을 몸에 감고 나온다.

홍동지   어허 산 진 거북에 돌 진 가재[8]라니, 지재차산중[9]이지, 제
　　　　　가 가면 어디를 갈꼬. 그만 내게 잡혔구나. 장에 가서 팔아야
　　　　　겠다. 〔퇴장.〕

---

8) 산 진 거북에 돌 진 가재: '거북이와 가재가 산과 돌을 각각 지었다'는 뜻. 의지하는 세력이
든든함을 비유적으로 이르는 속담.
9) 지재차산중(只在此山中): '다만 이 산중에 있네.' 당나라 시인 가도의 「은자를 찾았으나 만나
지 못하다」의 한 구절. '소나무 아래 동자에게 물으니 스승님은 약을 캐러 갔다고 하네. 다만
이 산중에 계시지만 구름이 깊어 있는 곳을 알 수 없구나(松下問童子, 言師採藥去. 只在此山中, 雲
深不知處).'

제4막. 동방노인

동방노인[10]이 나와서 기침한다.

새면에 있는 마을 사람　여보 동방노인, 이번에는 눈을 어째 감았소.

동방삭　아하, 자네 내 눈 감은 것을 모르나. 삼신산[11] 불사약을 먹고 팔만대장경을 외우고 세상에 나와보니 모든 것이 부정^{不淨}한 까닭에 할 수 없이 눈을 감았네.

새면에 있는 마을 사람　여보시오, 이 세상의 모든 풍악은 상제께서 주신 것이고 더구나 여기는 놀음을 천상과 같이 노는 곳이니 한 번만 눈을 떠보시우.

동방노인이 눈을 뜨고 사방을 휘둘러본다.

동방삭　아―하― 과연 너희를 보고 사방을 보니 좋은 세상이다.

새면에 있는 마을 사람　여보시오.

동방삭　왜 그러나.

새면에 있는 마을 사람　이곳은 누구를 막론하고 나오면 노래 한바탕과 춤 한 번씩을 추는 곳이오.

동방삭　여봐라, 나는 인간 사람과 달라서 세상에 나와도 산간에서 불도나 숭상하는 몸이라 인간 육체와 다르니 어찌 노래와 춤

---

10) 동방노인: 동방삭. 중국 전한의 문인으로 해학과 직간으로 이름이 났다. 속설에 서왕모의 복숭아를 훔쳐 먹어 장수하였다 하여 삼천갑자 동방삭이라고 이른다.

11) 삼신산(三神山): 중국 신화 속의 신령스러운 세 산인 봉래산, 방장산, 영주산. 신선들이 살며 불로초와 불사약이 난다 하여 장생불사를 열망한 진시황이나 한무제 등이 이곳을 찾으려 했다는 이야기도 전한다.

을 춘단 말이냐. 그러나 이미 나왔으니 네가 장단을 치면 내
가 눈을 떴다 감았다 하되 장단에 맞추어 부드럽게 뜨고 감
으면 모든 일이 뜻대로 되리라.

새면에 있는 마을 사람　그것도 역시 좋습니다. 자 그러면 장단 시작하오.
〔새면이 장단을 치면 동방노인이 눈을 떴다 감았다 하다가 신명에
겨워 양팔을 벌리며 춤을 한 번씩 멋들어지게 춘다.〕 어허 저것 보
게, 인간에 나오더니 동방노인도 근묵자흑이로군.

동방삭　〔크게 놀라 머리를 흔들고 소리를 지르며〕 여봐라 이게 웬 말이
냐. 내가 춤을 추었단 말이냐.

새면에 있는 마을 사람　춤은 아니 추어도 팔은 벌리고 돌아갔소.

동방삭　내가 이미 춤을 추었다 하니 문틈으로 보나 열고 보나 똑같
다. 노래도 한 번씩 불러보자.

새면에 있는 마을 사람　역시 좋소. 장단은 내가 멋있게 칠 것이니 한번
하시우.

동방삭　〔노래〕 가자 어서 가 이수 건너 백로[12] 가. 백로횡강[13]을 함
께 가. 소지노화월일선笑指蘆花月溢船, 웃으며 갈대꽃을 가리키니 달빛은 배에
가득하네 추강어부秋江漁父가 빈 배. 기경선자[14] 간 연후에 공추
월지단단空秋月之團團, 텅 빈 가을달이 둥글구나. 어하 금선 좋을시고, 자
라 등에다 저 달 실어라 우리 고향을 함께 가.[15]

---

12) 이수(二水) 건너 백로(白鷺): '두 물줄기 건너 백로주.' 당나라 시인 이백의 「금릉 봉황대에
올라」의 구절 '삼산은 푸른 하늘 밖으로 반쯤 걸리고 두 물줄기가 나뉘어 백로주로 흐른다(三
山半落靑天外, 二水中分白鷺洲)'에서 가져왔다.
13) 백로횡강(白露橫江): '흰 이슬이 강을 가로지르네.' 북송 때 시인 소동파의 「적벽부」의 구
절 '흰 이슬은 강을 가로질러 있고 물빛은 하늘에 닿아 있네(白露橫江, 水光接天)'에서 가져왔다.
14) 기경선자(騎鯨仙子): 고래를 타고 간 신선. 달 밝은 밤 채석강에서 노닐다 술을 실컷 마시
고 취해서 달을 잡으러 동정호에 뛰어들었다고 하는 이백을 말한다.
15) 이상의 노래는 판소리 〈수궁가〉 중 토끼가 고향에 돌아갈 때 부르는 '가자 어서 가'를 축
약하여 만들었다.

[껄껄 웃는다.]

동방삭 이것이 모두 웬일이냐? 그러나 여보게 내가 지금 나와서 팔
괘^{세상의 모든 현상을 풀어 제시했다는 여덟 가지 괘}를 잠깐 짚어보니, 전라
도 해남 관머리¹⁶⁾ 사는 표생원이 자기 본처를 잃고 돌모리집
¹⁷⁾을 얻어 데리고 노들강변에서 주점을 하다가 마누라도 찾
을 겸 강원도 금강산도 구경할 겸 겸사겸사 나섰다가 이번에
이곳에 나온다네. 내 몸을 표생원 눈앞에 나타내면 그분도
양반이고 나 역시 산간 선인仙人으로 서로 체면이 안 될 것이
니 나는 들어가신다.

제5막. 표생원

표생원 등장.

표생원 어디로 갈까 어디로 갈까, 처음으로 관동팔경^{대관령 동쪽의 여덟 명}
^{승지}을 구경하면 우리 부인을 만나볼까, 관서팔경^{평안도의 여덟 명}
^{승지}을 구경하면 우리 부인을 만나볼까, 전라도라는 곳에 명
승지도 있건마는 어느 곳 명승의 땅이 좋길래 나를 버리고
우리 부인이 구경 갔나. 아서라, 이게 모두 쓸데없는 짓이다.
여장은 절각이라니¹⁸⁾ 돌머리집 얻어 데리고 살면서 우리 부

---

16) 해남(海南) 관머리: 해남의 관머리 지역은 서울에서 먼 곳이라는 의미를 지닌다. 〈산대도
감극 각본〉에서 말뚝이가 종가집 도령을 소개할 때도, 다른 이들을 상관하지 않고 멀찌감치
있는 도령을 묘사하면서 이 표현을 사용하였다.
17) 돌모리집: 용산 삼개 돌머리집으로 불린다. 돌머리는 돌모루, 돌마리[石隅]로 지금의 용산
구 원효로 입구. 돌모리집은 이곳에 있던 주막집의 여자를 이른다.
18) 여장은 절각이라니: 여장절각(汝墻折角). '당신 집의 돌담이 아니었으면 우리집의 소 뿔이

인을 잠시 돌아보지 않은 까닭이로구나. 방방곡곡 다 찾아보았으나 끝내 만날 수가 없으니 다만 한숨뿐이로다.

돌모리집 여보 영감, 별안간에 그게 무슨 말이오. 그까짓 본마누라를 찾으면 무엇한단 말이오. 나는 명산대찰^{이름난 산과 큰 절} 구경하러 나선 줄 알았더니 이제 보니까 마누라 찾아다녔구려. 아이고 속상해. 이 팔자가 왜 이렇게 기막힌가.

표생원 〔화를 내며〕 요사스런 계집이로군. 대장부가 무얼 하든 무슨 잔말이냐.

돌모리집 그렇지 작은집이란 이러기에 서러워. 〔돌아선다.〕

표생원 〔등을 어루만지며〕 여보게, 자네가 이다지 노할 줄 몰랐네. 내 실수일세.

표생원 부인 꼭두각시 등장.

꼭두각시 〔노래〕 어허 이게 웬일인가. 이 세상에 나와보니 인간이별만사중에 독수공방이 더욱 슬퍼.¹⁹⁾ 인간만사 마련할 때 이별 빼지 못하였나. 우리 영감 어디 갔노. 여보 영감 여보 영감, 어디로 갔나 어디로 갔나.

표생원 허허 이게 웬 소린가. 나 같은 이 또 있는가. 어디서 마누라 소리가 나는 듯 나는 듯하네. 나도 한번 불러볼까. 여보 마누라 여보 마누라.

부러졌겠느냐'는 뜻으로, 자기 잘못인 일의 책임을 남에게 억지로 뒤집어씌운다는 속담을 한자로 옮긴 말.

19) 인간이별만사중(人間離別萬事中)에 독수공방이 더욱 슬퍼: '세상 사람들이 이별하는 갖가지 일 가운데 짝이 없이 빈방을 홀로 지키는 것이 더욱 슬퍼.' 12가사의 하나인 〈상사별곡相思別曲〉의 첫 구절.

꼭두각시	어디서 영감 소리가 나는 듯 나는 듯. 여보 영감 여보 영감.
표생원	어디서 마누라 소리가 나는 듯 나는 듯.
	〔노래〕 거기 누가 날 찾나. 날 찾을 이 없건마는 거 누가 날 찾아. 기산영수별건곤에 소부 허유가 날 찾나. 채석강명월하에 이적선이 날 찾나. 상산사호 늙은이가 바둑 두자고 날 찾나.
꼭두각시	아이고 이게 웬 소린가. 〔차차로 표생원에게 가까이 오면서〕 아이고 이게 웬 소린가, 거 영감이오.
표생원	거 마누라인가.
꼭두각시	네, 영감이면 내가 해 입힌 옷을 만져봐야 할 것이오.
표생원	마누라가 해 입힌 옷이 어떻기에 만져보고 안단 말이오.
꼭두각시	내가 해 입힌 옷은 영감 양 소매에 불알이 달렸소.
표생원	목소리와 말을 들으니 마누라는 분명한데 그간 어디를 갔다 언제 왔나.
꼭두각시	영감을 찾으려고 강원도 금강산, 충청도 계룡산, 전라도 지리산, 경상도 태백산, 함경도 백두산, 황해도 구월산, 평양 연광정, 어리빗열레빗 사이 어리빗 사이 참빗 사이 틈틈이 다 찾아다니고 이제 해남 관머리로 갈 차로 왔다가 영감을 만났소.
표생원	허허 도리어 부끄럽고 할말 없네. 그나저나 자네 얼굴에 우툴두툴한 게 뭔가.
꼭두각시	내 얼굴 말이오.
표생원	그래서.
꼭두각시	내 얼굴은 뉘 탓이겠소? 강원도 가서 영감 찾느라고 깊은 산중에서 도토리묵을 먹어 그렇게 되었소.
표생원	뭐 어쩌고 어째? 이 개같은 년아, 산골에서 묵을 먹고 얼굴이 저 조격모양새이 되었으면 나는 함경도 백두산을 다녀서 삼수

갑산 나올 때 강냉이와 상수리를 통째로 삶아 먹었는데 우툴
두툴은커녕 내 얼굴엔. 네가 나막신을 신고 다녀봐라[20]. 해
괴망칙스런 년 요사스런 계집도 많다.

[사이를 두고] 그러나 생각하니 개천에 나도 용은 용이오 짚
으로 만들어도 신주神主는 신주라니 돌모리집한테 가르쳐서
큰마누라에게 상우례相遇禮, 서로 만나 나누는 예절나 시켜보자. 여보
게 돌모리집네.

[돌모리집을 불러 앞에 세우고 꼭두각시를 대하여]

여보 부인, 그러나저러나 군소리는 그만두고 살아갈 이야기
나 합시다. 부인이 어느덧 환갑이 넘고 내가 연만 팔십팔십의
늦은 나이에 연로다빈年老多貧, 늙고 가난함하고 따라서 일점혈육이
슬하에 없으니 이런 낭패가 어디 있나? 그러므로 부인도 근
심이 되지요?

꼭두각시 여러 해포 만에 만나긴 만났으나 그 또한 나 역시 근심이오.

표생원 부인의 말이 그러하니 말이요, 내가 그전에 작은집을 하나
얻었소.

꼭두각시 아이고 듣던 중 상쾌한 말이요. 이 형편에 큰 집 작은 집을
어찌 가리겠소. 집을 얻었으나 재목이나 성하며 양지바르고
또 장醬인들 담가놨겠소.[21]

표생원 어오? 아 이게 무슨 소리여. 장은 무슨 장이며 재목은 무슨
재목? 떡 줄 놈은 생각도 안 하는데 김칫국 먼저 마시네. 소
실작은마누라을 얻었단 말이여.

---

20) 네가 나막신을 신고 다녀봐라: 나막신을 신고 다니면 중심을 잃고 넘어지기 쉬우므로 조
심조심 다녀야 한다. 조심해서 다녔으면 얼굴이 우툴두툴해지지는 않았을 것이라는 의미다.
21) 이상 꼭두각시의 대사는 박첨지가 첩이 아니라 자그마한 살림집을 얻었다고 생각하여 집
의 이모저모를 살펴 챙기려는 의도로 한 말.

꼭두각시	아이고 영감, 이게 무슨 소리요. 이날껏 찾아다니면서 나중에 이런 험한 꼴을 보자고 영감을 찾았구려.
표생원	잔말 말고 주는 거나 먹고 지내지.
꼭두각시	그러나저러나 적어도 큰마누라요 커도 작은마누라니 인사나 시키오.
표생원	여보게 돌모리집네, 법은 법대로 하세.
돌모리집	무얼 말이요?
표생원	큰부인한테 인사나 하게.
돌모리집	머지않은 좌석에서 들어도 알겠소. 내가 적어도 용산 삼개 돌모리집이라면 장안이 다 아는 터인데, 유명한 표생원이기로 가문을 보고 살려거든 날더러 작은집이라 업신여겨 큰부인에게 인사를 해라 절을 해라 하니 잣골 내시댁 문 앞인가 절은 웬 절이여?[22] 인사도 싫고 나는 갈 테니 큰마누라하고 잘 사소. 〔돌아선다.〕
표생원	돌모리집네, 여지껏 살던 정리로 그럴 수가 있나. 오뉴월 불도 쬐다 물러나면 서운하다네. 마음을 돌려 인사하게.
돌모리집	그러면 인사해볼까요? 〔화가 나서 아무 말 없이 꼭두각시 머리를 딱 들이받으며〕 인사 받으우.
꼭두각시	〔놀라며〕 이게 웬일이여? 여보 영감 이게 웬일이요. 요즘 인사는 이러하오? 인사 두 번만 받으면 내 머리는 간다봐라 하겠구나. 인사도 싫으니 세간을 나눠주오.
표생원	괘씸스런 계집들이 불같은 욕심은 있구나. 내 집은 해남 관

22) 잣골 내시댁 문 앞인가 절은 웬 절이여: 당시에는 모두 알 만한 세도가로 서울 잣골에 사는 내시댁이 있었던 모양이다. 그 집 앞을 지날 때면 모두 절을 해야 해서 이렇게 빗댄 듯하다.

머리요 몸 지체는 한양 성중인데 무슨 세간 무슨 재물을 나눠주니? 짚은 몽둥이로 한 번 치면 다 죽으리라.

표생원이 화를 내고 있는데 박첨지가 나온다.

박첨지 실례 말씀이오마는 잠시 지나다보니 남의 집안일이나 이 몸은 일개 구장區長, 동네 우두머리으로 모른 체할 수 없어 물어보니 허물치 마오.

표생원 네, 구장이십니까. 판결 좀 하여주시오. 제가 해남 사는 표생원으로 부부 이별하고 그간 소실을 얻어 이곳에 왔다가 〔꼭두각시를 가리키며〕 저기 선 저 화상은 내 큰마누라인데 작은마누라로 감정을 내어 세간을 나눠달라 하오니 백 번 생각해도 좋은 방법이 없소. 어찌할는지요.

박첨지 그러면 세 분이 다 객지요?

표생원 여기는 객지나 다름없습니다.

박첨지 재산이 있으면 나눠줄 마음이오?

표생원 다시 이를 말씀이오.

박첨지 〔한참 생각하다가〕 내가 동네 구장으로서 잘 처리하겠으니 염려 마우.
〔노래〕 돌머리집은 왕십리에 은 두 되 구실하는 논 너 마지기를 주고 꼭두각시는 남산 봉우제 재실제사를 지내기 위해 지은 집 제답제사 용도로 일구는 논 구실 닷 마지기 고추밭 하루갈이소가 하루 동안 가는 밭의 넓이 주고 용산 삼개마포 들어오는 뗏목은 모두 다 묶어다가 돌머리집 가져가고 꼭두각시 널랑은 내년 장마에 떠밀려온 나무뿌리는 너 다 갖고 은장은으로 장식한 옷장, 봉장봉황을 새긴 옷장, 자개함롱, 반닫이는 글랑 모두 돌머리집 주고 뒤껼

에 돌아가 개똥밭 하루갈이와 메운 잿독[23] 깨진 걸랑 꼭두각
시 너 다 가져라.

꼭두각시　〔노래〕 허허 나는 가네. 나 돌아가네. 덜덜거리고 그 돌아가
네. 〔춤추며 나간다.〕

제6막. 매사냥

　한양에서 평양감사가 나서 오백오십 리 내려가 도임到任 후에 관속 불
러 명령한다.

평양감사　너희 고을 풍속이 사냥을 하면 강계 포수[24]가 일등이라니 오
늘 안에 대령시켜라.

관속　네, 한편으로 노문路文. 지방 출장 가는 벼슬아치의 도착 예정일을 알린 공문
놓아 대령하겠습니다.
〔포장布帳 가장자리로 빙빙 돌아다닌다.〕
어, 길도 참 험하다. 별안간 사냥은 한다고 남을 이렇게 고생
을 시키나. 관속인지 막걸린지 그만둬야지. 이놈의 팔자는
심부름만 하고 오십 평생을 보내니 화가 나서 못살겠군.

　포수 등장.

포수　여 어디 가니?

---

23) 메운 잿독: 잿독은 재를 담아두는 독. 보통 깨지거나 금간 독의 구멍을 메워 잿독으로 사
용했다.
24) 강계 포수: 평안북도 강계 지역의 포수는 사냥에 능숙하기로 유명했다고 한다.

관속	옳다, 요 녀석 잘 만났다.
포수	오래간만에 만나서 욕이 무슨 욕이냐.
관속	이놈아, 따지면 무엇하니. 큰일났다.
포수	무슨 큰일이냐. 나는 큰일나면 날수록 좋더라.
관속	이놈 큰일이라니까 혼인 환갑 잔치에 먹을 판이 난 줄 아니.
포수	그럼 무엇이란 말이야.
관속	감사께서 도임 후에 이 고을 백성을 잘 다스릴 생각은 꿈에도 않고 대번에 꿩사냥이다.
포수	평양감사인지 모기 잡는 망사인지 그래 도임하면서 꿩사냥 먼저 한다니 오는 놈 쪽쪽 그 모양이로구나. 그런데 무슨 큰일이란 말이냐.
관속	꿩을 못 잡으면 네 목이 간다봐라. 그러니까 큰일이지 무엇이냐.
포수	이것 잘못 걸렸구나.

관속이 일등 포수와 사냥 잘하는 매를 불러온 후 감사에게 아뢴다.

관속	아뢰어라 여쭈어라. 안전존귀한 사람을 삼가해 부르는 말 분부대로 강계 일등 포수와 산진이산에서 여러 해 자란 매, 수진이사람이 길들인 매, 날진이야생 매 해동청우리나라의 사냥용 매, 보라매새끼 매 다 대령했습니다.
평양감사	오냐. 내일 아침에 사냥을 떠날 것이니 차질 없이 다 준비하여라.

사냥을 나간다. 포수는 매를 받쳐들고 총 메고 바랑 지고 개를 데리고 나가며 매방울 소리가 나자 한편으로 꿩을 날린다.

평양감사 지금 잡은 게 암꿩이냐 수꿩이냐.

관속 여봐라, 포수야. 안전에서 분부하시니 무엇을 잡았느냐.

포수 장끼로 아뢰옵니다.

평양감사 그러면 그렇지, 강계의 일등 포수라더니 과연 그럴시 분명하구나. 전후잡이^{행렬 앞뒤에서 연주하는 악대} 돌려 돌아가자.

관속 네— 아래 뫼었소.

처화상^{긴 나팔, 태평소}을 불고 대취타^{大吹打}로 명을 받들며 돌아간다.

제7막. 평양감사 재상

평양감사의 모친 상여가 나온다.

평양감사 꼴곡 꼴곡 꼴곡 꼴곡. 아이고 좋아, 콩나물 안방 차지 내 차지.

〔경기 민요인 〈양산도^{陽山道}〉 등 노래를 부른다.〕

작은 박첨지 〔구경하다가〕 이게 뉘 놈의 상여냐? 초상 상제 놈이 소리가 앓는 곳이냐.²⁵⁾

그때 향도꾼^{상여 메는 사람}이 발병이 나서 못 가고 상여를 내려놓았다.

평양감사 여봐라, 박가야.

〔박첨지가 나온다.〕

---

25) 초장 상제 놈이 소리가 앓는 곳이냐: 초상 상주가 슬피 우는 곳이냐.

	말 들어라. 상여가 나가다가 향도꾼이 발병이 났으니 인부를
	사 대라.
박첨지	인부가 졸지에 없사오니 소인의 조카놈이 궂은일 잘 보고,
	괴덕머리쩍고실없이 수선스럽고 번거롭게 행동함, 기운이 역사요, 이상
	야릇한 놈이 오니 그놈으로 천거하옵니다.
평양감사	이놈 더디다. 빨리 대령하여라.
박첨지	네- [홍동지를 부른다.] 여봐라 딘동아, 이번에 감사또 연반延
	燔. 장사 지내러 갈 때 등을 들고 감 시 향도꾼이 발탈이 났으니 하루 밥
	삼시야 사시야 먹고 잔뜩 칠 푼 줄 것이니 상여꾼 품 팔러 안
	가려느냐.
홍동지	왜 그래쌌소?
박첨지	지금 한 말 못 들었느냐. 만일 지체하면 주릿대 학춤주리를 틀거
	나 학춤을 추듯이 활개를 펴게 해 고통을 주는 형벌, 고드래뼈 튕겨지면 호
	소할 곳 바이전혀 없으니 지체 말고 빨리 나오너라.
홍동지	아저씨 말씀이 정말이요?
박첨지	거짓말하겠느냐.
홍동지	발가벗어도 좋소?
박첨지	관계없다.
홍동지	어디 가서 보기나 합시다.
	[가만히 가서 상제도 보고 상여를 냄새 맡더니]
	카- 이게 뭐요?
박첨지	왜 그러느냐.
홍동지	아, 오뉴월 강생이강아지 썩는 냄새가 나는구려.
박첨지	이놈아, 그게 무슨 말이냐. 감사또 아시면 서운치 않으시겠
	느냐.
홍동지	사또가 섭섭하시면 큰 개 썩는 냄새가 난다 합시다.

평양감사	꼴곡 꼴곡 꼴곡. 〔왔다갔다한다.〕
홍동지	상제님 문안드리오.
평양감사	이놈, 상여도 대부인 상여인데 문안이고 문밖이고 웬 놈이 발가벗고 덤벙거리느냐.
홍동지	네 밀 붙을. 발가벗었더라도 상여만 잘 메면 됐지 무슨 잔말.
평양감사	네가 상여를 모시러 왔다니 듣기는 반갑다마는 발가벗고 무슨 상여를 멘단 말이냐. 괘씸한 놈 잡아내라. 〔화를 내어 박첨지를 잡아들여서 볼기를 친다.〕
박첨지	늙은 박가가 인부까지 힘써 주선하여 사 댔는데 무슨 죄로 형장 태장이 웬일이오?
평양감사	이놈, 이 상여가 존귀한 상여요, 더구나 내행_{부녀자}가 여행길을 떠남이어든 어디서 벌거벗은 놈을 인부라고 데려왔으니 그런 향도꾼은 어디다 쓰느냐.
박첨지	그 향도꾼은 소인의 조카놈으로 다른 향도꾼 없어도 잘 메고 갑니다.
평양감사	네 말이 분명 그렇다 하니 이번 행차에는 그대로 써주마. 빨리 모셔라.
홍동지	상제님 짊어진 것은 뭐요?
평양감사	나 말이냐.
홍동지	그렇소.
평양감사	나 짊어진 것은 산에 올라가 분상제_{무덤에서 지내는 제사} 지내려고 잔뜩 칠 푼 주고 강생이 한 마리 사 짊어졌다.
홍동지	예로부터 방귀에 혹 달린 놈은 보았어도 강생이로 분상제 지낸다는 놈은 처음일세. 그러나저러나 연장을 차려 메어볼까. 이렇게 메어도 좋소?
박첨지	이놈아, 외삼촌을 주리 홍똥_{주리를 틀어 피똥}을 쌈을 내고, 무엇이

나빠서 상여를 어깨로 메지 배꼽 아래로 메는 놈이 어디 있느냐.

홍동지 네, 그렇소. 바로 메어봅시다.

〔상여를 어깨에 메고 몸을 흔들며 신명을 낸다.〕

너화 너화 넘차 너골이 너화 넘차.

평양감사 꼴각 꼴각 꼴각. 연반군_{상여꾼}은 북망산_{사람이 죽어서 묻히는 곳이} 멀다더니 대문 밖이 북망산이라.

홍동지 너화 넘차.

박첨지 너화 넘차.

홍동지 너화 넘차.

제8막. 건사

박첨지 여보게, 이때는 어느 때인가. 태곳적 시절일세. 명산대천_{名山大川}에 절을 왜 짓겠나. 이번 감사 대부인 장사 후에 백일불공하기 위하여 삼황_{전설적인 고대의 세 임금} 적 고찰_{옛 사찰}을 일으키네.

어 화상_{和尙}이 절을 짓네, 나는 들어가네.

승려 두 명이 나와 두 번 절한다.

승려 〔노래〕 어 화상이 절을 짓네, 어 화상이 절을 짓네.

절을 다 세운 후에 화상 두 명이 법당 문을 열고 합장 배례_{拜禮}하여 염불한다.

〔노래〕 어 화상이 절을 짓네, 어 화상이 절을 짓네.

이 절에다 시주를 하면 소원성취하오리다.

나무아미타불 관세음보살

어 화상이 절을 헌다.

절을 다시 뜯어 들인다.

— **막**(幕) —

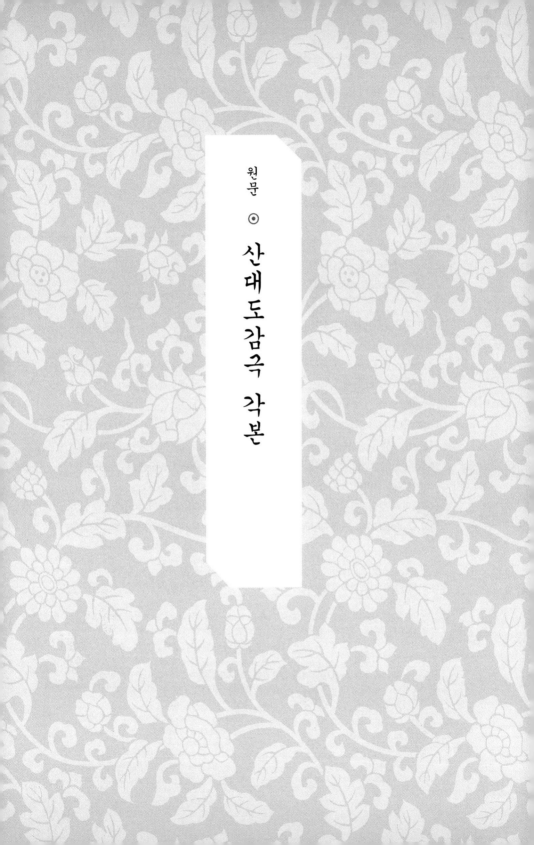

원문 ◉

산대도감극 각본

1930년(一九三○年) 봄(春), 3월(三月) 17일(十七日)
산대도감극 각본(山臺都監劇脚本)
경성제국대학조선문학연구실(京城帝國大學朝鮮文學研究室)

조종순(趙鍾洵) 구술(口述)
김지연(金志淵) 필사(筆寫)

산대도감극(山臺都監劇)의 유래(由來)

사천 년 전 석(四千年前昔), 은(殷)의 걸주(桀紂)[1]가 여와(女媧)[2]씨(氏)의 사당(祠堂)에 일 년(一年) 춘추(春秋) 이 회(二回) 거동(擧動)을 하얏습니다. 여와씨 즉(女媧氏則) 천하일색(天下一色)이라, 그 화상(畫像)을 보고 주(紂)가 흠모(欽慕)하야 내심(內心)에 왈(曰), '오 평생(吾平生)에 원취여차지녀(願娶如此之女)하야 작배동거(作配同居)하얏스면' 하니 여와지신(女媧之神)이 노이욕징차망상(怒而欲懲此妄想)하야 명(命) 구미호(九尾狐) 왈(曰), "방금소가지녀달기(方今蘇哥之女妲己)가 일색(一色)인즉 피필구혼우차녀의(彼必求婚于此女矣)리니 여(汝)가 달기(妲己)[3]를 잡아먹고 그 형용(形容)을 뒤집어써서 가피 후(嫁彼後) 수오지명(守吾之命)하야 작만반

---

1) 걸주(桀紂): 중국 하나라의 걸왕과 은나라의 주왕. 포악무도의 대명사로 쓰인다. 유래담의 주인공은 주왕으로, 아름다운 왕비 달기와 어울려 음탕하고 포악한 행동을 일삼다가 나라를 망하게 하였다고 한다.
2) 여와(女媧): 중국의 천지 창조 신화에 나오는 여신. 아름다운 여인의 얼굴에 뱀의 몸을 한 형상으로 묘사된다.
3) 달기(妲己): 주왕의 왕비로 용모가 아름답고 노래와 춤에 능하였다고 한다. 음탕하고 사치스러운 삶인 주지육림, 잔인한 형벌인 포락지형 등의 용어가 주왕과 달기에서 비롯되었다. 여기서는 여와가 구미호를 시켜 달기를 잡아먹고 그 흉내를 내며 주왕의 방탕하고 포악한 행동을 사주한 것으로 되어 있다. 이러한 설정은 명나라 때 소설『봉신연의』에 나오는 내용과 같은데 입궁하던 달기를 구미호가 살해하고 그 몸을 빌려 악행을 저질렀다고 한다.

지화(作萬般之禍)하라.”

　주취달기(紂娶妲己)하니 달기청주작제반아사(妲己請紂作諸般惡事)하야 살충신(殺忠臣) 열동주사신포주등(熱銅柱使臣抱柱等)하니 비간(比干)[4]이 간이사(諫而死)가 역차시야(亦此時也)라. 원사제혼(冤死諸魂)이 화위요귀(化爲妖鬼)하야 작난(作亂)이 막심(莫甚)하니 강태공(姜太公)[5]이 차(此)를 제어(制禦)키 위(爲)하야 주천지살성(做天地殺星)[6]등(等)하야 희축요귀(戲逐妖鬼)하얏나니 차(此)가 원인(遠因)이고, 고려 말년(高麗末年)에 승 신돈(僧辛旽)[7]이 도승(道僧)이 되랴 할 시(時)에 백성 중(百姓中) 호사자등(好事者等)이 자방왈(訾謗曰)“차하도승(此何道僧)고 필이여색(必以女色)으로 시이파기공부(試而罷其工夫)하리라”하고 이소무당(以小巫党)으로 혹(惑)케 하니 무십벌지목(無十伐之木)이라. 신(辛)의 방탕(放蕩)이 무소부지(無所不至)하니 차칙(此則) 소무당(小巫党) 등(等)이 유지 왈(誘之曰)“도승(道僧)과 첩 등(妾等)이 수유여하동작(雖有如何動作)이나 타인(他人)이 부득견칙(不得見則) 종심지지소락(從心志之所樂)이 미유불가(未有不可)라”하야 혹(或)은 중인회합지석(众人會合之席)에 작추태(作醜態)하며, 혹(或)은 휴지오천 왈(携至汚川曰),“차즉(此即) 청승지지야(淸勝之地也)라”하야 어산어수(於山於水)에 방욕회유(放慾回遊)하니 소무당(小巫党)은 달기(妲己)의 행세(行勢)[8]를 하고 도승(道僧)은 주(紂)의 행세(行勢)를 하얏다.

　본국 이조(本國李朝) 병자호란(丙子胡亂)에 속우지나(屬于支那)하야 이어(移御)[9] 가례(嘉禮)[10]시(時)에는 상부사(上府使) 즉청사신(即淸使臣)가 필래(必来)하야 원견금강산(願見金剛山)하니 유견식지재상등(有見識之宰相等)이 상의안출산대

---

4) 비간(比干): 주왕의 숙부이자 충신으로 왕의 포악한 행동을 바로잡고자 했으나 가슴을 도려내는 형벌로 죽음을 당하였다.
5) 강태공(姜太公): 중국 주나라 초기 정치가인 강상. 널리 현자를 구하던 문왕이 위수에서 낚시로 소일하던 강태공을 만나 스승으로 삼았다고 한다. 문왕의 아들 무왕을 도와 은의 주왕을 멸하고 천하를 평정하였다.
6) 천지살성(天地殺星): 천살성과 지살성. 각각 하늘과 땅의 살기를 지닌 신성한 존재.
7) 신돈(辛旽): 고려 공민왕의 신임을 받아 부패한 사회제도를 개혁하려 했던 승려 출신의 정치가. 국내외 정세가 어려워진 상황에서 돈과 여자에 관련된 추문이 잇따라 기득권 세력들에게 빌미를 제공해 끝내 공민왕의 신임을 잃고 처형되었다.
8) 행세(行勢): ‘행세(行世)’의 오기.
9) 이어(移御): 임금이 거처를 옮김.
10) 가례(嘉禮): 임금의 혼인이나 즉위, 왕세자 및 왕세손의 책봉 의식.

도감유희(相議案出山臺都監遊戲)하야 이대금강유람(以代金剛遊覽)하니 차즉(此即) 생폐지정신(省弊之精神)이라. 청사래시(淸使來時)에 산대역인(山臺役人)[11] 등(等) 무학현(舞鶴峴)에서 영이전배입성(迎而前倍入城)하니 차(此) 이조상유산대도감유희 지원인야(李朝尚有山臺都監遊戲之源因也)오 후(後)에 청사(淸使)가 차(此)를 보기 실타고 하는 자(者) 잇서 산대대전지례(山臺代錢之例)도 유(有)홈.

계방(契房)의 유래(由來)

산두역원(山頭役員)[12] 등(等) 생활비(生活費)로 하기 위(爲)하야 생(生)한 자(者)니 도(道), 군(郡), 면(面), 동(洞), 점막(店幕), 포구(浦口), 사찰(寺刹)에(주舟배추렴갓치) 세납(稅納)과 여(如)히 금품(金品) 혹(或) 곡물(穀物)을 수렴(收斂)하니 국(國)으로부 터 허가빙고품(許可憑考品)은 즉도서(即圖書)(인印)야(也). 춘(春)에는 선인(蟬印)[13], 추(秋)에는 호인(虎印)[14]을 용(用)하야 차인(此印)을 날거칙(捺去則) 소아(少兒)에게 라도 추렴을 출급(出給)한다. 액수(額數)는 당시(當時) 해군수(該郡守)가 정(定)함.

부록(附錄)

1. 산대유흥시기(山臺遊興時期): 춘(春), 하(夏)(녹음방초시綠陰芳草時), 추(秋) (구월황국시九月黃菊時), 삼기야(三期也).
2. 소행지(所行地): 경성(京城), 양주(楊州).
3. 역원(役員)의 문벌(門閥): 양주리배(楊州吏輩)니 여(與)꼴두각시, 사당 등(等) 역원(役員)으로 별이우지(別而遇之)하나니라
4. 역원(役員) 소거지(所居地): 일(一)은 남대문(南大門) 큰 고개, 이(二)는 고양군 (高陽郡) 은평면(恩平面) 녹본이라.

---

11) 산대역인(山臺役人): 산대도감극의 놀이꾼들.
12) 산두역원(山頭役員): 산대역인.
13) 선인(蟬印): 매미 문양을 새긴 도장.
14) 호인(虎印): 호랑이 문양을 새긴 도장.

서막(序幕). 고사

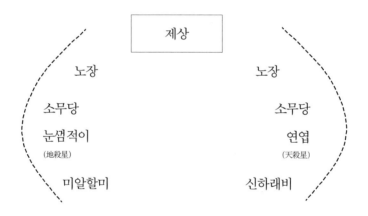

삼종과실(三種果實), 소머리[牛頭], 돈각(豚脚) 등(等)을 놋코 주상(酒床)도 유(有)함. 연엽(蓮葉)과 눈쌤적이가 중요(重要)한 자(者)이기 째문에 가운데 둔다. 아모던지 나와서 고사하는 어구(語句)는 여좌(如左)[1]함.

---

1) 여좌(如左): 왼쪽과 같다. 원문은 세로쓰기로 구성되어 이렇게 썼다.

각인각성(各人各姓) 열에 열 명이 단이시드래도 뉘도 탈도 보지 마시고 적적(寂寂)히 흠향하시고 도와주소서.

제1과정(第一科程)

상좌(上佐)가 나와서 하나님께 절을 하고, 춤을 추는대 타령(打鈴)[2] 장단을 친다.

무(舞)의 종류(種類)

돌단	도는 것.
곱사위	장고(長鼓) 압헤서 후(後)로 퇴(退)~
화장	삼년[3] 압헤서, 손을 한 번 돌이여 억개에 대고 또 한편 손도 그럿케 한다.
여닫이	삼년 압헤서 곱사위 해 나오다가, 손을 일차(一次) 둘너서 삿타구니에 대고, 다른 손도 그럭게 하다가, 전면(前面)에 손을 한목 들엇다가, 팔을 좌우로 별니면서 장고(長鼓) 잇는 대로 드러간다.
멍석마리	장고(長鼓)를 향(向)하야 명석 마듯 말면서 전진(前進).

---

2) 타령(打鈴): 전통 음악 장단의 하나. 궁중 정재에 주로 쓰이는 늦타령과 굿, 탈춤, 줄타기 등에 쓰이는 잦은 타령이 있다.
3) 삼년: → 삼현(三絃). 삼현육각. 피리, 대금, 해금, 장구, 북 등으로 구성된 악대.

제2과정(第二科程). 옴 등장(登場)

옴	여러 해포 만에 왓더니 정신(精神)이 띵하다. 녯날 하든 지저귀4)나 한번 해볼가. [×양봉(兩棒)을 딱딱 치면 상좌가 쌔서간다.]
옴	사람이 백절5) 치듯 한데 적혈(賊穴)에 들어왓군, 막대기를 쌔서갈 제는 쇠꼿을 내노으면 큰일나갯군! [동(動)] 재팔이6)를 치며 상좌(上佐) 압흐로 돈다. 상좌가 와서 또 쌔앗고 그 제금을 옴의 흉(胸)과 배(背)에 대여 치는 형용(形容)을 한다.
옴	적반하장(賊反荷杖)도 분수가 잇지, 남의 물건(物件)을 쌔어가고 사람까지 처! 너 요 년석들 하든 지랄이나 다 햇나? [동(動)] 상좌(上佐)가 박수이립(拍手而立) [장고(長鼓) 치라는 합도(合圖)] 상좌(上佐)가 옴을 마조보고 춤을 춘다. 옴이 상좌(上佐)를 숙시(熟視)7)하니 상좌(上佐)가 엉덩이를 둘은다. 옴이 상좌(上佐)를 한번 째리고,
옴	요년석 어른보다 차포오졸(車包五卒)8)을 더 두르느냐? [옴의 인사(人事)] 대방9)에 휘모라예소10)!

---

4) 지저귀: 짓거리. 흥에 겨워 멋으로 하는 짓.

5) 백절: →백차일(白遮日). 흰 차일을 친 것처럼 흰옷을 입은 사람이 많다는 뜻으로 사용.

6) 재팔이: 자바라. 제금, 발, 요발, 동발이라고도 한다. 무쇠와 놋쇠를 합해 만든 악기로 서양 악기인 심벌즈와 그 모양과 구실이 비슷하다. 대취타와 무속 음악, 불교 음악 등에 쓰인다.

7) 숙시(熟視): 눈여겨 자세하게 들여다봄.

8) 차포오졸(車包五卒): 장기에 비유하여 꼼짝 못하게 들이덤비는 공세를 표현한 말. 여기서는 상좌가 옴에게 공격적인 장난을 치며 춤을 추는 모습을 말한다.

9) 대방: 관객을 모신 큰 놀이판.

10) 휘몰아예소: 남녀노소 할 것 없이 휘몰아서 한번에 인사 올린다는 말.

'절수 절수 지와자 저리 절수' 하며 옴이 무(舞) [타령
(打鈴)춤].

제3과정(第三科程)

묵승(墨僧)[11] 어의 어의.

옴 [들고 잇던 홰기로 묵승(墨僧)의 얼골을 치며] 네밀할 놈,
대방(大方) 노름 판(板)에 나와서 무얼 어의 어의 하늬?

묵승(墨僧) 남 채 나오지도 안어서. [좌(坐)]

옴 우! 하고 꾸부리고 안는다, 나오지 안인 놈이 저러케
커!

묵승(墨僧) 너 엇잰 말이냐, 나오기는 한 육십 년(六十年) 되엿지만
노름판(板)에를 인제 나왓단 말이야. [승(僧)이 옴을 차
즈로 단기다가, 옴을 벙거지[12)]채 잡고서] 억씨놈, 이 년석
을 인재 만낫구나.

묵승(墨僧) 아나야 아나야.

옴 답응(答應).

묵승(墨僧) 너 씬 게 무엇이냐.

옴 내가 네한대 쓰기는 무엇을 써

묵승(墨僧) 저놈이 평생(平生) 가난한 것은 알아볼거야, 남의 일수
(日收)나 월수(月收)만 써 버릇하야서, 말대답도 그럭케
하느냐, 너 머리에 썬 것 말이다.

---

11) 묵승(墨僧): 얼굴이 검은 중. 산대도감극에서 여덟 묵승의 탈은 모두 검은색이다. '먹중'이
나 '목중'이라고도 표기한다.
12) 벙거지: 조선시대 군노나 하인이 쓰던 모자. 전립 또는 병립이라고도 한다.

옴	올컷다, 내 머리에 쓰신 것 말이지, 이것은 의관(衣冠)인대 일홈이 여러가지다. 저 선 백목전(白木廛)[13]에서 쌀고 안즌 초방석(草方席)도 갓고, 대국천자(大國天子)가 사송(使送)하신 노[繩]벙거지라고도 하고, 저 동대문(東大門) 밧 썩 나서서 청량리(淸凉里) 지내서 쩍전새리[14]쯤 가면, 한 팔십(八十) 먹은 마난님이 녹두(綠豆) 반(半) 되 드르르 갈고, 미나리 한 십 전(十錢)엇치 사서 숭덩숭덩 써러서 붓친 덜 구든 빈대쩍이라고도 한다.
묵승(墨僧)	야, 그 두 가지는 고만두고, 나중 말한 거이 무어야?
옴	응, 빈대쩍.
묵승(墨僧)	내 밥맛 본 지 한 사날 된다, 좀 먹어야겟다.
옴	예기 들에 아들놈, 의관(衣冠)도 먹드냐?
묵승(墨僧)	이놈아, 네가 빈대쩍이라기에 먹겟대지, 의관(衣冠)이라고 하는데 먹을 리(理)가 잇느냐? 어라 찌놈, 네 얼골이 노릇노릇하고, 발긋발긋하고, 웃툴두툴한 것은 무엇이냐?
옴	내 얼골이 웃툴두툴하고 발긋발긋하기는 다름이 아니라, 강남(江南)서 나오신 호구별성(戶口別星)[15]이 잠간 전좌(轉坐)해 게시다.
묵승(墨僧)	야- 호구별성(戶口別星)이 그러케 전좌(轉坐)하실 데도 업더냐? 네 누추한 상파데기[16]에 전좌(轉坐)하시더냐?

---

13) 백목전(白木廛): 무명 파는 가게.
14) 쩍전써리: 떡을 파는 가게가 즐비한 거리. 동대문구 회기동 부근을 이렇게 불렀다.
15) 호구별성(戶口別星): 천연두를 퍼뜨리는 마마 귀신. 집집마다 찾아다니며 천연두를 앓게 한다는 여신으로 강남에서 주기적으로 찾아와서 천연두를 치르게 한다고 알려져 있다.
16) 상파데기: →상판대기. 얼굴을 낮추어 이르는 말.

옴	호구별성(戶口別星)이 가구(家口)적간(摘奸)¹⁷⁾ 인물추심(人物推尋)¹⁸⁾ 단이실 씨 상하물론(上下勿論)하고, 전좌(轉坐)하는대, 내 얼골이라 전좌(轉坐) 안 하시겟느냐?
묵승(墨僧)	야 호구별성(戶口別星)이라니 다시 좀 보자. [손으로 옴의 얼골을 만진다.]
옴	야, 마마 어이진다.
묵승(墨僧)	이놈이 어서 진옴을 잔득 올여가지고, 마마니 역신(役神)¹⁹⁾이니 그레? 어이고, 가려워. [물너슨다.] 너하고 말도 하고 십지도 안타.
옴	이놈이 뭘 올녀?
묵승(墨僧)	이놈이 옴을 올녀. [약(約) 삼차(三次) 말한다.]
	[옴이 묵승 앞헤 왓다.] 이놈, 네 얼골이 대패질한 것보다 더 쌘쌘하다.
옴	아이고, 물기는²⁰⁾ 한량(限量)읍는 놈이로고나.
묵승(墨僧)	너 하든 지랄이나 다 햇니?
	[서로 맞춤 추고 잇다가] 이놈이 어룬보다 차포오졸(車包五卒)을 더 둘으는고나.
	[옴이 물너 새면 압헤 안고] 대방에 휘모라예소.
	[창(唱)] 절수 절수 지화자 절수 [춤춘다.]

---

17) 가구적간(家口摘奸): 죄를 저지른 사람이나 혐의가 있는 사람을 잡기 위해 이 집 저 집 다니면서 뒤짐.
18) 인물추심(人物推尋): 도망한 사람을 샅샅이 찾는 것.
19) 역신(役神): →역신(疫神). 마마와 같은 전염병을 일으키는 귀신.
20) 물기는: 무르기는. 옴중이 대들자 묵승이 뜻을 굽혀 물러나니 이렇게 말한 것이다.

제4과정(第四科程)

년닙(蓮葉)21) 눈씁쩍이22) 등장(登場). 년닙은 압헤서 선(扇)으로 얼
골을 가리고, 눈씁쩍이는 그 뒤에서 장삼(長衫)으로 얼골을 가린다.
상좌(上佐)가 곱사위무(舞)를 추고, 연엽(蓮葉) 압헤 가서 규시(窺視)
할 제 년닙이 선(扇)를 씌면, 상좌(上佐)가 놀내서 들어간다. 다음 상좌
(上佐)도 동양(同樣).

옴	[나오면서] 앗다 요 어린 녀석들이 멀 보고 그러케 방 정맛게 그래느냐?
묵승(墨僧)	[가(歌)] 소상반죽(瀟湘斑竹)23) 열두 마듸, 후리처 덤석 타!24) [곱사위무(舞)로 들어가다가, 상좌(上佐)를 보고 도라 스면서] 어이쿠, 이게 뭐야. [제자리에 돌아간다.]
옴	앗다, 그 자식들 무엇을 가 보고, 그러케 기절경풍(氣絶 驚風)을 하느냐?
묵승(墨僧)	오냐 나가봐라, 너 밧게 죽을 놈 업다.

옴이 무이출(舞而出)하야, 눈씁쩍이 얼골 가린 것을, 홱 벗겨 눈씁

---

21) 년닙[蓮葉]: 천살성(天殺星)의 화신. 머리에 푸른 연잎을 쓴 모습이다. 그의 눈살을 맞으면
생물체가 죽어 얼굴을 가리고 등장한다. 이 작품의 유래담에 따르면 강태공이 원귀를 쫓기 위
하여 이 탈을 만들어 놓았다고 한다.
22) 눈씁쩍이: 지살성(地殺星)의 화신. 탈 안쪽에 장치를 하여 눈을 꿈적이게 만들었다. 천살성
과 마찬가지로 그의 눈살을 맞으면 생물체가 죽어 얼굴을 가리고 등장한다. 이 작품의 유래담
에 따르면 강태공이 원귀를 쫓기 위하여 이 탈을 만들어 놓았다고 한다.
23) 소상반죽(瀟湘斑竹): 중국 호남성의 동정호 남쪽 소수와 상강 지역에서 나는 얼룩무늬 대
나무. 순임금이 남쪽을 순행하다가 창오산에서 죽자 그의 두 부인인 아황과 여영이 따라 죽었
는데, 이들이 소상강가에서 홀린 피눈물이 대나무에 맺혀 얼룩이 졌다는 이야기가 전한다.
24) 소상반죽(瀟湘斑竹) 열두 마듸, 후리처 덤석 타: 춤을 추기 위하여 장단을 청하는 불림으로
소상반죽 고사와 내용상 연관성은 없다.

쨱이 눈을 씀적씀적하며 옴을 쪼처간다. 연엽(蓮葉)이 새면[25] 압헤 가서 선(扇)을 한 번 들면 염불타령(念佛打鈴)을 친다. 눈쑵쨱이는 돌단으로 세 번 돌고 나서, 연엽(蓮葉)은 새면 전(前)에 가서 선(扇)을 압헤 대고 삼차(三次) 몸을 잰다. 눈쑵쨱이가 세 번 돌면 연엽(蓮葉)이 새면을 배(背)로 하고 선(扇)으로 잔뎅이를 치면 타령(打鈴)을 친다. 연엽(蓮葉)이 곱사위 멍석마리 추고 들어간다. 눈쑵쨱이도 여다지하고 퇴장(退場).

제5과정(第五科程). 八목과정

팔(八)목중이 나와서, 새면 압헤 전부(全部) 좌(坐)한다. 상좌(上佐)가 일어나서 박수(拍手)하고 춤추며[타령장단(打鈴長短).] 한편(便)에 스고 그 다음 상좌(上佐) 역시 일반(一般) 이하(以下) 방차(倣此).

옴	[가(歌)] 소상반죽(瀟湘斑竹) 열두 마듸, 후리처, 덤석 타. [나온다.]
중1	[가(歌)] 금강산(金剛山)이 좃탄 말은 풍편(風便)에 언듯 듯고, 장안사(長安寺)[26] 썩 들어가니, 난대업는 검은 중이. [무(舞)] [나가 슨다.]
중2	[가(歌)] 녹수청산(綠水靑山) 깁흔 골에 청룡(靑龍), 황룡(黃龍)이 굼틀어컷다. [무(舞)] [나가 슨다.]
중3	[가(歌)] 양양조아제백수하니, 난가장천배동제라.[27] [나

---

25) 새면: →삼현(三絃).
26) 장안사(長安寺): 금강산 장경봉에 있는 절.
27) 양양조아제백수하니, 난가장천배동제라: →양양소아제박수(襄陽小兒齊拍手) 난가쟁창백

가 슨다.]

중4   [가(歌)] 달아 달아 밝은 달아, 이태백(李太白)28)이 노든 달아, 태백(太白)이 비상천후(飛上天後)에 나와 사잤더니, [나가 슨다.]

이러케 해서 전부(全部)가 나와 일렬(一列)로 스고 완보(完甫)29)만 남아 잇다.

완보(完甫)   [안저서] 이놈에 집안이 엇지되야, 벌엇케 안젓더니, 모다 어듸로 갓나? 집안 개색기가 나가도 찾는다는데, 나가 차저봐야겟군. ['금강산(金剛山)……' 등(等) 노래를 부르고 갈 제, 돌단으로 춤추고, 중 슨 데를 빙 돌다가, 다시 새면 잇는 데로 왓다가 중들을 보고, 다시 화장을 춤추며 향(向)하여 간다.] 너들 명색이 무어냐?

중   우리가 중이다

완보(完甫)   중이면 절간에 잇지, 여염가(家)에 왜 왓느냐.

중   ××에서 산대도감(山臺都監)을 한다기에 구경(求景) 왓다. [××는 장소(場所).]

완보(完甫)   이애, 그럿치 안타. 암만 구경(求景)은 왓다 해도, 우리가 중 행세(行勢)를 해야 할 테닛가, 우리 염불(念佛)이

동제(攔街爭唱白銅鞮). 이백이 지은 「양양가襄陽歌」의 한 구절로, 중국 양양 지방의 아이들이 손뼉을 치면서 앞다투어 〈백동제白銅鞮〉를 부른다는 뜻이다. 〈백동제〉는 양무제가 양주 지방을 평정한 기념으로 지은 노래라고 한다.
28) 이태백(李太白): 중국 당나라의 시인 이백. 칠언절구에 특히 뛰어났으며, 이별과 자연을 제재로 한 작품을 많이 남겼다. 전설에 따르면 달 밝은 밤 채석강에서 노닐면서 포도주를 실컷 마시고 취해 달을 잡겠다며 동정호에 뛰어들었다가 고래를 타고 하늘로 올라갔다고 한다.
29) 완보(完甫): 여덟 묵승 가운데 다른 중들의 행동을 제지하거나 부추기는 우두머리격 인물.

나 한마듸 해보자. [모다 인도(印度) 소리를 하고, 관 쓴 사람이 하나가 열외(列外)에 서 잇다.] 나무아미(南無阿彌)타불. [이런 소리를 여러 중이 딸어 한다.]

관쓴사람   나무할미도 타불 나무에미도 타불 나무애비도 타불.

    완보(完甫)가 가서, 그를 [즉(卽) 관 쓴 중, 여기서는 편의상(便宜上) 관중이라고 쓰겟다.] 물그럼이 듸려다보다가, 쌩가리 채로 관중의 얼골을 친다.

완보(完甫)   이 잡놈아, 이게, 무슨 짓이냐?

관중   이놈아, 몹슬 놈아, 남에게 이러케 적악(積惡)을 하느냐, 내가 도통(道通)이 거진 됏는대, 남의 도(道)를 이러케 깨트려주는 수도 잇느냐?

완보(完甫)   너 이놈, 무얼노 도통(道通)이, 다, 됏다는 것이냐?

관중   너는 나무아미(南無阿彌)타불만 불넛지, 나는 그보다도 몃 가지 더 불넛는데.

완보(完甫)   네가 몃 가지를 더 불넛서?

관중   몃 가지를 더 불은 말을 들어라. 나무할미도 타불, 나무할애비도 타불, 나무애비도 타불.

완보(完甫)   올컷다, 다른 사람보다 세 가지 네 가지 더 불넛스닛가, 그럿켓다.

중   [나와서 완보(完甫)를 보고] 여, 우리가 것흐로 중이지, 속도 중일 리(理)가 잇느냐, 염불(念佛)인지, 무엇인지, 다, 고만 내버려두고, 우리 가사(歌詞)나 한번 하여보자.

중 2   애, 그거 조흔 말이다.

완보(完甫) 관중 전부(全部)가 일렬(一列)로 스고, 완보(完甫)가 쌩가리를 치면, 장고(長鼓)도 장단(長短)을 맞춘다.

전부(全部)	[가(歌)] 매화(梅花)야 너 잇든 곳에³⁰⁾……[완보(完甫) 엽헤 슨 관중이, 상좌(上佐)를 침으로 씰르면, 상좌(上佐)가 무(舞)하고, 새면 압헤 가 안는다.] 봄철이 돌아를 온다. [관중이 옴을 침주면, 옴은 무(舞)하고, 상좌(上佐) 갓치 한다.]
완보(完甫)	마라 마라.
옴	남이 신이 나는데, 그래.
중3	[나오면서] 얘, 그놈의 자식들은 짠놈의 자식이라구나. 그놈들 다 나갓스니, 쌔고, 우리끼리나 잘 놀어보자.
완보(完甫)	얘, 그거, 조흔 말이다.
전부(全部)	[가(歌)] 그물을 매세, 그물을 매세. [중 하나가 또 침을 맛고서 전(前)과 갓치 나간다.]
중	그놈은 짠놈의 자식이니 무어니 하더니, 저놈은 왜 밋처 나가는냐!
완보(完甫)	우리는 다시 잘 놀어보세.
전부(全部)	[가(歌)] 오색당사(五色唐絲)로 그물을 매세. [한 중이 또 나간다.]
중	그놈도 잡놈이라구나.
완보(完甫)	얘, 이번에 우리 꼼싹 말고, 잘 놀자.
전부(全部)	[가(歌)] 치세 치세, 그물을 치세. [쏘 하나 나간다.]
	[가(歌)] 부벽루 하(浮碧樓下)에 그물을 치세. [쏘 하나 나

---

30) 매화(梅花)야 너 잇든 곳에: 이하 노래는 십이가사 중 〈매화가〉다. 평양 기생 매화가 연인을 빼앗기고 불렀다 한다. '부벽루 하에 그물을 치세'나 '북경 사신 역관들아' 등의 가사로 미루어 매화의 연인은 북경으로 가는 여정에서 평양을 거쳐간 사신이나 역관인 듯하다.

간다. 완보(完甫)와 침쟁이만 남엇다.]

완보(完甫)　　애, 그 잡자식들은 멀정한 미친 녀석들이니 우리 둘이
　　　　　　　잘 놀어보자.

중1　　　　　[새면 압헤 안젓든 중이 두 사람 전(前)으로 나오면서] 네 말
　　　　　　　이 우리는 다 밋친 놈이라고 햇스니, 너 두 놈은 장승
　　　　　　　번으로 서서 죽어라. 만일 나오면 개자식이다. [다시 가
　　　　　　　서 안는다.]

완보(完甫)　　저놈이 와서, 우리를 꼼작도 못하게 하니, 이것을 엇더
　　　　　　　케 하면 조흐냐.

관중　　　　　우리야, 점잔은 사람이 그럴 도리(道理)야 잇느냐! 우
　　　　　　　리 잘 놀어보자.

완보(完甫)·관중　[가(歌)] 북경(北京) 사신(使臣) 역관(譯官)들아! [관중이
　　　　　　　마저 노래하며 춤추고 새면 압헤 나간다.]

완보(完甫)　　원, 그 녀석도 그 녀석이로구나, 뭴. 즘잔으니 엇자니
　　　　　　　하더니, 마저 밋처 나갓스니, 이것을 엇더케 해야 하나.
　　　　　　　나는 춤을 한번 추어야겟다. [노래를 불으고 춤추면서 새
　　　　　　　면 압흐로 간다.]

염불(念佛)노리 종(終).

　중이 상제(上帝)[31], 오음[32], 목중 삼 인(三人)을 새면 압헤 세운다.

중　　　　　　사고무친(四顧無親)[33]한 데 나와서, 이런 옹색한 꼴을

31) 상제(上帝): →상좌(上佐).
32) 오음: →옴. 옴중.
33) 사고무친(四顧無親): 사방을 둘러보아도 친한 사람이 전혀 없는 처지.

당(當)하니 엇더케 하나! 혹(或) 이 사람이나 여기 왓슬가? [완보(完甫) 압헤 가서] 아나 야이.

완보(完甫) 어이쑤, 아와이. [일어슨다.] 자네 이새 드믄드믄하이그려.

중 두믄두믄, 옌장할 건둥건둥하이그려.

완보(完甫) 족통(足痛)이나 아니 낫느냐.

중 아이고, 그런 효자(孝子)야.

완보(完甫) 소재라는 게 오즘 안친 재?

중 그것은 소재지!³⁴⁾ 효자(孝子)란 말이다. 애, 그러나저러나 안된 일이 잇서서, 너를 차잣다. 자식 손자 어린 것들이 여기서 산두(山頭)³⁵⁾를 논다닛가 산두(山頭) 구경(求景)을 왓드니, 무얼 먹고 관격³⁶⁾이 되야서, 다-죽게 되얏슨즉, 이걸 엇지하면 조흐냐?

완보(完甫) 내 의사(醫師)가 아니고 나 역(亦) 너와 맛찬가지가 아니냐.

중 너는 나보다 지식(知識)이 잇고 하닛가, 이 일을 페야지 엇더케 한단 말이냐.

완보(完甫) 야, 그것 봐한즉, 머 음식(飮食) 먹고 관격된 것 갓지 안코, 내 마음에는 신명(神明)에 체(滯)한 것 갓다. 널더러 안 할 말이다마는, 너 집에 혹시 신명(神明)의 부치로 부리³⁷⁾가 잇느냐?

---

34) 소재지!: →'요회(尿灰)지!'. 요회는 '오줌 재'로 볕에 말려두었다가 밭의 밑거름으로 사용한다.
35) 산두(山頭): 산대도감극.
36) 관격(關格): 음식이 급하게 체하여 먹지도 못하고 대소변도 못 보고 인사불성되는 병.
37) 부리: 무속에서 조상의 영혼이나 집안 대대로 내려오는 신을 이르는 말.

중	올컷다, 우리집에 그런 일이 잇다. 무당의 부리 말이냐, 우리집에 한 삼대(三代)채 증조모(曾祖母), 조모(祖母), 모(母), 모두 무당이다.
완보(完甫)	올타, 인제 곳첫다. [삼 인 전(三人前)에 가서 백구사(白鷗詞)[38]를 한다.]

[가(歌)] 백구(白鷗)야 펄펄 날지 말아.

너를 잡을 내 아닌데

성상(聖上)이 버리시니 너를 조처 여기 왓다.

오류춘광경(五柳春光景)[39] 조흔데

백마금편(白馬金鞭)[40] 화류(花柳)[41] 가자……

중	화류(花柳)? 에미, 먹감나무[42]는 아니구? [춤춘다.]
완보(完甫)	마라, 마라, 이놈아, 사람을 셋식이나 쥑여놋코, 무에 조워 쮜노느냐?

[가(歌)] 삼청동(三淸洞) 화개동(花開洞)에 도화동(桃花洞) 옥류동(玉流洞)에

동소문(東小門) 박 썩 내달어 안암동(安岩洞)도 동이로다.

충청도(忠淸道) 나려가서 경상도(慶尙道) 돌아오니

안동(安東)도 동이로다.

모시 닷 동, 베 닷 동, 미명 닷 동, 명주 닷 동,

---

38) 백구사(白鷗詞): 십이가사 중 하나로 벼슬에서 물러난 처사가 갈매기를 벗삼아 봄날의 정취를 표현하는 내용이다.

39) 오류춘광경(五柳春光景): 다섯 그루의 버드나무가 있는 봄 풍경. 중국 진나라의 시인 도연명이 벼슬을 버리고 향리에 은퇴한 뒤 문 앞에 버드나무 다섯 그루를 심어 가꾸었다는 고사가 있다.

40) 백마금편(白馬金鞭): 백마를 타고 금 채찍을 휘두르는 호사스러운 행차.

41) 화류(花柳): 꽃과 버들. 아무나 꺾고 즐길 수 있다는 뜻에서 기생집을 가리킴.

42) 먹감나무: 한자어인 화류(樺榴)와 화류(花柳)를 동음이의어로 사용한 재담.

사오이십(四五二十) 스무 동을 동동그러니 마래 메고
문경(聞慶)새재를 넘어가니 난대읍는 도적놈……

중   난대읍는 도적놈이…… [춤춘다.]

완보(完甫)   애, 마라 마라. 이놈아, 큰일낫서. 앗가는 애들이 꼼작
꼼작하더니, 영 아주 죽엇다. 나는 몰은다, 네가 매장군
43)을 드려서 갓다 뭇던지, 불에다 살으던지, 생각대로
해라. 나는 몰은다.

중   애애, 그럿치 안타. [쏫처가 붓든다.]

완보(完甫)   [붓잽혀 오면서] 네가 이러케 애걸을 하니, 내가 이왕에
들으닛가 먼지골 살다가 잿골로 간 시주부라는 의원
(醫員)이 잇스니, 가서 그를 청(請)해 오너라.

중   가랴?

완보(完甫)   가렴으나.

중   그 사람이 집에 잇슬가.

완보(完甫)   그건 가봐야 알지.

중   아, 정말 갈가?

완보(完甫)   이놈아, 사람을 셋이나 쥑이고, 뭘 이러케 지체(遲滯)하
느냐? 어서 쌜이 불너 오너라.

중   [가다가 다시 와서] 나는 그 녀석들이 죄 죽어도 못 가겟
다. 잿골 병문44)에를 간즉, 열맷 살 먹은 아해(兒孩) 하
나 잇기예 '먼지골 살다가 잿골로 온 시주부 댁(宅)이
어듸냐?' 물은즉 '요 아레 가 물어보아라' 어린 녀석이
그러케 말하닛가 내 그 녀석들이 죄 죽어도 못 가겟네.

---

43) 매장군: 매장꾼. 송장을 매장하는 일꾼.
44) 병문(屛門): 골목 어귀의 길가.

완보(完甫)	얘, 그 아이가 몃 살이나 돼 보이더냐?
중	열댓 살 되더라.
완보(完甫)	머리 깍것더냐?
중	머리 깍것더라.
완보(完甫)	머리 깍것스면, 보통학교(普通學校) 졸업(卒業)은 맛헛슬 테고, 중학교생(中學校生)은 될 테야. [이것은 후세(後世) 삽입(揷入).] [손으로 중의 머리를 만저보닛가 맨머리다.] 네가 이 모양을 하고 병문에 가 물은즉 평생(平生) 남의 집 하인(下人)이지 무에냐? 의관(衣冠) 쓴 내가 물어볼게 보아라. [나가면서] 얘, 먼지골서 살다가 잿골로 오신 시주부 댁(宅)이 어듸냐?
_____45)	요 아래 가 물어봅시요.
완보(完甫)	이것 봐라. [중을 본다.] 의관(衣冠) 쓴 양반(兩班)이 물어보닛가! 네 귀구녕 읍느냐?
중	[신주부집에 간 모양.] 여, 신주부.
신주부	누, 네미할 놈이 시주부야.
중	엇지 듯는 말심이요. 성(姓)이 신씨(辛氏)래 신주부가 아니라, 새로 낫스닛가 신주부야.
신주부	그러면 와야.
완보(完甫)	[왈칵 달녀들며] 의사(醫師) 줄 알엇더니 수왈치46) 색기로구나.
중	[신주부를 데리고 오면서] 신주부 청(請)함은 달음이 아

---

45) 이 부분은 완보가 관중 가운데 한 명에게 묻는 상황이라 이름 자리는 비워두었다.
46) 수왈치: 매사냥꾼.

니라, 내가 아들, 손자(孫子), 증손(曾孫) 이러케 데리
고, 산두(山頭) 구경(求景)을 왓더니 어린것들이 무얼
먹고, 관격이 되얏는지, 죽게 되야서 왓소.

신주부   너 알너 몃 대(代)냐?

중   나 알너 사대(四代)요.

신주부   그럼 난 오대조(五代祖)다.

완보(完甫)   [덤비면서] 나는 육대조(六代祖)다.

신주부를 데리고 온 모양.

신주부   그 녀석들이, 어듸 잇느냐.

중   저 빙소[47] 방에 잇소.

신주부   빙소 방이라니? 다 죽엇단 말이냐?

중   죽을 줄 알고, 미리 빙소 방으로 정(定)햇소!

신주부가 옴의 손을 쥐고, 색기손가락을 집는다.

완보(完甫)   [쏫처가서 손을 잡어 쯰고] 이건 의사(醫師)냐? 맥(脉) 보
는 법(法)이 삼리절곡(絶曲)[48], 방광혈(膀胱血)이라든
지, 색기손구락 맥(脉) 보는 것은 금시초견(今時初見)이
다.

신주부   이 무식한 놈아, 이전(以前)에는 삼리절곡(三理絶曲),
방광혈(膀胱血)이라든지, 그러케 맥(脉)을 보앗지만은,

---

47) 빙소: 빈소. 송장을 놓아둔 방.
48) 삼리절곡(三里絶曲): 삼리혈(三里穴). 침을 놓는 자리로 팔꿈치 바로 아래의 수삼리혈(手三
里穴)과 무릎 관절 아래의 족삼리혈(足三里穴)이 있다.

	지금(只今)은 신식(新式)으로 맥(脉)을 치거더보는 게 다.
완보(完甫)	얘, 그럼, 맹문(盲問)⁴⁹⁾은 아니로구나.
신주부	[다시 옴의 손을 쥐고] [완보(完甫)를 향(向)하야] 어딜 주랴?
완보(完甫)	이런 녀석의 의원(医員)이 어듸 잇나? 그럼 내가 주게, 그럼, 그 녀석을 아조 줄찍⁵⁰⁾를 끈어버려라.
신주부	[완보(完甫)를 보고] 본즉 얘덜이 경망한 듯하니 붓잡어라. [삼 인(三人)을 침을 준다.]

옴 등(等)이 소생(蘇生)해야 노래하고 춤춘다.

완보(完甫)	야, 의사(醫師) 업서도 못 살 게로구나.

침노리 종(終).

제6과정(第六科程). 애사당노리

중이 일렬(一列)로 입(立)하고, 제금을 치면서, 애사당을 청(靑)하면, 왜장녀가 장삼 이개(二個)를 걸머지고, 애사당을 데리고 나와 섯다. 왜장녀가 막짹이로 중의 얼골을 째리며

49) 맹문(盲問): 일의 옳고 그름이나 일에 대해 분간을 못 하는 사람.
50) 줄찍: 목줄띠. 목숨줄.

왜장녀	얘 얘.
묵승(墨僧)	이년이, 얘가 누구냐.
왜장녀	여보 여보. [애사당을 가리키며] 애, 내 딸이다.
중	너의 집에 쏘 잇느냐.
왜장녀	우리집에 쏘 잇다.
중	너 집에 저런 게 쏘 잇스면, 집안 망(亡)하긴 쏙 알맛겟다.

    왜장녀가 가진 장삼(長衫)을 관 쓴 목중이 쌔서서 새면 압헤 가서 풀고, 그중(中)에 작은 장삼(長衫) 하나를 쓰내어 목중이 착(着). 장고(長鼓) 등(等)을 치고 사당을 놀일 제, 왜장녀, 애사당 춤춘다.

관중	사당 돈이야. [왜장녀가 돈을 바드러 간다.] 이년아 저리 가거라. [쏘 그랜다.] 이 육시(肉失)⁵¹⁾할 년아, 저리 가. [관중이 왜장녀 손을 잡는다.]
중	[창(唱)] 등장(登場)⁵²⁾ 가세, 등장(登場) 가세, 하나님한테로 등장(登場) 가세. 무삼 연유(緣由)로 등장(登場)을 가나. 늙으신 노인(老人)은 주기지 말고, 젊으신 청년(靑年)은 늙지 말게. 하나님한테로 등장(登場) 가세.

---

51) 육시(肉失): →육시(戮屍). 이미 죽은 사람에게 형벌을 가하여 그 목을 벰. 남을 매우 꾸짖거나 저주할 때 욕설로 쓰인다.
52) 등장(登場): →등장(等狀). 조선시대 여러 사람이 연명(連名)하여 관가에 탄원하던 일. 또는 그런 내용을 담은 소장이나 진정서. 이하 노래는 하느님에게 탄원한다는 설정으로 인간의 늙음과 죽음을 탄식하는 〈등장가〉다.

얼시구절시구, 기정(기장) 자로 찧는다.
아모리 찌어도 헷방아만 찧는다.

관중   [두 손가락을 동그라케 해서, 돈이라는 표시(表示)를 하고,
두 번 팔을 벌여 두 쾌라는 것을 보인다.]

왜장녀   [애사당 협(頰)을 만지며] 저, 저 양반(兩班)이 두 쾌만 주
마고 그래니 가자.

애사당이 왜장녀 협(頰)을 친다. 왜장녀가 분(忿)이 나서 관 쓴 중 압
헤 가서 관중의 협(頰)을 치고 발로 복장을 친다. 관중이 다시 왜장녀
등을 툭툭 두듸린다.

관중   돈 한 쾌만 더해서 세 쾌를 줄게, 이 편지(片紙)를 갓다
가 애사당을 주어라.

왜장녀   [편지(片紙)를 갓다가 애사당을 주고 얼골을 무(撫)하며] 돈
한 쾌를 더 주마고 그래고, 편지(片紙)를 주니 보아라.

애사당이 편지(片紙)를 보고 미소(微笑)하고, 왜장녀를 딸어간다.

관중   [애사당하고 동좌(同坐)한다.] 얘, 주안상(床) 한 상(床) 차
려 오너라.

왜장녀가 북에다가 쟁가리를 언저서 대(戴)하야 가지고 와서, 관중
과 애사당 압헤 놀 제 중들이 죽 돌아슨다.

중들   이년아 어서 술 데라 [왜장녀가 쟁가리 안에 손을 놋코 둘
은다.] 이년아, 너 먼저 먹을나. [왜장녀 먹는다.] 이년아,

네가 먹는단 말이냐. [왜장녀 또 된다.]

완보(完甫)　　[아모 중이나 가르키며] 저 양반(兩班) 먼저 듸려라.

　　왜장녀가 그것을 관중을 준다. 완보(完甫)가 북[주상(酒床)]을 발로
차 업질느고

중들　　　　자아.
관중　　　　자아. [관중이 애사당을 업고 한 손을 흔들며.]

　　여러 중들이 물너서서 새면 압헤 안는다. 애사당은 소장삼(小長衫),
왜장녀는 대장삼(大長衫)을 입고, 마주서서 타령 장단(打鈴長短)에 맛추
어 대무를 춘다. 대무(對舞) 삼진삼퇴 후(三進三退後)에 애사당이 새면
압헤 안즈면, 왜장녀가 돌단을 추고 멍석마리, 곱사위 하고 퇴장(退場).
애사당이 기(起)하야, 여다지 후(後)에 화장을 하고 고만둔다. 목중 이
인(二人)이 북을 들고 스면, 장단(長短)은 국거리. 애사당이 벅구[53)]를 치
고, 한참 자미(滋味)잇게 노는 중(中)에 목중 일 인(一人)이 덤벼서 벅
구를 쌧는다.

묵승(墨僧)　　요년, 요, 요망 방정스런 년아, 남의 크나큰 놀음에 나
　　　　　　　와서, 게집아희 년이 무엇을 콩콩 쾅쾅 하느냐?

　　애사당은 가서 안고, 목중이 벅구를 쌔서 들고 친다. 완보(完甫)가
북 위에 가서, 슬그머니 북을 잡어다니자, 중은 헛손질한다.

─────────
53) 벅구: 법고(法鼓). 법당에서 치는 작은 북.

완보(完甫)	앗다, 그놈은 남을 타박을 치더니, 밥을 굶엇는지 헛손질을 잘하고 섯다.
중	남, 자미(滋味)있게 노는 데 이거 무슨 짓이냐.
완보(完甫)	너는 왜, 남 잘 치는데 타박을 왜 주라드냐?
중	얘, 그럿치 안타. 좀 잘 들어라, 우리 좀 잘 놀아보자.
완보(完甫)	그래라. [북을 대(戴)한다.]
중	그것을 엇더케 치란 말이냐.
완보(完甫)	이놈아, 물구나무서서 못 치느냐.
중	그럿치 안타 잘 들어라. [완보(完甫)가 두상(頭上)에 북을 놉히 든다.] 이놈아 놉하서 엇더케 치느냐.
완보(完甫)	이놈아, 새닥다리 놋코 못 치느냐.
중	얘, 너머 놉흐니 조곰 조곰 조곰 조곰 조곰 조곰, [완보(完甫)가 차츰차츰 네려 든다.] 고만, [완보(完甫)가 북을 쌍에 놋는다.] 네에게 쌍에 노라드냐?
완보(完甫)	이놈아, 조곰 조곰 하다가 쌍에 닷기에 낫지.
중	얘, 안되겟다. [북을 밀방을 해서 완보(完甫)에게 지운다.]
완보(完甫)	이런 대처(大處)에를 나왓스니 조흔 물건(物件)이나 팔어볼가. [가(歌)] 헌 가마솟 봉 밧치올가 으트트…… 사람은 백차일(白遮日) 치듯 한데 흥정은 오리(五厘)⁵⁴⁾ 치도 업고나.
중	괴가 구멍을 찻지, 구멍이 괴를 찻드냐?⁵⁵⁾

---

54) 오리(五厘): 1전(錢)의 반. 매우 적다는 뜻.
55) 괴가 구멍을 찻지, 구멍이 괴를 찻드냐?: 〈춘향가〉 중 광한루로 자기를 부르러 온 방자에게 춘향이가 '안수해(雁隨海) 접수화(蝶隨花) 해수혈(蟹隨穴)'이라고 대꾸한다. '기러기는 바다를 좇고 나비는 꽃을 좇고 게는 구멍을 좇는다'는 뜻이다.

완보(完甫)	올컷다, 괴가 구멍을 차자, 구멍은 괴를 안 찻는 법(法)이라. [가(歌)] 흔 무쇠 가마솟 봉 밧치려. [중이 기(起)하야 북을 쌍 친다.] 어이쿠 나와 게시우.
중	자네 이새 드문드문해그려.
완보(完甫)	드문드문, 네미 겅둥겅둥 아니고? 족통(足痛)이나 안 낫느냐?
중	아이고, 그런 효자(孝子)야.
완보(完甫)	소재라는 게 오즘 안친 재?
중	엇지 듯는 말이냐? 효자(孝子)란 말이다. 자네, 요세 들으닛가, 영업(營業)이 대단(大端)히 크다네 그려.
완보(完甫)	내, 요새 영업(營業)이 대단(大端)히 크이. 영업차(營業次)로, 서양(西洋) 각국(各國)이든지 일본(日本)이든지 만히 다녓네.
중	그, 무슨 물건(物件)이란 말인가?
완보(完甫)	물건(物件)은 한 가지로되 일홈은 여러 가질세.
중	그 무슨 물건(物件) 일홈이 여러 가지란 말인가?
완보(完甫)	그 일홈 알면 쯤직쯤직하다. 고동지라고도 하고 북이라고도 하고 벅구라고도 한다.
중	벅구면 치기도 허겟구나.
완보(完甫)	치면 천지(天地)가 진동(震動)하고, 도무지 기(氣)가 막힌다.
중	우리 한번 치고 놀아보면 엇더켓느냐.
완보(完甫)	글낭은 그래라. [중이 벅구를 치는데, 완보(完甫)가 돌어다 보며] 조치?
중	얘, 그 짠은 조타. [다시 친다.]
완보(完甫)	쩌르르……[남(南)으로 나가니, 중이 헛손질을 한다.] 왜

이놈아 귀게[헛게] 들엿느냐, 왜 헛손질을 하느냐?

중   애, 애.

완보(完甫)   왜 그래느냐.

중   너, 이번에 남(南)쪽으로 갓스니, 남(南)쪽으로 가면 네
           모(母)를 나를 주느니라.

완보(完甫)   남(南)쪽으로 아니 가면, 그 욕(辱)은 네가 먹느니라.

중   너만 그래. [중이 북을 또 친다. 완보(完甫)는 북(北)으로 가
           면 그는 못 치고 헛손질을 한다.] 너 이게 무슨 짓이냐?

완보(完甫)   남(南)으로 가는 맹서(盟誓)햇스닛가, 북(北)으로 가지
           안엇니.

중   너, 북(北)쪽이나 남(南)쪽으로 가면 그럿타. [중이 벅구
           를 치면, 완보(完甫)는 동(東)으로 간다.]

완보(完甫)   앗다, 그놈 잘 친다.

중   너, 이게 무슨 짓이냐?

완보(完甫)   너, 북(北)이나 남(南)쪽 가는 맹서(盟誓)햇지, 동(東)으
           로 가는 맹서(盟誓)는 아니햇스닛가, 동(東)쪽으로 갓
           다.

중   너, 남(南)쪽이나 북(北)쪽이나 동(東)쪽이나 가면, 그
           욕(辱)은 네가 먹느니라.

완보(完甫)   그러면 남(南)이나 북(北)이나 동(東)이나 아니 가면 괜
           찬치.

중   [중이 벅구를 치면, 완보(完甫)가 서(西)으로 간다.] 이게 무
           슨 짓이냐?

완보(完甫)   남(南)쪽이나 북(北)쪽이나 동(東)쪽이나 맹서(盟誓)햇
           지, 서(西)쪽 가는 맹서(盟誓)는 아니햇스닛가, 서(西)쪽
           으로 갓다.

중	이런 녀석 말해볼 수 잇나. 너 이리 오너라. [완보(完甫)를 세워 두 발을 모아놋코, 그 주위(周圍)에 원(圓)을 긋는다.] 너 만일 이 금 밧게만 나오면, 네 어멈을 날 주느니라.
완보(完甫)	아모더지56) 이 금 밧게만 나가면 그럿치.
중	영낙업지.
완보(完甫)	여러분이 다 보십시요. 금 박게 나가면 그럿타고 맹서(盟誓)햇스니, 금 박게 이놈이 먼저 나갓습니다. [중이 북을 칠 제, 완보(完甫)가 북을 버서버린다.]
중	너 이게 무슨 짓이냐?
완보(完甫)	금 박게 나가면 그러케 맹서(盟誓)햇스닛가, 북을 버서노면 고만 아니냐?

북노리 종(終).

제7과정(第七科程), 노장과정

노장이 상좌(上佐)를 압세우고, 노리판 병문에 들어섯다. 상좌(上佐)가 손을 치면 타령 장단(打鈴長短)을 치고, 째기리춤[곱사위, 먹석마리57)]을 추며, 노장을 보고 경풍(驚風)58)을 하야 돌어슨다.

옴	요 녀석아, 어린 녀석이 무얼 보고 놀내느냐? [가(歌)]

---

56) 아모더지: 아무튼지.
57) 먹석마리: →멍석말이
58) 경풍(驚風): 한의학에서 어린아이들의 경련을 이르는 말.

소상반죽(瀟湘斑竹) 열두 마듸 후리쳐 텀석 타- [노장을 보고 경풍(驚風)하고 돌어선다.]

묵승(墨僧) 앗다, 그 녀석은 남 나무래드니 너는 더 놀내는고나? [〈양양가歌〉 등(等)을 불으고 나오다가 노장을 보고 깜짝 놀내 돌어슨다.]

중1 앗다, 그 녀석들 남 나무래드니 멀 보고 기절(氣絶)덜 하느냐? [〈달아 달아〉 등(等)을 가(歌)하고 나가서, 노장을 규시(窺視) 후(後) 경풍(驚風)하며 돌아슨다.]

중2 뭘, 이 녀석들아, 일, 객, 하느냐. [〈금강산金剛山〉 등(等)을 가(歌)하고 나오다가, 노장을 보고 놀내 돌어슨다.]

관중 이 자식덜아, 무얼 보고 그리 야단이냐? 어룬이 나가실게 보아라. [가(歌)] 녹수청산(綠水靑山) 깁흔 골에 청룡(靑龍) 황룡(黃龍)이 굼틀어젓다. [나가 보고, 놀내 돌어슨다.]

완보(完甫) 이 제웅의 아들 녀석들아, 무얼 보고 그러케 질랄들을 하는냐? 군자(君子)는 사불범정(邪不犯正)[59]이라, 어룬이 나가시건 보아라. [노래하고 나가서, 노장을 보고] 어이쿠, 이게 뭐냐?

중들 그 뭐란 말이냐?

완보(完甫) 애, 뒷절[寺]에 여러 천년(千年) 묵은 신님이 네려오섯구나. 점잔으신 신님이 무얼 하러 여각(旅閣)에 나려오섯수? 신님이 절간에 계시면, 송(松)죽이 세 그릇이요, 담배가 세 매요, 상제 비역[60]이 세 번인데, 뭘 하러 내

---

59) 사불범정(邪不犯正): 바르지 못한 것이 바른 것을 범하지 못함.
60) 비역: 남자끼리 하는 성행위. 계간(鷄姦). 남색(男色).

려왜 게시우?

중   [노(老)장의 송낙을 붓잡고] 어, 이건 무얼 썻서? 터주 주
           저리⁶¹⁾를 썻나?

중2   새 색기도 처겟네, 위여 위여.

노장이 선(扇)으로 완보(完甫) 얼골을 치고, 옴을 가르킨다.

완보(完甫)   애, 이것 봐라. 잇집[藁]⁶²⁾에도 밸⁶³⁾이 잇다고⁶⁴⁾, 그중
           의 얼골 감붉고 노벙거지⁶⁵⁾ 쓴 놈 자버듸리라네. 술영
           수⁶⁶⁾ —

중들   여이 여이.

완보(完甫)   [명령적(命令的)으로] 그중(中)에 얼골 붉고 노벙거지 쓴
           놈 잡어듸려라.

중들   우– 어–

중1   [오음을 붓들고] 잡어듸렷소.

노장이 선(扇)으로 완보(完甫) 얼골을 친다.

완보(完甫)   네, 그놈을 덥허놋코 쌰요! 네, 대매에 물골를 올여요!

---

61) 터주 주저리: 집을 지키는 터주신을 섬기기 위하여 짚으로 엮은 오쟁이 안에 베나 짚신 등
을 넣어 달아두는 물건.
62) 잇집[藁]: 짚.
63) 밸: →배알. 창자. 속마음.
64) 잇집[藁]에도 밸이 잇다고: 완보가 송낙을 건드리자 노장이 부채로 맞대응한 행동을 비꼬
는 말.
65) 노벙거지: 노끈으로 만든 벙거지.
66) 술영수: →순령수(巡令手). 대장의 호위를 맡으며 명령을 전하는 군사.

[명령적(命令的)으로] 집장(執杖) 노좌,[67] 헐장[68] 말고, 당처(當處)를 각별(格別)[69]히 처라. 매우 쳐라!

집장(執杖)한인(人) 저 아쩌- [가(歌)] 소상반죽(瀟湘斑竹) 열두 마듸 후리처 덤석 타. [무이출(舞而出).]

완보(完甫) 애, 말아 말아 말아. 신님이 사람 하나 쥑이고도 꼼짝을 안 하고, 요지부동(搖之不動)이라. 이 철읍는 자식아, 쮜기만 하면 제일(第一)이냐. [노장이 또 선(扇)으로 완보(完甫) 얼골을 친다.] 네, 신님이 신명이 과해서 네려오셧서요! 백구타령(白鷗打鈴) 한마듸를 드르르 말어다가, 두 귀에 콱 박어드릿가? [가(歌)] 백구(白鷗)야 펄펄 날지 마라…… 화류 가자.

옴중 화류? 예-미- 먹감나무? [무이출(舞而出).]

완보(完甫) 애, 말아 말아. 이 자식들아 쮜기만 하면 고만이냐?

옴중 남, 신이 날 만하면, 왜 이래! [들어온다.]

완보(完甫) [가(歌)] 삼청동(三淸洞) 화개동(花開洞)에 도화동(桃花洞)도 동이로다.

중 난데읍는 도적놈이. [나간다.]

완보(完甫) 애, 말아 말아. 이 자식들아, 무에 조워 이러케 쮜느냐? 신님이 백구타령(白驅打鈴) 일(一)판을 해드려도, 짱씸[70]도 안 하고 서 게시다. 모서듸려야 안 하느냐?

중들 그 일을 말이냐!

완보(完甫) [가(歌)] 오이여, 으으으 산이여 하하. [닷 감는 소리.]

---

67) 집장(執杖) 노좌: →집장 노자(執杖奴子). 매를 치는 일을 맡은 하인.
68) 헐장(歇杖): 매를 아프지 않게 쉬엄쉬엄 치는 것.
69) 각별(格別): →각별(恪別).
70) 짱씸: 땅띔. 몸을 일으켜 땅에서 띄움.

중들	[가(歌)] 오이여, <u>으으으</u> 에헤여 아.
완보(完甫)	[가(歌)] 영평 바다로, 조기잽이 가세. 아기냐, 소냐, 방애 홍애로다.
중들	[가(歌)] 아기냐, 소냐, 방애 홍애로다. 야할 야할. [노장을 업허놋는다.]
완보(完甫)	아이고, 얘, 한밥 먹을 것 생겻구나. 하누님씌서 여러 중생(衆生)이 수고(手苦)햇다고, 천사탕(天賜湯)[71]이다. [완보(完甫)가 노장의 등을 집고 흔든다.] 야, 이것 농바위덩이[72] 갓구나. 그냥은 먹을 수 업스닛가, 토막을 처야할 터인대, 여러 토막에 내야겟는걸. [완보(完甫)가 노장의 머리를 집흐면서] 이건 누가 먹으려느냐? [생제[73]가 가서, 노장의 머리를 집는다.] 요 안달할 녀석아, 이런 녀석이 어두봉미(魚頭鳳尾)[74]란 말은 들어서, 어룬 전(前)에 먼저 맛는단 말이냐? [토막을 내서 먹는 모양.]

　여러 중들이 백목(白木) 미명[75]을 가지고 노장을 둘너싸고, 새면은 타령 장단(打鈴長短)을 친다.

중들	비애라. [쑤부려 업듸린다.] 비애라, 비애라, 비애라, 비애라, 비애라.

---

71) 천사탕(天賜湯): 하늘이 내린 탕약 또는 뜨거운 국.
72) 농바위덩이: 장롱 모양으로 생긴 바위.
73) 생제: →상좌.
74) 어두봉미(魚頭鳳尾): 물고기의 대가리와 봉새의 꼬리. 물고기는 대가리 쪽이 맛있고, 짐승고기는 꼬리 쪽이 맛있다는 말. 어두육미와 같은 뜻.
75) 백목(白木) 미명: 하얀 무명천.

노장 하나만 두고, 무다[76] 개복청(改服廳)[77]으로 들어간다.

노장 혼자 그드름 하고 타령 장단(打鈴長短). 노장이 삼차(三次)를 기이복(起而伏)하고, 일어서 장(杖)을 액(額)에 대고 부이립(附而立)하며 염불(念佛) 타령 장단(打鈴長短)을 친다.

노장이 삼진삼퇴(三進三退) 후(後)에 돌단으로 삼회(三回)를 돌고, 장단(長短)을 타령(打鈴)으로 돌녀가지고, 멍석마리, 곱사위, 화장으로 한참 무(舞)한 후(後)에, 소무당(小巫堂)을 좌우(左右)에 세우고 대상(台上)을 향(向)하야 재배(再拜)한 후(後)에, 소무당(小巫堂)을 좌우(左右)에 갈녀 세우고, 중(中)령산 장단(長短)을 치면서 양소무(兩小巫)가 대무(對舞)하는 가운데, 노장이 지자(之字)로 왕래(往來)하면서, 소무(小巫)의 입도 쩨여 먹고, 겨드랑도 쩨여 먹고, 견대찌를 글러서, 소무(小巫) 일 인(一人)을 딩여가지고, 연도 날여보고, 갓가지로 재롱을 보다가, 노장의 염주(念珠)로 무당(巫堂)의 경(頸)[목]을 걸어가지고, 왕래치빙(往來馳騁)하다가, 새면 압헤 가서 좌(坐)한다.

노장과정 종(終).

제8과정(第八科程). 말둑이과정(科程)

말둑이가 원(猿)을 부(負)하고 나온다.

말둑   사람이 백차일 치듯 모혓는대, 이왱 나왓스니, 물건(物

---

76) 무다: →모두.
77) 개복청(改服廳): 놀이꾼들이 탈이나 옷을 갈아입는 공간.

件)이나 한번 외여볼가. [외운다.] 서피(犀皮) 발막⁷⁸⁾이나, 여(女)운혜(鞋)⁷⁹⁾들 사려. 사람은 만산편야(滿山偏野)⁸⁰⁾해도, 흥정은 오리(五厘)치도 웁네. [외운다.] 서피(犀皮) 발막에 여당혜(女唐鞋)⁸¹⁾들 사려.

[노장이 안젓다가, 말쭉이 전(前)에 가서 선(扇)을 확 편다.] 네, 나다러 게시우. 네, 물건을 사셔요! [원숭이를 나려놋는다.] 아이고, 무거워 죽겟네. [노장 압헤서 책죽⁸²⁾으로 쌍을 치면서] 엇재 불너 게시우. 네, 신을 사요. 몃 켤네나 쓰시려우. [노장이 두 손구락을 붓첫다 쩻다 한다.] 네, 두 켤네요. 그건, 누구를 신키시려우? [노장이 선(扇)으로 소무(小巫) 이 인(二人)을 가리킨다.] 네, 한 켤네는 당신(當身) 할머니를 듸리고, 한 켤네는 당신(當身) 대부인(大夫人)을 듸려요. 몇 치나 쓰시려우?

[노장이 선(扇)에다 손을 대고 양지(兩指)로 이 차(二次)를 쨈는다.] 이건, 자벌네가 중패를 질넛소?⁸³⁾ 갑슨 언제 내시려우. 원, 이런 어처구니웁는 놈 보게. 물건(物件)갑이라 하는 건 현금(現金) 웁스면, 한 파수⁸⁴⁾라고 하든지, 넉넉 두 파수지. 윤동지(閏冬至)달 스무 초하루날 내마네. 엑기 도독에 애들놈! 열 치가 한 자가 되기루, 내가 물건(物件)갑시야 못 밧겟느냐? [책죽으로 원(猿)을

---

78) 발막: 상류층 부유한 노인이 신던 마른신.
79) 여운혜(女雲鞋): 여자들이 신는 구름 장식의 가죽신.
80) 만산편야(滿山偏野): →만산편야(滿山遍野). 산과 들에 가득함.
81) 여당혜(女唐鞋): 여자들이 신는 울이 깊고 코가 작은 가죽신. 덩굴무늬가 들어간다.
82) 책죽: 채찍.
83) 자벌네가 중패를 질넛소?: 노장이 엄지와 검지손가락으로 뺨을 재는 모습을 자벌레의 움직임처럼 묘사한 말. 성교할 때의 동작을 가리키는 이중적인 의미도 지닌다.
84) 파수(派收): 5일마다 팔고 산 물건값을 치르는 일. 또는 장날에서 장날까지의 기간.

친다.] 요 녀석 일어나거라. [원(猿)은 일어서서 들싸불은
다.] 요 안달을 작작 해라. 널로 해서 세상(世上)이 망
(亡)하겟다. 요 모양에 무슨 신(神)명은 아마 잇스렷다.
[타령 장단(打鈴長短).]
[가(歌)] 봉지 봉지 봉지야, 쌔소곰 봉지도 봉지요.
후추 봉지도 봉지요, 고추(苦楸) 가루 봉지도 봉지요.
짝짝콩 짝짝콩 쥐얌쥐얌 쥐쥐얌.
돌이 돌이 돌돌이.
계수(桂樹)나무 요분틀⁸⁵⁾ 자기 녹비⁸⁶⁾ 씬을 쉬여 어슥
비슥 차는고나,
네밀 붓고, 발겨간다.
요 녀석아 네미를 붓는대도 조로케 둘느너냐? 얘, 그건
다 희언(戲言)이다. 물건(物件)을 가지고 나왓다가 왼
못된 직장님을 맛나서, 물건(物件) 갑슨 바들 수가 업는
대, 그놈의 집 후정(後庭)을 본즉, 처첩(妻妾)인 듯 십더
라. 그중(中)에 얌전한 걸로 하나를 쌔오면 너도 홀애
비요 나도 홀애비인데, 밥도 하여 먹고 옷도 하여 입으
면서, 네 동생(同生)도 하로 져녁에 여나무식 날 테니,
가서 한 년만 쌔오너라. 쳐라.
[타령 장단(打鈴長短)을 친다. 원(猿)이 소무(小巫) 압흐로
곱사위로 들어가서, 소무(小巫) 압헤서 좌우(左右) 손으로
소무(小巫)의 억개를 집고, 아래를 대고 돌아온다. 다시 먹석
마리로 말쑥이 압헤 와서 말쑥이 얼골을 친다.] 오, 너 잘

85) 요분틀: 여성의 성기를 은유한 말.
86) 녹비: 사슴가죽. 여기서는 남성의 성기를 은유한 말.

다녀왓느냐? 간 일은 엇더케 되엿단 말이냐?

[원(猿)이 좌수(左手) 이지(二指)로 환(環)을 맨들고, 우수 (右手) 일지(一指)를 그 속에 느어 성교(性交)를 의미(意 味).] 요런, 안가불87)할 녀석 봣슬다? 요 체면(体面)에 무슨 생각이 잇서서, 요 녀석아, 숫국88)을 걸느고 와? 솔개미, 꾸미 가개89) 보낸 모양이지, 나는 엇더케 하란 말이냐? 네 비역이라도 할 수밧게 읍다. 요 녀석, 들어 가자. 처라.

타령 장단(打鈴長短). 말쑥이가 색길이춤을 추고 퇴장(退場).

제9과정(第九科程). 취발(醉發)이 과정(科程)

취발(醉發)이가 고섭가지[木枝]를 들고 나오면서

취발(醉發)   에라 에라 에라, 이 안가불 할 녀석들 다들 물너서라. [나와서] 얘, 여러 해포 만에 나왓더니 정신(精神)이 씽 하고나. 왜 난대읍는 향(香)내가 코를 쿡쿡 찔느느냐? 향(香)내도 되잔은 인조 사향(人造麝香)내일세. 녯날에 하던 지저귀나 한번 하여보가. 얘, 일어 — 어이키여. [재채기한다.] 한번 다시 쏘 불너볼가? 얘, 일어 —

87) 안가불: →안갑을. 안갑은 근친상간을 의미한다.
88) 숫국: 숫처녀. 여기서는 소무를 말함.
89) 쑤미 가개: 꾸미 그러니까 국이나 찌게에 넣는 조개, 오징어, 쇠고기 따위를 파는 가게.

원문 산대도감극 각본 | 227

노장이 안젓다가 벌덕 일어나서 취발(醉發)이 압헤 가 선(扇)을 확
편다.

취발(醉發)　　　아이쿠머니, 이게 뭐냐? 내 오늘 친구(親舊) 덕에 술잔
　　　　　　　　이나 얼척지근하게 먹엇더니, 이 ×××[장소(場所)] 벌
　　　　　　　　판에 주린 솔개미가 내 얼골이 붉어닛가, 수미 자판으
　　　　　　　　로 알고 덤비네. 쌋닥하면 얼골 부란당 맛기 쉽겟군.
　　　　　　　　솔개미 좀 쫏쳐야지. 훨훨훨훨훨. [타령 장단(打鈴長
　　　　　　　　短).] 솔개미를 쫏쳣스니, 다시 한번 불너볼가, 일워-

노장이 나와서 쏘 선(扇)을 확 편다.

취발(醉發)　　　애 이건 솔개미인 줄 알엇더니, 솔개미도 아니로구나.
　　　　　　　　무슨 내용(內容)이 잇는 모양이로군. [취발(醉發)이가 솔
　　　　　　　　가지를 제 이마에 대고, 터부렁한 머리를 거실이고, 소무(小
　　　　　　　　巫)를 근너다보고, 두 손으로 짱바닥을 탁 치면서, 샐샐 웃는
　　　　　　　　다.] 나는 뭐이 그래노 햇드니, 저 녀석이 그랫네. 그레
　　　　　　　　이놈아, 아모리 세월(歲月)이 말세(末世)가 되얏기로,
　　　　　　　　중놈이 여려(旅閭)에 내려와서 계집이 하나도 어려운
　　　　　　　　데, 둘식 다리고 농창을 처? 저런 육시(肉失)할 놈을 엇
　　　　　　　　더케 하면 저년을 다 쌔앗나! 우선 급(急)한 대로 신정
　　　　　　　　(新町)⁹⁰⁾ 갓다 팔더래도, 둘에 백원(百元)은 밧겟지. 이
　　　　　　　　놈아, 너고 나고는 소용(所用)읍다. 만첩청산(萬疊靑山)
　　　　　　　　깁흔 골에 쑥 들어가서, 눈이 부엿케 멀도록 생쏭구멍

90) 신정(新町): 새로 생긴 시장.

228

이나 하자. 아이고, 저런 육시(肉失)할 놈, 그건 실타네.
저놈을 뭘노 놀여낼고. 금강산(金剛山)으로 놀여낼가!
[가(歌)] 금강산(金剛山)을 좃탄 말은 풍편(風便)에 넌짓
듯고 장안사(長安寺) 썩 들어가니, 난대읍는 거문 중놈
팔(八)대 장삼(長衫)을 떨처입고, 흐늘거려서 노닌다.

　노장과 마주서서 춤추다가 돌단을 추고, 노장이 장삼(長衫) 소매로
취발(醉發)이를 때린다.

취발(醉發)　　애, 그 중놈, 짠짠하고나. 속인(俗人) 치기를 낭중취물
　　　　　　(囊中取物, 주머니 속의 물건)하듯 하네.

　노장이 새면 압헤 가서 장삼(長衫)을 벗고, 웃둑 입(立)하면 취발(醉
發)이가 물그럼이 본다.

취발(醉發)　　아, 이놈 보게. 나를 아조 잡으려나, 옷을 벗고 덤비네.
　　　　　　[취발(醉發)이도 벗는다.] 이놈아, 너 버섯는대, 나는 못
　　　　　　버스랴? 여, 여러분이 몸조심을 하는 이는 다 가십시
　　　　　　요. 오늘 여기서 살인(殺人)납니다. [가(歌).] 양양소화
　　　　　　91) ……

　둘이 대립(對立)하여 춤을 추다가 노장이 취발이 압흐로 도라스며
화장을 하며, 다시 취발(醉發)이 압흐로 간다. 취발(醉發)이가 노장의
등을 치면 노장이 놀내 나가서 소무당(小巫堂) 다리를 벌이고 들어가

91) 양양소화: →양양소아(襄陽小兒). 이백의 〈양양가〉 구절.

업듸린다.

취발(醉發)   중놈이란 할 수가 업어. 뒤가 물느기가 한량(限量)이 읍
지. 나는 그놈한테 한번 어더맛고 능(能)히 백엿는대,
이놈은 아조 열두 곳을 하엿네. 이놈이 들어갓스니, 한
번 놀어나바야겟다. [웃을 주어 입고]
[가(歌)] 녹수청산(綠水靑山) 깁흔 골에 청룡(靑龍), 황
룡(黃龍)이 굼트러젓다.
[춤을 추며 돌단으로 소무(小巫) 압흐로 간다. 노장이 별안
간에 쑥 나오면, 취발이가 깜짝 놀내 돌아스면서] 아이고뭐
니, 이게 뭐야! 올타, 먼고 하엿더니 인왕산(仁旺山) 속
에서 여러 천년(千年) 묵은 대(大)맹이92)[蛇]가 나왯네
그려. 얘, 그저 연일(連日) 날이 흐리더라. 점잔은 짐성
이 인간(人間) 눈 들어운 데 왜 나려왓서? 어서 들어가!
어! 짐성도 점잔으닛가 말귀를 알어듯네. 들어가라닛
가 슬슬 들어가는데.

　　노장이 뒷걸음으로 들어가다가 쑥 나온다. 취발(醉發)이가 놀내여
물너스면서

취발(醉發)   아이고, 이게 나하고 놀자네. 어서 들어가! 이 녀석아,
쑥 들어가거라. [솔가지로 짱바닥을 치니, 노장이 소무(小
巫) 하나를 데리고 개복청(改服廳)으로 퇴장(退場).] 져년
은 그래도 못 미더워, 중서방을 해가네. [남어지 소무(小

_____

92) 대(大)맹이: 대망(大蟒)이. 이무기.

巫) 일 인(一人)의 엽헤 가서] 중놈이 밤낮 천수(天壽)천
안관자보살(菩薩)93)이나 불넛지, 이런 오입쟁이 놀음
이야, 한번 해밧슬 수가 잇나. 자랏춤이나 한번 춰여볼
가!

[취발(醉發)이가 무(舞)로 들어가서, 소무(小巫)를 중(中)에
놋코 돌단으로 추다가, 곱사위무(舞)로 들어가서 소무(小巫)
압헤 안즈며 다리 하나를 소무(小巫) 치마 속에 늣코 책상다
리로 안는다.] 제가 나무아미타불(南無阿彌陀佛)이나 햇
지, 이런 가사(歌詞)나 한번 불너밧슬 수가 잇나?

[가(歌)] 공산(空山)이 적막(寂寞)한데,94) 슬피 우는 두
견(杜鵑)아, 촉국 흥망(蜀國興亡)95)이 어제오날 아니어
든, 지금(只今)히 피나게 울어 남의 애를.

이 게집애, 가사(歌詞)마다 시다 절절. [타령 장단(打鈴
長短), 다시 한 박휘 돌아 소무(小巫) 전(前)에 좌(坐).] 원,
이런 년석에 일이 잇나? 내가 게집을 데리고 논다고,
머리를 풀고 잇섯스니, 남이 알면 재 상 당(當)한 줄 알
겟지. 상투나 좀 짜야겟다. [상투를 짯는다.] 밤낮 짯다
봐도 한 벌, [몇 번 감다가] 쏘 한 벌, [삼차(三次)나 이러
케 하고 좌(坐)한다.] 이 게집애, 상투 외투마다 시다 절
절. [한 박휘 돌아 뒤에 가서 소무(小巫)의 삿추리에 두(頭)
를 늣고, 업듸리여 방아 찟는다.]

---

93) 천수(天壽)천안관자보살(菩薩): →천수천안관세음보살(千手千眼觀世音菩薩). 천 개의 손바
닥마다 눈이 있는 관음. 많은 손과 눈으로 무한한 자비를 베풀어 모든 중생을 제도하는 관세음
보살의 화신.
94) 공산(空山)이 적막(寂寞)한데: 이하 노래는 조선 중기 무신이었던 정충신의 시조.
95) 촉국 흥망(蜀國興亡): 중국 촉나라의 임금 두우가 나라의 부흥을 이루지 못하고 억울하게
죽어 두견새가 되어 피를 토하듯 운다는 고사.

[가(歌)] 얼시구절시구 경(庚) 귀 자로 씻는다. 아모리 씨어도 헛방아만 씻는다.

　고개를 돌여 소무(小巫)를 보니, 무(巫)가 살그머니 빗겨슨다.

취발(醉發)　　내, 그저 싱겁드라니! 요년 중놈만 못하지? 이 게집애, 방아마다 시다. [일어나서 돌단을 돌고, 소무(小巫) 후(後)로 안저서 치마 속에 머리를 늣는다.] 얘, 짠은 조-타. 평생(平生) 살아도, 후정(後庭)이라고는 처음 들어와밧는대, 잔솔이 담상 담상 난 게 참 조타. [일어나서, 소무(小巫)의 상(裳)을 붓잡고 상배이립(相背而立).] 뒤집 신개 흘녀 허-

　소무(小巫)가 서서 배를 만진다.

취발(醉發)　　공석어멈, 공석어멈. [불은다.]
　　　　　　[왜장녀가 수건(手巾)을 머리에 쓰고, 한 박휘를 돌면서, 들어누운 소무(小巫) 엽흐로 가니, 공석어멈을 보고 취발(醉發)이가] 머리를 집허듸려라, 허리를 좀 눌너듸려라.

　공석어멈은 해산(解産)을 구완하는 형용(形容)하고 퇴장(退場). 마당에 아해만 잇고 소무(小巫)난 나가서 새면 압헤 안젓다.

취발(醉發)　　취발이가 낭성걸음으로 뛰여다니다가 아해(兒孩)를 보고서] 어이쿠머니, 이게 뭐여. 지금 난 게 요로케 큰가! 몹시 숙성한데. 아! 육시(肉失)할 년 보게, 삼[96]도 안

232

갈느고 들어갓네, 내가 갈늘 수밧게. [태(胎)줄은 쌤가웃을 쌤어서, 돌돌 말어 배에 붓치고] 삼신계왕[97)]이 내가 넉넉지 못한 줄 알고, 한번 일습(一襲)을 하여 입혀 보냇네. 굴네[98)]짜지 저고리짜지 바지짜지 버선, 행전, 토수(吐手)[99)]짜지, 곳미투리를 낙쓱지로 들메[100)]짜지 하엿네.

※ [주의(注意)] 다음에 나오는 아해(兒孩) 말은 취발(醉發)이가 자문자답(自問自答)하는 것.

아해(兒孩)　　여보 아버지, 날 좀 업어주.

취발(醉發)　　몰너 그럿치, 아해(兒孩) 업는 방법(方法)이 잇는 걸, 여간 사람이 이걸 알 수가 잇나? 아희라는 것은 각구로 업어야 체증(滯症)이 업는 법(法)이다. [각구로 업는다.] 아이고머니, 덜미를 이러케 쭐너? 원 엇더케 어린 녀석이 양기(陽氣) 덩어리로 생겻는지. [어린애를 들고 본다.] 앗다, 어린 녀석 자지라고, 어룬 좃보다 더 쌧쌧하고나.

아해(兒孩)　　여보 아버지, 글을 좀 배워야겟소.

취발(醉發)　　그, 일을 말이냐.

아해(兒孩)　　황해도(黃海道)하고, 평안도(平安道)하고 배우겟소.

---

96) 삼: 태아를 싸고 있는 막과 태반.
97) 삼신계왕(三神諸王): 삼신제왕. 아이를 점지하고 해산을 도와주는 여러 신령.
98) 굴네: 굴레. 어린아이의 머리에 씌우는 수놓은 모자.
99) 토수(吐手): →토시. 저고리 소매처럼 만들어 팔뚝에 끼는 것.
100) 들메: 끈으로 신을 발에 동여매는 일.

취발(醉發)	올컷다. 양서(兩西)[兩書]¹⁰¹⁾를 배워? [창(唱)] 하늘 천 짜 지 가물 현 누루 황, 하눌이 잇슬 제 쌍이랴 업스랴! 가마솟이 잇슬 제 누를밥이 업스랴!
아해(兒孩)	북북 글거서 선생(先生)님은 한 그릇 나는 두 그릇 먹 겟소.
취발(醉發)	이놈아, 네가 두 그릇을 먹어? 선생(先生)님을 두 그릇 듸려야지. [창(唱)] ㄱ ㄴ ㄷ ㄹ ㄱ자(字)로 집을 짓고 ㄷㄷ이 살잣더니 가이업는 이내 몸이, 거주(居住) 업시 되얏소. [아해(兒孩)가 운다.] [창(唱)] 아가 아가 우지 말아 제발 덕분 우지 말아. 너 어머니가 굿 보러 가서 쎡 바더다 주맷스니 제발 덕분 우지 말아.
아해(兒孩)	여보 아버지, 내, 젓을 좀 먹어야겟소.
취발(醉發)	오냐 그래라. 이걸 일홈을 지야 할 텐데, 머라고 지야 할가! 올컷다, 마당에서 낫스니 마당이라고 지어야겟 군. [아해(兒孩)를 안고 소무당녀(小巫堂女)에게로 간다.] 여, 마당 어머니, 얘 배곱흐다고 젓을 좀 달나니 젓을 좀 멕이우. [소무(小巫)가 아해(兒孩)를 툭 친다.] 아, 이게 무슨 짓이요, 어린 게 젓을 달나니 좀 멕일 게지, 아수 그레지 마우. [다시 아해(兒孩)를 내밀으니 소무(小巫)는

---

101) 양서(兩西)[兩書]: 서쪽에 있는 두 지역이라는 양서(兩西)를 국문과 한문이라는 양서(兩書)
와 연결한 재담.

또 그랜다.] 이게, 무슨 못된 짓일가. 이건 나만 조워 맨 드럿니? 어린 게 우닛가 젖 좀 주라닛가 쌩그러틔리고 그렐 게 뭐야. 옉기 망덕102)을 할 년 갓흐니. [아해(兒 孩)를 소무(小巫) 압헤 던지고, 취발(醉發)이가 소무(小巫) 엽헤 가 좌(坐)한다.]

제10과정(第十科程). 샌님과정(科程)

말쒹이가 샌님, 서방님, 도련님 삼 인(三人)을 데리고 나온다. 이때 에 취발(醉發)은 의막사령(依幕使令)103) 노릇을 한다.

말쒹이	의막사령(依幕使令), 의막사령(依幕使令)아.
쇠쒹이	누 네미할 놈이, 남 내근(內勤)104)하는데 의막사령(依幕使令), 의막사령(依幕使令) 그래?
말쒹이	내근(內勤)하기는, 사람이 백(白) 차일 치듯 한데 내근(內勤)을 해?
쇠쒹이	엇지 듯는 말이냐? 아모리 사람이 백(白) 차일 치듯 해도, 우리 내외(內外) 안젓스닛가 내근(內勤)하지.
말쒹이	올컷다, 내외(內外) 안젓스니 내근(內勤)한닷 말이엿다.
쇠쒹이	자네 드문드문하이그려.
말쒹이	드문드문, 넨장할, 건둥건둥하이.

102) 망덕(亡德): 패가망신할 못된 짓.
103) 의막사령(依幕使令): 임시로 거처할 의막을 마련하는 일꾼.
104) 내근(內勤): 관공서나 회사 따위에서의 근무. 여기서는 집안에서 이루어지는 부부관계를 이른다.

쇠쭉이	족통(足痛)이나 안 낫느냐?
말쭉이	이, 그런 효자(孝子)야.
쇠쭉이	소재라니? 오좀 안친 재?
말쭉이	엇지 듯는 말이냐? 그건 소재지, 이건 효자(孝子)란 말이여. 얘, 그러나저러나 안된 일이 잇다.
쇠쭉이	무슨 일이란 말이냐?
말쭉이	댁(宅) 샌님, 서방님, 도련님이 장중 출입(出入)을 하시느라고 일세(日勢)가 저물어서, 하로밤 숙박(宿泊)을 해야 할 텐데, 나는 여기 아는 사람이 업고, 친구(親舊)란 자네뿐인데 의논(議論)읫 말일세.

쇠쭉이가 샌님을 기웃이 보고, 샌님 선(扇) 대고 잇는 것을 잡어쩐다.

샌님	으어 으어 으흠. [기침을 한다.]
말쭉이	다 자란 송아지 코 낄나?
쇠쭉이	얘, 의막(依幕) 치엿다. 얘, 봐하닛가, 그 젊은 청년(靑年)도 잇는 듯하니, 담배도 먹을 듯하니, 방(房) 하나 가지고 쓸 수 없스닛가, 안팟 사랑 잇는 집을 치엿다. 밧갓사랑은 쏭그랏케 말장[도야지우리갓치] 박고, 안은 쏭그라케 담 쌋고 문(門)은 하눌 냇다.
말쭉이	그럼 돼지우리라고나.
쇠쭉이	영낙업지. [쇠쭉이는 압스고 말쭉이는 후(後)에 섯다.] 고이 고이 고이 고이.
말쭉이	[편(鞭)을 들고] 두우 두우 두우. [일돈(一豚) 쫏는 모양.] 얘, 우리 댁(宅) 샌님씌서 '이 의막(依幕)을 누가 잡엇느

냐? 늬가 엇엇느냐, 누가 다른 사람이 엇엇느냐?' 말심하시기, 예, 이 동(洞)네 아는 친구(親舊) 쇠쐭이가 엇엇습니다. '그럼, 개, 좀 보는 게 엇더냐?' 하시니 들어가서 한번 뵈이는 게 조타.

쇠쐭이	샌님, 쇠쐭이 문안(問安) 들어가우. 잘 바더야지, 잘못 바드면 송사리 쌔라는 게 안 남는다. 샌님 소인-
말쐭이	얘, 샌님씌는 인사(人事)를 듸려도 씹구녕 갓고 아니 듸려도 우수광스러우나, 서방님씌 문안(問安)을 단단이 듸려야지, 만일 잘못 듸리면, 죽고 남지 못하리라.
쇠쐭이	서방님, 쇠쐭이 문안(問安) 들어가우. 잘 바더야지 잘못 바드면, 생 육시(肉失)하리라. 서방님, 소인-
말쐭이	얘, 샌님과 서방님씌서는 인사(人事)를 듸려도 씹구녕 갓고, 아니 듸려도 우수광스러우니 해낭 관머리쌔 슨[105] 종가(宗家)집 도령(道令)님씌 인사(人事)를 듸려야지, 인사(人事)를 잘못 듸리면, 네가 죽고 남지 못하리라.
쇠쐭이	도령(道令)님 쇠쐭이 문안(問安) 들어가우. 도령님, 도령님, 소인!
도련님	조히 잇드냐?
쇠쐭이	하, 이런 놈윗 일 보게. 양반(兩班)의 색기라 달으다. 상놈 갓흐면, 네미나 잘 붓텃느냐? 그럴 텐데 고런 어린 호래들 녀석이 어듸 잇서? 늙은 사람의게 의젓이 조이 잇드냐 그래네!

---

105) 해낭 관머리쌔 슨: 해낭→해남(海南). '전라남도 땅끝 해남의 관머리 지역쯤 서 있는.' 도령이 멀찌감치 떨어져 선 모습을 비유한 말.

말뚝이	애, 그리하기에 우리나라 호박은 커도 심심하고 대국 (大國) 후추[胡椒]는 적어도 맵단 말을 못 들엇느냐?
쇠뚝이	샌님끠 문안(問安) 좀 다시 듸려다우. 쇠뚝이가 술 한 잔 안 먹은 날은 샌님, 서방님, 도령님 세 댁(宅)으로 단이면서, 안박에 비질을 말갓게 하고요, 술이나 한 잔 먹고 두 잔 먹고 석 잔 먹어서 한 반취(半醉)쯤 되면 세 댁(宅)으로 단이면서 조개라는 조개, 작은 조개, 큰 조개, 묵은 조개, 햇조개, 여부 업시 잘 쌰먹는 영해(令海) 영덕(靈德)106) 소라, 고등어 애들놈 문안(問安)듸리오!107) 이러케 하여다오.
샌님	어으아, 나무 종 쇠뚝이 잡어듸려라. 쿵.
말뚝이	잡어듸렷소. [쇠뚝이를 쌱구로 잡어듸렷다.]
샌님	그놈의 대가리는 정주 난리108)를 갓다 왓느냐?
말뚝이	그놈의 대갱이가 하도 험상스러워서. 샌님이 보고서 경풍(驚風)을 하실쌔바 걱구로 잡어듸렷소.

쇠뚝이가 손구락으로 꼴듸기[욕(辱)할 째 하는 짓]를 만드러 꼼작꼼 작한다.

샌님	그놈의 뒤에서 무엇이 꼼짝꼼짝하느냐?
말뚝이	그놈더러 물어보시구려.

---

106) 영해(令海) 영덕(靈德): '영해(寧海) 영덕(盈德)'의 오기.
107) 조개라는 조개~고등어 애들놈 문안듸리오: 조개는 여성의 성기를, 이를 잘 까먹는 소라나 고등어는 남성을 은유한다. 쇠뚝이가 샌님, 서방님, 도령님 세 집의 여자들과 성행위를 했다는 뜻.
108) 정주 난리(定州亂離): 1812년 평안북도 정주에서 일어난 홍경래의 난.

샌님	여라, 씨놈.
쇠뚝이	누 네밀할 놈이 날보고 여바라 이놈, 그래? 내 일홈이 잇는데.
샌님	네 일홈이 멀란 말이냐?
쇠뚝이	내 일홈은 샌님한테 아조 적당(適當)하오.
샌님	그것 멀란 말인냐? 일홈이.
쇠뚝이	아당 아 자(字), 번 개 자(字)요.
샌님	얘 이놈의 일홈이 이상(異常)스럽다.
쇠뚝이	샌님끠는 그 일홈이 꼭 맛지요.
샌님	아 자(字), 번 자(字).
쇠뚝이	붓처 불늘 줄 몰우. 하눌 천 짜 지만 알지. 천지현황(天地玄黃)은 몰느우?
샌님	아아.
쇠뚝이	이건 누가 잘잽이¹⁰⁹⁾[목 눌느는 것]를 늣쏘?
샌님	아 자(字) 번 자(字).
쇠뚝이	붓처 불너요.
샌님	아번이.
쇠뚝이	왜!
샌님	으으아! 남의 종 쇠뚝이 죄(罪)는 허(許)하고 사(赦)하고 내 종 말뚝이 잡어드리려.
쇠뚝이	그러면 그럿치, 양반(兩班)집이는 이래 단이는 게야. 이놈이 그 댁(宅) 청직¹¹⁰⁾니 벨배¹¹¹⁾니 하면서 세도(勢道)

---

109) 잘잽이: 자리개미. 포도청에서 죄인의 목을 졸라 죽이는 일. 여기서는 목을 누르는 형틀의 뜻으로 쓰여 샌님의 발음이 부정확한 상황을 표현하였다.
110) 청직: 청지기. 양반집에서 잡일을 맡아보거나 시중을 들던 사람.
111) 벨배: 별배(別陪). 양반집에서 사사로이 부리던 하인.

	가 아망위 갓치 쓰더니, 세무십년(勢無十年)이요, 화무
	십일홍(花無十日紅)이라더니.¹¹²⁾ [말뚝이 평양자¹¹³⁾ 볏
	겨 쓰고, 편(鞭)을 쎄서 들면서]
샌님	업허놋코 그놈을 쌰라. 집장(執杖) 노좌, 그놈을 대매
	¹¹⁴⁾에 물고를 올니고 헐장(杖)¹¹⁵⁾을 해라.
쇠뚝이	저아— [째리려고 한다.]
	[말뚝이가 기(起)하야 쇠뚝이를 보고, 스무 냥(兩)을 준다는
	의미(意味)로 양수(兩手)를 합(合)하야 이 차(二次) 편다.]
	걱정 말아, 이놈 넙죽 업디렷거라. 저아—
샌님	[선(扇)을 확 펴고] 여바라 씨놈, 네밀 논어 하자고 공론
	(共論)을 햇느냐.
쇠뚝이	아니올시다. 저놈이 매를 마즈면 죽겟스닛가, 헐장(杖)
	하여 달녀고 햇습니다.
샌님	아니다.
쇠뚝이	저놈의 눈쌀이 씌엿스닛가, 엇더케 할 수가 잇나? [쇳
	뚝이가 편(鞭)으로 샌님 코를 씰느며] 이것 주맙듸다.
샌님	빙신[돈]? 얼마?
쇠뚝이	아, 이게 아퀴¹¹⁶⁾까지 지라네. 그놈이 형세(形勢)가 업
	스닛가 열댄 냥(兩) 주맙듸다.
샌님	열아홉 냥(兩) 아홉 돈 구 푼(九分)은 댁(宅)으로 봉송
	(奉送)하고, 한 푼 가지고 청량리(淸凉里) 나가서, 막걸

---

112) 세무십년(勢無十年)이요 화무십일홍(花無十日紅)이라더니: '세도는 십 년을 가지 못하고
꽃은 열흘을 붉지 못한다더니.' 사람의 권세와 영화가 오래가지 못함을 이르는 말.
113) 평양자(平凉子): 패랭이. 댓개비로 엮어 만든 갓.
114) 대매: 단매. 단 한 번 때리는 매.
115) 헐장(歇杖): 형식적으로 아프지 않게 매를 침.
116) 아퀴: 어수선한 일을 갈피 잡아 마무르는 끝매듭.

이 한 푼어치를 사 가지고 냉수(冷水) 한 동위에 타 먹고, 급살(急殺)이나 마저 죽어라.

쇠뚝이   옉기, 도적의 애들놈.

   말뚝이, 서방님, 도령(道令)님 퇴장(退場). 샌님이 소무(小巫)를 내세우고 사방(四方)으로 단이다가 춤추다가 [타령 장단(打鈴長短)] 소무(小巫) 겻헤 와서 돌단 한 번 돌고, 소무(小巫)를 안는다.

샌님   두 내외(內外) 자미(滋味)잇게 노는데 어느 놈이 회를 지어?

   포도부장(捕盜部將)이 개복청(改服廳)에서 왈칵 나와서, 샌님을 집어치고 소무(小巫)의 손목을 잡고 대무(對舞)하면서 나가니

샌님   [샌님이 소무(小巫) 뒤를 쪼츠면서] 이러서 이러서 어듸를 갓나.

   소무(小巫)가 돌아스면 샌님이 마조서서 무(舞)를 추는대, 포도부장(捕盜部將)이 춤추며 가운데 와서 막어슨다.

샌님   [샌님이 포도부장(捕盜部將)을 씌밀면서] 이놈아 저리 물너스거라.

   소무(小巫)와 마조 샌님이 춤을 추는데 포도부장(捕盜部將)이 재차(再次) 들어 중간(中間)을 막어스니

샌님   [샌님이 포도부장(捕盜部將)의 배(背)을 울니며] 이놈아,
이 육시(肉失)를 할 놈아, 저리 가거라.

        [샌님이 소무(小巫) 즉(卽) 첩(妾)을 끼고 서서] 저놈은 얼
골은 쌘쌘해도 속에는 장고(長鼓)벌네가 들석들석하
네. 나는 코밋은 조곰 째젓서도 못 먹는 돌배일새. 저
놈을 한번 보고 와야겟지, 쳐라. [세마치 타령 장단(打鈴
長短)] 고이 고이.

        [가다가 중간(中間)에서 소무(小巫)를 돌어다보고] 소무(小
巫)를 두고 가랴닛가 걸음이 뒤로 걸이네. 그래도 저놈
을 가보고 와야겟지.

        [선(扇)으로 포도부장(捕盜部將) 얼골을 탁 치면서] 이놈,
이 줄일 할[117] 놈아. 처가(妻家)살이 갓다가 장모(丈母)
붓고 쫏겨올 놈, 어듸 게집이 업서서, 늙이니가 소첩(小
妾) 하나 둔 것을 꽉쟁이 태(胎) 차가듯 차 가느냐? 다
시 오면 네미를 붓느니라, 쳐라. [무이귀(舞而歸).]

    포도부장(捕盜部將)이 다시 소무(小巫) 손목을 잡고 대무(對舞)하며
나간다.

샌님   [샌님이 소무(小巫) 뒤를 쫏츠면서] 어이거 어이거 이러서
이러서. [다시 소무(小巫)를 안고] 너, 어듸 갓드냐? [소무
(小巫)가 손구락으로 천(天)을 가리키니] 하눌에 별 짜러?
아닌 밤중쯤 되면 내 연장 망택이를 네 것 주물으듯 맘

---

117) 줄일 할: →주리를 틀. 주리는 죄인을 심문할 때, 두 다리를 묶고 다리 사이에 긴 막대를
끼운 뒤 비트는 형벌.

대로 노는 내 사랑이지?

소무(小巫)가 쌩그러뜨리며 샌님의 뺨을 치고 멱살을 들고서 포도
부장(捕盜部將)을 손으로 부르닛가, 포도부장(捕盜部將)이 입(笠)을 젝
겨 쓰고 두 소매를 걷으면서 옷자락을 뒤로 젯치고 벼락갗치 달녀들
어서 샌님의 멱살을 들고 발길로 복장을 질너 내쫏구서, 소무(小巫)와
갗치 서서 잇다.

| 샌님 | [샌님이 헐일업서] 늙으면 죽어, 젊은 놈에 세상(世上)이
다. [샌님이 소무(小巫) 겻혜 가서] 장부일언(丈夫一言)이
중천금(重千金)인데 말을 냇다 고만두랴? 손 내밀어라.
[포도부장(捕盜部將)이 손을 내미니, 샌님이 소무(小巫)의
손인 줄 알고서 붓잡고] 참말 이러나, 어이거 어이거 정
(正)말인가? 이놈이 이 육시(肉失)할 놈아, 널더러 손
내밀냇서? [손을 홱 뿌리치고 다시 소무(小巫)를 보고] 손
내밀게. [소무(小巫)가 손을 내민다.] 어이거 어이거 정
(正)말 이리나? 할 수 업다, 퇴. [침 뱃는다.] 처라. [샌님
이 춤추고 개복청(改服廳)으로 들어간다.] |

제11과정(第十一科程). 신하래비과정(科程)

신할애비가 미얄할미를 데리고 나와서 사설한다. 말욝이가 독기가
되고 왜장녀는 도기누이가 되서 판 중(中)에 나와 안졋다.

| 신할애비 | 웬 사람이 이러케 백(白) 차일 치덧 하엿노? 녜젼에 하 |

든 지저귀나 하여볼가?

[창(唱)] 아희들아 산(山)듸곳[118]을 다 보앗느냐?

탈 슨 팔십 노인(八十老人) 나도 보자.

나도 억그제 청춘(靑春)일너니 홍안백발(紅顔白髮)이
되엿구나.

치여다보니 만(萬)학천봉(千峰) 구버보니 백사지(白沙
地)로다.[119]

운침(雲枕)은 벽계(碧溪)요, 황혼(黃昏)은 유록한데,[120]
적막강산(寂寞江山)이 여기로구나.

그 무엇이 압헤서 곰실곰실하엿노 햇더니 청(靑)개고
리 밋헤 실뱀 쏫처다니듯 멀 하러 늙은 것이 쏫처왓
노? 모양 대단(大端)히 창피(猖皮)[121]하구. 멱동구리 항
동아리, 부정귀[122]는 다 엇지하고 나왓나? 본시(本是)
쪽쪽하닛가 건느말 김동지(金同知)를 맥겻서! 송아지
와 개색기는 엇잿나? 오! 구장(區長)을 맥겻서? 근본
(根本) 사람이 낙제는 업스닛가, 튼튼하게는 하엿지?
전(前) 말이지 지금(只今)은 소용(所用)이 업서. 자네도
늙고 나도 늙엇스니 우리 이별(離別)이나 한번 하여볼

118) 산(山)듸곳: 산대굿. 산대도감극.
119) 치여다보니 만(萬)학천봉(千峰) 구버보니 백사지(白沙地)로다: '올려다보니 수많은 골짜기와
봉우리요 내려 굽어보니 하얀 모래밭이로다.' 판소리 〈수궁가〉 중 '고고천변', 〈진도아리랑〉 등
에도 나오는 노랫말이다.
120) 운침(雲枕)은 벽계(碧溪)요 황혼(黃昏)은 유록(柳綠)한데: 황혼(黃昏)→화홍(花紅). '구름은
푸른 시내에 잠기고 꽃은 붉어 버들은 푸른데.' 팔목과정에서 완보가 부르는 〈백구사〉에 이어
지는 부분이다. 원문은 "운침벽계화홍유록(雲枕碧溪花紅流綠)한데, 만학천봉비천사(萬壑千峰飛
泉瀉)라. 호중천지별건곤(壺中天地別乾坤)이 여기로다".
121) 창피(猖皮): '창피(猖披)'의 오기.
122) 멱동구리 항동아리 부정귀: 모두 살림살이 도구를 가리키는 말.

244

가? 아 이것 보게 마단 말 아니하고, 그리하자고 그래
네. 할 수 업다.

[창(唱)] 죽어라 죽어라 제발 덕분에 죽어라.

너 죽으면 나 못 살고, 나 죽은들 네 못 살야!

제발 덕분에 죽어라.

옥단춘(玉丹春)[123]이가 죽엇스랴? 제발 덕분에 죽어
라.

두 손벽을 척척 치며 노란 머리를 박박 쯧고서,

제발 덕분에 죽어라.

미얄할미가 장중(場中)에서 죽는다.

신할애비   이거 성미(性味)는 가랑닙헤 불붓기엿다. 그리하엿더니
이거 정(正)말 죽엇나?

[창(唱)] 마누라 마누라 마누라 마누라.

어이쿠머니, 이게 무슨 짓이여? 이러면 내가 속을 줄
알고 이러나, 어이쿠머니, 코에서 찬김이 나오네. 정
(正)말 죽엇고나. 이를 엇더케 하잔 말인가? [우는 모양
으로]

[창(唱)] 어이어이 어어이 어어이.

이거 내가 울음을 우나, 시조(時調)를 하나? 이거 인제
는 파뭇기나 할 수밧에 업는데. 난봉의 자식이 하나 잇
섯는데 일흠이 무슨 옌장 일홈인데! 이 째갈 녀석이 이

___

123) 옥단춘(玉丹春): 고전 소설 『옥단춘전』의 주인공인 평양 기생. 친구 김진희에게 배신당하고
불우한 처지에 놓인 남자 주인공 이혈룡을 도와 그를 성공시키고 행복한 결말을 거둔다.

런 데 나왓슬가? 어듸 차저나바야지.

[창(唱)] 예! 독기야 독기야,

이런 녀석이 이런 데 나왓슬가?

[창(唱)] 예! 독기야 독기야.

독기	[독기가 와서 편(鞭)으로 신할애비 얼골을 치며] 압세 네.
신할애비	늬가 누구냐?
독기	네, 내가 독기요, 아버지 평안(平安) 지냇소?
신할애비	애비더러 평안(平安) 지냇수가 머냐?
독기	아버지 하는 채신 바서는 그것도 과만(過滿)하지요.
신할애비	너, 그새 어듸 갓더냐?
독기	똥 누러요.
신할애비	똥은 이 녀석아, 화수분 설사(泄瀉)[124]를 붓잽혓더냐? 그러나저러나, 저 근너 김동지(金同知) 집 월수(月收)돈 두 돈 칠 푼(七分) 전(傳)해랫더니, 엇지하엿느냐?
독기	가지고 촉동 박게를 나가니 다섯이 안저서 오(五)동댕이[125]를 합듸다. 왼 목도 못 놔보고 부탁하여 일코서 집에 들어오면 아버지한테 경칠가버서 그냥 달어낫소.
신할애비	애, 너 어머니가 세빙고를 첫단다.[126]
독기	아버지 약주(藥酒) 잡수섯소그려.
신할애비	술이 다 머냐? 정(正)말이다.
독기	어머니가 정(正)말 새평이를 첫서요? 빙소 방(房)이 어

---

124) 화수분 설사(泄瀉): 자꾸 꺼내 써도 줄지 않는 재물 단지인 화수분에 빗대 설사가 계속 나오는 상황을 나타낸 말.
125) 오(五)동댕이: 동전을 가지고 하는 노름.
126) 세빙고를 첫단다: →새평이 첫다. 죽었다는 뜻으로 지금의 강남구 신사동 근방인 사평리에 공동묘지가 자리해서 생긴 말.

디요?

신할애비 부자(父子)가 미알할미 누은 데 와서 곡(哭)한다.

독기	어이 어이 어이.
신할애비	얘, 안저서 울기만 하면 엇더케 하느냐? 늬나 내나 현손백결[127]인데. 얘, 너의 누이 하나 잇는데 먼지골서 살다가 잿골로 갓느니라. 네가 쌜리 가 데리고 오너라.
독기	누, 제밀할 놈이 상제 보고 통부(訃)[128] 가지고 가라는데 어듸 잇습듯가? 아버지가 갓다 오시우.
신할애비	네 말인즉 올은 말이다마는 늙은 놈 내가 갈 수가 잇느냐? 젊은 놈 네가 속(速)히 가 데리고 오너라.
독기	[독기가 왜장녀 즉(卽) 누이한테 가서] 여보 누님.
왜장녀	거, 누구냐?
독기	내가 독기요.
왜장녀	쌱귀여?
독기	내가 독기여요.
왜장녀	대패?
독기	이거 머, 억이는데. 무엇 생기우? 내가 독기여요.
왜장녀	이새 너 도모지 안 오더니 왜 왓니?
독기	어머니가 숫가락을 낫다우.
왜장녀	너 내가 전(前)처럼 머 잇는 줄 알고 이래니? 네 매부(妹夫)가 나간 지가 갓 마흔두 해다. 겨울 풀장사와 물

---

127) 현손백결: →현순백결(懸鶉百結). 옷이 너덜너덜해져서 수없이 꿰맴. 가족이 뿔뿔이 흩어진 상황.
128) 통부(通訃): 사람의 죽음을 알림.

네 질 품을 팔어서 구명도생(救命導生)해간다. 머 전(前)
쪽으로 알고 이짜위 소리를 쏘 하느냐? 각금 쓰더가더
니, 죽잔은 어머니 죽엇다고, 쏘 와서 그짓말을 하느
냐?

독기   어는 제밀할 놈이 죽지 안은 어머니 죽엇다고 한단 말
          이요? 참말이요.

왜장녀   정(正)말이면 가자. [둘이 온다.] 아버지 뵈입니다.

신할애비 오! 너 왓느냐? 네 모(母)가 죽엇다.

왜장녀   아버지가 약주(藥酒) 잡숫고 무에라고 햇나보, 양잼물
          잔치를 햇나보.

신할애비 애, 이번에는 아모 말도 안 햇다. 정(正)말 죽엇단다.

  삼 인(三人)이 곡(哭)한다.

왜장녀   아이고 어머니 정(正)말 돌아가섯소? 엇재잔 말이요?
          전(前)에는 어머니 얼골이 분옥(粉玉)을 짜고는 듯하드
          니 희금자 다식¹²⁹⁾이 대 됏소그려. 약(藥)이나 좀 써밧
          소?

신할애비 약(藥)도 쓸 새가 업서서 못 썻다.

왜장녀   그럼 약(藥)이나 좀 써보지요.

  약(藥) 갓흔 것을 미알할미 입에 느닛가 미알할미가 일어나서 짤을
데리고 들어간다. 단(但) 회생(回生)한 것이 안이다. 죽어서 무든 모양.

───────────────

129) 희금자 다식: →흑임자 다식. 검은깨로 만든 다식. 고생해서 얼굴이 시커메졌다는 뜻.

신할애비	얘, 독기야.
독기	네.
신할애비	야, 네 모(母)가 죽을 적에 넉시나 하여 달나고 하엿스니, 넉시나 적적히 풀어주자. [신할애비가 장고(長鼓)를 쎄고 안저서 가망청배¹³⁰⁾를 한다.]

[창(唱)] 바람이 월궁(月宮)의 달월이성이요. 일광지성¹³¹⁾ 마누라¹³²⁾ 바람영실¹³³⁾로 나리오. [삼(三)잽이가 노랫가락 장단을 친다.]

이 터전 이 가중(家中)에 각인각성(各人各性) 열에 열 명이 단이시드래도 뉘도 탈도 보지 안이하시든 영부정 가망에, 산(山) 간데 그늘이요, 용(龍) 계신데 소(沼)이 로다.

소이라 깁속건만 모래 우에 해소로다. 마노라 영검소이¹³⁴⁾를 깁히 몰나.

국이야 구이엿만은 저 마당에 전이로다. 시졀은 시절(時節)이오나 양전(兩殿) 마마님 시졀(時節)이로다. 세상(世上)이 오독립(吾獨立)하니 하마온들.

넉시야 넉시로다. 노양신선의 초넉시야. 넉실랑 넉반에 담고, 신의 신체(身體)는 관에 모서, 세상(世上)에 나오신 망제님 놀고 갈가.

---

130) 가망청배: 가망거리. 가망은 신격(神格)을 이른다. 서울 지역의 재수굿 가운데 부정거리다음에 행해지는데 진설한 제물을 받고 감응해달라는 뜻이 담겨 있다.
131) 일광지성: →일광제석(日光帝釋). 해처럼 빛나는 제석. 제석신은 사람들의 수명과 농작물의결실 등을 돌본다고 여겨지는 신. 불교의 제석천(帝釋天)이 민간신앙과 결합되어 형성되었다.
132) 마누라: 굿에서 신격을 이르는 말.
133) 바람영실: →바라명실(鉢羅命-). 서울굿 제석거리의 제석청배에 나오는 말. 명실은 장수연명을 기원하며 바치는 실.
134) 마노라 영검소이[靈驗沼-]: 제석신이 베풀어주는 영험(靈驗)의 깊은 늪.

어이히 어이히 웃자. 초(初)가망 이(二)가망 삼(三)가망
이 아니시냐?
조타 저물도 가망이요, 말게라 오신 가망, 설게 바더 오
신 가망,[135] 각인각성(各人各姓) 열에 열 명(名) 단이시드
래도 뉘도 탈도 보지 아니시든 영부졍가망이 적적히
놀고 갑시사.

국거리장단(長短)에 소무(小巫), 독기 대무(對舞)하고 퇴장(退場).

가면극(假面劇) 산대도감극(山台都監劇) 각본(脚本) 대미(大尾).

---

135) 조타 저물도 가망이요, 말게라 오신 가망, 설게 바더 오신 가망: 제상에 올린 여러 가지
음식이나 재물 등을 받아들여 굿판에 오신 신격을 열거함.

동래야류 대사: 말뚝이 재담의 장

본고(本稿)는 수년(數年) 전(前), 문학사(文學士) 박길문(朴吉文)씨의 알선(斡旋)으로 입수(入手)한 순언문(純諺文) 사본(寫本) 중(中)에서 채록(採錄)한 것인대, 방언(方言)으로 의미(意味) 불통(不通)한 것은, 대강(大綱) 보수(補修)하얏스나 될 수 잇는 대로는 본문(本文)대로 두엇다. 다만 현재(現在) 불용(不用)하는 'ᄃ' 'ᄂ'와 밋 그와 동론(同論)할 예(例)는 모다 '다' '나' 등(等)으로 고쳣스며, 일후(日後) 대사(臺詞)[각지(各地)가면극급인형극(假面劇及人形劇)]의 집취상재(集聚上梓)[1]할 쌔에 완전(完全)을 기(期)코저 한다. 본(本) 대사(臺詞)를 인용(引用) 우(又)는 상연(上演)할 쌔에는, 몬저 필자(筆者)나 본회(本會)로 일차(一次) 통기(通寄)하야 주면 대행(大幸)이라고 생각(生覺)하는 바라.

---

1) 집취상재(集聚上梓): 모아서 목판에 올리다. 곧 인쇄한다는 뜻.

양반(兩班)　　　소년 당상(少年堂上)[2) 애기 도령(道令), 전후좌우(前後
左右) 버려 서서 말 잡아 장고 매고 소 잡아 북 매고 안
성(安城)맞침 광쇠[3) 치고 운봉(雲峰) 내기 징 치고 술
빗고 쩍 거러고 차일(遮日) 쌀고 덕석[멍석] 치고 홍문
안(鴻門宴)[4) 놉흔 잔채 항장사(項壯士) 칼춤 출 제,[5) 이
몸이 한가(閑暇)하야 초당(草堂)에 비겨 안자 고금사(古
今事)를 생각하니 이 엇던 제 어미를 붓고 금각[6)[의미

2) 소년당상(少年堂上): 젊은 당상관. 당상관은 조선시대 정3품 이상의 벼슬.

3) 광쇠: 꽹과리.

4) 홍문안(鴻門宴): →홍문연(鴻門宴). 항우와 유방이 홍문에서 만나 베푼 잔치. 진나라 말기 항
우와 유방이 천하를 차지하려고 겨루다가 유방은 함곡관, 항우는 홍문에 진출하여 대치했을
때 항우의 숙부인 항백과 유방의 모사인 장량의 중재로 이루어졌다.

5) 항장사(項壯士) 칼춤 출 제: 홍문연 잔치 도중 항장이 칼춤을 추다가 유방을 살해하기로 하
였는데 이를 눈치챈 항우의 숙부 항백이 맞서 칼춤을 추면서 유방을 보호하였다. 유방은 가까
스로 위기를 모면하고 본진이 위치한 함곡관으로 돌아갈 수 있었다.

6) 금각: 경각(頃刻). 눈 깜빡할 사이. 원저자는 '의미불명'이라고 하였으나 문맥상 '경각'으로

불명(意味不明)] 담양(潭陽)을 갈[7] 이 양반(兩班)들이 밤
이 맛도록 응박캥캥 하는 소리, 양반(兩班)이 잠을 이루
지 못하야 임이 나온지라. 이 사람 사촌(四寸).

각양반(各兩班)   어, 그래서.

원양반(元兩班)   우리 조흔 목청으로 녜 부르든 말둑이나 한번 불너보
세. [말둑이 발음(發音)은 차라리 막둑이라기에 갓가웁다.-
필자(筆者)-]

각양반(各兩班)   네, 그리합시다.

각양반(各兩班)   이놈 말둑아. [각기 순차(各其順次)로.]

원양반(元兩班)   이놈 말둑이가 본래(本來) 거만한 고(故)로 한 번 불너
눈도 샘짝 안 할 터이니 이 사람 사촌(四寸), 우리 조흔
목청으로 한 번 더 불너보세.

각양반(各兩班)   이놈 말둑아. [각기 순차(各其順次)로.]

말둑이   쉬ー, 엿다 이 제기를 붓고[8] 금각 담양(潭陽)을 우둥우
둥 갈 이 양반들아. 오날이 짜짜무리하니 온갖 김생 다
모앗다. 손골목에 도야지 색기 모은 듯, 옹당샘(새암)에
실배암이 모은 듯, 논두룽 밋테 돌나무셍이[9] 모은 듯,
삼도(三道) 네그리[10] 힛둑새[11] 모은 듯, 쩌러진 중우[12]
가래 좃대강이 나온 듯, 모도 모도 모아가주 말둑인지
개스둑인지 부러난 소리 귀에 쟁쟁.

풀이할 수 있다.
7) 담양(潭陽)을 갈: 전남 담양에 가서 처벌을 받는다는 뜻. 근친상간한 자를 담양의 아홉 바위
에서 처형했다는 데서 비롯된 말이다.
8) 제기를 붓고: 제 어미를 붙고.
9) 돌나무셍이: 줄남셍이. 줄지어 앉은 남생이들.
10) 삼도(三道) 네그리: 충청도, 전라도, 경상도 등 세 지방으로 뚫린 네거리.
11) 힛둑새: 휘파람새.
12) 중우: 중의(中衣). 남자의 여름 홑바지.

원양반(元兩班)	이사람 사촌(四寸), 이놈 말둑이 소리가 저 은하수(銀河水) 다리 밋테 모구 뒷다리만침 들니니 우리 조흔 목청으로 한번 더 불너보세.
각양반(各兩班)	이놈 이놈 말둑아.
말둑이	쉬— 엿다, 이 제기를 붓고 금각 담양(潭陽)을 갈 이 양반(兩班)들아, 이제야 다시 보니 동정(洞庭)[13]은 광활(廣濶)하고 천봉만학(千峰萬壑)은 그림을 둘너 잇고[14] 수상부안(水上浮雁)[15]은 지당(池塘)에 범범(泛泛) 양류천만사(楊柳千萬絲)[16]는 계류춘풍(繫留春風)[17]을 자랑할 제, 탐화봉접(探花蜂蝶)[18]은 너울너울 춘흥(春興)을 못 이겨서 헌을헌을 넘노난다. 장부공성신퇴후(丈夫功成身退後)[19]에 임천(林泉)에 초당(草堂) 짓고 만권시서(萬卷詩書) 싸어두고 천금준마(千金駿馬) 솔질하며 보라매 질뒤리고[20] 노속(奴屬) 불너 밧 가러라 절대가인(絕代佳人) 겻테 두고 금준(金樽)에 술를 너허 옥반(玉盤)에 안처두고 벽오동(碧梧桐) 그문고 줄 골아 거러두고 남풍시[21]를 화답할 제 강구연월(康衢烟月)[22] 반성

---

13) 동정(洞庭): 동정호. 중국 호남성의 넓은 호수.
14) 천봉만학(千峰萬壑)은 그림을 둘너 잇고: 수많은 산봉우리와 골짜기는 그림처럼 둘러 있고.
15) 수상부안(水上浮雁): 물위에 떠 있는 기러기.
16) 양류천만사(楊柳千萬絲): 실 가닥처럼 수없이 늘어진 버드나무 가지.
17) 계류춘풍(繫留春風): 봄바람을 붙잡아 머물게 함.
18) 탐화봉접(探花蜂蝶): 꽃을 찾는 벌과 나비.
19) 장부공성신퇴후(丈夫功成身退後): 장부가 공을 이루고 나서 물러남. 노자의 『도덕경』 제9장에 나오는 '공을 이루어 이름을 떨쳤으면 물러나는 것이 하늘의 도다(功成, 名逐, 身退, 天之道也)'에서 나온 말.
20) 질뒤리고: 길들이고.
21) 남풍시(南風詩): 중국 순임금이 남훈전에서 오현금을 타며 읊은 시. 『공자가어변악해』에

반취(半醒半醉) 누엇스니 이 엇든 제-기를 붓고 금각
담양(潭陽) 갈 이 양반(兩班)들아 말둑인지 개ㅅ둑인지
제 의부(義父)ㅅ아비 부르듯시 임의(任意)로 불넛스니
말둑이 새로 문안(問安) 아뢰오.

원양반(元兩班) 이놈 말둑아, 이놈 말둑아. 선타, 복타, 후타, 대면타,
이타, 타를 마라.[23] 금졩반 선 수박은 호로이 쌩쌩이
요,[24] 추풍강상 살어름은 눈 우에 잠간(暫間)이요,[25]
대주먹 평토제는 경각(頃刻)에 하백이라.[26] 너 갓흔 개
똥 쌍놈 내 갓흔 넙적한 소쏭 양반(兩班)이 너 한 놈 죽
이면 죽는 줄 알며 살면 사는 줄 알짜분냥.

말둑이 엿다 이 양반(兩班)아 아모리 양반(兩班)이라고 쌍놈 죽
이면 아모 일도 업단 말이요.

원양반(元兩班) 이놈, 죽이면 귀양밧게 더 간단 말이냥.

말둑이 귀양을 가면 어듸어듸 간단 말이요.

원양반(元兩班) 길주(吉州), 명천(明川), 회령(會寧), 종성(鍾成), 진보(眞

시의 내용이 전한다. '남풍이 훈훈하니 우리 백성의 노여움을 풀어주겠네. 남풍이 때맞춰 부니
우리 백성의 재물이 늘어나겠네(南風之薰兮, 可以解吾民之慍兮. 南風之時兮, 可以阜吾民之財兮).'
22) 강구연월(康衢煙月): 편안하고 변화한 거리에 연기 사이로 은은하게 비치는 달빛. 태평성
대를 누리는 민간의 모습을 나타낸 말로 『열자』에 의하면 요임금이 미복 차림으로 민간을 살
피러 나왔을 때 백성들이 임금의 덕을 칭송하는 〈강구요康衢謠〉를 부르는 걸 들었다고 한다.
23) 선(先)타, 복(福)타, 후(後)타, 대면타, 이타, 타를 마라: 선조 탓, 복이 많고 적음의 탓, 뒷일
탓, 이 탓 저 탓, 남의 탓을 마라. '대면타'는 미상이다.
24) 금졩반 선 수박은 호로이 쌩쌩이요: '금쟁반 위의 설익은 수박은 홀로 뱅뱅 돌고.' 뒤에 이
어지는 비유로 보건대 대단한 것에 대한 하찮은 것의 대비를 보여준다고 여겨 이렇게 푼다.
25) 추풍강상(秋風江上) 살어름은 눈 우에 잠간(暫間)이요: '가을바람 부는 강 위에 낀 살얼음은
눈 위에 잠깐 맺힌 것이고.'
26) 대(大)주먹 평토제(平土祭)는 경각(頃刻)에 하백[下薄]이라: '큰 주먹으로 때려 죽여 평토제
를 지내고 당장 하박석까지 놓는다.' 평토제는 장례 때 관을 묻고 땅을 평평히 한 후 봉분을 만
들기 전 지내는 제사. 하박석은 비석이나 탑 따위의 맨 아래에 까는 넓적하고 얇은 돌. 원양반
이 힘없는 하인 말둑이의 처지를 강조하며 으름장을 놓는 말이다.

寶), 청송(靑松), 이원(利原), 단천(端川), 쇠사리 망풍밧

게 더 가겟느냐.

말둑이   길주(吉州), 명천(明川), 길주(吉州), 명천(明川). [각 양반

(各兩班)이 춤을 춘다.]

말둑이   엿다, 이 제기를 붓고 금각 담양(潭陽)을 갈 이 양반(兩

班)들아, 아모리 쌍놈이라고 이놈 저놈 할지라도 말둑

이 근본(根本)이나 천천이 드러보오.

원양반(元兩班)   그래서.

말둑이   우리 육대(六代), 칠대(七代), 팔대(八代), 구대(九代), 십

대조(十代祖)는 임우 다 멀거니와 우리 오대조(五代祖)

하라바시 시년(時年)이 이팔(二八)에 이음양순사시(理

陰陽順四時)[27]하고 승정원(承政院)에 책문(策文)[28] 지

어 팔도(八道) 선배 불너올녀 제조로 입직할 제, 백의로

생원(生員) 진사(進士)하고 참봉(參奉)으로 감역(監役)

하야 좌찬성(左贊成), 우찬성(右贊成), 참의(參議), 참판

(參判) 지냇시[스; 이하준차(以下準此)[29]]니 그 근본(根

本) 엇더하며, 우리 사대조(四代祖) 하라바시 치국평천

하(治國平天下)지술[30]을 가저 삼강오륜(三綱五倫)[31] 추

---

27) 이음양순사시(理陰陽順四時): 음양을 다스려서 사계절에 순응함.

28) 책문(策文): 정치적 계책에 대한 물음에 답하는 글.

29) 스; 이하준차(以下準此): '지냇시니'에서 '시'는 '스'로 발음되나 '시'로 계속 표기하겠다. 이

하에서는 이와 같이 표기한다.

30) 치국평천하지술(治國平天下之術): 나라를 다스리고 온 세상을 평안하게 할 계책. 『대학』에

서 팔조목(八條目)으로 열거한 격물(格物), 치지(致知), 성의(誠意), 정심(正心), 수신(修身), 제가

(齊家), 치국(治國), 평천하(平天下) 가운데 마지막 두 가지 항목.

31) 삼강오륜(三綱五倫): 유교에서 기본이 되는 세 가지의 강령과 다섯 가지의 인륜(人倫). 삼강

은 군위신강(君爲臣綱), 부위자강(父爲子綱), 부위부강(夫爲婦綱). 오강은 부자유친(父子有親), 군

신유의(君臣有義), 부부유별(夫婦有別), 장유유서(長幼有序), 붕우유신(朋友有信).

언 다라[32] 대사헌(大司憲), 대사성(大司成), 홍문관(弘
文館) 대제학(大提學)을 지냇시니 그 근본(根本) 엇더하
며, 우리 삼대조(三代祖) 하라바시 십오 세(十五歲)에
등과(登科)하여 정언(正言)으로 대교하고[33] 양사[34] 옥
당(玉堂)[35]에 규장각(奎章閣) 천 노코[36] 팔도감사(八道
監使)[37] 지낸 후(後)에 육조(六曹)에 승천(昇薦)[38]하야
초헌교[39] 놉히 타고 파초선(芭蕉扇)[40] 압시우고 장안
(長安) 종로(鐘路)로 안안이 다닛시니 그 품이 엇더하
며, 우리 하라바시 오십(五十)에 반무[41]하야 흑각궁[42]
양각궁[43] 둘너매고 무학관[44] 마당에 쌍재조[45] 하고

---

32) 추언(芻言) 다라: 추언은 '꼴 베는 사람의 말'이라는 뜻으로, 자신의 말이나 견해를 낮추어
이르는 표현. 삼강오륜을 논하고 견해를 보태는 등의 실력에 힘입어 대사헌, 대사성, 홍문관,
대제학 등을 지냈다는 내용으로 풀 수 있다.
33) 정언(正言)으로 대교(待敎)하고: '정언을 거쳐 대교에 이르고.' 정언은 사간원 정6품 벼슬이
고 대교는 예문관 정8품 벼슬. 바른말로 임금의 교시를 기다린다는 뜻으로도 풀 수 있다.
34) 양사(兩司): 사헌부와 사간원.
35) 옥당(玉堂): 홍문관.
36) 천 노코: 추천을 놓고.
37) 팔도감사(八道監使): 감사(監使)→감사(監司).
38) 승천(昇薦): 높은 벼슬로 천거됨.
39) 초헌교(軺軒轎): 조선시대 종2품 이상의 벼슬아치가 타던 수레. 의자가 달린 긴 줏대에 외
바퀴와 두 개의 긴 채를 달아 어깨에 메고 끌 수 있게 하였다.
40) 파초선(芭蕉扇): 조선시대 정승 등이 외출할 때 사용하던 파초 잎 모양의 부채.
41) 반무(反武): 무관 집안이 문관 집안으로 바뀌었다가 그 자손이 다시 무관으로 되돌아감.
42) 흑각궁(黑角弓): 검은 물소 뿔로 만든 활.
43) 양각궁(羊角宮): 양의 뿔로 만든 활.
44) 무학관: →모화관(慕華館). 무악재 너머 한양으로 입성하기 전 중국 사신이 머물던 객관.
무악재와 발음이 섞여 무학관이 된 듯하다. 중국 사신이 머물 때 모화관 마당에서 광대놀음을
공연하였고, 평상시에는 임금이 거동하여 무신들의 재주를 시험하였다.
45) 쌍재조: 땅재주. 광대들이 땅 위에서 펼치는 온갖 재주를 이르지만 여기서는 무사들의 여
러 재주를 가리킨다. 큰 활을 쏘아 우등을 차지했다는 구절이 이어져 광대놀음이 아니라고 할
수 있다.

상시간(上試官?)⁴⁶⁾에 큰 활 쏘아 우등으로 출신하야 선
전관(宣傳官) 차음 하고 좌수영(左水營)⁴⁷⁾ 우수영(右水
營)⁴⁸⁾ 남병사(南兵使)⁴⁹⁾ 북병사(北兵使)⁵⁰⁾ 오군문도대
장(五軍門都大將)⁵¹⁾을 지냇시니 그 근본(根本) 엇더하
며, 우리 아부지는 올골은 관옥이요 말은 소진(蘇秦) 장
의(張儀)⁵²⁾라 고지한신(古之韓信)⁵³⁾이요 금지영웅(今
之英雄)이라. 녯글에 하엿스되 요지자(堯之子)도 불초
(不肖)하고 순지자(舜之子)도 불초(不肖)로다.⁵⁴⁾ 내 한
아 남은 것이 주색(酒色)에 호탕(豪蕩)하야 그리그리 단
일망중 저 건너 지질평평⁵⁵⁾하고 와가(瓦家) 청(靑)제와
집⁵⁶⁾에 난간(欄干) 다리 놋코 통개중문(中門)하고⁵⁷⁾ 홍

---

46) 상시간(上試官?): →삼시간(三矢間). 삼시는 무과시험의 초시나 복시에서 화살 세 대를 쏘
아 성적을 매기던 일을 말한다.
47) 좌수영(左水營): →좌수사(左水使). 좌수영의 우두머리.
48) 우수영(右水營): →우수사(右水使). 우수영의 우두머리.
49) 남병사(南兵使): 조선시대 함경남도 북청 남병영의 우두머리.
50) 북병사(北兵使): 조선시대 함경북도 경성 북병영의 우두머리.
51) 오군문도대장(五軍門都大將): 오군영 우두머리. 조선시대에 오군영은 훈련도감, 총융청, 수
어청, 어영청, 금위영의 다섯이다.
52) 소진(蘇秦) 장의(張儀): 소진과 장의는 중국 전국시대의 유세객으로 각각 합종책과 연횡책
을 주장하였다. 소진의 합종책은 연(燕), 초(楚), 한(韓), 위(魏), 조(趙), 제(齊)의 6국이 연합하여
진나라에 대항하려는 계책이며, 장의의 연횡책은 진나라와 6국이 각각 연합하여 서로 견제하
려는 계책이다.
53) 고지한신(古之韓信): '예전으로 치면 한신과 맞먹음.' 한신은 중국 전한시대의 무장. 처음에
는 초나라 항우를 섬겼으나 중용되지 않자 한나라 유방을 도와 항우를 공격하여 공을 세우고
초왕에 봉해졌다.
54) 요지자(堯之子)도 불초(不肖)하고 순지자(舜之子)도 불초(不肖)로다: '요임금이나 순임금의
아들도 아버지의 업적과 덕망을 잇지 못했다.' 말둑이가 제 아버지에 미치지 못하는 아들임을
자기합리화하는 내용이다.
55) 지질평평: 미상. 천재동본 〈동래야류〉에서는 '길길평평'으로 나오는데 '길이 평평하다'는
뜻으로 풀이한다.
56) 청(靑)제와집: 청기와집.
57) 통개중문(洞開中門)하고: 가운데뜰로 들어가는 문을 활짝 열고.

(興?)문거족(門巨族)⁵⁸⁾에 소승상(蘇丞相)의 자여질(子與姪)이요.⁵⁹⁾

원양반(元兩班)　이놈, 소 자(字)는.⁶⁰⁾

말둑이　기화요초(奇花瑤草) 초(草)도 밋테 삼강수 치친 점에 오백미 쌀 미 밋테 낙양 소진이 남각 북각 전이라 하오.⁶¹⁾

원양반(元兩班)　이놈 그 자(字)는 번 자(藩字)어든.

말둑이　게는.

원양반(元兩班)　월중덜중 단계목(丹桂木)이란 목 자(木字) 밋태 만승천자(萬乘天子)란 자 자(子字)로다.⁶²⁾

말둑이　엿다 이 양반(兩班)아 그 자(字)는 우리나라 금상(今上)님의 성씨(姓氏)로다. 게 내 성자(姓字)를 찬찬히 드르보오. 바라 목댁이란 목 자(字) 밋테 후루개자식(子息)이란 자 자(字)를 시오.⁶³⁾

말둑이　게는.

사대부　좌(左) 삼삼 우(右) 삼삼 좌(左) 홍둑게 우(右) 홍둑게 등

---

58) 흥문거족(興門巨族): 흥하고 번성한 집안.
59) 소승상(蘇丞相)의 자여질(子與姪)이요: 소씨 성을 가진 승상의 아들과 조카요.
60) 소 자(蘇字)는: 말둑이가 소승상의 자손이라고 자칭하자 어떤 '소' 자를 쓰느냐고 양반이 물어보는 말.
61) 기화요초(琪花瑤草) 초도[艸頭] 밋테~낙양(洛陽) 소진(蘇秦)이 남각 북각 전(田)이라 하오: 말둑이가 자신의 성씨를 파자로 설명하는 내용이다. 파자를 합치면 '소(蘇)'가 되어야 하는데 '번(藩)' 자를 만드는 실수를 범해 원양반이 이 실수를 지적한다. '전(田)'은 낙양 출신 소진이 합종책으로 출세한 뒤 고향을 지날 때 '나에게 낙양성 주변에 밭이 두 이랑만 있었던들 어찌 여섯 나라 재상의 인수(印綬)를 찰 수 있었을까!' 하고 한탄했다는 고사를 활용하였다.
62) 월중덜중 단계목(丹桂木)이란 목 자(木字) 밋태 만승천자(萬乘天子)란 자 자(子字)로다: 파자로 '이(李)'를 설명하는 내용.
63) 바라 목댁이란 목(木) 자(字) 밋테 후루개자식(子息)이란 자(子) 자(字)를 시오: 원양반이 만승천자를 운운하며 '이(李)'를 설명하자 말둑이가 핀잔하며 낮추어 설명하는 내용.

260

터지고 배 터지고 출내무처불수의란 의(衣) 자(字)로
시오.[64]

원양반(元兩班) 이전(以前)에는 대들보 양 자(字)를 시더니마는 낭기
점간목에 다 드러가고 맹자견양혜왕(孟子見梁惠王) 양
(梁) 자(字)를 시오.[65] 게는.

  각(各) 양반(兩班)이 각각(各各) 곗말노 답(答).

원양반(元兩班) 쉬─ 이때가 어너 째고. 째마침 삼춘(三春)이라 숯흔 피
어 만발(滿發)하고 입흔 피어 절을 짓고 노고지리 쉰질
쮜고[66] 각마[67] 슬피 울고 초당(草堂)에 안진 양반(兩
班) 공연(空然)히 공동[68]하여 처(妻)를 불너 가(家)장[69]
을 단속하고 훈장(訓長) 불너 자여질(子與姪)을 단속하
고 모모(某某) 친구(親舊) 통기(通寄)하야 일호주(一壺
酒) 담하차로 룡점을 나려가니[70] 주인(主人)은 누시든
고 난양공주(蘭陽公主), 영양공주(英陽公主), 진채봉(秦

---

64) 좌삼삼(左三三) 우삼삼(右三三)~출내무처불수의란 의(衣) 자(字)로 시오: 출내무처불수의
→춘래무처불수의(春來無處不繡衣). 파자로 자신의 성씨인 '배(裵)'를 설명하는 내용.
65) 이전(以前)에는 대들보 양(樑) 자(字)를 시더니마는~맹자견양혜왕(孟子見梁惠王) 양(梁) 자
(字)를 시오: 목변(木邊)이 덧붙은 대들보 양(樑) 자를 쓰다가 나무가 전봇대 만드는 데 다 들어
가 없어지니 나무 목변이 빠진 양(梁) 자를 쓴다는 내용. 1887년(고종 24) 3월 전기를 사용한
이래 곳곳에 전봇대를 세워 전기가 들어오는 사회 분위기를 전한다.
66) 쉰질 쮜고: 쉰[50] 길이 높이로 날고.
67) 각마: 강마(江馬). 강가에 매어둔 말.
68) 공동(恐動): 위험한 말을 하여 두려워하게 하는 것.
69) 가장(家藏): 집에 가지고 있는 물건들. 가산(家産).
70) 일호주(一壺酒) 담하차로 룡점을 나려가니: 담하차→담화차(談話次). '술 한 병 마시며 이
야기를 나누려고 술집에 내려가니.' '룡점'은 술이 농익은 가게라는 의미로 '농점(濃店)'으로도,
'용점(龍店)'이라는 이름의 술집으로도 풀 수 있다.

彩鳳), 계섬월(桂蟾月), 백능파(白菱波), 심요연(沈裊烟), 적경홍(狄驚鴻), 가춘운(賈春雲)[71] 모도 모도 모아가주 주인(主人)은 양반(兩班) 보고 체면(體面)으로 인사(人事)하되 나는 그 가운대 썻이 달나 월태화용(月態花容)[72] 고운 얼골 눈만 드러 잠간(暫間) 보니 그 마음 엇덜소냐.

제양반(諸兩班) 쏘라지 쏘라지 얽으도 장에 가고[73] 굶어도 썩 헤 묵고 [74] 성 밑 집에 오구하고[75] 통시 깨고리 보지 문다[76] 하더니 쏘라지.[77]

원양반(元兩班) 쉬— 이놈 말둑아, 말둑아, 과거(科擧) 날은 임박(臨迫)한대 너는 너대로 다니고 나는 나대로 다녀야 올탄 말인냐.

말둑이 엿다, 이 양반(兩班)아, 생원님[生員任] 차지랴고 아니 간 대 업사이다.

원양반(元兩班) 어듸어듸 갓단 말이냐.

---

71) 난양공주(蘭陽公主)~가춘운(賈春雲): 김만중의 소설 『구운몽』에 나오는 팔선녀의 이름. 남악(南嶽) 형산(衡山)에서 성진을 만나 서로 수작한 죄로 인간 세상에 태어나 역시 인간 양소유로 태어난 성진과 재회해 두 부인과 여섯 첩의 인연을 맺는다.
72) 월태화용(月態花容): 달 같은 자태와 꽃다운 얼굴. 아름다운 여인의 모습을 이르는 말.
73) 얽으도 장에 가고: 곰보로 얼굴이 얽었어도 사람들이 많은 장에 가고.
74) 굶어도 썩 헤 묵고: 밥은 굶어도 떡은 해 먹고.
75) 성(城) 밑 집에 오구하고: '성 밑 마을에서 오구굿하고.' 오구굿은 죽은 이의 넋을 달래는 굿. 성 밑 마을에서 오구굿을 하는 것이 사리에 어긋나지만 하고 싶은 대로 행동한다는 뜻으로 풀 수 있다. 조선시대 한양에서 성 밑은 성저십리(城底十里)라 하여 개발과 이용이 제한되었다.
76) 통시 깨고리 보지 문다: '뒷간에서 개구리가 여자의 성기를 문다.' 하찮은 개구리마저도 여자를 밝힌다는 뜻.
77) 쏘라지 쏘라지~하더니 쏘라지: 원양반이 미인들의 아름다운 모습에 마음이 동했다고 말하자 여러 양반이 놀린다. 열거된 비유는 주변 시선을 의식하지 않고 하고 싶은 대로 행동하며 특히 여색을 밝힌다는 내용을 담고 있다.

말둑이	서울이라 칫치달나 안 남산(南山) 밧 남산(南山)[78] 먹자 쏠[79] 주자쏠[80] 안동 밧골[81] 장안골[82] 등고재[83] 말니재[84] 일금정 이목골 삼청동(三淸洞)[85] 사직(社稷)골[86] 오부[87] 육조(六曹)[88] 압 칠간[89] 안 팔각(八角)정[90] 구리개[91] 십자가(十字街)로 두려시 다 단녀도[92] 생원님(生員任)은 하니 내 아들도 업습듸다.
제양반(諸兩班)	이놈 내 아들이라니.
원양반(元兩班)	[원양반(元兩班)이 각(各) 양반(兩班)을 훗친 후(後)] 이놈 내 아들이라니.
말둑이	엇다 이 양반(兩班)아 내일(來日)까지 찾는단 말이요.[93]

---

78) 안 남산(南山) 밧 남산(南山): 남산의 안쪽과 바깥쪽.

79) 먹자쏠: 먹적골의 착오인 듯. 현재 서울 중구 필동 근처.

80) 주자쏠: 현재 서울 종로구 주자동.

81) 안동 밧골: 안동 바깥 골. 안동은 현재 서울 종로구 안국동 일대.

82) 장안골: 장동(壯洞). 현재 서울 종로구 효자동과 청운동에 걸쳐 있던 마을.

83) 등고재(登高-): 옛날 한양의 고개 이름이나 현재 위치는 미상.

84) 말니재(萬里-): 현재 서울 중구 만리동에서 마포구 공덕동에 이르는 고개.

85) 삼청동(三淸洞): 현재 서울 종로구 삼청동.

86) 사직골(社稷-): 현재 서울 종로구 사직동.

87) 오부(五部): 조선시대 한양을 전, 후, 좌, 우, 중 따위로 나눈 다섯 개의 행정 구역.

88) 육조(六曹): 이조, 호조, 예조, 병조, 형조, 공조의 6조. 현재 서울 종로구 세종로에 관아가 있었다.

89) 칠간(七間): 오부처럼 일정한 지역을 일곱 개로 나눈 명칭으로 보인다.

90) 팔각정(八角亭): 지붕을 여덟모가 나게 얹은 정자. 서울 팔각정은 지금의 서대문구 충정로 2가에 있었다.

91) 구리개: 현재의 서울 을지로 2가.

92) 서울이라 칫치달나~두려시 다 단녀도: 말둑이가 서울에 치달아 명소를 다니며 열심히 생원을 찾았다고 변명하는 내용. 특히 일금정에서 십자가까지의 부분은 숫자 1에서 10까지 음을 지명과 엮어 재미를 더하는데 민속극에 두루 쓰이는 공식구적 표현이다.

93) 이놈 내 아들이라니~내일(來日)까지 찾는단 말이요: 양반들을 '내 아들'이라고 낮춰 말하며 말둑이가 희롱하자 양반들이 화를 내 말둑이가 '내일'이라 했다고 둘러댄다. 뒤이어 같은 형식의 말장난이 반복된다.

원양반(元兩班)	고자식 셍섹 잇다. 이놈 게만 갓단 말이냐.
말둑이	행여 생원님(生員任)이 도방에나 게시난지 도방을 석
	더르서서 일원산(一元山) 이강경(二江景) 삼(三)푸주 사
	마산(四馬山) 오삼랑(五三浪) 육물금(六勿禁) 칠남창(七
	南倉) 팔부산(八釜山)을 두려시 다 다녀도94) 게도 아
	니 게시기로 행여 색주가(色酒家)나 게시난지 색주가
	(色酒家)로 석 더르서서 차문주가하처재(借問酒家何處
	在)요 목동(牧童)이 요지행화(遙指杏花) 집95)과 일락
	서산황혼(日落西山黃昏) 되고 월출동령(月出東嶺) 명월
	(明月)이 집96)과 오동부판(梧桐付板) 그문고에 타고
	나니 탄금(彈琴)이 집97)과 주홍당사(朱紅唐絲) 벌매짐
	에 차고 나니 금낭(錦囊)이 집98)과 지재차산(只在此
	山) 운심(雲深)이99) 사군불견(思君不見) 반월(半月)이

---

94) 도방을 석 더르서서~두려시 다 다녀도: 서울에서 못 찾자 전국 각지를 다녔다는 내용. 숫자 1에서 8까지 붙여 이름난 지방 도시를 열거하였다. 푸주는 의주의 옛 이름인 포주의 와전인 듯.

95) 차문주가하처재(借問酒家何處在)요 목동(牧童)이 요지행화(遙指杏花) 집: 술집이 어딘가 물으니 목동이 가르쳐준 기생 행화의 집. 당나라 두목의 시 「청명」의 구절인 '청명 시절 비는 부슬부슬, 길 위의 나그네 애간장을 끊는 듯. 술집이 어딘가 물으니 목동은 살구꽃 핀 마을을 가리키네(淸明時節雨紛紛, 路上行人欲斷魂. 借問酒家何處有, 牧童遙指杏花村)'를 활용하여 기생 행화의 이름을 풀었다.

96) 일락서산황혼(日落西山黃昏) 되고 월출동령(月出東嶺) 명월(明月)이 집: '해는 서산에 져서 황혼이 되고 달은 동령에 떠오르니 기생 명월이의 집.' 해가 지고 밝은 달이 뜬다는 내용으로 기생 명월의 이름을 풀었다.

97) 오동부판(梧桐付板) 그문고에 타고 나니 탄금(彈琴)이 집: '오동나무판 거문고를 타고 나니 기생 탄금이의 집.' 거문고를 탄다는 내용으로 기생 탄금의 이름을 풀었다.

98) 주홍당사(朱紅唐絲) 벌매짐에 차고 나니 금낭(錦囊)이 집: '주홍색 당사실로 벌매듭지어 차고 나니 기생 금낭이의 집.' 비단실로 매듭을 지어 만든 주머니를 찬다는 내용으로 기생 금낭의 이름을 풀었다.

99) 지재차산(只在此山) 운심(雲深)이: '다만 이 산에 있으나 구름이 깊으니 기생 운심이.' 당나라 시인 가도의 「은자를 찾았으나 만나지 못하다尋隱者不遇」의 구절인 '소나무 아래 동자에게 물으니 스승님은 약을 캐러 갔다고 하네. 다만 이 산중에 계시지만 구름이 깊으니 어딘지 알수 없구나(松下問童子, 言師採藥去, 只在此山中, 雲深不知處)'로 기생 운심의 이름을 풀었다.

집[100]을 두려시 다 다녀도 게도 아니 게시기로 행여 본댁(本宅)에나 게시난지 본댁(本宅)을 석 더르가니 녜 보든 노[로]생원(生員)이 게십듸다.

제양반(諸兩班)　　이놈 노생원(生員)이라니.

말둑이　　　　이 양반(兩班)아, 청(靑)노새란 말이요.

원양반(元兩班)　해면 그럿지. 내가 이전 대국사신(大國使臣) 드르가서 당오전 칠 푼(當五錢七分) 주고 청노세 한 마리 삿더니 안장을 열두 낫 차리고도 발이 짱에 조-ㄹ 써웃난이라.[101]

말둑이　　　　청노세 청노세.

제양반(諸兩班)　청노세 청노세.

원양반(元兩班)　그만 찻고 말앗단 말이냐.

말둑이　　　　집안을 석 더르가니 칠패 팔패[102] 장(場)에 가고 종년 서답[103] 쌜네 가고 도령님[道令任] 학당(學堂) 가고 집안이 동공(洞空)한대 후원(後園) 별당(別堂) 더르가니 만화방창(萬化芳暢)[104] 다 피엿다. 기암괴석(奇岩怪石)

---

100) 사군불견(思君不見) 반월(半月)이 집: '그대를 그리면서도 보지 못하니 기생 반월이의 집.' 당나라 시인 이백의 시 「아미산의 달峨嵋山月歌」의 구절인 '아미산에 걸린 가을 하늘의 반달, 그림자가 평강 강물에 드리워 흐르네. 밤에 청계를 떠나 삼협으로 향하니, 그대를 그리면서도 보지 못하고 유주로 내려가네(峨嵋山月半輪秋, 影入平羌江水流, 夜發淸溪向三峽, 思君不見下渝州)'를 활용하여 기생 반월의 이름을 풀었다.

101) 발이 짱에 조-ㄹ 써웃난이라: 청노새의 키가 작아 말안장 열두 개를 얹고도 발이 땅에 졸졸 끌렸다는 내용인 듯하다.

102) 칠패(七牌) 팔패(八牌): 칠패는 현재 서울 중구 봉래동 1가 부근에 있던 어물시장으로 옛날 순라군의 칠패가 있어 붙여진 이름이다. 칠패 아랫마을을 팔패라고 하였다. 칠패와 팔패는 종루, 이현과 함께 조선시대 도성의 주요 난전으로 사상(私商)들의 중심지였다.

103) 서답: 천으로 만든 생리대.

104) 만화방창(萬化芳暢): 방[芳→方]. 따뜻한 봄날에 온갖 생물이 나서 자라 흐드러짐.

늙은 장송(長松) 쌍학(雙鶴)이 질디리고[105] 도화(桃花)
담수 맑은 물에 금부어(金鮒魚)[106] 꼬리치고 군왕부귀
(君王富貴) 목단화(牡丹花)[107]는 삼춘(三春)을 맞타 잇
고 만고충신(萬古忠臣) 향일화(向日花)[108]는 정절(貞節)
을 직혀 잇고 한사방불(寒士彷佛) 동백화(冬梅花)[109]는
정치를 품엇시며 홍도벽도(紅桃碧桃) 삼색도(三色
桃)[110]는 풍류(風流)로 노라나고 청춘소년(靑春少年)
석죽화(石竹花)[111]는 호걸(豪傑)로 노라나고 절대가인
(絶代佳人) 해당화(海棠花)는 일색태도(一色態度) 자랑
하고 왜(倭)철죽 진달화(花)며 춘색(春色)도 찬란(燦爛)
하다.[112] 또 한 곳 바래보니 곳 본 나뷔 나라든다. 약수
(弱水) 삼천(三千) 요지연에 소식(消息) 전(傳)튼 청조
(靑鳥)새[113]며 부용당(芙蓉堂) 운무(雲霧)벽에 오채(五
彩)가 영롱(玲瓏)하니[114] 그림 중에 공작(孔雀)이며 귀

---

105) 쌍학(雙鶴)이 질디리고: 쌍학이 깃들이고.
106) 금부어(金鮒魚): 금붕어.
107) 군왕부귀(君王富貴) 목단화(牡丹花): 꽃 가운데 제왕이며 부귀를 상징하는 모란꽃.
108) 만고충신(萬古忠臣) 향일화(向日花): 오랜 세월 비길 데 없는 충신 같은 해바라기.
109) 한사방불(寒士彷佛) 동백화(冬梅花): 조정에서 물러난 가난한 선비 같은 동백꽃.
110) 홍도벽도(紅桃碧桃) 삼색도(三色桃): 붉고 푸르게 한 나무에서 세 빛깔의 꽃이 피는 복숭
아나무.
111) 청춘소년(靑春少年) 석죽화(石竹花): 청춘의 젊은이 같은 패랭이꽃.
112) 군왕부귀(君王富貴)~찬란(燦爛)하다: 김수장의『해동가요』에 수록되고 여창 가곡으로 전
승되고 있는 계면편수대엽〈모란은 화중왕花中王이요〉의 표현과 유사하다.
113) 약수(弱水) 삼천(三千) 요지연(瑤池宴)에 소식(消息) 전(傳)튼 청조(靑鳥)새: 깃털도 가라앉
는다는 험한 강 약수 삼천 리를 건너 곤륜산 서왕모의 요지연에 소식을 전하던 파랑새. 서왕모
는 사람의 수명 및 장수를 주관하는 여신으로 삼천 년 만에 한 번 열린다는 신령스러운 복숭아
를 가지고 있다고 전해진다. 서왕모가 주나라 목왕과 여러 신선을 초대하여 요지에서 잔치를
베풀었다는 고사는 많은 그림과 문학 작품에서 재창조되었다. 서왕모의 전령인 듯 파랑새가
마당의 연못 주변을 날아다니는 모습을 이렇게 표현한 것이다.
114) 부용당(芙蓉堂) 운무(雲霧)벽에 오채(五彩)가 영롱(玲瓏)하니: '부용당 부근 구름과 안개

촉도(歸蜀道) 불여귀(不如歸) 제혈(啼血) 삼경(三更) 두견(杜鵑)새115) 칠월칠석(七月七夕) 은하수(銀河水) 다리 놋는 오작(烏鵲)이며 황금갑(黃金甲) 떨처 입고 세류영 넘어갈 제 환우(喚友)하는 쇠골이116)며 맹성우 글 구중(句中)에117) 말 전(傳)하는 앵무(鸚鵡)새며 북강남 먼먼 길에 글 전(傳)하든 기러기며 범범중류(泛泛中流) 저 오리는 쌍거쌍래(雙去雙來) 하는구나. 이째 대부인(大夫人) 마누라가 하란에 비겨 안자 녹의홍상에 칠보를 단장하고 보지가 재 쌜개 하옵듸다.118)

제양반(諸兩班)   이놈 제 쌜개라니.

말둑이   엿다, 이 양반(兩班)아, 보기 다 재 쌜게 하단 말이요.

원양반(元兩班)   허면 그럿치. 내가 전(前)에 대국사신(大國使臣)으로 드르갈 제 홍당목(紅唐木) 아흔아홉 자 삿더니 홍당목(紅唐木) 저고리 홍당목(紅唐木) 치마 홍당목(紅唐木) 단속곳 모다 홍당목(紅唐木)이라, 보기가 모도 재 쌜게 하단

가 벽처럼 둘러진 곳에 오색의 빛깔이 영롱하니.' 부용당은 연못가에 연꽃을 감상하게 만든 정자다.

115) 귀촉도(歸蜀道) 불여귀(不如歸) 제혈(啼血) 삼경(三更) 두견(杜鵑)새: 촉나라 가는 길에 돌아갈 수 없다고 피를 토하며 한밤중에 우는 두견새. 중국 촉나라의 임금 두우가 나라를 부흥시키지 못하고 억울하게 죽어 두견새가 되어 피를 토하듯 운다는 고사가 전한다. 귀촉도와 불여귀는 두견새의 다른 이름이면서 의미상 연결되어 더욱 강한 이미지를 파생한다.

116) 황금갑(黃金甲) 떨처 입고 세류영(細柳營) 넘어갈 제 환우(喚友)하는 쇠골이: '황금 갑옷을 당당하게 입고 세류영으로 넘어갈 때 친구를 부르는 듯한 꾀꼬리.' 한나라 때 장군 주아부의 군영인 세류영에서는 대장의 허락 없이는 황제조차도 들어올 수 없었다는 고사가 전한다. 황금 갑옷을 입은 병사들의 모습을 보고 황금색 꾀꼬리가 친구를 부르듯이 노래했다는 표현이다.

117) 맹성(孟聖)우 글 구중(句中)에: [우→의]. 맹자 성인의 글귀 중에.

118) 대부인(大夫人) 마누라가~보지가 재 쌜게 하옵듸다: 양반의 마누라가 아름답게 차려입은 채 아래 난간에 비겨 앉았는데 말둑이를 보고 성적으로 흥분했다는 내용. 양반이 놀라 꾸짖자 '(눈으로) 보기 다 재 쌜게 하단 말'로 바로잡아 변명하는 내용이 이어진다.

말이여.[119) 이놈 그래서.

말둑이   대부인(大夫人) 마누라가 말둑이를 보더니 거부렁 급신합
         듸다.

제양반(諸兩班)   거부렁 급신이라니.

말둑이   눈이 그부렁 급신하단 말이요.

원양반(元兩班)   내가 이전(以前) 평양감영(平壤監營) 갓슬 째에 대부인
         (大夫人) 마누라가 감홍주를 엇더케 만히 먹엇던지 너
         만 못한 개를 보아도 눈을 그부렁 급신한단 말이여. 이
         놈 그래서.

말둑이   대부인(大夫人) 마누라가 말둑이를 오르랍듸다.[120)

제양반(諸兩班)   이놈 오르다니.

원양반(元兩班)   이놈 말둑아, 오르다니.

말둑이   마리[121) 우로 오르란 말이요.

원양반(元兩班)   하면 그럿지. 그래서.

말둑이   마리에 써ㅡㄱ 올라가니 좃자리[122)를 두루시 폅듸다.

제양반(諸兩班)   이놈 좃자리라니.

말둑이   엿다, 이 양반(兩班)아, 초석(草席)을 두루시 폇단 말이
         요.

원양반(元兩班)   우리집이 근본(根本) 인심(仁心) 집인 고(故)로 너 갓흔
         쌍놈 오면 덕석도 가이오 멍석도 가이지마는 너만한
         놈을 초석(草席)을 폐여주니 그리 아라.[123) 그래서.

---

119) 내가 전(前)에 대국사신(大國使臣)으로~보기가 모도 재 쌜게 하단 말이여: 양반이 제 마
누라의 모습이 모두 빨갛게 보이는 이유를 해명하며 애써 의심을 억누르는 내용이다.
120) 오르랍듸다: 몸 위로 올라오라는 말을 연상시키는 표현이다.
121) 마리: 마루.
122) 좃자리: 돗자리의 발음을 바꾸어 남자의 성기를 암시하는 표현이다.
123) 우리집이~그리 아라: 양반 마누라가 말둑이를 마루로 불러올려 돗자리를 펴주었다고 하

말둑이 두 손목 드우잡고 방안을 석 드러가니 각장 장판[124] 소
라 반자[125] 당음지 굽도리[126]며 청능화 도벽(塗壁) 황
능화 쬣찍고[127] 왕희지 필법(王羲之筆法)으로 전자(篆
字) 팔(八)분 색여내여[128] 이 벽 저 벽 붓첫난대 호협도
[129] 소상팔경(瀟湘八景)[130] 이 벽 저 벽 붓처 잇고. 한
벽을 바래보니 부춘산 엄자릉(嚴子陵)[131]은 간의대부
(諫議大夫) 마다하고 동강에 호을노 안자 양의 갓옷 썰
처 입고 은린옥척(銀鱗玉尺) 낙는 양을 역역히 그려 잇
고 쏘 한 벽을 바래보니 상산사호(商山四皓)[132] 네 노

자 양반이 자신의 집이 본래 인심이 있는 집이라 그렇다며 해명하고 애써 의심을 누른다.
124) 각장 장판(角壯壯版): 아주 넓고 두꺼운 각장 장판지로 바른 장판.
125) 소라[小欄] 반자: '정(井)' 자를 여럿 모은 것처럼 소란을 맞추어 짜고, 그 구멍마다 네모진
널조각의 개판(蓋板)을 얹어 만든 천장. 소란은 본바탕을 파거나 나무조각 등을 덧붙여 턱이
지게 만든 장식.
126) 당음지[→壯油紙] 굽도리: 들기름에 결은 두꺼운 기름종이인 장유지로 만든 굽도리. 굽도
리는 방안 벽의 아랫부분을 돌린 띠.
127) 청능화 도벽(塗壁) 황능화 쬣찍고: 푸른 마름꽃 무늬가 그려진 종이로 도배한 벽에 노란
마름꽃 무늬가 그려진 종이로 띠를 두르고.
128) 왕희지 필법(王羲之筆法)으로 전자(篆字) 팔(八)분 색여내여: 중국 진나라 서예가인 왕희
지의 필법으로 전각의 여덟 가지 글씨체를 새겨내.
129) 호협도(豪俠圖): 영웅호걸의 용맹스러운 모습을 그린 그림. 호렵도(虎獵圖)의 와전으로 볼
수도 있다. 〈호렵도〉는 중국 한나라 음산에서 호랑이 사냥하던 고사를 인용하여 그린 그림.
130) 소상팔경(瀟湘八景): 〈소상팔경도〉. 중국 호남성 동정호 남쪽 소수와 상강에서 보이는 여
덟 가지 아름다운 경관을 그린 그림. 산속 저자를 감싼 봄날의 아지랑이 '산시청람(山市晴嵐)',
어촌의 저녁 무렵 해가 지는 풍경 '어촌석조(漁村夕照)', 소상강에 내리는 밤비 '소상야우(瀟湘
夜雨)', 멀리 포구로 돌아오는 범선 '원포귀범(遠浦歸帆)', 안개에 싸인 절에서 들리는 저녁 종소
리 '연사만종(煙寺晩鍾)'을 말한다. 동정호에 뜬 가을달 '동정추월(洞庭秋月)', 모래밭에 날아와
앉는 기러기 '평사낙안(平沙落雁)', 저녁 무렵 강 위에 내리는 눈 '강천모설(江天暮雪)' 등으로
알려져 있다.
131) 부춘산(富春山) 엄자릉(嚴子陵): 후한 광무제 때 엄광. 어린 시절 함께 공부하던 광무제가
그를 간의대부로 임명하나 사양하고 부춘산에 은거하며 밭을 갈고 동강 칠리탄에서 낚시하며
생애를 마쳤다고 한다. 물가에서 낚시하는 엄자릉의 모습을 묘사한 민화가 전한다.
132) 상산사호(商山四皓): 중국 진나라 말엽에 난리를 피해 상산에 숨어 살던 동원공(東園公),
하황공(夏黃公), 녹리선생(甪里先生), 기리계(綺里季). 눈썹과 수염이 모두 희어 사호(四皓)라고
불렀다. 산속 바위에 앉아 한가롭게 바둑을 즐기는 모습이 옛 민화에 많이 보인다.

인(老人)은 바독판 압헤 놋코 한 노인(老人)은 흑기(黑碁)133) 들고 한 노인 백기(白碁)134) 들고 세상(世上)을 불고(不顧)하고 승부(勝負)를 결단(決斷)할 쌔 그중(中)에 한 노인(老人)은 훈수하다가 무류당코135) 도라서며 그중(中)에 한 노인(老人)은 송엽주(松葉酒) 반 잔 술이 반성반취(半醒半醉) 누운 양을 역력(歷歷)히 그려 잇고 또 한 벽을 바래보니 각설(却說)136) 현덕(玄德)137)이 관공(關公)138) 장비(張飛)139) 그나리고 와룡 선생(臥龍先生)140) 차지랴고 적(赤)여마(馬)141) 놉히 타고 지척지척 와룡강(臥龍江)142) 건너 시문(柴門)에 다다러니 동자(童子) 나와 엿자오되 선생(先生) 초당(草堂)에 석침(石枕) 놉히 비고 춘수(春睡) 깁허 기신 양143)을 역력(歷歷)히 그려 잇고 또 한 벽 바래보니 진처사(晋處士) 도

---

133) 흑기(黑碁): 검은 바둑돌.

134) 백기(白碁): 흰 바둑돌.

135) 무류당코: 무안당하고.

136) 각설(却說): 화제를 돌리며 전후 사정을 생략하고 말을 꺼낼 때 하는 말.

137) 현덕(玄德): 유비. 중국 삼국시대 촉한의 제1대 황제. 관우, 장비와 의형제를 맺고 제갈량의 도움을 받아 오나라의 손권과 함께 조조의 대군을 적벽에서 격파하였다.

138) 관공(關公): 관우. 중국 삼국시대 촉한의 무장. 적벽대전에서 조조의 군대를 격파하는 등 많은 공을 세웠다. 뒤에 위나라와 오나라의 동맹군에게 패한 뒤 살해되었다.

139) 장비(張飛): 중국 삼국시대 촉한의 무장. 후한 말 동란기 많은 전쟁에서 용맹을 떨쳤다. 유비가 제위에 오른 후 거기장군(車騎將軍), 사례교위(司隸校尉) 등에 임명되었다.

140) 와룡 선생(臥龍先生): 제갈량. 제갈공명. 중국 삼국시대 촉한의 정치가. 뛰어난 군사 전략가로 유비를 도와 오나라와 연합하여 조조의 대군을 적벽에서 대파하고 촉한을 세웠다.

141) 적(赤)여마(馬): →적로마(的盧馬). 조운이 유비에게 바친 천리마. 주인을 해치는 말이라 주변에서 만류했으나 유비의 목숨을 구해준다.

142) 와룡강(臥龍江): [江→崗]. 제갈공명이 살던 마을 앞에 있던 언덕의 이름.

143) 현덕(玄德)이~춘수(春睡) 깁허 기신 양: 봄날 낮잠을 자던 제갈량의 집에 유비, 관우, 장비가 찾아간 모습을 그린 민화가 많이 전한다.

연명(陶淵明)144)은 오도록145) 마다하고 전원(田園)에 도라와서 종국동리(種菊東籬)146) 하여 두고 무고송이 반환(撫孤松而盤桓)147)할 제 요금서이소우(樂琴書以消憂)148)함을 역력(歷歷)히 그려 잇고, 삼층 이층(三層二層) 거리 조개함농149) 반다지150)며 청동화로(靑銅火爐), 유경 촉대(燭臺)151), 타구 설합152), 제ㅅ드리153)며 동래(東萊)부죽154) 은수복155)에 김해(金海)간죽 별간죽156)에 삼동초157) 섬적 너어 두 손으로 밧친 후(後)에 이 벽장 저 벽장 미다지158) 쎄다지159) 여러놋코, 주반(酒盤) 치장 볼작시면 낄낄 우는 꿩의 탕(湯)과 쇠쇠 우는 앵게[연계(年雞)]탕

144) 진처사(晋處士) 도연명(陶淵明): 중국 동진의 시인 도잠. 자연과 더불어 살며 노래한 시가 많으며 당나라 이후 육조(六朝) 최고의 시인이라 불린다.
145) 오도록: →오두록(五斗祿). 다섯 말의 녹봉. 도연명은 '오두미 때문에 허리를 굽힐 수 없다(不爲五斗米折腰)'며 관직을 그만두고 낙향하였다.
146) 종국동리(種菊東籬): '동쪽 울타리에 국화를 심다.' 도연명은 은거하며 문 앞에 다섯 그루의 버드나무를 심었으며 동쪽 울타리에 국화를 심어놓고 완상하였다. 「음주飮酒」 제5수에 '동쪽 울타리 아래서 국화를 따며 쓸쓸히 남산을 바라본다(採菊東籬下, 悠然見南山)'고 노래하였다.
147) 무고송이반환(撫孤松而盤桓): '외로운 소나무를 어루만지며 어정거린다.' 「귀거래사」의 한 구절.
148) 요금서이소우(樂琴書以消憂): '거문고와 책을 즐기며 근심을 잊는다.' 「귀거래사」 속 구절.
149) 조개함농: 자개함농. 자개로 장식한, 옷을 담는 큰 함처럼 된 농.
150) 반다지: 위쪽 절반이 문짝으로 되어서 아래로 젖혀 여는 장.
151) 유경촉대(鍮檠燭臺): 놋쇠로 만든 등잔 받침과 촛대.
152) 타구(唾具) 설합: 가래나 침을 뱉는 서랍.
153) 제ㅅ드리: 재떨이.
154) 동래부죽(東萊釜竹): 동래 부산에서 만든 담뱃대.
155) 은수복(銀壽福): 그릇의 표면에 은으로 새겨 꾸민 '수복(壽福)'의 두 글자.
156) 김해간죽(金海簡竹) 별간죽(別簡竹): 김해에서 생산되던 담배설대. 담배설대는 물부리와 담배통 사이에 맞추는 가느다란 대통. 별간죽은 특별히 잘 만든 담배설대.
157) 삼동초: 담배의 일종. 삼동초는 유채꽃의 다른 이름이나 여기서는 담배로 보아야 한다.
158) 미다지: 미닫이. 밀어 여닫는 문.
159) 쎄다지: 빼닫이. 서랍.

(湯)160)과 펄쩍 뛰는 숭어탕(湯)과 울산(蔚山) 점복 대
(大) 점복[포(鮑)]과 동래(東萊) 점복 소(小) 점복과 맹상
군(孟嘗君)161) 눈섭차로 어석어석 비저놋코 주병(酒甁)
치장 볼작시면 목싸러다 자래병(甁)과 목지다[길다] 황
새병(甁)과 둥굴둥굴 수박병(甁)과 앙그자침 가제병
(甁)과 을근을근 유리병(甁)에 이태백(李太白)이 포도
주(葡萄酒)162)며 도연명(陶淵明) 국화주(菊花酒)163)며 산
중처사송엽주(山中處士松葉酒)며 소주약주탁주(燒酒藥
酒濁酒)로다. 그중(中)에 골나내여 한 잔 먹고 두 잔 먹
고 삼석 잔 거더 먹고 취흥(醉興)이 도도(陶陶)하야 보
기 조흔 화초병(花草甁)164)과 경개(景槪) 조흔 산수병(山
水甁)165)을 좌우(左右)로 들너놋코 원앙침(鴛鴦枕)166) 도
도 비고 비취금(翡翠衾)167) 무럽시고 대부인(大夫人) 마

---

160) 앵계탕[年雞湯]: [年→軟] 연한 닭고기로 만든 탕.
161) 맹상군(孟嘗君): 중국 전국시대 제(齊)의 공족(公族). 식객 천여 명을 거느렸고 위(魏)의 신
릉군(信陵君), 조(趙)의 평원군(平原君), 초(楚)의 춘신군(春申君)과 함께 전국시대 말기 4군 가운데
한 사람으로 꼽힌다. 고사 '계명구도(鷄鳴狗盜)'가 유명한데, 맹상군이 진나라 소양왕의 초빙으로
재상이 되었으나 의심을 사서 죽음을 당할 위기에 처한다. 이때 그의 식객 가운데 좀도둑질 잘하
는 사람과 닭울음소리 흉내를 잘하는 사람의 도움으로 위기를 모면했다는 내용이다.
162) 이태백(李太白)이 포도주(葡萄酒): 이태백은 중국 당나라의 시인 이백. 칠언절구에 특히
뛰어났으며, 이별과 자연을 제재로 한 작품을 많이 남겼다. 전설에 따르면 달 밝은 밤 채석강
에서 노닐다 포도주를 실컷 마시고 취해서 달을 잡으러 동정호에 뛰어들었다가 고래를 타고
하늘로 올라갔다고 한다.
163) 도연명(陶淵明)이 국화주(菊花酒): 도연명은 관직에서 물러나 은거하면서 동쪽 울타리 아
래 국화를 심어 완상하였다고 한다. 일설에는 그가 중양절에 마실 술이 없자 국화 한 송이를
따서 씹으면서 잠시나마 술에 대한 허기를 달랬는데 이때부터 중양절에 국화주를 마시는 풍
습이 생겼다고 한다.
164) 화초병(花草甁): [甁→屛]. 화초를 그려 넣은 병풍.
165) 산수병(山水甁): [甁→屛]. 산수 경치를 그려 넣은 병풍.
166) 원앙침(鴛鴦枕): 베갯모에 원앙을 새긴 베개.
167) 비취금(翡翠衾): 비취색의 비단 이불. 젊은 부부가 덮을 화려한 이불을 이르는 말.

누라도 청춘(靑春)이요 말둑이도 청춘(靑春)이라 청춘
흥몽(靑春興夢)¹⁶⁸⁾이 겨워 두 몸이 한몸 되야 왼갓 수작
노라시니 그 농락 엇더하리.

제양반(諸兩班) 망(亡)햇네 망(亡)햇네 양반(兩班)의 집도 망(亡)햇네.
         [무(舞).]

원양반(元兩班) 쉬ー잇, [모반(毛班)을 불너] 구름도리 안개 무자(霧字)논
         ¹⁶⁹⁾ 일흔두 마지기[七十二斗落只] 모반(毛班)에게 허급
         사(許給事)¹⁷⁰⁾라.

모양반(毛兩班) 흥(興)햇네 흥(興)햇네. [악(樂), 무(舞)]

                                    (完)

---

168) 청춘흥몽(靑春興夢): 젊은 혈기에 일어나는 욕망을 가리키는 말.
169) 구름도리 안개 무자(霧字)논: 원본에서는 '안개'를 의식하여 '무자'를 한자로 풀었으나,
'구름이 둘러 있고 안개 자욱한 무자리논'으로 푸는 게 옳을 것 같다. 무자리논은 물이 빠지지
않고 늘 고여 있는 논을 말한다.
170) 모반(毛班)에게 허급사(許給事): '모양반에게 지급할 것.' 양반 마누라와 말둑이의 간통 사
건으로 집안이 망신당할 위기에 처한 원양반이 소문을 막을 요량으로 모양반에게 논마지기를
준다는 내용이다.

가면무용 봉산탈 각본

이 각본은 소화(昭和) 11년(1936) 8월 31일 즉 음(陰) 7월 15일 황해도(黃海道) 봉산군(鳳山郡) 사리원(沙里院) 경암산(景岩山) 하(下)에서 사리원읍 주최로써 임시 거행시에 봉상탈 관계 이동벽(李東碧) 김경석(金景錫) 이윤화(李潤華) 한상건(韓相健) 나운선(羅雲仙) 임덕준(林德濬) 김태혁(金泰赫) 등 제씨 구술을 속기한 것이다.

개설

　봉산탈은 옛적붙어 황해도 봉산 읍내에서 단오일 밤노리로써 행하여오든 것으로서 실로 그 유서가 매우 오래고 향토정서가 충분한 대규모의 가면극이다. 경의선 철도가 개통됨에 딸아서 봉산군청이 사리원으로 이전된 후 구읍은 나날이 피폐하야 일한촌(一寒村)으로 되고 말엇슴으로 유서 깁흔 이 가면극도 이제는 사리원에서 행하게 되엿다. 이는 그 지방에 있어서 일반적으로 비상히 애호되는 최고의 오락이다.

　현금(現今)에도 이 탈노리를 행할 때에는 인근 각지로붙어 남녀노소의 별(別) 업시 수만의 군중이 모여들어서 대잡답(大雜踏)의 성황을 이루게 된다. 봉산 부근의 각 읍에도 이와 유사한 탈노리가 잇스나 사리원의 그것처럼 규모적이고 굉장한 것이 안이다.

　이 탈노리의 유래에 대하야 그 지방에 전하여오는 바에 의하면, "고려조 말엽 때 어느 절(만복사萬福寺라고 한다)에 만석(萬石)이라는 늙은 도승이 잇섯는대, 그는 세상 사람으로붙어 생불(生佛)이라는 말을 듯고 도 만흔 존경을 받고 잇섯다. 그의 지기중(知己中)에 취발(醉發)이라고 하는 방탕한 처사(處士) 한 사람이 잇서 여러 가지의 술책으로써 그 도승을 타락식히랴고 하얏스나 그 도승의 마음은 좀처럼 동(動)하지 안엇섯다. 그래서 취발은 최후의 일책(一策)으로써 괴물의 미녀를 식혀 그의 마음을 움지겨보기로 하엿던 바, 과연 생불이라는 말을 듯든 도승도 그 미녀의 마수(魔手)에 걸니여 마츰내 파계되고 말엇다.

　이 도승의 추태가 탄로되자 그 당시 파계 승려에 대한 세인의 증오와 반감이 매우 격화되엇슴으로 이는 유지(有志)의 사(士)가 불교의 전도를 우려하야 승려의 파계와 일반 민풍의 퇴폐됨을 예방하야고 이 탈노리를 안출(案出)한 것이다"고 한다.

이는 순연한 전설로써 아즉 이에 관한 문헌이 보이지 안음으로 무어라고 단언하기 어렵다. 그러나 이 탈노리 자체의 내용으로붙어 살펴보면 경성 부근(京城附近)에서 행하든 산대도감극(山臺都監劇)과 동일한 계통의 것이 아닌가 하는 생각이 된다. 그러고 미얄의 대사에 의하야 미루어보면 산대극보다 후에 생긴 것 같다. 오즉 흥미 잇는 점은 사자무(獅子舞) 일 막(一幕)이 더 잇는 것으로서, 사자무 막의 대사로 미루어보면, 조선에 잇는 사자무는 인도(印度)로붙어 중국(中國)을 것처 조선으로 들어온 것임을 엿볼 수 잇다.

이 탈노리는 옛적붙어 연 1회 단오일 밤에 행하기로 되여 잇는데 군수 부임시 우(又)는 중국 사신 통과시 등 관청에 견사가 잇슬 때에는 특별 흥행으로써 행하엿든 것이다. 그 비용은 원래 각방(各坊, 面)에 분배하야 일반 군민으로붙어 징수하든 것인대, 현금은 사리원 시내에 잇는 상인, 기타 일반 유지의 기부로써 충용하기로 되여 잇다. 그러고 탈은 지(紙)탈인대, 매년 새로 만들어서 사용 후는 불에 태워버리기로 되여 잇다. 본시 목(木)탈이든 것을 거금 약 이백 년 전에 봉산 이속(吏屬) 중 안초목(安草木)이란 사람이 전남(全南) 어느 섬으로 유배 갓다가 도라와서 지탈로 개혁하엿다 하며, 안초목은 탈을 개혁하얏쓸분더러 이 탈노리 조종자로서 유명하엿든 사람이므로, 그 영(靈)을 위로하는 의미에서 이 탈노리를 할 때에 서막(序幕)으로써 출연자 전원이 모여서 함께 화려한 무용을 하는 일도 잇다고 한다.

봉산탈은 원래로 봉산 이속들이 자자손손 세습적으로 출연하여오든 것으로서, 그 중 취발(醉發), 노승(老僧), 초목(初目) 등의 역할은 이속 중에서도 가장 중요한 인물이 하고, 상좌(上佐), 소무(少巫) 등은 통인(通引) 등의 연소자로써 충당식혔는대, 현금 이 탈노리를 주재하고 인는 이동벽씨(李東碧氏)와 같은 이는 그의 20대(代) 선조적부터 거의 세습적으로 초목(初目)의 역할을 담당하야왓다고 한다. 그들은 매년 단오 전 1개월간 즉 4월 5일붙어 5월 4일까지 구읍에서 약 10리(里) 되는 곳에 잇는 백운암(白雲庵)이란 절에 가면 기타 제기구의 제작 급(及) 무용의 연습을 하여가지고, 단옷날 밤 구읍 경수대 앞 광장에서 장작불을 피우고, 황혼에 시작하야 그 익조(翌朝) 해뜰 때까지 하로밤 동안 연출하든 것이다. 장소는 사리원으로 변경되엿스나 아직도 그 후예 중 연로한 이들이 주재하야 매년 단오에 행하고 잇다. 그러나 이 탈노리가 앞으로 영구히 유지될는지 이는 의문이 된다.

나는 이 탈노리의 실황을 구경하려고 금년 단오에 사리원으로 갓더니 엇던 사정으로 인하야 금년은 중지하얏다 함으로, 이 탈노리를 주재하고 잇는 이동벽씨(李東碧氏)와 봉산군 당국자를 만나 유서 깁흔 이러한 향토예술은 어따까지든지 유지하여야 한다는 필요를 역설하엿던 바, 마츰내 이동벽씨(李東碧氏)의 만흔 노력으로써 본년 8월 31일 즉 음 7월 15일의 백종(百種)날 사리원읍 주최하에 임시 거행하기로 되엿섯다.

이날의 실황은 조선총독부 문서과에서 활동사진으로 촬영하고 경성 중앙방송국에서는 전국 중계방송을 하얏다. 이때 경성 체류중이든 서전(瑞典) 국립박물관원 배르그만 씨도 참관하여 열심으로 촬영하얏슴으로, 그의 영화에 의하야 유서 깁흔 이 탈노리가 멀니 구주(歐洲)에까지 소개되게 되엿다. 그러고 특히 사계(斯界)에 조예 깁흔 무라야마 찌쥰(村山智順)·송석하(宋錫夏)·임석재(任晳宰) 등 제씨도 만흔 관심을 가지고 이날의 실황을 일부러 참관하얏슴으로, 차등 제씨의 연구에 기대할 바가 불소(不少)할 것이다.(쇼와昭和 11년 10월 19일.)

배역

〰〰〰〰〰〰〰

배역(역자의 성명은 쇼와昭和 11년 8월 31일 임시거행시 출연자들이다.)

감독(監督)	이동벽(李東碧)

출연자(出演者)

노승(老僧)	김경석(金景錫)
취발(醉發, 노승老僧의 지기知己인 처사處士)	이윤화(李潤華)
상좌(上佐, 노승老僧의 제자弟子)	이명화(李明花)
상동(同)	김난심(金蘭心)
상동(同)	정월선(鄭月仙)

상동(同)		나운선(羅雲仙)[1]
묵승(墨僧, 노승老僧의 제자弟子):	초목(初目)	이윤화(李潤華)
	이목(二目)	임덕준(林德濬)
	삼목(三目)	김수정(金守正)
	사목(四目)	한상건(韓相健)
	오목(五目)	김진옥(金振玉)
	육목(六目)	김태혁(金泰赫)
	칠목(七目)	양석현(梁錫鉉)
	팔목(八目)	나운선(羅雲仙)
거사		임덕준(林德濬)
동(同)		김태혁(金泰赫)
동(同)		김수정(金守正)
동(同)		김진옥(金振玉)
동(同)		나운선(羅雲仙)
동(同)		한상건(韓相健)
동(同, 환부鰥夫)		양석현(梁錫鉉)
사당(社黨)		송연홍(宋蓮紅)
소무(少巫)		김채선(金彩仙)
동(同)		정영산홍(丁映山紅)
혜상(鞋商)		한상건(韓相健)
원공(猿公)		김금선(金錦仙)
양반(兩班)		김경석(金景錫)
동(同, 그의 차제次弟)		나운선(羅雲仙)
동(同, 그의 말제末弟)		한상건(韓相健)
말뚝이		이윤화(李潤華)
사자(獅子, 전前)		이윤화(李潤華)
동(同, 후後)		김진옥(金振玉)
미얄		이윤화(李潤華)

1) 서연호, 「鳳山탈춤 吳晴採錄原本의 研究」 부록에 '정운선(鄭雲仙)'으로 되어 있으나 오타로 간주하여 나운선으로 바로잡는다.

미얄부(夫)	임덕준(林德濬)
용산삼개[龍山麻浦] 덜머리집	한상건(韓相健)
남강노인(南江老人)	김경석(金景錫)
악공(樂工)	김춘학(金春學)
동(同)	김학원(金學元)
동(同)	김성진(金成珍)
동(同)	방영환(方永煥)
동(同)	연덕붕(延德鵬)
동(同)	김명환(金明煥)

제1장(第一場). 사상좌무(四上佐舞)

이 장면은 악마가 수도를 방해하는 서막으로서 취발(醉發)[2]이라고 하는 방탕한 처사 한 사람이 생불과 갓흔 노승(老僧)의 마음을 움지기게 하랴고, 그의 상좌(上佐) 사 명(四名)을 꾀여내서 노승이 금강경(金剛經)[3]을 읽고 잇는 법당 압에서 가장 화려한 춤을 추히는 것이다.

장내의 한편에는 푸른빛 혹은 노른빛갈의 옷을 입은 악공(樂工) 육 인(六人)이 고(鼓), 장고(杖鼓), 해금(奚琴), 필률(觱篥), 적(笛)의 순서로 느러안젓다.[4]

사상좌(四上佐)[5] 등장. 상좌 사 인(四人)은 모다 흰 장삼(長衫)을 입

---

2) 취발(醉發): 봉산탈춤의 주요 배역 가운데 하나. 술에 취한 듯 붉은 얼굴을 하고 있다. 정현석의 『교방가요敎坊歌謠』에는 술 취한 중을 뜻하는 '취승(醉僧)'으로 표기되며 '최괄'이라고도 불린다.
3) 금강경(金剛經): 석가모니의 공(空) 사상을 깊이 있게 다룬 대승불교의 대표 경전.
4) 악공(樂工) 육 인(六人)이 고(鼓), 장고(杖鼓), 해금(奚琴), 필률(觱篥), 적(笛)의 순서로 느러안젓다: 북, 장고, 해금, 피리 2, 젓대로 구성되는 삼현육각 편성을 이른다.
5) 사상좌(四上佐): 네 명의 상좌중. 해서탈춤에서 첫번째로 등장하여 춤추는데 4방에 재배(再拜)하여 각 방위의 수호신에게 예를 올리고 놀이판의 부정을 몰아내는 벽사의 의미를 지닌다.

고 홍가사(紅袈裟)⁶⁾를 억게에 걸고 고깔을 썻다. 팔묵승(八墨僧)⁷⁾ 중(中) 한 사람에게 업히어 타령곡(打슈曲)⁸⁾의 반주(伴奏)에 맞추어 춤을 추면서 한 사람식 등장한다. 먹중[墨僧]은 상좌를 업고 춤을 추며 다름질하야 들어와서 장내를 한 박귀 도라다니며 춤을 추다가 상좌를 내려노코 퇴장한다. 먹중은 이러케 상좌 사 명(四名)을 한 사람식 등장식힌다.

사상좌(四上佐). 처음 일렬로 서서 긴−영상곡(靈像曲)⁹⁾의 반주에 맞추어 상좌춤을 추기 시작하야 두 사람식 동서로 갈나서서 서로서로 엇박구어가며 긴−영상곡(靈像曲)의 전장(全章)이 끗나도록 화려하게 춤을 춘다. 상좌무가 거의 끗날 지음에 첫목[初目; 처음 입장하는 먹중]이 다름질하야 등장하자 사상좌(四上佐) 모다 퇴장한다. 악(樂)의 반주는 타령곡으로 전환한다.

제2장(第二場). 팔묵승무(八墨僧舞)

이 장면은 승려들의 파계과정을 표현하는 것으로서 취발(醉發)이 가 절에 잇는 먹중 팔 명(八名)을 타락식혀 노승(老僧)의 마음을 움지

---

6) 홍가사(紅袈裟): 붉은색 가사. 가사는 중이 장삼 위에 왼쪽 어깨에서 오른쪽 겨드랑이 밑으로 걸쳐 입는 법복(法服). 종파와 계급에 따라 그 빛과 형식에 엄밀한 규정이 있다.
7) 팔묵승(八墨僧): 여덟 명의 먹중. 목중이라고도 하는데 이는 배역의 한몫을 맡았다는 뜻이라고도 한다. 봉산탈춤에서 먹중탈은 붉은색 바탕에 혹이 불거겨나와 험상궂은 귀면형(鬼面型)이다. 먹중은 중의 역할과 벽사축귀(辟邪逐鬼)의 성격을 함께 갖는다.
8) 타령곡(打슈曲): 타령 장단. 전통 음악 장단의 하나로 궁중 정재에 주로 쓰이는 늦타령과 굿, 탈춤, 줄타기 등에 쓰이는 잦은 타령이 있다.
9) 영상곡(靈像曲): [像→上]. 영산회상곡(靈山會上曲). '영산회상불보살(靈山會相佛菩薩)'의 일곱 자를 노래하던 불교음악으로 세속화되어 현재 영산회상의 상영산(上靈山)이 되었다. 기악곡(器樂曲)으로 전승되면서 조선 말기에 이르면 도드리[還入曲], 염불, 타령, 군악 등을 포함한 아홉 곡의 모음곡으로 남아 있다.

겨보는 것이다. 팔묵승(八墨僧)은 모다 청(靑) 우(又) 홍색(紅色)의 황홀한 긴 저고리를 입고, 울퉁불퉁하고 기괴한 가면을 쓰고 한 사람식 등장하야 타령곡의 반주에 맞추어 장내를 뛰여 도라다니면서, 기괴하고도 쾌활한 춤을 추며 여러 가지 방탕한 노래를 부른다.

첫목   [붉은 빗갈의 웃웃을 입고 허리에는 청엽(靑葉)의 유지(柳枝)10)를 꼽고 큰 방울 한아를 차고 다름질하야 등장한다. 머리를 앞흐로 푹- 수구리고 술 취한 사람 모양으로 비틀거리며, 저고리의 두 소매로 얼굴을 가리우고 타령곡의 반주에 맞추어 춤을 추면서, 장내로 빙빙 도라다니다가 땅에 넘어저서 넘어진 그대로, 누어서 얼굴을 가리운 그대로 팔과 몸과 다리를 움지기며 타령곡의 반주에 맞추어 춤을 춘다. 이는 엄숙한 노승의 앞에서 공축(恐縮)함을 늣긴 까닭이다.11) 한참 동안 그대로 춤을 추면서 이러나랴고 하다가 업더지기를 삼 차(三次)나 거듭한다. 네 번 만에 겨우 이러나서 매우 쾌활한 춤을 추기 시작하야 조곰도 꺼림업시 한참 추고 잇을 때에 둘재목이 다름질하야 등장한다.]

이목(二目)   [다름질하야 들어와서 첫목의 면(面)을 한 번 탁- 쳐서 퇴장식히고, 타령곡 반주에 맞추어 장내를 한 박구 도라다니며 쾌활하게 춤을 추다가, 악공의 앞으로 와서 좌우를 도라보면서] 쉬- [악(樂)의 반주와 무(舞)는 긋친다.]

---

10) 청엽(靑葉)의 유지(柳枝): 푸른 버드나무 가지. 젊음과 생산성을 상징한다.
11) 땅에 넘어저서~공축(恐縮)함을 늣긴 까닭이다: 임석재 채록본에서는 이 부분을 성적인 표현으로 이해했다. 본색이 한량으로 절에서 수도를 닦는 중의 성적 욕망과 갈등을 표현했다고 볼 수 있다.

[창(唱)] 산중에 무력일(無歷日)12)하야 철 가는 줄 몰낫
더니
꽃 피여 춘절(春節)이요 엽(葉) 돋아 하절(夏節)이라.
오동낙엽추절(梧桐落葉秋節)이요 저 건너 창송녹죽(蒼松
綠竹)에
백설(白雪)이 펄펄 휘날니니 이 아니 동절(冬節)인가.
나도 본시 오입장(誤入匠)이13)로 산간에 뭇첫더니
풍류 소리 반겨 듯고 염불에 뜻이 업서
이런 풍류정(風流亭)14) 차저왓든.
[창(唱)이 끗나자 육각(六角)은 타령곡을 반주하고, 둘째목
은 이에 맞추어 한참 춤을 추다가 다시] 쉬ー [악(樂)과 무
(舞)는 굿친다.] 봉제사연후(奉祭祀然後)에 접빈객(接賓
客)하고15) 수인사연후(修人事然後)에 대천명(待天命)이
라고16) 하얏스니, 수인사(修人事) 한마듸 들어가오. [타
령곡의 반주에 마추어 춤을 추면서, 창(唱)] 심불로(心不老)
심불로(心不老) 백수한산(白首寒山)에 심불로(心不
老)17)

---

12) 산중(山中)에 무력일(無歷日)하여: '산속에는 달력이 없어서.' 당나라 태상은자의 시 「답인
答人」의 한 구절. '무심코 소나무 아래에 왔다가 돌베개 높이 베고 잠드네. 산속에는 달력이 없
어서 추위가 다하도록 해 가는 것을 모르겠네(偶來松樹下, 高枕石頭眠. 山中無歷日, 寒盡不知年).'
13) 오입장(誤入匠)이: 호탕하며 주색을 밝혀 기생집에 자주 드나드는 풍류랑.
14) 풍류정(風流亭): 사람들이 모여 풍류, 즉 음악과 유흥을 즐기는 정자.
15) 봉제사연후(奉祭祀然後)에 접빈객(接賓客)하고: '제사를 받들어 모신 뒤에 손님을 접대하
고.' 봉제사 접빈객은 조선시대 양반이 안주인에게 가장 중요한 책무였다.
16) 수인사연후(修人事然後)에 대천명(待天命)이라고: '사람으로서 할 수 있는 한 최선을 다하
고 나서 그 결과는 하늘에 맡긴다'고.
17) 백수한산(白首寒山)에 심불로(心不老): '머리털은 희어졌으나 마음만은 늙지 않았다'는 뜻.
여기서는 타령곡을 청하는 불림이다.

284

둘재목이 한참 쾌활하게 춤을 출 때에 셋재목이 등장한다.

삼목(三目)   [셋재목이 다름질하야 들어와서 둘재목의 면을 한 번 탁 쳐
서 퇴장식히고 타령곡의 반주에 마추어 장내를 한 박구 돌아
다니며 쾌활하게 춤을 추다가 악공의 압흐로 와서 좌우를 도
라보면서] 쉬― [악(樂)의 반주와 무(舞)는 긋친다.]
[창(唱)] 이곳을 당도하야 사면을 도라보니
담박청정(淡泊淸正)[18] 네 글자 분명히 붓처 잇고
동편을 바라보니 만고성군(萬古聖君) 주문왕(周文王)
이 태공망(太公望)을 차즈랴고
위수양(渭水陽) 가는 경(景)을 역력히 그려 잇고[19]
남편을 바라보니 춘추(春秋) 적 진목공(秦穆公)이 건숙
(蹇淑)을 차즈랴고
농명촌(農明村) 가는 경(景)을 역력히 그려 잇고[20]
서편을 바라보니 전국(戰國) 적 오자서(伍子胥)가 손무
자(孫武子) 차즈랴고
나부산(那夫山) 가는 경(景)을 역력히 그려 잇고[21]

18) 담박청정(淡泊淸正): 욕심이 없고 깨끗하며, 평안하고 고요함.
19) 만고성군(萬古聖君) 주문왕(周文王)이 태공망(太公望)을 차즈랴고 위수양(渭水陽) 가는 경
(景)을 역력히 그려 잇고: 중국 주나라 문왕은 인정(仁政)을 베풀고 천하의 현사(賢士)를 모아
나라를 강대하게 만들었는데 그중 하나가 태공망이었다. 태공망은 주나라 초기 정치가로 흔히
강태공으로 불린다. 문왕은 위수에서 낚시로 소일하던 강태공을 만나 스승으로 삼았다. 강태
공은 문왕의 아들 무왕을 도와 은을 멸망시키고 천하를 평정하였고 그 공으로 제나라 왕에 봉
해졌다. 강태공이 위수에서 낚시하는 장면을 그린 옛 그림이 많이 전한다.
20) 춘추(春秋) 적 진목공(秦穆公)이 건숙(蹇淑)을 차즈랴고 농명촌(農明村) 가는 경(景)을 역력
히 그려 잇고: 중국 춘추시대 진나라의 9대왕인 진목공은 백리해, 건숙과 같은 현신(賢臣)을
등용하여 선정을 베풀었다. 목공이 정나라를 쳐들어가기 전에 건숙에게 자문을 구하자 건숙이
불가하다고 간하나 이를 듣지 않고 쳐들어갔다가 패했다.
21) 전국(戰國) 적 오자서(伍子胥)가 손무자(孫武子) 차즈랴고 나부산(那夫山) 가는 경(景)을 역

북편을 바라보니 초한(楚漢)이 요란(擾亂)할 제 천하장
사(天下壯士) 항적(項籍)이가 범아부(范亞夫) 차즈랴고
기고산(祁高山) 가는 경(景)을 역력히 그려 잇고[22]
중앙을 살펴보니 여러 동무들이 풍류를 잡히고 흐낙이
노니
나도 한번 놀고 가려든.[23]
[타령곡의 반주에 맞추어 한참 춤을 추다가 다시] 쉬- [악
(樂)과 무(舞)는 굿친다.] 봉제사연후(奉祭祀然後)에 접빈
객(接賓客)하고 수인사연후(修人事然後)에 대천명(待天
命)이라고 하엿으니, 수인사(修人事) 한마듸 들어가오.
[타령곡의 반주에 맞추어 춤을 추면서, 창(唱)] 이 두견(杜
鵑) 저 두견(杜鵑) 만첩청산(萬疊靑山)에……

셋재목이 한참 쾌활하게 춤을 출 때에 넷재목이 등장한다.

사목(四目)　　　[넷재목이 다름질하야 들어와서 셋재목의 면을 한 번 탁 처
　　　　　　　서 퇴장식히고 타령곡의 반주에 마추어 장내를 한 박구 돌아

───────

력히 그려 잇고: 중국 춘추시대 초나라 사람인 오자서는 억울하게 피살된 아버지와 형의 원수
를 갚고자 적국 오나라에 가서 재상이 된다. 이후 손무와 함께 오나라 왕 합려를 도와 초나라
를 쳐서 승리했다. 손무는 절제되고 규율을 갖춘 군대를 조직하여 패권을 장악했고 『손자병
법』으로 잘 알려진 『손자』를 저술하였다.
22) 초한(楚漢)이 요란(擾亂)할 제 천하장사(天下壯士) 항적(項籍)이가 범아부(范亞夫) 차즈랴고
기고산(祁高山) 가는 경(景)을 역력히 그려 잇고: [范亞夫 → 范亞父]. 진나라 말기 항적은 모사인
범아부의 도움으로 초나라 패왕이 되었다. 항적은 항우로 더 잘 알려져 있으며 한나라의 고조
유방과 대립하다 해하 전투에서 패하고 애첩인 우미인과 함께 오강에서 자결하였다. 범아부는
범증으로 나이 70세에 항우를 만나 공을 세웠는데 한고조의 모사 진평의 간계에 빠져 초나라
에서 쫓겨났다.
23) 이상은 풍류정의 정면 현판과 사면에 그려진 장식화를 묘사하는 말이다. 그 한가운데에서
풍류가 벌어진다고 공연 공간을 설명한다.

다니며 춤을 추다가 악공의 압흐로 와서 좌우를 돌아보면서]

쉬ー [악(樂)의 반주와 무(舞)는 긋친다.]

[창(唱)] 멱라수(汨羅水) 맑은 물은 굴삼려(屈三閭)의 충혼이오[24]

삼강수(三江水) 얼크러진 비는 오자서(伍子胥) 정령(精靈)[25]이요

채미(採薇)하든 백이(伯夷) 숙제(叔齊) 구추명절(九秋名節) 일넛건만 수양산(首陽山) 아사(餓死)하고[26]

말 잘하는 소진장(蘇秦張)[27]은 열국제왕(列國諸王) 다 달내도 염라대왕(閻羅大王) 못 달내어

춘풍세우두견성(春風細雨杜鵑聲)에 슯흔 혼백(魂魄) 되엇스니[28]

24) 멱라수(汨羅水) 맑은 물은 굴삼려(屈三閭)의 충혼(忠魂)이오: 굴삼려는 굴원. 초나라의 정치가이며 시인. 삼려대부(三閭大夫)가 되었다가 모함을 입어 뜻을 못 펴고 멱라수에 빠져 죽었다. 초사(楚辭)라는 운문 형식을 처음으로 시작하여 「이소離騷」「어부사漁父辭」 등의 작품을 남겼다.

25) 오자서(伍子胥) 정령(精靈): 오자서는 오왕 합려를 도와 초나라를 쳐서 아버지와 형의 원수를 갚는다. 하지만 왕위에 오른 부차에게 월의 화친 요구를 거절하고 제에 대한 공격을 중지하라고 간언했다가 왕의 분노를 사 나중에 강제로 자결한다. 오자서는 자신이 죽어도 두 눈은 살아서 오나라가 망하는 모습을 보리라고 저주하였는데 죽은 지 9년 만에 오나라는 월나라에게 멸망당한다. '오자서 정령'은 죽어서도 눈감을 수 없었던 오자서의 원혼을 말한다.

26) 채미(採薇)하든 백이(伯夷) 숙제(叔齊) 구추명절(九秋名節) 일넛건만 수양산(首陽山) 아사(餓死)하고: 백이와 숙제는 본래는 은나라 고죽국(孤竹國)의 왕자였는데, 아버지가 죽은 뒤 서로 후계자가 되기를 사양하다가 두 사람 모두 나라를 떠났다. 그 무렵 주나라 무왕이 은나라의 주왕을 멸망시키자 무왕의 행위가 인의(仁義)에 위배된다며 주나라 곡식을 먹기를 거부하고 수양산에 들어가 고사리를 캐어먹고 지내다가 굶어죽었다.

27) 소진장(蘇秦張): →소진(蘇秦) 장의(張儀). 소진과 장의는 중국 전국시대의 정치가이며 유세가로 진과 연·제·초·한·위·조의 6국 사이의 외교 전술에 능통하여 각각 합종책과 연횡책을 제안하였다. 소진의 합종책은 6국을 종적으로 연합하여 강대한 진나라와 대결할 동맹을 맺도록 하는 책략이었다. 장의의 연횡책은 진나라가 6국과 개별적으로 횡적 동맹을 맺는 책략이었다. 진나라는 합종을 타파한 뒤 6국을 차례로 멸망시켜 중국을 통일하였다.

28) 춘풍세우두견성(春風細雨杜鵑聲)에 슯흔 혼백(魂魄) 되엇스니: '봄바람 불고 이슬비 내리는 가운데 들리는 두견새 소리에 슬픈 혼백이 되었다'는 표현은 중국 촉나라 망제의 이야기와 연결된다. 망제는 물에 떠내려온 별령(鼈靈)을 구해주었다가 그에게 배신당하고 나라를 빼앗겨

하물며 초로(草露) 같흔 우리 인생이랴.

이러한 풍악 소리 듯고 아니 놀 수 업거든.

[타령곡의 반주에 맞추어 한참 춤을 추다가 다시] 쉬ー [악
(樂)의 반주와 무(舞)는 긋친다.] 봉제사연후(奉祭祀然後)
에 접빈객(接賓客)하고 수인사연후(修人事然後)에 대천
명(待天命)이라고 하엿스니, 수인사(修人事) 한마듸 들
어가오. [타령곡의 반주에 마추어 춤을 추면서, 창(唱)] 절
개(節槪)는 여산(驪山)이요 지상선(地上仙)은[29] ……

넷재목이 한참 춤을 출 때에 다섯재목이 등장한다.

오목(五目)　　[다름질하야 들어와서 넷재목의 면을 한 번 탁 쳐서 퇴장식
히고 타령곡의 반주에 마추어 춤을 추며 장내를 한 박구 도
라 악공의 앞흐로 와서 좌우를 도라보면서] 쉬ー [악(樂)의
반주와 무(舞)는 긋친다.]

　　　　　　[창(唱)] 오호(五湖)[30]로 도라드니 범려(范蠡)는 간 곳
업고[31]

타국으로 쫓겨났다. 그는 촉나라로 돌아가지 못하는 신세를 한탄하며 온종일 울다가 지쳐 죽
었는데, 그의 원혼은 두견새가 되어 밤마다 목에서 피가 나도록 울었다고 한다. 그런 까닭에
두견새는 '촉혼(蜀魂)' '불여귀(不如歸)' '귀촉도(歸蜀道)' 등으로 불린다.

29) 절개(節槪)는 여산(驪山)이요 지상선(地上仙)은: 여산은 중국 장안의 북동쪽 섬서성 임동현
에 위치한 산으로 진시황의 무덤이 있다. 판소리 〈수궁가〉나 〈변강쇠가〉 등에서도 인생무상
을 말할 때 진시황의 여산 무덤과 한무제 무릉 무덤을 자주 언급한다. 두 사람은 삼신산과 곤
륜산 등에 있다는 불사약을 찾아 지상의 신선이 되고자 애쓴 것으로 유명하다.

30) 오호(五湖): 중국 고대의 다섯 호수, 또는 태호(太湖)의 별명이라고도 본다. 격(湨)·조(洮)·사
(射)·귀(貴)·대호(大湖) 등 다섯 호수를 말하기도 한다.

31) 오호(五湖)로 도라드니 범려(范蠡)는 간 곳 업고: 범려는 춘추시대 초나라 사람으로 월왕
구천을 도와 오나라를 멸망시켰다. 구천을 믿을 수 없다고 여겨 서시와 함께 서호로 떠나 세상
을 피해 살았다. 서시는 오나라를 멸망시키기 위한 범려의 계책에 따라 월왕 구천이 오왕 부차

백빈주(白蘋洲)[32] 갈매기는 홍요안(紅蓼岸)[33]으로 날
아들고

삼호(三湖)[34]의 떼기러기는 부용당(芙蓉堂)[35]으로 날
아들 제

심양강(潯陽江)[36] 도라드니 백낙천(白樂天) 일거후(一
去後)에 비파성(琵琶聲)이 끈어지고[37]

적벽강(赤壁江)[38] 도라드니 소동파(蘇東坡) 노든 풍월
(風月) 의구(依舊)히 잇다만은

조맹덕(曺孟德) 일세효웅(一世梟雄)[39] 이금안재재(而今
安在哉)오[40]

월락오제(月落烏啼) 깁흔 밤에 고소성(姑蘇城)[41] 외(外)

에게 바친 미인이다.

32) 백빈주(白蘋洲): 흰 마름꽃이 핀 물가.

33) 홍요안(紅蓼岸): 붉은 여뀌꽃이 우거진 언덕.

34) 삼호(三湖): 중국 호북성 강릉현 성 동쪽에 위치한 의북호, 의남호, 요대호.

35) 부용당(芙蓉堂): 연꽃을 감상할 수 있게 연못가에 만든 정자.

36) 심양강(潯陽江): 중국 강서성 구강시 부근을 흐르는 양자강의 별명.

37) 심양강(潯陽江) 도라드니 백낙천(白樂天) 일거후(一去後)에 비파성(琵琶聲)이 끈어지고: 백
낙천은 당나라 시인 백거이. 강주의 외직으로 좌천될 때 백낙천은 심양강의 배 위에서 애절한
비파 소리를 듣는다. 젊은 시절 장안의 기녀로 화려한 나날을 보낸 늙은 장사꾼의 아내의 연
주였다. 백낙천은 그 비파 연주와 살아온 내력에서 느낀 비감을 담아 「비파행」을 지었다.

38) 적벽강(赤壁江): 중국 황강현 성밖에 위치한 강. 주유가 제갈량의 전술을 빌어 조조의 백만
대군과 싸운 적벽과는 다르다.

39) 일세효웅(一世梟雄): 일대의 사납고 날랜 영웅.

40) 적벽강(赤壁江) 도라드니 소동파(蘇東坡) 노든 풍월(風月) 의구(依舊)히 잇다만은 조맹덕(曺
孟德) 일세효웅(一世梟雄) 이금안재재(而今安在哉)오: 소동파는 북송 때 시인으로 당송팔대가인
소식, 자는 자첨. 그는 1142년 7월 16일에 적벽강에서 뱃놀이를 하며 「적벽부」를 지었다. 조조
의 백만대군이 화공(火攻)에 당한 적벽대전을 떠올리며 '진실로 일세의 영웅이라, 지금은 어디
에 있는가(固一世之雄也, 而今安在哉)'라며 조조에 대한 동정과 인생무상을 노래하였다.

조맹덕은 중국 삼국시대 위나라의 정치가이자 시인인 조조로 맹덕은 그의 자(字)이다. 화북 지
방을 평정한 후, 손권, 유비의 연합군에게 대패하여 그 세력이 강남에는 미치지 못하였다. 위
나라의 기틀을 마련하였고 스스로 제위에 오르지는 않았다.

41) 고소성(姑蘇城): 지금의 강소성 소주, 오나라의 수도. 춘추시대 오나라 왕 부차의 궁전 고

배를 대니

한산사(寒山寺)[42] 쇠북 소리 객선(客船)에 둥둥 울리고
[43]

소언(小焉)에 대변일륜홍(大邊一輪紅)[44]은 부상(扶
桑)[45]에 둥실 높핫는대

풍류정(風流亭) 당도하야 사면을 바라보니

만학천봉운심처(萬壑千峰雲深處)에 학선(鶴仙)이 노니
는 듯[46]

유량(嚠喨)[47]한 풍류(風流) 소리 그저 지날 수 업거든

[타령곡의 반주에 맛추어 한참 춤을 추다가 다시] 쉬- [악
(樂)의 반주와 무(舞)는 굿친다.] 봉제사연후(奉祭祀然後)
에 접빈객(接賓客)하고 수인사연후(修人事然後)에 대천
명(待天命)이라고 하엿스니, 수인사(修人事) 한마듸 들
어가오. [타령곡의 반주에 마추어 춤을 추면서, 창(唱)] 상
산사호(商山四皓)[48] 옛 늙은이 날 찾는다……

소대가 여기 있었다.

42) 한산사(寒山寺): 소주의 교외 풍교(楓橋) 근방의 절. 당나라 때 고승인 한산과 습득이 살던
절로 옛부터 유명하다.

43) 월락오제(月落烏啼) 깁흔 밤에 고소성(姑蘇城) 외(外) 배를 대니 한산사(寒山寺) 쇠북 소리
객선(客船)에 둥둥 울리고: 중국 당나라 시인인 장계가 지은 시 「풍교야박」의 시상을 풀어 표
현하였다. '달 지고 까마귀 울 제 찬 서리 하늘에 가득한데, 강가 단풍과 고깃배 불빛 마주하여
시름겨운 잠을 청하네. 고소성 밖 한산사에서는 한밤중 종소리가 객선까지 들려오네(月落烏啼
霜滿天, 江楓漁火對愁眠. 姑蘇城外寒山寺, 夜半鐘聲到客船).'

44) 대변일륜홍(大邊一輪紅): 긴 수평선 또는 지평선 가장자리에서 붉게 떠오르는 둥근 해.

45) 부상(扶桑): 해가 뜨는 동쪽 바다. 중국 전설에서, 해가 뜨는 동해에 있다는 상상의 나무.
또는 그 나무가 있다는 곳.

46) 만학천봉운심처(萬壑千峰雲深處)에 학선(鶴仙)이 노니는 듯: 수많은 골짜기와 산봉우리 너
머 구름 깊은 곳에 학을 탄 신선이 노니는 듯.

47) 유량(嚠喨): 음악 소리가 맑으며 또렷함.

48) 상산사호(商山四皓): 중국 진나라 말엽에 난리를 피해 상산에 숨어 살던 동원공, 하황공,
녹리선생, 기리계. 눈썹과 수염이 모두 희어 사호(四皓)라고 불렸다. 한가로이 바둑을 두는 네

다섯재목이 한참 춤을 출 때에 여섯재목이 등장한다.

육목(六目)   [다름질하야 들어와서 다섯재목의 면을 한 번 탁 쳐서 퇴장
식히고, 타령곡의 반주에 마추어 춤을 추면서 장내를 한 박
구 도라 악공의 앞흐로 와서 좌우를 도라보면서] 쉬- [악
(樂)의 반주와 무(舞)는 긋친다.]

[창(唱)] 산불고이수려(山不高而秀麗)하고 수불심이청
징(水不深而淸澄)이라.[49]

지불광이평탄(地不廣而平坦)하고 인부다이무성(人不多
而茂盛)이라.[50]

월학(月鶴)은 쌍반(雙伴)[51]하고 송죽(松竹)은 교취(交
翠)로다.

기산영수별건곤(箕山潁水別乾坤)에 소부(巢父) 허유(許
由) 노라 잇고[52]

채석강명월야(采石江明月夜)에 이적선(李謫仙) 노라 잇
고[53]

노인의 모습이 옛 그림이나 시에 자주 등장한다.

49) 산불고이수려(山不高而秀麗)하고 수불심이청징(水不深而淸澄)이라: '산은 높지 않으나 빼어
나게 아름답고 물은 깊지 않으나 맑다.'

50) 지불광이평탄(地不廣而平坦)하고 인부다이무성(人不多而茂盛)이라: [人→林]. '땅은 넓지 않
아도 평탄하고 숲은 많지 않으나 무성하다.'

51) 월학(月鶴)은 쌍반(雙伴): '달빛 아래 학이 짝하여 노닌다.' 원학쌍반(猿鶴雙伴)의 오기로 보
아 원숭이와 학이 함께 노닌다는 뜻으로 풀 수도 있다.

52) 기산영수별건곤(箕山潁水別乾坤)에 소부(巢父) 허유(許由) 노라 잇고: 기산과 영수는 하남성
등봉현에 있는 산과 강의 이름으로 요임금 때에 소부와 허유가 공명을 피하여 이곳에서 은거
했다. 허유는 요임금이 왕위를 물려주려 하자 기산에 숨어 살았는데 구주(九州)의 우두머리로
삼으려 한다는 말을 듣고 영수에 귀를 씻었다. 마침 소에게 물을 먹이려고 영수에 나온 소부가
그 이야기를 듣고는 소에게 그런 더러운 물을 먹일 수 없다며 소를 상류로 끌고 갔다는 이야기
가 전한다.

53) 채석강명월야(采石江明月夜)에 이적선(李謫仙) 노라 잇고: 이적선은 당나라의 시인 이백.

적벽강추야월(赤壁江秋夜月)에 소동파(蘇東坡) 노라 잇다[54]

이러한 풍류정(風流亭)에 한번 놀고 가려든.

[타령곡의 반주에 마추어 한참 춤을 추다가 다시] 쉬— [악(樂)의 반주와 무(舞)는 굿친다] 봉제사연후(奉祭祀然後)에 접빈객(接賓客)하고 수인사연후(修人事然後)에 대천명(待天命)이라고 하엿스니, 수인사(修人事) 한마듸 들어가오. [타령곡의 반주에 마추어 춤을 추면서, 창(唱)] 세이인간불문(洗耳人間不聞) 한가(閑暇)롭다⋯⋯

여섯재목이 한참 춤을 추고 잇슬 때에 일곱재목이 등장한다.

칠목(七目)　　[달음질하야 들어와서 여섯재목의 면을 한 번 탁 처서 퇴장식히고, 타령곡의 반주에 맞추어 춤을 추면서 장내를 한 박구 도라 악공 앞흐로 와서 좌우를 도라보면서] 쉬— [악(樂)의 반주와 무(舞)는 굿친다.]

[창(唱)] 천지(天地)가 개벽후(開闢後) 만물(萬物)이 번성(繁盛)이라

산(山)절노 수(水)절노 하니 산수간(山水間)에 나도 절로

호는 청련거사(靑蓮居士). 태백(太白)은 자. 젊어서 여러 나라에 만유(漫遊)하고, 뒤에 벼슬길에 나아갔으나 안사의 난으로 유배되는 등 불우한 만년을 보냈다. 칠언절구에 특히 뛰어났으며, 이별과 자연을 제재로 한 작품을 많이 남겼다. 인간 세상으로 귀양 온 신선이란 뜻에서 '적선'으로 불린다. 전설에 따르면 달 밝은 밤 채석강에서 노닐던 이백이 포도주를 실컷 마시고 취해서 달을 잡으려 강에 뛰어들었다가 고래를 타고 하늘로 올라갔다고 한다.

54) 적벽강추야월(赤壁江秋夜月)에 소동파(蘇東坡) 노라 잇다: 가을밤 적벽강에서 뱃놀이하던 소동파의 일화.

292

때마츰 춘절(春節)이라 산천경개(山川景槪) 구경(求景)
코저

죽장망혜(竹杖芒鞋)[55] 단표자(單瓢子)[56]로 이 강산에
들어오니

만산(滿山)의 홍록(紅綠)[57]들은 일년일차(一年一次) 다
시 피여

춘색(春色)을 자랑하야 색색(色色)이 붉엇는대

창송취죽(蒼松翠竹)은 울울창(鬱鬱蒼)하고 기화요초난
만중(奇花瑤草爛漫中)에

꽃 속에 자든 나븨 자취업시 날아든다.

유상앵비(柳上鶯飛)는 편편금(片片金)[58]이요 화간접무
(花間蝶舞)는 분분설(紛紛雪)[59]이라

삼춘가절(三春佳節)이 조을시고

도화만발점점홍(桃花滿發點點紅)[60]하니 무릉도원(武陵
桃源)[61]이 예 아니냐.

양류세지사사록(楊柳細枝絲絲綠)[62]하니 황산곡리당춘

---

55) 죽장망혜(竹杖芒鞋): 대지팡이와 짚신.
56) 단표자(單瓢子): 단사표음, 즉 대그릇에 담은 밥과 표주박에 담은 물이라는 말의 준말.
57) 만산(滿山)의 홍록(紅綠): 온 산의 붉은 꽃과 푸른 잎. 봄 풍경을 표현한 말.
58) 유상앵비(柳上鶯飛)는 편편금(片片金): 버들 위에 나는 꾀꼬리는 조각조각 금과 같다.
59) 화간접무(花間蝶舞)는 분분설(紛紛雪): 꽃 속에 춤추는 나비는 어지러이 날리는 눈과 같다.
60) 도화만발점점홍(桃花滿發點點紅): 복사꽃이 만발하여 점점이 붉었다.
61) 무릉도원(武陵桃源): 복숭아꽃이 핀 별천지. 도연명의 「도화원기桃花源記」에서 유래하였
다. 중국 진(晉)나라 때 무릉에 사는 한 어부가 복숭아꽃이 아름답게 핀 계곡을 배로 거슬러올
라가 진(秦)나라의 난리를 피한 사람들을 만났는데, 그들은 바깥세상의 변천과 세월의 흐름을
몰랐다고 한다. 어부가 귀가하였다가 돌아가려 했으나 다시 그곳을 찾지 못했다고 한다.
62) 양류세지사사록(楊柳細枝絲絲綠): 버들의 가는 가지가 실처럼 늘어져 푸르렀다.

절(黃山谷裏當春節)63)에 연명오류(淵明五柳)64)가 예 안
이냐.65)

층암절벽상(層岩絕壁上)에 폭포수(瀑布水)가 꽐꽐 흘너

수정렴(水晶簾) 들이운 듯

병풍석(屏風石)66)에 마조처서 은옥(銀玉)같이 홋터지
니

소부(巢父) 허유(許由) 문답(問答)하든 기산영수(箕山潁
水) 예 안이냐.

주각제금(住刻啼禽)은 천고절(千古節)67)이오 적다정조
(積多鼎鳥)는 일년풍(一年豊)68)이라

경개무궁(景槪無窮) 조을시고69)

장중(場中)을 굽어보니 호걸(豪傑)들이 만히 모여

해금(奚琴) 피리 저 북 장고 느러노코

이리 뛰며 저리 뛰니 이 아니 풍류정(風流亭)인가

나도 흥(興)겨워 한번 놀고 가려든.

---

63) 황산곡리당춘절(黃山谷裏當春節): 황산곡에 봄철이 오니. 황산곡은 안휘성 흡현 서북에 위치한 산속의 계곡.
64) 연명오류(淵明五柳): 도연명이 심은 다섯 그루의 버드나무. 그는 진(晉)나라가 망하려 할 때 벼슬을 버리고 향리에 은퇴하여 문 앞에 버드나무 다섯 그루를 심어 가꾸며 자호를 오류(五柳)라고 하였다.
65) 황산곡(黃山谷)~연명오류(淵明五柳)가 예 안이냐: 황산곡은 지명이지만 중의적으로 송나라 문인인 황정견을 가리킨다고 볼 수도 있다. 황산곡[황정견]과 도연명[도잠]의 이름이 함께 언급된 시조가 있다. '황산곡(黃山谷) 도라드러 이백화(李白花)랄 꺽거쥐고/도연명 차즈려고 오류촌(五柳邨) 드러가니/갈건(葛巾)에 술덧난 소래 세우성(細雨聲)인가 하노라.'
66) 병풍석(屏風石): 병풍처럼 둘러쳐진 바위.
67) 주각제금(住刻啼禽)은 천고절(千古節): '주각 하고 우는 두견새 소리는 천고에 빛나는 굳은 절개요.' 주각은 '주곡(奏穀)'으로도 표기되며 주각새, 즉 두견새의 울음소리를 표기한 것.
68) 적다정조(積多鼎鳥)는 일년풍(一年豊): '적다 하고 우는 소쩍새 소리에 올해도 풍년이네.' '적다정조'는 '풍년이 드니 쌀이 넘쳐 솥이 적다'는 뜻을 담은 '소쩍새'를 한자로 표기한 것이다.
69) 산천경개(山川景槪) 구경(求景)코저~경개무궁(景槪無窮) 조을시고: 12잡가 중 〈유산가〉 내용과 거의 같다.

[타령곡의 반주에 맞추어 한참 쾌활하게 춤을 추다가 다시]
쉬― [악(樂)의 반주와 무(舞)는 긋친다.] 봉제사연후(奉祭
祀然後)에 접빈객(接賓客)하고 수인사연후(修人事然後)
에 대천명(待天命)이라고 하얏스니, 수인사(修人事) 한
마듸 들어가오. [타령곡의 반주에 마추어 춤을 추면서, 창
(唱)] 옥동도화만수춘(玉洞桃花萬樹春)[70) 가지가
지……

일곱재목이 한참 춤을 출 때에 여덜재목이 등장한다.

팔목(八目)　　[다름질하야 들어와서 일곱재목의 면을 탁 쳐서 퇴장식히고,
타령곡의 반주에 맞추어 춤을 추면서 장내를 한 박구 도라
악공의 앞흐로 와서 좌우를 도라보면서] 쉬― [악(樂)의 반
주와 무(舞)는 긋친다.]
[창(唱)] 죽장(竹杖) 집고 망혜(芒鞋) 신어 천리강산(千
里江山) 들어가니
폭포도 장히 조타만은 여산(驪山)이 여긔로다.[71)
비류직하삼천척(飛流直下三天尺)은 옛말로 들엇더니
의시은하낙구천(疑是銀河落九天)[72)은 과연 허언(虛言)
이 아니로다.

─────────

70) 옥동도화만수춘(玉洞桃花萬樹春): '옥동에 복사꽃 피니 나무마다 봄빛이 가득하구나.'
71) 폭포도 장히 조타만은 여산(驪山)이 여긔로다: [驪山→廬山]. 이하 노래의 내용은 이백의
「망여산폭포望廬山瀑布」에서 이미지를 차용하였다.
72) 비류직하삼천척(飛流直下三天尺)~의시은하낙구천(疑是銀河落九天): '삼천 척을 날아내려서
곧바로 떨어지니 은하수가 구천 하늘에서 쏟아지는 듯하네.' 이백의 「망여산폭포」에서 가져
온 구절이다. '향로봉에 해 비치자 붉은 안개 피는데, 저멀리 폭포가 앞 시내에 걸려 있네(日照
香爐生紫煙, 遙看瀑布掛前川. 飛流直下三千尺, 疑是銀河落九天).'

은하석경(銀河石徑)⁷³⁾ 좁은 길로 인도(引導)한 곳 나려가니

사호선생(四皓先生) 바독 두고

소무(蘇武)는 무삼 일노 소골피를 거슬이고

허유(許由)는 어이하야 팔은 것고 안저 잇고⁷⁴⁾

소리 쪼차 나려가니 풍류정(風流亭)이 분명(分明)키로

한번 놀고 가려든.

[타령곡의 반주에 마추어 한참 춤을 추다가] 쉬— [악(樂)의 반주와 무(舞)는 긋친다.] 봉제사연후(奉祭祀然後)에 접빈객(接賓客)하고 수인사연후(修人事然後)에 대천명(待天命)이라고 하엿스니, 수인사(修人事) 한마듸 들어가오. [타령곡의 반주에 마추어 춤을 추면서, 창(唱)] 만사무심일조간(萬事無心一釣竿)⁷⁵⁾ 가소(可笑)롭다……

　여덜재목이 한참 춤을 출 때에 퇴장하여든 먹중 칠 인(七人)이 일제히 등장한다. 먹중 팔 인(八人)이 한데 엉키여서 각자의 장기 춤을 각각 함부로 춘다. 육각(六角)은 타령곡과 굿거리곡을 석거서 반주한다. 먹중 팔 인(八人)은 이와 같이 한참 뭇동춤⁷⁶⁾을 추고 모다 퇴장한다.

---

73) 은하석경(銀河石徑): 은하수 사이 돌길. 바로 앞에서 폭포의 모습이 은하수가 하늘에서 쏟아지는 듯하다고 했으니 폭포 사이의 돌길을 말한다.
74) 소무(蘇武)는 무삼 일노~팔은 것고 안저 잇고: [蘇武→巢父]. 허유가 영수에서 귀를 씻었다는 이야기를 듣고 소부는 물을 먹이려던 소의 고삐를 끌고 상류로 올라갔다고 한다. 허유가 팔을 걷고 앉음은 귀를 씻으려 함이다. 이상 팔먹중의 노래는 단가 〈죽장망혜〉와 유사하다.
75) 만사무심일조간(萬事無心一釣竿): '세상만사를 상관 않고 낚싯대만 던져두고 있네.'
76) 뭇동춤: 집단무.

제3장(第三場). 사당무(社黨舞)

 이 장면은 그 절[寺] 부근의 촌락에 왔든 거사 사당(社黨)[77] 일단(一團)으로 하야금 노승(老僧)의 마음을 간즈려보는 것이다.

 홀아비거사 일 인(一人)이 시래기 짐을 지고 타령곡의 반주에 맞추어 춤을 추면서 등장하야 뭇동춤이라는 춤을 되는대로 함부로 춘다. 이때에 거사 육 인(六人)이 어엽분 사당 일 인(一人)을 다리고 등장한다. 거사 일 인(一人)은 사당을 업고 거사 오 인(五人)은 그 뒤에 따라 장내의 중앙으로 들어와서 사당을 땅에 나려노코 거사 육 인(六人)이 모다 사당의 겻트로 모여 선다.

 홀아비거사는 거사 사당 일단(一團)의 등장하는 것을 보고 엇지할 바를 몰나서 이리저리로 왔다갓다한다.

거사갑(甲)　　　술넝수 ― [악(樂)의 반주는 긋친다.]
거사 을병정무기(乙丙丁戊己)　[오 인(五人) 일제히] 예 ― 잇.
거사 갑(甲)　　홀아비거사 잡아드려라.
거사 을병정무기(乙丙丁戊己)　예 ― 잇. [소고(小鼓), 장고(長鼓), 징[錚], 꽹매
　　　　　　　기 등의 악기를 각각 울니며 웅덩이춤을 추면서 홀아비거사
　　　　　　　를 붓잡으랴고 장내를 쪼차다닌다.]

 홀아비거사는 한참 쫓겨 다니다가 장외로 도망한다. 사당과 육 인(六人)의 거사는 한데 엉키어 놀냥가(歌)[78]를 합창하면서 악기를 울니

---

77) 거사(居士) 사당(社黨): 사당거사패. 노래와 춤으로 걸립을 하는 전문 예능인 집단으로 여성 예능인 사당과 남성 예능인 거사가 짝을 이루어 다녔다. 대표적인 공연 종목은 선소리 〈산타령〉으로 거사가 소고를 치면 사당이 노래와 발림을 하는 형식으로 공연이 이루어졌다.
78) 놀량가(歌): 선소리 〈산타령〉에서 맨 처음 부르는 노래. 선소리 〈산타령〉은 거사가 소고

며 난무한다. 이 노래 전부가 끗나자 모다 퇴장한다.

제4장(第四場). 노승무(老僧舞)

이 장면은 소무(少巫), 팔묵승(八墨僧), 노승(老僧), 취발(醉發), 혜상(鞋商) 등이 등장하야 노승(老僧)의 파계를 표현하는 것이다.

소무(少巫) 이 인(二人)이 화관(花冠) 몽두리[79]로 찬란하게 차리고 각각 가마바탕을 타고 먹중 팔 인(八人)에게 떠바치어 등장하야 타령곡의 반주에 맞추어 먹중들과 같이 화려한 춤을 춘다. 이러는 동안에 노승(老僧)이 송낙을 쓰고 먹장삼(長衫) 우에 홍가사(紅袈裟)를 메고 백팔염주(百八念珠)[80]를 목에 걸고 남모르게 슬적이 입장하야 한편 구석에서 사선선(四仙扇)[81]으로 얼골을 가리우고 육환장(六環杖)[82]을 집고 가만히 선다.

먹중들은 소무(少巫) 이 인(二人)과 같이 한참 춤을 추다가 그중(中) 한 사람이 노승(老僧)의 서 잇는 편을 바라보고 깜짝 놀낸다. 이때에 악의 반주와 무는 긋친다.

초목(初目)　　　아나야─

묵승(墨僧)들　　그래 와이.

초목(初目)　　　[노승(老僧)을 가리키면서] 저 동편을 바라보니 비가 오

를 치고 사당이 노래와 발림을 하는 공연 형식을 이룬다.

79) 몽두리: 조선시대 기생이나 무당이 입던 겉옷.

80) 백팔염주(百八念珠): 실에 작은 구슬 108개를 꿰서 그 끝을 맞맨 염주. 이것을 돌리며 염불을 하면 백팔번뇌를 물리쳐 무상의 경지에 이른다고 한다.

81) 사선선(四仙扇): 네 신선을 그린 부채.

82) 육환장(六環杖): 고리가 여섯 개 달린, 스님이 짚는 지팡이.

실나는지 날이 흐렷구나.

이목(二目) 내가 한번 가서 보고 올거나. [춤을 추며 노승을 갓가히 가보고 도라와서] 아나야ㅡ

묵승(墨僧)들 그래 와이.

이목(二目) 내가 이제 가보니 날이 흐린 것이 안이라 옹기장(甕器匠)이가 옹기짐을 버트여놨드라.

삼목(三目) 아나야ㅡ

묵승(墨僧)들 그래 와이.

삼목(三目) 내가 한번 가서 자세히 보고 올나. [노승 잇는 곳으로 갓가히 가서 노승을 바라보고 도라와서] 아나야ㅡ

묵승(墨僧)들 그래 와이.

삼목(三目) 내가 이제 가서 자세히 본즉 숫장사가 숫짐을 버트여놨드라.

사목(四目) 아나야ㅡ

묵승(墨僧)들 그래 와이.

사목(四目) 내가 한번 가서 더 자세히 보고 올나. [노승(老僧)의게로 갓가히 가서 보고 도라와서] 아나야ㅡ

묵승(墨僧)들 그래 와이.

사목(四目) 내가 이제 가서 자세히 본즉 날이 흐려서 대망(大蟒)이83)가 나왓드라.

묵승(墨僧)들 대망이야? [큰 목소리로 말하며 깜짝 놀낸다.]

오목(五目) 아나야ㅡ

묵승(墨僧)들 그래 와이.

오목(五目) 내가 다시 보고 올나. [응덩이춤을 추면서 무서운 모양으

---

83) 대망(大蟒)이: 아주 큰 구렁이 또는 이무기.

로 엉긔정거리며 노승 잇는 곳으로 갓가히 가서 이리저리로
살펴보고 깜작 놀내여 땅에 구을며 도라온다.]

묵승(墨僧)들 [오목(五目)의 땅에 구을며 도라오는 양(樣)을 보고 일제히]
야 이놈 지랄벗는구나, 지랄벗는구나, 지랄벗는구나.

오목(五目) [땅에서 이러나면서] 아나야―

묵승(墨僧)들 그래 와이.

오목(五目) 사실이야. 대망이 분명하더라.

육목(六目) 아나야―

묵승(墨僧)들 그래 와이.

육목(六目) 사람이 이러케 만히 모엿는데 대망이란 말이 웬말이
냐. 내가 한번 가서 자세히 보고 올나. [용맹스럽게 춤을
추며 노승의 앞흐로 가서 슬금슬금 머리로 노승을 부닷처본
다.]

노승(老僧) [얼굴을 가리운 선(扇)을 흔들흔들한다.]

육목(六目) [놀내며 도라와서] 아나야―

묵승(墨僧)들 그래 와이.

육목(六目) 대망이니 옹긔짐이니 숫짐이니 뭐니 뭐니 하더니 그런
것이 아니고 뒷절 노스님이 분명하더라.

칠목(七目) 아나야―

묵승(墨僧)들 그래 와이.

칠목(七目) 그럴 리(理)가 잇나. 내가 한번 가서 자세히 알아보고
올나. [태연히 타령곡의 반주에 맞추어 춤을 추며 노승의 앞
흐로 가서] 노스님!

노승(老僧) [선(扇)을 흔들며 고개를 끄덕끄덕한다.]

칠목(七目) [다름질하야 도라와서] 아나야―

묵승(墨僧)들 그래 와이.

칠목(七目)	노스님이 분명하더라. 우리 노스님이 평생 조와하시든 것이 백구타령(白鷗打令)[84]이 안이드냐. 우리가 모다 백구타령이나 한번 하여보자.
묵승(墨僧)들	그것 조흔 일이야.
팔목(八目)	그러면 내가 노스님께 가서 엿주어보고 올라. [의기양양하게 응덩이춤을 추며 노승의 앞으로 가서] 노스님!
노승(老僧)	[고개를 끄덕끄덕한다.]
팔목(八目)	백구타령을 돌돌 말아서 귀에다 소르르……
노승(老僧)	[고개를 끄덕끄덕한다.]
팔목(八目)	[도라와서] 아나야—
묵승(墨僧)들	그래 와이
팔목(八目)	내가 이제 가서 노스님께다 백구타령을 돌돌 말아서 귀에다 소르르 하니까 대강이를 굼주린 개가 주인 보고 대강이 흐들 듯이 끄덕끄덕하더라.
초목(初目)·이목(二目)	[억개를 견우고 노승에게로 향하야 가면서 타령곡의 반주에 맞추어 춤을 추며 백구타령을 병창(並唱)한다.] [창(唱)] 백구(白鷗)야 훨훨 날지 마라. 너 잡을 내 안이로다. 성상(聖上)[85]이 버리시매 너를 쪼차 여긔 왔다. 오류춘광경(五柳春光景)[86] 조흔대

84) 백구타령(白鷗打令): 십이가사 중의 하나인 〈백구사白鷗詞〉. 벼슬에서 물러난 처사가 갈매기를 벗삼아 봄날의 정취를 표현하는 내용이다.
85) 성상(聖上): 자기 나라의 임금을 높여 부르는 말.
86) 오류춘광경(五柳春光景): 다섯 그루의 버드나무가 있는 풍경. 중국 진나라의 도연명이 벼슬을 버리고 향리에 은퇴하여 문 앞에 버드나무 다섯 그루를 심었다는 고사에서 유래한다.

백마 금편 화류(花柳)[87] 가자.

　삼목(三目)이 초목(初目), 이목(二目)의 뒤로 따라가다가 두 사람의
억개를 한 번 탁 친다. 두 사람은 깜작 놀나며 뒤를 휠근 도라다본다.

삼목(三目)	백구야 껑충 날지 마라. 너 잡을 내 안이다. [창(唱)하 면서 초목(初目), 이목(二目) 두 먹중과 억개를 견우고 춤을 추며 도라온다.]
사목(四目)	아나야— [악(樂)의 반주는 긋친다.]
묵승(墨僧)들	그래 와이.
사목(四目)	내가 이제 노스님께 가서 오도도기 타령[88]을 돌돌 말 아서 귀에다가 소르르 하니까 대강이를 용두질[89]치 다가 내버린 좃대강이 흔들 듯하더라.

　먹중 팔 명(八名)은 이러케 서로 각각 번(番)갈너가면서 무슨 타령
이니 무슨 노래이니 하면서 노승에게 무러보고 노승을 모욕한다.

초목(初目)	아나야—
묵승(墨僧)들	그래 와이.
초목(初目)	스님을 저러케 불붓튼 집에 좃기둥같이 세워두는 것은 우리 상좌(上佐)의 도리가 안이니 스님을 우리가 모셔

---

87) 백마(白馬) 금편(金鞭) 화류(花柳) 가자: '백마를 타고 금 채찍을 휘두르는 호사스러운 차림
으로 기생집으로 놀러가자.'
88) 오도도기 타령: 오도독이 타령. 제주도 민요인 〈오돌또기〉가 경기도 및 서도 지역에 전해져
변형된 노래. '오독독 오도도기 춘양추추 월워월이 달도 밝고 명랑하다'로 부르는데 제주도의 〈오
돌또기〉에는 '오돌또기 저기 춘향 나온다. 달도 밝고 내가 머리로 갈거나'라는 가사가 들어 있다.
89) 용두질: 자위행위.

야 하지 안켄나.

묵승(墨僧)들　　그래 네 말이 올타.

　팔 명(八名)의 먹중들이 모다 노승에게로 가서 초목(初目)과 이목(二目)은 노승의 앞에서 그의 집행이 끗을 잡고 다른 먹중들은 뒤에서 노승을 에워싸고 나무대성인로왕보살[南無大聖引路王菩薩]이라고 인도(引導) 소리를 하면서 노승을 장내의 중앙으로 인도한다. 노승은 먹중들에게 떠바치여 입장하다가 중도에서 넘어진다. 이때 뒤에서 따라오든 먹중 한 사람이 노승의 집행이를 쥐고 노승처럼 초목(初目), 이목(二目)의 뒤를 따라온다. 초목(初目)이 뒤를 도라보고 깜작 놀낸다.

초목(初目)　　우리 노스님은 어데로 가시고 이게 웬놈들이란 말이냐.

이목(二目)　　그럴 리(理)가 잇나. 상좌(上佐)인 우리의 정성이 부족하야 그런 것이지. 우리가 다시 한번 노스님을 차저보잣구나. [타령 장단에 마추어 팔 명(八名)의 먹중들이 난무하며 노승(老僧)을 차저 간다. 선두에서 가든 초목(初目)이 노승(老僧)의 넘어저 잇는 것을 보고 깜작 놀내여 뒤로 도라선다.]

초목(初目)　　쉬 ― [악의 반주와 무는 긋친다.] 이것 큰일낫다.

팔목(八目)　　무슨 일이야.

초목(初目)　　이제 내가 저편을 가보니 노스님이 길바닥에 꺽구러저 잇겠지. 아마 죽은 모양이더라.

이목(二目)　　아나야.

묵승(墨僧)들　　그래 와이.

이목(二目)　　과연 그런지 내가 자세히 가보고 올나. [다름질하야 노

	승(老僧)의 넘어저 잇는 곳으로 가서 멀니 바라보고 도라와서] 이거 참 야단낫다.
육목(六目)	무슨 야단이란 말이냐.
이목(二目)	노스님이 유유정정화화(柳柳井井花花)햇더라.
육목(六目)	야 이놈 뺙 센 말90) 한마듸하는 구나. 유유정정화화(柳柳井井花花), 유유정정화화(柳柳井井花花)? 그것 유유정정화화(柳柳井井花花)라니 버들버들 우물우물 꼿꼿이91) 죽엇단 말이로구나.
삼목(三目)	아나야.
묵승(墨僧)들	그래 와이.
삼목(三目)	우리 노스님이 그러케 쉽사리 죽을 리(理)가 잇나. 내가 다시 한번 가서 자세히 보고 올나. [달음질하야 노승(老僧)에게로 가서 이리저리 자세히 살펴보고 도라와서] 야 죽은 것이 분명하더라. 육칠월(六七月)에 개 썩는 냄새가 나더라.

이러케 먹중 팔 인(八人)이 번갈아가면서 노승(老僧)의 넘어저 잇는 것을 보고 와서는 여러 가지 욕설을 한다.

초목(初目)	아나야.
묵승(墨僧)들	그래 와이.
초목(初目)	중은 중의 행세를 해야 하고 속인은 속인의 행세를 해야 하는 것이니, 우리가 스님의 상좌(上佐)가 안이냐.

---

90) 뺙 센 말: 편벽된 말. 도리에 맞지 않는 말.
91) 버들버들 우물우물 꼿꼿이: '유유정정화화(柳柳井井花花)'에 사용된 버들 유, 우물 정, 꽃화 등 한자의 훈(訓)을 동음이의어인 우리말로 푼 농담이다.

	스님이 도라가섯는데 천변수락[92]에 만변야락굿[93]을
	하여보잣구나.
묵승(墨僧)들	그것 조흔 말이다. [먹중 팔 인(八人)이 각각(各各) 꽹매기
	등 악기를 울니며 노승(老僧)의 업더저 잇는 곳으로 가서 노
	승(老僧)의 주위로 도라단이며 염불을 하며 재를 올닌다.]
	[염불(念佛)] 원아임욕명종시(願我臨欲命終時)
	진제일체제장애(盡際一切諸障碍)
	면견피불아미타(面見彼佛阿彌陀)
	즉득왕생안락찰(卽得往生安樂利)[94]
사목(四目)	아나야.
묵승(墨僧)들	그래 와이.
사목(四目)	이것이 약(藥)은 참 약이다. 스님이 다시 사라나시는구
	나. 우리 스님의 평생 조와하시는 것이 염불이엇스니
	염불을 한바탕 실컨 하자.

    먹중 팔 인(八人)은 한테 엉키여 염불곡으로 악기를 울니며 난무하다가 일제히 퇴장한다. 먹중들이 모두 퇴장하자 소무(少巫) 이 인(二人)은 장내의 중앙에서 염불장단의 반주에 맞추어 화려한 춤을 추기 시작한다.

---

92) 천변수락: 천변수륙재(千邊水陸齋). 수륙도량(水陸道場)에서 물과 육지의 잡귀를 위하여 음식물을 진설하고 읽으며 올리는 불사(佛事).
93) 만변야락굿: 만변야락재(萬邊野落齋). 불교에서 잡귀를 위하여 재를 올리며 축문을 읽는일. 무속에서는 밤에 올리는 굿을 말한다.
94) 원아임욕명종시(願我臨欲命終時)~즉득왕생안락찰(卽得往生安樂利): 『화엄경』 보현행원품(普賢行願品)의 게송. 천도재 등 불교 의식과 장엄염불(莊嚴念佛) 등에 많이 사용되는 게송이다. '원하옵건대 제 목숨이 다하는 날 모든 장애가 소멸되어 아미타불을 뵙고 극락세계에 태어나게 하여지이다.'

노승(老僧)　　　[땅에 업더진 채로 염불장단의 반주에 맞추어 춤을 춘다. 그
　　　　　　　리하야 차츰차츰 이러나랴고 한다. 한참 동안 주저하다가 겨
　　　　　　　우 육환장(六環杖)을 집고 이러나서 선(扇)으로 얼굴을 가리
　　　　　　　우고 주위에 사람이 잇는지 업는지를 알기 위하야 부채살 사
　　　　　　　이로 가만이 사방을 살펴보다가 소무(少巫)의 춤추고 잇는
　　　　　　　태도를 보고 깜작 놀내여 땅에 업더진다. 다시 이러나서 사
　　　　　　　방을 살펴보며 은근히 소무(少巫)를 바라본다.]

　　이로붙어 노승(老僧)의 가슴을 울넝거리게 하는 것은 소무(少巫)의
춤이다. 처음에는 사람인지 선녀(仙女)인지를 잘 분별할 수 업섯다. 깁
흔 산중에 칩거하여 잇든 노승(老僧)으로서는 실로 꿈과 같흔 일이엿
섯다. 그러나 아모리 보아도 선녀(仙女)가 아니고 사람이엿섯다. 인간
사회에서도 저런 것이 잇는가라고 생각한 때에 자기의 과거는 실로
무의미하고 적막하엿든 것임을 통감하게 되엿다. 이에서 노승(老僧)
은 인간사회란 것이 엇더한 것인지를 비로소 알엇다는 듯이 그리고
이 세상의 흥미를 깨달앗다는 듯이 고개를 끄덕끄덕하더니 선(扇)으
로 얼굴을 가리우고 장(杖)을 집고 염불곡의 반주에 마추어 춤을 추며
장내를 일주한 다음 소무(少巫)의 주위를 멀즈간이 한참 돌아단이며
춤을 춘다. 남아(男兒)로서 이런 곳에서 놀지 안코 무엇하리 하는 표정
을 하고 집행이를 억개에 메고 춤을 추며 소무(少巫)의 갓가운 주위로
도라단이면서 혹은 소무(少巫)의 배후에 가서 등으로 슬적 부다처보
기도 하고 혹은 소무(少巫)의 정면에 가서 마주서보기도 한다.

소무(少巫)　　　[태연히 춤을 추며 실타는 듯이 살작살작 노승(老僧)을 피하
　　　　　　　야 도라선다.]
노승(老僧)　　　[낙심한 듯이 휘둥휘둥하다가 다시 소무(少巫)의 앞으로 가

서 정면하야 선다.]

소무(少巫)　　　[살작 도라서서 춤을 춘다.]

노승(老僧)　　　[노한 듯이 소무(少巫)의 정면에 밧작 닥아선다.]

소무(少巫)　　　[점점 교태를 부리며 살작 도라서서 춤을 춘다.]

노승(老僧)　　　[처음 보는 사람임으로 붓그러워서 그런 것이라 생각하고 고
　　　　　　　　개를 끄덕끄덕하더니 두 손으로 집행이를 수평으로 들고 소
　　　　　　　　무(少巫)에게 가서 춤을 추며 여러 가지 동작으로써 얼너본
　　　　　　　　다. 집행이를 소무(少巫) 사타리 밋트로 너엇다가 내여들고
　　　　　　　　소무(少巫)를 한참 바라보며 집행이를 코에 대고 냄새를 맛
　　　　　　　　더니 뒤로 물러나와서 두 손으로 집행이를 무릅에 대이고
　　　　　　　　꺽거버리면서 펄적 뛴다.]

　　　이때 악의 반주는 타령곡으로 전(轉)한다.

노승(老僧)　　　[타령곡의 반주에 마추어 춤을 추며 소무(少巫)의 앞흐로 가
　　　　　　　　서 염주(念珠)를 버서 그의 목에 거러준다.]

소무(少巫)　　　[태연히 춤을 추면서 목에 거러준 염주를 벗겨서 땅에 던저
　　　　　　　　버린다.]

노승(老僧)　　　[소무(少巫)의 염주 버린 것을 보고 놀내며 염주를 주어 들
　　　　　　　　고 소무(少巫)의 앞흐로 가서 정면하야 선다.]

소무(少巫)　　　[살작 도라선다.]

노승(老僧)　　　[춤을 추면서 소무(少巫) 겻트로 단이다가 염주를 다시 소무
　　　　　　　　(少巫)의 목에 걸어준다.]

소무(少巫)　　　[모르는 채하고 그대로 태연히 춤을 춘다.]

노승(老僧)　　　[이에 만족하야 춤을 추며 그 염주의 한끝을 자기 목에 걸고
　　　　　　　　소무(少巫)와 마주서서 비로소 만족한 표정으로 춤을 춘다.]

노승(老僧)은 또다른 소무(少巫)를 이와 같이 농락한다. 생불95)이라
든 도승이 두 소무(少巫)의 술책에 빠져 무아몽중(無我夢中)96)으로 되
여 잇슬 때에 신장사가 원숭이를 업고 등장한다.

혜상(鞋商)　　　야 장(場) 잘 섯다. 장자미(場滋味)97)가 조타기에 불원
　　　　　　　천리98)하고 왓더니 과연 거짓말이 안이로구나. 인물병
　　　　　　　풍(人物屛風)99)을 돌나쳣스니 이것 태평시장(太平市場)
　　　　　　　이 안인가. 태평장이거나 무슨 장이거나 속담에 으른
　　　　　　　말이 싸홈은 말니고 흥정 붓치랫스니 장사[商人]가 되
　　　　　　　여서는 물건을 잘 팔아야겟다. 식이위천(食而爲天)100)
　　　　　　　이라 하엿스니 먹을 것붙어 팔아보자. [사방을 바라보며
　　　　　　　큰 목소리로] 군밤을 사랴오, 삶은 밤을 사랴오. [한아도
　　　　　　　팔니지 안는다.] 그러면 신이나 팔아볼가. [큰 목소리로]
　　　　　　　세코집세기101) 육날메트리102) 고운 아씨의 신을 사랴
　　　　　　　오.

노승(老僧)　　　[신장사의 뒤에 가서 선(扇)으로 억개를 탁 친다.]

혜상(鞋商)　　　[깜작 놀나며] 이게 무엇이냐. 네놈의 차림차림을 보니
　　　　　　　송낙을 눌너쓰고 백팔염주를 목에 걸고 먹장삼을 입고

---

95) 생불(生佛): 덕행이 뛰어나서 살아 있는 부처로 숭앙받는 사람.
96) 무아몽중(無我夢中): 꿈속에 있는 듯 자기 자신을 잊는다는 뜻. 마음이 한쪽으로 쏠려 자기
도 모르게 행동하는 경지.
97) 장자미(場滋味): 시장에서 물건을 팔아 이문을 남기는 재미.
98) 불원천리(不遠千里): 천릿길도 멀지 않다고 여김.
99) 인물병풍(人物屛風): 사람이 병풍을 친 듯 많이 둘러 있음.
100) 식이위천(食而爲天): 먹는 것을 하늘로 여긴다. '임금은 백성을 하늘로 삼고 백성은 먹는
것을 하늘로 여긴다(君民而爲天, 民食而爲天)'는 말이 있다.
101) 세코집세기: 세코짚신. 발이 편하도록 앞의 양편에다 총을 약간 터서 코를 낸 짚신.
102) 육날메트리: 육날미투리. 신날을 여섯 가닥으로 하여 삼은 미투리.

홍가사(紅袈裟)를 걸첫스니 중놈일시 분명한대 승속 (僧俗)이 다르거든 양반을 보고 소승 문안이요라는 인 사는 업고 사람을 치다니 이것 웬일이란 말이냐.

노승(老僧) [소무(少巫)의 발을 가리키며 신 사겟다는 동작을 하고 선 (扇)으로 소무(少巫)의 신 촌수(寸數)를 가르친다.]

신장사가 그 치수에 맛는 신을 끄어내랴고 등의 질머진 짐을 내리 어노코 보탱이를 끌으니까 뜻밧게 원숭이 한 마리가 뛰여나와 신장사 의 앞에 안는다.

혜상(鞋商) [깜작 놀내며 원숭이를 보고] 네가 뭣이냐. 물즘생이냐.

원(猿) [머리를 좌우로 살낭살낭 흔들어 부정한다.]

혜상(鞋商) 그러면 물고기냐.

원(猿) [머리를 좌우로 흔든다.]

혜상(鞋商) 농어냐.

원(猿) [머리를 좌우로 흔든다.]

혜상(鞋商) 뱀장어냐.

원(猿) [머리를 좌우로 흔든다.]

혜상(鞋商) 그럼 네가 사족(四足)을 가젓스니 산(山)즘생이냐.

원(猿) [머리를 전후로 끄덕끄덕하야 긍정한다.]

혜상(鞋商) 그럼 범이냐.

원(猿) [머리를 좌우로 흔든다.]

혜상(鞋商) 그럼 노루냐.

원(猿) [머리를 좌우로 흔든다.]

혜상(鞋商) 사슴이냐

원(猿) [머리를 좌우로 흔든다.]

혜상(鞋商)	오 이제야 알겟다. 녯날 어른들 말슴을 들은즉 원숭이가 사람의 숭내를 잘 낸다드니 네가 숭내를 잘 내는구나. 원숭이냐.
원(猿)	[머리를 끄덕끄덕하야 긍정한다.]
혜상(鞋商)	오 그러면 우리 선친께서 중국 사신으로 단일 적에 중국 단이든 기념도 되고, 이놈이 힘잇고 날램이 잇는 고로 집안에 갓다두면 가정에 보호가 될 만큼 하다 하고, 사다두신 것을 이때것 기르고 잇섯더니, 내가 신 짐을 지고 나온다는 것이 원숭이 짐을 지고 나왓구나. 원숭아! 너는 매우 영리하고 낼낸 놈이니깐 내가 저 — 뒷절 중놈한테 신을 팔고 신갑을 못 받은 것이 잇스니 네가 가서 받어오너라.
원(猿)	[신갑을 받으로 가서 거긔 잇는 소무(少巫)의 등에 붓터 음탕한 동작을 한다.]
혜상(鞋商)	여보오, 구경하는 이들! 내 노리개 작난감 어듸로 가는 것 못 밧소. [사방으로 원숭이를 차저다니다가 소무(少巫)에게 잇는 것을 보고] 야 요런 놈 신갑 받어오랫더니 돈을 받어가지고 거기다가 모다 소비해버리는구나. [원숭이를 끄을고 도라와서] 너는 소무(少巫)를 햇스니 나도 네 놈의 삐약¹⁰³⁾이나 한번 하여보겟다.

신장사가 원숭이를 업허노코 음탕한 동작을 하면 원숭이가 뛰여 이러나서 신장수 뒤에 붓터서 음탕한 동작을 한다. 신장사와 원숭이가 이러케 한참 동안 서로서로 음탕한 동작을 하다가 이러나 안

---

103) 삐약: 비역. 남자끼리의 동성애 행위.

는다.

혜상(鞋商)	신갑은 분명히 받어왓느냐. [하며 신갑을 계산하는라고 땅에 수자(數字)를 쓴다. 원숭이는 쪼차다니면서 수자(數字)를 지워버린다.]
원(猿)	[신장사가 신갑을 계산하랴고 애들 쓰고 잇슬 때에 또다시 소무(少巫)에게로 가서 음탕한 동작을 거듭한다.]
노승(老僧)	[원숭이가 소무(少巫)에게 와서 음탕한 동작을 하는 것을 보고 부채 자루로 원숭이를 때린다.]

신장사가 원숭이 맛는 것을 보고 노승(老僧)에게로 쪼차가서 원숭이를 빼서가지고 치료하러 간다고 하면서 퇴장한다. 이때 취발(醉發)은 울퉁불퉁한 탈을 쓰고 허리에 청엽(靑葉)의 유지(柳枝)를 꼿고 큰 방울을 차고 술 취한 것처럼 비틀거리며 들어오다가 타령곡의 반주에 마추어 춤을 추며 다름질하야 등장한다.

취발(醉發)	에크 아 그 제이미를 할 놈의 집안은 곳불[104]인지 햇불[105]인지 해해년년이 다달이 나날이 시시때때로 풀도라들고 감도라드는구나. [타령곡의 반주에 마추어 춤을 한바탕 춘다.] 쉬. [악(樂)의 반주와 무(舞)는 긋친다.] [창(唱)] 산불고이수려(山不高而秀麗)하고 수불심이징청(水不深而澄淸)이라. 지불광이평탄(地不廣而平坦)하고 인부다이무성(人不多

---

104) 곳불: 고뿔. 감기.
105) 햇불: 감기의 함경북도 방언.

而茂盛)이라.

월학(月鶴)은 쌍반(雙伴)하고 송죽(松竹)은 교취(交翠)
로다.

기산영수별건곤(箕山穎水別乾坤)에 소부(巢父) 허유(許
由)가 놀고

채석강명월야(采石江明月夜)에 이적선(李謫仙)이 놀고

적벽강추야월(赤壁江秋夜月)에 소동파(蘇東坡) 노랏스
니

나도 본시 강산(江山) 오입장(誤入匠)이로

금강산(金剛山) 좃탄 말을 풍편(風便)에 넌짓 듯고

녹림간(綠林間) 수풀 속에서 친구 벗을 차잣더니

친구(親舊) 벗은 한아도 업고 승려(僧侶)인가 하거든

중이 되여 절간에서 불도는 힘 안 쓰고

입븐 아씨를 대려다노코 놀고 나면 꿍덕꿍.

[타령곡의 반주에 마추어 춤을 추며 노승(老僧)의 앞흐로 슬
금슬금 거러간다.]

노승(老僧) [선(扇)으로 취발(醉發)의 얼굴을 탁 친다. 악(樂)과 무(舞)
는 긋친다.]

취발(醉發) 아이쿠, 아 이것이 뭣이란 말이고. 아 대체 매란 것은 마
저본 적이 업는데 뭐가 빽 하고 때리니 아 원 이것 뭐야?
오 알겟다. 내가 인간사불문(人間事不聞)하야 산간에 뜻
이 업서 명승처(名勝處) 차자가니 천하명승(天下名勝) 오
악지중(五岳之中)106)에 향산(香山)107)이 높핫스니 서산

---

106) 천하명승(天下名勝) 오악지중(五岳之中): 세상에서 이름난 다섯 산. 우리나라에서는 금강
산, 지리산, 묘향산, 백두산, 삼각산을, 중국에서는 태산, 화산, 형산, 항산, 숭산을 이른다.
107) 향산(香山): 묘향산. 평안북도 영변군에 위치한 명산. 보현사를 비롯한 서산대사, 사명대

대사(西山大師)¹⁰⁸⁾ 출입 후(出入後)에 상좌(上佐) 중 능통자(能通者)¹⁰⁹⁾로 용궁(龍宮)에 출입(出入)다가 석교상(石橋上) 봄바람에 팔선녀(八仙女)¹¹⁰⁾ 노든 죄(罪)로 적하인간(謫下人間)¹¹¹⁾ 하직(下直)하고 태사당(太師堂)¹¹²⁾ 도라들 때 요조숙녀(窈窕淑女)는 좌우(左右)로 벌녀 잇고 난양공주(蘭陽公主), 진채봉(秦彩鳳)이며 세운(細雲) 같은 계섬월(桂蟾月)과 심요연(沈裊烟), 백능파(白菱波)로 이 세상 실토록 놀다가 집으로 도라오든 차(次)에¹¹³⁾ 마츰 이곳에 당도하고 보니 산천은 험준(險峻)하고 수목은 밀립(密立)한대 이곳에 금수오작(禽獸烏鵲)이 아마도 나를 희롱하는가보다. 내가 다시 드러가서 자세히 알고 나와야겟다. [창(唱)] 적막(寂寞)은 막막중천(漠漠中天)에 구름은 뭉게뭉게 솟앗네. [하면

사의 원당이 있다. 서산대사가 출입하였다고 하니 묘향산으로도 보이나 뒤에 『구운몽』의 주인공이 열거되니 형산의 오기로 볼 수 있다. 향산과 형산, 서산대사와 육관대사가 혼동되어 있다.

108) 서산대사(西山大師): 승려 휴정. 임진왜란 때 묘향산 보현사를 거점으로 승병을 일으켜 왜적을 물리쳤다.

109) 상좌(上佐) 중 능통자(能通者): 상좌 가운데 신통력을 지닌 사람.

110) 팔선녀(八仙女): 『구운몽』에 나오는 여덟 선녀인 난양공주, 영양공주, 진채봉, 계섬월, 백능파, 심요연, 적경홍, 가춘운. 남악 형산에서 성진을 만나 서로 수작한 죄로 인간 세상에 태어나 역시 인간 양소유로 태어난 성진과 다시 만나 두 부인과 여섯 첩의 인연을 맺게 된다.

111) 적하인간(謫下人間): 하늘의 신선이었다가 귀양 가서 살았던 인간 세상.

112) 태사당(太師堂): 절의 높은 스님이 계시는 집. 여기서는 『구운몽』에서 성진이 인간 세상의 부귀공명을 경험하고 돌아왔다고 했으니 육관대사의 절집을 이른다.

113) 천하명승(天下名勝) 오악지중(五岳之中)에~집으로 도라오든 차(次)에: 취발이 『구운몽』의 내용을 자신이 성진인 듯 간략히 요약하여 말하는 내용이다. 작자 미상의 사설 시조에 같은 내용이 있어 참조할 만하다. '천하명산 오악지중에 형산이 좋도든지/육관대사 설법제중(說法濟衆)할 제 상좌 중 능통자로 용궁(龍宮)에 봉명(奉命)할 제 석교상(石橋上)에 팔선녀 만나 희롱한 죄로 환생인간(幻生人間)하여 용문(龍門)에 높이 올라 출장입상(出將入相)하다가 태사당 돌아들 제 요조절대(窈窕絕代)들이 좌우에 벌렸으니 난양공주 이숙화 영양공주 정경패며 가춘운 진채봉과 계섬월 적경홍 심요연 백능파로 슬커지 노니다가 산종일성(山鐘一聲)에 자던 꿈을 다 깨거구나/아마도 부귀공명이 이러한가 하노라.'

서 타령곡의 반주에 마추어 춤을 추며 노승(老僧)에게로 간
다.]

노승(老僧)　　　[선(扇)으로 또 취발(醉發)의 얼굴을 탁- 친다. 악(樂)의 반
주와 무(舞)는 긋친다.]

취발(醉發)　　　아 잘 맛는다, 이게 뭐람. 나도 한창 소년 시절에는 마
자본 일이 업는데, 아 또 마잣구나. [노승(老僧)을 바라보
며] 아 원 저게 뭐람. 오 이제야 알겟군. 저- 거밋거밋
한 것도 보이고 또 번득번득한 것도 보이고 횟득횟득
한 것도 보이고 저- 번들번들한 것을 본즉 아마도 금
(金)인가보다. 안이 금(金)이란 말이 당치 안타. 육출기
계(六出奇計) 진평(陳平)이가 황금(黃金) 삼만 냥(三萬
兩)을 초군중(楚軍中)에 흩텃스니114) 거- 금이란 말이
당치 안타. 그러면 옥(玉)인가. [노승(老僧)의 압흐로 가
서] 네가 옥이여든 옥의 내력을 들어바라. 홍문연(鴻門
宴)115) 놉흔 잔체 범정(范正)이가 깨친 옥116)이 옥석(玉

114) 육출기계(六出奇計) 진평(陳平)이가 황금(黃金) 삼만 냥(三萬兩)을 초군중(楚軍中)에 흩텃
스니: 진평은 한고조 유방의 모사로, 젊었을 때에는 비록 가난하였으나 글 읽기에 힘써 후일
유방을 섬겨 여섯 가지 기묘한 계책을 내어 공을 세웠다. 그중의 하나가, 황금 삼만 냥으로 초
나라 진영의 장수들을 매수하여 초패왕 항우의 모사 범증이 한나라와 내통중이라는 허위 풍
문을 유포하여 의심을 사게 해 범증이 쫓겨나게 한 계책이다.
115) 홍문연(鴻門宴): 항우와 유방이 홍문에서 만나 베푼 잔치. 진나라 말기 항우와 유방이 천
하를 차지하려고 겨루다가 유방은 함곡관, 항우는 홍문에 진출하여 대치했을 때 항우의 숙부
인 항백과 유방의 모사인 장량의 중재로 이루어졌다. 항우의 모사인 범증의 계략으로 잔치 도
중 항장이 칼춤을 추다가 유방을 살해하기로 되었는데 이 사실을 눈치챈 항백이 함께 칼춤을
추면서 유방을 보호하였다. 유방은 장량과 번쾌의 지략과 용맹 덕에 위기를 모면하고 함곡관
으로 돌아갈 수 있었다.
116) 범정(范正)이가 깨친 옥: [범정→범증(范增)]. 홍문연 잔치에서 몰래 빠져나온 유방은 갑자
기 떠난 실례에 대한 인사치레로 항우와 범증에게 각각 옥구슬과 옥술잔[玉斗]을 바치라고 정
량에게 명하였는데, 범증은 옥술잔을 칼로 깨뜨리며 한탄하였다.

石)의 구분(俱焚)[117]이라. 옥과 돌이 다랏거든 옥이란 말도 당치 안타. 그러면 귀신이냐. 귀신이여든 귀신의 내력을 들어바라. 백주청명(白晝淸明) 밝은 날에 귀신이란 말도 당치 안타. 그러면 네가 대망(大蟒)이냐.

노승(老僧)   [고개를 좌우로 흔들어 부정하며 앞흐로 두어 거름 나온다.]

취발(醉發)   아- 이것 야단낫구나. 오- 이제야 알겟다. 자세히 보니까 네 몸에다 칠포장삼(漆布長衫)[118]을 떨처 입엇스며 백팔염주(百八念珠)를 목에 걸고 사선선(四仙扇)을 손에 들고 송낙을 눌너썻슬 때에는 중놈일지 분명하구나. 중이면 절간에서 불도나 섬길 것이지, 중의 행세로 속가에 나와서 입분 아씨를 하나도 뭣한데 둘식 셋식 다려다놋코 낑꼬랑 깽꼬랑. [타령곡의 반주에 맞추어 한참 동안 춤을 추다가] 쉬. [악(樂)과 무(舞)는 그친다.] 이놈 중놈아! 말 드러라. 너는 입분 아씨를 둘식이나 다려다놋코 그와 같이 노니 네 놈의 행동도 잘되엿다. 그러나 너하고 나하고 날기[119]나 하여보자. 네 이전에 땜질을 잘햇다 하니, 너는 풍구[120]가 되고 나는 불 테니, 네가 못 견듸면 저년을 날 주고, 내가 못 견듸면 내 엉뎅이 밧게 업다. 그러면 솟을 땔가 가마를 땔가. [타령곡의 반

---

117) 옥석(玉石)의 구분(俱焚): '옥과 돌이 함께 탄다.' '곤륜산이 불타면 옥과 돌이 함께 탄다(火炎崑岡 玉石俱焚)'는 말에서 나왔다. 범증이 옥술잔을 깨뜨린 일과 논리적인 상관성 없이 '옥'에 관한 고사를 열거했다. 다르게 풀어보면, 채록 당시 '구분'이라 발음한 것을 '俱焚'으로 표기한 것 자체가 채록자의 오독일 수 있다. 옥과 돌은 다르다는 '구분(區分)'일 수 있다. 노승의 정체를 확인하는 과정에서 금인가 옥인가 재담을 늘어놓다가 범증이 옥술잔을 깨뜨린 고사를 끌어들이면서 깨지는 것과 깨지지 않는 차이를 들어 옥과 돌이 구분된다고 말했을 수 있다.
118) 칠포장삼(漆布長衫): 옻칠을 한 베로 짠 소매가 긴 중의 웃옷.
119) 날기: '내기'의 황해도 사투리.
120) 풍구: 풀무의 사투리. 불을 피울 때 바람을 일으키는 기구. 야로(冶爐).

주에 마추어 춤을 춘다.] 쉬. [악(樂)과 무(舞)는 긋친다.]
아― 이것도 못 견듸겠군. 그러면 이번에는 너하고 내
하고 같이 춤을 춰서, 네가 못 견듸면 그럿케 하고, 내
가 못 견듸면 그럿케 하잣구나.

노승(老僧)　　　[고개를 끄덕끄덕한다.]

　노승(老僧)과 취발(醉發)이가 마주서서 타령곡의 반주에 마추어 춤
을 춘다. 소무(少巫) 이 인(二人)도 같이 춤을 춘다.

취발(醉發)　　　[춤을 추다가] 백수한산(白首寒山)에 심불로(心不
　　　　　　　　老)……[라고 창(唱)하니 악(樂)과 무(舞)는 긋친다.] 아 이
　　　　　　　　것도 못 견듸겠군. 자― 이것 야단낫구나. 그저 독개비
　　　　　　　　는 방망이로 휜다더니, 이것 드러가서 막 두들겨바야
　　　　　　　　겠군. [타령곡의 반주에 마추어 춤을 추면서] 강동(江東)에
　　　　　　　　범인하니[121] 질나래비 훨훨.[122] [이라고 창(唱)하며 슬금
　　　　　　　　슬금 소무(少巫)에게로 거러간다. 소무(少巫)는 태연히 춤을
　　　　　　　　추고 잇다.]
노승(老僧)　　　[부채 자루로 취발(醉發)의 얼굴을 탁 친다. 악(樂)과 무(舞)
　　　　　　　　는 긋친다.]
취발(醉發)　　　아이쿠, 이게 웬 말이냐. 이놈이 때리긴 바로 때렷구나.
　　　　　　　　아 이놈이 때리긴 바로 때렷구나. 아― 피가 솟겨올나
　　　　　　　　서 코피가 나는군. 아― 이것을 엇떠케 하면 좃탄 말인

---

121) 강동(江東)에 범인하니: [범인하니→범이 나니] 강동은 양자강의 동쪽으로 초나라의 항우가
군대를 일으킨 곳으로 범은 항우를 의미한다.
122) 질나래비 훨훨: 자장가에 나오는 구절로 질나래비는 '길로래비'로도 불리는데 허수아비
로 알려져 있다.

가. 그저 코 터진 건 타라막는 것이 제일이라드라. 자-
그런즉 코를 차즐 수가 잇서야지. 그러나 지재차산중
(只在此山中)¹²³⁾이겟지. 내 상판 가운데 잇겟지. 그런즉
이걸 차즐나면 끝에서붙어 차자드러와야지. [손으로 머
리 우에서붙어 차츰차츰 더듬어 내려온다.] 아 여긔에 코가
잇는데 그러케 차잣군. 아- 이 코에다 타라막아도 피
가 작고 나는구나. 옛날 의원(醫員) 말에, 코 터진 데는
문지르는 것이 제일이럇스니 손으로 문지러볼가. 이러
케 잘 낫는 것을 공연히 그러케 애를 썻다. 이제는 다
시 드러가서 찬물을 먹고 이를 갈며, 이놈을 때려 쪼차
버리고, 저년을 다리고 놀 수박게 업구나. [창(唱)] 소상
반죽(瀟湘斑竹)¹²⁴⁾ 열두 마듸……[라고 창(唱)하며 타령
곡의 반주에 마추어 춤을 추면서 노승(老僧)에게로 가서 노
승을 때린다. 노승은 취발(醉發)에게 쫓겨 퇴장한다.]

취발(醉發)　　[창(唱)] 때럇네 때럇네 뒷절 중놈을 때럇네. 영낙 아니
면 송낙¹²⁵⁾이지. [하며 타령곡의 반주에 마추어 춤을 추다
가 소무(少巫) 이 인(二人)을 보고] 자- 이년아! 어떠냐,
뒷절 중놈만 조화하고 사자(獅子) 어금니 같흔 나는 실
여? 이년아 돈 바더라.

---

123) 지재차산중(只在此山中): '다만 이 산중에 있네.' 당나라 시인 가도의 「은자를 찾았으나 만
나지 못하다尋隱者不遇」의 한 구절. '소나무 아래 동자에게 물으니 스승님은 약을 캐러 갔다고
하네. 다만 이 산중에 계시지만 구름이 깊어 있는 곳을 알 수 없구나(松下問童子, 言師採藥去. 只
在此山中, 雲深不知處).'
124) 소상반죽(瀟湘斑竹): 중국의 동정호 남쪽에 있는 소수와 상강 지역에서 나는 얼룩무늬 대
나무. 순임금이 남쪽을 순행하다가 창오산에서 죽자 두 부인인 아황과 여영이 따라 죽었는데,
그들이 소상강가에서 흘린 피눈물이 대나무에 맺혀 소상반죽이 되었다는 이야기가 전한다.
125) 영낙 아니면 송낙: '영락없다'는 말을 하면서 '영락[녁]'과 끝소리가 같으면서 노승이 쓰
고 있는 모자인 '송낙'을 덧붙인 말장난.

소무(少巫)	[돈 달나고 손을 벌닌다.]
취발(醉發)	아 시럽에아들년 다 보겟다. 대통 그름자 보고 따라댕 기겟군. 이년아 돈 바다라. [돈을 소무(少巫)의 압헤 던진 다.]
소무(少巫)	[돈을 주으려 온다.]
취발(醉發)	[큰 목소리로 '아' 하며 소무(少巫)보다 먼저 쪼차가서 돈을 도로 줍는다.]
소무(少巫)	[붓그러운 듯이 두어 거름 뒤로 물너선다.]
취발(醉發)	아 그년 쇳줄 밧튼 것 보니 문고리 쥐고 엿장사 부르겟 군. 그러나 너 내 말 들어보아라. 주사청루(酒肆靑樓)에 절대가인절영(絶代佳人絶影)하야126) 청산(靑山) 동무 로 세월을 보냇더니만은, 오늘날에 너를 보니 세상 인 물 안이로다. 탁문군(卓文君)의 거문고127)로 월노승128) 다시 매자, 나하고 백 세(百歲)를 무양129)하는 게 엇더 냐.
소무(少巫)	[실타는 듯이 살작 도라선다.]
취발(醉發)	아 그래도 나를 마대? 그러면 그것은 다 농담이지만 참 으로 너 같은 미색을 보고 주랴든 돈을 다시 내가 거두

126) 주사청루(酒肆靑樓)에 절대가인절영(絶代佳人絶影)하야: '술집과 색주가에 빼어난 미인들 의 그림자조차 끊겨.'
127) 탁문군(卓文君)의 거문고: 탁문군은 한나라 때 촉군의 부호 탁왕손의 딸이자 시인. 과부 가 되어 집에 돌아와 있다가 손님으로 온 사마상여가 연주하는 〈봉구황곡鳳求凰曲〉의 거문고 소리를 듣고 반하여 밤에 몰래 집을 도망쳐 사마상여의 아내가 되었다고 한다.
128) 월노승(月老繩): 전설 속 중매쟁이인 월하노인이 가지고 다닌, 남녀의 인연을 맺어준다 는 붉은 끈. 「속유괴록續幽怪錄」의 고사에 의하면, 당나라 때 위고라는 청년이 어느 허름한 객 관에서 밝은 달빛 아래 일하는 한 노인[月下老人]을 만났다. 그 노인은 세상 혼사에 관한 책 내 용에 따라 자루 안의 빨간 끈[赤繩]을 맺어 혼사를 성사시킨다며 위고의 배필도 예언해주었다. 나중에 위고는 자신의 아내가 바로 월하노인이 말해준 사람이었음을 알고 크게 놀란다.
129) 무양(無恙): 아무 탈이나 병이 없이 지냄.

어 가진다는 것은 당치안은 일이니, 아나 돈 바다라.
[소무(少巫)에게 돈을 던저준다.]

소무(少巫)   [그 돈을 줍는다.]

취발(醉發)   [타령곡의 반주에 마추어 춤을 추면서, 창(唱)] 낙양동천(洛
                 陽東天) 리화전[130]. [하며 소무(少巫)에게로 와서 서로 어
                 울너저서 춤을 추며 소무(少巫)를 다리고 한참 동안 희롱한
                 다.]

소무(少巫)   [배 압흔 표정을 하더니 소언(小焉)에 소아(小兒)를 출산(産
                 出)한다.]

취발(醉發)   [춤을 추며 소무(少巫)에게로 와서 아이를 안고 소아 목소리
                 로] 애애 애애 [하다가 큰 목소리로] 애게게 이것이 웬일
                 이냐.

        이때 소무(少巫) 이 인(二人)은 같이 퇴장한다.

취발(醉發)   아 동내 양반들 말슴 들어보오. 연만칠십(年晚七十)에
                 생남(生男)했소. 우리집에 오지도 마시오. 우리 아기 일
                 홈을 지어야겟군. 둘재라고 할가. 아 첫재가 잇서야 둘
                 재라 하지. 에라 마당에서 낫스니 마당이라고 지을 수
                 박게 업군. 마당 어머니 우리 아기 젓 좀 주소.
                 [아이를 안고 웅등이춤을 추면서]

---

130) 낙양동천(洛陽東天) 리화전: →낙양동촌 이화정(洛陽東村梨花亭). 낙양의 동쪽에 있는 배
꽃 핀 정자. 낙양은 중국 하남성의 도시로 낙수가 북쪽에 있고 동주가 처음 도읍한 곳이다. 이
불림은 『숙향전』에서 소재를 얻은 다음 시조에 등장한다. '낙양동촌 이화정(洛陽東村梨花亭)에
마고선녀(麻姑仙女) 집의 술 닉단 말 반겨 듯고 청려(靑驢)에 안장(鞍裝)지어 금(金)돈 싯고 드러
가서 아해야 숙낭자(兒孩也淑娘子) 계신야 문(門)밧긔 이랑(李郎) 왓다 살와라.'

[창(唱)] 어허 둥둥 내 사랑.

어델 갓다 이제 오나.

기산영수별건곤(箕山潁水別乾坤)에 소부(巢父) 허유(許由)와 놀다 왔나.

채석강명월야(采石江明月夜)에 이적선(李謫仙)과 놀다 왔나.

수양산백이숙제(首陽山伯夷叔齊)와 채미(採薇)하다 이제 왔나.

어허 둥둥 내 사랑 아가 아가 둥둥 내 사랑.

소아(小兒)	여보시오 아버지, 날 다리고 이러케 둥둥 타령만 하지 말고, 나도 남의 집 자식들과 같이 글공부나 식혀주시오.
취발(醉發)	야 이거 조흔 말이로구나.
소아(小兒)	그러면 아바지 나를 양서(兩書)로 배워주시요.
취발(醉發)	양서(兩書)라니, 평안도(平安道)하고 황해도(黃海道)란 말이냐.131)
소아(小兒)	아니 그것 안이라오. 언문(諺文)하고 진서(眞書)하고.
취발(醉發)	오냐 그래라. 내가 읽는 대로 받어 일너.
소아(小兒)	녜.
취발(醉發)	하늘 천(天).
소아(小兒)	따 지(地).
취발(醉發)	야 이놈 바라. 나는 하늘 천(天) 하는데, 너는 따 지(地) 하는구나.

---

131) 양서(兩書)라니 평안도(平安道)하고 황해도(黃海道)란 말이냐: 언문과 한문의 두 글인 '양서'에 대하여 해서(황해도)와 관서(평안도)의 '양서(兩西)'로 알아들은 듯이 되묻는 재담이다.

소아(小兒)	아바지 하늘 천(天) 따 지(地)로 배워주시지 말고, 천자 (千字)뒤푸리132)로 배워주시요.
취발(醉發)	오냐 그것참 조흔 말이다. [응등이춤을 추면서 큰 목소리로]

[창(唱)] 자시(子時)에 생천(生天)133)하니 불언행사시 (不言行四時)134)로다 유유피창(悠悠彼蒼)135) 하늘 천 (天).

축시(丑時)에 생지(生地)136)하니 만물창성(萬物昌 盛)137) 따 지(地).

유현비모 흑적색(黑赤色)138) 북방현무(北方玄武)139) 가 물 현(玄).

궁상각치우(宮商角徵羽)140) 동서사방중앙토색(東西四 方中央土色) 누루 황(黃).

천지사방(天地四方) 몇만 리(萬里)냐 거루광활(巨樓廣 濶)141) 집 우(宇).

여도142) 국도(國都) 흥망성쇠(興亡盛衰) 그 누구 집 주 (宙).

---

132) 천자(千字)뒤푸리:『천자문』에 있는 글자의 뜻을 풀어 운율에 맞추어 해석한 타령.
133) 자시(子時)에 생천(生天): 자시, 즉 밤 11시부터 새벽 1시 사이에 하늘이 생기다.
134) 불언행사시(不言行四時): 말없이 사계절이 행해지다.
135) 유유피창(悠悠彼蒼): 아득히 멀고 푸르다.
136) 축시(丑時)에 생지(生地): 축시, 즉 새벽 1시에서 3시 사이에 땅이 생기다.
137) 만물창성(萬物昌盛): 온갖 것이 번성하다.
138) 유현비모 흑적색(黑赤色): →유현미묘(幽玄微妙) 흑정색(黑正色). 그윽하고 미묘한 검은색.
139) 북방현무(北方玄武): 사신(四神) 가운데 북쪽을 맡은 거북과 뱀 형상의 신. 사신은 동쪽의 청룡, 서쪽의 백호, 남쪽의 주작, 북쪽의 현무이다.
140) 궁상각치우(宮商角徵羽): 동양 음악의 다섯 계이름.
141) 거루광활(巨樓廣濶): 큰 누각이 매우 넓다.
142) 여도: →역대(歷代).

우치홍수(禹治洪水)[143] 긔자춘[144] 홍범구주(洪範九疇)[145] 넓은 홍(洪).

전원(田園) 장부(丈夫)[將蕪] 불호귀(不好歸)[146] 상경취황[147] 거츨 황(荒).

요순성덕(堯舜聖德)[148] 장(壯)하시다 취지여일[149] 날 일(日).

억조창생(億兆蒼生) 격양가(擊壤歌)[150] 강구연월(康衢煙月)[151] 달 월(月).

오거시서(五車詩書)[152] 백가서(百家書)[153] 적안영상(積

---

143) 우치홍수(禹治洪水): 우는 중국 고대 전설상의 인물로 하나라의 시조. 요임금 때 9년에 걸쳐 홍수가 지자 치수에 공을 세웠다. 요임금의 뒤를 이은 순임금에게 왕위를 물려받아 하나라를 세웠다.

144) 긔자춘: →기자추연(箕子推衍). 기자는 은나라의 태사(太師)로서 폭군인 주왕을 바로잡고자 하였으나 듣지 않으므로 주나라로 도망가서 무왕에게 천하를 다스리는 아홉 가지 법인 「홍범구주」를 다듬어 바쳤다고 한다.

145) 홍범구주(洪範九疇): 요임금 때 우가 홍수를 다스릴 때 낙수에서 얻은 '낙서洛書'를 바탕으로 만든, 천하를 다스리는 아홉 가지의 법.

146) 전원(田園) 장부(丈夫) 불호귀(不好歸): [丈夫→將蕪] '고향의 전원이 장차 황폐해지려 하는데 어찌 돌아가지 않으랴.' 도연명의 「귀거래사」에 나오는 구절이다.

147) 상경취황[三經就荒]: [상→삼] 세 갈래 길에 잡초가 우거지다. 도연명의 「귀거래사」에 나오는 구절이다. '세 갈래 길엔 잡초가 우거졌어도, 소나무와 국화는 있던 대로 남아 있네(三徑就荒, 松菊猶存).'

148) 요순성덕(堯舜聖德): 중국 고대의 성군으로 알려진 요임금과 순임금의 거룩한 덕.

149) 취지여일(就之如日): 해처럼 밝게 나아가다.

150) 격양가(擊壤歌): 요임금 때 태평한 세월을 즐기며 늙은 농부가 땅을 두드리면서 불렀다는 노래. '해가 뜨면 일하고, 해가 지면 쉬고, 우물 파서 물 마시고, 밭을 갈아 밥 먹으니, 임금의 덕이 내게 무슨 소용이 있으랴(日出而作, 日入而息, 鑿井而飮, 耕田而食, 帝力于我何有哉)'. 나라를 다스리는 임금의 덕을 염두하지 않을 만큼 스스로 풍족해함이 진정한 태평성대라는 말이다.

151) 강구연월(康衢煙月): '편안하고 번화한 거리에 연기 사이로 은은하게 비치는 달빛.' 태평성대를 누리는 민간의 모습을 나타낸 말로, 『열자』에 의하면 요임금이 미복 차림으로 민간을 살피러 나왔을 때 백성들이 '강구요(康衢謠)'를 불러 임금의 덕을 칭송하였다고 한다.

152) 오거시서(五車詩書): 다섯 수레에 실을 만큼 많은 책. 『장자』에 나오는 말로 당나라 시인 두보의 「백학사의 초가집에 붙여題柏學士茅屋」에 인용되어 세상에 널리 알려졌다. '부귀는 반드시 근면한 데서 얻어야 하나니, 남아로서 모름지기 다섯 수레의 책을 읽을지니라(富貴必從勤苦得, 男兒須讀五車書).'

案盈床)[154] 찰 영(盈).

밤이 어느 때냐 월중지척(月中咫尺)[155] 기울 측(昃).

이십팔수(二十八宿)[156] 하도낙서(河圖洛書)[157] 중성공지(衆星拱之)[158] 별 진(辰).

투계소년(鬪鷄少年)[159] 아해(兒孩)들아 창가금침(娼家衾枕)[160] 잘 숙(宿).

절대가인(絶代佳人) 조흔 풍류(風流) 만반진수(滿盤珍羞)[161] 벌 열(列).

야반삼경(夜半三更) 심창리(深窓裡)[162]에 가진 정담(情談) 베풀 장(張).

소아(小兒)　　아바지 그건 그만두고 언문을 배워주시오.

취발(醉發)　　그러면 이제는 언문을 배우자. 가갸 거겨 고교 구규.

소아(小兒)　　아바지 그것도 그러케 배워주시지 말고, 언문뒤푸리[163]로 배워주시요.

153) 백가서(百家書): 여러 학자의 저서.
154) 적안영상(積案盈床): 책상 위에 쌓여 넘침.
155) 월중지척(月中咫尺): 달빛 속 아주 가까운 거리. 달이 차면 기운다는 뜻의 '월만즉측(月滿則昃)'의 와전으로 보인다.
156) 이십팔수(二十八宿): 해와 달 및 행성의 소재를 밝히기 위해 황도를 중심으로 나눈 천구의 스물여덟 자리.
157) 하도낙서(河圖洛書): 하도는 중국 고대 전설상의 제왕인 복희씨 때 황하에서 나온 용마의 등에 나타나 있었다는 55개의 점. 『주역』 팔괘의 근본이 되었다고 한다. 낙서는 중국 하나라의 우왕이 홍수를 다스릴 때 낙수에서 나온 거북 등에 있었다는 아홉 개의 무늬. 홍범구주의 바탕이 되었다고 한다.
158) 중성공지(衆星拱之): 뭇별이 북극성을 옹위하여 둥글게 둘러싸는 것.
159) 투계소년(鬪鷄少年): 닭싸움을 붙이며 노는 젊은이들.
160) 창가금침(娼家衾枕): 창부의 집에 있는 이불과 베개. 창부의 집에서 잠을 잔다는 뜻이다.
161) 만반진수(滿盤珍羞): 상에 가득히 차린 귀하고 맛있는 음식.
162) 심창리(深窓裡): 창문 안쪽 깊숙한 곳.
163) 언문뒤푸리: 국문뒤풀이. 한글의 자모음을 합쳐 푸는 노래로 경기좌창에 속하며 서울의 창부타령조(倡夫打令調)를 많이 땄다. 장단은 약간 느린 굿거리장단에 맞는 노래이다.

취발(醉發)　　　그것 그래라.

[창(唱)] 가나다라마사아 아자차 이젓구나 기억.

기억 니은 디긋 하니 기억자로 집을 짓고

니은같이 사잣더니 디긋같이 이별된다.

가갸거겨 가이업슨 이내 몸이 거이 업시 되엿구나.

고교구규 고생하든 요내 몸이 구구하기 짝이 업네.

나냐너녀 나귀 등에 솔질하여 순금 안장 지여 타고

사해강산 널은 천지 주유천하(周遊天下)¹⁶⁴⁾를 하잣구
나.

노뇨누뉴 노자노자 앵무배(鸚鵡盃)¹⁶⁵⁾에 잔 갓득이 술
부어라.

이별낭군(離別郎君) 배송(拜送)할가.

다댜더뎌 다닥다닥 붓텃든 정이 더지 업시 떠러를 진
다.

도됴두듀 도창¹⁶⁶⁾에 늙은 몸을 두고 떠나가기가 망연
하다.

라랴러려 랄아가는 앵무(鸚鵡)새는 너와 나와 짝이로
다.

로료루류 노류장화(路柳墻花) 인개가절(人皆佳絶)¹⁶⁷⁾
날로 위해 푸러를 내네.

[이와 같이 언문뒤푸리를 낭랑하게 창한 다음 타령 장단에

---

164) 주유천하(周遊天下): 세상을 두루 돌아다님.
165) 앵무배(鸚鵡盃): 앵무새 부리 같이 만든 자개 술잔.
166) 도창(刀槍): 칼과 창. 여기서는 전쟁터를 의미한다.
167) 노류장화(路柳墻花) 인개가절(人皆佳絶): [佳絶→可折]. '길가의 버들과 담 밑의 꽃은 누구
나 다 꺾을 수 있다.' 창녀나 기생을 비유하는 말.

마추어 춤을 추며 아해를 안고 퇴장한다.]

제5장(第五場). 사자무(獅子舞)

이 장면은 생불과 같은 노승(老僧)을 유인하야 타락식힌 불량배를 징계하려고 부처님의 사자(使者)로서 사자(獅子)가 출현하는 것이다. 먹중 일 인(一人)이 돌연 출현한 사자에게 그 유래를 뭇다가 사자를 때리면 사자는 그 먹중을 잡아먹는다. 이어서 다른 먹중들은 사자의 온 뜻을 알고 크게 공포하야 곳 개과(改過)하기로 맹서하고 최후의 춤이라 하며 사자와 함께 춤을 추는 것이다.

먹중 팔 인(八人)이 먼저 살작 등장하야 한편 구석에 모여 잇슬 때에 백사자(白獅子) 한 필이 설넝설넝 들어온다. 이 사자는 두 사람이 전후에 서서 사자의 전피(全皮)를 덥허쓴 것인대, 흙으로 사자면(獅子面)의 모형(模型)을 만들어가지고 백지(白紙)를 물에 적셔 이에 붓첫다가 백지가 마른 후에 흙을 빼버리고, 그 지형(紙型)으로써 사자의 면(面)으로 하고, 무명이나 광목(廣木)으로써 사자의 피(皮)처럼 만들어서 그 지형(紙型)에 다이고, 실노 꾸어맨 다음, 백지를 털처럼 가늘게 올여서 그 우에 부치고, 그 면에는 붉은 칠을 하고 금박(金箔) 기타 회구(繪具)로써 눈썹 수염을 그리고, 두(頭)로부터 미(尾)까지 등의 중앙으로 푸른 줄을 그린 일대백사(一大白獅)이다.

묵승 갑(墨僧甲)   [맨 처음에 사자의 출현을 보고] 즘생 낫소.

묵승(墨僧)들   즘생이라니 이것이 무슨 즘생이냐. 노루 사슴도 안이요 범도 안이로구나.

묵승 갑(墨僧甲)   어듸 내가 한번 무러보자. [사자의 압흐로 가서] 네가

무슨 즘생이냐. 우리 조상 적붙혀 보지 못한 즘생이로
구나. 그런대 노루냐.

사자(獅子)　　[머리를 좌우로 설녕설녕 흔들어 부정한다.]

묵승 갑(墨僧甲)　사슴이냐.

사자(獅子)　　[머리를 좌우로 설녕설녕.]

묵승 갑(墨僧甲)　그러면 범이냐.

사자(獅子)　　[머리를 좌우로 설녕설녕.]

묵승 갑(墨僧甲)　올타 알겟다. 예로붙허 성현(聖賢)이 나면 기린(麒
麟)168)이 나고, 군자(君子)가 나면 봉(鳳)169)이 난다드
니, 우리 스님이 나섯스니 네가 분명히 기린이로구나.

사자(獅子)　　[머리를 좌우로 설녕설녕.]

묵승 갑(墨僧甲)　이것 야단낫구나.

묵승(墨僧)들　이것참 야단낫다. [묵승(墨僧) 팔 인(八人)이 모다 대소동
을 이르킨다.]

묵승 갑(墨僧甲)　올치 알겟다. 제(齊)나라 때 전단(田單)이가 소[牛]에다
가 사람의 가장(假裝)을 식혀 수만의 적군(敵軍)을 물니
첫다더니,170) 그러면 우리가 이러케 떠드니까 전장(戰
場)으로 알고 뛰여드러온 소냐.

168) 기린(麒麟): 성인이 이 세상에 올 때 나타난다는 상상 속 동물. 산 풀을 밟지 않고 생물을
먹지 않는 어진 짐승으로 몸은 사슴 같고 꼬리는 소 같고 발굽과 갈기는 말과 같으며 빛깔은
오색이라고 한다.
169) 봉(鳳): 봉황(鳳凰). 상상 속의 상서로운 새로 봉은 수컷, 황은 암컷을 이른다. 머리는 뱀,
턱은 제비, 등은 거북, 꼬리는 물고기 모양이며, 깃에는 오색 무늬가 있다고 한다.
170) 제(齊)나라 때 전단(田單)이가 소[牛]에다가 사람의 가장(假裝)을 식혀 수만의 적군(敵軍)
을 물니첫다더니: 전단은 전국시대 제나라의 무장으로, 제나라가 연나라에게 칠십여 개의 성
을 빼앗겨 위기에 처했을 때 즉묵성에서 성안의 소 천여 마리를 모아 적진에 보내어 승리를 이끌
었다. 칼과 창을 뿔에 묶어 매고 꼬리에는 기름 부은 갈대를 다발로 묶어서 소의 꼬리에 불을 붙
이니, 소가 뜨거워서 미친듯이 연나라 군사들에게 달려들어 대승을 거두고 성을 도로 찾았다.

사자(獅子)　　　[머리를 좌우로 설녕설녕.]

묵승 갑(墨僧甲)　이것참 야단낫구나. 하하 그러면 이제야 알겟다. 당(唐)나라 때 오계국(烏鷄國)이 가물어서 온 백성이 떠들 때에 국왕의 초빙으로 너의 신통한 조화 다 부려서 단비를 나려주고, 오계국 왕(烏鷄國王)의 은총(恩寵) 입어 궁중에 한거(閑居)하야 가진 영화 다 보다가 궁중후원(宮中後苑) 유리정(瑠璃井)에 국왕(國王)을 생매(生埋)하고, 삼 년(三年) 동안이나 국왕으로 변장하야 부귀영화 누리다가, 서천서역국(西天西域國)[171]으로 불경을 구하려 가든 당삼장(唐三藏)[172]이 보림사(寶林寺)에 유숙할 제, 생매(生埋)된 오계국 왕(烏鷄國王)의 현몽(現夢)으로 삼장법사(三藏法師)의 수제자(首弟子)로 도솔천(兜率天)[173]에 행패(行悖)하든 제천대성(齊天大聖) 손행자(孫行者)[174]에게 본색이 탄로되야 구사일생 다라나서 문수보살(文殊菩薩)[175]의 구호를 받어 근근히 생명으로 보존케 되야 문수보살이 타고 다니든 사자냐.[176]

---

171) 서천서역국(西天西域國): 지난날 중국 서쪽에 있던 나라를 통틀어 이르는 말. 넓게는 중앙아시아와 서아시아 및 인도까지를 포함한다.

172) 당삼장(唐三藏): 중국 당나라 때의 삼장법사. 불경 번역에 뜻을 두어 17년간 인도에 유학한 후 경전을 가지고 귀국하여 『대당서역기大唐西域記』 12권을 써서 태종에게 바쳤다. 중국소설 『서유기』에서 손오공이 모시는 스승으로 등장한다.

173) 도솔천(兜率天): 불교에서 욕계 육천(欲界六天) 가운데 넷째 하늘. 수미산의 꼭대기에서 12만 유순(由旬) 되는 곳에 있으며 미륵보살이 산다고 한다.

174) 제천대성(齊天大聖) 손행자(孫行者): 『서유기』의 주인공 손오공.

175) 문수보살(文殊菩薩): 석가여래의 왼편에서 지혜를 담당하는 보살. 보살은 대승불교에서 부처 다음 가는 성인으로 중생의 교화를 위해 사바 세계에 머문다고 한다.

176) 당(唐)나라 때 오계국(烏鷄國)이 가물어서~문수보살이 타고 다니든 사자냐: 삼장법사 일행이 오계국을 지나며 보림사에서 묵어갈 때 삼장법사의 꿈속에 나타난 오계국 왕의 사연을

사자(獅子)　　　[머리를 끄덕끄덕하야 긍정한다.]

묵승 갑(墨僧甲)　그러면 네가 무슨 일로 적하인간(謫下人間)하얏는냐. 우리 스님 수도하야 온 세상이 지칭키를 생불이라 이르나니, 석가여래 부처님의 명령 듯고 우리 스님 모시랴고 여긔 왔나.

사자(獅子)　　　[머리를 좌우로 설넝설넝.]

묵승 갑(墨僧甲)　그러면 네가 오계국(烏鷄國)에 잇슬 때에 실이목지소호(悉耳目之所好)[177]하며 궁심지지소락(窮心志之所樂)[178]하야 인간의 가진 행락 마음대로 다 하다가, 손행자(孫行者)에게 쫏기여서 천상으로 올나간 후 문수보살(文殊菩薩) 엄시하(嚴侍下)에 근근히 지내다가, 우리가 이러케 질탕이 노는 마당 유량(嚠喨)[179]한 풍악 소리 천상에서 반겨 듯고, 우리와 같이 한바탕 놀아보랴고 나려왔나.

사자(獅子)　　　[머리를 좌우로 설넝설넝.]

묵승 갑(墨僧甲)　그러면 네가 가왕(假王) 노릇 삼 년(三年) 동안 산해진미(山海珍味) 다 먹다가 인간 음식 취미(人間飮食趣味) 붓처 다시 한번 맛보랴고 왔는냐.

사자(獅子)　　　[머리를 좌우로 설넝설넝.]

묵승 갑(墨僧甲)　[화가 나서] 그러면 네 어미 아비를 잡아먹으려 왔는냐. [하며 막대기로 사자의 머리를 때린다. 사자는 대로(大怒)하

듯고 왕으로 행세하던 요괴인 사자를 징치한다는 이야기가 『서유기』에 나온다. 이 이야기를 끌어들여 탈판에 나타난 사자의 정체를 확인하는 내용이다.

177) 실이목지소호(悉耳目之所好): [悉→꿏]. 듯고 보는 즐거움을 찾음.
178) 궁심지지소락(窮心志之所樂): 마음과 뜻의 즐거움을 다함.
179) 유량(嚠喨): 음색이 맑음.

야 장내로 뛰여다니며 묵승 갑(墨僧甲)을 잡아먹으랴고 한다. 묵승 갑(墨僧甲)은 쫏겨 다니다가 마츰내 사자에게 잡아먹히고 만다.]

　사자의 복중(腹中)으로 들어갓든 묵승 갑(墨僧甲)은 한참 잇다가 사자의 꼬리 밋흐로 살작 나와서 사자의 복중(腹中)에서 본 것을 재담(才談)하는 일도 잇고, 이를 약(略)하는 때도 잇는대, 이번은 후자의 예(例)에 의한 것이다.

묵승 을(墨僧乙)　[사자를 가리키며 크게 공포하야 다른 먹중들을 보고] 저놈이 우리 중[僧]을 잡아먹을 적에는 우리가 아마도 스님을 꾀엿다고 우리들을 다 잡아먹으랴는 모양이다.

　여러 먹중들이 모두 공포하야 대소동을 한다.

묵승 병(墨僧丙)　그러니 다시 한번 무러보아서 그러타고 하면, 우리들이 마음과 행실을 곳처야 할 것이 안이냐.
묵승(墨僧)들　그래그래 네 말이 올타.
묵승 병(墨僧丙)　그러면 내가 한번 자세히 무러보고 올나. [사자의 압흐로 가서] 여바라 사자야, 내 말 드러바라. 우리 스님 수도하야 온 세상이 생불이라 이르드니 우리가 음탕한 길로 꾀여내여 파계가 되엇다고 석가여래 부처님이 우리들을 징계키로 이 세상에 너를 보내시드냐.
사자(獅子)　[머리를 끄덕끄덕한다.]
묵승 병(墨僧丙)　그러면 너는 우리들을 한 사람도 남기지 안코 다 잡아먹으랴는냐.

사자(獅子)　　　[머리를 끄덕끄덕한다.]

　여러 먹중들이 한데 모여서 벌벌 떨며 떠든다.

묵승 정(墨僧丁)　우리들이야 무슨 죄가 잇는냐. 실상은 취발(醉醱)이가
　　　　　　　우리 스님을 사긔하야 그러케 만든 것이 안이냐. 그러
　　　　　　　면 우리들은 이왕 잘못한 것을 씨서버리고, 곳 회개하
　　　　　　　잣구나.
묵승(墨僧)들　　그러타. 네 말이 올타. 어서 회개하자. [여러 먹중들이 서
　　　　　　　로 회개하기로 맹서한다.]
묵승 병(墨僧丙)　[사자의 압흐로 다시 가서] 사자야 너의 온 뜻을 잘 알앗
　　　　　　　다. 우리는 회개하야 이제붙허 부처님을 잘 섬길 터이
　　　　　　　니, 우리들의 이왕의 잘못한 것을 용서하여다오. 그러
　　　　　　　고 마즈막으로 너도 우리와 함께 춤이나 한번 추고 헤
　　　　　　　여지잣구나.
사자(獅子)　　　[머리를 끄덕끄덕한다.]

　이로붙어 사자는 여러 먹중들과 함께 타령곡 장단에 맞추어 쾌활한
춤을 한참 춘 다음 각각 동시에 퇴장한다.

제6장(第六場). 양반무(兩班舞)

　이 장면은 양반의 비부(婢夫) 말둑이가 주역이 되야 시골 양반의 생
활상을 자미스럽게 풍자 표현하는 것으로서, 마츰내 그 위(威)로써 방
탕 무뢰한 취발(醉醱)을 체포하는 것이다. 그러나 전(前) 5장(五場)과

는 별개의 것인 듯하다.

말둑이는 붉은 빗갈에 짧은 웃옷을 입고 울눅불눅한 검붉은 탈을 쓰고 머리에는 흑색 말둑벙거지를 쓰고 바른편 손에는 챗직을 쥐고, 굿거리장단에 맞추어 우수운 춤을 추며 양반(兩班) 삼 형제(三兄弟)를 인도하야 등장한다.

양반 삼 형제는 모다 점잔은 체로 발자최를 드문드문 띄며 갈지(之) 자(字) 거름으로 말둑이 뒤를 따라 등장한다. 양반 형(兩班兄)과 중형(仲兄)은 소매 너른 힌 창의(氅衣)를 입고 정자관(亭子冠)[180]을 쓰고 긴 담뱃대를 입에 물엇는대, 형은 힌 수염이 가슴 아레까지 느러진 힌 빗갈의 노인탈을 쓰고, 중제(仲弟)는 두서너 치 되는 검은 수염이 달니고 붉은빗이 약간 도는 장년의 탈을 썻으며, 말제(末弟)는 남색(藍色) 쾌자(快子)[181]를 입고 복숭아 빗갈이 붉으레한 빗갈의 소년(少年)탈을 쓰고 그 우에 복건(幅巾)[182]을 썻다.

| 말둑이 | [채직을 좌우로 휘둘니며] 쉬― [악(樂)의 반주와 춤은 긋친다.] 양반 나오신다. 양반 나오신다. 양반이라니 장원급제(壯元及第)하야 옥당(玉堂)[183], 승지(承旨), 삼제학(三提學)[184] 다 지내고, 이조(吏曹), 호조(戶曹), 병조(兵曹), 예조(禮曹), 형조(刑曹), 공조(工曹), 육판서(六判書)[185]를 다 지내고, 좌우영상(左右領相), 삼정승(三政丞) 다 |

---

180) 정자관(亭子冠): [亭子冠→程子冠]. 양반들이 평상시에 쓰던 관.
181) 쾌자(快子): 조선 때 관복 또는 군복의 한 가지로 긴 조끼 모양의 겉옷.
182) 복건(幅巾): 검은 천으로 만들어 뒤를 묶는 관모. 관례를 치르기 전 예모로 썼고 남자아이의 돌 때 머리장식으로도 사용되었다.
183) 옥당(玉堂): 조선 때 경서와 사적 관리 및 왕의 자문을 맡아보던 홍문관.
184) 삼제학(三提學): 세 관청의 제학. 제학은 예문관, 집현전, 규장각 등의 종2품 관직.
185) 육판서(六判書): 육조판서. 육조는 조선 때 이조, 호조, 예조, 병조, 형조, 공조 등 여섯 개의 중앙관청. 판서는 육조의 으뜸 벼슬. 품계는 정2품.

지내고, 퇴로재상(老退宰相)¹⁸⁶⁾으로 계신 노론(老論)¹⁸⁷⁾ 소론(少論)¹⁸⁸⁾ 양반인 줄은 아지 마오. 개잘량 ¹⁸⁹⁾이란 양 자(字)에 개다리소반(小盤)¹⁹⁰⁾이란 반 자(字) 쓰는 양반 나온다.

양반 백·중(兩班 伯·仲)   야 이놈 뭐야.

양반 백(伯)·중(仲) 이 인(二人)은 노기등등하엿스나 말제(末弟)는 아모 말도 하지 안코 형들의 떠드는 동작만 보고 가만히 섯다.

말둑이   아— 이 양반 엇지 듯는지 모르겠소. 옥당(玉堂), 승지(承旨), 삼제학(三提學), 육판서(六判書), 삼정승(三政丞)을 다 지내시고, 퇴로재상(老退宰相)으로 계신 노론(老論) 소론(少論) 양반(兩班) 이생원(李生員)님네 삼 형제(三兄弟) 분이 나오신다고 그리햇소.

양반 백·중(兩班 伯·仲)   노론(老論) 소론(少論) 양반(兩班) 이생원(李生員)이라네. [라고 하며 굿거리장단에 맞추어 춤을 춘다. 이때 말제(末弟)인 도령(道令)은 도라단이며 형들의 면상을 톡톡 친다.]

말둑이   쉬— [악(樂)과 무(舞)는 긋친다.] 여보오 구경하는 양반들! 말슴 드르시오. 잘다란 골부랑 담배대로 잡수지 말

---

186) 퇴로재상(退老宰相): 늙어서 벼슬에서 물러난 재상. 재상은 임금을 보필하여 모든 관원을 지휘 감독하던 2품 이상의 벼슬을 통틀어 이르던 말.
187) 노론(老論): 조선시대 정파의 하나로 숙종 때 서인에서 갈라져 나온 강경파.
188) 소론(少論): 조선시대 정파의 하나로 숙종 때 서인에서 갈라져 나온 온건파.
189) 개잘량: 털이 붙은 채로 손질한 개가죽 방석.
190) 개다리소반(小盤): 다리가 개의 다리처럼 구부정한, 원형이나 사각형의 작은 밥상.

고, 저 연죽전(煙竹廛)191)으로 가서 돈이 업스면, 내게 기별(寄別)해서라도, 양칠 간죽(竿竹)192) 자문죽(紫紋竹)193)을 한 발아웃식(式)194) 되는 것을 사다가 육(六)모깍지 희자죽(喜字竹)195), 오동수복(梧桐壽福) 영변죽(寧邊竹)196)을 사다 이리저리 맞춰가지고, 저- 재령(載寧) 나우리 가에 낙시 걸 듯197) 죽- 거러노코 잡수시오.

양반 백·중(兩班 伯·仲)　[노염이 나서 큰 목소리로] 이놈 뭐야.

말둑이　아- 이 양반 엇지 듯소. 양반이 나오시는데 담배 피우지 말고 떠들지 말고 그리하얏소.

양반 백·중(兩班 伯·仲)　담배 피우지 말고 떠들지 말아고 하엿다네. [라고 하며 굿거리장단에 마추어 중제(仲弟)와 같이 춤을 춘다.]

말둑이　쉬- [악(樂)과 무(舞)는 긋친다.] 여보오 악공들! 삼현육각(三絃六角) 다 버리고 저- 버드나무 홀뚜기198) 뽑아다 불고 바지장단 좀 처주소.

양반 백·중(兩班 伯·仲)　야 이놈 뭐야.

---

191) 연죽전(煙竹廛): 담뱃대를 파는 가게.
192) 양칠 간죽(洋漆竿竹): 빨강, 파랑, 노랑의 빛깔로 알록지게 칠한 담뱃대.
193) 자문죽(紫紋竹): [紫紋竹→自紋竹]. 아롱진 무늬가 있는 중국산 대나무로 만든 담뱃대.
194) 한 발아웃식(式): [아웃식→가웃씩]. 한 발하고도 남는 길이. 한 발은 두 팔을 잔뜩 벌린 길이이며 가웃은 말이나 되의 남은 부분 또는 반 정도를 이른다.
195) 육(六)모깍지 희자죽(喜字竹): 여섯 모가 난 깍지처럼 생긴 뿔로 대통 모양으로 만들어 '회(喜)'자를 새긴 담뱃대.
196) 오동수복(梧桐壽福) 영변죽(寧邊竹): [梧桐→烏銅]. 영변에서 나는 대나무로 만들어, 검은색 구리인 오동(烏銅)으로 '수(壽)'나 '복(福)' 자를 새긴 담뱃대.
197) 재령(載寧) 나우리 가에 낙시 걸 듯: [나우리→나무리]. 황해도 재령의 나무리[餘勿坪]에서 게를 잡을 낚시 걸 듯.
198) 홀뚜기: 호드기. 물오른 버들가지를 비틀어 뽑은 통껍질로 만든 피리.

말둑이	아― 이 양반 엇지 듯소. 용두 해금[199] 북 장고 피리 젓
	대 한 가락도 빼지 말고 건건드러지게 치라고 그리하
	얏소.
양반 백·중(兩班伯·仲)	저놈이 건건드러지게 치라고 하엿다네.

양반 삼 형제(三兄弟)가 같이 굿거리장단에 맞추어 춤을 춘다.

양반 백(兩班伯)	말뚝아― [악(樂)과 무(舞)는 굿친다.]
말둑이	예― 이.
양반 백(兩班伯)	이놈 너는 양반을 모시지 안코 어듸로 그리 단이느냐.
말둑이	예― 양반을 차즈려고 찬밥 국 마라 일즉이 먹고, 마
	(馬)죽간(間)[200]에 들어가서 노새님을 끌어내다 등에
	솔질 쌀쌀 하야 말둑이님 내가 타고[201] 팔도강산 다 도
	라 물은 메주 밟듯 하얏는대, 동(東)은 여울이오 서(西)
	는 구월(九月)이라. 동여울 서구월 넘드러 북한산 하(北
	漢山下) 방방곡곡이[202] 바위 틈틈이 모래 짬짬이 참나
	무 결결이 다 차저단여도 샌님 빗둑한 놈도 업기로, 낙
	향사부(落鄉士夫)[203]라 서울 본택을 차저가니 샌님도
	안 계시고 둘재 샌님도 안 계시고 종가집 도령님도 안
	계시고 마나님 혼자 계시기로, 이 벙거지 쓴 채로 이

199) 용두 해금(龍頭奚琴): 용머리 장식이 된 해금.
200) 마죽간(馬粥間): 말이 먹을 죽을 주는 장소. 마구간.
201) 노새님을 끌어내다~말둑이님 내가 타고: 수나귀와 암말 사이에서 난 잡종인 노새에 '님'
을 붙여 '노생원님'에 유사한 발음을 내고 말둑이 자신이 타고 다닌다며 양반을 골리는 내용.
202) 동(東)은 여울이오~북한산 하(北漢山下) 방방곡곡이: 구월산이 있는 황해도 신천군과 은
율군에서 서울의 북한산 아래까지, 말둑이가 샌님을 찾으러 다닌 여정을 가리킨다.
203) 낙향사부(落鄉士夫): 서울에서 시골로 이사한 사대부.

채직 찬 채로 이 감발[204] 한 채로 두 물팍을 꿀고, 하고 하고 재독(再讀)[205]으로 냇습니다.

양반 백(兩班伯)　이놈 뭐야.

말둑이　하― 이 양반 엇지 듯고. 문안을 들이고 들이고 하니까 마나님이 술상을 차리는대, 벽장 열고 목이 길다 황새병, 목이 잘다 자라병에 강면주(江麵酒)[206] 이강주(酒)[207]를 내여놋차, 앵무잔(鸚鵡盞)을 마님이 친히 드러 잔 갓득 술을 부어 한 잔 두 잔 일이삼 배(一二三盃) 마신 후에 안주를 내여놋는대, 대양푼에 갈비찜 소양푼에 저육(豬肉) 초고추 저린 김치 문어 전복 다 버리고, 작년 팔월(八月)에 샌님댁에서 등산 갓다 남아 온 좃대갱이[208] 하나 줍듸다.

양반 백(兩班伯)　이놈 뭐야.

말둑이　아― 이 양반 엇지 듯소. 등산 갓다 남아 온 어두일미(魚頭一尾)[209]이라고 하면서, 조기 대갱이 하나 주시더라고 그리하엿는데.

양반 백(兩班伯)　어두(魚頭)가 일미(一味)라네. [하며 굿거리장단에 맞추어 춤을 춘다.]

양반 백(兩班伯)　이놈 말둑아―

---

204) 감발: 발감개. 버선 대신 발과 발목에 감은 무명천.
205) 재독(再讀): 한 번 읽은 것을 다시 읽음을 말하나, 여기서는 성행위를 두 번 했다는 뜻.
206) 강면주(江麵酒): '홍국주(紅麴酒)'의 잘못인 듯. 글자 모양이 비슷해서 인쇄과정에서 생긴 오독인 것 같다. 홍국주는 붉은빛을 띠는 누룩인 홍국으로 만든 술로 어혈을 없애는 작용이 있어, 해산 후 오로가 다 나오지 않고 배가 아픈 데와 이질, 타박상 따위에 쓴다고 한다.
207) 이강주(梨薑酒): 소주를 내려 배, 생강, 울금, 계피, 꿀을 넣어 중탕하여 만든 술.
208) 좃대갱이: 생선인 조기 대가리를 남자의 성기를 연상하도록 표현한 말.
209) 어두일미(魚頭一尾): [尾→味] 생선은 머리 쪽이 별미. 또는 생선은 머리 쪽이 육류는 꼬리 쪽이 별미라는 어두육미의 오류인 듯하다. 채록과정에서 어두육미와 혼동한 것 같다.

말둑이	예— 아이 제미를 부틀 양반인지 좃반인지 허리 꺽거 절반(折半)인지 개대가리소반인지 꾸레미전에 백반(白礬)[210]인지, 말둑아 꼴둑아 밧 가운데 쵯둑[211]아 오뉴월[五六月] 말둑아 잔대둑[212]에 메둑아 불어진 다리 절둑아 호도(胡桃)엿 장사 온 데 한애비 찻듯[213] 외 이리 찻소.
양반 백(兩班伯)	너 이놈, 양반을 모시고 단이면 새쳐[214]를 정하는 것이 안이고 어듸로 그리 단이느냐.
말둑이	[채직으로 도야지울을 가리키며] 이마만큼 터를 잡아 참나무 울장을 드믄드믄 꼿고 깃을 푹운푹운이 두고 문은 하늘노 내인 집으로 벌서 잡아노앗습니다.
양반 백(兩班伯)	이놈 뭐야.
말둑이	아 이 양반 엇지 듯소. 자좌오향(子坐午向)[215]에 터를 잡고 난간팔자(欄干八字)[216] 오련각(五聯閣)[217]에 입 구(口) 자(字)로 집을 짓되, 호박(琥珀) 주초[218]에 산호(珊瑚) 기동에 비취(翡翠) 연목(椽木)[219]에 금파(金波) 도리

---

210) 꾸레미전에 백반(白礬): 꾸러미전은 간단한 음식을 파는 노점. 늘어놓은 음식에 개미 등이 접근하지 못하도록 백반이 필요하다는 사실을 '~반'의 운을 맞추어 만들어낸 말.
211) 밧 가운데 쵯둑: 밭 가운데를 가로지르는 밭두둑. 쵯뚝은 밭두둑의 북한 사투리.
212) 잔대둑: 잔대가 나 있는 두둑. 잔대는 초롱꽃과의 산야초.
213) 호도(胡桃)엿 장사 온 데 한애비 찻듯: '호두엿 장수 온 데서 할아버지 찾듯.' 호두엿 장수만 오면 손자들이 엿 사달라고 조르기 위해 할아버지를 찾는다는 말.
214) 새쳐: 길을 가다가 묵어가는 집. 하쳐(下處)〉사처〉새쳐의 음운 변화로 생긴 말.
215) 자좌오향(子坐午向): 자(子)는 북쪽, 오(午)는 남쪽을 뜻하므로 북쪽에 앉아 남쪽을 향하는 자리. 묏자리나 집터 따위의 방향을 정할 때 쓰던 말.
216) 팔자(八字): →팔작(八作). 팔작지붕.
217) 오련각(五聯閣): →오량각(五樑閣). 들보를 다섯 줄로 놓아 두 간 되게 지은 집.
218) 호박(琥珀) 주초: 누른빛 호박으로 만든 주춧돌.
219) 비취(翡翠) 연목(椽木): 푸른 비취옥으로 만든 서까래.

220)를 걸어 입 구(口) 자(字)로 푸러짓고, 치어다보니 천(天)반자요 내려다보니 장판방(張板房)221)이라. 화문석(花紋席)222) 칫다 펴고 부벽서(付壁書)223)를 바라보니 동편에 부튼 것이 청백명정(淸白明正)224) 네 글자가 완연하고, 서편을 바라보니 백인당중유태화(百忍堂中有泰和)225)가 완연히 붓터 잇고, 남편을 바라보니 인의예지(仁義禮智)가 분명하고, 북편을 바라보니 효제충의(孝悌忠義)226)가 뚜렷이 붓터스니 가위 양반에 새처방(房)이 될 만하고, 문방제구(文房諸具) 볼작시면, 옹장,227) 봉장,228) 궤(櫃), 두지229), 자개 함롱230), 반다지231), 샛별 같은 놋뇨강을 놋대야 밧처 요긔조긔 느러놋코 양칠간죽(簡竹) 자문죽(紋竹)을 이리저리 맞춰놋코 씹벌 같은 칼담배232)를 저─ 평양 동(東)푸루 선창(船倉)233)의 되지 똥물에다 축축이 축여낫습니다.

양반 백(兩班伯) 이놈 뭐야.

220) 금파(金波) 도리: 금빛으로 반짝거리는 도리. 도리는 기둥과 기둥 위에 돌려 얹히는 나무.
221) 장판방(張板房): [張板房→壯版房]. 바닥을 장판지로 바른 방.
222) 화문석(花紋席): 물들인 왕골을 엮어 꽃무늬를 낸 돗자리.
223) 부벽서(付壁書): 벽에 붙이는 글.
224) 청백명정(淸白明正): 청렴하고 깨끗하여 올바른 것을 드러냄.
225) 백인당중유태화(百忍堂中有泰和): 모든 어려움을 참는 집안에 여유와 화목이 있다.
226) 효제충의(孝悌忠義): 효도와 우애, 충성과 절의.
227) 옹장[龍欌]: 용을 새기거나 그려 장식한 장.
228) 봉장(鳳欌): 봉황을 새기거나 그려 장식한 장.
229) 두지: 뒤주. 곡식을 담아두는 궤짝.
230) 자개 함롱: 자개로 장식한, 옷을 담는 큰 함처럼 생긴 농.
231) 반다지: 반닫이. 위쪽 절반이 문짝으로 되어 있어 아래로 잦혀 여는 장.
232) 씹벌 같은 칼담배: 이두현본 〈봉산탈춤〉에는 '삼털 같은 칼담배'로 되어 있다. 칼담배는 담뱃잎을 칼로 썰어 담뱃대에 넣기 좋게 만든 담배인 듯.
233) 평양 동(東)푸루 선창(船倉): [동푸루→동포루(東浦樓/東砲樓)]. 선창이 있다니 동쪽 포구에 위치한 누각으로 풀이하는 게 옳겠다. 실제로 평양 동포루 선창가에 돼지우리가 많았단다.

말둑이	아 이 양반 어찌 듣소. 소털 같은 칼담배를 꿀물에다 축여낫다고 그리하얏습니다.
양반 백(兩班伯)	꿀물에다 축엿다네. [라고 하며 아우들과 같이 굿거리장단에 맞추어 한참 춤을 춘다.]

악과 무가 굿치자 양반 삼 형제(三兄弟)가 새처를 정한다.

양반 백(兩班伯)	여보게 동생! 우리가 본시 양반이라. 각급도 한데 글이나 한 수(首)씩 지어보세.
양반 중(兩班仲)	형님 그것도 조흔 말씀이요. 형님이 먼저 지으시요.
양반 백(兩班伯)	그러면 동생이 운자(韻字)234)를 하나 부르게.
양반 중(兩班仲)	그리하오리다. 산 자(字) 영 자(字)외다.
양반 백(兩班伯)	아− 그것 어렵다. 여보게 동생, 되고 안 되고 내가 부를 것이니 드러보게. [영(詠)] 울눅줄눅 작대산(作大山)하니 황천(黃川) 풍산(豊山)에 동선령(洞仙嶺)이라.235)
양반 중(兩班仲)	거 형님 잘 지엿소. [형제가 같이 웃는다.]
양반 백(兩班伯)	이번엔 동생이 한 구(句) 지여보게.
양반 중(兩班仲)	형님이 운자(韻字)를 부르시요.
양반 백(兩班伯)	총 자(字) 못 자(字)세.
양반 중(兩班仲)	아 그 운자 벽자(僻字)236)로군. [조곰 생각다가] 형님 드

234) 운자(韻字): 한시를 지을 때 같은 운(韻)을 달기 위해 시구의 끝에 쓰는 글자.
235) 울눅줄눅 작대산(作大山)하니 황천(黃川) 풍산(豊山)에 동선령(洞仙嶺)이라: '울퉁불퉁 큰 산을 만드니 황천 풍산의 동선령이 생겼구나.' 고전소설 「이춘풍전」에 나오는 '동선령을 바삐 넘어 황주 병영 구경하고'라는 구절로 미루어 동선령은 황해도 황주 근방의 높은 고개이며 황천이나 풍산 역시 황해도 지역임을 알 수 있다.
236) 벽자(僻字): 흔히 쓰이지 않는 낯선 글자. '못'은 순우리말로 한시의 운자로는 부적합하다.

러보시오.

[영(詠)] 집세기 압총은 헌겁총이요. 나막신 뒤측에 거말못이라.[237]

말둑이   샌님 저도 한 수(首) 지을 터니 운자를 하나 불너주시요.

양반 백(兩班伯)   재구삼년(齋狗三年)에 능풍월(能風月)[238]이라더니, 네가 양반의 댁(宅)에서 몇 해를 잇더니 기특한 말이다. [고개를 끄덕끄덕하며] 그래라. 우리는 두 자(字)씩[式] 불넛지만 너는 단자(單子)로 불너줄게 한 자(字)식이나 달고 지여보아라. 운자는 강 자(字)다.

말둑이   아 그 운자 어렵습니다. [조곰 생각하다가 응등이춤을 추면서]

[창(唱)] 썩정 바자[239] 구녕에 개대강이요 헌 바지 구녕에 좃대강이라.

양반 백(兩班伯)   아— 그놈 문장이로구나. 잘— 지엇다. 잘— 지엇서. [담배대를 입에 물고 고개를 끄덕끄덕하며 중제(仲弟)를 바라본다.]

양반 중(兩班仲)   아 과연 그놈이 큰 문장이올시다.

양반 백(兩班伯)   [중제(仲弟)를 보고] 그러면 이번에는 파자(破字)[240]를 하나 하여보잣구나.

---

237) 집세기 압총은 헌겁총이요. 나막신 뒤측에 거말못이라: 짚신의 앞쪽은 헝겊으로 대었고 나막신의 뒤축에는 거멀못을 박았네. 거멀못은 나무로 된 그릇이나 신 등의 금간 데나 벌어질 염려가 있는 곳을 연결하여 걸쳐 박는 못을 이른다.

238) 재구삼년(齋狗三年)에 능풍월(能風月): '서당개 삼 년에 풍월을 읊는다.' 무식한 사람도 유식한 사람과 같이 오래 지내면 자연히 견문이 생긴다는 말.

239) 썩정 바자: 썩은 울타리.

240) 파자(破字): 한자의 자획(字畫)을 나누어 풀고 그것이 어떤 글자인지 맞추는 놀이. 예를 들어 '姜'자를 파자하여 '八王女'라고 하는 식이다.

양반 중(兩班仲) 그도 조흔 말슴이올시다.

양반 백(兩班伯) 주둥이는 하얏코 몸뎡이는 알낙달낙한 자(字)가 무슨 자(字)일가.

양반 중(兩班仲) 네 그것참 벽자(僻字)인데요. 거 운고옥편(韻考玉篇)[241]에도 업는 자(字)인데요. [조곰 생각하다가] 그것 피마자(萆麻子)[242]란 자(字)가 아님니까.

양반 백(兩班伯) 아― 거 동생이 용세.

양반 중(兩班仲) 형님 제가 한 자(字) 부르라우.

양반 백(兩班伯) 그것 그리하게.

양반 중(兩班仲) 논두럭에 살피[243] 집고 섯는 자(字)가 무슨 자(字)요.

양반 백(兩班伯) [한참 생각하다가] 아 그것은 논임자[244]란 자(字)가 안인가.

양반 중(兩班仲) 아 형님 참 용하올시다.

이때 취발(醉發)이가 살작이 입장하야 장내에 한편 구석에 선다.

양반 백(兩班伯) 이놈 말둑아―

말둑이 예―

양반 백(兩班伯) 나라돈 노랑돈 칠 푼[七分] 잘나먹은 놈의 상통이 무루 익은 대초[棗]빗 갓고 울눅줄눅 매미 잔등이 같은 놈이

---

241) 운고옥편(韻考玉篇): 한자의 4성(聲)인 평(平), 상(上), 거(去), 입(入)을 분류한 사전.

242) 피마자(萆麻子): 아주까리. 파자가 아니라 파자를 표방하여 헛갈리게 한 수수께끼다. 피마자의 끝소리인 '자'를 '자(字)'와 연결하였다.

243) 살피: 두 땅이 맞닿은 경계를 나타낸 표.

244) 논임자: '논두럭에 살피 집고 섯는 자'를 논임자로 푸는 것 역시 파자를 활용한 수수께끼다. 파자라고 생각하면 어렵지만 순수한 질문으로 생각하면 답이 쉽게 나와 청자를 허탈하게 만든다.

니 그놈을 잡아드려라.

말둑이 　그놈이 심이 무량(無量)이요, 날냄이 비호(飛虎) 같은데 샌님의 전령(傳令)이나 잇스면 잡아올른지 그저는 잡아올 수가 업습니다.

양반 백(兩班伯) 　오ー 그리하여라. [지편(紙片)에 체포장을 써서 말둑이에게 준다.]

말둑이 　[양반이 주는 체포장을 받아가지고 취발(醉發)에게로 가서] 당신 잡히엿소.

취발(醉發) 　어데 전령(傳令) 잇나보자.

말둑이 　전령 업시 올 리(理)가 잇소. 자 이것 보아. [하며 체포장을 내어 취발(醉發)에게 준다.]

　취발(醉發)은 체포장을 바다본 다음 말둑이에게 잡혀온다. 말둑이는 취발(醉發)이를 체포하여가지고 와서 취발(醉發)의 응둥이를 양반의 면전에다 내민다.

양반 백(兩班伯) 　아 이놈 이것이 무슨 냄새냐. [하며 고개를 설넝설넝 흔들며 얼굴을 짚프린다.]

말둑이 　이놈이 피신을 하여 다니기 때문에 양취를 못하여서 그러케 냄새가 나는 모양이외다.

양반 백(兩班伯) 　그러면 이놈의 목아지를 뽑아 밋구녕에 갓다 박아라.

말둑이 　아 이놈의 목쟁이를 뽑아다 밋구녕에다 꼿는 수가 잇다면, 내 좃으로 샌님의 입술을 때려드리겟습니다.

양반 백(兩班伯) 　[노하야 담뱃대를 내저으며 큰 목소리로] 이놈 뭐야?

　이때 취발(醉發)은 고개를 푹 숙이고 가만히 업듸여 잇다.

| 말둑이 | 샌님! 그러케 노(怒)여워 마시고 말슴 드르시요. 금전이면 그만인데 하필 이놈을 잡아다 죽이면 무엇하오. 돈이나 몃백 냥(百兩) 내라고 하여 우리끼리 논아 쓰도록 합시다. 그러면 샌님도 조코 나도 돈 냥(兩)이나 얻어 쓰지 안켓소. 그러니 샌님은 못 본 체하고 가만히 계시면 내가 다 처리하고 갈 것이니 그리 알고 계시오. |

양반 삼 형제(三兄弟)와 말둑이와 취발(醉發)이가 일제히 퇴장한다.

제7장(第七場). 미얄무(舞)

미얄은 무녀(巫女). 그의 남편은 절구장이로 오래간만에 부부가 반갑게 만나 그동안 서로 그리워하든 정회를 주고밧다가 질투 사홈으로 인하야 마츰내 영영 이별을 하고 마는 것인대, 이 장면은 전기(前記) 각 장면과는 아모 연락(連絡)이 없는 개별의 것으로서 일종의 여흥(餘興)이다. 혹은 미얄의 부부는 주막 주인으로서 취발(醉發), 노승(老僧), 묵승(墨僧) 등에게 주식(酒食)을 제공하야써 그들을 방탕의 길로 빠지게 하엿기 때문에 마츰내 신벌(神罰)을 받게 된 것이라는 설도 잇스나, 이는 이상 각 장면과 연락식히랴는 억설인 듯하다.

미얄은 검은 빗갈의 얽은 탈을 쓰고 우수(右手)에는 붓채를 들고 좌수(左手)에는 방울 한 쌍을 들고 굿거리장단에 맛추어 춤을 추면서 등장한다.

| 미얄 | [악공 앞에 와서] 에 에 에 에 에 에. [하고 운다. 악공 중 한 사람이 미얄에게 말을 붓친다.] |

악공(樂工)	웬 할맘임나.
미얄	나도 웬 할맘이더니 덩덕궁하기에 굿만 녁이고 한 거리 놀고 갈라고 드러온 할맘이올세.
악공(樂工)	그럼 한 거리 놀고 갑게.
미얄	노든지 마든지 허름한 영감을 일코 영감을 차저단기는 할맘이니 영감을 찾고야 안이 놀갓습나.
악공(樂工)	할맘 난 본향(本鄕)은 어데메와.
미얄	난 본향은 전라도(全羅道) 제주(濟州) 망막골이올세.
악공(樂工)	그러면 영감은 엇재 일엇슴나.
미얄	우리 고향에 난리가 나서 목숨을 구하랴고 서로 도망하엿더니 그후로 아즉까지 종적을 알 길이 업슴네.
악공(樂工)	그러면 영감의 모색(貌色)을 한번 뎁소.
미얄	우리 영감의 모색은 마모색(馬貌色)[245]일세.
악공(樂工)	그러면 말색기란 말인가.
미얄	아니 소모색일세.
악공(樂工)	그러면 소색기란 말인가.
미얄	아니 마모색도 안이고 소모색도 안이올세. 우리 영감의 모색은 알아서 무엇해. 아모리 바로 꼭 대인들 여긔서 무슨 소용 잇습나.
악공(樂工)	모색을 자세히 대이면, 혹 차즐 수 잇슬지도 몰으지.
미얄	[응등이춤을 추면서] 우리 영감을 모색을 대, 모색을 대, 모색을 대, 모색을 꼭 바로 대면 조곰 흉한데. 난간이마에 주개턱, 웅케눈[246]에 개발코, 상통은 갓 발은 관녁

---

245) 마모색(馬貌色): 말의 모습.
246) 웅케눈: 우묵하게 생긴 눈.

	갓고,²⁴⁷⁾ 수염은 다 모즈러진 귀알²⁴⁸⁾ 갓고, 상투는 다 가라먹은 망좃²⁴⁹⁾ 갓고, 키는 석 자 세 치 되는 영감이 올세.
악공(樂工)	올치. 고 영감 마루 넘어 등 넘어로 망 쪼으러 갑데.
미얄	에— 그놈에 영감! 고리장이²⁵⁰⁾가 죽어도 버들가지를 물고 죽는다더니 상게 망을 쪼으러 단여! [하고 한숨을 쉰다.]
악공(樂工)	영감을 한번 불러봅소.
미얄	여긔 업는 영감을 불너본들 무엇한나.
악공(樂工)	그래도 한번 불러봐—
미얄	영감!
악공(樂工)	너무 짤바 못 쓰겟슴네.
미얄	영— 감— 영— 감— 영— 감—
악공(樂工)	너무 길어서 못 쓰겟슴네.
미얄	그러면 엇더케 불으란 말임나.
악공(樂工)	전라도 제주 망막골 산다니 신아위청²⁵¹⁾으로 한번 불너봅소.
미얄	[응등이춤을 추며 바른편 손에 든 붓채를 피엿다 접었다 하면서 신아위청으로] [창(唱)] 절절절절 절시구 저저리 절절시구

247) 상통은 갓 발은 관녁 갓고: '얼굴은 갓 바른 과녁 같고.' 영감 얼굴이 활 쏘는 과녁처럼 평평하고 넓다는 표현이다.
248) 귀알: 귀얄. 풀이나 옷을 칠할 때에 쓰는 솔. 돼지털이나 말총을 넓적하게 묶어 만든다.
249) 망좃: 망쪽. 망은 평안도와 함남도의 사투리로 맷돌의 위아래 돌을 연결하는 쇠로 된 돌기 부분을 이른다.
250) 고리장이: 고리버들로 키나 고리짝을 만드는 사람.
251) 신아위청: 시나위청. 무속음악에서 비롯된 즉흥 기악합주곡.

지화자(持花子) 자 절시구

어듸를 갓나 어듸를 갓나.

우리 영감 어듸를 갓나.

기산영수별건곤(箕山潁水別乾坤)에 소부(巢父) 허유(許
由) 딸아 갓나.

채석강명월야(采石江明月夜)에 이적선(李謫仙) 딸아 갓
나.

적벽강추야월(赤壁江秋夜月)에 소동파(蘇東坡) 딸아 갓
나.

우리 영감을 찾으려고

일원산(一元山)서 하로 자고

이강경(二江景)서 이틀 자고

삼부여(三扶餘)서 사흘 자고

사법성(四法聖)서 나흘 자고[252]

삼국(三國) 적 유현덕(劉玄德)[253]이 제갈공명(諸葛孔明)

챠즈랴고 삼고초려(三顧草廬)하던 정성(精誠)

만고성군(萬古聖君) 주문왕(周文王)이 태공망(太公望)
을 챠즈랴고 위수양(渭水陽) 가던 정성(精誠)

초한(楚漢) 적 항적(項籍)이가 범아부(范亞父)를 챠즈랴
고 기고산(祈高山) 가던 정성(精誠)

이 정성(精誠) 저 정성(精誠) 다 부려서 강산천리(江山

---

252) 일원산(一元山)서 하로 자고~사법성(四法聖)서 나흘 자고: 미얄이 영감을 찾아다닌 여정
을 숫자와 함께 열거한다. 〈동래야류〉에는 '일원산, 이강경, 삼푸주, 사마산, 오삼랑, 육물금,
칠남창, 팔부산' 등 숫자 8까지 언급된다.

253) 유현덕(劉玄德): 유비. 중국 삼국시대 촉한의 왕. 제갈공명에게 도움을 얻어 오나라의 손
권과 연합하여 조조의 대군을 적벽에서 대파하였다.

千里)를 다 단녀도

우리 영감은 못 찾겟네.

우리 영감 만나면은 귀도 대고 코를 대고 눈도 대고 입

도 대고

춘향(春香)이 이도령(李道令) 만나 노듯이 업어도 주고

안어도 보며

건건드러지게 놀겟구만

어듸를 가고 나 찾는 줄 왜 몰으나.

엉- 엉- 엉- 엉-

[울다가 장내(場內)의 중앙(中央)으로 가서 굿거리장단에

맞추어 춤을 춘다.]

이때 미얄의 부(夫)가 용산(龍山) 삼개[麻浦] 덜머리집²⁵⁴⁾을 다리고 등장하야 악공들의 앞으로 어슬넝어슬넝 거러온다. 덜머리집은 미얄의 부(夫)를 딸아 입장하야 한편 구석에 가만히 선다. 미얄의 부(夫)는 엷은 먹 빗갈의 웃옷을 입고 험상스러운 늙은이의 탈을 쓰고 이상스러운 관(冠)을 썻으며, 그의 첩인 덜머리집은 얼굴 빗갈이 조곰 흰 젊은 여자의 탈을 썻다.

미얄 부(夫)   [악공의 앞으로 와서] 에- 에에 에- 에에. [운다. 이하 미
             얄 부(夫)를 영감이라 약칭함.]

악공(樂工)   [악공 중 한 사람이 미얄의 부(夫)를 보고] 웬 영감이와?
             [악(樂)과 무(舞)는 긋친다.]

---

254) 용산(龍山) 삼개[麻浦] 덜머리집: 용산 마포 근방 덜머리에 위치한 주막집의 여자. 덜머리
는 돌모루 또는 돌마리[石旨]로 지금의 용산구 원효로 입구이다.

영감(令監)	나도 웬 영감이더니 덩덩덩 하기에 굿만 여기고 한 거리 놀나고 드러온 영감이올세.
악공(樂工)	[놀나며] 놀고 갑게.
영감(令監)	노든지 마든지 허름한 할맘을 일혓스니 할맘을 찻고야 아니 놀겟습나.
악공(樂工)	난 본향은 어데메와.
영감(令監)	전라도 제주 망막골이올세.
악공(樂工)	그러면 할맘은 엇재 일엇습나.
영감(令監)	우리 고향에 날리가 나서 각분동서(各分東西)로 도망하엿다가 일코 말앗습네.
악공(樂工)	그러면 할맘의 모색을 한번 뎁게.
영감(令監)	우리 할맘의 모색은 하도 흉해서 댈 수 업습네.
악공(樂工)	그래도 한번 대봅게.
영감(令監)	여긔서 모색을 댄들 무엇하겟습나.
악공(樂工)	세상일이란 그런 것이 안이야. 모색을 대면 차즐는지도 알 수 없지.
영감(令監)	그럼 바로 대지. 난간이마에 우먹눈, 개발코에 주개턱, 머리칼은 모즈러진 비 갓고, 상통은 먹 푸는 바가지 갓고, 한 켠 손엔 붓채 들고, 한 켠 손엔 방울 들고, 키는 석 자 세 치 되는 할맘이올세.
악공(樂工)	올치, 그 할맘이로군. 마루 넘어 등 넘어로 굿하러 갑데.
영감(令監)	에— 고놈의 할맘, 항상굿 굿하로만 단겨.
악공(樂工)	할맘을 한번 불너봅소.
영감(令監)	업는 할맘을 불너보면 무엇하나.
악공(樂工)	허 그럴 것이 안이야. 엇재던 한번 불너봅게.

영감(令監)	무슨 영문인지 알 수 업스나 하라는 대로 해보지. 할맘!
악공(樂工)	너무 짤바 못 쓰겟습네.
영감(令監)	할― 맘―
악공(樂工)	그것은 너무 길어서 못 쓰겟습네.
영감(令監)	그러면 엇더케 불으란 말임나.
악공(樂工)	전라도 제주 망막골 산다니 신아위청으로 불너봅소.
영감(令監)	[신아위청으로]

[창(唱)] 절절절 절시구 저저리 절절시구
얼시구절시구 지화자(持花子) 절시구
어듸를 갓나 어듸를 갓나
우리 할맘 어듸를 갓나.
기산영수별건곤(箕山穎水別乾坤)에 소부(巢父) 허유(許由) 딸아 갓나.
채석강명월야(采石江明月夜)에 이적선(李謫仙) 딸아 갓나.
적벽강추야월(赤壁江秋夜月)에 소동파(蘇東坡) 딸아 갓나.
우리 할맘 찾으랴고
일원산(一元山) 이강경(二江景) 삼부여(三扶餘) 사법성(四法聖)
강산천리(江山千里)를 다 단겨도
우리 할맘은 못 찻겟네.
[굿거리장단에 마추어 춤을 추며 미얄 서 잇는 곳으로 간다.]

미얄	[춤을 추며 슬금슬금 악공 앞으로 거러오면서 신아위청으로]

[창(唱)] 절절절 절시구, 지화자(持花子) 절시구

보고지고 보고지고 우리 영감 보고지고

칠년대한(七年大旱) 왕(王)가물255)에 빗발같이 보고지
고

구년홍수(九年洪水) 대홍수(大洪水)256)에 햇발같이 보
고지고

우리 영감 만나면은

눈도 대고 코도 대고 입도 대고 뺨도 대고

연적(硯滴) 같은 귀를 쥐고 신작 같은 혜를 물고

건드러지 놀겟구만

우리 영감 어듸 가고 나 찾는 줄 몰으는가.

[굿거리장단에 마추어 춤을 춘다.]

영감(令監)   [미얄 잇는 곳으로 슬금슬금 뒷거름질하여 오면서 신아위청
으로]

[창(唱)] 절절 저저리 절절시구, 얼시구절시구 지화자
(持花子) 절시구

보고지고 보고지고 우리 할멈 보고지고

칠년대한(七年大旱) 왕(王)가물에 빗발같이 보고지고

구년홍수(九年洪水) 대홍수(大洪水)에 햇발같이 보고지
고

우리 할맘 만나면은

눈도 대고 코도 대고 입도 대고

---

255) 칠년대한(七年大旱) 왕(王)가물: 은나라 탕왕 때 7년 계속된 큰 가뭄. 탕왕은 손톱과 발
톱을 깎고 머리카락을 자르며 백모(白茅)를 얽고 직접 희생하여 기우제를 지냈다고 한다.
256) 구년홍수(九年洪水) 대홍수(大洪水): 요임금 때 9년이나 계속되었다는 큰 홍수. 이때 우가
치수에 공을 세우고 순임금으로부터 왕위를 물려받아 하나라를 세웠다.

대접 같은 젓을 쥐고 신작 같은 혜를 빨며
건드러지게 놀겟구만
우리 할맘 어듸 가고 나 찾는 줄 몰으는가.
[굿거리장단에 마추어 춤을 춘다.]

미얄   [신아위청으로]
[창(唱)] 절절절 저저리 절절시구, 얼시구절시구 지화
자(持花子) 절시구.
그 누가가 날 찾나, 그 누가가 날 찾나.
날 찾을 사람 업건만은 그 누구가 날 찾나.
술 잘 먹는 이태백(李太白)이 술 먹자고 날 찾나.
상산사호(商山四皓) 녯 노인이 바독 두자고 날 찾나.
춤 잘 추는 학(鶴) 두룸이 춤을 추자고 날 찾나.
수양산(首陽山) 백이(伯夷) 숙제(叔齊) 채미(採薇)하자
고 날 찾나.
[굿거리장단에 마추어 춤을 추면서 영감 앞으로 슬금슬금 나
온다.]

영감(令監)   [신아위청으로]
[창(唱)] 절절절 저저리 절절시구, 얼시구절시구 지화
자(持花子) 절시구
할맘 찾으 리 누가 잇나, 할맘- 할맘-! 내야 내야.
[라고 창(唱)하며 굿거리장단에 마추어 춤을 추면서 미얄의
앞으로 나온다.]

미얄   [영감을 바라보더니 깜짝 놀라며] 이게 누구야, 영감이 안
인가. 아모리 보아도 영감일시 분명쿠나. 지성(至誠)이
면 감천(感天)이라더니 이제야 우리 영감을 찾엇구나.
[창(唱)] 반갑도다 반갑도다 우리 영감이 반갑도다.

조흘시고 조흘시고 지화자 조흘시고.

[춤을 추면서 영감에게로 매여달닌다.]

영감(令監) 여보게 할맘! 우리가 오랜간만에 천우신조(天佑神助)로 이러케 반갑게 만낫스니 얼사안고 춤이나 한번 추어봅세.

[창(唱)] 반갑고나 반갑고나, 얼너보세 얼너보세.

　

미얄 부부가 서로 끄러안고 굿거리장단에 맛추어 춤을 춘다. 이러케 한참 춤을 추다가 정신에 이상이 생기여 영감이 땅에 넘어지면, 미얄은 영감에 머리 우으로붙어 기여 넘어간다.

　

미얄 [이러서며] 아이고 허리야 아이고 허리야, 연만칠십(年滿七十)에 생남자(生男子)[257] 하엿스니 이런 경사가 어대 잇나.

[창(唱)] 조흘시고 조흘시고, 아들 보니 조흘시고.

[라고 창하면서 춤을 춘다.]

영감(令監) [누은 채로] 야아 조키는 정 조쿠나. 그놈의 곤이 험하기도 험하다. 송림(松林)이 좌우로 욱어지고 산고곡심(山高谷深)한데 물 말은 호수 중(湖水中)에 굽이굽이 섬뚝이요 갈피갈피 유자로다. 자— 여긔서 우리 고향을 갈나면 육로로는 삼천 리(三千里)요 수로로는 이천 리(二千里)니, 에라 배를 타고 수로로 갈거나. 배를 타고 오다가 풍랑을 만나 이곤에 와서 딱 붓텃스니 엇더케

　

257) 연만칠십(年滿七十)에 생남자(生男子): '나이 칠십에 아들을 낳다.' 영감의 머리 위에서붙어 기어 넘어가다보니 영감이 미얄의 다리 아래로 나와 미얄이 아들을 낳았다며 농담한다.

떼여야 니러날 것인가. 이것 떼는 문서(文書)가 잇서
야지. 올타 이제야 아랏다. 내가 한창 소년 적에 점치
는 법을 배웟스니, 어듸 니러날 수 잇슬는지 점(占)이
나 한 괘(卦) 풀어볼가.

[주머니에서 점통(占筒)을 끄내여 절넝 흔들며 눈을 깜고 큰
목소리로] 축왈(祝曰) 천하언재(天何言哉)시며 지하언재
(地何言哉)리오만은 고지즉응(告之卽應) 하시나니 감이
순통(感而順通) 하소서.[258] 미련한 백성이 배를 타고
오다가 이곧에 딱 붓터노앗스니, 복걸(伏乞)[259] 이순풍
(李淳風)[260] 곽곽 선생(霍郭先生)[261] 제갈공명 선생(諸
葛孔明先生) 정명도·이천 선생(程明道·伊川先生)[262] 소
강랑 선생(昭康郎先生)[263] 여러 신명(神明)은 일시동참
(一時同參)하시와 상괘(上卦)로 물비소서.[264] [라고 낭랑
하게 읽은 다음 점괘를 빼여본다.] 하— 이 괘상(卦相) 고
약하다. 독성지괘(犢聲之卦)라. 송아지가 소리치고 니

258) 천하언재(天何言哉)시며 지하언재(地何言哉)리오만은 고지즉응(告之卽應) 하시나니 감이
순통(感而順通) 하소서: '하늘이 어찌 말을 하며 땅이 어찌 말을 하겠는가마는 아뢴즉 응답하
시나니 감응하여 순조로이 통하게 하옵소서.'
259) 복걸(伏乞): 엎드려 빈다.
260) 이순풍(李淳風): 당나라 때 방술가. 어려서부터 여러 서적에 통달하였고, 천문과 역상과
산법뿐 아니라 길흉을 점치는 일에도 밝았다. 태종 때 태사령 벼슬을 지냈다.
261) 곽곽 선생(霍郭先生): →곽박(郭璞) 선생. 동진 때 학자로 경학, 시문, 역수에 뛰어났으며
『산해경』『수경水經』 등에 대한 주석서가 유명하다.
262) 정명도·이천 선생(程明道·伊川先生): 북송 때 유학자 형제인 정호와 정이. 둘 다 송학(宋學)
의 시조인 주렴계의 문인이다. 정명도는 성리학의 시조로 불리며 우주의 요소를 이(理)와 기
(氣)로 나누어 이기철학을 제창하였으며 유교도덕의 철학적 기초를 세웠다. 정이천은 『주역』
을 깊이 연구하였다.
263) 소강랑 선생(昭康郎先生): [昭康郎→소강절(邵康節)]. 송나라 때 유학자인 소옹(邵雍). 도가에
서 익힌 상수(象數)의 원리와 주역을 토대로 신비적 우주관과 자연철학을 제창하였다.
264) 물비소서: [서→시]. 물비소시(勿祕昭示). '숨기지 말고 밝히어 보이라'는 뜻으로, 점쟁이가
외는 주문의 맨 끝에 부르는 말.

러나는 괘로구나. 음ー 매ー [하고 니러난다. 미얄을 물그럼이 바라보더니] 어허 이년! 나를 첫아들로 망신주었지. 이런 천하에 고약한 년이 잇나. 이년의 씹중방265)을 꺽거놋켓다. 웃중방은 웃툴둣툴하니 본대머리266)에 풍잠(風簪)267) 파주고, 아랫중방은 미끌미끌하니 골패장판268) 만들밧게 업구나. [라고 하며 미얄을 때린다.]

미얄	여보 영감! 설혹 내가 조곰 잘못하엿기로 오래간만에 만나서 이러케도 사람을 함부로 친단 말이요.
영감(令監)	야 이년 듣기 시러. 무슨 잔말이야. [미얄을 때린다.]
미얄	자아 자아 때려 죽여라, 때려 죽여라. [울면서 영감에게 매달녀 악을 스며 쥐여뜻는다.]
영감(令監)	야 이것 바라. 이년이 도리혀 나를 물어뜻는구나.
미얄	[부드러운 목소리로] 이봅소 영감! 우리가 이러케 만날 싸흠만 한다고 이 동내 사람들이 우리를 내여쫏겟답데.
영감(令監)	흥 우리를 내여쫏겟데? 우리를 내여쫏겟데? 그 역시 조흔 말이로구나. 나가라면 나가지. 욕거선(欲去船)에 순풍(順風)일다.269) 하늘이 들장지 갓고, 길이 낙지발 갓고270) 막비왕토(莫非王土)이며 막비왕신(莫非王臣)

265) 씹중방(中枋): 여성의 성기를 가리키는 욕설.
266) 본대머리: 평안도와 황해도에서 대머리를 이르는 사투리.
267) 풍잠(風簪): 망건의 당 앞쪽에 고정하는 장식품. 쇠뿔, 대모, 금패 따위로 만들며 여기에 갓모자가 걸려서 바람이 불어도 뒤쪽으로 넘어가지 않게 잡아준다.
268) 골패장판(骨牌壯版): 골패할 때 까는 장판. 골패는 노름에 쓰는 기구로 검은 나무 바탕에 흰 뼈를 붙여 여러 수효의 구멍을 판다.
269) 욕거선(欲去船)에 순풍(順風)일다: '가려는 배에 순풍.' 때마침 알맞은 일이 일어난다는 뜻.
270) 하늘이 들장지 갓고 길이 낙지발 갓고: 하늘이 장지문처럼 드리워 있고 길이 낙지발처럼

이라.271) 어대를 간들 못 살겟나. 내여쫓기 전에 우리가 먼저 가잣구나. 그러나저러나 너하고 나하고 이 동내를 떠나면 이 동내엔 인물(人物) 동틔난다.272) 너는 저 웃묵에 서고 내가 아레묵에 서면 이 동내의 잡귀가 범(犯)치 못하는 줄 모르더냐.273)

미얄　　　그건 그러치만 영감 나하구 이별한 후에 어듸어듸를 단기며 어떠케 지낫슴나.

영감(슈監)　　그 험한 난(亂)에 할맘하고 이별한 후로 나는 여긔저긔 단기면서 온갖 고생 다 하엿네.

미얄　　　그러고저러고 영감 머리에 쓴 것은 무엇임나.

영감(슈監)　　내 머리에 쓴 것에 근본을 알고 습단 말임나.

미얄　　　그럼 알고 습고 말고.

영감(슈監)　　내 머리에 쓴 것의 내력을 좀 드러보아라. 아랫녁을 당도하야 이곧저곧 단겨도 어듸 해먹을 것이 잇서야지. 땜장이 통을 사서 걸머지고 단기다가 하로는 산대도감(山臺都監)274)을 만낫더니 산대도감의 말이 인왕산(仁旺山) 모르는 호랑이275)가 어듸 잇스며, 산대도감 몰으

여러 갈래로 뚫려 있으니 어디인들 못 가겠는가.

271) 막비왕토(莫非王土)이며 막비왕신(莫非王臣)이라: '임금의 땅이 아닌 곳이 없고, 임금의 신하가 아닌 사람이 없다.' 『시경』 「소아·북산」에 나오는 '넓은 하늘 아래 임금의 땅이 아닌 곳이 없고 온 나라 안에 임금의 신하가 아닌 사람이 없다(溥天之下, 莫非王土, 率土之濱, 莫非王臣)'는 구절에서 가져왔다.

272) 인물(人物) 동틔난다: 동틔는 건드려서는 안 될 것을 공연히 건드려서 걱정이나 해를 입는 일. 여기서는 인물, 즉 영감과 미얄을 쫓아냄으로써 마을에 닥칠 재앙을 이른다.

273) 너는 저 웃묵에 서고 내가 아레묵에 서면 이 동내의 잡귀가 범(犯)치 못하는 줄 모르더냐: 미얄과 영감이 마을에 터를 잡은 무당 부부임을 알려준다.

274) 산대도감(山臺都監): 산대도감극을 하는 민간 놀이패.

275) 인왕산(仁旺山) 모르는 호랑이: 조선 안에 사는 호랑이는 모두 한 번씩 인왕산을 돌아간다는 옛이야기를 이용하며 자기를 모르는 사람이 없다는 말.

는 땜장이가 어듸 잇드냐. 너도 세금[276] 내여라 하길
네, 세금이 얼마냐고 무른즉, 세금이 하로에 한 돈 팔
푼(八分)이라 하기에, 하— 이 세금 뻐건하고나, 벌기는
하로에 팔 푼(八分) 버는데 세금은 하로에 한 돈 팔 푼
(八分)이라면 한 돈을 봇대얏구나. 그런 세금 나는 못
내겟다 하엿더니, 산대도감이 달녀들어 싸홈을 하야
의관파탈(衣冠破脫)을 당하고, 어듸 머리에 쓸 것이 잇
더냐. 마츰 내 땜통 속을 보니 개털 가죽이 잇두구나.
이놈으로 떡 관(冠)을 지여 쓰니 내가 동지(同知) 벼슬
일다.

미얄   동지(同知) 동지 곰동지, 님자가 무슨 벼슬을 햇나.
에— 에에 [울다가]

[창(唱)] 절절 저저리 절절시구. 저놈의 영감의 꼴을 보
게.

일백(一百) 열두 도리 통양갓[277] 대모풍잠(玳瑁風
簪)[278]은 어데 두고

당(唐)공단 뒤막이 인모망건(人毛網巾)[279] 어대 갓다
내버리고

개가죽관(冠)이란 왼 말인가.

그러나 영감 입은 것은 무엇임나.

영감(令監)   내 입은 것 근본 드러보아라. 산대도감을 뚝 떠나서 평

---

276) 세금: 산대도감패가 세금 명목으로 걷는 돈이나 물품. 산대도감패는 나라에서 승인한 계
방(契房)의 도인(圖印)을 보여주며 필요한 자금과 물품을 거두어들일 수 있었다.
277) 일백(一百) 열두 도리 통양갓: [양→영]. 조선시대에 통영에서 생산된 최고 품질의 갓.
278) 대모풍잠(玳瑁風簪): 바다거북 껍질로 만든 풍잠.
279) 당(唐)공단 뒤막이 인모망건(人毛網巾): 감이 두꺼운 공단으로 만든 두루마기, 사람 머리털
로 짠 망건. 망건은 상투를 맨 머리가 흐트러지지 않도록 그물처럼 짜서 머리에 두르는 물건.

안도(平安道) 영변(寧邊) 묘향산(妙香山)을 들어갓다 중을 만나, 노장(老丈)님께 인사하고 하로 밤 자든 차(次)에, 어떠한 입분 여(女)중이 잇기로 객지에서 옹색도 하고 하기에 한번 덥첫더니, 중들이 버리떼같이 달녀들어 무수(無數) 능욕(凌辱) 때리길네, 갑자기 도망하여 나오면서 가지고 나온 것이 이 중의 칠베 장삼(長衫)일다.

미얄 　　에― 에에. [울다가]

[창(唱)] 절절절절 절시구

해가 떳다 일광단(日光緞)[280] 달이 떳다 월광단(月光緞)[281]

여름이면 하절 의복(夏節衣服) 겨울이면 동절 의복(冬節衣服)

철철이 입혓더니

어대 갓다 내버리고 중의 장삼(長衫)이란 원 말이냐.

그건 그러코 영감(令監)!

기왕(旣往) 나와 살 적에는

얼굴이 명주(明紬)자누 메물가루[282] 갓더니

웨 이러케 얼굴이 뼈적뼈적함나.

영감(令監) 　　웨, 내 얼굴이 엇덧탄 말이냐. 돗토리하고 감자를 먹어서 참나무 살이 젓다. 너 오래간만에 만낫스니 아해(兒

---

280) 일광단(日光緞): 해나 햇빛 무늬를 수놓은 비단.
281) 월광단(月光緞): 달이나 달빛 무늬를 수놓은 비단.
282) 명주(明紬)자누 메물가루: 명주로 만든 자루와 메밀가루. 또는 명주자루로 체를 내린 메밀가루. 여기서는 섬세하고 고운 얼굴을 비유한 말.

孩)들 말이나 좀 무러보자. 처음 난 문열(門烈)이[283] 그놈 엇더케 자라남나.

미얄 　 아— 그놈 말 맙소. [한숨을 지운다.]

영감(令監) 　 웨 한숨은 쉼나. 엇더케 되엿서. 어서 말합게.

미얄 　 아— 영감! 하도 빈곤하야 산으로 나무하러 갓다가 불상하게도 호환(虎患)에 갓다오.

영감(令監) 　 [깜작 놀나며] 에 뭐야? 인제는 자식도 죽이고 아모것도 볼 것이 업스니, 너하고 나하고는 영영 헤여지고 말자.

미얄 　 여보 영감! 오래간만에 만나서 엇재 그런 말을 함나.

영감(令監) 　 듯기 실타. 자식도 업는데 너와 나와 살 자미 조곰도 업지 안나.

미얄 　 헤어질나면 헤어집세.

영감(令監) 　 헤여지는 판에야 더 볼 것 무엇 잇나. 네년의 행적을 덥허둘 것 조곰도 업다. [좌우를 도라보면서] 여봅소 여러분! 내 말 드르시오. 이년의 소행 말 좀 드러보시오. 이년이 영감 공경을 엇더케 잘 하는지. 하로는 압집 덜풍네 며느리가 나드리를 왓다고 떡을 가지고 왓는데, 그 떡을 가지고 영감 앞에 와서, 이것 하나 잡수오 하면, 내가 먹고 습허도 저를 먹일 것인데, 이년이 그 떡 그릇을 손에다 쥐고 하는 말이, 영감! 압집 덜풍네 나들이 떡 가저온 것 먹겟슴나 안 먹겟슴나. 안 먹겟스면 그만두지 하고 저 혼자 먹으니, 나 대답할 사이 어데 잇슴나. 그뿐이면 차라리 괴이찬치. 동지섯달 설한풍

---

283) 문열(門烈)이: 무녀리. 한 태에 낳은 여러 마리 새끼 가운데 첫째. 말이나 행동이 좀 모자라 보이는 사람을 비유적으로 이르는 말.

(雪寒風)에 방은 찬데 발길로 이불을 툭 차고, 뱃대기를 벗적벗적 걸긔면서, 우리 요강은 파리 한 놈만 들어가 도 소리가 윙윙 하는 것인데, 버리통 같은 보지를 벌치 고 오즘을 쫠쫠 누며 방구를 탕탕 뀌니, 압집에 덜풍이 가 보(洑) 둥284)이 터진다고 광이하고 가레를 가지고 왓 스니 이런 망신이 어데 잇슴나.

미얄 [한편 구석에 가만히 서 잇는 용산 삼개 덜머리집을 가리키 며] 이놈의 영감! 저러케 고흔 년을 얻어두엇스니깨 나 를 미워라고 흥만하지. 이별하면 같이 이별하고 미워 하면 같이 미워하지, 어느 년의 보지는 금(金)테두리 햇나. [삼개 덜머리집이 서 잇는 곳으로 쪼차가서 와락 달녀 들며] 이년 이년, 너하고 나하고 무슨 원수가 잇길네 저 놈의 영감을 환장을 식혓나. 네년 죽이고 내 죽으면 고 만일다. [덜머리집을 때린다.]

덜머리집 아이고, 사람 살니우, 사람 살니우, 사람 살니우. [운다.]

영감(令監) [미얄을 때리며] 너 이년 용산 삼개 덜머리집이 무슨 죄 가 잇다고 때리느냐. 야 이 더러운 년, 구린내 난다.

미얄 너는 젊은 년에게 빳어서 이같이 나를 괄세하니 이제 는 나도 너 같은 놈하고 살기 실타. 너한고 나하고 같 이 번− 세간이니, 세간이나 똑같이 논아 가지고 헤여 지자. 어서 논어 내라, 논어 내라, 논어 내라. 어어− 어 어어− 어 [운다.]

영감(令監) 자 그래라. 논을나면 논으자. 물이 충충 수답(水畓)이며

---

284) 보(洑) 둥: [둥→둑]. 보를 만들기 위해 둘러쌓은 둑. 보는 논에 물을 대기 위하여 둑을 쌓 고 흐르는 냇물을 가두는 곳.

사래 찬 밧[285]은 나 가지고, 앵무(鸚鵡) 같은 여종(女從)
이며 날매[286] 같은 남종(男從)을낭 색기 껴서 나 가지고,
황소 암소 자웅(雌雄) 껴서 색기까지 나 가지고, 곡식
안 되는 노리마당 모래밧대기 너 가지고, 숫쥐 암쥐 새
끼 껴서 생양쥐까지 너 가지고, 네년의 색기 너 다 가
저라.

미얄   [창(唱)] 아이고 서름이야 아이고 서름이야
나무라도 짝이 잇고
나는 새와 기는 즘생 모도 다 짝이 잇건만
우리 부부 어이하여 헤여지단 웬 말이냐.
헤여질나면 헤여지자.
[춤을 추며] 얼시구절시구 지화자(持花子) 절시구.
물이 충충 수답이며 사래 찬 밧도 너 가지고, 앵무 같
은 여종(女從)과 날매 같은 남종(男從)도 색기 껴서 너
가지고, 황소 암소 자웅 껴서 색기까지 너 가지고, 곡식
안 되는 노리마당 모래 밧대기 나를 주고, 숫쥐 암쥐
색기 껴서 생양쥐까지 나를 주고, 네년의 색기 너 가지
라니, 이 늙은 할맘 혼자도 버러먹기 어려운데 색기까
지 나를 주니, 엇지하야 산단 말고. 어어— 어 어어—
어. [운다.]

영감(令監)   그럼 조곰 더 갈나 주마.

미얄   영감! 그럼 내가 처음 시집올 때 우리 부부 화합하야
수명장수 하라고 백(百)집을 둘래 돌아 깨진 그릇 모아

---

285) 사래 찬 밧: 경작이 잘되어 밭이랑이 꽉 찬.
286) 날매: 날쌘 매. 날지니. 길들이지 않은 매.

다가 불니고 또 불니여 만단정력(萬端精力) 다 들이어
맨드러준 놋요강은 나를 줍소, 나를 줍소.

영감(令監)   앗다 그년 욕심 만네. 그래라. 박천(博川) 뒤지[287] 돈 삼
만 냥(萬兩) 별은(銀)[288] 세 개 나 가지고, 옹장 봉장 귀
두지 자개 함롱(函籠) 반다지 샛별 같은 놋뇨강 대야
밧처 나 가지고, 죽장망혜(竹杖芒鞋) 헌 집석[289] 만경
청풍[290] 샷부채[291], 입살 빠진 고리짝[292], 굴둑 덥흔
헌 샷갓 모도 다 너를 주고, 독기날은 내 가지고, 독기
자루 너 가져라.

미얄   [춤을 추면서]
[창(唱)] 이놈의 영감 욕심 보게. 이놈의 영감 욕심 보
게.
박천 뒤지 돈 삼만 량 별은 세 개 너 가지고
옹장 봉장 귀두지 자개 함농 반다지
샛별 같은 놋뇨강 대야 밧처 너 가지고
죽장망혜(竹杖芒鞋) 헌 집석 만경 청풍 샷부채
입살 빠진 고리짝 굴둑 덥흔 헌 샷갓
독기자룬 나를 주고 독기날은 너 가즈니
날 업는 독기자루 가진들 무엇하리.
아마도 동지(冬至)섯달 설한풍(雪寒風)에 어러죽는 수

---

287) 박천(博川) 뒤지: 평안도 박천에서 생산된 뒤주.
288) 별은(別銀): 황금을 달리 이르는 말.
289) 죽장망혜(竹杖芒鞋) 헌 집석: 대지팡이와 짚신, 짚으로 만든 멍석.
290) 만경 청풍(萬頃淸風): 한없이 넓은 지면이나 수면에서 불어오는 맑은 바람.
291) 샷부채: 대오리나 갈대로 만든 부채.
292) 입살 빠진 고리짝: 살이 빠져 망가진 고리짝. 고리짝은 고리버들의 가지나 대오리 따위
로 만든 옷 등을 넣는 상자.

밧게 업구나.

영감! 이러케 여러 색기를 다리고

나 혼자 몸뎅이로 엇지 살난 말임나. 좀더 줍소.

영감(令監)	너 그것 가지고 나가면 똑 굶어죽기 조흘나.
미얄	이봅소. 영감! 엇지 그런 야속(野俗)한 말을 함나. 어서 더 갈나 줍소.
영감(令監)	야 이년 욕심 보게. 똑같이 갈너 줍소, 좀더 줍소, 어서 더 갈나 줍소. 예 이년 아귀 숭숭스러우니 다─ 짓물으고[293] 말겟다. 땅땅 짓몰아라 짓몰아라. [굿거리장단에 맞추어 짓모는 춤을 춘다.]
미얄	이보소 영감! 영감! 연의 건 다 짓몰아도 사당(祠堂)을 낭 짓모지 마소. 사당 동틔나면 엇지하오.
영감(令監)	흥 사당 동틔? 동틔나면 나라지. [여전히 짓모다가 갑자기 잡버진다. 죽은듯이 가만히 누어 잇다. 이는 사당을 부시다가 신벌(神罰)을 받어 졸도(卒倒)하는 것이다.]
미얄	[손뼉 치며 춤을 추면서] [창(唱)] 잘되엿다 잘되엿다. 이놈의 영감 잘되엿다. 사당(祠堂) 짓모지 말나 해도 내 말 안 듯고 짓모더니 사당 동틔로 너 죽엇구나. 동내방내(洞內坊內) 키 크고 코 큰 총각(總角)! 우리 영감 내다 뭇고 나하고 둘이 사라봅세. [영감의 눈을 어루만즈며] 이놈의 영감 벌서 눈깔을 가마귀가 파 먹었구나.
영감(令監)	[큰 목소리로] 아야!

293) 짓물으고: 짓이기다시피 잘게 부스러뜨리고.

미얄	죽은 놈의 영감도 말하나.
영감(令監)	가짓 죽엇스니 말하지. [벌덕 니러나서 미얄을 때리며] 너 이년 뭣이 엇재? 키 크고 코 큰 총각 나하고 삽세?
미얄	[울면서] 이놈의 영감 나 슬타더니 외 날 때리나. 아이고 사람 죽는다.
영감(令監)	야 이년! 무슨 잔말이야. [하며 미얄을 때린다. 미얄은 매를 맞다가 기절하야 죽는다. 죽은 미얄을 한참 드려다보더니] 야 이년! 정말 죽지 안엇나. 성깔도 급하기도 하다. [창(唱)] 아이고 아이고 불상하고 가련(可憐)해라. 이러케도 갑자기 죽단 말이 왼 말이냐. 신농씨(神農氏) 상백초(嘗百草)하야 [294] 모든 병(病)을 고치랴고 원기부족증(元氣不足症)에는 육미(六味) [295] 팔미(八味) [296] 십전대보탕(十全大補湯) [297] 비위허약(脾胃虛弱)엔 삼구탕(滲求湯) [298] 주체(酒滯)에는 대금음자(對金飮子) [299] 담증(痰症)엔 도씨도담탕(陶氏導痰湯) [300] 황달고창(黃疸

---

294) 신농씨(神農氏) 상백초(嘗百草)하야: 신농씨는 중국 고대의 전설적인 삼황의 한 사람. 몸은 사람이고 머리는 소와 같았다는데, 사람들에게 농사짓는 법을 가르치고 백 가지 풀을 맛보아 처음으로 의약을 만들었다고도 한다.
295) 육미(六味): 육미탕. 숙지황, 산약, 산수유, 백복령, 모란피, 택사 등 여섯 약재를 쓴 보약.
296) 팔미(八味): 보혈하는 사물탕과 사군자탕을 합한 탕약.
297) 십전대보탕(十全大補湯): 기와 혈이 허할 때 원기를 돕는 약.
298) 비위허약(脾胃虛弱)엔 삼구탕(蔘滲求湯): [滲→蔘]. 비장과 위가 허약하면 인삼을 달인 탕.
299) 주체(酒滯)에는 대금음자(對金飮子): 술을 마셔서 생긴 체증에는 진피, 후박, 창출, 감초, 칡을 달인 대금음자.
300) 담증(痰症)엔 도씨도담탕(陶氏導痰湯): 몸의 분비액이 큰 열을 만나서 병이 생기면 반하, 적복령, 천남성, 인삼, 생강, 대추 등을 다린 도씨도담탕.

鼓脹)엔 온백원(溫白元)³⁰¹⁾

대취난성(大醉難醒)엔 석갈탕(石葛湯)³⁰²⁾ 학질(瘧疾)에
는 불이음(不二飮)³⁰³⁾

회충(蛔虫)에는 건리탕(建理湯)³⁰⁴⁾ 소변불통(小便不通)
엔 우공산(寓功散)³⁰⁵⁾

대변불통(大便不通)엔 육신환(六神丸)³⁰⁶⁾ 임질(淋疾)에
는 오림산(五淋散)³⁰⁷⁾

설사(泄瀉)에는 위령탕(胃苓湯)³⁰⁸⁾ 두통(頭痛)에는 이진
탕(二陣湯)³⁰⁹⁾

구토(嘔吐)에는 복령반하탕(茯令半夏湯)³¹⁰⁾ 감기(感氣)
에는 패독산(敗毒散)³¹¹⁾

관격(關格)에는 소체환(消滯丸)³¹²⁾ 구감(口疳)에는 감언

---

301) 황달고창(黃疸鼓脹)엔 온백원(溫白元): 황달은 간이 나빠진 데서 오는 부차적인 증상으로
담즙의 색소가 혈액에 들어가 생기는 병. 고창은 소화액의 이상으로 말미암아 뱃속에 가스가
몰리어 붓는 병. 여기에는 천오포, 오수유, 길경, 석창포, 자완 등으로 만든 환을 생강과 함께
달여 먹는 온백원을 처방한다.
302) 대취난성(大醉難醒)에는 석갈탕(石葛湯): 술이 만취하여 안 깰 때는 칡을 달인 석갈탕.
303) 학질(瘧疾)에는 불이음(不二飮): 학질은 말라리아 모기가 매개하는 전염성 열병. 처방에
는 빈랑, 상산, 지모, 패모 등을 같은 양으로 넣고 달인 불이음.
304) 회충(蛔蟲)에는 건리탕(建理湯): 뱃속에 회충이 있으면 인삼, 건강포, 계지, 백출, 백작약
등을 달여 먹는 건리탕.
305) 소변불통(小便不通)엔 우공산(寓功散): 소변이 잘 안 나올 때는 진피, 반하, 적복령, 저령,
택사 등을 달여 먹는 우공산.
306) 대변불통(大便不通)엔 육신환(六神丸): 변비일 때는 황련, 목향, 지각, 적복령, 신국 등을
갈아 만든 환약 육신환.
307) 임질(淋疾)에는 오림산(五淋散): 임질에는 적작약, 산치, 당귀 등을 달인 오림산.
308) 설사(泄瀉)에는 위령탕(胃苓湯): 설사에는 창출, 후박, 진피, 백작약 등을 달인 위령탕.
309) 두통(頭痛)에는 이진탕(二陣湯): 두통에는 진피, 반하, 감초 등을 달인 이진탕.
310) 구토(嘔吐)에는 복령반하탕(茯苓半夏湯): 구토에는 반하, 적복령, 진피, 창출 등을 달인 복
령반하탕.
311) 감기(感氣)에는 패독산(敗毒散): 감기에는 시호, 독활, 길경, 천궁 등을 달인 패독산.
312) 관격(關格)에는 소체환(消滯丸): 급체에는 흑축, 향부자, 오령지 등으로 만든 소체환.

탕(甘言湯)313)

단독(丹毒)에는 서각소독음(犀角消毒飮)314) 방사 후(房事後)엔 쌍화탕(雙和湯)315)

곽란(癨亂)에는 향유산(香薷散)316) 이러한 영약(靈藥)이 세상(世上) 갓득하건만

약(藥) 한 첩(貼) 못 써보고 갑자기 죽엇스니

이런 기(氣)막힐 때가 어듸 또 잇단 말가.

　

한편 구석에 서 잇든 용산 삼개 덜머리집은 살작 장외(場外)로 나가랴고 한다. 영감이 달녀가서 덜머리집을 끄러안고 희롱하며 퇴장한다. 이때에 남강노인(南江老人)317)이 등장한다. 남강노인은 미얄의 시부(媤父)로서 백발(白髮)이 흐날니는 홍안백발(紅顔白髮)의 탈을 쓰고 장고를 메고 천천히 들어와서 미얄의 죽은 것을 보며 장고를 땅에 놋는다.

　

남강노인(南江老人)　이것들이 짜─ 하더니 쌈이 난 게로구나. [미얄을 한참 바라보고] 아─ 이것이 죽지 안엇나. 불상하구도 가련하구나. 제 영감 이별 몇 해에 외롭게 지내다가 아─ 매를 맞어 죽어? 하도 불상하니 넉이나 풀어줄박게 업다. [범벅궁조(調)로 장고 치며 고개를 좌우로 내두르면서]

---

313) 구감(口疳)에는 감언탕(甘言湯): 입안이 헐고 터지는 병에는 단맛 나는 감언탕.
314) 단독(丹毒)에는 서각소독음(犀角消毒飮): 피부에 균이 들어가 붉게 붓고 아플 때는 우방자, 형개, 감초 등을 달인 서각소독음.
315) 방사(房事) 후에는 쌍화탕(雙和湯): 남녀가 잠자리를 함께한 후에는 백작약, 숙지황 따위로 정력을 보하고 기혈을 다스리는 쌍화탕.
316) 곽란(癨亂)에는 향유산(香薷散): 심하게 토하는 급성 위장염에는 향유, 후박, 백편두로 만드는 향유산.
317) 남강노인(南江老人): 남극성의 화신으로 사람의 수명을 맡아보는 별. 남극노인, 노인성(老人星), 수성(壽星)이라고도 한다.

[창(唱)] 명산대천후산신령(名山大川後山神靈)!
불상한 이 인생을 극락세계 가게 하소.
넉은 넉반(盤)에 담고, 혼(魂)은 혼반(魂盤)에 담아
영화봉(榮華峯)[318]으로 가옵소서.
[춤을 춘다. 무녀(巫女)로써 성대(盛大)한 굿을 하는 일도 잇
다.] 아해(兒孩)들아 니러나거라. 동창(東窓) 남창(南窓)
다 밝엇다. [라고 큰 목소리로 창(唱)하고 퇴장한다.]

미얄도 니러나서 살작 퇴장한다.

 이상으로써 극(劇)은 전부 끝을 막는다. 그러고 즉석(卽席)에서 탈,
의상(衣裳) 등 제도구(諸道具)를 불에 살아버리는대, 그것이 전소(全
燒)할 때까지 출연자 일동이 장작불 앞에 모여 서서 충천(衝天)하는 화
광(火光)을 향(向)하야 수(數)업시 절을 한다.

---

318) 영화봉(榮華峯): →연화봉(蓮花峰). 연화세계, 곧 극락세계를 이른다.

진주오광대: 탈노름

제1경(第一景)¹⁾ ······ 오륙(五六)²⁾신장출장(出場)

음악(音樂)이 들린다. [피리, 제때, 장고, 해금, 대북 등(等)으로 합주 (合奏)하는, 고조선진곡(古朝鮮進曲)]. 구경꾼 속에서 오방(五方)신장 이 중추막³⁾을 입고 나온다. 서로 인사를 하고, 중앙황제(中央黃帝)장 군⁴⁾에게, 동서남북(東西南北) 사제(四帝)장군⁵⁾이 절한다. 그리고 중앙 황제(中央黃帝)장군은 손에 한삼, 소매는 다리 기리와 갓치 되어 잇는 대, 춤을 추며, 동방청제(東方靑帝)장군은 동편(東便)에 세우고, 서방 백제(西方白帝)장군은 서편(西便)에 세우고, 남방적제(南方赤帝)장군 은 남(南)쪽에 세우고, 북방흑제(北方黑帝)장군은 북편(北便)에 세우

---

1) 오방신장무(五方神將舞)과장. 벽사진경(辟邪進慶)의 의식무. 오방위 즉 동서남북, 중앙을 맡은 청, 백, 적, 흑, 황색의 가면을 쓴 신장들이 추는 춤. 현전 가면극 중에는 가산오광대의 제1 과장이 바로 오방신장무이다.

2) 오륙(五六): →오방(五方). 동, 서, 남, 북, 중앙의 다섯 방위.

3) 중추막: 중치막. 소매가 넓고 긴 선비옷. 앞은 두 자락 뒤는 한 자락으로 옆이 터졌다.

4) 중앙황제장군(中央皇帝將軍): 오방신장 가운데 중앙을 맡은 장군으로 황색 가면을 쓴다.

5) 사제장군(四帝將軍): 오방신장 가운데 네 방위를 맡은 장군들. 동방청제장군, 서방백제장군, 남방적제장군, 북방흑제장군으로 각각 청색, 백색, 적색, 흑색의 가면을 쓴다.

고, 다 갓치 진춤을 춘다. 그리고 음악(音樂)은 국져리.

- 이상(以上) 1시간(一時間) -

제2경(第二景)[6]

문둥광대　[백, 청, 흑, 황, 적(白靑黑黃赤) 5인(五人)인데, 아모대나 잇
다가, 돌연(突然)히 낫하난다. 두루막 업시, 중다님 매고, 아
주 경첩하게 쑤며서, 보기에 우섭기도 한데, 몸짓은 팽이와
갓치 활발하야, 잡바지기도 하고, 누어서 구불기도 한다.]

兩班광대　[구경하고 잇다가 문둥광대가 야단법석을 치는 바람에 겁이
나서, 이리저리 쪼겨 다니다가, 필경은 나가게 된다. 그리고
문둥광대만 남아 잇다. 이때 음악(音樂)은 세마치장단으로
변하는대, 악기(樂器)는 징, 쇳새,[7] 장고…… 유쾌하고 속
한 맛이 잇다.]

- 이상(以上) 1시간(一時間) -

제3경(第三景)

어딩이　[키 크고, 집흐로 만든 패리[8]와 갓흔 유두박을 머리에 쓰고,

---

6) 병신춤인 문둥이과장으로 오광대 가면극에만 있는데, 향토성을 잘 보여준다. 특히 오방신
장무와 같이 다섯 명의 문둥이가 나온다.
7) 쇳새: 꽹쇠. 꽹과리.

반신불수갓치 거름 거르며, 등에는 칠팔 세(七八歲) 되여 보이는 남아(男兒)를 업고 썰눅썰눅 절면서 들어온다.]

이 아해는 머리에 꼬깔을 쓰고, 얼골은 천연두(天然痘)에 걸려 몹시도 흉하게, 청흑색(靑黑色)으로 된 탈을 덥고 잇다. 그리고, 손에는 '강남서신사령(江南西神使令)'이란 글을 쓴 손님씌[9]를 들고 잇다. 어덩이는 이 아해의 아버지인데, 아해를 등에서 내려노코, 부자(父子)가 갓치 춤을 추는대, 음악(音樂)은 세마치장단.

제4경(第四景)

문둥광대   [5인(五人). 서로 모와 무엇을 협의하는 듯하드니, 큰 목소래로] 일기(日氣)도 조코, 5인(五人)이 모인 짐에 진주(晉州)고은,[10] 단성(丹城) 꼬은, 마산(馬山) 꼬은, 통영(統營) 꼬은……각인(各人) 고해서, 땅땅구리[11] 도박하자. [한 장소에 갓치 안는다.]…… 공산주의 하자……[여러 말을 연속해서, 웃기는 겸 도박하는 형용을 낸다.] 끗수가 만타. 익잇다. [서로 승부를 닷토아 싸홈도 하고 웃기도 하고 쮜기도 하야, 야단 날리가 난 것 갓다.]

어덩이   [구경하고 잇다가, 갑작이 돈에 욕심이 난 듯시] 애해! [하면

---

8) 패리: 패랭이의 사투리.
9) 손님씌: 손님으로 지칭되는 천연두를 상징하는 깃발.
10) 고은: 고을을 의미하는 듯. '꼬은'도 마찬가지.
11) 땅땅구리: 땡땡구리. 화투나 골패·투전 따위의 노름에서 돌려가며 짝을 뽑다가 같은 짝을 뽑아 많은 끗수를 잡는 일.

서, 도박장의 돈을 가지고 다라나는 흥을 낸다.]

다라나는 것을 문둥광대가 잡으려 한 까닭으로 외어싼 구경꾼 속으로, 이리저리 쫓겨 다닌다. 문둥광대는 잡는 체하면서도 어딩이를 부르면서 속히 잡지는 안코, 이 모양 한참 다름질하다가, 대답 업는 데 화를 내여서 나종에는 잡는다.

문둥광대	[어딩이에게] 너 돈 웃젯나?
어딩이	아달 손님 구하는 데 섯다.[12] 나는 반실불수.[13]
문둥광대 일(一)	우리는 한 사람을 살리자.
문둥광대 이(二)	안 된다.
문둥광대 삼(三)	다 주엇쑤자!

제5경(第五景)

말쑥이	[보통 조선옷. 보기 조케 패리 쓰고, 욹웃붉웃 두르고, 날내 보인다. 큰 목소래로] 제─쌋대로 나와서, 점잔쩨 나써선데. [하면서 말체를 목에 뒤로 걸고, 제쑥제쑥 한다.]
문둥광대	[보아도 못 본 체하고 있다가 말뚝이가 체로 거두면, 그만 다라난다.]
말둑이	[혼차 남아서 양반(兩班) 광대를 고연히 세 번 부른다.] 여보, 세안님! 세안님! 세안님! [상전님의 대답이 업다.] 이

---

12) 아달 손님 구하는 데 섯다: 아들의 천연두를 치료하는 데 썼다.
13) 반실불수: →반신불수.

런 못 제길 붓고, 능각 대명을 우줄우줄 갈[14] 이놈들이,
근일 은풍잔야에 귀신 난 북[15] 모아 와서, 말 잡어 장구
매고, 소 잡어 북 매고, 개 잡어 소구 매고, 안성마치 씽
쇠[16] 치고, 홍문연[17] 잔체처름, 양반의 철룡[18] 뒤에, 밤낫
업시 둥둥쾡쾡. [이때 장구도 둥둥, 자긔 혼자 춤춘다.]

제6경(第六景)

　양(兩)반광대, 옹생원, 차생원 [이상(以上) 3인(三人)이 갓치 나와, 말
둑이와 갓치 춤춘다.]

말둑이	세에님!
양반(兩班)광대	웨아! 오냐!
말뚝이	여보 세님! 그간 춘곤이 자심한데, 문안이 엇더시오?
량반광대	나는 그간 무사하다마는, 너는 잘 잇느냐?

---

14) 능각 대명을 우줄우줄 갈: [능각 대명→경각(頃刻) 담양(潭陽)]. 전남 담양에 가서 처벌을 받는
다는 뜻으로, 근친상간한 자를 담양의 아홉 바위에서 처형했다는 데서 비롯한 말이다.
15) 근일(近日) 은풍잔야[陰風殘夜]에 귀신 난 북: '근래 흐린 날씨에 바람이 음산하게 부는 새
벽녘에 귀신 난 듯.' 강용권 채록 〈가산오광대〉 대사에는 '근일 운풍이 자악하니 봄날이 뜨뜻
하니깐 낮귀신 난 듯이'로 되어 있다.
16) 안성마치 씽쇠 : 안성에서 만든 꽹과리.
17) 홍문연(鴻門宴): 항우와 유방이 홍문에서 만나 베푼 잔치. 진나라 말기 항우와 유방이 천하
를 차지하려고 겨루다가 유방은 함곡관, 항우는 홍문에 진출하여 대치했을 때 항우의 숙부인
항백과 유방의 모사인 장량의 중재로 이루어졌다. 항우의 모사인 범증의 계략으로 잔치 도중
항장이 칼춤을 추다가 유방을 살해하려 했는데 이 사실을 눈치챈 항백이 함께 칼춤을 추면서
유방을 보호하였다. 유방은 장량과 번쾌의 지략과 용맹 덕에 위기를 모면하고 함곡관으로 돌
아갈 수 있었다.
18) 철룡: 철륭단지. 집 뒤꼍의 대추나무 밑에 묻어 철륭대감으로 모시는 단지. 대단히 무섭고
영험이 있다고 함.

말뚝이	세님을 리별한 지, 어언간 8년(八年)이라. 상하(上下)는 다를망정, 정의야 다르릿가? 세님을 차지려고 상(上)탕에 모욕하고 중(中)탕에 손발 싯고, 칠일 제기[19]하고, 불전에 발은하아[20] 정성을 디린 후에, 이원산, 이겡긔, 삼푸주, 사남해, 오(五)강해[21] 두루 다니다 세님이 업습디다.
량반광대	너가, 정녕 나를 차질랴고, 상(上)탕에 모욕하고, 중(中)탕에 손발 싯고, 7일(七日) 제긔하고, 불전에 발은하야 정성을 디린 후에, 일(一)원산, 이(二)겡긔, 삼(三)푸주, 사(四)남해, 오(五)강해, 두루 다 다녓단 말이냐? 그렷단 말이냐?
말뚝이	올소이다. 그곳을 배반하고 한곳을 당도하니, 이는 곳 평양(平壤)일네라. 연광정(鍊光亭)[22] 섭적 올나 사방(四方)을 살펴보니, 글 한 귀 붓첫시되, 장성일면용용수(長城一面溶溶水)요 대해동두점점산(大海東頭點點山)이라.[23] 서정강상월(西亭江上月)이요 동각설중매(東閣雪中梅)라.[24] 세사(世事)는 금삼척(琴三尺)이요 생애(生

19) 칠일(七日) 제기하고: [제기→재계]. 7일 동안 마음과 몸을 깨끗이 하며 부정한 일을 멀리함.
20) 불전(佛前)에 발은하아: [발은→발원]. 부처님 앞에 소원을 빌어.
21) 이원산, 이겡긔, 삼푸주, 사남해, 오(五)강해: [이원산→일원산, 겡긔→강경]. 숫자에 붙여 지역 이름을 열거한 내용. 〈동래야류〉에는 숫자 8까지 언급되는데, '일원산, 이강경, 삼푸주, 사마산, 오삼랑, 육물금, 칠남창, 팔부산'으로 불린다.
22) 연광정(鍊光亭): [鍊→練]. 평양 대동강변에 위치한 2층 정자. 관서 팔경 중 하나.
23) 장성일면용용수(長城一面溶溶水)요 대해동두점점산(大海東頭點點山)이라: [海→野]. '긴 성의 한쪽으로 강물이 넘쳐 흐르고 큰 들판 동쪽 머리엔 점점이 산이로구나.' 고려 때 김황원이 평양의 부벽루에 올라 지은 시구.
24) 서정강상월(西亭江上月)이요 동각설중매(東閣雪中梅)라: '서쪽 정자엔 강 위에 뜬 달이요 동쪽 누각엔 눈 속에 핀 매화로구나.'

涯)는 주일배(酒一盃)라.[25] 적성(赤星)에 영조일(映朝
日)이요 유수(流水)에 요춘풍(搖春風)을.[26] 응천상지삼
광(應天上之三光)이요 비인간지오복(備人間之五福)이
라.[27] 역역히 귀경 후에 경긔도 올나서, 남태령 얼넌
지네 영추문 무학제 섭적 올나, 장안 풍경 바라보니, 인
왕산(仁王山)각[28]은 호긔용감지시[29]로 북국을 고와 잇
고, 한수동남여천무궁(漢水東南如天無窮)이라.[30] 좌룡
(左龍)은 락산(山), 우룡(右龍)은 인왕(仁王)이라.[31] 서
색(西色)은 반공(半空) 삼경(三更)에 이러르고,[32] 수길
은 장영하야 인길을 비기엿다.[33] 미재(美哉)라 동방산
하지고(東方山河之固)여! 성대태평 의관문물이 만만세
긔금탱이라.[34] 동각(東閣)에 한매화[35]는 미인(美人) 태

---

25) 세사(世事)는 금삼척(琴三尺)이요 생애(生涯)는 주일배(酒一盃)라: '세상일은 세 척 거문고
에 실어 보내고 한평생은 한 잔의 술에 풀어버리네.'
26) 적성(赤星)에 영조일(映朝日)이요 유수(流水)에 요춘풍(搖春風)을: '붉은 별이 아침 햇살에
빛나고 흐르는 물은 봄바람에 일렁이네.'
27) 응천상지삼광(應天上之三光)이요 비인간지오복(備人間之五福)이라: '하늘의 세 빛인 해, 달,
별에 응하고 인간의 다섯 가지 복을 갖추다.' 대들보를 올리는 상량식 때 많이 쓰는 글귀다.
28) 인왕산(仁王山)각: →인왕 삼각. 한양의 북서쪽을 감싸는 인왕산과 삼각산.
29) 호긔용감지시: →호거용반지세(虎踞龍蟠之勢). 호랑이가 웅크리고 용이 엎드린 듯한 위세.
30) 한수동남여천무궁(漢水東南如天無窮): →한수종남여천무궁(漢水從南如天無窮). 한강은 남쪽
을 좇아 흘러 하늘처럼 끝이 없음.
31) 좌룡(左龍)은 락산(山), 우룡(右龍)은 인왕(仁王)이라: [우룡(右龍)→우호(右虎)]. 한양의 좌청
룡 우백호에 해당하는 낙산과 인왕산이라.
32) 서색(西色)은 반공(半空) 삼경(三更)에 이러르고: →서색(瑞色)은 반공(蟠空) 상궐(象闕)에
이르고. '상서로운 빛이 허공에 서려 궁궐에 이르렀다'는 뜻. 단가 '진국명산'에 나오는 '서색
(瑞色)은 반공응상궐(蟠空凝象闕)'을 풀어 사용하다 와전된 듯하다. 채록자가 새긴 한자의 뜻으
로 보면 '서녁 노을빛이 허공에 어려 한밤중에 이르고' 정도로 해석할 수 있다.
33) 수길은 장영하야 인길을 비기엿다: →숙기(淑氣)는 종영(鍾英)하여 인걸(人傑)을 빚었다.
'맑은 기운의 정수를 모아 인걸을 배출하였다'는 뜻. 단가 '진국명산'에서 앞의 구절과 대구를
이루는 '숙기(淑氣)는 종영출인걸鍾英出人傑)'을 풀어 사용하다 와전된 듯하다.
34) 성대태평(聖代太平) 의관문물(衣冠文物)이 만만세긔금탱이라: [만만세긔금탱→만만세지금탕
(萬萬歲之金湯)]. '태평성대의 문명과 문물이 영원토록 견고하게 지켜지리라.' 금탕은 금성탕지

도 쒸여 잇고, 서린36)에 도리화는 창부(娼婦)색을 가자
잇다. 금당에 부용화는 정정행37)을 직혀 잇고, 남산(南
山)에 푸른 솔은 장부절을 가저 잇다. 안상(岸上)에 수
가유야(有也)라 삼오답청래(三五踏靑來)요38) 자백동풍
가무녀(紫栢東風歌舞女)는 요지홍루시첩가(遙指紅樓是
妾家)라.39) 세에님 자치신도 왓싯기로, 이네 말둑이 모
주 한 잔 싸서 먹고, 둥둥 쾽쾽.

량반광대 가만히 듯고 잇는데, 간간 응답만 한다.

제7경(第七景)

단진장40)에 마초아, 팔선녀(八仙女)41)가 들어서 춤을 춘다. 그리
고 쏘 한편에서는 륙관대사 성진42)이 중옷을 입고 상제 한 사람을 다

의 줄임말로 쇠와 같이 견고한 성곽과 끓는 물로 채워진 해자로 방어가 견고함을 뜻한다.
35) 한매화(寒梅花): 겨울 매화.
36) 서린: →서란(西欄). 동각에 대비하여 서쪽 난간으로 풀 수 있다.
37) 정정행: →정절행(貞節行).
38) 안상(岸上)에 수가유야(有也)라 삼오답청래(三五踏靑來)요: [수가유야(有也)라→수가유야랑(誰
家遊冶郎)]. '언덕 위엔 뉘 집 풍류객인지 삼삼오오 답청을 왔고.' 이백의 「채련곡」 중 '안상수가
유야랑(岸上誰家遊冶郎) 삼삼오오영수양(三三五五映垂楊)' 부분을 차용하여 변형하였다.
39) 자백동풍가무녀(紫栢東風歌舞女)는 요지홍루시첩가(遙指紅樓是妾家)라: '봄 풍경 속에서 춤
추는 여인은 멀리 붉은 누각을 가리키며 자기 집이라고 하네.' 뒷구절은 이백의 「맥상증미인(陌
上贈美人」의 마지막 구절.
40) 단진장: 장단의 일종인 듯.
41) 팔선녀(八仙女): 『구운몽』에 나오는 여덟 선녀. 난양공주, 영양공주, 진채봉, 계섬월, 백능
파, 심요연, 적경홍, 가춘은. 남악 형산에서 성진을 만나 서로 수작한 죄로 인간 세상에 태어나
역시 인간 양소유로 태어난 성진과 다시 만나 두 부인과 여섯 첩의 인연을 맺는다.
42) 륙관대사 성진: 『구운몽』 속 스승과 제자인 육관대사와 성진이 동일인으로 와전되었다.

376

리고 나와, 팔선녀(八仙女)들과는 갓치 놀지 못하고, 다른 곳에서 춤을 추고 잇다. 량반광대와 옹셍원 차셍원은 팔선녀(八仙女)들과 갓치 합하야 춤을 춘다.

말뚝이	쉬! 쉬 세에님 각씨 나온다.
할미광대	[허리가 길고, 참 허리를 낸 체로, 입에는 담밧대 물고 춤추며 나온다.]
말뚝이	쉬! 쉬! 여보 세님, 내 말 들으소. 세님을 차질나쏘 안동 박꼴,43) 주작꼴,44) 장동,45) 미나리꼴,46) 안동으로, 박동47)으로, ……헤동48)으로, 두루 다 다녀다 세님 업섯기로, 한곳을 당도하니, 전후좌우에 황금데자로 두렷시 섹엿스되, 만병회춘(萬病回春)이라 하엿습디. 이내 말뚝이가 터덕 들어가 자서히 살펴보니, 약장이 노엿시되, 계피(桂皮), 감초(甘草), 진피, 반하…… [약명(藥名)을 무수히 불너간다.]

한곳을 당도하니, 신약이 노엿스되, 청심보명단(淸心保命丹), 재생구급수(再生救急水)…… [사자명(四字名)의 신약(新藥) 일홈을 무수히 이여간다.] 그곳을 배반하고 한 종노 석 나서니, 조고만은 아해 년석, 물통전을 밧처들고, 저리 가는 저 양반아, 이것 싸라, 저것 싸라. 청당

---

43) 안동 박꼴: 안동의 바깥 골. 현재 서울 종로구 안국동 일대로 대안동과 소안동이 있었음.
44) 주작꼴: 현재 서울 종로구 주자동.
45) 장동: 현재의 서울 종로구 효자동과 청운동에 걸쳐 있던 마을.
46) 미나리꼴: 현재의 서울 서대문구 미근동.
47) 박동: 현재 서울 종로구 수성동의 일부 마을.
48) 헤동: →회동. 현재 서울 충무로 4가와 인현동 1·2가에 걸쳐 있던 마을.

지, 홍당지49) 쭉 쩌러젓다, 낫곡지, 갈미지, 빗접지, 지
도 안이 사려오. 그곳을 배반하고, 남데문 박 석 나서,
동적50)이 얼넌 지나, 남태령 얼넌 넘어, 충청도(忠淸道)
들어써서, 공주(公州) 금강(錦江) 구경하고, 전라도(全
羅道)로 들어서, 백운산 구경하고, 경남도(慶南道) 들어
서, 태백산(太白山) 구경 후에, 진양(晉陽)51) 풍경 바래
보니, 상상구 눕흔 집은, 공부자의 집이로다. 일륙수(一
六水)가 북문(北門)이요,52) 이칠화(二七火)가 남문(南
門)이요,53) 삼팔목(三八木)이 서문(西門)이요,54) 사구금
(四九金)이 동문(東門)이라.55) 례행문물56)은 좌우에 버
러 잇고, 광풍제월57)은 전후 빅엿는데, 장하도다, 대성
부자의 도덕이 관천이라.58) 수정봉 붉은 안개, 조양강
둘너 잇고, 만경대 굽어 드니, 학선이 안자 춤을 추고,
촉석루(矗石樓) 올나서니, 침조산와(沈竈産蛙)59) 임진
란(壬辰亂)에 충(忠)신절사 누구더냐? 천지보군 삼장사

---

49) 청당지, 홍당지(靑唐紙 紅唐紙): 중국산 청색과 홍색의 종이를 말하는 듯.
50) 동적: 동작(銅雀). 현재의 서울 동작구 동작동 일대.
51) 진양(晉陽): 경남 진주의 옛 이름.
52) 일륙수(一六水)가 북문(北門)이요: 1과 6은 물의 성격으로 북쪽의 문을 이루었다.
53) 이칠화(二七火)가 남문(南門)이요: 2와 7은 불의 성격으로 남쪽의 문을 이루었다.
54) 삼팔목(三八木)이 서문(西門)이요: [서문(西門)→동문(東門)]. 3과 8은 나무의 성격으로 동쪽의 문을 이루었다.
55) 사구금(四九金)이 동문(東門)이라: [동문(東門)→서문(西門)]. 4와 9는 쇠의 성격으로 서쪽의 문을 이루었다.
56) 례행문물: 예절과 문물 등의 제도.
57) 광풍제월(光風霽月): 비 갠 뒤 맑게 부는 바람과 밝은 달.
58) 대성부자(大聖夫子)의 도덕이 관천(貫穿)이라: 공자 성인의 도덕이 만물을 꿰뚫는다는 뜻. 학문에 널리 통함을 일컫는 말.
59) 침조산와(沈竈産蛙): '부엌에 물이 차고 개구리가 들끓는다.' 춘추시대 진(晉)나라 지백이 조양자의 성을 수공했을 때, 성안이 물바다가 된 상황을 가리키는 고사성어. 여기서는 임진왜란 당시 일본의 침공을 받은 우리나라의 상황을 나타낸다.

요, 강상류객 일고루,[60] 암하(岩下)를 내리다보니, 만고
정절(萬古貞節) 의기암(義妓岩)[61]은 열녀충렬(烈女忠
烈) 장하도다. 사지(寺池)[62] 둘너보니, 연(蓮)닙흔 숙어
지고 살진 가무치 연당에 뛰고, 며래치, 공치는 바다에
놀고, 어엽븐 큰 애기 이내 품에 잠들 적에, 은행정이
[63] 엇지 다 말하릿가? 남사정(亭) 석 나서니, 강뢰(瀨)
바래보니, 일엽편주(一葉片舟) 저 어부(漁夫)는 사풍세
우불수귀(斜風細雨不須歸)[64]라. 상률전 하률전[65]에 록
음은 욱어지고 쇠쏘리 벗 부르니, 백빈주(白濱洲) 갈맥
이는 오락가락 넘놀 적에,[66] 배반이 낭적하야 풍악성
이 들리고나.

이러는 가운데 중은 팔선녀(八仙女)와 수작을 하다가, 남모르게
살작 그 여자(女子)들을 훔처 다리고 도망간다. 그리고 말쑥이가 길
게 말하는 동안에 옹셍원, 차셍원은 량반광대 짜라서 말을 각금 응
(應)한다.

---

60) 천지보군 삼장사(天地報君三壯士) 강상류객 일고루[江山留客一高樓]: '천지간에는 임금의 은
혜를 갚은 세 명의 장사요 강산에는 나그네가 머무는 높은 누각이로다.' 조선 후기 문신 신유
한의 시 「촉석루」의 구절로 촉석루 현판에 새겨져 있다. 세 명의 장사는 임진왜란 때 진주성을
지키다 전사한 황진, 김천일, 최경회를 이른다.
61) 의기암(義妓岩): 임진왜란 때 기생 논개가 왜장을 안고 자결한 바위.
62) 사지(寺池): 대사지(大寺池). 진주성 북쪽에 있던 연못.
63) 은행정이: 문맥으로 보아 운우정리(雲雨情理) 또는 운우지정이 와전된 듯하다. 운우지정은
남녀의 육체적인 사랑을 이른다.
64) 사풍세우불수귀(斜風細雨不須歸): '비껴 부는 바람에 가랑비 내려도 돌아갈 줄 모르네.' 당
나라 시인 장지화의 「어부사漁父詞」에 나오는 구절.
65) 상률전 하률전(上栗田下栗田): 위아래의 밤나무 밭.
66) 백빈주(白濱洲) 갈맥이는 오락가락 넘놀 적에: 흰 마름꽃이 핀 물가에 갈매기가 넘노는 모
습을 묘사했는데 단가나 민요에 나오는 표현인 '백빈주(白蘋洲) 갈매기는 홍요안(紅蓼岸)으로
날아들고'가 변형된 것으로 보인다.

이내 말뚝이이, 턱벅턱벅[67] 들어가 자서히 살펴보니, 일등미색(一
等美色) 만좌지중에, 상좌는 눈고 하니 법몽대사(大師) 성진이라. 일등
미색(一等美色) 안졌스되, 난냥공주, 영양공주, 진채봉, 계섬월, 백능
파, 적경홍, 가춘운, 심호연[68]짜지 모엿는데, 동자야, 잔 잡아 술 부어
라. 한번 취코 놀고 갈가보다. 둥둥 쾽쾽! 춤추며 한참 논다.

미료(未了)(續續)

---

67) 말뚝이이 턱벅턱벅: →말뚝이가 터벅터벅.
68) 난양공주~심호연: [심호연→심요연] 『구운몽』에 나오는 팔선녀의 이름.

원문 ◉

꼭두각시극 각본

등장인물(登場人物)

박첨지(朴僉知)   구장(區長)
홍동지(洪同知)   그의 조카
소박첨지(小朴僉知)   그의 아우
소무당(少巫堂)   그의 질녀(姪女)
최영노(崔永老)   그의 사돈
표생원(表生員)   해남양반(海南兩班)
꼭두각시   그의 처(妻)
돌모리집   그의 첩(妾)
상좌
잡탈중
동방삭(東方朔)
평양감사(平壤監司)
관속(官屬)
강계포수(江界砲手)
촌(村)사람 (새면의 악사樂士)
기타(其他) 이심이, 개, 꿩, 매 등(等)이 있다.

새면 소리 요란한데 잡탈이 와서 춤을 추고 다음에 관 쓴 광대가 나와서 '세사(世事)는 금삼척(琴三尺)이요, 생애(生涯)는 주일배(酒一杯)'[1] 등(等)의 노래를 한참 동안 부른다.

---

1) 세사(世事)는 금삼척(琴三尺)이요, 생애(生涯)는 주일배(酒一盃): '세상일은 세 척 거문고에 실어 보내고, 생애는 한잔의 술에 풀어버리네.'

제1막(第一幕). 곡예장(曲藝場)

박첨지(朴僉知)　떼루—

[새면에서 꽹매기를 꽹 친다. 박(朴)이 놀래여] 이게 무슨 소리냐.

새면에 있는 촌인(村人)　여보 영감(令監).

박(朴)　어—

새면　웬 영감(令監)이 아닌 밤중에 요란이 구느냐.

박(朴)　날더러 웬 영감(令監)이랬느냐.

새면　그랬소.

박(朴)　나는 살기는 웃녁 산다.

새면　웃녁 살면 웃녁이 어디란 말이요.

박(朴)　살면 살고 말면 말았지, 이렇다는 양반(兩班)으로서.

새면　그래서.

박(朴)　서울 아니고야 살 데 있느냐.

새면　서울이면 장안(長安)이 다 영감(令監)의 집이란 말이요.

박(朴)	나 사는 곳을 저저이 이를 터이니 들어보아라.
새면	자세히 일러보시요.
박(朴)	서울로 일러도 일(一)간동, 이(二)골목, 삼청동(三淸洞),2) 사직골,3) 오(五)궁터, 육(六)조4) 앞, 칠(七)관악5), 팔(八)각제,6) 구리개,7) 십자가(十字街),8) 광명주리, 만리(萬里)재,9) 아래 벽동, 웃 벽동, 다 젖혀놓고 가운데 벽동 사시는 박사과(朴司果)10)라면 세상(世上)이 다 알고 장안(長安) 안에서는 뜨르르하시다.
새면	그래 무엇하러 나왔어.
박(朴)	날더러 왜 나왔느냐고.
새면	그래서.
박(朴)	내가 나오기는 있던 형세 패가(敗家)하고 연로다빈11)하여 집에 들어앉았을 길이 없어서 강산 유람차(江山遊覽次)로 나왔다가 날이 저물어 주막(酒幕)을 찾어 주인(主人)에게 저녁 한 상(床) 시켜 먹고 긴 장죽(長竹)

2) 삼청동(三淸洞): 현재 서울 종로구 소재.
3) 사직골(社稷-): 현재 서울 종로구 사직동.
4) 육조(六曹): 이조, 호조, 예조, 병조, 형조, 공조의 6조. 현재 서울 종로구 세종로에 관아가 있었다.
5) 칠관악: →칠간(七間)안. 송석하본 〈동래야류〉에는 '칠간안'으로 되어 있다. 칠관악(七冠嶽)으로 풀어볼 수 있으나 서울 사대문 안의 장소를 열거하는 중이라 관악산은 포함되기 어렵다. 칠간은 오부(五部)처럼 일정한 지역을 일곱 개로 나눈 명칭으로 보인다.
6) 팔각제: →팔각정(八角亭). 송석하본 〈동래야류〉에는 팔각정으로 나온다. 팔각정은 지붕을 여덟모가 나게 얹은 정자로 서울의 경우 지금의 서대문구 충정로 2가에 있었다.
7) 구리개: 현재의 서울 을지로 2가.
8) 십자가(十字街): 십자 모양의 거리. 네거리. 이상 숫자 1에서 10까지 숫자에 지명을 붙여 재미를 더하는데 민속극에 두루 쓰이는 공식구적 표현이다.
9) 만리(萬里)재: 현재 서울 중구 만리동에서 마포구 공덕동에 이르는 고개.
10) 사과(司果): 조선시대 오위에 둔 정6품의 군직. 현직에 종사하지 않은 문관, 무관 및 음관(蔭官)이 맡았다.
11) 연로다빈(年老多貧): 나이가 많고 아주 가난함.

물고 개리침[12] 곤두리고 가만히 누웠노라니 어디서 별
안간 뚱뚱뚱뚱 하길래 밖에를 나와보니 어른은 두런두
런 어린아이는 도란도란 짓걸 덤벙하기로 '너희들 무
엇을 이리 짓걸대느냐'고 물으니 '이 동리(洞里)에 남녀
사당(男女社堂)[13]이 놀음 놀기로 구경하려고 합니다'.
어린애들은 이렇게 대답(對答)을 하나 젊은 사람들은
'심(甚)한 잡늙은이, 길 가다 잠이나 일찍 잘 것이지 닷
곱에도 참녜, 서 홉에도 참녜[14]가 무엇인가' 하기로 나
도 현선백결[15]에 늙었으나 노염이 더럭 나서 '이놈들
신로심불로(身老心不老)[16]라 하였거든 늙은이는 눈과
귀가 없느냐'고 호령 반 꾸짖었더니 다 물러저 가더라.

새면   욕을 했으면 무엇이라고 훈계(訓戒)를 했슴나.

박(朴)   양반(兩班)이 지식(知識) 있게 꾸짖었겠지 상없이 말했
        겠느냐.

새면   그래서.

박(朴)   네 에미 궁둥이와 네 애비 궁둥이와 마주대면 양 장구
        똥구멍이 될 놈아 이렇게 꾸짖었네.

새면   예끼 심(甚)한 잡늙은이 그리고 어떻게 했어.

박(朴)   꾸짖고 보니 새면 소리는 신명을 도두기로 차차 찾어

---

12) 개리침(枕): 베개의 일종.
13) 남녀사당(男女社堂): 사당거사패. 노래와 춤으로 걸립을 하는 전문 예능인 집단으로 여성
예능인인 사당과 남성 예능인인 거사가 짝을 이루어 다녔다. 대표적인 공연 종목은 선소리
〈산타령〉으로 거사가 소고를 치면 사당이 노래와 발림을 하는 형식의 공연이 이루어졌다.
14) 닷 곱에도 참녜, 서 홉에도 참녜: '다섯 홉에도 참여, 서 홉에도 참여.' 홉은 곡식 따위를 재
는 부피 단위로 한 되의 십분의 일이다. 곡식이 다섯 홉이든 서 홉이든 참견 말라는 핀잔의 말.
15) 현선백결: →현순백결(懸鶉百結). 옷이 해져서 백 군데나 기웠다는 뜻. 누덕누덕 기워 짧아
진 옷을 이르는 말.
16) 신로심불로(身老心不老): 몸은 늙었으나 마음은 늙지 않음.

오니 이곳을 당도(當到)했네. 많이 모인 사람 중에 넘성
지웃 넘어다보니 어여쁜 미동(美童)과 미색(美色)이 긴
장단 군복에 남존대 띠[17]를 띠고 오락가락 춤추는 양
을 보니, 내가 길 가던 늙은이일망정 어깨가 으쓱하기
로 늙은 체모에 말 못할 말이나 주머니 귀팅이를 들여
다보니 쓰던 돈이 조금 남았기로.

새면   그래서.

박(朴)   [박(朴)은 아무 말 없이 눈을 감는다. 밑에서 치는 꽹매기 소
          리에 놀래어.] 어─

새면   애 박첨지(朴僉知) 그간(間) 이야기하다가 잠을 자나 꿈
          을 꾸나.

박(朴)   어─ 이것 보게 늙으면 죽어야 마땅해. 놀음판에 나왔
          다가 후기[18]가 없어서 자연 실수되었네.

새면   그러나저러나 주머니돈은 얼마를 가지고 나왔나.

박(朴)   얼마 얼마 얼마 얼마[타령조(打鈴調)[19]] 날더러 얼마를
          가지고 나왔느냐고.

새면   그래서.

박(朴)   잔뜩 칠 푼(七分)[20]이더러라.

새면   칠 푼(七分)을 가지고 어디어디 썼단 말이요.

박(朴)   비록 늙었을망정 비면이[21] 썼겠느냐 돈 쓴 데를 말할

17) 남존대 띠: →남전대(藍纏帶) 띠. 돈이나 물건을 넣어 허리에 매거나 어깨에 두르기 편하도
록 만든 자루. 주로 무명이나 베로 폭이 좁고 길게 만드는데 양끝은 트고 중간을 막는다.
18) 후기(後氣): 참고 버티어가는 힘.
19) 타령조(打鈴調): 타령 장단. 전통 음악 장단의 하나로 궁중 정재에 주로 쓰이는 늦타령이
있고 굿, 탈춤, 줄타기 등에 쓰이는 잦은 타령이 있다.
20) 잔뜩 칠 푼(七分): 아주 미미한 돈인 '칠 푼'에 '잔뜩'을 붙여 반어적으로 사용한 말.
21) 비면(非面)이: 체면이 안 되게.

터이니 자세히 들어보아라. 사당 아이는 손목 잡고 돌이고 주기[22]와 어여쁜 미색(美色)은 좋고 좋은 상평통보(常平通寶)를 입에 물고 주기[23]와 거사 불러 거사전[24] 주고 모개비[25] 불러 행하[26] 해주고 나서 한쪽이 무끈하기로 주머니 구석을 들여다보니 칠 푼(七分) 가지고 행하 해준 본전이 삼칠(三七)은 이십일(二十一)에 두 냥(兩) 한 돈이 남았더라.

새면   예끼 심(甚)한 잡늙은이, 본전(本錢)은 칠 푼(七分)인데 행하 해주고도 두 냥(兩) 한 돈이 남았다니 행하 주러 나온 게 아니라 여러 손님 주머니를 떨지 않았는가.

박(朴)   애 이놈아, 네 그게 무슨 소리냐 늙은이를 말시키고 술은 대접 못할망정 고왕금래로 법(法)이 있어서 이곳에도 번화(繁華)한 곳이라 관리(官吏)가 있거든 늙은 박가(朴哥)를 포도청(捕盜廳)에다가 넣고 싶어서 무죄(無罪)한 사람한테 그게 무슨 말이냐.

새면   그러면 엇째서 칠 푼(七分) 가지고 실큰 썼는데 두 냥(兩) 한 돈이 남았단 말이요.

박(朴)   네가 늘고 주는 목을 모르는고나.

새면   늘고 줄다니요.

박(朴)   세상만물(世上萬物)이 번성(繁盛)하여질 제, 나는 짐승

---

22) 사당(社堂) 아이는 손목 잡고 돌이고 주기: 사당 아이에게 돈 줄 때는 손목을 잡아 돌려보고 주기.
23) 어여쁜 미색(美色)은 좋고 좋은 상평통보(常平通寶)를 입에 물고 주기: 예쁜 미색에게 돈 줄 때는 상평통보 엽전을 입에 물어 전해주기. 상평통보는 조선시대에 사용한 엽전이다.
24) 거사전(居士錢): 거사에게 주는 돈.
25) 모개비: 사당거사패의 우두머리.
26) 행하(行下): 놀이가 끝난 뒤에 기생이나 광대에게 주는 보수.

	은 알을 낳고 기는 짐승은 새끼를 치는 줄을 모르느냐.
	이 잡놈들아 내 돈도 그렇게 번성(繁盛)했다는 말이다.
새면	내가 잡것이 아니라 박노인(朴老人)이 늙은 심(甚)한 잡
	것이오. 그러나 무엇을 하려고 나와 우뚝 섰소.
박(朴)	날더러 말이냐.
새면	그래서.
박(朴)	몸은 늙었을망정 마음에 신명이 나서 어깨가 으쓱으쓱
	하니 춤 한번 추자고 나오셨다.
새면	그러면 한 식 추어보시우.
박(朴)	장단을 때려라. 떵떵떵떵. [새면의 장단에 맞후어 박(朴)
	은 춤을 춘다.] 어으어으 여보게.
새면	왜 그러나.
박(朴)	나는 이렇게 한 식 추었으나 뒷절에 소무당녀(小巫堂
	女)[27]들이 쌍쌍이 짝을 지어 나물을 캐다가 이 장단 소
	리를 듣고 춤추러 나온다네.
새면	나오라고 하게.
박(朴)	그러면 나는 육모초[28] 들어가네.

제2막(第二幕). 뒷절

상좌 두 사람이 나와서 바위 위에 앉았는데 산(山) 위에는 소무당녀
(小巫堂女)들이[박첨지(朴僉知)의 질녀(姪女)] 나물을 캐고 있다. 상좌들

---

27) 소무당녀(小巫堂女): 보조 역할을 하는 젊은 무당.
28) 육모초: →익모초(益母草). 익모초는 더위를 이기기 위하여 달여 먹는 매우 쓴 약초. 뜻을
파악하기 어려우나, 다른 자료를 참조하면 '잠깐 들어갔다 오겠다'는 의사를 표현한 것이다.

이 그것을 보고 반하여 두어 수작한 뒤에 합 4인(合四人)이 풍악(風樂) 소리에 맞추어 신명이 나서 춤을 춘다. 그때에 박첨지(朴僉知)가 미색 (美色) 논다는 말을 듣고 나왔다가 상좌들이 소무당(小巫堂)을 데리고 춤추는 것을 보고 대경실색(大驚失色)하여 상좌를 꾸짖는다.

박(朴) 이 중놈아, 네가 분명히 중이면 산간(山間)에서 불도(佛 道)나 할 것이지 속가(俗家)에 내려와 미색(美色)을 데 리고 노류장화29)가 될 말이냐. 아마도 내가 생각하니 네가 중이라고 칭(稱)하였으나 미색(美色) 데리고 춤춤 을 보니 거리노중30)만 못하다. 이놈 저리 가거라.
[춤을 한참 추다가] 어으 어으 여봐라 어떠만 싶으냐. [웃 으며] 나도 늙은 것이 잡것이로군. 늙은 나는 들어가네. [다시 소무당(小巫堂)을 자세히 보니 자기(自己)의 질녀(姪 女)인고로 기(氣)가 막혀서] 늙은 놈이 주책없이 질녀(姪 女) 있는 데서 춤을 추었고나. 그러나 이왕 같이 춤춘 바에 어찌할 수 없다. 이 괘씸한 중놈을 처치하여야 할 터인데 늙은 내가 기운이 있어야지. 아마도 생질 조카 홍동지(洪同知)를 내보내야겠다.
[이때 상좌들이 소무당녀(小巫堂女) 때문에 싸움 반 춤 반으 로 야단법석하니 박(朴)은 노염이 나서 딘동이[洪同知]를 부 른다.] 여봐라 딘동아.

---

29) 노류장화(路柳墻花): 아무나 쉽게 꺾을 수 있는 길가의 버들과 담 밑의 꽃이라는 뜻. 창녀 나 기생을 비유적으로 이르는 말.
30) 거리노(路)중[僧]: 길거리를 다니는 중. 이 말은 '거리노중(路中) 객사(客死)' 등의 표현에 사 용되는 부정적인 말인데 끝소리가 '중'으로 끝나므로 승려를 뜻하는 '중'과 연결지었다.

홍동지(洪同知) 등장(登場), 박첨지(朴僉知) 퇴장(退場).

박(朴)   [안에서] 여봐라, 내가 밖에를 나가니 상좌 중놈이 내
                딸을 데리고 춤을 추는데 늙은 나는 기운이 없어서 그
                대로 왔으니 네가 나가서 모두 주릿대31)를 앵겨라.

상좌들이 각각 소무당(小巫堂) 하나씩을 데리고 양편(兩便)에 갈라
섰고 홍동지(洪同知)는 그 중간(中間)에서 왔다갔다한다.

홍(洪)   어디요.
박(朴)   저 켠으로.
홍(洪)   [그리가며] 이리요?
박(朴)   그래.

홍동지(洪同知)는 급(急)히 가서 보느라고 상좌 머리와 자기(自己)
머리와 부딪쳤다.

홍(洪)   여봐라, 듣거라 보니 거리노중이냐, 보리망종(芒種)32)
                이냐, 칠월(七月)백중33)이냐, 네가 무슨 중이냐. 염불
                (念佛)엔 마음이 없고 잿밥에 마음이 있어 미색(美色)만
                데리고 춤만 추는구나. 나도 한 식 노라보자. [5인(五人)

---

31) 주릿대: 형벌로 주리를 트는 데 쓰는 긴 막대기.
32) 보리망종(芒種): 보리가 익어 수확하고 모를 심는 절기인 망종. 벼나 보리처럼 까끄라기가
있는 곡식도 의미한다. 끝소리가 '종'으로 끝나 승려인 '중'과 운을 맞추는 말로 사용되었다.
33) 칠월백중(七月伯仲): 음력 칠월 보름. 승려들이 재(齋)를 거행하여 부처를 공양하는 날. 끝
소리가 '중'으로 끝나 승려인 '중'과 운을 맞추는 말로 사용되었다.

이 무(舞)] 장단을 자주[34) 쳐라.

　장단(長短)이 빠르며 그에 따라서 홍(洪)은 춤을 빨리 추다가 머리로 상좌와 소무당(小巫堂)을 때려서 쫓아 보내고 저도 이어서 퇴장(退場).

제3막(第三幕). 최영노(崔永老)의 집

　영노(永老)는 자기(自己) 집 마당에 나락을 널었다. 식구(食口)는 많으나 마침 다사(多事)한 때라.

최영노(崔永老)　위여─ [새를 날린다.] 박노인(朴老人)─

박(朴)　　　　　어─ 왜 찾나.

최(崔)　　　　　심(甚)한 잡늙은이 집에서 어린애나 업고 오조[35)밭에 새나 날리면 오뉴월(五六月)에 솜바지 조고리를 벗길 텐가? 동지(冬至)섯달에 삼베중이를 안 해주겠나?[36) 잔치집이라면 우루루, 개흙네 한다는 데라면 우루루, 초상집에도 오루루, 늙은 심(甚)한 잡것 어찌하여 그렇게 심(甚)하단 말인가. 오조밭에 새를 날리러 일군을 보낸즉 하나도 돌아오지 아니하니 어쩐 말인가 나

<hr>

34) 자주: 빠르게.

35) 오조: →올조. 일찍 익는 조.

36) 오뉴월(五六月)에 솜바지 조고리를 벗길 텐가? 동지(冬至)섯달에 삼베중이를 안 해주겠나?: '오조밭에 새를 날리면 오뉴월에 솜바지를 입히고 동지섣달에 삼베 홑바지를 해주겠다'는 말. 최영노는 박첨지를 나무라며 일을 시키나 막상 일에 대한 보상으로 계절을 역행하고 사리에 맞지 않는 것을 제시해 웃음을 자아낸다.

가보게.

이때 마침 용강(龍岡) 이심이는 주림을 견디지 못하여 사람이나 짐승이나 함부로 다 잡아먹고 있었다. 박노인(朴老人)이 영노(永老)의 분부를 듣고 나와보니 아무것도 없다. 그때에 새 보러 왔던 잡탈중 하나가 이심에게 쫓겨가며 박(朴)에게 말한다.

잡탈중 용강(龍岡) 이심이한테 다 잡혀 먹고 나만 겨우 도망하니 박노인(朴老人)도 갈 테면은 마음을 단단히 먹고 아랫도리를 벗고 건너가시우.

박(朴)   내가 정신(精神) 아니 차린들 그까짓 놈을 겁(怯)낼소냐. 그러나 물이 깊다고 하니 의복(衣服)이나 벅고 헤염이나 쳐서 건너가볼 수밖에 없다.
    [박(朴)이 물 가운데 들어가는 동작(動作).]
    어허 깊다, 차차 깊어이 [비스름 자빠지며]
    엇차 휘여. [헤염치다가 다시 일어난다.]
    어듸냐?

잡탈중 [안에서] 조금만 더 가우.

박(朴)   [박(朴)이 그곳을 들여다보다가 별안간 소리를 지르며] 이것이 무엇이냐 허허 기막힌다. 필연(必然)코 이놈들이 이것을 보고 놀랬구나. 내가 혼자는 당(當)할 수 없으니 딘둥이더러 말하여 잡아다가 장에 팔라고 명령(命令)을 해야겠다. 이애 딘둥아.

홍(洪)   네— [나온다.] 왜 그래요?

박(朴)   네 자근삼촌(三寸) 불러라.

홍(洪)   아자씨.

소박(小朴)	왜 부르느냐.
홍(洪)	내가 듣고 보니 용강(龍岡) 이심이가 작란(作亂)이 심 (甚)하기로 잡을 터이니 옷 벗고 나올 동안에 기다리시 오. [홍(洪)은 퇴장(退場).]
박(朴)	여보게 동생, 내가 가서 용강(龍岡) 이심이를 잡어 딘둥 이 보는 데 큰 소리를 할 것이니 자네도 뒤로 쫓어와서 힘을 쓰게.

소박(小朴)은 영문도 모르고 따라간다.

박(朴)	애이놈 애이놈, 여기 있느냐.
소박(小朴)	여보 형(兄)님 아무 말 마우, 아무 말 마우. [두어 걸음 뒤 로 간다.]
박(朴)	아무 말도 말어? [박(朴)이 아무 말 없이 이무기 앞을 당도(當到)하여 안력 (眼力)이 부족(不足)함으로 이무기 입에 물렸다. 소박(小朴) 이 그것을 보고 쫓어가고 홍동지(洪同知)는 나온다.] 여봐 라 딘둥아.
홍(洪)	왜 그래쌌소.
박(朴)	날 좀 살려다오.
홍(洪)	[홍(洪)이 보니 박(朴)의 얼굴은 이무기 입에 들어가고 몸만 남았다.] 이 심(甚)한 잡것 그래 싸지. [홍(洪)이 박(朴)의 앞에 가서 자기(自己) 머리로 부디쳐보 니 바가지 치는 소리가 난다.] 다 빨아먹고 곯았구나.
박(朴)	안적은 살았다.
홍(洪)	아자씨인지 잡것인지 늙은 것이 신로심불로(身老心不

老)라 조카 하는 대로 하지! 쪼르르 건너와서 잘─되었네. [새면 아래를 내려다보고] 여보게 정상(情狀)이 불쌍하니 살려놓고 볼 말이지 장단(長短) 치게.

[장단(長短)을 빨리 친다.]

위여─

홍(洪)이 머리로 이무기 머리를 치면서 날뛰니 이무기가 겁(怯)을 내어 박(朴)을 놓고 발광한다.

박(朴)　　에크 살았다. [춤추면서 퇴장(退場).]

홍(洪)은 이무기를 잡아서 껍질을 몸에 감고 나온다.

홍(洪)　　어허 살찐 거북에 돌진 가지라니 지재차산중(只在此山中)[37]이지, 지가 가면 어디를 갈고. 그만 내게 잡혓고나. 장으로 가서 팔아야겠다. [퇴장(退場).]

제4막(第四幕). 동방노인(東方老人)

동방노인(東方老人)[38]이 나와서 기침한다.

---

37) 지재차산중(只在此山中): '다만 이 산중에 있네.' 당나라 시인 가도의 「은자를 찾았으나 만나지 못하다」의 한 구절. '소나무 아래 동자에게 물으니 스승님은 약을 캐러 갔다고 하네. 다만 이 산중에 계시지만 구름이 깊어 있는 곳을 알 수 없구나(松下問童子, 言師採藥去, 只在此山中, 雲深不知處).'

38) 동방노인(東方老人): 동방삭. 중국 전한의 문인으로 해학과 직간으로 이름이 났다. 속설에 서왕모의 복숭아를 훔쳐 먹어 장수하였다 하여 삼천갑자 동방삭이라고 이른다.

새면	여보 동방노인(東方老人) 이번에는 눈을 어째 감았소.
동방삭(東方朔)	아하, 자네 내 눈 감은 것을 모르나. 삼신산(三神山)[39] 불사약(不死藥)을 먹고 팔만대장경(八萬大藏經)[40]을 외우고 세상(世上)에 나와보니 모든 것이 부정(不淨)한 고(故)로 할 수 없이 눈을 감았네.
새면	여보시오, 이 세상(世上)의 전후풍악(前後風樂)은 상제(上帝)께서 주신 것이요 더구나 여기는 놀음을 천상(天上)과 같이 노는 곳이니 한 번만 눈을 떠보시우.

동방노인(東方老人)이 눈을 뜨고 4면(四面)을 휘둘러본다.

동(東)	아−하− 과연(果然) 너이를 보고 4면(四面)을 보니 좋은 세상(世上)이다.
새면	여보시오.
동(東)	왜 그래나.
새면	이곳은 누구나 물론(勿論)하고 나오면 노래 한바탕과 춤 한 번식을 추는 곳이요.
동(東)	여봐라 나는 인간(人間) 사람과 달라서 세상(世上)에 나와도 산간(山間)에 있어서 불도(佛道)나 숭상(崇尙)하는 몸인고(故)로 인간 육체(人間肉體)와 다르니 어찌 노래와 춤을 춘단 말이냐. 그러나 이미 나왔으니 네가 장단

---

39) 삼신산(三神山): 중국 대륙의 동쪽 바다를 떠다닌다고 하는 신화 속의 신령스러운 세 산인 봉래, 방장, 영주. 그곳에는 신선들이 살며 불로초와 불사약이 난다 하여 장생불사를 열망한 진시황이나 한무제 등이 사람을 보내 찾게 했다는 이야기도 전한다.
40) 팔만대장경(八萬大藏經): 부처의 힘으로 외적을 물리치기 위하여 고려 고종 23년에서 38년에 걸쳐 완성한 대장경.

	(長短)을 치면 내가 눈을 떴다 감았다 하되 장단(長短)
	에 맞추어 부드럽게 뜨고 감으면 만사(萬事)가 여의(如
	意)하나니라.
새면	그것도 역시 좋습니다. 자 그러면 장단(長短) 시작(始
	作)하오.
	[장단(長短)을 치면 동방노인(東方老人)이 눈을 떴다 감았
	다 하다가 신명에 겨워 양(兩)팔을 벌이어 춤을 한 번식 멋드
	러지게 춘다.]
	어허 저것 보게, 인간(人間)에 나오더니 동방노인(東方
	老人)도 근묵자흑(近墨者黑)[41]이로군.
동(東)	[대경(大驚)하여 머리를 흔들고 소리를 지르며] 여봐라 이
	게 웬 말이냐. 내가 춤을 추었단 말이냐.
새면	춤은 아니 추어도 팔은 벌이고 돌아갔오.
동(東)	내가 이미 춤을 추었다 하니 틈으로 보나 열고 보나 일
	반(一般)이다. 노래도 한 번식 불러보자.
새면	역시 좋소. 장단(長短)은 내가 멋있게 칠 것이니 한 번
	하시우.
동(東)	[창(唱)] 가자 어서 가 이수(二水) 건너 백로(白鷺)[42] 가.
	백로횡강(白鷺橫江)[43]을 함께 가. 소지노화월일선[44]

---

41) 근묵자흑(近墨者黑): 먹을 가까이 하는 자는 검어진다. 동방노인이 놀음판에 나와 어울리
다보니 세속 사람들처럼 신명나게 춤춘 사실을 가리킨다.
42) 이수(二水) 건너 백로(白鷺): '물줄기 건너 백로주.' 당나라 시인 이백의 「금릉 봉황대에 올
라登金陵鳳凰臺」의 구절 '삼산은 푸른 하늘 밖으로 반쯤 걸리고 두 물줄기가 나뉘어 백로주로
흐른다(三山半落青天外, 二水中分白鷺洲)'에서 가져왔다.
43) 백로횡강(白鷺橫江): [鷺→露]. '흰 이슬이 강을 가로지르네.' 북송 때 시인 소동파의 「적벽
부」의 구절 '흰 이슬은 강을 가로질러 있고 물빛은 하늘에 닿아 있네(白露橫江, 水光接天)'에서
가져왔다.
44) 소지노화월일선(笑指蘆花月溢船): '웃으며 갈대꽃을 가리키니 달빛은 배에 가득하네.'

추강어부(秋江漁父)가 빈 배 기경선자(騎鯨仙子)[45] 간

연후(然後)에 공추월지(空秋月之)단단[46]. 어하 금선 좋

을시고 자라 등에다 저 달 실어라 우리 고향(故鄕)을

함께 가.[47]

[동방노인((東方老人)이 껄껄 웃는다.]

동(東)   이것이 모두 웬일이냐? 그러나 여보게 내가 지금 나

와서 팔괘(八卦)[48]를 잠깐 짚어보니 전라도(全羅道)

해남(海南) 관머리[49] 사는 표생원(表生員)이 자기(自

己) 본처(本妻)를 잃고 돌모리집[50]을 얻어 데리고 노

들강변(江邊)에서 주점(酒店)을 하더니 마누라도 찾을

겸 강원도(江原道) 금강산(金剛山)도 구경할 겸 겸사

겸사 나섰다가 이번에 이곳에 나온다니 나의 자체(自

體)를 표생원(表生員) 눈에 현달(現達)하면 그분도 당

시(當時) 양반(兩班)이라 나 역시(亦是) 산간 선인(山

間仙人)으로 체면(體面)이 안 될 것이니 나는 들어가

---

45) 기경선자(騎鯨仙子): 고래를 타고 간 신선. 달 밝은 밤 채석강에서 노닐다 술을 실컷 마시고 취해서 달을 잡으러 동정호에 뛰어들었다고 하는 이백을 말한다. 북송 때 문인 진관의 「연사정燕思亭」 앞부분에 '이백이 고래를 타고 하늘로 날아가니 강남의 풍월이 한가하게 된 지 오래구나(李白騎鯨飛上天, 江南風月閒多年)'라는 구절이 나온다.

46) 공추월지단단(空秋月之團團): '텅 빈 가을달이 둥글구나.'

47) 이상의 노래는 판소리 〈수궁가〉 중 '가자 어서 가'를 축약한 것이다. '가자 가자 어서 가자 이수(二水)를 지내여 백로주(白鷺洲)를 어서 가자./(중략) 두우간(斗牛間)에 배회(徘徊)하야 백로횡강을 함께 가./소지노화월일선 추강어부(秋江漁夫) 빈 배/기경선자 간 연후 공명월지단단(空明月之團團)./자라 등에다 저 반달 싣고 우리 고향을 어서 가.'

48) 팔괘(八卦): 중국 상고시대에 복희씨가 지었다는 여덟 가지의 괘. 『주역』에서 세상의 모든 현상을 음양을 겹치어 여덟 가지의 상으로 제시하였다.

49) 해남(海南) 관머리: 해남의 관머리는 서울에서 먼 곳이라는 의미다. 〈산대도감극 각본〉에서 말뚝이가 종가집 도령을 소개할 때도, 다른 이를 상관하지 않고 멀찌감치 있는 도령을 묘사하면서 이 표현을 사용하였다.

50) 돌모리집: 용산 삼개 돌모리집[덜머리집]으로 불린다. 돌머리는 돌모루, 돌마리[石旨]로 지금의 용산구 원효로 입구. 돌모리집은 이곳에 있던 주막집의 여자를 이른다.

신다.

제5막(第五幕). 표생원(表生員)

표생원(表生員) 등장(登場).

표생원(表生員) [약자(略字), 표(表).] 어디로 갈가 어디로 갈가, 처음으
로 관동팔경(關東八景)⁵¹⁾을 구경하면 우리 부인(婦人)
을 만나볼가, 관서팔경(關西八景)⁵²⁾을 구경하면 우리
부인(婦人)을 만나볼가, 전라도(全羅道)라는 곳에 명승
지(名勝地)도 있건마는 어느 곳 명승지지(名勝之地)가
좋길래 나를 버리고 우리 부인(婦人)이 구경 갔나. 아서
라 이게 모두 쓸데없는 짓이다. 여담은 절간이라니 돌
머리집 얻어 데리고 살면서 우리 부인(婦人)을 잠시(暫
時) 돌아보지 않은 까닭이로구나. 방방곡곡(坊坊谷谷)
다 찾아보았으나 종내(終乃) 만날 수가 없으니 다만 한
숨뿐이로다.

돌모리집 [약자(略字), 돌.] 여보 영감(令監) 별안간에 그게 무슨
말이오. 그까진 본마누라를 찾으면 무엇한단 말이요.
나는 명산대찰(名山大刹) 구경하러 나선 줄 알았더니

51) 관동팔경(關東八景): 대관령의 동쪽에 있는 여덟 명승지. 간성의 청간정, 강릉의 경포대, 고
성의 삼일포, 삼척의 죽서루, 양양의 낙산사, 울진의 망양정, 통천의 총석정, 평해의 월송정. 월
송정 대신 흡곡의 시중대를 넣는 경우도 있다.
52) 관서팔경(關西八景): 평안도에 있는 여덟 명승지. 강계의 인풍루, 의주의 통군정, 선천의 동
림폭, 안주의 백상루, 평양의 연광정, 성천의 강선루, 만포의 세검정, 영변의 약산동대 등.

인제 보니까 마누라 찾아다녔구려. 아이고 속상(傷)해. 이 팔자가 왜 이렇게 기막힌가.

표(表)　　요사스런 계집이로군. 대장부(大丈夫)가 아무려든 무슨 잔말이냐. [화를 내며.]

돌　　　그렇지 작은집이란 이러기에 서러워. [돌아선다.]

표(表)　　[배(背)를 무(撫)하며] 여보게 자네가 이다지 노(怒)할 줄 알았으면 내가 실수일세.

　　표생원(表生員) 부인(婦人) 꼭두각시 등장(登場).

꼭두각시　　[약자(略字), 꼭.]

　　　　　[창(唱)] 어허 이게 웬일인가. 이 세상(世上)에 나와보니 인간이별만사중(人間離別萬事中)에 독수공방(獨宿空房)이 더욱 슬어.[53] 인간만사(人間萬事) 마련할 제 이별(離別) 빼지 못하였나. 우리 영감(令監) 어디 갔노. 여보 영감(令監) 여보 영감(令監) 어디로 갔나 어디로 갔나.

표(表)　　허허 이게 웬 소린가. 날 같은 이 또 있는가. 어디서 마누라 소리가 나는 듯 나는 듯하네. 나도 한번 불러볼가 여보 마누라 여보 마누라.

꼭　　어디서 영감(令監) 소리가 나는 듯 나는 듯. 여보 영감(令監) 여보 영감(令監).

표(表)　　어디서 마누라 소리가 나는 듯 나는 듯.

53) 인간이별만사중(人間離別萬事中)에 독수공방(獨宿空房)이 더욱 슬어: '세상 사람들이 이별하는 갖가지 일 가운데 짝 없이 빈방을 홀로 지키는 것이 더욱 슬퍼.' 조선시대 십이가사 중 「상사별곡」의 첫 구절.

[창(唱)] 거기 누가 날 찾나. 날 찾을 이 없건마는 거 누가 날 찾아. 기산영수별건곤(箕山潁水別乾坤)에 소부(巢夫) 허유(許由)54)가 날 찾나. 채석강명월하(採石江明月下)에 이적선(李謫仙)55)이 날 찾나. 상산사호(商山四皓)56) 늙은이가 바둑 두자고 날 찾나.

꼭   아이고 이게 웬 소린가. [차차차 표(表)에게 가까이 오면서] 아이고 이게 웬 소린가, 거 영감(令監)이요.

표(表) 거 마누라인가.

꼭   네, 영감(令監)이면 내가 해 입힌 옷을 만져봐야 할 걸이요.

표(表) 마누라가 해 입힌 옷이 어떻길네 만져보고 안단 말이요.

꼭   내가 해 입힌 옷은 영감(令監) 양(兩) 소매에 불알이 달렸오.

표(表) 마누라 음성(音聲)과 말을 들으니 마누라는 분명(分明)한데 그간(間) 어디를 갔다 언제 왔나.

꼭   영감(令監)을 찾으려고 강원도(江原道) 금강산(金剛山), 충청도(忠淸道) 계룡산(鷄龍山), 전라도(全羅道) 지리산(智異山), 경상도(慶尙道) 태백산(太白山), 함경도(咸鏡

---

54) 기산영수별건곤(箕山潁水別乾坤)에 소부(巢夫) 허유(許由): [巢夫→巢父]. 기산과 영수는 하남성 등봉현에 있는 산과 강의 이름으로 요임금 때에 소부와 허유가 은거한 곳이다.
55) 채석강명월하(採石江明月下)에 이적선(李謫仙): [採→采]. 이적선은 당나라의 시인 이백. 칠언절구에 특히 뛰어났으며 이별과 자연을 제재로 한 작품을 많이 남겼다. 인간 세상으로 귀양 온 신선이란 뜻에서 '적선(謫仙)'으로 불린다. 전설에 따르면 달 밝은 밤 채석강에서 노닐다 포도주를 실컷 마시고 취한 이백이 달을 잡으러 강에 뛰어들었다가 고래를 타고 승천했다고 한다.
56) 상산사호(商山四皓): 중국 진나라 말엽에 난리를 피해 상산에 숨어 살던 동원공, 하황공, 녹리선생, 기리계. 눈썹과 수염이 모두 희었으므로 사호(四皓)라고 불렀다. 숲속에 앉아 한가롭게 바둑을 즐기는 모습이 옛 그림에 많이 보인다.

道) 백두산(白頭山), 황해도(黃海道) 구월산(九月山), 평
양(平壤) 연광정(鍊光亭), 어리빗 사이 어리빗 사이 참
빗 사이 틈틈이 다 찾아다니고 이제 해남(海南) 관머리
로 갈 차로 왔다가 영감(令監)을 만났오.

표(表) 허허 도리어 부끄러우며 할말 없네. 그러나 자네 얼굴
에 우툴두툴한 게 먼가.

꼭 내 얼굴 말이오.

표(表) 그래서.

꼭 내 얼굴은 뉘 탓이오? 강원도(江原道) 가서 영감(令監)
찾느라고 깊은 산중(山中)에 도토리묵을 먹어서 그렇
게 되었소.

표(表) 머 어째고 어째여? 이 개같은 년아 산(山)골에서 묵을
먹고 얼굴이 저 조격57)이 되었으면 나는 함경도(咸鏡
道) 백두산(白頭山)에 다녀서 삼수갑산(三水甲山)으로
나올 제 강낭이와 상수리를 통째로 삶아 먹었는데 우
툴두툴커녕 내 얼굴엔. 네가 나막신을 신고 다녀봐
라. 해고망칙스런 년 요사스런 계집도 많다.

[간(間)] 그러나 생각하니 개천에 나도 용(龍)은 용(龍)
이요 집으로 만들어도 신주(神主)는 신주(神主)라니 돌
모리집한테 훈계(訓戒)하여 큰마누라에게 상우례58)나
시켜보자. 여보게 돌모리집네.

[돌모리집을 불러 앞에 세우고 꼭두각시의 대(對)하야]

여보 부인(婦人) 그러나저러나 객담(客談)은 고만두고

---

57) 조격(調格): 품격이나 인품에 어울리는 태도. 여기서는 반어적으로 '지경'의 의미다.
58) 상우례(相遇禮): 서로 만나 나누는 예절.

살아갈 이야기나 합시다. 부인(婦人)이 어느덧 한갑이 넘고 내가 연만(年滿) 팔십(八十)에 연로다빈(年老多貧)하고 따라서 일점혈육(一點血肉)이 슬하(膝下)에 없으니 이런 낭패(狼狽)가 어디 있나? 그러므로 부인(婦人)도 근심이 되지요?

꼭   여러 해포 만에 만나긴 만났으나 그도 또한 나 역시 근심이오.

표(表)   부인(婦人)의 말이 그러하니 말이요 내가 그전(前)에 작은집을 하나 얻었소.

꼭   아이고 듣던 중(中) 상쾌(爽快)한 말이요. 이 형편(形便)에 큰 집 작은 집이 어찌 가리겠소. 집을 얻었으나 재목(材木)이나 성하며 양지(陽地)바르고 또 장(醬)인들 담거놨겠소.⁵⁹⁾

표(表)   어오? 아 이게 무슨 소리여. 장(醬)은 무슨 장(醬)이며 재목(材木)은 무슨 재목(材木)? 떡 줄 놈은 생각도 않아는데 김치국 먼저 마시네. 소실(小室)을 얻었단 말이여.

꼭   아이고 영감(令監), 이게 무슨 소리요. 이날껏 찾아다니면서 나중에 이런 험(險)한 꼴을 보자고 영감을 찾았구려.

표(表)   잔말 말고 주는 게나 먹고 지내지.

꼭   그러나저러나 적어도 큰마누라요 커도 작은마누라니 인사(人事)나 시키오.

표(表)   여보게 돌모리집네, 법(法)은 법(法)대로 하세.

---

59) 집을 얻었으나 재목(材木)이나 성하며 양지(陽地)바르고 또 장(醬)인들 담거놨겠소: 작은집을 얻었다는 박첨지의 말을 듣고 자그마한 살림집을 얻었다고 생각한 꼭두각시가 집의 이모저모를 살펴 챙기려는 의도로 한 말이다.

돌	무얼 말이요?
표(表)	큰부인(婦人)한테 인사(人事)나 하게.
돌	머지않은 좌석(座席)에서 들어도 알겠소. 내가 적어도 용산(龍山) 삼(三)게 돌모리집이라면 장안(長安) 안이 다 아는 터인데 유명(有名)한 표생원(表生員)이기로 가문(家門)을 보고 살기어든 날더러 작은집이라 업신여겨 큰부인(婦人)에게 인사(人事)를 하여라 절을 하여라 하니 잣골 내시댁(宅) 문(門) 앞인가 절은 웬 절이여?60) 인사(人事)도 싫고 나는 갈 터이니 큰마누라하고 잘 사소. [도라슨다.]
표(表)	돌모리집네 여직 사던 정리(情理)로 그럴 수가 있나. 오뉴월(五六月) 불도 쬐다 물러나면 서운하다네.61) 마음을 돌여 인사(人事)하게.
돌	그러면 인사(人事)해볼가요?
	[아무 말 없이 화가 나서 꼭두각시한테 머리를 딱 드려받으며] 인사(人事) 받으우.
꼭	[놀래며] 이게 웬일이여? 여보 영감(令監) 이게 웬일이요. 시속인사(時俗人事)는 이러하오? 인사(人事) 두 번만 받으면 내 머리는 간다봐라 하겠구나. 인사(人事)도 싫으니 세간을 나눠주오.
표(表)	괘씸스런 계집들은 불같은 욕심(慾心)은 있고나. 나의

<hr />

60) 잣골 내시댁(宅) 문(門) 앞인가 절은 웬 절이여?: 당시에는 모두 알 만한 세도가로 서울 잣골에 사는 내시댁이 있었던 모양이다. 그 집 앞을 지날 때면 모두 절을 해야 해서 이렇게 빗댄 듯하다.

61) 오뉴월(五六月) 불도 쬐다 물러나면 서운하다네: 음력 오뉴월은 매우 더워 불을 쬘 필요가 없지만 그래도 불을 쬐는 행위를 멈추면 아쉽다는 말. 하찮은 것도 사라지면 섭섭하다는 뜻.

집은 해남(海南) 관머리요 몸 지체는 한양 성중(漢陽城中)인데 무슨 세간 무슨 재물(財物)을 나눠주니? 짚은 몽둥이로 한 번 치면 다 죽으리라.

　표(表)가 화를 내고 있는데 박(朴)이 나온다.

박(朴)	실례(失禮) 말씀이요마는 잠시(暫時) 지내다보니 남의 가관사(家關事)나 내 몸은 일개(一個) 구장(區長)으로 모른 체할 수 없어 물어보니 허물치 마오.
표(表)	네, 구장(區長)이심니까. 판결(判決) 좀 하여주시오. 제가 해남(海南) 사는 표생원(表生員)으로 부부 이별(夫婦離別)하고 그간(間) 소실(小室)을 얻어 이곳에 왔다가 저기 선 저 화상[꼭두각시를 가리키며]은 나의 큰마누라인데 작은집으로 감정(感情)을 내어 세간을 나눠달나 하오니 백계무책(百計無策)이오. 어찌할는지요.
박(朴)	그러면 세 분이 다 객지(客地)요?
표(表)	여기는 객지(客地)나 다름없습니다.
박(朴)	재산(財産)이 있으면 나눠줄 마음이오?
표(表)	다시 이를 말씀이오.
박(朴)	[박(朴)이 한참 생각한다.] 내가 일동(一洞) 구장(區長)으로 잘 처리(處理)하겠으니 염려(念慮) 마우. [창(唱)] 돌머리집은 왕십리(往十里)에 구실 은(銀) 두 되 하는 논 너 마지기62)를 주고 꼭두각시는 남산(南山)

62) 왕십리(往十里) 구실 은(銀) 두 되 하는 논 너 마지기: 왕십리에 있는, 은 두 되 값어치 하는 논 네 마지기.

봉우제 재실[63] 재답[64] 구실 닷 마지기 고초밭 하루갈이[65] 주고 용산(龍山) 삼(三)게[66] 들어오는 뗏목[筏木]은 모두 다 묶어다가 돌머리집 가져가고 꼭두각시 널랑은 명년(明年) 장마에 떠밀리는 나무뿌리는 너 다 갖고 은장[67] 봉장[68], 자개함롱,[69] 반닫이는 글랑 모두 돌머리집 주고 뒷곁에 돌아가 개똥밭 하루갈이와 매운 잿독[70] 깨진 걸랑 꼭두각시 너 다 가져라.

꼭 　[창(唱)] 허허 나는 가네. 나 돌아가네. 덜덜거리고 그 돌아가네. [춤추며 나간다.]

제6막(第六幕). 매사냥

한양(漢陽)에서 평양감사(平壤監司)가 나서 오백오십 리(五百五十里) 내려가 도임 후(到任後)에 관속(官屬) 불러 명령(命令)한다.

평양감사(平壤監司) 　[약자(略字), 평(平).] 너희 고을 풍속(風俗)이 사냥을 하면 강계 포수(江界砲手)[71]가 일등(一等)이라니 불일내(不日內)로 대령시켜라.

---

63) 재실(齋室): 무덤이나 사당 옆에 제사를 지내기 위하여 지은 집.
64) 재답(齋畓): 제사를 모시는 용도로 일구는 논.
65) 하루갈이: 소를 데리고 하루 낮 동안에 갈 수 있는 밭의 넓이.
66) 삼(三)게: →삼개[麻浦].
67) 은장(銀欌): 은으로 장식한 옷장.
68) 봉장(鳳欌): 봉황 무늬를 새긴 옷장.
69) 자개함롱: 자개로 장식한, 옷을 담는 큰 함처럼 된 농.
70) 매운 잿독: 구멍을 메운 잿독. 잿독은 재를 담아두는 독을 가리킨다.
71) 강계 포수(江界砲手): 평안북도 강계 지역의 포수는 사냥에 능숙하다고 유명했다.

관속(官屬)	네, 일변(一邊)72) 노문73) 놓아 대령하겠습니다.
	[포장(布帳) 갓으로 빙빙 돌아다닌다.]
	어, 길도 참 험(險)하다. 별안간 사냥은 한다고 남을 이렇게 고생을 시키나. 관속(官屬)인지 막걸렌지 고만두어야지. 이놈의 팔자(八字)는 심부름만 하고 오십 평생(五十平生)을 보내니 화가 나서 못살겠군.

포수(砲手) 등장(登場).

포수(砲手)	여 어디 가니?
관속(官屬)	옳다, 요 녀석 잘 만났다.
포수(砲手)	오래간만에 만나서 욕이 무슨 욕이냐.
관속(官屬)	이놈아 따지면 무엇하니 큰일났다.
포수(砲手)	무슨 큰일이냐. 나는 큰일나면 날쑤록 좋더라.
관속(官屬)	이놈 큰일이라니까 혼인 환갑 잔치에 먹을 판이 난 줄 아니.
포수(砲手)	그럼 무엇이란 말이야.
관속(官屬)	감사(監司)께서 도임 후(到任後)에 이 고을 백성을 잘 다스릴 생각은 꿈에도 않고 대번에 꿩사냥이다.
포수(砲手)	평양감사(平壤監司)인지 모기 잡는 망사인지 그래 도임(到任)하면서 꿩사냥 먼저 한다니 오는 놈 쪽쪽 그 모양이로구나. 그런데 무슨 큰일이란 말이냐.
관속(官屬)	꿩을 못 잡으면 네 목이 간다봐라. 그러니까 큰일이지

---

72) 일변(一邊): 한편으로.
73) 노문(路文): 조선시대에 공무로 벼슬아치가 지방에 갈 때 도착 예정일을 미리 그곳 관아에 알리던 공문.

	무엇이냐.
포수(砲手)	이것 잘못 걸렸구나.

관속(官屬)이 일등 포수(一等砲手)와 사냥 잘하는 매를 불러온 후(後) 감사(監司)에게 아뢴다.

관속(官屬)	아뢰어라 여쭈어라. 안존 분부대로 강계(江界) 일 포수(一砲手)와 산진이,[74] 수진이[75][응(鷹)의 종류(種類)], 날진이,[76] 해동(海東)참[77], 보라매[78] 다 대령했습니다.
평(平)	오냐. 명일(明日) 아침에 사냥을 떠날 것이니 차착[79]이 없이 다 준비(準備)하여라.

사냥을 나간다. 포수(砲手)는 매를 받혀들고 총(銃) 메고 바랑 지고 개를 데리고 나가며 매방울 소리가 나자 일변(一邊) 꿩을 날린다.

평(平)	지금 잡은 게 암꿩이냐 수꿩이냐.
관속(官屬)	여봐라, 포수(砲手)야. 안전에서 분부하시니 무엇을 잡았느냐.
포수(砲手)	장끼로 아뢰옵니다.
평(平)	그러면 그렇지, 강계(江界)의 일등 포수(一等砲手)라더니 과연(果然) 그럴시 분명(分明)하구나. 전후(前後)잡

74) 산진(山陳)이: 산지니. 산에서 자라 여러 해가 묵은 매.
75) 수진(手陳)이: 수지니. 사람의 손으로 길들인 매.
76) 날진이: 날지니. 야생의 매.
77) 해동(海東)참: 해동청. 우리나라에서 산출되었던 사냥용 매.
78) 보라매: 난 지 1년이 안 된 새끼를 잡아 길들여서 사냥에 쓰는 매.
79) 차착(差錯): 어그러져서 순서가 틀리고 앞뒤가 서로 맞지 않음.

이[80] 돌려 환택(還宅)하자.

관속(官屬)   네– 아래 뫼었소.

처화상[長喇叭]을 불고 대취타(大吹打) 청령(聽令)하며 돌아간다.

제7막(第七幕). 평양감사(平壤監司) 재상

평양감사(平壤監司)의 모친(母親) 상여(喪輿)가 나온다.

평(平)   꼴곡 꼴곡 꼴곡 꼴곡. 아이고 좋아, 콩나물 안방 차지
         내 차지.
         [양산도(陽山道)[81] 등(等) 노래를 부른다.]

소박(小朴) [구경하다가] 이게 뉘놈의 상여(喪輿)냐? 초상 상제 놈
         이 소리가 알는 곳이냐.[82]

  그때 향도꾼(香徒軍)[83]이 족병(足病)이 나서 못 가고 상여(喪輿)를
내려놓았다.

평(平)   여봐라, 박가(朴哥)야.

80) 전후(前後)잡이: 행렬의 앞뒤에서 연주하는 악대들.
81) 양산도(陽山道): 경기 민요의 하나. 장단은 세마치로 사설이 한 가지로 고정되어 있지 않고
'일락(日落)은 서산(西山)에 해 떨어지고 월출동령(月出東嶺)에 달 솟아온다' 등의 여섯 가지가
엇바뀌어 사용된다.
82) 초상 상제 놈이 소리가 알는 곳이냐: '초상 상주가 슬피 우는 곳이냐.' 초상을 치르는 상주
가 노래를 부르는 게 마땅치 않다는 뜻으로 보인다.
83) 향도꾼(香徒軍): 상(喪)두꾼. 상여를 매는 사람.

[박첨지(朴僉知)가 나온다.]

말 들어라 상여(喪輿)가 나가다가 향도꾼(香徒軍)이 발병이 났으니 인부(人夫)를 사 대라.

박(朴)　인부(人夫)가 졸지에 없사오니 소인(小人)의 조카놈이 궂은일 잘 보고, 괴덜머리쩍고,[84] 기운이 역사(力士)요, 이상야릇한 놈이 오니 그놈으로 천거하옵니다.

평(平)　이놈 더디다. 빨리 대령하여라.

박(朴)　네─ [홍(洪)을 부른다.] 여봐라 딘동아, 이번에 감사또 연반 시[85] 향도꾼(香徒軍)이 발탈이 났으니 하루 밥 삼시(三時)야 사시(四時)야 먹고 잔 칠 푼(七分) 줄 것이니 상여군(喪輿軍) 품 팔러 안 가려느냐.

홍(洪)　왜 그래쌌소?

박(朴)　지금 한 말 못 들었느냐. 만일 지체(遲滯)하면 주릿대 학춤, 고드래뼈 튕겨지면[86] 호소(呼訴)할 곳 바이 없으니 지체(遲滯) 말고 빨리 나오너라.

홍(洪)　아자씨 말씀이 정(正)말이요?

박(朴)　그짓말하겠느냐.

홍(洪)　빨가벗어도 좋소?

박(朴)　관계(關係)없다.

홍(洪)　어디 가서 보기나 합시다.

[홍(洪)이 가만히 가서 상제도 보고 또 상여를 냄새 맡더니]

---

84) 괴덜머리쩍고: 미상. 비슷한 어감의 말로 '괴덕스럽다'가 있다. 실없이 수선스럽고 번거롭게 행동하는 구석이 있다고 풀 수 있다.

85) 연반 시(延燔時): 장사 지내러 가며 등을 들고 갈 때.

86) 주릿대 학춤, 고드래뼈 튕겨지면: 주릿대로 주리를 틀거나 학춤을 추듯이 활개를 펼치게 하고 고통을 주는 형벌로 고드래뼈가 부러지면.

카— 이게 뭐요?

박(朴)　왜 그래느냐.

홍(洪)　아, 오뉴월(五六月) 강생이 썩는 냄새가 나는구려.

박(朴)　이놈아 그게 무슨 말이냐. 감사또 아시면 서운치 않으
시겠느냐.

홍(洪)　사또가 섭섭하시면 큰 개 썩는 냄새가 난다 합시다.

평(平)　꼴곡 꼴곡 꼴곡. [왔다갔다한다.]

홍(洪)　상제님 문안(問安)드리오.

평(平)　이놈 상여(喪輿)도 대부인(大夫人) 상여(喪輿)인데 문
(門)안이고 문(門)밖이고87) 웬 놈이 빨가벗고 덤벙거리
느냐.

홍(洪)　네 밀 붙을. 발가벗었더라도 상여만 잘 메면 됐지 무슨
잣말.

평(平)　네가 상여(喪輿)를 모시러 왔다니 듣기는 반갑다마는
빨가벗고 무슨 상여(喪輿)를 멘단 말이냐. 괘씸한 놈 잡
어내라.

　[평양감사(平壤監司)가 화를 내어 박첨지(朴僉知)를 잡아들
여서 태장(笞杖)을 한다.]

박(朴)　늙은 박가(朴哥)가 인부(人夫)까지 극력(極力) 주선(周
旋)하여 사 댔는데 무슨 죄(罪)로 형장 태장(刑杖笞杖)
이 웬일이오?

평(平)　이놈, 이 상여(喪輿)가 존중(尊重)한 상여요, 또는 내행
이어든 어디서 벌거벗은 놈을 인부(人夫)라고 데려왔
으니 그런 향도꾼(香徒軍)은 어디다 쓰느냐.

---

87) 문(門)안이고 문(門)밖이고: 문안을 문(門) 안으로 받아넘긴 재담.

박(朴)	그 향도꾼(香徒軍)은 소인(小人)의 조카놈으로 다른 향도꾼(香徒軍) 없어도 잘 메고 갑니다.
평(平)	네 말이 분명(分明) 그렇다 하니 이번 행차에는 그대로 써주마. 빨리 모셔라.
홍(洪)	상제님 질머진 것은 뭐요?
평(平)	나 말이냐.
홍(洪)	그렇소.
평(平)	나 질머진 것은 산(山)에 올라가 분상제(祭)[88] 지내려고 잔득 칠 푼(七分) 주고 강생이 한 마리 사 질머졌다.
홍(洪)	자고(自古)로 방귀에 혹 달린 놈은 보았어도 강생이로 분상제(祭) 지낸다는 놈은 처음일세. 그러나저러나 옌장을 차려 매여볼가. 이렇게 메여도 좋소.
박(朴)	이놈아 외삼촌(外三寸)을 주리 홍똥[89]을 내고, 무엇이 나빠서 상여를 어깨로 메지 배꼽 아래로 메는 놈이 어디 있느냐.
홍(洪)	네 그렇소. 바로 메봅시다. [상여(喪輿)를 어깨에 메고 몸을 흔들며 신명을 낸다.] 너화 너화 넘차 너골이 너화 넘차.
평(平)	꼴각 꼴각 꼴각 연반군[90]은 북망산(北邙山)[91]이 머다더니 대문(大門) 밖이 북망산(北邙山)이라.
홍(洪)	너화 넘차.

---

88) 분상제(墳上祭): 무덤에서 지내는 제사.
89) 주리 홍똥: 주리를 트는 형벌을 받고 피똥을 쌌다는 말.
90) 연반(延燔)군: 장사 지낼 때 등(燈)을 들고 연이어 가는 패거리. 여기서는 상두꾼과 같은 의미로 여겨진다.
91) 북망산(北邙山): 무덤이 많은 곳이나 사람이 죽어서 묻히는 곳을 이르는 말. 중국의 베이망[北邙] 산에 무덤이 많았다는 데서 유래한다.

박(朴)	너화 넘차.
홍(洪)	너화 넘차.

제8막(第八幕). 건사(建寺)

박(朴)	여보게, 이때는 어느 때인가. 태고(太古)적 시절(時節)일세. 명산대천(名山大川)에 절을 왜 짓겠나. 이번 감사 대부인(大夫人) 장사 후(後)에 백일불공(百日佛供)하기 위(爲)하야 삼하 적[92] 고찰(古刹)을 이루키네. 어 화상이 절을 짓네, 나는 들어가네.

승(僧) 2인(二人)이 나와 재배(再拜)한다.

승(僧)	[창(唱)] 어 화상이 절을 짓네, 어 화상이 절을 짓네. 사(寺)를 다 세운 후(後)에 화상(和尙) 양인(兩人)이 법당문(法堂門)을 열고 합장 배례(合掌拜禮)하여 염불(念佛)한다. [창(唱)] 어 화상이 절을 짓네. 어 화상이 절을 짓네. 이 절에다 시주를 하면 소원성취(所願成就)하오리다. 나무아미타불(南無阿彌陀佛) 관세음보살(觀世音菩薩) 어 화상이 절을 헌다.

---

92) 삼하 적: →삼황(三皇) 적. 삼황이 다스리던 시절. 삼황은 중국 고대의 전설적인 세 명의 임금 복희씨, 신농씨, 황제.

절을 다시 뜯어 들인다.

- 막(幕) -

【 작품별 채록 정보 】

■ 산대도감극 각본

1930년 봄 3월 17일. 경성제국대학 조선문학연구실.

구술자: 조중순.

채록자: 김지연.

■ 동래야류 대사: 말둑이재담의 장

채록자: 송석하.

■ 가면무용 봉산탈 각본

1936년 8월 31일(음력 7월 15일) 황해도 봉산군 사리원 경암산 아래에서 사리원읍 주최로써 임시 거행.

구술자: 봉산탈 관계자 이동벽, 김경석, 이윤화, 한상건, 나운선, 임덕준, 김태혁 등.

채록자: 오청.

■ 진주오광대: 탈노름

1928년 8월 14일 진주유치원(진주군 중안동 비봉동 265).

구술자: 말뚝이역 강석진.

채록자: 정인섭.

■ 꼭두각시극 각본

채록자: 김재철.

해설

옴니버스 형식의 극적 구성,
풍자와 놀이의 한마당

▨ 산대도감극 계열 민간연희

탈춤이니 가면극이니 하는 용어는 익숙하겠지만, 산대도감극山臺都監劇
은 다소 낯설 게 느껴지는 용어가 아닐까 한다. '탈'을 한자어로 '가면'이
라고 하니, 탈춤이나 가면극은 탈을 쓰고 추는 춤이나 연극으로 이해된
다. 또한 탈춤이나 인형극은 민간의 연희패들이 주동하여 공연한 것이
라는 점에서 민간연희의 일종이기도 하다. 고등학교 국어나 문학 교과
서에 수록된 〈봉산탈춤〉이나 〈양주 별산대놀이〉 등이 그 대표적 예다.
그런데 이런 작품들을 '산대도감극' 계열로 분류하기도 한다. 예전에는
탈춤이나 가면극이라고 지칭하였던 것인데, 이제는 산대도감극 계열이
라거나, 산대도감극이라고 지칭하니, 독자들에게는 이 점이 다소 낯설
수 있겠다. 그러나 그 역사적 맥락을 이해하고 보면, 이들 작품은 산대
도감극 계열의 연희로 분류되는 게 타당하며, 그 성격 또한 온전하게 민
간연희의 관점에서 살펴질 수 있는 것이 아니다. 탈춤이나 민속극에 대

한 우리의 이해를 수정하기 위해, 산대도감극에 대한 통시적 이해가 필요한 이유다.

산대도감은 조선시대 궁중에 설치한 임시 기관으로, 음력 섣달그믐날 액을 막고 잡귀를 쫓아내는 나례를 주로 맡아 진행하였다. 인력이나 물자의 동원부터 대형 무대 설치물까지 제작하려면 이를 담당할 주무 기관이 필요했다. 나례도감儺禮都監이나 나례청儺禮廳처럼 나례 의식을 관장하는 기구도 있었으나 이 나례 의식에서 가장 큰 비중을 차지한 요소인 산대山臺라는 무대 장치 때문에 산대도감이 별도로 생겨났다. 말하자면 산대도감의 존재로 나례 의식에서 산대가 핵심 요소였음을 짐작할 수 있다.

산대는 그 이름에서 유추할 수 있듯이, 산의 외형을 본뜬 무대다. 가장 규모가 큰 대산대大山臺부터, 비교적 규모가 작고 이동이 가능했던 예산대曳山臺, 다정산대茶亭山臺 등으로 나뉜다. 당시 사람들에게 익숙한 고사故事 속 인물이나 동물 등 잡상雜像을 산대에 세워두고 기암괴석을 늘어놓아 그 자체가 문화적 볼거리였다. 이 산대 주위에서는 땅재주, 줄타기 등의 기예뿐 아니라 탈춤, 인형극 등도 연행되었다. 한마디로 민간의 각종 연희가 산대를 중심으로 펼쳐졌다. 이때 재인청才人廳에 소속된 재인才人, 성균관에 소속된 노비인 반인泮人, 재인촌才人村의 재인 등이 연희에 참여해 공연을 펼쳤다. 보이지 않는 곳에서 준비를 돕는 이도 상당수였다. 산대를 설치하고 거기에 잡상을 진열하는 데는 많은 물력과 인력이 필요했다. 대산대를 설치하려면 많은 재목材木도 구입하고, 여러 장인도 동원해야 했다. 그런데 조선 후기로 갈수록 점차 궁중의 사정이 어려워지자, 인조 이후에는 산대의 설치 규모가 예산대 정도로 축소되더니, 정조 8년(1784년)에 이르면 아예 산대 설행設行이 폐지되기에 이른다. 그러면서 산대를 중심으로 펼쳐졌던 각종 연희는 민간의 연희로만 이어진다.

🏴 나례희와 산대희의 관계

　조선시대 궁중에서 벌어진 공식적 연희는 나례희(儺禮戲)와 산대희(山臺戲)로 나뉜다. 좁은 의미에서 보자면, 나례는 섣달그믐에 탈을 쓴 사람이 주문을 외면서 귀신 쫓는 동작을 하여 잡귀를 몰아내는 의식이다. 그에 비해 산대희는 산처럼 생긴 무대를 설치하고 그 주위에서 온갖 잡희를 하는 놀이다. 나례는 의식 성격이 강하다면 산대희는 놀이 성격이 강한 셈이다. 이처럼 이 둘은 성격상 매우 이질적인 연희였다. 그런데 나례에서 잡귀를 쫓는 의식보다 잡희가 확대되면서 나희(儺戲) 또는 나례희로도 인식되었고, 더 나아가 나례희를 곧 산대희로 일컫는 식으로 변해갔다. 산대희가 나례, 나희, 산대잡례(山臺雜禮), 산대잡희(山臺雜戲) 등으로 그 명칭이 혼용된 것은 그 단적인 예다. 조선 전기의 문인 성현의『용재총화(慵齋叢話)』에 의하면, 나례희는 다음과 같이 연행되었다.

　구나(驅儺)의 일은 관상감(觀象監)이 주관하는데, 섣달그믐 전날 밤에 창덕궁과 창경궁의 뜰에서 한다. 그 규제(規制)는 붉은 옷에 탈을 쓴 악공한 사람이 창사(唱師)가 되고, 황금빛 네 눈의 곰 가죽을 쓴 방상인(方相人) 네 사람이 창을 잡고 서로 친다. 지군(指軍) 다섯 명은 붉은 옷과 탈에 화립(畫笠)을 쓰며 판관(判官) 다섯 명은 푸른 옷과 탈에 화립을 쓴다. 조왕신(竈王神) 네 명은 푸른 도포, 복두(幞頭), 목홀(木笏)에 탈을 쓰고, 소매(小梅) 몇 사람은 여삼(女衫)을 입고 탈을 쓰고 저고리 치마를 모두 홍록(紅綠)으로 하고, 손에 긴 장대(竹竿)를 잡는다. 열두 신은 모두 귀신의 탈을 쓰는데, 예를 들면 자신(子神)은 쥐 모양 탈을, 축신(丑神)은 소 모양 탈을 쓴다. 또 악공 십여 명은 복숭아나무 가지를 들고 이를 따른다. 아이들 수십 명을 뽑아서 붉은 옷과 붉은 두건으로 탈을 씌워 진자(侲子)로 삼는다. 창사가 큰 소리로 "갑작(甲作)은 흉(凶)을 잡아먹고, 불주(佛胄)는 범을 잡아먹으며,

웅백雄伯은 매魅를 잡아먹고, 등간騰簡은 불상不祥을 잡아먹고, 남저攬諸는 고백姑伯을 잡아먹고, 기奇는 몽夢을 잡아먹고, 강량强梁과 조명祖明은 다 같이 폐사磔死와 기생寄生을 잡아먹고, 위함委陷은 츤襯을 잡아먹고, 착단錯斷은 거拒를 잡아먹고, 궁기窮奇와 등근騰根은 다 같이 고蟲를 먹을지니, 오직 너희들 열두 신은 급히 가되 머무르지 말라. 만약 더 머무르면 네 몸을 위협하고 너의 간절幹節을 부글부글 끓여 너의 고기를 헤쳐서 너의 간장을 뽑아내리니, 그때 후회함이 없도록 하라"고 외친다. 그러면 진자가 "예" 하고 머리를 조아리며 복죄服罪한다. 이때 여러 사람이 "북과 징을 처라" 하면서 이들을 쫓아낸다.

위의 기록을 보면, 탈을 쓴 여러 사람이 잡귀를 쫓는 의식을 행하였는데, 탈을 썼다는 것 자체가 일종의 분장扮裝으로 이해된다. 이렇게 분장하고서 본격적인 놀이를 진행하면, 곧 탈놀음이 되기 때문이다. 그러나 이러한 탈놀음은 간단하게 연행되었을 뿐만 아니라, 의식으로의 성격이 강했기에 온전한 연극적 놀이로는 발전하지 못했던 것으로 보인다. 이것은 함안과 고성 부사를 지낸 오횡묵의 『고성부총쇄록固城府叢鎖錄』(1893)에 비교적 상세히 나타난다.

(가) 날이 저물어 촛불을 밝히고 문을 닫은 후, 갑자기 밖에 여러 사람이 시끄럽게 떠드는 소리가 들리고, 등롱에 불을 밝혀 뜰과 섬돌이 훤하게 밝아졌다. 통인을 불러 물으니, "소위 관속배官屬輩가 초하루 아침에 문안을 올리겠다고 합니다"라고 하였다. 잠시 차례로 문안을 받은 뒤에 갑자기 북, 뿔피리, 징, 생황 소리가 나면서 아이들 이삼십 명이 소리에 맞추어 들어왔다. 이어서 장정 몇십 명이 제각각 자신들이 잘하는 악기를 들고 광장에서 연주하였다. 음악 소리가 넘치고 뛰며 재주도 부리는데, 그중에 한 거한이 얼굴에 탈을 쓰고 동에 번쩍

서에 번쩍, 엎어졌다 눕기도 하고, 어떤 때는 소리를 길게 빼어 거리낌 없는 태도를 짓기도 하고, 어떤 때는 거짓으로 넘어져서 중풍에 걸린 모양도 지으니, 빙 둘러서 구경하는 사람들이 실성한 듯 배를 움켜쥐고 웃지 않는 사람이 없었다. 또 몇몇 묘한 모습의 어린아이들이 어른의 어깨 위에 똑바로 서서 손을 들고 훨훨 날갯짓하며 춤추고 나아가기도 물러나기도 하였다. 세속에서 매귀희埋鬼戱라고 말하는 것이었다. 내가 돈 열 냥, 백지 두 묶음, 백미 서 말, 북어 한 쾌, 대구 세 마리, 막걸리 한 동이를 주었더니, 차일 아래에서 나누어 먹은 후 또 관아로 들어와서 한바탕 두드린 다음, 육청을 돌면서 그렇게 하였다. 아마도 이런 것이 연례적으로 하는 행사이면서 역병과 마귀 따위를 물리치는 일인가보다.

(나) 풍운당風雲堂을 돌아다보니, 아전의 무리가 나악儺樂을 갖추고 유희를 하고 있다. 이것이 무어냐고 물으니 "해마다 치르는 관례입니다"라고 대답한다. (중략) 관아에 돌아왔을 때는 날이 이미 어두웠다. 조금 있으니까, 나희배儺戱輩가 쟁을 치고 북을 두드리고 펄쩍 뛰어오르며 온통 시끄럽게 떠들며 일제히 관아 마당으로 들어온다. 마당 가운데의 석대石臺 위에는 미리 큰불을 마련해놓았는데, 마치 대낮처럼 밝다. 악기를 마구 두들기는 바람에 어지럽고 시끄러워서 사람의 말을 구분하기가 어렵다. 월전月顚과 대면大面, 노고우老姑優와 양반창兩班倡의 기이하고 괴상한 모양의 무리가 순서대로 번갈아가며 나와, 서로 바라보며 희롱하거나 혹은 미쳐 날뛰며 소란스럽게 떠들거나 혹은 천천히 춤을 춘다. 이같이 오랫동안 한 후 그쳤다. 이곳의 잡희는 함안의 것과 대략 비슷했지만, 익살은 낫고 복색의 꾸밈은 다소 떨어졌다.

(가)는 고종 28년(1891년)에 경남 함안에서, (나)는 고종 30년(1893

년)에 경남 고성에서 연행된 나례를 구경하고 기록한 것이다. 가면을 쓰고 놀았다고 했으나 문학적 갈등 구조를 가진 공연은 아니었기에 단순한 탈놀음에 그쳤음을 알 수 있다. 그렇다고 나례희가 민간연회로서의 탈춤에 전혀 영향을 끼치지 않은 것은 아니다. 나례의 오방귀무五方鬼舞나 오방처용무五方處容舞는 탈춤에서의 오방신장무五方神將舞와 흡사하기 때문이다. 나례 잡희는 오방귀무로 시작되는데 이로써 잡귀를 쫓고 놀이판을 정화한다. 마찬가지로 진주, 마산, 가산 등에서 이뤄지는 오광대 탈놀이에서는 놀이의 첫 과장에 오방신장이 등장하여 사방의 잡귀를 쫓는 의식부터 행한다. 또한 할미광대, 양반광대가 나례에 등장하는데, 이들은 현재의 탈춤 판에 등장하는 인물이다. 이로 미뤄볼 때, 그 진행방식과 등장인물 등에서 나례와 탈춤의 관련성이 인정된다.

처음에는 나례희에 산대희가 부수되는 듯하였지만, 산대 설행과 그에 따른 각종 연희의 비중이 커지면서 산대희의 독립적 공연성이 강화된다. 임금이 환궁還宮하거나 중국의 사신을 접대하는 자리에서 주로 진행되는 공연으로 인식된 것이다. 『광해군일기』 156권에 이러한 부분이 잘 설명되어 있다.

의금부에서 제의하였다. "예조에서는 황제가 새로 오른 것과 관련하여 오는 사신을 위해서 채붕綵棚을 만든 데 대하여 비망기備忘記가 내렸기 때문에 본 의금부에 공문을 띄웠습니다. 그래서 신 등이 곰곰이 생각하고 자세히 의논한 다음에 군기시軍器寺와 함께 대책을 세워 처리하기 위하여 호조에 보관하고 있는 채붕 만드는 격식綵棚式訪을 가져다 상고하여 보고 임오년(1582년)에 중국 사신이 나올 때의 산대도감 하인을 찾아가서 물어보았습니다. 좌우편에 각각 봄 산, 여름 산, 가을 산, 겨울 산을 만드는데 산마다 상죽上竹 3대와 차죽次竹 6대가 들어갑니다. 상죽은 길이가 각각 90척이고, 차죽의 길이는 각각 80척인

데 양쪽의 산대에 드는 것을 계산하면 들어가야 할 상죽이 24대, 차
죽이 48대이며, 그밖에 들어가야 할 기둥 나무가 이루 셀 수 없을 정
도로 많습니다. 가장 짧은 나무라고 해도 20여 자 아래로 내려가는
것이 없습니다. (중략) 산대를 만드는 일꾼들은 이전부터 수군으로
배치해주었는데 의금부에 천사백 명, 군기시에 천삼백 명을 배치하
였다고 합니다. 지금 남은 수군이 거의 없는데 온갖 신역身役에 시달리
면 거의 다 흩어져 도망치고 말 것입니다.

위의 인용 내용은 광해군 12년(1620년) 9월 3일에 좌변나례청을 맡
은 의금부에서 임금에게 올린 것이다. 여기 언급된 내용을 보면, 중국
사신을 영접하기 위해 산대를 만드는 일이 상당히 번거로웠음을 알 수
있다. 이 때문에 광해군 이후에는 윤거輪車 혹은 헌가軒架와 같은, 한번 만
들어놓으면 그후에도 쓸 수가 있고 바퀴가 달려서 이동도 편리한 예산
대를 사용하였다. 이 예산대의 실상은 영조 1년(1725년) 조선에 다녀가
면서 각종 행사 절차와 풍속 및 풍경을 그린 중국 사신 아극돈의 『봉사
도奉使圖』에서 확인된다.

『봉사도』 제7폭에 보면, 바퀴가 달려 이동이 가능한 산대가 그려져
있고, 그 주변에서 여러 잡희가 공연되었음을 알 수 있다. 그 제화시題畵詩
에 "몇 번 잡희雜戲를 이끌어 앞으로 오니/ 퉁소와 북소리 마치 우레와
같네/ 갑자기 말 앞에 이르러 잠시 서 있다가/ 한 사람이 춤추고 미소
지으며 말하네"라 묘사되어 있고, "갈 때는 각종 잡희가 함께 나아가는
데, 한 사람이 춤추는 형상을 하며, 사람들을 향하여 웃으며 이야기한
다"라고 주가 달려 있다. 또 그 잡희를 그린 그림을 보면, 줄타기, 물구
나무서기 같은 묘기 등을 행하는 재인도, 탈을 쓰고 춤을 추는 재인도
확인된다. 그 옆에는 오산鰲山이라 적혀 있는 산대가 보이는데, 여기에는
바퀴가 달려 있고, 산대 위에는 낚시하는 어옹漁翁, 춤추는 여인, 원숭이

분장을 한 재인 등 잡상이 설치되어 있다. 그리고 그 오산을 두 사람이 미는 모습으로 나오는데, 이로써 오산이 이동식 산대였음을 알 수 있다.

▨ 산대 설행의 폐지와 민간연희의 성행

1784년, 국가 행사로서 산대 설행은 공식적으로 폐지되었지만, 서울 시정에서는 각종 연희가 대단히 성행하였다. 조선 후기 국문소설 「민시영전」이나 「정진사전」에서도 확인되듯이, 그 이전부터 사대부가에서 일반 잔치나 과거 급제자의 축하 잔치 등을 열 때 각종 연희가 연행되었다. 또한 이 시기에 이르면 탈춤과 판소리뿐만 아니라, 궁중에서 연행되던 여러 잡희가 서울 시정에서 공연되면서 전문 놀이꾼에 의한 연희 문화도 크게 성행하였다. 이덕무의 『사소절士小節』에서 "집안에 산대, 철괴鐵拐, 만석曼碩 등의 음란한 놀이를 베풀고 부인들이 보게 하여 웃음소리가 바깥까지 들리니 집안을 바로 다스리는 도리가 아니다"라는 기록이 확인된다.

국가 행사를 위한 산대 설행이 공식적으로 폐지될 무렵의 탈춤 공연의 변화상은 정조 때 완성된 것으로 추정되는 유득공의 『경도잡지京都雜誌』권1 성기聲技 조의 기사에서 구체적으로 확인된다. 이 기록에 의하면, 이 시기 탈춤은 산대의 일부 기능을 대신하는 채붕을 설행하고 공연되었다.

연극에는 산희山戲와 야희野戲의 두 부류가 있는데, 나례도감에 소속된다. 산희는 다락을 매고 포장을 치고 하는데 사자, 호랑이, 만석중 등의 춤을 추며, 야희는 당녀唐女와 소매小梅로 분장하고 논다.

여기서 당시 연극에는 산희와 야희의 두 종류가 있었다고 한 부분을 주목해야 한다. 산희는 다락을 매고 포장을 치고 공연하였다고 했으니, 꼭두각시놀음과 같은 인형극을 연상시킨다. 그러나 한글본『정리의궤 삼십구 성역도整理儀軌 三十九 城役圖』의 채색화 〈낙성연도〉를 보면, '다락을 매고 포장을 친' 형태의 채붕 앞에서는 사자탈춤, 호랑이탈춤을, 오른쪽 채붕 위에서는 칡베장삼 차림을 한 노장과 기생, 왼쪽 채붕 위에서는 술에 취한 얼굴 붉은 취발이와 기생이 만석중춤을 추는 모습이 확인된다. 여기서 채붕 위에서 공연된 만석중춤은 산대도감극 계열의 탈춤에 공통으로 등장하는 노장과장과 밀접히 관련되는 춤이다. 따라서 여기의 산희, 특히 채붕 위의 공연은 인형극이 아니라 탈춤임을 알 수 있고, 이는 채붕을 설행하고 만석중춤을 추었다는, 유득공의 기록과도 정확하게 일치한다.

산대 설행은 공식적으로 폐지되었지만, 채붕 정도의 무대는 설치해 탈춤을 공연한 것인데, 채붕 위에서 탈춤을 공연했다는 점도 주목해볼 만하다.『봉사도』에서 볼 수 있듯이, 작은 규모의 예산대를 설행하더라도 탈춤은 산대 주변에서 공연되었는데, 〈낙성연도〉에 따르면 채붕 위에서 공연되었기 때문이다. 유득공이 기록한 야희, 즉 무대를 설행하지 않고 분장한 인물들이 등장하는 연희는, 당녀나 소매가 등장한다는 점에서 현전하는 〈양주 별산대놀이〉나 〈송파 산대놀이〉와 같은 탈춤으로 보인다. 하지만 탈춤과 관련된 만석중춤이 채붕과 같은 무대에서도 공연되었다고 한 점으로 짐작해보건대, 유득공이 산희와 야희에 대해 기록한 시기에, 이미 탈춤의 일부 내용이 무대 주변이 아니라 무대를 직접 활용하여 공연되기도 한 듯하다. 〈낙성연도〉는 이러한 추론을 시각적으로 잘 증명해준다고 하겠다. 산대가 폐지되면서 산대에 부여되었던 문화적 기능, 즉 볼거리는 사라졌다. 그러니 국가 공식 연희에서 강력한 연관성을 가진 '산대와 탈춤'을 대신할 무언가가, 특히 시각적 흥미를 채워줄 무엇인가가 필요했다. 그래서 채붕을 설치하고 그 위에서 만석중춤과 같은 일부의 탈춤을 공연한 듯하다.

그러나 채붕 설행과 그 위에서의 탈춤 공연은 '낙성연'과 같은 공식 행사에서나 가능하였다. 궁중연희와 민간연희 간의 공연 접점이 완전히 사라지면서, 즉 산대도감극 계열의 탈춤이 민간연희의 장에서만 공연되면서부터는, 산대도감극 계열의 탈춤은 볼거리가 사라진 '무대 없는 공연'으로서의 여정을 시작해야 하였다. 강이천의 문집 『중암고重菴稿』에 수록된 장편 한시 「남성관희자」에서 산대나 채붕 같은 무대 없이 공연된, 민간연희로서의 탈춤의 실상을 구체적으로 확인할 수 있다. 강이천은 열 살 때인 1778년 남대문 밖에서 꼭두각시놀음과 탈춤을 구경했는데, 11년 후인 1789년에 와서야 그 기억을 더듬어 「남성관희자」로 남겼다고 한다. 예전 기억을 더듬다보니 다소간 오류도 있을 듯하나, 현재 전하는 꼭두각시놀음에 등장하는 인물들이나 산대도감극 계열의 탈춤에 들어간 상좌춤과장, 노장과장, 샌님·포도부장과장, 거사·사당과장, 영감·할미과장 등이 확인된다는 점에서, 산대도감극 계열 탈춤의 실상을 살피는 데 중요한 시사점을 준다.

> 남문 밖은 우리집에서 일 리 남짓
> 나도 얼른 신발 신고 달려가니
> 사람들 옹기종기 성을 쌓고
> 일만 눈 한곳에 쏠렸더라.
> 멀리 바라보니 과녁판을 매단 듯
> 푸른 차일 소나무 사이로 쳐진 데
> 아래에선 풍악을 울려
> 불고 켜고 두드리고 온갖 소리
> 바다로 산이 무너져 쏟아지듯

구름이 열려 달이 황홀히 비치듯
사람 형상 가는 손가락만큼
나무로 새겨 채색하였구나.
얼굴을 바꾸어 번갈아 나오니
어리둥절 셀 수가 없더라.
문득 튀어나오는데 낯짝이 안반樂盤 같은 놈
고함소리 사람을 겁주는데
머리를 흔들며 눈을 굴려
왼쪽을 바라보고 다시 오른쪽으로 돌리다가
부채로 얼굴을 가리고 홀연 사라지니
노기를 띠어 흉악한 놈
휘장이 획 걷히더니
춤추는 소맷자락 어지럽게 돌아가누나.
홀연 사라져 자취도 없는데
더벅머리 귀신의 낯바닥 나타나
두 놈이 방망이를 들고 치고받고
폴짝폴짝 잠시도 서 있지 못하더니
홀연 사라져 자취도 없는데
야차 놈 불쑥, 저건 무언가?
얼굴은 구리쇠, 눈에 도금한 놈이
너풀너풀 춤추고 뛰더니
홀연 사라져 자취도 없는데
달자鞋子 같은 놈이 또 달려 나와
칼을 뽑아 스스로 머리를 베어
땅바닥에 던지고 나자빠지니
홀연 사라져 자취도 없는데

귀신이 새끼 안고 젖을 먹이며
어르다가 이내 찢어발겨
까마귀 솔개 밥이 되게 던져버리네.

이는 인형극 〈꼭두각시극〉을 묘사한 것이다. "나무로 새겨 채색"하였
다는 구절에서 인형극임을 알 수 있다. 인형극답게 장면 전환이 변화무
쌍하게 이뤄짐도 생생하게 파악된다. 또한 안반, 즉 인절미를 치는 데
사용되는 받침처럼 얼굴이 넓적한 박첨지, "노기를 띠어 흉악"하고 무섭
게 생긴 홍동지 등 현전하는 〈꼭두각시극〉 속 주요 등장인물의 모습도
확인된다. 한편, 현전하는 〈꼭두각시극〉 후반부에는 건사建寺 즉 절 짓기
장면이 들어가는데, 여기에는 자살 장면이 나온다. 가족을 건사할 능력
이 없어 힘들어하던 남편[홍동지]이 먼저 자결하고, 굶주림에 시달리던
아내는 어린아이에게 젖을 먹일 수 없자 실성하여 아이를 찢어 까마귀
와 솔개에게 던져버렸다는, 소위 자살형 인형극 구성이다. 19세기 후반,
구파발에서 조사된 〈꼭두각시극〉을 보면 홍동지를 참수하는 내용이 들
어가는데, 이것까지 포함해 보면 건사형 인형극과 참수형 인형극 외에
도 자살형 인형극도 공연되었음을 알 수 있다.

(가)
평평한 언덕에 새로 자리를 펼쳐
상좌 아이 깨끼춤 추는데
선녀 하늘로부터 내려왔나.
당의唐衣에 수놓은 바지繡袴를 입었으니
한수漢水의 선녀 구슬을 가지고 노는 듯
낙수洛水의 여신 푸른 물결에 걸어 나오듯.

(나)
노장 스님 어디서 오셨는지?
석장錫杖을 짚고 장삼을 걸치고
구부정 몸을 가누지 못하고
수염도 눈썹도 도통 하얀데
사미승 뒤를 따라오며
연방 합장하고 배례하고
이 노장 힘이 쇠약해
넘어지기 몇 번이던고?
한 젊은 계집이 등장하니
이 만남에 깜짝 반기며
흥을 스스로 억제치 못해
파계하고 청혼하더라.
광풍이 문득 크게 일어나
당황하여 어쩔 줄 모르는 즈음
또 웬 중이 대취해서
고래고래 외치고 주정을 부린다.

(다)
추레한 늙은 유생
이 판에 끼어들다니 잘못이지.
입술은 언청이, 눈썹이 기다란데
고개를 길게 뽑아 새 모이를 쪼듯
부채를 부치며 거드름을 피우는데
아우성치고 꾸짖는 건 무슨 연고인고?
헌걸차다 웬 사나이

장사로 뽑힘직하구나.
짧은 창옷에 호신수好身手
호탕하고 고매하니 누가 감히 거역하랴!
유생이고 노장이고 꾸짖어 물리치는데
마치 어린애 다루듯
젊고 어여쁜 계집을
홀로 차지하여 손목 잡고 끌어안고
칼춤은 어이 그리 기이한고!
몸도 가뿐히 도망치는 토끼처럼.

(라)
거사와 사당이 나오는데
몹시 늙고 병든 몸
거사는 떨어진 패랭이 쓰고
사당은 남루한 치마 걸치고
불가의 계율이 다 무엇인가?
소리와 여색을 본디 좋아하여
등장하자 젊은 계집 희롱하더니
소매 벌리고 춤을 춘다.

(마)
할미 성깔도 대단하구나.
머리 부서져라 질투하여
티격태격 싸움질 잠깐 사이
숨이 막혀 영영 죽고 말았네.
무당이 방울을 흔들며

우는 듯 하소연하는 듯
너울너울 철괴선鐵拐仙 춤추며
두 다리 비스듬히 서더니
눈썹을 찡긋 두 손을 모으고
동쪽으로 달리다가 서쪽으로 내닫네.

(가)~(마)의 인용은 탈춤을 묘사한 것이다. (가)는 상좌춤과 선녀춤으로 현전의 별산대놀이, 해서탈춤 등에서도 확인되는, 벽사적 성격의 의식무이다. (나)는 노장과장인데 술에 취한 취발이가 등장하여 노승에게서 소무를 빼앗기 직전의 모습을 보여준다. 술에 취한 취발이의 등장은 역시 현전의 별산대놀이와 해서탈춤에서도 확인된다. (다)는 샌님과 포도부장 춤을 묘사한 것이다. 샌님이 차지하고 있는 젊은 계집을 포도부장이 등장하여 빼앗고 칼춤을 추는 내용인데, 현전의 〈양주 별산대놀이〉 〈송파 산대놀이〉 〈봉산탈춤〉 등에서도 확인된다. (라)는 거사와 사당춤을 묘사한 것이다. 사당과 거사들이 〈놀량가〉를 부르며 흥겹게 춤을 추는 내용으로, 현전의 〈봉산탈춤〉에서도 확인된다. (마)는 영감·할미과장을 묘사한 것이다. 성깔이 대단한 할미가 첩을 질투하여 티격태격하다가 죽자, 무당이 방울을 흔들며 노래와 춤으로써 할미의 넋을 위로하는데 이는 현전의 별산대놀이와 해서탈춤 등에서도 확인된다.

이상에서 알 수 있듯이, 「남성관희자」는 18세기 말 서울 지역에서 공연된 산대도감극 계열의 인형극, 탈춤 등 민간연희의 실상을 구체적으로 알려준다. 또한 시에 묘사된 내용이 오늘날과 상당히 흡사해 이 시기에 이미 인형극, 탈춤의 극적 구성과 내용이 현재와 비슷한 수준으로 형성되었음을 알 수 있다. 그런데 궁중에서 산대를 설치하고 공식적으로 연희를 펼칠 때는 「남성관희자」에서처럼 인물 간의 극적 갈등이 전면적으로 표출되거나 전 과장을 보여주는 식으로 공연하기는 어려웠을 것이다. 인형극이나 탈춤은 줄타기, 물구나무서기 등의 잡희와 함께 공연되었기 때문이다. 즉 독립적 연희물로 공연이 이뤄지지 않았기 때문이다. 그러나 궁중의 산대도감이 폐지된 이후에는 온전히 민간의 연희로만 남으면서, 산대도감극 계열의 인형극과 탈춤이 극적 구성 면에서 더욱 체계화되고, 사회풍자극으로서 성격도 강화됐다고 판단된다. 이때 궁중에서 연행된 산대희와는 별도로, 민간에서 면면히 이어져온 인형극과 탈춤의 공연 전통도 상당한 영향을 끼친 듯하다. 말하자면 1784년 산대도감이 공식적으로 폐지되면서, 이 두 축의 공연 스펙트럼이 융합되어 '새로운 공연 문화' 즉 '산대놀이'를 표방한 공연 문화가 서울 지역을 중심으로 연행된 듯하다. 다시 말해서 서울 지역의 연희패들은 '산대놀이'라는 고급문화를 상징하는 단어를 자기네 탈춤 종목에 의도적으로 드러내면서, 조선 후기 상업화의 바람과 함께 '상업적 공연으로서의 탈춤'에 전념하게 된 것이다. 산대도감극 계열의 탈춤들이 성행한 지역이, 조선 후기 상업의 중심지이자 요충지와 겹치는 건 우연이 아니다.

■ '산대 없는 산대놀이'의 발전상

현전하는 산대도감극 계열의 민간연희 중에는 산대놀이나 별산대놀이처럼 궁중연희로서의 산대놀이와 직접 관련되는 작품도 있지만, 〈동래야류〉나 〈진주오광대〉 〈봉산탈춤〉처럼 노장과장, 양반과장, 영감·할미과장 등 일부 과장을 서울 지역의 산대놀이와 공유함으로써 그 연관성을 표방한 것들도 있다. 즉 궁정과 가까운 서울이나 경기에서는 산대놀이의 계승을 표방한 탈춤을 공연하였고, 해서 지역이나 경상남도 지역의 놀이패 및 꼭두각시놀음을 공연한 유랑예인 등은 핵심 내용을 공유함으로써 그 연관성을 표방한 셈이다. 〈양주 별산대놀이〉의 사례가 잘 말해주듯이, 산대놀이와는 다소 다르면서도 결과적으로는 산대놀이와의 직접적 연관성을 드러내기 위해 '별산대놀이'라고 칭한 것처럼, 지방에서는 해당 지역에서 전통적으로 일컬어온 명칭, 즉 야류니 오광대니 탈춤이니 하는 명칭을 유지하면서 극적 구성과 내용에 산대놀이 계통의 일부 과장을 수용하였다고 판단된다. 양주 지역이나 해서, 경남 지역, 유랑예인들이 이런 식으로 공연한 것은 산대놀이라는 이름을 표방하건, 극적 구성과 내용을 공유하건 어떤 식으로든 이것이 공연의 흥행에 도움이 되었기 때문일 것이다. 그러나 이와 정반대의 추정도 가능하다. 즉 서울 지역의 산대놀이가 지역 탈춤의 핵심 내용을 받아들여 극적 구성과 내용이 더욱 체계적으로 변했을 가능성도 있다. 어떤 가능성이든 다 열려 있다고 본다. 문제는 서울 지역을 중심으로 궁중연희로서의 산대놀이를 계승한 탈춤이 등장하면서, 말하자면 이것이 신문화적新文化的 계기가 되어 민간연희가 역동적으로 변화해갔다는 점이다.

이와 관련하여 생각해볼 문제가 또하나 있다. 산대놀이는 산대라는 문화적 볼거리가 배경으로 뒷받침이 되었기에 산대 주변에서 공연되던 탈춤이나 인형극도 '볼거리'로서의 문화적 위상을 가졌다. 산대 설행은 공식적으로 폐지되었지만, 채붕 정도의 소규모 무대 설행은 허락되었을 때, 그 채붕 위에서 탈춤의 노장과장과 친연성이 있는 만석중춤이 공연되었다는 사실은, 그 시각적 볼거리로서의 연행이 강하게 작동되었음을 말해주는 증거이다. 그러나 궁정연희물로서의 산대놀이, 특히 그중에서도 탈춤이 서울 지역의 민간연희로만 남으면서 산대나 채붕과 같은 특별한 볼거리는 사라졌다. 조선 후기의 상업적 흥기와 맞물린 서울 지역의 탈춤이 흥행하려면 산대놀이라는 명칭만 표방해서는 한계가 있었다. 문화적 볼거리로서의 '산대'를 설행하지 않은 채, 즉 '산대 없는 산대놀이'를 해야만 하는 상황에서는 극적 구성과 내용으로써 흥행에 승부수를 던질 수밖에 없다. 그런 연유로 노장과장, 양반과장, 영감·할

미과장 등 궁중연희에서 공연은 되었지만 극적 구성과 내용은 비교적
간략하던 것을 보다 극적 긴장감을 느낄 수 있게 체계적으로 다듬거나,
지역 탈춤에서 이미 공연되던 이들 과장을 수용하여 다소 변화를 꾀하
였을 가능성이 있다. '산대가 있는 산대놀이'는 무대 배경으로서 무대와
직접적으로 결합해 볼거리를 제공했지만, '산대가 없는 산대놀이'에서
는 연희패의 입담과 춤 등 극적 요소가 절대적으로 중요했기에 극적 구
성과 내용을 강화하는 방식으로 그 해결책을 모색하였다고 판단된다.

구분	산대도감극 각본	동래야류	봉산탈 각본	진주오광대	꼭두각시극
제1과장	상좌춤	말뚝이재담	사상좌춤	오방신장	곡예마당
제2과장	옴춤		팔묵승춤	문둥이과장	뒷절
제3과장	옴, 묵승		사당무	어딩이	최영노의 집
제4과장	연잎, 눈꿈적이		노승무	문둥광대	동방노인
제5과장	팔목중		사자무	말뚝이	표생원
제6과장	애사당놀이		양반무	양반광대, 옹 생원, 차생 원, 말뚝이	매사냥
제7과장	노장과장		미얄무	팔선녀	평양감사 재상
제8과장	말뚝이과장				건사(建寺)
제9과장	취발이과장				
제10과장	샌님과장				
제11과장	신할애비과장				

위의 표에서 주목되는 것이 있다면, 〈산대도감극 각본〉에 '취발이과
장'이 들어 있다는 점이다. 산대놀이를 계승하였다고 표방한 서울이나
경기 지역의 탈춤에서, 극적 구성과 내용을 강화하였다는 증거로 꼽히

는 게 바로 '취발이과장'의 설정이다. 탈춤은 옴니버스식 구성, 즉 과장
마다 독립적으로 이야기가 전개되기에 '취발이과장'을 추가하더라도 극
의 전체 흐름에는 전혀 영향을 끼치지 않는다. 이것은 야류나 오광대 등
경남 지역의 탈춤에서는 '양반과장' 중심으로 극적 대사가 확대되어 있
고 말뚝이 비중이 큰데 비하여, 서울과 경기 지역의 산대놀이에서는 '중
놀이' 중심으로 극적 대사가 확대된 것과 밀접한 관련이 있다. 또한 '취
발이과장'의 내용이 〈봉산탈춤〉 같은 해서 지역 탈춤에서는 '노승무'에
포함되지만, 〈산대도감극 각본〉에서는 독립 과장으로 설정되어 있는 것
도 이와 관련이 있다.

　〈산대도감극 각본〉의 제10과장 '샌님과장'에 '쇠뚝이'가 등장하는 것
도 마찬가지로 눈여겨볼 만하다. 쇠뚝이는 〈송파 산대놀이〉나 〈양주 별
산대놀이〉에만 등장하며, 상인을 대변하는 등장인물로 알려져 있다. 이
는 서울과 경기 지역 산대도감극 계통 탈춤이 특정 등장인물의 목소리
를 중시했음을 보여준다. 이에 더하여 현전 산대도감극 계통의 탈춤은
기본적으로 사회풍자적 성격이 강하다는 점을 유의할 필요가 있다. 말
하자면 누구의 입으로 누구를 풍자하는가, 그것도 일상생활에서는 차마
입에 담을 수 없는 욕설로 난무한 대사를 누구의 입을 통해서 시원하게
발산하느냐 하는 문제는, '보여주기 극'이 아니라 '들려주기 극'에서는
중요한 요소이기 때문이다. 서울과 경기 지역의 산대도감극 계열 탈춤
은 취발이나 쇠뚝이 등을 대표 캐릭터로 내세워 이러한 사회풍자극을
실현하였다고 본다.

▨ 산대도감극을 통한 민속극의 새로운 이해

　이상에서 18세기 이후 서울 지역에 산대도감극 계통의 탈춤이 어떻

게 등장하였는지, 이 계통의 탈춤에는 어떤 것들이 있는지 살펴보았다. 설명이 다소 길게 느껴졌을 수도 있겠다. 그러나 전통연희로서의 민속극을 새롭게 이해하려면 그에 대한 설명이 자세해질 수밖에 없다. 이제까지는 민속극을 민중 문화의 관점에 초점을 두어 설명해온 주장들이 설득력을 얻었다. 하지만 지난 이십여 년 간의 연구를 통해 산대도감극 계통의 탈춤이 존재한다는 사실이 분명히 파악된다. 한국문학 전공자 중에서도 이 분야의 핵심 연구자가 아니라면 이를 자세하게 파악한 경우가 드무니, 일반 독자는 더 말할 것도 없다. 이 책에 수록한 다섯 작품을 기존의 관점이 아닌, '산대도감극'이라는 새로운 관점으로 이해하기 위해서는 이러한 배경지식이 꼭 필요했다.

이런 관점을 바탕으로 이 책에 다섯 편의 탈춤 대본, 즉 〈산대도감극 각본〉〈동래야류 대사: 말뚝이 재담의 장〉〈가면무용 봉산탈 각본〉〈진주오광대: 탈노름〉〈꼭두각시극 각본〉을 수록하였다. 산대도감극 계통의 탈춤은 서울과 경기 지역의 산대놀이와 본산대놀이, 해서 지역의 탈춤, 경남 지역의 야류와 오광대, 그리고 유랑예인 집단의 인형극을 포함한다. 따라서 산대도감극 계통 탈춤의 전체적 양상을 보여주기 위해서는 이런 점을 고려할 필요가 있다. 이 책에 산대놀이와 본산대놀이의 대표 작품으로 〈산대도감극 각본〉을, 야류의 대표 작품으로 〈동래야류 대사〉를, 오광대의 대표 작품으로 〈진주오광대〉를, 유랑예인 집단의 대표 인형극 작품으로 〈꼭두각시극 각본〉을 제시한 이유이다. 또한 채록 대본 중에서도 가장 이른 시기의 것들을 수록함으로써, 그 초기의 모습을 보여주는 데 초점을 두었다. 무엇이든 초기 모습을 확인해야 이후의 변화 양상을 짐작하기가 유용하다. 다섯 작품을 통해 산대도감극 계통 탈춤의 지역적 전승 대본을 총체적으로 확인할 수 있는 시각을 얻으리라 본다.

오늘날 산대도감극 계통 탈춤은 '산대'라는 시각적 무대에 더이상 의

존하지 않는다. 이것은 18세기 말엽 이후 서울 지역에서 산대놀이가 공연될 때부터 예견된 흐름이었다. 궁중연희에서 산대 설행이 공식적으로 폐지되었기 때문이기도 하지만, 산대 설행에는 막대한 예산과 많은 인원이 필요했으므로, 민간연희로만 남은 상황에서는 산대 설행이 더욱 어려웠기 때문이다. 이는 앞에서도 설명하였듯이 '보여주기' 식의 탈춤보다는 '들려주기' 식의 탈춤 연행에 집중하도록 만들었다. 말하자면 극적 구성과 대사에 초점을 둔, 탈춤 공연이 시도될 수밖에 없었다. 특정 과장이나 인물을 중심으로 극이 확대된 것이 그 단적인 예다.

아울러 조선 후기 사회는 대체로 사회를 향한 민중의 비판정신을 고양하는 분위기였다. 산대도감극 계통의 탈춤은 극적 대사와 구성을 통해 그런 비판정신을 가장 적극적으로, 가장 강렬하게 나타낸 문학 양식이다. 말하자면 한국문학 중에서 산대도감극 계통의 탈춤만큼 사회풍자가 강하게 드러나는 경우를 찾기 어렵다. 산대도감극 계통의 탈춤에 등장하는 본능적 욕망의 가장 밑바닥에서 끌어올린 성적 표현과 욕설, 권위를 일거에 무너뜨려버리는 대사들은 사회풍자의 대표적 수법으로 활용된 예다. 따라서 이런 표현법을 유의하며 읽어나가면서 일종의 간접적 카타르시스를 느낄 수 있다.

문학성으로만 따지면 산대도감극 계통의 탈춤 대본은 아주 낮은 자리에 위치하지 않을까 한다. 그러나 작품 속에 갈무리되어 있는 비판정신으로만 따지면 오히려 그 반대이다. 우리는 종종 작품을 평가할 때, 고상한 언어로 표현되어야 문학성이 있고, 새겨들을 만한 점이 있다고 간주한다. 그렇지만 탈춤처럼 집단의 문학으로 전승되어온, 민간연희의 일종으로 연행되어온 것을 어찌 지배계층의 식자층 문학에 견주어, 아주 낮은 수준의 문학이라고 평가할 것인가. 문학의 생산과 향유 배경이 전혀 다른 것을 상호 견주어 상대 평가할 명분은 없다. 민간의 문학은 그 범주 내에서 평가되는 게 당연하다. 그 점에서 보자면 산대도감극 계통의 탈춤 대본은 문학성 면에서나 비판정신 면에서나 아주 수준 높은 지점에 위치한다. 직설적이고 본능적 언어로써 사회에 감히 내뱉지 못할 가슴속 응어리를 풀어버릴 수도 있고, 그러면서 한편으로는 통쾌한 재미와 풍자를 느끼게 한다. 이 책을 통해 비합리적 개별 비판만 갈수록 난무하고, 합리적인 집단 비판의 정신은 더욱 쇠퇴하여가는 작금의 시대에, 18세기 말엽 산대도감극 계통의 탈춤이 추구하였던 통쾌한 재미와 비판정신을 체득하는 기회가 되었으면 한다.

【 참고문헌 】

강이천, 「남성관희자」 『중암고』.

유득공, 『경도잡지』.

성현, 『용재총화』.

오횡묵, 『고성부총쇄록』.

아극돈, 『봉사도』.

『광해군일기』.

〈낙성연도〉, 『정리의궤삼십구성역도整理儀軌三十九城役圖』(프랑스국립도서관 소장).

사진실, 『공연문화의 전통: 樂·戲·劇』, 태학사, 2002.

사진실, 『봉래산 솟았으니 해와 달이 한가롭네: 왕실의 연희축제』, 태학사, 2017.

사진실, 『조선시대의 공연공간과 공연미학』, 태학사, 2017.

사진실, 『전통연희의 전승과 성장』, 태학사, 2017.

사진실, 『전통연희의 전승과 근대극』, 태학사, 2017.

전경욱 엮음, 『한국전통연희사전』, 민속원, 2014.

전경욱, 『산대희와 본산대놀이: 동아시아 산대 전통의 보편성과 한국의 독자성』, 민속원, 2021.

미타무라 엔교(三田村鳶魚), 서연호 역, 「박첨지가 가르치는 인형제작과정」, 『꼭두각시놀이』('한국의 탈놀이'시리즈), 열화당, 1990.

우리가 고전에 눈을 돌리는 것은 고전으로 회귀하기 위해서가 아니다. 한국의 고전은 고전으로서 계승된 역사가 극히 짧고 지금 이 순간에도 발견되고 있으며 심지어 어떤 작품은 저 구석에서 후대의 눈길을 간절하게 기다리고 있기도 하다. 우리의 목표는 바로 이런 한국의 고전을 귀환시키는 것이다. 그러니까 고전 안에 숨죽이며 웅크리고 있는 진리내용들을 다시 불러들이고 그것으로 이 불투명한 시대의 이정표를 삼는 것, 이것이 우리의 궁극적인 목적이다.

　문학동네 한국고전문학전집은 몇몇 전문가의 연구실에 갇혀 있던 우리의 위대한 유산을 널리 공유하는 것은 물론, 우리 고전의 비판적·창조적 계승을 통해 세계문학사를 또 한번 진화시키고자 하는 강한 열망 속에서 탄생하였다. 그래서 문학동네 한국고전문학전집은 이미 익숙한 불멸의 고전은 말할 것도 없고 각 시대가 새롭게 찾아내어 힘겨운 논의 끝에 고전으로 끌어올린 작품까지를 두루 포함시켰다. 뿐만 아니라 한국 고전의 위대함을 같이 느끼기 위해 자구 하나, 단어 하나에도 세밀한 정성을 들였다. 여러 이본들을 철저히 비교하는 과정을 거쳐 정본을 획정했고, 이제까지의 모든 연구를 포괄한 각주를 달았으며, 각 작품의 품격과 분위기를 충분히 살려 현대어 텍스트를 완성했다. 이 모두가 우리의 고전을 재발명하는 것이야말로 세계문학의 인식론적 지도를 바꾸는 일이라는 소명감 덕분에 가능했음은 물론이다. 부디 한국의 고전 중 그 정수들을 한자리에 모은 문학동네 한국고전문학전집이 그간 한국의 고전을 멀리했던 독자들에게 널리 읽히고 창조적으로 계승되어 세계문학의 진화를 불러오는 우리의, 더 나아가 세계 전체의 소중한 자산으로 자리하기를 기대해본다.

문학동네 한국고전문학전집 편집위원
심경호, 장효현, 정병설, 류보선

옮긴이 **사진실**

서울대학교에서 '조선시대 서울 지역 연극의 공연상황 연구'로 문학박사 학위를 받았다. 중앙대학교 예술대학 전통예술학부 교수 및 음악연구소 소장을 역임했다. 버클리대학교 한국학센터 객원연구원과 하버드대학교 옌칭연구소 방문학자를 지냈다. 공연기획사 '꿈꾸는산대'를 설립하여 공연기획자와 창작자로서 전통연희를 재창조하는 데 관심을 기울여왔다. 민속문화와 궁정문화를 아울러 한국 연극사 및 공연문화를 연구해왔으며 저서로 '전통연희시리즈'(전9권) 등이 있다. 2015년 작고하였다.

옮긴이 **최원오**

서울대학교에서 '동아시아 무속영웅서사시의 변천과정 연구'로 문학박사 학위를 받았다. 현재 광주교육대학교 국어교육학과 교수, 한국구비문학회 회장, 광주광역시 무형유산위원회 위원으로 활동하고 있다. 서울민속학회장, 『고전문학연구』 및 『열상고전연구』 『동화와번역』 편집위원장을 역임하였으며, 인디애나대학교 민속학 및 민족음악학부 박사후과정 및 방문학자를 지냈다. 구비문학 전반을 비교 연구하는 데 주력하고 있으며, 구비문학의 문화콘텐츠화, 옛이야기를 소재로 한 동화와 그림책 창작에도 관심을 가지고 있다. 저서로 『동아시아 비교서사시학』 『*An Illustrated Guide to Korean Mythology*』 등이 있다.

한국고전문학전집 034
산대도감극

초판 인쇄 2024년 8월 2일
초판 발행 2024년 8월 12일

옮긴이 사진실 최원오

책임편집 임혜지 | 편집 이희연
디자인 윤종윤 이주영 | 저작권 박지영 형소진 최은진 오서영
마케팅 정민호 서지화 한민아 이민경 안남영 왕지경 정경주 김수인 김혜연 김하연 김예진
브랜딩 함유지 함근아 박민재 김희숙 이송이 박다솔 조다현 정승민 배진성
제작 강신은 김동욱 이순호 | 제작처 영신사

펴낸곳 (주)문학동네 | 펴낸이 김소영
출판등록 1993년 10월 22일 제2003-000045호
주소 10881 경기도 파주시 회동길 210
전자우편 editor@munhak.com | 대표전화 031)955-8888 | 팩스 031)955-8855
문의전화 031)955-2696(마케팅), 031)955-2672(편집)
문학동네카페 http://cafe.naver.com/mhdn
인스타그램 @munhakdongne | 트위터 @munhakdongne
북클럽문학동네 http://bookclubmunhak.com

ISBN 979-11-416-0699-2 04810
      978-89-546-0888-6 04810 (세트)

www.munhak.com